DARK ALLEY

Dark Alley Staffel 1

D.S. Wrights

IMPRESSUM

Erste deutsche Auflage

www.dswrights.com/ www.fraukebesteman.de

Buchsatz, Covergestaltung, Lektorat
Besteman Verlags– und Veranstaltungsservice
Waldweg 25 in 53340 Meckenheim
www.besteman.de

Cover Design
Addendum Designs

Korrektorat
Textcheck Agency / Ela Marwich

Herstellung und Verlag
BoD – Books on Demand, Norderstedt
ISBN: 9783752671940

Über die Autorin

D.S. Wrights wurde 1980 als Tochter einer niederländischen Mutter und eines deutschen Vaters geboren und wuchs überwiegend in Deutschland auf.
Sie spricht drei Sprachen fließend: Englisch, Deutsch und Niederländisch.
Ihr Name ist ein Pseudonym und sie bezeichnet das Schreiben als ihre Leidenschaft und Berufung.

Widmung

Für meine Musen Gill & Michael.

DANKSAGUNG

Vielen Dank an Agnese, Amanda, Amy, Annie, Avril, Candy, Eboni, Janneke, Jodi, Holly, Lilith, Nancy und Thai.

Besonderen Dank an Sie, Amy & Ella!

DARK ALLEY

FREMDER

Dark Alley Episode 1

– 1 –

Alice starrte ihr Spiegelbild an und betrachtete ihre Gesichtszüge, die langsam Zeichen des Alterns zu zeigen begannen. Sie war in ihren Dreißigern, aber hin und wieder hielt man sie immer noch für viel jünger. Aber vielleicht war das nur ein Versuch, ihr ein besseres Gefühl zu geben. Am Ende war ihr das nicht mehr wirklich wichtig. Sie hielt sich selbst für hübsch. Sie brauchte ihr Gesicht nicht zu verstecken oder schüchtern zu sein, und sie wollte es auch nicht.

Ihr Blick in den Spiegel hatte nur einen Zweck – sicherzustellen, dass sie ihr Make-up nicht völlig durcheinandergebracht hatte. Sie sah gut aus, vielleicht sogar wunderschön, aber sie schob es auf ein Make-up, das intensiver war als das, das sie normalerweise im Büro trug. Der dunkle Eyeliner brachte das Grün ihrer sonst dominanten blauen Augen zum Vorschein, und ihr dunkelbraunes Haar wurde mit einem glatten, hohen Pferdeschwanz zurückgezogen. Sie trug enge, schwarze Jeans und eine tief ausgeschnittene schwarze Bluse, die das chromfarbene Tank-Top zeigte, das ihre Brüste umarmte.

Sie konnte die Bluse jederzeit ablegen, wenn sie wollte. Alice trug keine High Heels, Pumps oder irgendeinen anderen Mist, der ihr Schmerzen zufügte. Sie trug schwarze Turnschuhe, weil sie bis zur Erschöpfung tanzen wollte, auch wenn sie es allein tun würde.

Ihre beste Freundin Bianca hatte sie wochenlang genervt, mit ihr und den Mädchen feiern zu gehen, und Alice hatte schließlich nachgegeben. Es graute ihr davor, mit ihnen auszugehen, weil die meisten von ihnen mittlerweile Mütter und das einzige Thema, über das sie gerne sprachen, ihre Kinder waren. Alice hatte kein Problem mit Kindern, es war nur ein Thema, von dem sie keine Ahnung hatte, und es war beunruhigend, daran erinnert zu werden, dass alle ihre Freunde jetzt verheiratet waren und Kinder hatten – abgesehen von Bianca, die eine Verlobte hatte.

Der Grund dafür, dass Alice zugestimmt hatte, am Mädchenabend teilzunehmen, war, dass es für sie an der Zeit war, sich wieder auf die Straße zu begeben. Sie wollte sich amüsieren und vor allem beweisen, dass sie keinen Freund brauchte, um glücklich und vollständig zu sein.

Es war erst zwei Monate her, dass sie mit Gary Schluss gemacht hatte, weil sie sein sorgfältig geplantes Leben nicht ertragen konnte. Alice wollte mehr, mehr von allem, und er verstand sie nicht einmal, als sie versuchte, ihre Wünsche zu erklären.

Ihre Beziehung war perfekt gewesen, aber das war der springende Punkt. Sie hatten nie gestritten, waren nie von ihrem Tagesablauf abgewichen.

Gary kannte ihre Vorlieben und Abneigungen in- und auswendig und wagte es nie, etwas Neues auszuprobieren.
Was einst süß und romantisch war, war nun fad und lästig, und sie hatte endlich genug davon. Sie war vier Jahre lang mit Gary zusammen gewesen, und die letzten zwölf Monate waren eine reine Tortur gewesen.

Die letzten Wochen des Single-Daseins hatten Alice genug Zeit gegeben, sich zu entscheiden, und sie war zu dem Schluss gekommen, dass sie keinen Freund brauchte, um sich erfüllt zu fühlen, dass es in Ordnung war, anders als ihre Freundinnen zu sein.

Alice hielt sich selbst davon ab, noch einmal in den Spiegel zu schauen; sie schnappte sich ihre kleine Geldbörse, steckte sie in die versteckte Tasche ihrer Jeans und machte sich auf den Weg. Sie hatten vereinbart, sich vor dem brandneuen und exklusiven Club in der Stadt zu treffen. Die Reservierungen waren zwei Monate im Voraus vorgenommen worden; genug Zeit für Alice, sich mental auf die ›Schlacht‹ vorzubereiten.

Diesmal jedoch ohne die übliche Kriegsbemalung. Heute ging sie nur zu ihrem eigenen Vergnügen in den Club, und nicht, um die Köpfe willkürlicher Männer zu verdrehen, wie es Bianca vorgeschlagen hatte.

♦ ♦ ♦

Alice hatte ihr Bestes versucht, zu ignorieren, dass sich das Hauptgesprächsthema trotz Mädelsabend nicht geändert hatte: Kinder. Schließlich hatte sie sich Stück für Stück von den konkurrierenden Müttern abgesetzt.

Bianca war jedoch offensichtlich hin- und hergerissen zwischen ihrer besten Freundin und dem Wunsch, Teil der Clique zu sein.

Es dauerte nicht lange, bis Alice erkannte, warum. Die Frau, die mehr als ein Jahrzehnt lang ihre eingeschworene Verbündete war, hatte sich in den letzten zwei Stunden ausschließlich an Mineralwasser gehalten.

Alice schloss frustriert die Augen, ließ einen langen Seufzer los und wandte sich dem Barkeeper zu, wobei sie den Rest ihres vierten White Alexander exte.

»Willst du noch einen?«, fragte der heiße Typ.

Sie schüttelte den Kopf: »Scotch, pur, ohne Eis«.

Der gut aussehende Mann mit rotblondem Haar und strahlend blauen Augen war definitiv um einiges jünger als sie, aber sie erlaubte sich trotzdem die Vorstellung, dass er sie während seiner fünfminütigen Pause im Hinterhof des Clubs von hinten durchnahm.

Wenige Augenblicke später wurde ihr Getränk serviert. Mit einem koketten Lächeln sagte Alice ihm, er solle das Wechselgeld behalten.

Sie war an dem Punkt angelangt, an dem ihr Selbstvertrauen durch den Alkohol auf Hochtouren lief. Diesmal würde sie nicht versuchen, es zu verhindern. Sie war hier, um Spaß zu haben, und den würde sie verdammt noch mal haben.

Alice drehte sich um und wartete, bis Bianca sich nach ihr umgesehen hatte, damit sie Bianca zuprosten konnte, wobei sie mit der freien Hand auf ihren Bauch zeigte. Zu sehen, wie das Gesicht ihrer besten Freundin blass wurde, gab ihr die Befriedigung, die sie brauchte, um einen großen Schluck der goldenen Flüssigkeit zu nehmen, sie in ihrem Mund herumzuwirbeln zu lassen und hinunterzuschlucken. Alice schloss die Augen und versuchte, der leicht brennenden Spur in ihrer Kehle bis hinunter in den Magen zu folgen. Insgeheim hoffte sie, dass dies die Enttäuschung wegbrennen würde. Bald würde sie die einzige Nicht-Mutter der Clique sein. Das schwarze Schaf, welche sie alle früher oder später vergessen würden. Vielleicht war es an der Zeit, neue Freunde zu finden.

Alice wusste, dass das viel zu schnelle Trinken des Scotchs Blasphemie nahekam, aber sie musste den Schmerz, den Biancas Verrat hervorgerufen hatte, wegtanzen. Bianca hatte ihr gesagt, dass sie und ihr Verlobter Matt ein paar Jahre warten würden, nachdem sie verheiratet seien, bevor sie überhaupt mit dem Gedanken spielten, Kinder zu bekommen – und jetzt das.

Ohne hinzusehen, stellte sie das Glas auf die Bar und tat, was sie noch nie zuvor getan hatte. Sie ging direkt auf die Tanzfläche, allein. Glücklicherweise war der Song, der durch die Lautsprecher dröhnte, einer ihrer liebsten aus der Zeit, als sie etwa zehn Jahre jünger war. Musikalisch schien die Rückbesinnung auf die Vergangenheit ein neuer Trend zu sein, aber auch hier kümmerte sie sich nicht wirklich darum und begann, sich im Rhythmus des Liedes zu bewegen.

Das Tanzen war einfacher, als sie erwartet hatte. Es war wie ein Muskelgedächtnis, als ihre Hüften im gewohnten Rhythmus schwangen, und sie ließ alle Sorge um Peinlichkeiten beiseite.

Zugegebenermaßen war es hilfreich, von den blinkenden und bunten Lichtern geblendet zu werden. Sie ignorierte jeden, der versuchte, auf sie zuzugehen, auch wenn sie ab und zu mitspielte, nur so zum Spaß.

Vor allem aber vergaß sie fast die Frauen, mit denen sie in diesen Club gekommen war. Sie blieben die ganze Zeit in ihrer gemieteten, abgesperrten Sitzecke, tranken und unterhielten sich, als könnten sie das zu Hause nicht auch tun.

Vielleicht ging es bei dieser ganzen Sache darum, die gesamte Verantwortung des Babysittens ihren Männern zu übertragen.

Das konnte sie irgendwie nachempfinden.

Alice kehrte erst wieder in die Bar zurück, als ihr Mund staubtrocken war.

Der heiße Barkeeper war immer noch da, und sein Blick klebte an ihr, als sie direkt auf ihn zuging. Er brauchte sie nicht zu fragen, was sie trinken wollte, denn sein Gesichtsausdruck sagte, dass er es bereits zu wissen glaubte.

»Wasser«, sagte Alice mit einem schiefen Grinsen, weil sie wusste, dass sie ihn überraschen würde.

Sie ließ ihren Blick so lange wie möglich verweilen, bevor sie ihm den Rücken zudrehte und ihre Ellbogen auf den Tresen lehnte, während der Barkeeper ihre Bestellung ausführte.

»Nur Wasser?« Das war nicht der Barkeeper, also blickte sie auf den Ursprung der männlichen Stimme und erkannte einen der Tanzpartner, dem sie erlaubt hatte, sich ihr zu nähern.

Jetzt im helleren Licht der Bar sah er nicht mehr so gut aus wie auf der Tanzfläche.

Schade.

»Ja«, lautete Alices unverbindliche Antwort, bevor sie ihre Aufmerksamkeit wieder auf die Menge lenkte.

Dann – weil sie doch neugierig war – warf sie einen Blick auf den ›Hühnerstall‹.

Sie fühlte sich fast schlecht dafür, wie sie nun die Frauen sah, mit denen sie früher regelmäßig zusammen ausgegangen war. Ihr Blick konzentrierte sich auf ihre beste Freundin, die sie anscheinend gerade im Begriff war das Interesse am Gespräch zu verlieren und wirkte ein wenig verloren.

Ein Teil von ihr war glücklich für Bianca, dass sie schwanger war, aber Alice wusste auch, was es unweigerlich bedeuten würde.

Deshalb beschloss sie, dass sie versuchen würde, heute Abend zu üben, alleine auszugehen.

»Dein Wasser«, hörte sie den Barkeeper rufen, und das Zögern in seiner Stimme klang, als wolle er sie nach ihrem Namen fragen.

Alice lehnte sich über den Tresen, sodass sie nicht schreien musste. Sie wollte nicht, dass Typ neben ihr mithörte.

»Alice«, sagte sie, »ohne den Kaninchenbau.«

Der junge Kerl lachte daraufhin.

Niedlich.

Alice lehnte sich zurück, um ihre Füße auf den Boden zu stellen, schnappte sich ihr Wasser und begann, durch den Strohhalm zu trinken, während sie die ganze Zeit die Augenweide vor sich beobachtete und den Typen neben sich ignorierte.

Aus den Augenwinkeln versuchte sie heimlich, ihren ehemaligen Tanzpartner näher zu betrachten, der anscheinend begriffen hatte, dass sie nicht reden wollte. Ihre Bemühungen erwiesen sich als erfolgreich. Er bestellte sich das gleiche Getränk, das sie vor dem Betreten der Tanzfläche hinuntergeschlürft hatte: Scotch, pur, ohne Eis.

Der Mann war wahrscheinlich 1,80 m groß, und sein schwarzes Haar war unordentlich und kurz.

Er trug ein blaues, langärmeliges T-Shirt, das die Farbe seiner stahlblauen Augen hervorhob, und er trug noch dunklere Jeans. ›Mr. Scotch‹ – wie sie ihn spontan taufte – war nicht so umwerfend gut aussehend wie der Süße hinter der Bar, aber als sie ihn näher ansah, musste sie ihr vorheriges Urteil über ihn ändern. Dieser Mann hatte etwas äußerst Interessantes an sich, das sie nicht ganz erfassen konnte. Als sie sich dabei ertappte, wie sie starrte, drehte Alice sich schnell um. Sie stellte die kleine Flasche, die sie unbemerkt geleert hatte, auf den Tresen, während sie sich leicht daran lehnte und nach dem süßen Barkeeper Ausschau hielt. Sie hatte keine Ahnung, warum zum Teufel ihre Aufmerksamkeit an dem anderen Kerl klebte, vielleicht fühlte sie sich sicher, weil die Ecke der Theke sie beide unbestreitbar voneinander trennte.

An ihrem ersten Abend als alleinstehende Frau sollte sie keine Wunder von sich selbst erwarten.
Alice fühlte, wie Mr. Scotch sie beobachtete, und sie musste zugeben, dass er sich jetzt, da er ihre Ablehnung stillschweigend akzeptierte, doch nicht so unheimlich anfühlte. Sie brachte ihre Fersen wieder auf den Boden und sah den Mann direkt an, während er ehrfürchtig an seinem Drink nippte. Er erwiderte unverhohlen ihren Blick, und sie fühlte, wie sie errötete.
Sie war doch nicht so selbstbewusst, oder?

»Ich hätte Ihnen einen Drink angeboten«, zuckte der Mann mit den Achseln und lächelte schief.

Seine Stimme übertönte leicht die Musik von der Tanzfläche, aber sie war nicht sonderlich tief. Trotzdem passte sie perfekt zum Scotch in seiner Hand: glatt, aber dennoch mit einem gewissen Etwas.

»Das war eine einmalige Sache, mit freundlicher Genehmigung meiner besten Freundin«, antwortete Alice mit einem Lächeln.

Sie nahm an, dass er davon sprach, ihr den Scotch zu kaufen, wenn sie ihm nicht die kalte Schulter gezeigt hätte.

»Die junge Frau, die ständig zu Ihnen schaut?«, antwortete er, und Alice sah, dass er Recht hatte und Bianca sie beobachtete.

Sie winkte ihr schnell lachend zu und bewegte sich, um sich ihm wieder gegenüberzustellen.

»Ja«, nickte Alice einmal. »Sie bekommt ein Baby. Ich dachte, das ist einen Scotch wert.«

Sie hatte keine Ahnung, warum sie ihm das erzählte. Vielleicht wollte sie nur seine Reaktion sehen. Was er tat, war nicht, was sie erwartet hatte. Er betrachtete sie, als würde er ein wertvolles Kunstwerk studieren.

Da wurde Alice klar, dass Mr. Scotch Bianca als »junge Frau« bezeichnet hatte. Dachte er dasselbe über sie? Warum wählte er diese Bezeichnung?

Wie alt war er genau?

Da es ihm nichts auszumachen schien, sie offen anzustarren, tat Alice das Gleiche und suchte nach Falten und grauen Haaren.

Er hatte welche an den Schläfen. Irgendwie machte dies seine Erscheinung noch faszinierender.

Es platzte aus ihr heraus, bevor sie sich selbst stoppen konnte: »Starrten Sie in einem dunklen Club immer so offen hübsche Frauen an?«

Ihre Frage brachte ihn zum lauten Lachen. Sein Lachen kam aus der Tiefe seiner Brust und war so weit von einem aufgesetzten Lachen entfernt, wie sie es lange nicht mehr gehört hatte.

»Nein«, antwortete Mr. Scotch schließlich und nahm einen Schluck von seinem schottischen Whiskey. »Das tue ich normalerweise, wenn Frauen erschöpft unter mir liegen.«

Alice konnte sich nicht helfen, sie blinzelte nur übertölpelt und gaffte ihn an. Nach einigen Sekunden, in denen sie diese Worte verdaute, begann sie zu lachen und fühlte, wie ihre Wangen wieder rot wurden. Sie stellte sich vor, sie läge erschöpft unter diesem schrecklich verwirrenden Mann. Alice war sich ziemlich sicher, dass es genau seine Absicht gewesen war, dass sie das tat.

»Mein Herr, Sie haben einen schmutzigen Verstand«, kicherte sie und drehte sich zum Tresen zurück, um den Barkeeper zu suchen.

»Schuldig im Sinne der Anklage«, antwortete er und stellte sein leeres Glas neben sie.

Als sie ihre Augen erhob, um seine wieder zu treffen, traf sie ein kalter Schauer der Ablehnung.

Anstatt sie anzusehen, ging er an der Bar entlang und schien auf jemanden Bestimmtes zuzugehen. Ihre Sicht wurde unterbrochen, als ein anderer Typ, mit dem sie getanzt hatte, den Platz von Mr. Scotch einnahm.

»Kann ich dich auf einen Drink einladen?«, fragte der neue Mr. Creepy.

Alice hatte keine Ahnung, wie alt dieser Kerl war, definitiv jünger als der Mann, der sie buchstäblich hatte stehen lassen, vielleicht sogar jünger als sie selbst. Letzteren schien sie heute Abend, wie üblich, anzuziehen. Gary war zwei Jahre jünger gewesen, und sie hatte immer gedacht, es würde sie nicht stören. Vielleicht war das der Grund, warum sie ihn am Ende abserviert hatte.

»Nein«, antwortete sie und versuchte, an ihm vorbei zu schauen, um zu sehen, wohin Mr. Scotch gegangen war, aber Creepy Junior hatte sich perfekt positioniert, sodass es keine Möglichkeit gab, einen Blick zu erhaschen, ohne ihren Körper zu verdrehen.

Alice schenkte ihm einem urteilenden Blick. Sein Haar war braun, kurz geschnitten und ließ sie an das Militär denken. Sein Körperbau schien mit dieser Vermutung übereinzustimmen.

»Es ist so«, sagte sie, während sie ihn beäugte, wie sie es mit Mr. Scotch getan hatte – seinen richtigen Namen hatte sie nicht einmal erfahren und das ärgerte sie plötzlich, und dieser Ärger klang ihrer Stimme nach:

»Ich habe kein Interesse, das Abenteuer zu sein, mit dem du vor deinen Kameraden prahlen willst. Nichts für ungut.«

Alice fühlte sich fast schlecht wegen des verwirrten Blicks, den er ihr zuwarf, aber die Worte hatten ihren Mund bereits verlassen. Gott, sie hörte sich wie die ultimative Schlampe an. Wenigstens hatte sie sich klar ausgedrückt: Sie war keine Frau, die man einfach abschleppen konnte.

Ihre Verärgerung überwältigte sie, und ihr Frust bezüglich Biancas Schwangerschaft, die sich wie Verrat anfühlte, half ihr nicht. Vielleicht brauchte sie wirklich nur einmal richtig guten, harten Sex, aber Soldat Creepy war bereits auf dem Abmarsch.

Er war ohnehin nicht groß genug gewesen.

Nun, da der Mann das Sichtfeld frei gemacht hatte, konnte sie sehen, dass Mr. Scotch einer Frau ins Ohr flüsterte, die seinem Alter näher war als Alice. Was sie mit ihr gemeinsam hatte, war ihre Größe. Der Fremde überragte die andere Frau um ganze 12 Zentimeter, und er musste sich ziemlich weit bücken, um mit ihr zu sprechen. Seine Position ermöglichte Alice einen perfekten Blick auf seinen muskulösen Rücken, während sich der Stoff straff über seine Schultern spannte.

Irgendwie konnte Alice nicht leugnen, dass sie über das, was sie sah, enttäuscht war.

Bis die Frau ihr direkt in die Augen sah.

Ihren stechenden Blick konnte sie in ihrem Bauch spüren, besonders aber als sich die Mundwinkel der Schönen langsam nach oben bewegten.

Hatte Mr. Scotch über sie gesprochen?

Alice drehte sich schnell um und brachte ihre Aufmerksamkeit wieder auf den Barkeeper, der schließlich zu ihr zurückgekehrt war und leicht die Stirn runzelte und ihren Gesichtsausdruck bemerkte.

»Ich hab keine Ahnung, was ich bestellen soll«, gab sie zu, und er schenkte ihr ein warmes Lächeln.

»Sieht aus, als bräuchten Sie wieder etwas Stärkeres«, sprach er sehr freundlich, lehnte sich leicht zu ihr hin und versuchte wahrscheinlich, ihre volle Aufmerksamkeit zu beanspruchen.

Hatte sie endlich sein Interesse geweckt?

War es überhaupt das, was sie wollte?

Alice wusste es nicht und merkte zu spät, dass ihr Blick zurück zu Mr. Scotch gewandert war, nur um festzustellen, dass er sich wieder bewegt hatte und die Dame außer Sichtweite war.

»Lass dich nicht auf sie ein«, sagte der Barkeeper plötzlich ernst und stellte ihr noch einen Scotch vor die Nase.

»Warum?«, fragte Alice, bevor sie es sich zweimal überlegen konnte, und neigte den Kopf leicht verwirrt.

»Sie haben etwas Seltsames an sich. Ich weiß es nicht«, antwortete er schnell, zuckte dann mit den Achseln und wandte sich einem anderen Kunden zu.

Sie hob den Drink an, aber als sie merkte, dass sie nicht dafür bezahlt hatte, versuchte sie, abermals die Aufmerksamkeit des niedlichen Barkeepers zu erregen.

Alice war nicht der Typ, der den Fehler eines anderen ausnutzte. Irgendwie schien es nun, dass der Kerl sie ignorierte. Ein echtes Paradebeispiel für das Senden gemischter Signale. Einen Seufzer der uneingestandenen Niederlage ausstoßend, nahm Alice einen Schluck des starken Getränks, der sie unbestreitbar an den großen, faszinierenden Fremden erinnerte, wo immer er sich versteckte. Sie versuchte, einen Blick auf ihn weiter unten im Club zu werfen, aber es gab keine Chance, ihn zu entdecken.

»Keine Sorge, der geht auf mich«, sprach eine Stimme von dem zuvor geräumten Platz neben ihr.

Alice bewegte langsam den Kopf und fragte sich, ob über ihrem Kopf entweder eine Neonwerbung mit der Aufschrift »frischer Single« war, die sie nicht sehen konnte, oder ob die Clique, die sie für ihr eigenes psychologisches Wohlbefinden verlassen hatte, versuchte, sie zu verkuppeln, damit sie bald ihrem Club beitreten konnte.

Der Mann, dem sie jetzt gegenüberstand, war Durchschnitt. Es gab eigentlich keine bessere Art, ihn zu beschreiben. Er war weder unglaublich gut aussehend, noch mit etwas gezeichnet worden, das ihn irgendwie entstellte. Dennoch kam er ihr irgendwie bekannt vor.

Ohne ihm zu antworten, sah sie sich um und fand keine Anzeichen dafür, dass jemand sie hereinlegte oder die beiden beobachtete. Diese Nacht wurde von Minute zu Minute seltsamer und seltsamer. Aber das war besser, als sich die ganze Zeit zu langweilen.

Vielleicht sollt sie öfter in diesen Laden gehen.

»Dann sollte ich mich bedanken«, sagte sie, prostete ihm zu und nahm einen weiteren Schluck, während sie ihn über den Rand ihres Glases ansah, und versuchte zu klären, warum er ihr bekannt vorkam.

Braunes, kurz geschnittenes Haar – wenn auch nicht so kurz wie Soldat Creepy – und aufrechtstehend. Er hatte einen muskulösen Körper, mit breiten Schultern. Alles schrie Militär. Wieder einmal.

»Älterer Bruder, der versucht, die Familienehre zu retten?«, vermutete Alice, aber ihre Stimme machte deutlich, dass sie sich ihres Urteils ziemlich sicher war.

Die erste Reaktion war trockenes Lachen, und der Mann mit den dunkelbraunen Augen hatte plötzlich das Bedürfnis, den Boden zu studieren.

»Verdammt, du bist wirklich scharfzüngig«, antwortete er schließlich und sah sie erneut an.

»Und ich habe Recht.« Alice grinste breit, drehte sich ihm zu und schlang ihren freien Arm um ihren Oberkörper.

»Zugeben, für ein scharfes Auge ist es leicht zu erkennen, oder?«, entgegnete der nicht so unheimliche ältere Bruder von Soldat Creepy zurück.

Sie nickte zustimmend.

»Aber warum kommst du hierher und lädst mich auf einen Drink ein, wenn ich die Gefühle deines kleinen Bruders verletzt habe?« Alice neigte ihren Kopf leicht. »Bitte, sag mir jetzt nicht, dass du Herausforderungen magst.« Sie nahm noch einen Schluck von ihrem scharfen, aber malzigen goldenen Drinks. »Und bitte erzähl mir nicht, dass du nur wegen deines Bruders hier bist«, fügte sie hinzu.

»Nichts von alledem.« Er hob zur Verteidigung beide Hände, während er in einer davon eine Flasche Bier hielt. »Ich wollte nur sichergehen, dass er dich nicht beleidigt hat. Es ist sein erstes Mal zurück zu Hause«, erklärte der Soldat.

»Hat er nicht«, schüttelte Alice den Kopf. »Ich stehe einfach nicht auf jüngere Typen, das ist alles.« Diesmal war die einzige Reaktion, die sie bekam, ein Paar zusammengezogene Augenbrauen. »Ich bin nicht mehr in meinen Zwanzigern«, fügte Alice hinzu und seufzte, als sie spürte, wie der Ärger und die Frustration zurückkehrten.

Irgendwie schaffte sie es, nicht über die Schulter zu schauen und zu sehen, was die Clique gerade so trieb. Sie fühlte sich irgendwie besser, wenn alle dachten, dass sie allein in den Club ging. Insgeheim wusste Alice, dass ihre ganze Verärgerung einfach nur daher stammte, dass die Zeit mit Gary reine Verschwendung gewesen zu sein schien und sie deshalb nicht dazugehörte.

Sie wollte das Gefühl haben, selbstbewusst und stark zu sein, und wollte die Emotionen, die ihr Eingeständnis in ihr geweckt hatten, einfach nur ertränken. Eigentlich gab es keinen Grund, sich wegen ihres Alters zu schämen oder dafür, keine Mutter zu sein. Sie war sogar damit einverstanden. Der Rest der Clique leider nicht.

»Wirklich? Wow, das hätte ich nicht gedacht«, versuchte sich der junge Soldat an einem Kompliment.

»Da bist nicht allein«, gab Alice grinsend zurück.

»Ich bin Jeff«, sagte er und streckte eine Hand aus, die sie annahm, und bemerkte dabei, dass er eigentlich der Erste heute war, der ihr seinen Namen genannt hatte. »Alice«, stellte sie sich vor.

»Willst du dich uns vielleicht anschließen?«, fragte er mit einer hörbaren Unsicherheit in der Stimme, die sie ein wenig abschreckte.

Alle die Männer, mit denen sie eine Beziehung gehabt hatte, waren in gewisser Weise nach außen nette Jungs gewesen, die immer sanft klangen. Die Bedeutung hinter ihren weichen Worten war jedoch eine andere. Hinterrücks waren sie ihr gegenüber respektlos oder herabwürdigend gewesen und hatten sie benutzt, um den Haushalt zu schmeißen und – platt gesagt – die Beine breit zu machen. Alice hatte es schwer, sich von diesen Männern zu erholen.

Im Moment wollte sie nur jemanden, der klar und deutlich sagte, was er dachte und wollte.

Jeff schien nicht diese Art von Mann zu sein, genau wie sein kleiner Bruder. Dennoch konnte es bedeuten, diese unsichtbaren Leuchtreklame, die sie als Freiwild kennzeichnete, abzuschalten. Vielleicht fand sie sogar neue Freunde. Sie ließ ihren Blick seinem Zeigefinger folgen, der auf eine Gruppe von Menschen zeigte, von denen die meisten Männer waren. Einige hatten aber scheinbar ihre Freundin oder Partner dabei. Die Singles schienen jedoch die Oberhand zu haben.

»Sicher, warum nicht?« Alice zuckte die Schultern und leerte ihr Glas. »Lass mich einfach noch einen Drink holen. Brauchst du auch einen?«

Jeff schüttelte den Kopf und wackelte mit seiner Bierflasche: »Danke, ich hab noch«, sagte er.

Alice lehnte sich wieder auf den Tresen und rückte weiter, um einen guten Blick auf die Bar zu werfen. Sie war sich bewusst, dass sie ihre Brötchen so präsentierte, aber es war ihr eigentlich egal. Irgendwie gefiel es ihr, die wachsamen Augen der Männer um sie herum zu spüren. Was war daran schlimm?

»Ich bin schon mal ...«, erklärte Jeff und Alice grinste ihn breit an.

»Ja, ich folge dir gleich«, antwortete sie.

Der süße Barkeeper ließ lange auf sich warten, aber schließlich kam er zu ihr herüber.

»Was kann ich dir bringen?«, fragte er und beugte sich zu ihr, fast so, als wolle er ihr etwas ins Ohr flüstern.

Für Alice war es eine Überraschung, aber sie genoss dennoch das Herzklopfen, das damit verbunden war.

»Noch einen.« Sie lächelte ihn an und schob den Becher über die Theke auf ihn zu.

»Sicher«, erwiderte er mit der gleichen Miene und drehte sich weg, um ihr ein frisches Glas zu holen, die seltsame Schwingung, die er zuvor gesendet hatte, war verschwunden.

»Er hat eine Freundin«, informierte sie eine Frau, und für einen Sekundenbruchteil überlegte Alice, ob sie jetzt auch das gleiche Geschlecht anziehe.

Langsam stellte sie ihre Füße wieder auf den Boden und schaute die Frau an, die ihrem Alter entsprechen könnte, nur war es schwer zu sagen. Alice hatte sie noch nie zuvor gesehen, aber sie sah fast so aus wie die anderen Frauen, die umher rasten und den Leuten, die tatsächlich private Lounges gemietet hatten, ihre Drinks anboten, wie zum Beispiel der Mütterclique.

Schnell schaute Alice nach den Frauen, mit denen sie hergekommen war, und lenkte ihre Aufmerksamkeit dann wieder auf diese Frau, die eine gewisse Schönheit besaß. Sie war etwas kleiner als sie, hatte aber lange, beneidenswert schöne schwarze Locken und dunkelbraune Augen.

»Das überrascht mich nicht«, sagte Alice schließlich.

Die Schönheit vor ihr warf ihr einen langen Blick zu und nickte dann kurz, als ob sie mit dem, was sie sah, auf absolut rationale Weise zufrieden wäre.

»Sie wurden eingeladen«, sagte sie einfach, als ob es nichts wäre, worüber man die Stirn runzeln sollte.

Dennoch war es genau das, was Alice tat. Unbeeindruckt von ihrem Gesichtsausdruck überreichte ihr die Frau eine schlichte schwarze Visitenkarte, die Alice nach kurzem Zögern mitnahm.

»Viel Spaß«, fügte die schöne Frau hinzu und ihr Lächeln hatte etwas Skurriles.

Sie drehte sich auf dem Absatz um und verschmolz mit der Menge, bevor Alice etwas sagen oder fragen konnte. Sie warf einen genaueren Blick auf die schwarze Karte. Auf der Seite nach oben und in silbernen Buchstaben standen die Worte »Dark Alley «, was ›Dunkle Gasse‹ auf Englisch bedeutete. Alice drehte die Visitenkarte um, und was sie las, ließ sie skeptisch eine Augenbraue heben. Dort stand »22:00 Uhr bis 6:00 Uhr, 8.5 Elm Street« und nichts weiter.

Alice wusste, wo die Elm Street zu finden war, so sicher wie sie wusste, dass es sowas wie Hausnummern in dieser Stadt nicht gab, aber sie war fasziniert, obwohl auch etwas verunsichert. Als sie wieder aufblickte, war die Frau nirgendwo zu sehen, und keiner der Leute schien ihr ausnahmsweise einmal Aufmerksamkeit zu schenken. Was bedeutete das? Was war das für eine Einladung, und was war diese »Dark Alley«? Es schien, als ob der einzige Weg, dies herauszufinden, war, tatsächlich dorthin zu gehen, aber sie wusste nicht, ob sie dazu bereit war.

Der süße Barkeeper kam mit ihrem Scotch zurück, aber diesmal sah sie ihn kaum an, als sie ihren Drink bezahlte. Es schien, als wolle er ihr etwas sagen, als er die schwarze Karte in ihrer Hand sah, aber sie hatte sich bereits auf die Stelle zubewegt, auf die Jeff hingewiesen hatte, während sie die Karte in ihrer Hand ständig umdrehte.

Was für ein denkwürdiger Abend.

– 2 –

Es war Sonntagmorgen, der Morgen danach, und wie vereinbart saß Alice mit ihrer nicht so besten Freundin am Küchentisch, während sie brunchte, allerdings diesmal »zu dritt« Alice kam nicht umhin, gelegentlich auf Biancas Bauch zu schauen, um nach den ersten Anzeichen einer Schwangerschaft zu suchen.

»Ich bin in der 15. Woche!«, rief Bianca schließlich aus, und Alice klebte ihren Blick auf den schwarzen Kaffee in ihrer Tasse; zwei Löffel Zucker.

»Hör zu, ich bin dir nicht böse, dass du nicht bei uns übernachtet hast«, erklärte ihre beste Freundin und stellte sich tapfer der Unordnung im Zimmer, »ich weiß, was ich dir gesagt habe. Wir hatten nicht erwartet, dass wir nach dem Absetzen der Pille sofort schwanger werden.«

»Ich wusste nicht, dass Matt auch schwanger ist«, murmelte Alice und brauchte nicht aufzuschauen, um zu wissen, dass Bianca mit den Augen rollte. »Ja, ich habe es verstanden. Trotzdem war es irgendwie schwer zu verdauen, meine beste Freundin so schnell zu verlieren.«

»Du hast mich nicht verloren!«, rief Bianca aus.

»Du bist heute ja emotionaler als ich«, meinte Alice und blickte schließlich zu der niedlichen Brünetten mit den großen Sommersprossen auf.

»Ja«, seufzte ihre Freundin niedergeschlagen, denn sie erkannte, dass ihr Verhalten nur zu deutlich machte, wie schwanger sie war. »Entschuldigung.«

»Es ist okay, ich freue mich für dich«, gestand Alice. »Ich hatte nur gehofft, dass wir beide noch ein paar Monate mehr miteinander haben würden. Also, wann ist die Hochzeit?«

Biancas Gesicht hellte auf, als sie das neue Thema hörte, aber ihre Miene verdüsterte sich ebenso schnell.

»Wirst du eine Verabredung haben?«, wollte sie wissen, und jetzt war Alice an der Reihe, mit den Augen zu rollen.

»Nur weil ich gestern lange weggeblieben bin, heißt das noch lange nicht, dass ich einen Neuen gefunden habe«, ärgerte sie sich. »Ich habe nur ein paar neue Bekanntschaften gemacht.«

»Dieses Wort klingt nicht sehr vielversprechend.« Bianca runzelte die Stirn und versagte schrecklich dabei, ihre Enttäuschung zu verbergen.

»Es waren Soldaten auf Heimaturlaub.« Alice zuckte die Schultern und nahm einen Schluck von ihrem Kaffee. »Keine kultivierten Gemüter, aber süß.«

»Also kein Boyfriend-Material«, spiegelte Bianca sie mit einer Kostprobe ihres eigenen Getränks wider.

»Männer können mehr als nur das sein«, schimpfte Alice. »Jeff ist ein süßer Kerl«, erinnerte sie sich und starrte in die Ferne, als ob die weiße Wand hinter Bianca tatsächlich eine Leinwand wäre, die ihr den Rest des Abends zuvor zeigte. »Er ist ein Friedenswächter. Ich weiß, wenn ich einen Stalking-Freund loswerden muss, ist er derjenige, den ich anrufen kann. Aber …«, sie schloss die Augen und richtete den Blick wieder auf ihren Kaffee, »leider nicht jemand, der meinen Verstand wirklich herausfordern kann.«

»Leider«, wiederholte Bianca.

Alice dachte immer noch an die schwarze Visitenkarte mit nichts weiter als einer Adresse und einer aufgedruckten Uhrzeit. Sie fragte sich, ob sie es ihrer besten Freundin sagen könnte. Irgendwie wusste sie, dass Bianca keine Hilfe sein würde.

Alice war eingeladen worden, aber sie hatte keine Ahnung, von wem und vor allem wofür. Es gab keine weiteren Informationen auf dieser Karte. Es war nicht angegeben, wann genau sie dort erwartet wurde. Es war unheimlich mysteriös, aber das machte es umso aufregender.

»Alice?« Biancas Stimme riss sie aus ihrer Gedankenwelt heraus. »Wo bist du?«

Immer noch nicht ganz in der Realität zurück, hob Alice ihre rechte Hand, kniff sich in den Nasenrücken und schloss die Augen fest. Vielleicht würde Bianca glauben, dass sie einen Kater hatte.

»Ich habe wohl nicht genug geschlafen oder bin es nicht gewohnt, Scotch zu trinken – oder beides«, sinnierte Alice.

Als sie ihren eigenen Worten lauschte, musste sie an den Mann denken, den sie nach dem Getränk benannt hatte. Sie hatte ihn nach ihrer kurzen Begegnung nicht mehr gesehen. Zumindest nicht deutlich. Für den Rest des Abends hatte sie gehofft, ihn ab und zu in der Menge zu sehen.

Hatte er diese seltsame Einladung verschickt, oder war es jemand anders gewesen? War dies vielleicht ein Streich? Das würde sie erst herausfinden, wenn sie zu der mysteriösen Adresse ging.

»Jemand gab mir eine Visitenkarte«, sagte Alice plötzlich und sah, wie Bianca sofort aufhorchte.

Alice konnte nicht umhin, sich zu fragen, ob es nur ihre beste Freundin war, die versuchte, einen Weg zu finden, sie zu einem Teil des Mami-Clubs zu machen, aber vorerst ignorierte sie diesen Gedanken.

»Das Einzige, was mir gesagt worden ist, war ›Sie wurden eingeladen‹, und man gab mir die Karte, auf der nichts weiter als eine Adresse und Uhrzeiten – ich denke mal Öffnungszeiten – draufstand«, fuhr sie fort. »Da steht nur ›Dark Alley‹ drauf, sonst nichts.«

»Kanntest du die Person?«, fragte Bianca neugierig.

»Nein, ich hab sie noch nie gesehen«, zuckte Alice mit den Schultern. »Sie sah aus wie eine Angestellte des Clubs, aber das ist nur eine Vermutung.«

»Wo ist denn dieser Ort?«, hakte Bianca nach.

»Irgendwo in der Innenstadt.« Alice war absichtlich kryptisch; sie wollte nicht, dass ihre beste Freundin dort auftauchte, beziehungsweise ihr Verlobter Matt.

Irgendetwas sagte ihr, dass sie nachforschen wollte, ob diese Dark Alley genau der Ort war, an dem sie sein wollte. Nicht zu wissen, worum es hier ging, war auf eine seltsame Art aufregend. Es war etwas Neues, etwas Herausforderndes. Vermutlich war genau das der Sinn dieser Visitenkarte.

Alice wusste, dass sie, wenn sie dorthin ging, über die dünne Linie, die sie immer zurückgehalten hatte, hinausgehen würde. Als sie dort in Biancas Küche saß und einen Kaffee trank, der viel stärker und weniger süß sein könnte, wusste sie, dass sie bereit war, diesen Schritt zu tun.

Nun musste sie nur noch diesen Tag hinter sich bringen und bis 22:00 Uhr warten, um in die Gasse zwischen der Hausnummer 8 und 10 der Elm Street zu gelangen. Eine gute Idee, um ihre Wartezeit zu verkürzen, war, etwas Schlaf zu bekommen.

Alice wusste, dass sie sich jetzt ausruhen musste, wenn sie später in höchster Alarmbereitschaft sein wollte. Irgendwie hatte sie das Gefühl, dass sie einen guten Eindruck machen musste. Es war nur so ein Gefühl. Es gab keinen wirklichen Grund, warum sie so dachte. Vielleicht hatte es etwas damit zu tun, wie ihr die Karte gegeben wurde.

»Das ist merkwürdig«, kommentierte Bianca, und Alice konnte an ihrem Gesichtsausdruck ablesen, dass sie diese Visitenkarte sehr gerne anschauen würde.

»Ich habe die Karte zu Hause gelassen«, erklärte sie mit einem Schulterzucken.

Es war keine Lüge. Sie hatte nicht wirklich geplant, ihrer Freundin von der ganzen Sache zu erzählen. Es war einfach aus ihr herausgeplatzt, weil sie sich langweilte und verärgert darüber war, dass sich das Gespräch am ganzen Morgen über das Baby und jetzt um die Hochzeit drehte.

»Findest du das nicht im Geringsten verdächtig?«, fragte Bianca und umfasste mit beiden Händen ihre Tasse. »Ich meine, du kanntest nicht einmal die Frau, die dir die Karte gab. Es könnte alles Mögliche sein.«

»Ich bin mir nicht sicher, ob sie überhaupt beteiligt ist. Es schien mir, als sei sie nichts weiter als ein Bote, und einige der Leute, die ich gestern traf, sind darin verwickelt«, sagte Alice zu ihrer besten Freundin. »Und das ist eher aufregend als entmutigend.«

»Ist das dein Ernst?« Bianca tat ihr Bestes, um ihre Stimme gleichmäßig zu halten, aber wieder einmal sprach ihr Ausdruck Bände.

»Deshalb möchte ich, dass du auf mich aufpasst«, antwortete Alice spontan. »Wenn ich heute Abend dorthin gehe, werde ich dir die Adresse schicken, und wenn du nichts mehr von mir hörst, schickst du die Polizei.«

»W… Warte mal.« Bianca winkte erregt mit den Händen. »Wann?«

Alice runzelte die Stirn und neigte den Kopf. Ganz klar brauchte ihre Freundin einen Moment.

»Oh, nun ja. Sagen wir ich schicke dir noch eine Nachricht fünf Minuten später, wenn ich drinnen bin, und eine weitere zwei Stunden danach. Wie klingt das?«

Biancas Brauen bildeten eine gerade Linie der Skepsis, aber das würde Alice nicht dazu bringen, ihre Meinung zu ändern. Nicht jetzt, wo sie anfing, sich darauf zu freuen, was auch immer das war.

»Zum Teufel, soweit ich weiß, könnte es eine Tupper-Party sein«, lachte Alice laut auf, aber ihre beste Freundin wollte nicht mitmachen, sodass ihr Lachen schnell verstummte.

Sie versuchte, sich etwas auszudenken, das Bianca beruhigen würde: »Glaubst du wirklich, dass jemand Unheimliches durch eine dritte Person Visitenkarten austeilt, als wäre es eine Art Lotterielos, nur um Leute umzubringen?«, fragte Alice schließlich.

»Was, wenn es Drogen sind? Eine Kommune? Menschenhandel?«, meinte Bianca nervös.

»Gut, wenn du ein schlechtes Gefühl hast, dann ruf mich an, okay?« Alice lehnte sich über den Tisch und legte ihre Hand auf die von Bianca, sie konnte die Spannung in diesen schlanken Fingern immer noch fühlen. »Ich weiß, dass die ganze Sache seltsam ist, aber wenigstens habe ich dir davon erzählt.«

»Ich sollte mitgehen«, erklärte Bianca unsicher.

»Aber du bist nicht eingeladen«, konterte Alice. »Ich habe das Gefühl, dass sie das ernst nehmen. Warum sonst die ganze Heimlichtuerei?«

Ihre beste Freundin warf ihr einen vorwurfsvollen Blick zu, dem sie ohne mit der Wimper zu zucken begegnete. Sie wusste, dass Bianca nur besorgt war, aber der Schlag, dass sie sie belogen hatte, was das Schwangerwerden betraf, milderte den Schlag, den Bianca ihr versetzen wollte – jetzt war sie an der Reihe, ein wenig unvorsichtig zu sein.

»Versprich mir, dass du vorsichtig sein wirst«, verblasste Biancas besorgter Blick und Wut langsam.

»Das werde ich, wie ich sagte«, drückte Alice ihrer Freundin noch einmal die Hand. »Ich schicke eine Nachricht, wenn ich reingehe, noch einmal, wenn ich drinnen bin, und ein letztes Mal zwei Stunden danach. Wenn du ein seltsames Gefühl hast, das stärker ist als dein Drang, mich nicht in Verlegenheit zu bringen, rufst du an, okay?«

»Okay«, stimmte Bianca zu, und Alice lehnte sich wieder zurück.

Beide nahmen schweigend noch einen weiteren Schluck von ihrem Kaffee. Danach gab es nicht mehr viel zu sagen, obwohl Alice sich der Akzeptanz ihrer besten Freundin bewusst war, als sich ihre Blicke trafen. Sie konnte nicht ganz glauben, dass sie dies tatsächlich tun würde.

♦ ♦ ♦

Nachdem sie weitere vier Stunden geschlafen hatte, gelang es Alice, sich aus dem Bett zu rollen und sich wie ein Neandertaler unter die Dusche zu begeben. Jetzt stand sie vor dem Spiegel ihres Schlafzimmers in voller Länge – genauso wie vor 24 Stunden.

Dieses Mal war sie jedoch viel nervöser und aufgeregter. Sie wusste nicht wirklich, was sie in der Gasse zwischen 8 und 10 Elm Street erwarten würde, aber insgeheim hoffte sie, dass es ein Abenteuer der erotischen Art werden würde. Nichts würde besser zu dem Leben passen, das sie für sich selbst geplant hatte, ein Leben ohne Verpflichtungen gegenüber einem anderen Menschen, der sie schließlich einfach ausbluten lassen würde.

Alice steckte ihr Haar wieder in einen glatten, hohen Pferdeschwanz. Diesmal trug sie ein schwarzes, leichtes Kleid, das ihr knapp über die Knie fiel, und die dünnen Träger des Kleides bedeckten die Spitzenträger ihres BHs nicht ganz, sodass sie sich mit einer Jeansjacke bedeckte. Ihre Stiefel waren gealtertes Kunstleder, das der Kleidungskombination irgendwie Harmonie verlieh. Sie wollte nicht so aussehen, als würde sie wieder in einen Club gehen, und sie wollte auch nicht so aussehen, als würde sie darum bitten.

Es war ein gutes Outfit.

Sie gab sich ein kurzes Nicken und machte sich auf den Weg. In ihrer Jacke waren alle notwendigen Dinge verstaut, nachdem sie ihre Wohnung abgeschlossen hatte: Geldbörse, Ausweis, Telefon mit Ohrstöpseln und schließlich ihre Schlüssel.

Alice hatte kein Auto, weil sie keins brauchte. Das öffentliche Verkehrsnetz deckte das gesamte Gebiet ab, das sie erreichen musste. Sie hatte das Glück gehabt, eine Wohnung zu finden, die sie sich, trotz der Nähe zum Stadtzentrum, leisten konnte. Ihr Job als Assistenz bei einem globalen Unternehmen brachte ihr genug Geld ein, dass eine solche Wohnung für sie erschwinglich war. Alice hatte festgestellt, dass sie keinen Lebenspartner brauchte, um bessergestellt zu sein. Sie verdiente genug, um für sich selbst sorgen zu können. Und wenn sie bezüglich der Dark Alley heute Abend Recht hatte, würde sie dort alles bekommen, was ihr bis jetzt fehlte.

Es waren nur ein paar Blocks bis zur U-Bahn, und Alice genoss die kühle Nachtluft. Nachdem sie ihre Schlüssel weggesteckt hatte, zog sie ihr Telefon und ihre Ohrstöpsel heraus. Nicht, weil sie den Lärm der Stadt nicht mochte, sondern eher, um sie für Fremde weniger zugänglich zu machen und mögliches Nachpfeifen zu überhören.

Seit sie beschlossen hatte, dass sie nur noch sich selbst brauchte, um glücklich zu sein, hatten sich die Dinge um sie herum verändert.

Alice hatte nicht nur gemerkt, dass ihre eigenen Schritte leichter wirkten und einen gewissen Schwung hatten. Auch die Leute schienen sie mehr zu bemerken. Die letzte Nacht war ein Höhepunkt für sie gewesen.

Dieser zusätzliche Schwung im Schritt ließ sie fast bis zur U-Bahn tanzen, und Alice versuchte ihr Bestes, um ihr Lächeln zu verbergen. Etwas in ihrem Innern sagte ihr, dass, selbst wenn sich diese sogenannte Dark Alley als Enttäuschung erweisen sollte, dies nicht die Qualität ihres Lebens mindern würde.

Das Sitzen in der U-Bahn fühlte sich an, als würde sich die Zeit wie ein alter Kaugummi dehnen, langsam und zäh. Noch nie zuvor hatte sich diese Fahrt so lang angefühlt – wahrscheinlich war es die Aufregung, die ihr Zeitgefühl verzerrte oder das Warten auf den richtigen Halt. Ihre Augen waren auf das Display über den Türen geklebt, damit Alice den Ausstieg nicht übersehen konnte. Die Elm Street war nicht ganz in der Innenstadt, wo sie arbeitete. Alice würde vier Stationen früher aussteigen müssen, als sie es gewohnt war.

Das Erste, was sie nach dem Verlassen der Dusche getan hatte, war, die genaue Lage der Elm Street zu recherchieren, nur um sicherzugehen und um die Peinlichkeit zu vermeiden, sich offen mit ihrem Telefon zu navigieren zu müssen. Sie wollte keinen schlechten ersten Eindruck machen, wenn die mysteriöse Einladung nicht bereits das Ergebnis eines guten ersten Eindrucks war.

Alice wollte nicht enttäuschen, auch wenn sie keine Ahnung hatte, wen sie zu enttäuschen befürchtete.

Sie lief immer noch mit ihren Ohrstöpseln, war aber zu nervös, um Musik zu hören, als sie von der U-Bahn-Station zur Elm Street lief. Als sie ankam, schaute sie auf die andere Straßenseite, wo sie die Nummer zwei sehen konnte. Sie steckte schnell die Ohrstöpsel ein und ging auf der gegenüberliegenden Straßenseite weiter.

Auf diese Weise konnte sie den Eingang sehen, ohne direkt davor zu stehen. Trotz der Straßenbeleuchtung war die Straße nicht gut beleuchtet, was sie hätte verunsichern sollen, aber im Moment hatte sie das Gefühl, sich leicht im Schatten verstecken zu können, falls sie kneifen sollte.

Der Punkt zwischen 8 und 10 Elm Street war nicht wirklich weit entfernt, aber als sie auf der anderen Straßenseite vor der Stelle zwischen zwei Häusern anhielt, gab es nicht mehr als ein Gittertor. Während die Hauptstraße stark frequentiert war, war es die Elm Street nicht, und deshalb konnte Alice einfach vom Bürgersteig heruntersteigen und hinübergehen und sich direkt auf das Tor zubewegen.

Zweifel und Frustration überschwemmten sie, als die kurze Distanz sich eine Meile lang anfühlte. Der Gedanke, dass die Karte in ihrer Jacke nichts als ein Streich war, vielleicht sogar aus dem Mami-Club, fraß sie innerlich auf.

Es war die Wut ihrer Fantasie, die einen Haufen spöttischer Frauen hervorrief, die sie dazu brachte, weiterzugehen, nach dem Tor zu greifen und es zu öffnen. Sie würde herausfinden, ob es in dieser kleinen Gasse nichts gab oder ob es genau das war, was sie zu finden hoffte.

In dem engen Durchgang war ein gedämpftes Licht und ihre Schritte verloren an Geschwindigkeit, als die Unsicherheit überhandnahm. Wenn die Visitenkarte echt war, war dies der Ort. Vorsichtig versuchte sie, einen Blick auf ein Zeichen zu erhaschen, irgendein Zeichen, dass sie nicht reingelegt worden war.

Bei jedem Schritt, bei dem sie versuchte, einen Blick auf das Licht zu erhaschen, spürte sie, wie eine unheimliche Berührung ihren Rücken hinaufkroch und eine eisige Spur aus Eis hinterließ. Alice war im Begriff, sich umzudrehen und zu gehen, als sie einen Lichtsensor auslöste. Plötzlich wurde die Gasse vor ihr von einem weichen, fast goldenen Licht durchflutet. Es war viel zu schwach, um sie zu blenden, aber genug, um den Weg zu sehen, der vor ihr lag.

»Kann ich Ihnen helfen, Miss?« Eine freundliche, doch zurückhaltende Stimme drang aus der Dunkelheit zu ihr und ließ sie zusammenzucken.

Aus dem Schatten vor ihr trat ein Berg von einem Mann: Seine Arme und Beine waren größer als die Äste einiger Bäume, die Alice gesehen hatte, dennoch erschien er ihr irgendwie harmlos.

Sein Kopf war kahl – sie konnte nicht sagen, ob er rasiert war oder ob er von Natur aus so war. Das schwarze T-Shirt, das er trug, schien eine Nummer zu klein zu sein. Durch den Stoff gepresste Muskeln ließen seine nackten und tätowierten Arme noch größer erscheinen.

Es dauerte ein paar Sekunden, bis Alice merkte, dass er geduldig auf ihre Antwort wartete. Schnell bewegte sie sich, um die kleine Karte aus ihrer Tasche zu ziehen.

»Ich bin eingeladen worden«, erklärte sie und überreichte die einfache schwarze Karte.

Der Türsteher nahm die Visitenkarte, die in seinen Händen so winzig aussah, entgegen, zauberte eine kleine Taschenlampe herbei und schaltete sie ein. Sehr zur Überraschung von Alice leuchtete sie nicht. Es war tatsächlich Schwarzlicht und einige Buchstaben erschienen auf der Seite der Karte, auf der sie nur »Dark Alley« gelesen hatte. Der Mann schaltete das Licht sofort wieder aus, nachdem er das Wort oder den Namen auf der Karte gelesen hätte. Aber, was noch wichtiger war: Der große Kerl schien zufrieden und nickte kurz.

»Willkommen in der Dark Alley, Miss«, sagte er und steckte sowohl die Karte als auch die Taschenlampe wieder ein.

In diesem Moment erinnerte sich Alice daran, dass sie Bianca eine Nachricht versprochen hatte, als sie den Ort betrat und schnell ihr Telefon hervorholte.

»Es tut mir leid; ich muss meiner Freundin sagen, dass es mir gut geht«, erklärte sie verlegen und lächelte den Riesen entschuldigend an, der nickte und damit ihren Eindruck zu bestätigen schien, dass er einfach nur ein riesiger Teddybär war.

Alice tippte schnell eine Nachricht: »Ich bin in der Dark Alley, alles ist in Ordnung. Keine Sorge. Ich rufe dich in zwei Stunden an.«

Als sie ihr Telefon senkte, ignorierte sie zunächst die ausgestreckte Hand des Mannes.

»Sie sind zum ersten Mal in der Dark Alley«, erklärte er mit Geduld in seiner Stimme. »Also lassen Sie mich Ihnen die Regeln erklären. Keine elektronischen Geräte, keine Kameras.«

Alice biss sich auf die Lippe, weil sie von ihm erwartete, er würde sagen, dass die erste Regel der Dark Alley sei, dass niemand über die Dark Alley spricht. Stattdessen gab sie ihm ihr Telefon, und er nahm es vorsichtig entgegen.

»Keine richtigen Namen, kein Küssen auf den Mund, es sei denn, es wird speziell darum gebeten«, fuhr er fort und sprach, als hätte er diese Regeln tausendmal gesagt: »Männer sind verpflichtet, sich zu schützen. Wenn sie das nicht tun, muss dies sofort gemeldet werden. Das Safeword ist ›rot‹; ›gelb‹ steht für Obacht. Bevor Sie die Dark Alley betreten, bestellen Sie die Einzelheiten Ihrer Begegnung, die nach dem Betreten diese nicht mehr geändert werden können.

Indem Sie die Dark Alley betreten, erklären Sie sich damit einverstanden, keine rechtlichen Schritte einzuleiten und erkennen sie als neutralen Boden an. Jede Anklage, jede Beschwerde muss bei mir vorgebracht werden, und die führenden Mitglieder werden über den Fall entscheiden. Bitte hinterlassen Sie alle Ausweise und Wertgegenstände bei mir. Ich werde Ihnen alles zurückgeben, wenn Sie gehen.»

Alice war sich nicht einmal bewusst, dass sie ihren Ausweis, ihre Schlüssel und ihre Handtasche abgegeben hatte, bis sie all diese Gegenstände in einer schwarzen, unbeschrifteten Kiste verschwinden sah.

»Danke, Miss«, kommentierte ›Big Guy‹ – wie sie ihn spontan taufte –, immer noch freundlich, mit einem Blick, der weder Erregung noch irgendetwas Sexuelles enthielt.

Sie war sich nicht ganz sicher, worauf sie sich da einließ. Dennoch schenkte sie dem Mann ein Lächeln und nickte einmal, um ihm zu sagen, dass sie bereit sei, obwohl sie extrem nervös war. Alice konnte nicht aufhören, sich zu fragen, ob es hier wirklich so verlaufen würde, wie sie es wollte, oder ob sie sich einem Fremden ausliefern würde. Wenn ja, so hatte sie nicht wirklich das Gefühl, dass sie sich amüsieren würde, und sollte es nicht darum gehen?

»Sie sollten dies als einen Probelauf sehen, Miss«, erklärte Big Guy, als ob er ganz genau wüsste, wie sie sich fühlte.

Alice fragte sich, wie oft er diese Worte wohl schon gesagt hatte.

»Bitte lassen Sie mich wissen, woran Sie heute interessiert sind, und ich werde Sie mit dem richtigen Kandidaten zusammenbringen.« Mit diesen Worten zauberte er ein Tablet aus einem verborgenen Ort, aus dem die Taschenlampe stammte. Nun aber wartete er geduldig darauf, dass Alice ihre ›Bestellung‹ aufgeben würde; und sie begann sich genauso zu fühlen, wie sie es sich erhofft hatte, köstlich ungezogen.

»Sie könnten mit Ihren harten Grenzen beginnen«, schlug Big Guy vor.

»Oh, okay«, stammelte Alice nickend und fühlte sich schwindlig, nervös und aufgeregt zugleich. »Ich weiß ziemlich gut, was ich gerne haben möchte.« Sie hörte sich selbst aufrichtig sein und nickte erneut, aber diesmal, um ihr Selbstvertrauen zu stärken. »Etwas Einfaches: Ich möchte an der Wand von hinten zum Sex verführt werden, als hätte er eine Ewigkeit darauf gewartet, mich zu erwischen.«

Seine Hände bewegten sich überraschend schnell über den Bildschirm. Dann sah er zu ihr auf und fragte: »Männlich? Ein oder mehrere Partner?«

Alice fühlte, wie ihr Gesicht vor Hitze errötete, und sie schluckte ein Kichern hinunter. Irgendwie, vielleicht wegen der Art und Weise, wie er sie fragte, hatte sie das Gefühl, dass dies eine Jetzt-oder-nie-Chance war.

Dennoch war sie nicht so mutig, wie sie es sich erhofft hatte. Außerdem, woher sollte sie wissen, ob sie das wirklich wollte? Tagträume waren eine Sache, aber die Realität war eine andere.

»Einen«, antwortete sie dem großen Teddybären und nickte selbstbewusst, als sei es eine Bestätigung sowohl für ihn und als auch für sich selbst.

Alices Herz fühlte sich an, als wolle es ihr direkt aus der Brust springen, als sie erkannte, dass dies etwas ganz anderes hätte sein können, als sie angenommen hatte.

Nach allem, was sie wusste, hätte es auch ein schickes Restaurant mit einem Blind Date sein können. Die Antwort des Türstehers gab ihrer Hoffnung und Erwartung recht, aber das milderte ihre Nervosität nicht.

»Erinnern Sie sich an die beiden Worte, die ich Ihnen genannt habe?«, erkundigte sich Big Guy, und obwohl sein Gesichtsausdruck genauso neutral gewesen war, wie er es fast während ihres Gesprächs gewesen war, fühlte sich Alice, als ob ein subtiler Ton von Sorge in seiner Stimme zu hören wäre.

Vielleicht war es nur Wunschdenken. Dennoch gab es diesen winzigen Keim des Zweifels daran, ob all dies ein abgekartetes Spiel war oder nicht, das darauf wartete, zu wachsen und zu blühen.

»Ja«, nickte Alice und sah ihn direkt an. »Obacht ist gelb, Stopp ist rot, wie die Ampel.«

Ein freundliches Lächeln erschien, und er machte eine einladende Geste und ermutigte sie, aus dem gedämpften Licht herauszutreten und in eine Gasse zu gehen, die tatsächlich nur wie eine Dark Alley aussah.

»Ihre Verabredung wird sich in Kürze zu Ihnen gesellen. Ihre Gasse ist die zweite rechts, passen Sie auf, wo Sie hintreten, und genießen Sie Ihren Aufenthalt.«

– 3 –

Sobald Alice den Türsteher verließ, ging das Licht über ihr aus, und sie wurde von der Dunkelheit verschluckt. Ihre Augen brauchten einige Zeit, um sich an die Finsternis zu gewöhnen, während sie vorsichtig ein paar Schritte vorwärtsging. Winzige Lichter waren überall in der Gasse verstreut und erhellten schwach den Weg, der zwischen den Häusern in der Elm Street 8 und 10 – und möglicherweise weiter unten im ganzen Block – versteckt war. Die winzigen Lichter fühlten sich eher wie ferne Sterne als wie Straßenlaternen an.

Die zweite Gasse auf der rechten Seite, hatte der große Kerl gesagt, und Alice hob instinktiv ihre rechte Hand, strich mit ihr an der Ziegelsteinwand entlang und ging immer noch vorsichtig weiter in die Gasse, während sie so gut sie konnte horchte.

Als ein leises Stöhnen von irgendwo auf der linken Seite ihre Ohren erreichte, traf sie das wie ein Blitz. Alice blieb ganz still stehen und holte tief Luft. Aber was nach dem ersten Schock zurückblieb, war nicht die Verlegenheit oder der Instinkt, sich auf den Fersen umzudrehen, sondern die Aufregung.

Sie fühlte eine seltsame Wärme in sich aufsteigen, die sie genau an der richtigen Stelle feucht werden ließ. Es war zu lange her, und jetzt hatte sie genau das bestellt, wonach sich ihr Körper und ihr Geist sehnten.

Es fühlte sich verrückt an. Es schien falsch zu sein.

Aber wer hatte das Recht, ihr zu sagen, was falsch war? Es war nirgendwo in Stein gemeißelt, dass eine Frau sich nicht um alle ihre Bedürfnisse kümmern durfte. Entschlossenheit gab ihrem Schritt neue Kraft, als sie am ersten Eingang auf der rechten Seite vorbei ging. Ihre Augen hatten sich nun angepasst, und was sie passierte, sah aus wie eine weitere Dark Alley. Sie fragte sich, wie viele solcher Wege es genau gab. Es konnten nicht viele sein, es sei denn, jemand hätte die hinteren Teile der Häuser aufgekauft. Aber das war im Moment nicht wirklich wichtig.

Alices Herz machte einen schmerzhaften Sprung, als sie die große schwarze Lücke erreichte, die den Eingang zur zweiten Gasse auf der rechten Seite bildete. Sie blieb stehen. Das gehörte ihr. Wenn sie hier wartete, würde sich bald jemand zu ihr gesellen und dafür sorgen, dass das geschah, worum sie bat. Angst und Aufregung hielten einen Ringkampf in ihrem Körper ab und ließen ihr Blut rauschen, ihr Herz rasen und ihren Atem flach werden.

Das war's. Jetzt hieß es entweder kneifen, auf dem Absatz kehrtmachen, oder »Los Mädel und wage diesen Schritt!«

In dem Moment, wo Alice einen Gedanken in ihrem Kopf aufsteigen spürte, ging sie nach vorne. Sie hatte noch nie in ihrem Leben einen One-Night-Stand gehabt, und dies war auch keiner. Dies war eine Vereinbarung ohne den Austausch von Geld, aber mit der Sicherheit eines Vertrages. Es gab Regeln und es gab einen Big Guy am Eingang. Sie würde sicherer sein als mit jedem Fremden, den sie in einem Club kennengelernt hatte.

Alice konnte sich ein kurzes Kichern nicht verkneifen, denn der Sex mit einem Fremden war genau das, was sie vorhatte. Wer auch immer ihr diese Karte gegeben hatte, könnte derjenige sein, den sie treffen wollte, obwohl sie sein Gesicht nicht sehen würde. Je weiter sie die Gasse hinunterging, desto dunkler wurde es.

Das war definitiv anders als bei einem One-Night-Stand. Es war völlig anonym. Die Aufregung in Alice setzte sich durch. Was kann da schon schiefgehen? Wenn der Sex schlecht war, gingen ihre Wege auseinander, ohne jemals zu wissen, wer sie waren, und das war‘s. Aber was wäre, wenn es gut wäre?

Was, wenn sie mehr wollte?

Alice schüttelte den Kopf. Das war nicht der richtige Zeitpunkt, darüber nachzudenken. Sie wusste, dass es ihr Verstand war, der versuchte, mit ihrer Nervosität fertigzuwerden, aber es war überhaupt nicht hilfreich.

Es war jedoch ziemlich schwierig, ihre Gedanken in Schach zu halten, da sie ganz allein in einer engen und düsteren Allee stand. Das war die Art von Dingen, von denen ihre Mutter ihr gesagt hatte, sie solle sich von ihnen fernhalten, und nun war sie freiwillig dorthin gegangen.

Was hatte sie sich nur dabei gedacht?

Wer auch immer hierherkam, wer würde er sein? Wie würde er aussehen? Würde er attraktiv sein? Was wäre, wenn sie von seinem Körper, seinen Handlungen angewidert wäre?

Vielleicht ging es bei Dark Alley genau darum, nicht über solche Details nachzudenken, sich nicht von selbst geschaffenen Hindernissen aufhalten zu lassen, sondern einfach Spaß zu haben.

Das Geräusch von etwas, das die raue Oberfläche des Bodens unter ihr streifte, brachte die Gedankenflut zum Erliegen. Es ließ Alice stoppen, während sie in die Dunkelheit hinein lauschte, ihr Körper war schmerzhaft angespannt, als wäre er elektrisiert. Aus welchem Grund auch immer wagte sie es nicht, sich umzudrehen, um zu sehen, ob sich jemand zu ihr gesellt hatte.

Als Alice den Atem anhielt, waren die Schritte deutlich hörbar. Vielleicht hatte er, wer auch immer er war, absichtlich ein Geräusch erzeugt, damit sie nicht springen und aus Versehen schreien würde. Das wäre eine Peinlichkeit gewesen.

Doch als sie diese Schritte langsam näher kommen hörte, war ihr Körper völlig verwirrt. Ihr Herz hämmerte wild. Ihr Atem war flach. Ihre Gefühle waren eine verrückte Mischung aus Angst und Aufregung.

Nie zuvor waren sich diese beiden Extreme so nahegekommen. Die Schritte hörten auf, und Alice fühlte, wie er direkt hinter ihr stand. Sein Atem rollte ihr den Hals hinunter. Er war größer als sie. Alice stand still, wartete und wartete erwartungsvoll. Seine erste Berührung war keine richtige; er strich ihren Pferdeschwanz zur Seite und über ihre Schulter, als ob er ihren Hals entblößen wollte.

Alice zwang sich, gleichmäßig zu atmen, schloss die Augen und konzentrierte sich auf ihre anderen Sinne. Sie konnte sein Aftershave riechen. Es war ihr vertraut, aber dennoch war sie nicht in der Lage, das damit verbundene Gesicht heraufzubeschwören.

Warme Finger berührten die Seite ihres Halses und ließen ihre forschenden Gedanken wie zerbrechendes Glas verschwinden. Da ihr die Sicht genommen wurde, fühlte sie die Berührung dieser vier Finger durch ihr Nervensystem rütteln und spürte sie am ganzen Körper. Sie konnte sich nicht davon abhalten, zu zittern.

Er sagte kein Wort, als er seine leicht rauen Fingerspitzen über ihren Hals und den Kragen ihrer Jacke zur Seite bewegte.

Alice blieb völlig ruhig mit geschlossenen Augen stehen, ohne zu wissen, was sie tun sollte oder was als Nächstes passieren würde oder könnte.

Ein Paar unerwartet weicher Lippen drückte sanft auf den Ansatz ihres Halses, direkt oberhalb des Schlüsselbeins.

Kurz darauf teilten sich diese Lippen und streiften nach oben, wobei sie direkt unter ihrem Kiefer genau an der Stelle stehen blieben, an der sie nun fühlte, wie ihr Puls gegen seinen Mund hämmerte. Diese Berührung schickte eine weitere Hitzewelle der Erregung durch ihren Körper, und sie neigte instinktiv ihren Kopf weg und präsentierte ihm ihren Hals.

Irgendwo im Hinterkopf von Alice kämpfte eine winzige Stimme immer noch mit der Idee, was sie gerade tat. Es war etwas, das jeder missbilligen würde, es war falsch, es war nicht das Normale – es war verboten.

Das war der Grund, warum sie es noch mehr wollte. Alice wollte sich amüsieren, sich gehen lassen, zu ihren Bedingungen, und sie schloss die winzige Stimme für immer weg.

Ein Paar Hände nahm langsam den Kragen ihrer Jacke und zog sie über die Schultern, während die Lippen weiter ihre Haut streichelten. Alice bewegte ihre Arme, sodass der Fremde die Jacke von ihrem Körper ziehen konnte. Sie hörte, wie sie mit einem dumpfen Aufschlag auf dem Boden aufkam.

Die Hände kehrten augenblicklich zu ihrem Körper zurück, schlangen sich um ihre Taille, hielten kurz auf ihrem Bauch inne, wärmten ihre Haut durch den Stoff ihres Kleides mit gespreizten Fingern, fast so, als würden sie sie fordern.

Alice tat ihr Bestes, um gleichmäßig zu atmen, obwohl sich ihr innerer Kern erwärmte und ihre Sehnsucht in einer Weise zunahm, wie sie es noch nie zuvor empfunden hatte. Vielleicht lag es daran, dass sie seit ihrer Trennung keine sexuellen Begegnungen mehr gehabt hatte – abgesehen von ihrer eigenen Hand. Sie lehnte den Kopf zurück und wollte alle ihre Gedanken dämpfen, weil sie wirklich nur aufhören wollte, zu denken, nicht mehr nachzudenken, nicht mehr diese Fantasie zu zerstören, die zum Leben erwachte.

Als wüsste ihr dunkler Fremder, was sie sich wünschte, glitten seine Hände nach oben, schöpften zärtlich ihre beiden Brüste und massierten sie ehrfürchtig – ein ewiger Moment, bevor seine Zeigefinger und Daumen ihre Brustwarzen erwischten und sie sanft kniffen. Diese Art von Aufmerksamkeit brachte sie dazu, ihren Rücken zu wölben, den Kopf an die Schulter des Fremden zu lehnen und mit ihrer Wange seinen Fünf-Uhr-Schatten zu streifen.

Alice fühlte, wie ihre Reaktion ihn ermutigte, die derzeitige Behandlung ihrer Brüste fortzusetzen und sie durch die Erhöhung des Drucks sogar noch zu intensivieren.

Sie konnte nicht anders, als zu keuchen, leise zu stöhnen und triebhaft ihre Oberschenkel aneinander zu reiben, als ihr ganzer Körper zu dem Vergnügen erwachte.

Dann, sehr zu ihrem Leidwesen, verließen seine Hände ihre Brüste und bewegten sich bis hinunter zu ihren Hüften, ohne dass der Druck auf ihre Haut aufhörte. Er schröpfte ihre Hüftknochen und drehte sie um, wodurch sie leicht aus dem Gleichgewicht geriet. Alice ertappte sich dabei, wie sie wissentlich lächelnd die Hände an die Wand erhob.

Das hatte er für sie vorgesehen. Seine Hände hielten nur kurz auf ihren Hüften, bevor er sich an ihre ungewöhnlich empfindlichen Brötchen schmiegte und sie zärtlich drückte, so wie er es bei ihren Brüsten getan hatte. Dann brachte er seine Hände zu den beiden Stellen zurück, die Alice am meisten begehrte. Ein hohes Stöhnen entkam ihr, während er ihre Brüste weiter massierte, diesmal noch kräftiger. Die aufregendste Empfindung war jedoch das Gefühl, wie sich sein Ständer durch seine Jeans und ihr Kleid gegen ihr Gesäß drückte. Alice konnte nicht wirklich sagen, wie groß er war, aber zu ihrem Vergnügen fühlte er sich nicht klein an. Außerdem hatte sie offensichtlich nicht lange gebraucht, um denjenigen zu erregen, wer immer er auch war.

Sein Mund bewegte sich zur Seite ihres Halses, streifte ihre Haut mit den Zähnen und biss sanft zu.

»Keine Knutschflecken«, schaffte sie zu flüstern, und seine Antwort war nicht mehr als ein Brummen.

Was folgte, war eher unerwartet, denn mit einer schnellen Handbewegung schwang er sie herum und drückte sie mit dem Rücken gegen die Wand. Das war nicht die Abmachung. Aber als seine Hände ihren Oberschenkel hinaufglitten, bemerkte Alice, dass er vor ihr kniete, seine Finger unter ihr Kleid schob und sie unter dem Gummiband ihres Höschens einhakte. Die Wölbung ihres Rückens war sein Stichwort, um fortzufahren, und er zog den seidigen Stoff vorsichtig bis zu ihren Knöcheln hinunter. Er hob ihre Füße an, einen nach dem anderen.

Alice war es egal, wohin ihr Schlüpfer ging, denn seine Lippen kehrten zu ihr zurück, diesmal an der Innenseite ihres Oberschenkels, schmerzhaft, sich langsam nach oben bewegend, wobei seine Zunge ihre Haut kostete.

Die einzigen Geräusche, die er die ganze Zeit gemacht hatte, war dieses eine Grunzen. Er sagte kein Wort und schwieg; fast so, als glaubte er, dass sie ihn erkennen würde, wenn sie seine Stimme hörte. Zumindest war es das, was ihr Verstand in einem kurzen Moment der Klarheit dachte.

Seine Hände waren an ihren Knien vorbeigegangen und ruhten auf ihren Oberschenkeln. Es war der einzige Kontakt, den Alice fühlen konnte, und er verlangte sofort ihre ungeteilte Aufmerksamkeit.

Sie blickte genau dann nach unten, als sich sein Kopf, auf den das gedämpfte Licht nur eine Nanosekunde lang gestrahlt hatte, zwischen ihren Beinen bewegte.

Alice hatte nur einen winzigen Blick auf seine Gesichtszüge erhascht, aber sie hatte keine Chance, ihn zu verarbeiten. Er bewegte seine Hände weiter nach oben, als sein Kopf aus ihrem Blickfeld verschwand. Alice fühlte, wie seine Fingerspitzen sanft ihre Schamlippen spreizten und sie der kühlen Nachtluft aussetzten, kurz bevor die heiße Spitze seiner Zunge langsam über ihre Klitoris streifte.

Sie verlor die Fähigkeit zu atmen.

Ihre Fingernägel gruben sich in das Mauerwerk hinter ihr ein, genauso hart, wie sie ihren Hinterkopf gegen das Mauerwerk drückte.

Er leckte wieder, benutzte mehr Zunge für mehr Reibung und erhöhte langsam seine Geschwindigkeit, indem er mit diesem kleinen, übermäßig empfindlichen Stück Fleisch direkt zwischen ihren Beinen herumspielte. Jedes Mal, wenn sich seine Zunge mit ihrer Klitoris verband, durchzuckte ein Eisblitz ihren Körper und hinterließ nichts als Hitze, als der Kontakt abbrach. Alles, was Alice tun konnte, war in den kurzen Pausen, die sie in den Wahnsinn trieben, nach Luft zu schnappen.

Sie wollte mehr.

Sie brauchte mehr.

Als ob er ihre Gedanken lesen könnte, sie aber trotzdem quälen wollte, drückte er seinen Mund gegen ihre Klitoris, rieb seine Zähne an ihr, wodurch der Druck und die Spannung, die sich in ihr aufbauten, noch verstärkt wurden. Alice fühlte, wie zwei Finger leicht in sie hineinglitten. Sie war bereits wahnsinnig nass, und ein Stöhnen tief aus seiner Kehle bestätigte dies nur.

Dennoch pumpte er seine Finger ein und aus, fügte schnell einen dritten hinzu, während er unerbittlich an ihrem Fleisch saugte, ließ sie laut stöhnen, ihren Rücken beugen, ohne sich um die Kratzer zu kümmern, die sie definitiv an diese Begegnung am nächsten Tag erinnern würden. Alices Fremder hatte ihren Kippschalter gefunden, sodass ihr Geist leer war und ihren Urinstinkten folgte. Von ihrer Vernunft war nichts mehr übrig geblieben als der Hunger nach mehr, der verzweifelte Wunsch nach Erlösung und das Bedürfnis, vollständig verzehrt zu werden.

Er arbeitete so lange an ihr, bis ihre Sinne überlastet waren und ihr ganzer Körper angespannt war, um in einem längst überfälligen Orgasmus zu krampfen, sodass sie nichts anderes mehr fühlte als die Bewegung seiner Finger und Zunge in ihrem ganzen Körper. Als Alice sich gegen die Wand drückte, diente das dazu, sich aufrecht zu halten und dafür zu kämpfen, dass ihre Beine sie nicht aufgaben, während ihre Muskeln in der Folge weiter zitterten.

Seine Hände schlangen sich langsam wieder an ihren Oberschenkeln hoch, blieben unter dem Stoff ihres Kleides und fühlten sich wie zwei Fackeln an, fast unerträglich, aber harmlos für ihre Haut.

Alice musste erst noch zu Atem kommen und sich zusammenreißen; sie fragte sich, ob dieser Mann wirklich so gut war oder ob dies so umwerfend war, weil sie schon so lange keine Befreiung mehr gespürt hatte. Oder vielleicht, nur vielleicht, war ihr Ex wirklich nicht einmal erwähnenswert. Die Gesichtszüge des Fremden lagen noch im Schatten, als er sich zu seiner vollen Größe aufrichtete und sie überragte. Für den Bruchteil einer Sekunde kam ihr der Gedanke, dass er der Mann mit dem Scotch sein könnte, der Mann, der ihr seinen Namen nicht gesagt hatte, aber ihren kannte.

Die Erregung dieses Gedankens schoss durch ihren Körper wie eine eisige Welle in der Sommerhitze. Doch wer auch immer er war, er erlaubte ihr keinen weiteren klaren Gedanken mehr, während er seinen Kopf senkte und seine Stirn sanft Nase an Nase gegen ihre legte.

Für eine kurze Sekunde dachte Alice, dass ihr Fremder sie küssen würde – was verboten war, so weit konnte sie sich erinnern. Aber das tat er nicht. Obwohl sich sein Mund schelmisch auf ihren Lippen schloss, packten seine starken Hände im allerletzten Moment ihre Hüften und schleuderten sie herum, wobei sie immer noch unter dem Stoff ihres Kleides verweilten.

Alices Hände machten ein klatschendes Geräusch gegen die Ziegelmauer, sie fühlte, wie ihr Gesicht daran kratzte, aber das war ihr eigentlich egal, denn ihre Fantasie – die sie sich gewünscht hatte – war dabei, lebendig zu werden.

Die Finger des Fremden streiften über ihren nackten Hintern, was ihr Schauer über den Rücken jagte und eine Gänsehaut verursachte, die sich langsam auf ihren Rücken schlängelte. Umso mehr, als er seinen Steifen, der immer noch von seiner Jeans verdeckt war, gegen ihre Haut drückte.

Alice konnte nicht sagen, wie groß er war, und es war ihr auch nicht wirklich wichtig. Wichtig war, dass er sich steinhart gegen sie anfühlte, fast so, als ob nicht ein Stück Fleisch in seiner Hose wäre, sondern etwas anderes. Das Wissen, dass sie seine Erregung erzeugt hatte, machte sie fiebrig. Sie wollte seinen Schwanz auf ihrer Haut spüren.

Sie brauchte es.

Auch hier schien er ihre Gedanken gelesen zu haben, denn er wich kurz zurück, nur damit das Geräusch eines Reißverschlusses die Stille stören konnte, die nur durch ihr schweres und zerfetztes Atmen gestört worden war. Die Muskeln von Alice spannten sich an, und sie fühlte, wie die Nässe seiner Arbeit ihre Beine hinunterlief. Sie konnte nicht glauben, dass sie bereits Schmerzen hatte und verzweifelt nach einem weiteren Orgasmus verlangte.

Noch vor wenigen Augenblicken war sie hart geworden, und doch war sie hier und bettelte schweigend darum, dass er sie pflügte.

Unmoralisches Verhalten hatte sich noch nie so gut angefühlt.

Es war ein ungehöriger Traum, der wahr wurde. Als ob er sie necken wollte, tat er genau das, woran Alice nur Sekunden zuvor gedacht hatte – er drückte sein heißes, steifes Fleisch gegen ihren Po und drückte seinen Schwanz zwischen ihre Backen. Für einen Moment wurde sie dort steif wie ein Brett, als sie fühlte, wie er an dem einen Loch, das noch nicht fertig war, rieb und dabei all die falschen Schauer durch ihren Körper jagte. Alice wusste genau, dass sie nicht in der Lage war, ihn abzuwehren, wenn er den falschen Weg einschlug. Es war nicht nur ihre Position; sie war sich sicher, dass er stärker war als sie und sich ihr leicht aufzwingen konnte.

In diesen kurzen Sekunden kamen ihr all die Warnungen in den Sinn, die Bianca ihr gesagt hätte, wenn sie es ihr erlaubt hätte: Sie hatte keine Ahnung, worauf sie sich da einließ, es könnte völlig schiefgehen.

Oder völlig richtig.

Alice fühlte dann seine Hand an ihrem Hintern, der immer noch seinen Schwanz hielt, der jetzt mit einem Kondom bedeckt war, und führte ihn an die richtige Stelle, die bereit war und auf ihn wartete. Es fühlte sich immer noch wie eine Fantasie an, wie ein Tagtraum.

Seine freie Hand zog an ihren Hüften, sodass sie ihren Rücken wölbte und sich ihm präsentierte. Ihre bereitwillige Hingabe brachte ihr ein zufriedenes Summen ein. Ein Keuchen entging ihr, als sie fühlte, wie er sich vor ihren Eingang stellte. Sie hörte, wie er flach durch den Mund atmete, während er sich so langsam vorwärtsbewegte.

Alices Kopf fiel nach hinten, ihre Augen waren geschlossen, während seine beiden Hände ihre Hüften festhielten, während er Zentimeter für Zentimeter in sie eindrang und sie ihn in ewigen Sekunden fühlen ließ. Ihr Mund öffnete sich, und sie wölbte ihren Rücken weiter nach hinten, um ihm zu begegnen und ihn noch tiefer gleiten zu lassen.

Einen Moment lang hielten beide still und erlaubten ihr, ihm entgegenzukommen, während seine Daumen über ihre Haut strichen. Alice fühlte sich, als würde er das Gefühl genießen. Sie mochte die Idee, mochte den Gedanken, dass sie einfach perfekt für ihn sein könnte. Die Männer liebten sie sehr. Das taten sie alle. Sie presste ihre Muskeln zusammen, nur um eine Reaktion von ihm zu bekommen, eine Neckerei. Ihr Fremder stöhnte im Gegenzug und rächte sich sofort mit einer harten Bewegung; er zog sich fast ganz heraus und stürzte sich in ihre weichen, nassen Falten zurück.

Alice stöhnte laut auf und scherte sich nicht mehr darum, weiterhin zu schweigen. Immerhin war dies der Grund, weshalb alle hier waren.

Wieder blieb er stehen und drängte sich langsam noch tiefer in sie hinein, und Alice war sich nicht sicher, ob einer ihrer Freunde so tief in sie hineingestoßen war. Es war kurz davor, dass es wehtat, was es noch erregender machte. Sie legte ihre linke Wange gegen die kühlen Ziegelsteine, krallte ihre Finger in das Mauerwerk, wölbte ihren Rücken und hob ihren Hintern an, um ihm auf die bestmögliche Art und Weise zu begegnen, während er seine Bewegung wiederholte, ganz langsam. Er murmelte etwas, das sie nicht ganz verstehen konnte, doch es klang eher wie ein gedämpftes Knurren. Vielleicht waren es gar keine Worte. Nach einer Handvoll langsamer Bewegungen gewann ihr Unbekannter zum Glück etwas an Schwung. Jedes Mal, wenn er in sie hineinrutschte, wurde er von dem klatschenden Geräusch seiner Hüften begleitet, die an ihre Pobacken schlugen, was sie nur noch mehr erregte. Die vergnüglichen Stöße, die er jedes Mal durch ihren Körper schickte, wenn er seinen Schwanz in ihr vergrub, vermischten sich mit den Klapsen gegen sie, die sich wie ein elektrischer Strom über ihre Haut ausbreiteten. Alice wusste auf Anhieb, dass sie beim nächsten Mal darum bitten würde, den Hintern versohlt zu bekommen. Das war so ziemlich der letzte klare Gedanke, den Alice hatte, bevor ihr Fremder sein Tempo steigerte und härter in sie hineinstieß, während seine Hände sich in ihre Haut krallten.

Sogar mit geschlossenen Augen rollten sie sich in ihren Höhlen zurück, mit dem quälenden Gefühl, das seine unerbittlichen Bewegungen bei ihr auslösten, es waren schließlich die Geräusche, die er machte, die sie viel schneller an den Rand brachten, als sie erwartet hatte.

Sie erwischte nicht den Moment, in dem er sie verlor, sie fühlte es einfach, als ob es ihm egal wäre, ob er ihr wehtat oder nicht, während er ihr Fleisch fickte und sie zwang, Geräusche zu machen, an die sie sich nicht erinnern konnte, sie jemals zuvor gemacht zu haben. Alice störte sich nicht an seinen brachialen Bewegungen, sondern genoss sie, weil sie ihr genau das gaben, wonach sie sich so lange gesehnt hatte.

Sie wollte begehrt werden.

Sie wollte einen Mann in den Wahnsinn treiben, indem sie sich und ihn befriedigte, und das fühlte sich definitiv so an. Es war ein ursprünglicher, grundlegender Instinkt.

Alice hatte keine Ahnung, wie lange sie weitermachten, bis sie fühlte, wie er in ihr explodierte, laut stöhnte, bebte und zitterte. Sie fühlte seine Befreiung trotz der Sicherheit des Kondoms, wie sein Schwanz zuckte und in ihr pulsierte. Es war genau der Moment, in dem er sie brutal kommen ließ.

Sie wusste, dass sie sich anspannte, sich fest um ihn presste, und doch bewegte er sich in ihr weiter und ließ sie ihn trocken melken.

Alice fühlte sich so schmutzig, so zufrieden, dass sie sich nicht davon abhalten konnte, laut zu lachen. Mit offenen Augen und nach hinten fallendem Kopf fühlte sie, wie er sich aus ihr herauszog, obwohl ihr Orgasmus ihren Körper immer noch zum Zittern brachte.

Sie liebte es.

Sie genoss es, wie schwach ihre Knie plötzlich waren, dass sie sich zur Unterstützung an die Wand lehnen musste. Sie liebte es, sein Stöhnen zu hören, als er sein Kondom abzog und wie eine seiner Hände neben ihrem Gesicht an die Wand krachte.

Alice konnte nicht wirklich viel von dieser Hand sehen, abgesehen davon, dass sie viel größer war als ihre und stark und breit. Sie sah nicht wirklich wie eine Arbeiterhand aus, aber auch nicht wie eine, die nie etwas anderes als eine Tastatur berührt hatte.

»Ich könnte dich den ganzen Tag lang vögeln«, flüsterte ihr Fremder ihr ins Ohr, was sie schaudern ließ und ihr Gänsehaut über den Rücken jagte. »Ich hoffe, du kommst zurück«, fügte er hinzu und machte eine bedeutungsvolle Pause. »Bald.«

Alice drückte ihr ganzes Gewicht gegen die Wand und hörte dabei zu, wie ihr Fremder die Hose hochzog und den Reißverschluss und den Gürtel schloss, die sie noch nie zuvor gehört hatte. Dann legte er einen starken Arm um ihren Bauch und zog sie an seine Brust. Er fühlte sich an, als bestünde er nur aus Muskeln mit gerade genug weichen Stellen.

Er war größer und viel breiter als sie. Sie liebte es, wie sie gegen seine harte Form verschmolz.

Plötzlich sah sie etwas strahlend Weißes und bemerkte, dass ihr Fremder ein Taschentuch hochhielt. Alice fühlte eine zusätzliche Hitze in ihre Wangen aufsteigen, als sie es schweigend nahm.

Sie war jedoch nicht in der Lage, sich so zu bewegen, dass sie den Dreck zwischen ihren Beinen aufwischen konnte, und ein Ruck schoss ihr durchs Herz.

Würde er am Ende die Regel brechen und sie ohne Erlaubnis küssen? Oder wartete er darauf, dass sie ihn fragte?

Sie konnte kaum seine Gesichtszüge sehen, geschweige denn seinen Namen kennen.

All das war Teil des Spiels, nicht wahr?

Als ob er ihre Gedanken gehört hätte, ließ der Mann sie los.

»Ich würde mich sehr freuen, wenn du erwägen würdest, dem Club beizutreten«, flüsterte ihr Fremder und runzelte verwirrt die Stirn.

Sie war nicht nur nicht in der Lage, seine Stimme zu identifizieren, sodass sie sich daran erinnern konnte, sondern sie hatte auch keine Ahnung, was er mit »Club« meinte.

Hatte sie etwas verpasst, was Big Guy ihr zuvor gesagt hatte? Oder würde er es ihr erklären, wenn sie gleich gehen würde?

»Ich hoffe, wir sehen uns bald wieder«, wandte sich ihr Unbekannter zum Abschied um und wartete diesmal nicht auf ihre Antwort.

Schließlich waren sie nicht wirklich dazu bestimmt, zu sprechen, und sie waren auch nicht dazu bestimmt, Informationen auszutauschen. Aber dennoch hatte Alice das Gefühl, dass einige Regeln für bestimmte Personen gebeugt werden sollten.

Als Alice seine Schritte hörte, die sich von ihr wegdrehten, versuchte sie ihr Bestes, um sich zu reinigen und ihre Habseligkeiten zu finden. Wie sie angenommen hatte, lag ihre Jacke direkt neben ihr, aber ihr Höschen war nirgends zu finden.

Sie konnte nicht anders, als darüber zu schmunzeln.

– 4 –

Alice kehrte mit einem gleichmäßigen Schritt zum Eingang zurück. Obwohl sie sich erschöpft fühlte, ließ die Befriedigung, die ein Lächeln auf ihr Gesicht gezaubert hatte, auch ihre Füße sich von alleine bewegen.

Big Guy wartete auf sie, gerade als sie zum Eingang von The Dark Alley zurückkehrte, und wieder war da derselbe ernste Gesichtsausdruck, der ihr sagte, sie solle direkt vor ihm anhalten.

Sie unterdrückte das Kichern, als sie sich daran erinnerte, dass er immer noch ihre Habseligkeiten hatte. Mit einem freundlichen Lächeln übergab er ihr die Handtasche. Darin steckten ihr Ausweis, ihre Schlüssel und ihr Telefon – was sie daran erinnerte, dass sie Bianca anrufen musste, sobald sie die Elm Street betrat.

»Ich hoffe, Sie haben Ihren Aufenthalt bei uns genossen?«, fragte Big Guy aufrichtig, und Alice nickte sofort, bevor sie es sich zweimal überlegen konnte.

»Ja, sehr«, fügte sie hinzu und fühlte sich plötzlich schüchtern.

»Gut«, stimmte Big Guy zu und drehte sich leicht um, offensichtlich, um an etwas heranzukommen. »Ihr Partner war ebenfalls sehr zufrieden und hat sich zu Ihren Gunsten ausgesprochen, was bedeutet«, sprach er und überreichte ihr einen großen schwarzen Umschlag, »dass Sie dem Club beitreten können, wenn Sie interessiert sind.«

Alice blinzelte verwirrt, nahm ihm aber den Gegenstand ab. Der Umschlag hatte eine matte Oberfläche ohne Beschriftung. Sie neigte den Kopf ein wenig und warf Big Guy einen fragenden Blick zu, den er mit einem breiten Lächeln erwiderte.

»Alle Informationen, die Sie benötigen, befinden sich in diesem Umschlag«, erklärte er. »Dass Sie diesen erhalten, ist bereits ein großer Vertrauensbeweis. Es ist Ihnen nicht erlaubt, die enthaltenen Informationen mit irgendjemandem zu teilen, noch sollten Sie den Erhalt dieser Unterlagen gegenüber irgendjemandem erwähnen.«

»Erste Regel des Fight Club, sprich nicht über den Fight Club«, murmelte Alice, während sie hineinlugte.

»So ziemlich«, schmunzelte Big Guy und zeigte auf den Umschlag in ihrer Hand. »Wenn Sie mit den Bedingungen einverstanden sind und den Vertrag darin unterschrieben haben, bringen Sie ihn mir zurück. Danach haben Sie den Status eines Mitglieds auf Probe. Wenn Sie vom Vorstand der Premium-Mitglieder akzeptiert werden, können Sie einen Namen wählen.

Es steht alles da drin. Lesen Sie es mit Bedacht.«

Alice lächelte und schaute zum Türsteher auf.

»Glauben Sie, dass ich dem nicht gewachsen bin?«, fragte sie neugierig.

»Viele Frauen denken, sie seien es, nur um es dann doch nicht zu wagen«, erwiderte Big Guy mit einem Schulterzucken, und Alice nickte.

Das machte Sinn. Sie war sich nicht sicher, ob das nicht auch für sie zu viel war. Dennoch war die Erinnerung an ihr Abenteuer vor wenigen Augenblicken stark. Guter Sex ohne Fäden und ohne peinliche Morgen danach. Das war zu schön, um wahr zu sein. Big Guy hielt plötzlich seine rechte Hand an sein Ohr.

»Ihr Auto wartet auf Sie«, erklärte er, und Alice runzelte erneut verwirrt die Stirn. »King of Diamonds (Karo König) bestand darauf, Ihnen einen sicheren Heimweg zu bieten», fügte er hinzu.

»King of Diamonds?«, wiederholte Alice.

»Ihr Partner von heute Abend«, lächelte Big Guy breit, und sie vermutete, dass diese Männer entweder einander mochten oder dass der King of Diamonds großzügig mit Trinkgeldern war. »Das ist sein Codename. Sobald Sie Vollmitglied sind, können Sie sich auch einen solchen Namen geben.«

»Namen von Spielkarten?«, hakte Alice nach.

»Alle möglichen Namen, Miss«, antwortete Big Guy. »Es gibt beispielsweise ein weißes Kaninchen.«

Sie nickte und fragte sich, wie sie sich selbst nennen würde, wenn sie einmal Vollmitglied wäre. Ein Schauder durchzog ihren Körper. Sie war sich nicht sicher, ob sie ein Vollmitglied werden wollte. Dann erinnerte sie sich an das Auto, aber Big Guy schien ihre Frage bereits zu kennen.

»Die Autos werden vom Club zur Verfügung gestellt«, erklärte er, »und deshalb wird Ihre Adresse den anderen Mitgliedern unbekannt bleiben. Dieser Service ist ausschließlich für die VIP-Mitglieder, die den Club finanziell unterstützen und für die Damen.«

Alice nahm alle Informationen auf und setzte die Stücke zusammen. Es machte Sinn, dass jemand für all dies bezahlen musste, und dass es besondere Dienste gab, die nur bestimmten Mitgliedern zugänglich waren.

»Die Standardmitgliedschaft ist für unsere weiblichen Mitglieder kostenlos«, fügte Big Guy plötzlich hinzu und versuchte wahrscheinlich, ihre Gedanken zu lesen.

»Danke«, antwortete sie leise.

Wenn sie es also wirklich wollte, könnte sie Teil dieses exklusiven Clubs sein und die beste Zeit ihres Lebens haben, ohne dafür bezahlen zu müssen.

Sichere One-Night-Stands. Einem Teil von ihr gefiel die Idee.

Da der Umschlag zu groß war, um in ihrer Handtasche verstaut zu werden, steckte Alice ihn unter ihren Arm und nickte dem Türsteher zu.

»Danke und eine gute Nacht«, sagte sie mit einem Lächeln und begann zu gehen und fragte sich, ob sie ihn nach seinem Namen fragen sollte.

Andererseits könnte die »No Name«-Politik auch für ihn gelten. Das würde Sinn machen, abgesehen davon, dass sie sein Gesicht gesehen hatte.

»Danke, Ihnen auch, Miss«, antwortete Big Guy.

Vielleicht waren die Antworten auf einige ihrer Fragen in dem Umschlag. Wenn sie zu Hause war, sah sie ihn sich genauer an. Es gab noch andere Dinge, um die sie sich zuerst kümmern musste.

Alice holte ihr Telefon heraus und schaute nach. Es gab keine Nachrichten, aber etwas anderes erregte ihre Aufmerksamkeit. Sie war seit einer Stunde da drin. Dieser Gedanke veranlasste sie, auf der Stelle stehenzubleiben und zu blinzeln, nur so lange, bis ein wunderliches Grinsen auf ihren Lippen erschien. Sie musste sich immer noch Gedanken darüber machen, was gerade passiert war. Sie rief Bianca über Kurzwahl an. Ihre beste Freundin wäre hellwach, würde sich Sorgen machen und sicherlich auf ihren Anruf warten. Nach nur einmal Klingeln nahm sie an.

»Alice, geht es dir gut? Soll ich dich abholen, die Polizei rufen und Matt mitbringen?«, plapperte ihr Bianca sofort ins Ohr, und Alice lachte laut auf.

»Beruhig dich, mir geht es gut«, antwortete sie, immer noch kichernd. »Besser als gut. Kein Grund zur Sorge, ich bin bereits auf dem Weg nach Hause.«

»Soll ich dich abholen?«, fragte Bianca nervös.

Ihr Lächeln verblasste, als Alice klar wurde, dass dies der perfekte Moment war, um ihre beste Freundin zu täuschen. Wenn sie in diesem Dark Alley Club eine Chance haben wollte, durfte Bianca es nie erfahren. Sie würde nie in der Lage sein, mit ihrer besten Freundin über irgendetwas davon zu sprechen.

»Nein, es ist in Ordnung, wirklich«, antwortete sie und ließ ihre Enttäuschung und ihr Unbehagen in ihrer Stimme Gestalt annehmen. »Ich nehme die U-Bahn. Ich bin müde.«

Alice wusste, dass sie Bianca sagen sollte, dass es ein Schwindel gewesen und in Wirklichkeit nichts passiert war, aber sie konnte sich nicht dazu durchringen, ihre beste Freundin wirklich zu belügen.

»Geht es dir wirklich gut?«, fragte Bianca erneut mit Sorge in ihrer Stimme.

Bianca würde versuchen, sie zu trösten und nie wieder nach der Dark Alley fragen. Vielleicht würde Bianca ihr erklären, dass sie es ihr ja gesagt hatte, und darüber reden, wie viel schlimmer das alles hätte enden können.

»Ja, ich war nur nicht wirklich vorbereitet«, gab Alice zu. »Es ist ein Club.«

Zwar hatte sie nicht ganz gelogen, aber damit auch keine Geheimnisse verraten. Dennoch konnte sie nicht anders, als sich schlecht zu fühlen, weil sie nicht die volle Wahrheit gesagt hatte.

»Wow«, antwortete Bianca. »Ist das eine Art unterirdisches Ding? Einer dieser geheimen Clubs, die all die harten Sachen spielen? Ein Underground Club?«

»So etwas in der Art, ja«, antwortete Alice und sah auf, als sie am Tor ankam, das ein Mann in einem feinen Anzug für sie öffnete. »Das ist ziemlich exklusiv«, fügte sie hinzu und nickte dem Mann zum Dank zu.

Er ging zu einer dunklen Limousine und öffnete ihr die hintere Tür. Alice schenkte dem Mann, der offensichtlich ihr Fahrer war, ein Lächeln, bevor ihre Augen eine Bewegung auf der anderen Straßenseite wahrnahmen.

Dort saß ein ganz in schwarzem Leder gekleideter Mann auf einem schwarzen Motorrad, der entweder gerade seinen schwarzen Helm aufgesetzt hatte oder im Begriff war, ihn abzunehmen.

Er schaute sie direkt an.

Obwohl sie seine Augen durch das getönte Visier nicht sehen konnte, spürte sie doch seine Augen auf sich.

War das ihr Fremder von heute Abend?

Einer der Typen, die sie gestern Abend getroffen hatte? Könnte er es tatsächlich sein?

Alice bemerkte plötzlich, dass sie starrte und dass ihr Fahrer immer noch darauf wartete, dass sie sich auf den Rücksitz setzte. Sie konnte Biancas blecherne Stimme immer noch über ihr Handy hören.

»Ja, ich bin immer noch da«, antwortete Alice schnell und nahm ihren Platz ein. »Hör zu, ich bin auf dem Weg nach Hause.« Der Fahrer schloss die Tür und sie schnallte sich möglichst leise an. »Wir reden morgen, wenn es wirklich nötig ist, okay? Ich nehme die U-Bahn.«

»Okay. Gut.« Biancas Tonfall war ganz mütterlich. »Schlaf gut, Süße. Es tut mir leid, dass es so eine Enttäuschung war.« Ihre Freundin stellte ihre Vermutungen an, und Alice sagte nichts, um sie etwas anderes glauben zu lassen.

»Du auch, Schatzi«, antwortete sie stattdessen, legte auf und steckte ihr Telefon wieder in ihre Handtasche.

Ihre Augen landeten auf dem Umschlag auf ihrem Schoß und spürten dessen Gewicht. Sie hob ihn auf, drehte ihn in den Händen und versuchte, die Anzahl der Seiten zu ergründen, die sich darin befanden.

Alice antwortete gedankenverloren auf die Anfrage des Fahrers nach ihrer Wohnadresse und bemerkte nicht einmal, als das Auto losfuhr.

♦ ♦ ♦

Da es Nacht war und die Straßen beinahe leer waren, kam Alice mit dem Auto viel schneller nach Hause als mit den öffentlichen Verkehrsmitteln.

Außerdem fühlte sie sich zu dieser Nachtzeit in einer Limousine wesentlich sicherer als in der U-Bahn.

Alice konnte erst den Kopf darüber schütteln, nachdem der Fahrer ihr die Tür geöffnet hatte, und sie trat direkt vor ihrem Gebäude aus.

»Danke«, sagte sie leise, und der Mann mit den gräulichen Haaren erwiderte ihr Lächeln und nickte kurz.

»Jederzeit, Miss«, antwortete er und schloss die Tür.

Er machte keine Anstalten, auf die Fahrerseite zurückzukehren. Alice wurde klar, dass er dort stehen und warten würde, bis sie sicher in ihrem Wohnhaus war.

»Gute Nacht«, sagte sie, ein breiteres Lächeln erschien auf ihrem Gesicht.

An diese Art der Behandlung könnte sie sich wirklich gewöhnen.

»Gute Nacht, Miss.«

Alice drehte sich um, ging die Stufen zur Eingangstür hinauf und öffnete sie, wobei sie schnell hineinrutschte. Dabei ließ sie fast ihren Umschlag fallen, fing ihn aber auf, bevor er ihr über die Knie rutschte. Als sie sich wieder aufrichtete und umschaute, sah sie dabei zu, wie die schwarze, elegante Limousine davonfuhr.

Es war wirklich ein merkwürdiges Gefühl – fernab von allem Schlechten, aber dennoch seltsam. Schade, dass sie sich eine Mitgliedschaft, die einen privaten Fahrer enthielt, wahrscheinlich nicht leisten könnte, aber sie erlaubte sich, davon zu träumen.

Mit einem sanften Lächeln und dem Bewusstsein, dass sie kein Höschen trug, ging sie direkt zum offenen Aufzug und trat ein. Nachdem sie den Knopf für ihre Ebene gedrückt hatte, lehnte sie sich an die hintere Wand und schlang ihre Arme um sich und den Umschlag, wobei sie darauf achtete, ihn nicht zu zerknicken.

Alice würde heute Nacht nicht einschlafen, es sei denn, sie würde den Umschlag öffnen und den Inhalt vollständig untersuchen. Die Uhr in der Lobby hatte gezeigt, dass es erst kurz nach elf Uhr abends war. Also war es noch nicht allzu spät.

Das Erste, was Alice tat, als sie ihre Wohnung betrat, war, ihre Schuhe auszuziehen und dann in die Küche zu gehen und den Umschlag auf den Frühstückstisch zu legen. Dann holte sie etwas Wasser für ihren Tee, hielt jedoch inne, bevor sie den Wasserkocher einschaltete.

Irgendwie hatte sie das Gefühl, duschen zu müssen. Auch wenn sie sich nicht schmutzig fühlte, konnte Alice den Gedanken nicht ignorieren.

Da dieser nicht wieder wegging, sondern früher oder später im Bett landen würde, schminkte Alice sich ab und nahm eine lange, heiße Dusche, während sie sich die ganze Zeit fragte, was der vollständige Inhalt des Umschlags sein könnte. Ihre Gedanken schweiften dann zu dem Fremden, der sie nach Hause hatte bringen lassen.

War es derselbe gewesen, der sie eingeladen hatte?

Das machte irgendwo Sinn.

Es würde auch bedeuten, dass er entweder im Club auf sie gewartet hatte oder in der Nähe wohnte. Es gab einige Eigentumswohnungen in der Nähe der Elm Street, manche davon wirklich teuer.

Oder war er der mysteriöse Biker, der sie beim Einsteigen ins Auto beobachtet hatte?

Beim Gedanken an Letzteres bekam sie eine Gänsehaut der unheimlichen Art.

War er ihr nach Hause gefolgt?

Nachdem sie aus dem Auto ausgestiegen war, hatte sie die Straße nicht mehr kontrolliert. Das schlechte Gefühl hielt an, als Alice aus der Dusche trat und sich abtrocknete.

Sie zog sich schnell einen bequemen Schlafanzug an und löste den festen Haarknoten, den sie hochgesteckt hatte, um sicherzustellen, dass es nicht nass wurde.

Mit einem kurzen Zwischenstopp in der Küche, um den Wasserkocher einzuschalten, kehrte sie in ihr Schlafzimmer zurück, um einige Stricksocken für ihre Füße zu holen.

Alice wollte gerade in die Küche zurückkehren, als sie durch ihr Nachdenken abgelenkt wurde.

Sah sie heute Abend nach ihrer Rückkehr anders aus? Alice fühlte sich definitiv entspannter als vorher, und sie wusste, dass es nichts mit der Dusche zu tun hatte.

Dennoch musste sie über den Typen auf dem Motorrad nachdenken. Mit einem tiefen Seufzer versuchte sie, die ansteigende Paranoia in ihrem Kopf zu überwinden. Es war, als ob sie Biancas besorgniserregende Stimme in ihrem Kopf hören konnte.

Das laute Pfeifen des Wasserkessels lenkte ihre Aufmerksamkeit wieder auf die Gegenwart, und sie huschte zurück in die Küche. Nachdem sie eine Tasse Tee zubereitet hatte, setzte sie sich schließlich an den Tisch vor den dunklen Umschlag.

Sollte sie ihn wirklich jetzt öffnen oder sollte sie warten, bis sie eine Mütze Schlaf bekommen hatte?

Plötzlich fühlte sie sich unsicher wegen der ganzen Erfahrungen in der Dark Alley – aber warum?

Bei näherer Betrachtung unter dem hellen Licht stellte sie fest, dass der Umschlag mit einer dünnen roten Schnur verschlossen gehalten wurde. Sie brauchte nur den Knoten zu öffnen und ihn zu lösen. Vorsichtig schob sie ihre Hand hinein und zog einen Stapel Papiere heraus, der in drei Teile geteilt worden war.

Alice legte sie vor sich hin. Zwei Stapel waren ein Vertrag, und der dritte sah fast wie eine Art Broschüre aus. Jeder Stapel war in der linken oberen Ecke zusammengeheftet.

Aus welchem Grund auch immer begann Alices Herz wieder zu pochen. Sie war nervös und aufgeregt.

Es fühlte sich an, als hätte man ihr die Chance geboten, Teil einer Verschwörung oder einer geheimen Gruppe zu werden, und das allein war Grund genug, sofort zu unterschreiben.

Alice schaute sich die Broschüre genauer an. Ihr Titel war nichts weiter als eine einfache Zeile: »Zu Ihrer Information«.

Sie blätterte das Blatt um. Die erste Zeile verschlug ihr den Atem.

»Miss Alice Boise.«

Sie kannten ihren vollen Namen!

Alice keuchte ungläubig.

Wie konnten sie es so schnell herausfinden?

Sie vergrub ihr Gesicht in ihrer Hand und stöhnte laut auf, als sie sich daran erinnerte, dass sie ihre Handtasche und ihren Ausweis bei Big Guy gelassen hatte.

Ihr Herz klopfte nun aus einem ganz anderen Grund. Wie schnell hätten sie alle ihre Informationen bekommen können?

Alice sprang auf, warf fast ihren Stuhl um und ging zurück zur Tür, wo sie ihre Handtasche liegen gelassen hatte. Sie wühlte schnell darin herum.

Alles war noch da. Als sie das Telefon herauszog, überprüfte sie hastig ihr Bankkonto. Es waren keine Anlagen anhängig.

War das alles ein raffinierter Betrug, um geile Leute um ihr Geld zu bringen?

Sie müsste am Montag ihre Konten überwachen, nur um sicherzugehen, was bedeutete, dass sie sich wahrscheinlich den ganzen Sonntag über Sorgen machen und ein Nervenbündel sein würde.

Oder, wenn sie sich wieder an den Tisch setzte, brauchte sie sich überhaupt keine Sorgen zu machen, wenn sie glaubte, dass d dass sie diesem Deal wirklich trauen konnte. Schließlich war sie keine Milliardärin, nicht einmal annähernd.

Das wenige Geld, was sie besaß, war die Mühe nicht wert.

Alice sah sich den Vertrag genauer an. Er war bereits von einem Notar unterzeichnet worden. Er enthielt eine Geheimhaltungsvereinbarung, einen Teil, in dem sie sich bereit erklärte, einen vollständigen Gesundheitscheck auf Sechsmonatsbasis abzugeben, einen anderen Teil, in dem ihre Unterschrift sicherstellte, dass der Club im Falle von Schäden, die ein Mitglied verursacht hatte, nicht strafbar war, und schließlich ein Vereinbarungsformular für die Regeln des Clubs.

Alice hatte keine Ahnung, dass freier, sicherer und nicht an weitere Bedingungen gebundener Sex so kompliziert sein würde. Dennoch machte es Sinn.

Was nicht im Vertrag stand, war ein Formular, welche Art von Mitgliedschaft sie sich wünschte. Alice ging die Papiere noch einmal durch und prüfte, ob sie etwas übersehen hatte, aber das hatte sie nicht.

Also sah sie sich die Broschüre noch einmal an und fand heraus, dass sie, wenn sie den Vertrag unterschreiben und eine Mitgliedschaft beantragen würde, diese zuerst auf Probe wäre. Das war tatsächlich etwas, was Big Guy erwähnt hatte. Danach würde sie sich einen Codenamen und eine Mitgliedschaft ihrer Wahl aussuchen dürfen. Es war interessant zu sehen, dass Frauen für ähnliche Dienstleistungen geringere Gebühren zahlen mussten.

Alles in allem war es zu viel, um es zu verkraften, und abgesehen davon war Alice sicher, dass sie sich keine der höheren Mitgliedschaften würde leisten können. Der Club garantierte auch die Sicherheit, solange sie sich auf dem Clubgelände oder in dessen Räumlichkeiten befand, was auch den Transport einschloss. Sie stieß ein Stöhnen aus, als sie bemerkte, dass sie ihren Tee vergessen hatte. Während sie die Verträge durchgesehen hatte, hatte er sich abgekühlt und war jetzt viel zu stark zum Trinken. Wahrscheinlich ein Zeichen, dass sie einfach ins Bett gehen und alles sacken lassen sollte.

Alice schüttete den kalten Tee in das Waschbecken, ging ins Badezimmer und putzte sich die Zähne, wobei sie sich selbst im Spiegel beobachtete. Sie wusste, dass sie es ausprobieren wollte. So etwas gab es nur einmal im Leben. Sie musste es einfach tun. Die Vorstellung, sichere One-Night-Stands zu haben, war einfach zu verlockend.

Eine gute Nachtruhe würde sicherlich helfen. Das hatte sie schon oft getan.

♦ ♦ ♦

Als das Sonnenlicht seinen Weg durch die Jalousien fand, fühlte sich Alice so ausgeruht wie schon lange nicht mehr. Sie wusste, dass das alles mit den Aktivitäten der letzten Nacht zu tun hatte. Alice streckte ihre Glieder aus und stieß ein langes, angenehmes Stöhnen aus. Da sie danach hellwach war, sprang sie aus dem Bett, schlüpfte in ihre Hausschuhe und ging direkt in die Küche, wo sie sofort beide Verträge unterschrieb und die Abschnitte mit den persönlichen Daten und dem Bankkonto ausfüllte, die alle für den Vertrag obligatorisch waren.

Während sie ein Exemplar vorsichtig zurück in den Umschlag steckte, legte sie das andere unter die Broschüre des Clubs. Danach bereitete sie sich etwas Toast und Kaffee zu, füllte sich schließlich ein Glas mit Saft und setzte sich dann wieder hin. Während sie auf ihrem Toast mit Marmelade kaute, starrte sie auf die vor ihr liegende Broschüre. Wieder blätterte sie auf die zweite Seite mit ihrem Namen, aber diesmal ging sie zur nächsten Seite über.

Es begann mit den Informationen, die sie bereits kannte. Dark Alley lag zwischen 8 und 10 Elm Street und war mehr als nur ein Durchgang.

Es gab zwei Gassen auf der rechten und zwei auf der linken Seite. Neu war, dass sie, wenn sie direkt an diesen vier Gassen vorbei ging, an einem Treppenhaus endete, das zu einer Tür führte, dem Eingang zum Hauptklub selbst. Für den Fall, dass alle Gassen benutzt würden, wäre dies der Ort, an dem die Mitglieder warten und ein Getränk zu sich nehmen könnten. Eine Person durfte den Club nur mit einer Maske betreten, die mindestens den Bereich um die Augen herum abdecken musste. Jedes Mitglied musste sich mit einer Maske seiner Wahl ausstatten.

Alles, was ein Mitglied identifizieren könnte, müsste dem Türsteher ausgehändigt werden, der dann den Besitz sichern würde. Auf Wunsch würde er die Maske zur Aufbewahrung mitnehmen, aber es wurde bevorzugt, dass die Mitglieder die Gasse mit ihrer Maske betreten. Der Kauf aller Getränke im Club würde sofort vom Bankkonto des Mitglieds abgebucht. Je nachdem, welchen Mitgliedsstatus man hatte, konnten die Getränke auch kostenlos sein.

Alice seufzte. Wahrscheinlich würde sie nie eine Mitgliedschaft dieser Art haben, aber am Ende würde sie nicht dorthin gehen, um etwas zu trinken, sondern um Sex in der Gasse zu haben. War das in diesem Sinne wirklich wichtig?

Erst wenn ihre Mitgliedschaft länger als ein Jahr bestand, konnte sie eine andere Person in die Dark Alley einladen.

Wenn sie dies täte, würde sie für jede durch ihren Gast verursachte Übertretung bürgen.

Es gab noch immer keine Informationen über die verschiedenen Mitgliedschaftsstufen; es wurde jedoch darauf hingewiesen, dass Gespräche im Clubhaus erlaubt seien und dass die Mitglieder sich gegenseitig Getränke kaufen dürften.

Ungeduldig blätterte Alice vor, nur um einen Betrag zu sehen, der locker das Doppelte ihres Jahresgehalts betrug. Mit einer schnellen Bewegung schloss sie die Broschüre und schnappte sie sich zusammen mit ihrer Kopie des Vertrags. Sie nahm beide Papiere zu ihrem Schreibtisch in ihrem Schlafzimmer und ließ sie in ihrer oberen rechten Schublade verschwinden. Dann kehrte sie zurück, um ihr Frühstück fortzusetzen.

Alice wünschte sich in diesem Moment, dass sie nicht über all dies nachdenken müsste; dass sie ihren Verstand einfach abschalten könnte, wie in der Nacht zuvor, und es einfach geschehen lassen könnte.

Vielleicht sollte sie heute Abend noch einmal dorthin gehen, oder?

– 5 –

Alice trug den Umschlag wie eine Art Schild, als sie von der U-Bahn-Station hinunter zur Elm Street ging. Es war 11 Uhr morgens, und die Straßen in dieser Gegend waren größtenteils ruhig, abgesehen von ein paar Leuten, die zum Brunch unterwegs waren.

Sie war sich immer noch nicht sicher, ob es eine gute Idee war, am helllichten Tag einen Blick in die Dark Alley zu werfen, oder ob es überhaupt erlaubt war. Im Vertrag oder in der Broschüre war nichts zu finden. Und doch fragte sie sich, warum sie gestern, bevor sie mit dem Kopf voranging, nicht auf die Idee gekommen war. Wahrscheinlich war es nicht ihr Verstand, der sozusagen die Zügel in die Hand genommen hatte, aber Tatsache blieb, dass sie sich gut amüsiert hatte.

Wie schon am Abend zuvor hielt Alice auf der anderen Straßenseite vor dem Tor, von dem sie nun wusste, dass es sie zum Club führen würde. Sie atmete tief ein, bevor sie den ersten Schritt darauf zu machte, und ließ beim Überqueren der Straße die Augen nicht von ihm.

Alice zögerte, als sie ihre Hand hob, um das Tor zu öffnen, und hielt den Atem an. Ein Teil von ihr erwartete, dass es sich nicht bewegen würde. Was würde sie dann tun? Sie würde später während der offiziellen Öffnungszeiten des Clubs wiederkommen.

Erleichterung überkam sie, als sie ihren angehaltenen Atem ausstieß. Das Tor bewegte sich fast unhörbar und erlaubte ihr, die Gasse zu betreten. Trotz dieses ersten Triumphes war Alice immer noch sehr nervös.

Würde sie ihre Chance verspielen, Mitglied zu werden? Oder würde sie ihre Erfahrungen mit diesem Ort ruinieren, wenn sie ihn am helllichten Tag sah? Der zweite Gedanke ließ sie mitten in ihren Bewegungen innehalten. Würde sich Sex anders anfühlen, wenn sie wüsste, wie der Ort, an dem sie diese überwältigende Begegnung hatte, aussah?

Sie hatte keine Ahnung.

Plötzlich erregte etwas anderes ihre Aufmerksamkeit. Es gab ein weiteres Tor, eines, das sie nicht gesehen hatte, als sie gestern hier gewesen war. Alle ihre Sorgen fühlten sich nun überflüssig, denn Alice wusste einfach, dass dieses Tor verschlossen war.

Mit ein paar schnellen Schritten blieb sie dort stehen, wo Big Guy die Tür bewacht hatte. Alice legte vorsichtig ihre linke Hand um eine der Stangen und zog und schob sie vorsichtig. Das Tor bewegte sich keinen Zentimeter.

»Miss? Kann ich Ihnen helfen?« Eine fremde Stimme drang von hinten an sie heran, und sie drehte sich um sie herum.

Wer auch immer er war, Alice hatte ihn weder am Freitag in der Disco noch gestern in The Alley getroffen. Er war einen halben Kopf größer als sie, schlank – fast dünn, aber nicht hager. Er hatte eher den Körperbau eines Läufers, als dass er einfach nur schlaksig war. Sein Haar war von einem dunkleren Blond, fast rötlich in gewisser Weise, und seine Augen, die einen Ausdruck klarer Offenheit vermittelten, waren klar blau.

»Oh, es ist okay.« Alice fühlte, wie sie errötete; teils aus Verlegenheit und teils wegen dieses Mannes.

Er war in gewisser Weise hübsch, in gewisser Weise nicht bildschön, aber definitiv gut aussehend und schien hoffentlich in ihrem Alter zu sein.

»Ich bin wohl falsch abgebogen«, sagte sie und versuchte, ihren Blick vom Boden auf sein freundliches Gesicht zurückzuziehen.

Alice fühlte sich etwas unsicher und drückte schließlich sanft den Umschlag an ihre Brust. Alice machte eine weitere mentale Notiz, diesmal eine echte, um zu prüfen, ob die Papiere zerknittert waren, damit sie sie bei Bedarf austauschen konnte.

»Ich habe Sie hier noch nie gesehen«, sinnierte er und sah sie mit echtem Interesse an, und Alice spürte, wie ihr Herz ein wenig schneller schlug.

»Offensichtlich kenne ich mich hier nicht wirklich aus«, lächelte sie fast schüchtern.

Alice würde nie in der Lage sein, ihm zu sagen, was sie hierhergebracht hatte, bis sie bemerkte, dass er seine Hände hinter seinem Rücken hielt. Unbeabsichtigt drehte sie ihren Kopf um, was er mit einem charmanten Kichern bemerkte. Nun war es sein Blick, der auf den Boden fiel, als er enthüllte, was er versteckt hatte. Ein Umschlag der gleichen Art wie ihrer.

Ihr Kiefer klappte herunter.

»Oh«, war alles, was sie zu herausbringen konnte, und er kicherte wieder.

»Nun, das ist peinlich«, sagte er und kicherte noch einmal. »Ist das eine Übertretung?«, fügte er unsicher hinzu und Alice lächelte schief.

»Ich denke, da wir auf der anderen Seite dieses Tores sind und wir uns nicht freiwillig gegenseitig die Masken abgenommen haben, sind wir sicher«, antwortete Alice, machte einen Schritt auf ihn zu und beugte sich zu ihm, als wolle sie ein Geheimnis mit ihm teilen. »Aber wir sollten es wahrscheinlich niemandem sagen«, flüsterte sie, bevor sie sich wieder aufrichtete.

»Wahrscheinlich haben Sie Recht«, nickte er und spielte ernsthaft mit einer zerfurchten Stirn.

Dann lehnte er sich zu ihr herüber und sagte leise: »Wäre es also okay, Sie nach Ihrem Namen zu fragen?«

Er war jetzt nahe genug, dass sie sein Aftershave einatmen konnte. Er roch wie der Ozean.

Alice hielt sich zurück, nicht zu tief einzuatmen, da ihr sonst nachher schwindelig werden könnte, und es reichte schon, um zu erröten.

Wollte sie ihn wirklich kennenlernen?

Ihr Blick wanderte zurück zu dem großen Umschlag in seinen Händen.

Er bewarb sich um eine Mitgliedschaft, genau wie sie. Konnte sie mit der Vorstellung, ihm dort zu begegnen und zu wissen, wer er war, wirklich umgehen? Andererseits war es nur ein Name, aber so, wie er sie ansah, wusste Alice, dass die nächste Frage die nach ihrer Telefonnummer sein würde.

War er wirklich an ihr interessiert?

Oder dachte er, weil sie beide Dark Alley beitreten wollten, dass sie seine Beute sein würde?

»Man trifft sich immer zweimal, Poseidon«, lächelte sie ihn an und zeigte auf den Umschlag. »Dann werde ich dir meinen Namen und vielleicht sogar meine Nummer geben.«

Sie zwinkerte ihm zu.

»Poseidon?«, wiederholte er, wobei er amüsiert eine Stirn runzelte, und Alice spürte, wie sich ihre Wangen noch stärker erhitzten als zuvor.

Sie hatte es gesagt … laut ausgesprochen.

»Schlechte Angewohnheit, tut mir leid.« Sie lächelte ihn schüchtern an.

»Spitznamen geben?«, erwiderte er ein wenig nachdenklich. »Das gefällt mir.«

Für eine Sekunde hatte sie das Gefühl, als ob ihr Herz zum Stillstand gekommen wäre. Warum hatte sie das Gefühl, dass, wenn dieser Name frei wäre, er ihn sich in der Dark Alley selbst aussuchen würde?

Er sah sie an, als hoffe er, dass sie ihm wenigstens den Namen geben würde, den sie selbst wählen würde, aber sie hatte keine Ahnung. Vielleicht versuchte er herauszufinden, welchen Namen er ihr geben sollte.

»Nun, ich hoffe, dass wir uns dann wiedersehen«, sagte er, lächelte sie warm an und hielt ihr eine Hand zum Schütteln hin. »Außerhalb von …«

Alice nahm seine Hand und schüttelte sie einmal fest und lächelte verschmitzt, als sie ihm antwortete: »Oder vielleicht drinnen.«

Dieser Ort hat sie bereits verändert. Sie ließ ihn genau dort stehen, wo er war, und ging mit dem gleichen leichten Schritt weg, den sie gestern getan hatte.

Poseidon.

♦ ♦ ♦

Alice erinnerte sich kaum daran, wie sie es schaffte, die Zeit bis 22 Uhr totzuschlagen, aber als sie sich in ihrer Wohnung umsah, war sie ziemlich beschäftigt gewesen. Die Wäsche, die viel zu lange herumgelegen hatte, war gewaschen und weggeräumt worden, und das Badezimmer und die Küche waren aufgeräumt.

Als sie schließlich durch ihre Tür in den Korridor trat und noch einmal zurückblickte, musste sie grinsen. Ihre neue Bekanntschaft war nur ein kleiner Grund für diesen Gesichtsausdruck.

Wenn sie dies wirklich täte und einen Antrag auf Mitgliedschaft stellen würde, hätte sie wahrscheinlich endlich einen Grund, so ordentlich zu sein, wie ihre Mutter es ihr aufgetragen hatte, nur um die Tagesstunden zu überstehen.

Früher an diesem Tag fühlte sich der Weg zur U-Bahn und die Fahrt mit der U-Bahn nicht so lang an wie beim ersten Mal. Alice wusste, warum. Sie durchlebte ständig jedes Detail der Nacht zuvor. Es brachte sie zum Lächeln, ohne sich dessen bewusst zu sein. Sie bemerkte es erst, als sie ihr Spiegelbild im Fenster betrachtete. Das war der Moment, in dem sie wusste, dass sie voll dabei war. Als sie alle sozialen Hindernisse beiseiteschob, fühlte sie sich gut, begehrt und zufrieden.

Alice atmete erleichtert aus, bevor sie aufstand, aus dem U-Bahnwagen stieg und zur Treppe aus der U-Bahn-Station ging. Sie hielt den Umschlag wie zuvor, nur war ihr Schritt jetzt energischer.

Es machte Spaß, darüber nachzudenken, wer sie eingeladen hatte. Alice wollte sich nicht fragen, ob es jemand war, den sie an ihrem Abend mit den Mädchen kennen gelernt hatte, was am Ende ihr Abend war, an dem sie Spaß hatte und neue Leute kennenlernte.

Sie hatte Jeffs Nummer und fand heraus, dass der Name seines kleinen Bruders Ben war, aber Alice war sich verdammt sicher, dass es Mr. Scotch war, der ihr die Einladung geschickt hatte. Sie war sich nur nicht sicher, ob er es in der Gasse gewesen war.

Allein der Gedanke daran ließ ihr Herz ein wenig schneller schlagen. Sie gab den Umschlag ab, um eine Basis-Mitgliedschaft zu beantragen, die für beide Geschlechter kostenlos war. Es waren definitiv die Upgrade-Mitglieder, die für die Gasse und den Raum, in dem der Club residierte, bezahlten. Alice hatte die Gebühren gesehen. Sie könnte sich jedoch vorstellen, dass sie, wenn sie das Geld zum Ausgeben hätte, auch bestimmte Mitglieder als Partner und ab und zu um ein Privatzimmer inklusive Verpflegung und Spielzeug bitten würde. Zu wissen, dass es einen solchen Club gab, machte es leichter, sich schmutzige Gedanken zu erlauben.

Als sie diesmal die Straße überquerte, zögerte Alice weder, noch nahm sie sich die Zeit, einen Blick auf das Tor zu werfen. Sie wusste, wo sie hinwollte, und sie war bereit. In der Elm Street war an einem Sonntagabend überhaupt nicht viel los, und Alice fragte sich, ob der Club beschäftigt war oder nicht, ob sie einen Blick hineinwerfen konnte oder ob sie warten musste, bis sie die für die Mitgliedschaft erforderlichen medizinischen Unterlagen geschickt hatte.

Das Tor öffnete sich leicht und geräuschlos.

Alice schloss es hinter sich und ging auf den Türsteher zu, neugierig, ob es wieder Big Guy war. Das war er. Sie konnte nicht anders, als sich ihm mit einem breiten Lächeln zu nähern und ihm ein leichtes Nicken zu schenken.

»Guten Abend«, sagte sie leise.

»Guten Abend, Miss«, antwortete er im gleichen freundlichen, aber raueren Ton. »Willkommen in der Dark Alley.«

Sein Blick landete sofort auf dem Umschlag in ihren Händen. Alice sah keinen Sinn darin, etwas zu sagen, als sie den Vertrag übergab. Big Guy nahm ihn, schaute aber nicht hinein, sondern bewegte nur seine Schwarzlicht-Lampe über das Papier, um die gleiche Markierung zu sehen, die auf ihrer Karte gewesen war.

»Wir freuen uns über Ihre Rückkehr«, erklärte er schließlich, und der Umschlag verschwand aus seinen Händen; sie hatte keine Ahnung wohin.

»Möchten Sie bleiben?«, fragte er überrascht.

Alice wurde überrumpelt. Aus welchem Grund auch immer erwartete sie nicht, dass sie über Nacht bleiben durfte, bis ihre Mitgliedschaft bereits akzeptiert war. Big Guy hatte offensichtlich wieder einmal ihre Gedanken gelesen.

»Ihre Mitgliedschaft ist lediglich ausstehend, aber nicht inexistent«, erklärte er. »Vor allem, wenn ein langjähriges, hoch geschätztes Mitglied Sie gerne wiedersehen würde.«

»King of Diamonds«, vermutete sie blind und erinnerte sich daran, dass der Türsteher einen solchen Namen erwähnt hatte.

Der höchste Mitgliedsstatus war Diamant. Bezog sich darauf der Name? Das würde Sinn machen. Sie konnte sich vorstellen, dass Mr. Scotch sich einen solchen Namen ausgesucht hatte, obwohl er nicht wie ein typischer Milliardär ausgesehen hatte.

Der Türsteher hob anerkennend die Augenbrauen.

»Sie sind sehr aufmerksam, Miss«, antwortete er, aber kommentierte ihre Vermutung nicht, doch für Alice war es dasselbe, als würde er »Ja« sagen.

»Ich kann Ihnen eine einfache Maske zur Verfügung stellen, welche ich für solche Zwecke aufbewahre«, fuhr Big Guy fort, als wäre nichts gewesen. »Sie dürfen sich eine Maske aus unserem Katalog aussuchen. Sie wird drei Tage nach der Bestellung auf Sie warten.«

Alice neigte ihren Kopf leicht, aber die Ratlosigkeit stand ihr offensichtlich ins Gesicht geschrieben.

»Wir versuchen, Verwirrung durch ähnliche Masken zu vermeiden, weshalb jedes Mitglied eine einfache Maske hat, um anonym zu bleiben, und eine individuelle Maske, wenn es erkannt werden möchte«, erklärte der Türsteher geduldig; Alice erinnerte sich daran, so etwas in der Broschüre gelesen zu haben. »Ich werde den Katalog an Ihr E-Mail-Konto schicken, aber bitte achten Sie darauf, dass dieser nicht in die falschen Hände gerät.«

»Natürlich«, nickte Alice.

»Also würden Sie gerne bleiben?«, wiederholte der große Kerl seine Frage, und Alice musste darüber nachdenken.

Sie war nicht vorbereitet und trug einfach nur eine Jeans, eine bordeauxfarbene Bluse und Turnschuhe.

War Dark Alley nicht genau dafür gedacht? Es gab eine gewisse Kleiderordnung, und sie passte immer noch perfekt hinein, also warum hatte sie überhaupt zweimal nachgedacht?

»Ja«, erwiderte sie mit einem Nicken. »Ich würde sehr gerne bleiben.«

Big Guy nickte, drehte sich um und kam mit einem Samttablett zurück, auf dem drei schwarze Masken unterschiedlicher Größe lagen. Sie alle bedeckten den Bereich um die Augen sowie die Nase und die Wangenknochen. Sie erinnerten Alice an das Phantom der Oper.

»Bitte achten Sie darauf, dass sie richtig sitzt, damit Sie keine Beschwerden beim Tragen haben.«

Alice nickte erneut und probierte diejenige an, deren Größe richtig erschien, um dann die Danebenliegende, etwas Kleinere zu nehmen. Dieses passte perfekt. Sie zog an dem Band und platzierte es an ihrem Hinterkopf.

»Das ist die Richtige«, verkündete sie.

»Sehr gut«, lächelte der Türsteher freundlich und drehte sich um, um die restlichen Masken wegzulegen.

»Bitte teilen Sie mir mit, woran Sie heute interessiert sind, und ich lasse Sie dem richtigen Kandidaten zuweisen«, bat er, als er ihr erneut gegenüberstand, diesmal mit dem Tablet in der Hand.

Alice hatte keine Ahnung, was sie verlangen sollte. Jetzt konnte sie sich vorstellen, wie bequem es sein würde, um ein bestimmtes Mitglied zu bitten.

»Das Gleiche wie beim letzten Mal?«, fragte sie zaghaft.

Big Guy nickte nur und begann schnell zu tippen. Sie war offensichtlich nicht die Einzige mit einem guten Gedächtnis.

»Haben Sie sich schon einen Namen für sich ausgedacht, Miss?«, fragte er.

Auch hier konnte Alice nicht sofort antworten. Sie hatte bereits Namen überlegt, aber ihr war nichts Passendes eingefallen.

Sie wollte sich auch nicht nach einem Kartenspiel oder einer griechischen Göttin nennen. Also dachte und dachte sie weiter nach und verzog dabei ihren Mund, wie sie es immer tat, und dann fiel es ihr ganz plötzlich ein.

»Tödlicher Nachtschatten«, sagte sie zu sich selbst. »Ich meine Belladonna – Belladonna«, sagte sie etwas lauter, »und ich hätte gerne eine dunkle Maske mit deren Blüten darauf. Wäre das möglich?«

Alice hoffte, dass nicht bereits jemand diesen Namen beansprucht hatte.

Aber Big Guy nickte und fing wieder an zu tippen. Seine Finger glitten schnell über die glatte Oberfläche mit einer Geschwindigkeit, die sie nicht überraschte.

»Sehr gut, Miss Belladonna«, sprach er noch einmal mit ihr und sah sie an; als sie zum ersten Mal ihren Codenamen hörte, bekam sie Gänsehaut, die sich über ihre Haut ergoss.

»Ihre Gasse ist die zweite auf der linken Seite«, fuhr er fort, um sie dann zu fragen: »Erinnern Sie sich an die Safewords?«

»Ja«, nickte Alice und fühlte sich plötzlich schwindlig. »Rot ist ›Stopp‹, Gelb ist ›Vorsicht‹.«

»Ihre Verabredung wird in Kürze zu Ihnen stoßen, geben Sie auf sich acht und genießen Sie Ihren Aufenthalt«, sagte er seine üblichen Worte.

Alice lächelte ihn an, bevor sie sich umdrehte, um ein zweites Mal die Gasse entlang zu gehen.

Die zweite auf der linken Seite.

Ein Gefühl der Vorfreude ergriff Besitz von ihr. Wenn sie jemals die Gelegenheit bekäme, würde sie ihm auf eine ganz besondere Art und Weise danken.

Alice fand ihre Gasse dieses Mal schneller als am Tag zuvor, auch wenn sie kein Licht hatte, um den Weg zu erleuchten. Vielleicht lag es daran, dass sie in der Lage war, sich ihren Weg vorzustellen.

Die gleiche Nervosität, die ihr vorher auf der Haut gekribbelt hatte, kam noch stärker zurück. Warum genau, konnte sie nicht sagen.

Wahrscheinlich, weil sie diesmal nicht gewappnet war. Aus welchem Grund auch immer, sie verspürte den Wunsch, ihn dieses Mal zu küssen. Ein Teil von ihr war über sich selbst verärgert, weil sie nicht früher daran gedacht hatte. Andererseits war es vielleicht das Beste. Wenn seine Küsse nicht gut waren, könnte das alles ruinieren. Vielleicht war dafür die Regel gedacht.

Alice lehnte sich an die dem Eingang zugewandte Rückwand und wartete darauf, dass ihr Partner eintrat, so wie sie es zuvor getan hatte. Vielleicht war das der Grund, warum sie zusammenzuckte, als plötzlich jemand neben ihr erschien. Er war offensichtlich aus Richtung des Clubs gekommen, den sie noch nicht betreten hatte.

Sofort begann er, in ihren persönlichen Raum einzudringen, und roch nach Moschus und schweren Noten, die sie irgendwie schwindelig zu machen schienen. Ihr Fremder war kaum größer als sie, aber breit und muskulös.

»Ich habe dich noch nie gehabt«, sagte er, seine Stimme war von Lust belegt und steckte sie sofort an. »Ich mag Frauen, die nicht das Bedürfnis haben, überzeugt zu werden.«

Das war so ziemlich das, was sie bestellt hatte.

Seine Hände umrahmten ihr Gesicht unter der Maske und glitten über ihre Kehle zu den Schlüsselbeinen, über ihre Brüste, den Bauch hinunter, bis zu den Hüften.

Er grunzte leise, als er ihre Jeans erreichte, begann aber schnell, sie zu öffnen, als ob er keine Zeit zu verlieren hätte.

»Du hast einen perfekten Körper«, sagte er mit heiserer Stimme, als er ihr die Jeans über den Po bis zu den Knien zog. »Ich kann es kaum erwarten, dich von innen zu spüren.«

Alice konnte den Nine Inch Nails-Song »Closer« in ihrem Kopf hören. Gerade als ihr Unterleib entblößt war, drehte er sie um und knetete ihre beiden Pobacken. Ihre Handflächen klatschten an die Wand und schafften es kaum, zu vermeiden, dass ihr Gesicht mit ihr kollidierte.

Waren die Masken auch dafür gedacht?

»Oh, du bist eine richtige Frau«, murmelte er, und sie hörte seine Erregung in seiner Stimme.

Offensichtlich gefiel ihm ihre volleren Formen, auch wenn sie immer dachte, dass sie zu viel Speck auf den Hüften hatte. Gerade als seine Hände ihr das Gefühl gaben, verführerisch zu sein, verließen sie sie, nur um einen Augenblick später zurückzukehren, nachdem er seinen Schwanz ausgepackt und mit einem Kondom hantiert hatte.

Alice fühlte sich heiß und voller Begierde, ohne eine Ahnung zu haben, warum sie so schnell erregt war. Sie drückte ihre Hände gegen die Wand und wölbte ihren Rücken und wartete ungeduldig darauf, dass er in sie eindrang.

Als seine Hände zu ihren Hüften zurückkehrten, entwich ein Stöhnen aus ihrer Kehle, das mit seinem Stöhnen verschmolz, als er erkannte, dass sie bereit für ihn war.

»Bist du nass für mich?«, flüsterte er heiser, und sie fühlte, wie seine Finger nach ihrem heißen Kern suchten, schnell in ihre Falten glitten und sie zum Keuchen brachten.

Alice fühlte, wie er ihren Eingang mit seinem Schwanz erkundete und ihren Hintern hob, um ihn zu treffen. Als er sie fand, glitt er leicht hinein und füllte sie gerade so weit auf, dass sie nach Luft schnappen musste. Er war nicht so groß, wie sie es bevorzugte, aber groß genug, um ihr die Befriedigung zu geben, die sie brauchte, wenn er wusste, was er tat.

»Du bist perfekt«, flüsterte er und drängte sich tiefer in sie hinein.

Er presste seinen Körper gegen sie, sodass sie Schwierigkeiten hatte, ihm richtig entgegenzukommen. »Sag mir deinen Namen«, verlangte er.

»Ich habe noch keinen«, log Alice und hielt dagegen, als er sich in Bewegung setzte.

Er wusste, was er tat, doch Alice war der Meinung, dass sie es sich hier erlauben konnte, wählerisch zu sein. Dieser Mann war gut, aber nicht groß genug.

Ihre Gedanken lösten sich in Luft auf, als er begann, sich mit einem schnelleren und härteren Tempo zu bewegen.

Dieser Fremde wusste, was er mit den Werkzeugen, die ihm gegeben wurden, tun konnte, aber andererseits waren dies die Vorteile der Dark Alley – es gab eine Vielzahl an Männern, aus denen Alice würde wählen können.

DARK ALLEY

DER CLUB

Dark Alley Episode 2

Alice hatte fünf Tage lang ununterbrochen gewartet. Nur am Wochenende in die Dark Alley zu gehen, war etwas, das sie sich selbst versprochen hatte, obwohl sie nicht genau sagen konnte, warum.

Niemand würde sie als verzweifelt bezeichnen können. Das war eines der allerbesten Dinge im Club – die Anonymität. Dennoch war sie nervös, unter der Woche dorthin zu gehen.

Vor allem nach dem kleinen Paket, das sie vor ihrer Wohnungstür gefunden hatte. Seit ihrer Kindheit hatte ihr Herz wegen eines kleinen Päckchens nicht mehr so wild geschlagen, und sie maßregelte sich, indem sie es langsam öffnete, die Schnur mit einer Schere durchtrennte, es vorsichtig auspackte und das Papier ordentlich zusammenfaltete, bevor sie die Schachtel öffnete.

Im Inneren hatte sich ein kleinerer Kasten befunden, dessen schwarze Oberfläche schimmerte. Sie entfernte ihn langsam aus dem größeren Karton und zwang sich, zuerst das Altpapier wegzulegen, bevor sie hineinschaute.

Alice hielt den Atem an und hatte dies jedes Mal getan, wenn sie jede Schachtel öffnete und den Deckel abzog, um zum ersten Mal ihre persönliche Maske zu betrachten. Sie war genau so, wie sie es sich vorgestellt hatte: Die Maske selbst war so dunkelblau, dass sie fast wie schwarz aussah, vor allem wegen der lilafarbenen und sternförmigen Blüten auf beiden Seiten der Wangen und Schläfen. Alice hatte diese Maske jeden Abend angestarrt, wenn sie sich nicht mit Hausarbeiten ablenken konnte oder keine ihrer Freundinnen Zeit für ein Gespräch hatte. Sie hatte sogar bis abends spät gearbeitet, in der Hoffnung, es würde sie so erschöpfen, dass sie nicht gehen wollte, aber nichts half. Nun war es Freitagabend, und ihr Chef hatte sie früh nach Hause geschickt, damit sie nicht zu viele Überstunden machen musste. Alice saß an ihrem Küchentisch und hielt ihre Maske sanft in beiden Händen. Sie hatte sie noch nicht anprobiert, und irgendwie flippte sie bei dem Gedanken aus, sich selbst mit ihrer Maske zu betrachten. Es war seltsam, und sie konnte sich ihre Beklemmung nicht erklären.

Deshalb hatte Alice bereits beschlossen, ihre Maske am Eingang der Dark Alley zu lassen, nachdem sie diese Woche dort angekommen war. Nicht nur, weil sie sich nicht in Versuchung führen lassen wollte, sondern weil sie befürchtete, dass sie eines Tages jemand in ihrer Wohnung finden könnte, weil sie nicht vorsichtig genug war.

Es gab keine Möglichkeit, die Maske ihrer Familie oder Bianca zu erklären, ohne etwas zu erfinden. Sie wollte sie nicht anlügen, und sie wollte nicht, dass sie die Maske zufällig entdecken.

Ihrer besten Freundin nicht von Dark Alley zu erzählen, war schon schwer genug. Ihr direkt ins Gesicht zu lügen, kam nicht in Frage. Schon das bloße Anstarren der Maske weckte Erinnerungen an ihre erste Begegnung, die abenteuerlich und lasziv gewesen war, und an ihre zweite, die eher rational und berechnend gewesen war.

Wenn sie die Chance hätte, sich zu entscheiden, würde sie den zweiten Kerl nicht mehr treffen. Den Ersten aber würde sie auf jeden Fall noch einmal treffen. Hätte sie nur nach seinem Namen gefragt – sein Codename, natürlich wollte sie nicht gegen die Regeln verstoßen – hätte sie mehr über ihn erfahren. Alice war sich dessen sicher.

Ein Teil von ihr hoffte, dass es nicht nötig sein würde, seinen Decknamen herauszufinden, und nahm an, dass der Mann bei ihrer ersten Begegnung tatsächlich derjenige war, der sie überhaupt in die Dark Alley eingeladen hatte. Sie würde seine Stimme hören müssen, um Letzteres zu bestätigen und zu sehen, ob er wirklich Mr. Scotch war, wie sie vermutete. Aber was, wenn sie sich geirrt hat und es Jeff war?

Das wäre definitiv eine neue und faszinierende Seite von ihm.

Der andere Teil von ihr war immer noch ungläubig bezüglich der Tatsache, dass sie diesem schmierigen Club beigetreten war und hoffte, Jeff tatsächlich wieder zu treffen, aber unter anderen Umständen.

Dennoch war Alice nicht bereit, ihr neu gefundenes Abenteuer aufzugeben. Sie konnte sich nicht vorstellen, sowohl an den Aktivitäten des Clubs teilzunehmen, als auch eine Verabredung zu haben – vor allem nicht mit einem netten Kerl.

Alice legte die Maske vor sich auf den Tisch, immer noch nicht ganz bereit, sie aufzusetzen. Stattdessen sah sie sie an, während sie ihre Gedanken auf Jeff konzentrierte.

Könnte er der Typ sein, der sie eingeladen hatte?

Wenn er eine Seite an sich hatte, die er verborgen hielt, war das sehr wohl möglich. Sie hatte ihn gerade erst kennengelernt. Sie hatten sich in den vergangenen fünf Tagen einige Male gesimst. Er war nett, höflich, lustig und sanft. Alles Eigenschaften, die bei einem Kerl und dem Traum jeder Schwiegermutter extrem gut waren. Das war der Haken, er hatte scheinbar keine Kanten, keine dunkle Seite, von der Alice jetzt wusste, dass sie sie brauchte.

Es gab nur die Tatsache, dass sie diesen Teil ihres eigenen Selbst erst kürzlich entdeckt hatte. Die Fantasie, unterwürfig zu sein, hatte sich in ihren Geist eingeschlichen, und sie wusste, dass sie dies ausprobieren musste.

Der Gedanke, dass jemand diese Fantasie ausleben und tatsächlich jemand sein könnte, den sie kannte, machte die ganze Sache noch erregender. Vielleicht war jemand wie Jeff, der die ganze »netter Kerl«-Persönlichkeit ausstrahlte und der tatsächlich in der Lage war, so streng dominant zu sein, genau das, was sie wollte.

Dennoch glaubte ein Teil von ihr, dass Mr. Scotch die richtige Wahl für diese Rolle war.

In Abwesenheit zeichnete Alice den Umriss einer Tollkirschblüte mit dem Zeigefinger nach und entschied, dass es nicht wichtig sei, wer die Person sein würde, die sie beherrschte und versohlte, es sei denn, er würde seine Arbeit nicht wie von ihr gewünscht tun.

Es war die Anonymität von Dark Alley, die Alice am meisten schätzte, und sie war sich sicher, dass jedes Mitglied des Clubs tatsächlich dasselbe dachte. Vielleicht wollte sie gar nicht herausfinden, wer sie eingeladen hatte, wer auch Mitglied des Clubs war oder welchen von ihnen sie tatsächlich von Angesicht zu Angesicht getroffen hatte.

Am Ende brauchte sie nur noch auf 22 Uhr zu warten. Das Vibrieren ihres Mobiltelefons gegen die Tischplatte summte wie eine wütende Hornisse in dem ruhigen Raum und ließ Alice für einen Moment starr vor Schreck werden. Als sie merkte, dass sie in Gedanken versunken war, nahm sie ihr Telefon ab, um zu sehen, dass es Bianca war, die anrief.

Sie hatten in der letzten Woche mehrmals SMS geschrieben und versucht, einen Termin für ein Treffen zu finden, aber ihre beste Freundin war nun mit den ganzen Vorbereitungen für ihr ungeborenes Kind beschäftigt. Matt war besonders beunruhigt und schwebte um seine zukünftige Frau und die Mutter seines Kindes herum.

»Hey, wie geht‘s denn so?« Alice hob ihr Handy an ihr Ohr und spürte sich lächeln.

»Ich brauch ‘ne Pause, kann ich vorbeikommen?« Bianca keuchte.

Ihre beste Freundin redete nicht lange um den heißen Brei herum, sie war nahe am Code gelb. Mit einem kleinen Lächeln schob Alice ihre Gedanken über die Dark Alley beiseite und konzentrierte sich auf die Gegenwart.

»Natürlich, Biene«, antwortete sie, ohne zu zögern. »Komm vorbei.«

»Hast du schon gegessen?« Alice musste über diese Frage nachdenken. Ihr Geist war mit ihren Plänen für den Abend beschäftigt gewesen, sodass sie das Abendessen völlig vergessen hatte.

»Ah, nein«, erwiderte sie.

»Toll, ich hole was zum Mitnehmen. Ich brauche etwas Fast Food! Matt bringt mich mit seinem plötzlichen ›Gesund-Essen‹-Trip um«, lachte Bianca ins Telefon. »Bin in zwanzig Minuten da.«

»Sicher«, antwortete Alice und die Leitung war tot.

Mit einem kleinen Seufzer stand sie auf, legte die Maske sanft in ihren Kasten zurück und trug den Behälter in ihr Schlafzimmer. Sie konnte nicht umhin, sich zu fragen, ob Bianca einen zweiten Plan hatte, indem sie vorbeikam, Essen brachte und liebevoll über ihren Verlobten sprach.

Während der Woche hatte Alice versucht, ihr kindisches Verhalten wiedergutzumachen, als sie wegen Biancas plötzlicher Schwangerschaft Trübsal blies. Es schmerzte immer noch, aber das war Alices Problem und nicht das ihrer besten Freundin. Alice überlegte, ob sie nicht die Gelegenheit ergreifen und ihrer Freundin die Gründe für ihr Verhalten erklären sollte, bevor Bianca anfing, zu glauben, dass sie etwas falsch gemacht hatte. Zwischen den Zeilen ihrer Texte hatte Bianca bereits geklungen, als hätte sie ein schlechtes Gewissen, ihre beste Freundin im Stich gelassen zu haben. Aber es war die Entscheidung von Alice gewesen, ledig zu sein und keine eigene Familie zu gründen. Ihren plötzlichen Schock darüber, die letzte Unverheiratete in ihrer Clique zu sein, auf den Vorwurf zu übertragen, Bianca habe sie im Stich gelassen, war nicht einer ihrer hellsten Momente. Dennoch tat es immer noch weh, denn ihre Pläne für die nahe Zukunft von nur den beiden, die die letzten Wochen ihrer Freiheit genossen, waren nun dahin.

Dark Alley war ein buchstäbliches Geschenk des Himmels.

Wahrscheinlich der Grund dafür, dass Alice ihre Kindereien so schnell überwinden konnte. Bezüglich dieser Tatsache musste sie ehrlich sein.

Während sie sich selbst analysierte, war Alice damit beschäftigt, ein gutes Versteck für die Maske und ihren Vertrag in der Dark Alley zu finden. Schließlich fand sie alles unter ihrem losen Schrankbodenbrett. Sie starrte das Hartholz immer wieder an und versuchte zu entscheiden, ob es verdächtiger aussähe, wenn sie etwas darauflegen würde, als wenn sie es nicht täte.

Plötzlich klingelte es an der Tür. Alice entschied sich dafür, die Stelle unbedeckt zu lassen, während sie schnell die Doppeltüren ihres Schranks schloss.

Sie brauchte nur ein paar Schritte, um zur Tür zu gelangen. Da es nur Bianca sein konnte, warf sie lediglich einen flüchtigen Blick auf den Bildschirm der Überwachungskamera der Haustür, bevor sie den Knopf drückte, um Bianca in das Gebäude zu lassen. Da sie wusste, dass ihre beste Freundin etwa drei Minuten brauchen würde, um mit dem Aufzug in ihr Stockwerk zu gelangen, hatte Alice genug Zeit, den kleinen Küchentisch für das Essen vorzubereiten. Teller und Besteck mit ein paar richtigen Servietten – nur weil es Fast Food war, hieß das nicht, dass man es nicht mit Stil essen konnte.

Alice blieb starr stehen, als ihr klar wurde, dass sie gerade die Weingläser aus dem oberen Schrank geholt hatte, so wie sie es gewohnt war.

Sie hielt den Seufzer, der ihr entkommen wollte, zurück und zuckte stattdessen mit den Schultern. Bianca hätte sicher nichts dagegen, Apfelschorle statt Weißwein zu trinken. Es tat immer noch weh, zu wissen, dass die Dinge nie mehr so sein würden wie vorher, aber andererseits war sie auch nicht mehr dieselbe. Alice kehrte genau in dem Moment zu ihrer Wohnungstür zurück, als Bianca gerade anklopfen wollte. Als Alice die Tür aufriss, hob Bianca ihre Arme, um sie in eine enge Umarmung zu ziehen, und atmete ein erleichtertes »Danke« aus.

»Du brauchst mir nicht zu danken«, betonte Alice. »Du kommst mich besuchen, die alte, einsame Jungfer, und bringst Leckereien mit. Ich sollte dir danken.«

»Ha-ha«, antwortete Bianca, als sie zurücktrat, aber leicht lächelte.

»Gib das her«, nahm Alice die Plastiktüte, die Bianca trug, und zog den Duft ein, der aus ihr dampfte. »Indonesisch?«, fragte sie, hob ihre beiden Augenbrauen und legte eine Hand auf ihre Brust, was ihre Antwort übertrieben darstellte. »Oh, das hättest du nicht tun brauchen.«

»Hör auf damit, ich bin hungrig, du alte Hexe«, konnte Bianca nicht umhin, laut zu lachen, und schloss sich Alice an, die sich selbst verspottete.

Als Alice sich umdrehte, um das Essen aus der Enge zu befreien, erhaschte Bianca offensichtlich einen Blick auf den Tisch und sah die Weingläser.

»Du weißt, dass …«, begann sie zu sagen, wobei die Vorsicht schwer in ihrer Stimme nachklang.

»Beruhig dich, der Wein gehört ganz mir«, schnitt Alice ihr das Wort ab, als sie weiterhin das Essen auf den Tisch stellte, als ob das Thema nicht dasjenige wäre, das an ihr genagt hatte. »Es sei denn, die Schwangerschaft verlangt, dass du von nun an aus normalen Gläsern trinken musst.«

Bianca blickte gerade ihre beste Freundin mit einer Mischung aus Überraschung und Verwirrung an.

»Du gibst dir wirklich Mühe«, begann sie, bevor Alice sie unterbrach.

»Ich versuche, wiedergutzumachen, wie ich mich verhalten habe«, sagte Alice, ohne sich umzudrehen. »Du bist nicht absichtlich schwanger geworden. Nun, du hast nicht geplant, dass es so schnell geht.«

»Ja«, stimmte Bianca zu, »es war beim ersten Versuch, und boom, schwanger.«

Alice richtete die Teller und das Besteck auf dem Tisch ein, während sie ihrer Freundin beim Hinsetzen zuschaute. Sie stellte die größere Portion vor Bianca und setzte sich auf den Stuhl neben ihr.

»Ich würde sagen, du gibst dir zu viel Mühe», lachte Bianca wieder laut auf, nachdem sie ihren Berg an Essen betrachtet hatte.

»Hey, du bist schwanger, hast du nicht ständig Hunger? Musst du jetzt nicht mehr essen?«, fragte Alice vorsichtig.

»Oh mein Gott, du bist genau wie Matt!«, rief Bianca aus und begann zu lachen, während ihre beste Freundin niedergeschlagen aussah.

»Hey, ich versuche nur, mich zu versöhnen und zu helfen«, sagte Alice leise. »Ich bewerbe mich nicht für die beste Freundin des Jahres oder die Superpatin, weil ich in beiden Dingen scheiße wäre.«

»Oh, Alice«, kicherte Bianca und tätschelte ihre Hand. »So glücklich ich darüber bin, schwanger zu sein, und dass du versuchst mitzumachen, ist alles, was ich im Moment von dir brauche, meine verrückte, selbstbewusste beste Freundin zu sein. Ich habe tatsächlich schreckliche Angst. Ich hatte nicht erwartet, dass es so bald passieren würde. Matt und ich sind nicht einmal verheiratet! Ich will nicht wie ein Elefant aussehen, der zum Altar schreitet. Und ich verstehe, dass du verärgert warst, weil du das alles wusstest. Ich weiß, dass du nicht sauer auf mich warst. Sei einfach meine beste Freundin Alice, okay?«

Alice blinzelte ihrer besten Freundin zu, nahm alles auf und drehte ihre Hand um, um Biancas Finger mit ihren zu umschließen.

»Der Grund, warum du so wütend warst, war, dass du mich nicht wiedererkannt hast. Ich habe mich selbst nicht erkannt«, fuhr sie fort. »Aber ich bin immer noch deine beste Freundin. Nichts hat sich geändert; ich bin genauso überwältigt wie du, glücklich und verängstigt, genau wie du.«

»Das kann ich tun«, antwortete Alice. »Ich kann deine verrückte, selbstbewusste beste Freundin sein.«

Sie versuchte zu lächeln, wie sie es immer tat, aber ihr Gesicht fühlte sich wie eine Maske an, da sie Bianca nicht von der Dark Alley erzählen konnte. In diesem Moment wollte sie nur über das Abenteuer der letzten Woche schwärmen. Aber Alice konnte hören, wie die Stimme von Big Guy in ihrem Kopf nachklang, als er ihr den Umschlag übergeben hatte: ›Dass Sie diesen erhalten, ist bereits ein großer Vertrauensbeweis. Es ist Ihnen nicht erlaubt, die enthaltenen Informationen mit irgendjemandem zu teilen, noch sollten Sie den Erhalt dieser Unterlagen gegenüber irgendwem erwähnen.‹

»Gehts dir gut?« Bianca schüttelte Alices Hand. »Du sahst aus, als wärst du gerade meilenweit weg.«

»Ja«, erwiderte Alice, immer noch leicht abgelenkt. »Es war eine sehr lange Woche.«

Das war keine Lüge. Immerhin hatte sie die ganze Woche gearbeitet und Überstunden gemacht. Der Grund für ihre Überstunden war jedoch ein anderer, sie würde nicht lügen, wenn ihre beste Freundin fragen würde, warum sie Überstunden gemacht hat.

Könnte sie es Bianca sagen? Es war nicht so, dass sie ihrer besten Freundin nicht vertraute, vor allem nach ihrem Geständnis. Sie fragte sich vielmehr, ob etwas, das in diesem Umschlag versteckt war, es aufnehmen konnte, wenn sie Bianca von Dark Alley erzählte.

Alice schüttelte leicht den Kopf. Sie war paranoid.

»Komm schon, schieß los«, verlangte ihre beste Freundin leise, als ihr Gesicht echte Besorgnis zu zeigen begann.

»Es gibt nichts, worüber du dir Sorgen machen musst«, antwortete Alice und ließ einen Seufzer los. »Es ist nur etwas, das ich dir nicht sagen darf.« Sie streckte die Hand aus, um Biancas Finger zu drücken.

»Jetzt mache ich mir Sorgen«, lautete Biancas Antwort, als sie die Stirn runzelte und skeptisch den Kopf neigte.

Alice war an der Reihe, zu lachen und den Kopf zu schütteln, und auf ihre Hände zu schauen.

»Nichts – nicht, was du dir gerade vorstellst«, antwortete sie und sah Bianca in die Augen. »Wahrscheinlich schlimmer«, fügte Alice kichernd hinzu, »und viel besser. Du wirst es nicht glauben, aber du musst auf dein ungeborenes Kind schwören, es absolut niemandem zu erzählen. BFF-Schwur.«

»Okaaay …« Bianca stimmte langsam zu, nickte aber. »Ich schwöre: BFF-Schwur. Jetzt sag es mir, oder ich werde ohnmächtig.«

Alice öffnete ihren Mund, aber es kamen keine Worte heraus. Sie fühlte sich, als ob Big Guy hören konnte, wie sie die Regeln brach. Sie atmete tief ein und versuchte, sich zu beruhigen, lachte über ihre Nervosität und ihr schnell schlagendes Herz. Hatte sie wirklich ein Versprechen gebrochen?

Versprechen und Regeln waren nicht dasselbe. Letzteres tat nicht weh und war kein Verrat.

»Als ich mit dir ausgegangen bin, habe ich einen Typen kennengelernt«, begann Alice langsam, hielt inne und versuchte, die richtigen Worte zu finden.

»Welchen?«, hakte Bianca, hob die Augenbrauen und versuchte, nicht zu grinsen.

»Ja, so ungefähr«, antwortete Alice und schüttelte mit einem wissenden Lächeln erneut den Kopf. »Das ist es ja. Einer von ihnen …« Ihr Blick schien an der Decke den richtigen Satz zu finden. »Einer von ihnen ließ eine Kellnerin mir eine Einladung überbringen, für eine Art Club.«

Sie betonte das letzte Wort und hoffte, Bianca würde den Hinweis verstehen; und das tat sie auch.

»Oh mein Gott!«, rief sie aus. »Wirklich? Du warst doch nicht dort, oder?«

Alice sah nur ihre beste Freundin an, die Antwort stand ihr ins Gesicht geschrieben. »Du unartiges Mädchen!«, lachte Bianca.

»Nun, ja«, war sich Alice allerdings nicht wirklich sicher, ob ihr der Titel gefiel, und zuckte mit den Schultern. »Ich darf dies mit keinem teilen, also rede mit niemandem darüber.«

»Natürlich nicht, aber Alice«, ihre beste Freundin, schüttelte ungläubig und ehrfürchtig den Kopf, »du musst mir alles erzählen! Gott, ich würde sterben, wenn ich es dir nicht sagen könnte.«

Alice fühlte sich erleichtert, aber etwas schuldig und fragte sich, ob es Big Guy wegen ihres Regelbruchs in den Ohren klingelte. Sie würde später am Abend herausfinden, ob dieser rätselhafte Türsteher einen sechsten Sinn hat. Vorerst ließ sie kein Detail aus, als sie die Geschichte ihrer besten Freundin Bianca erzählte.

♦ ♦ ♦

Es war etwa halb zehn, als Alice erkannte, dass sie die Nummer nicht wusste, um eine Limousine anzurufen, falls sie sicher von ihrer Wohnung in die Dark Alley gebracht werden wollte. Sie erinnerte sich aus der Broschüre, dass der Transport für alle Damen kostenlos war. Es wäre mit Sicherheit viel einfacher und weniger schwierig, dorthin zu gelangen, wenn jemand sie abholen könnte.

Alice holte den Umschlag aus seinem Versteck und begann, ihre Vertragskopie zu durchstöbern, und nachdem das erledigt war, ging sie zur Broschüre über, aber es gab keine Spur einer Nummer, die sie anrufen konnte.

Sie hätte früher daran denken müssen – wenn Telefonnummern nicht aufgeschrieben wurden, konnten sie nicht in den falschen Händen landen. Mit einem Seufzer setzte Alice die Papiere sorgfältig zusammen und versteckte sie wieder in ihrem Versteck.

»Ich frage einfach Big Guy nach der Nummer, er muss sie haben«, sagte sie sich mit einem Nicken und ging eine Handtasche holen, die groß genug war, um ihre Maske darin zu verstecken.

Alice wollte die Maske aufsetzen, als sie direkt vor dem Tor stand und nicht vorher; sie wusste, dass sie alles andere beim Türsteher lassen konnte.

Es war reizvoll, alles akribisch zu organisieren und nichts dem Zufall zu überlassen, oder schlimmer noch. Es gab ihr ein Gefühl der Sicherheit. Ziemlich paradox, als sie daran dachte. Sicherheit und Sex mit Fremden in einer Gasse zu haben; sie hätte nie gedacht, dass ihr beides perfekt zusammenpassen würde. Wenn jeder einzelne Schritt geplant war, schuf das Sicherheit, was beunruhigend beruhigend war.

In Alices Vorstellung trug diese Sicherheit das Gesicht von Big Guy. Sie hatte das Gefühl, dass sie sich, wann immer oder was auch immer schief ging, an ihn wenden konnte, auch wenn sie den Mann nicht kannte. Doch das war die Stimmung, die Dark Alley und vor allem der Türsteher auf sie ausübten, und das machte sie abenteuerlustig. Es ließ sie einen Teil von sich selbst entdecken, von dem sie dachte, dass sie ihn nie hätte freilassen können.

Jetzt in der Dark Alley konnte sie dieses rohe, instinktive und sinnliche Wesen frei umherstreifen lassen. Alice war sich nicht sicher, ob sie diese Kreatur jemals wieder in einen Käfig stecken könnte.

Sie hatte noch nicht einmal richtig angefangen, aber dieses bedürftige und fleischliche Wesen sehnte sich dennoch nach mehr – nach Dingen, von denen sie nicht einmal wusste, dass sie davon geträumt hatte.

Wurde dic Dark Alley wirklich dafür geschaffen? Es musste so sein. Oder hatte sie die ganze Idee davon missverstanden? Konnte sie Big Guy einfach fragen, was möglich war? Würde sie es überhaupt wagen?

Letzteres war die eigentliche Herausforderung.

Alice konnte sich vorstellen, dass es Dinge gab, auf die sie nicht kommen konnte. Die Broschüre, in der die Vorteile der Mitgliedschaften aufgelistet waren, sprach von verschiedenen Räumen auf verschiedenen Ebenen, sogar von Spielzimmern und Privatzimmern.

War es möglich, dass jemand in die Dark Alley gegangen ist, sie aber gar nicht verlassen hat?

Da draußen gab es Leute, die reich genug waren, um das zu tun, was ihnen verdammt gut gefiel. Ganz gleich, was Alice am Rande dessen, was sie als Sicherheit empfand, dachte, das Gefühl der Gefahr blieb immer bestehen, und es neckte sie.

Vielleicht war sie absichtlich blind und naiv, weil sie glauben wollte, dass es einen sicheren Ort wie diesen wirklich gibt. Dark Alley war perfekt für sie, und sie hatte noch nicht einmal all die Ideen ausgespielt, die ihr immer wieder durch den Kopf gingen. Doch irgendetwas sagte ihr, dass ihre Vorstellungskraft nichts im Vergleich zu der anderer war.

Was würde sie tun, wenn sie jemanden treffen würde, der über ihren Geschmack hinaus »abenteuerlustig« war? Würde es ihr wirklich genügen, »rot« zu sagen?

Kaum hörte sie die winzige Stimme im Hinterkopf, die flüsternd und winselnd »Nein« sagte. Alice wusste es. Das Karussell des Grübelns in ihrem Kopf wollte nicht enden, und sie war sich sicher, dass die Möglichkeit einer Gefahr inmitten der Sicherheit für sie der eigentliche Nervenkitzel war. Sie dachte den ganzen Weg von ihrer Wohnung bis zur Gasse daran, während die Maske sicher in ihrem Kasten verstaut war, in dem sie froh gewesen war, einen ausreichend großen Geldbeutel zu finden. Technisch gesehen ging sie bereits zum vierten Mal dorthin, aber die Vorfreude ließ sie immer noch wie ein kleines Schulmädchen fühlen, das zum ersten Mal auf einem Pony reiten würde. Alice war nicht in der Lage, das kindliche Grinsen, das beim Vergleich auf ihrem Gesicht erschien, vollständig zu unterdrücken.

Alice wusste, dass sie wahrscheinlich viel zu früh da war, als dass die wirkliche Menschenmenge angekommen sein konnte, und sie musste zugeben, dass der Gedanke, jemanden vor der Gasse und ohne Maske zu treffen, sie ängstlich machte. Obwohl es einem Teil von ihr nichts ausmachen würde, über den Mann zu stolpern, den sie nach dem griechischen Meeresgott Poseidon benannt hatte.

Dies war jedoch der Zeitpunkt, den sie gewählt hatte, ein weiteres Sicherheitsnetz für sich selbst. Das musste sie zugeben, aber da sie gerade erst diesem faszinierenden, mysteriösen Club beigetreten war, war sie damit einverstanden, vorsichtig zu sein; zumindest so vorsichtig, wie sie es sein konnte.

Wie jedes Mal zuvor wartete Big Guy auf der anderen Seite des Tores, und sie konnte schwören, dass sie ein winziges Lächeln in seinen Mundwinkeln gesehen hatte, wo normalerweise nur eine gleichgültige Linie war.

»Miss Belladonna«, grüßte er sie mit einem leichten Nicken, und eine Welle der Scham überspülte sie.

Sie hatte keine Ahnung, wie er hieß! In seinen Augen konnte Alice Erkenntnis lesen, und er bewegte sich, um seinen Kopf nur einen Zentimeter zur linken Seite zu neigen.

»Sie können mich nennen, wie Sie wollen, Miss Belladonna«, sprach er schließlich, und irgendwie wurde sein Gesichtsausdruck um seine Augen etwas weicher.

Dies war ein Mann der Mikroausdrücke. Das war sicher, aber Alice war froh, dass sie ihn zumindest gut genug kannte, um die winzigen Veränderungen in seinem Gesicht zu erkennen.

»Na dann«, sagte sie nachdenklich und fragte sich, ob er insgeheim neugierig darauf war, wie sie ihn nennen würde oder ob es ihm ebenso gleichgültig war, wie alles andere, was hier geschah. »Guten Abend, Alfred«, sagte Alice schließlich und schaffte es nicht, ihren Mund vom Grinsen abzuhalten.

Big Guy runzelte daraufhin eine Stirn, und sie hatte das Gefühl, dass dies seine Art war, dem Witz zuzustimmen oder sich ihm vielleicht anzuschließen. Aber er reagierte nicht, zumindest nicht verbal.

»Es fühlte sich irgendwie falsch an, dich ›Big Guy‹ zu nennen«, kam Alice nicht umhin zuzugeben, »und hier zu sein, fühlt sich irgendwie so an, als ob man die Fledermaushöhle betritt.«

Als sie es laut aussprach, kam sie sich noch alberner vor, und ein Seufzer der Niederlage entfleuchte ihr. Alice schüttelte trotz allem den Kopf und murmelte ein schwaches »Sorry«, während sie begann, ihre Maskenbox aus ihrer Handtasche zu ziehen.

»Miss, man hat mich schon Schlimmeres genannt«, antwortete Big Guy plötzlich. »Und ich werde lieber mit Batmans Butler verglichen als mit Bruce Banners Alter Ego.«

Alices Kinn klappte nach unten, und wieder konnte sie sich nicht davon abhalten, breit zu lächeln. Diesmal jedoch genoss sie sein Geständnis, Teil der normalen Welt zu sein, schweigend. Aber sie schenkte ihm ein winziges Nicken und zog weiter die Schachtel aus ihrer Handtasche.

»Könnte ich die Schachtel der Maske vielleicht in Ihrer Obhut lassen, wenn ich heute Abend gehe?«, fragte sie, ohne sich weiter zu erklären, und Big Guy nickte sofort.

»Natürlich, Miss«, antwortete er und streckte die Hand aus, um die Schachtel und den Geldbeutel entgegenzunehmen.

»Und könnten Sie mir vielleicht die Nummer für den Transport geben, nur für alle Fälle?«, fügte Alice zögernd hinzu.

»Selbstverständlich, Miss«, erwiderte er erneut, und er hielt ihr die Handtasche hin, damit sie ihr Telefon hervorholen konnte.

Sie öffnete sie schnell und überreichte ihm ihr Handy, damit er sie eintippen konnte.

Als sie ihr Telefon zurückerhielt, blickte Alice auf den Bildschirm und erstickte einen neuen Lachanfall.

Der Name, den Big Guy der Nummer gegeben hatte, war für sie Beweis genug, um zu wissen, dass dieser Mann ihre Art von Humor teilte. Die Abkürzung deutete den Titel Dark Alley an, war aber dennoch irreführend genug, dass jemand anderes nicht erraten konnte, worum es ging. Es war schlau, einen bekannten Familiennamen aus der englischen Literatur zu wählen. Auch wenn Big Guy nicht wie dieser berühmte Namensvetter aussah, war dies genau der Grund, warum Alice ihn mochte.

»Danke, Mr. D'Arcy«, sagte sie mit einem leichten Kichern und steckte ihr Telefon wieder in die Handtasche.

Big Guy öffnete die Schachtel für sie, und nachdem sie ihm gedankt hatte, setzte sie ihre Maske auf und fühlte, wie eine seltsame Erregung über sie kam, als ihr Gesicht vollständig bedeckt war. Vielleicht war es das Gefühl einer leichten Enge oder das Gefühl, ihren eigenen Atem lauter als sonst hören zu können.

Es war definitiv die Vorfreude auf das, was heute Abend kommen sollte. Instinktiv streifte sie ihre Hände über den schwarzen, knielangen Bleistiftrock, den sie für ihren Job gekauft hatte, den sie aber nie zuvor getragen hatte, weil sie ihn zu schick fand. Sie trug keine Strumpfhosen, sondern lange Strümpfe, die mit einem versteckten Antirutschband an ihren Oberschenkeln gehalten wurden.

Außerdem trug sie eine ärmellose, lilafarbene Bluse mit fließendem Kragen und schwarzen High Heels. Es war jedoch die Maske, die die Verwandlung von der leicht verunsicherten Alice in die abenteuerliche Belladonna wirklich vollendete.

– 7 –

»Miss Belladonna«, sagte Big Guy und hinderte sie daran, darüber nachzudenken, welches Abenteuer sie heute Abend bestellen würde. »Ihre Teilnahme wurde vom King of Diamonds erbeten, dieser aber ist noch nicht eingetroffen.«

Überrascht weiteten sich Alices Augen und sie blinzelte einmal, um zu versuchen, die Informationen zu verarbeiten. King of Diamonds war derjenige, von dem sie annahm, dass er sie überhaupt erst in die Dark Alley eingeladen hatte.

Und dass er ihre erste Begegnung gewesen war.

»Wann hat er nach mir gefragt?«, antwortete Alice.

»Ich kann Ihnen keine detaillierteren Informationen geben, als dass es nicht heute war«, antwortete Big Guy – ein zufriedenes Lächeln eroberte ihre Lippen, und sie nickte ihm kurz zu.

Diese Geste sagte ihm, er könne weitermachen mit dem, was ihre Zustimmung benötigte.

»Er bat freundlich darum, dass Sie seine Ankunft im Clubhaus abwarten. Es wurde sich um Ihr Konto gekümmert«, führte er aus.

Als sie die Informationen in ihrem Kopf verweilen ließ wie den schweren und starken Geschmack eines guten Scotchs auf der Zunge, erkannte Alice, dass, wer auch immer er war, er sich wirklich für sie interessiert hatte.

Vielleicht war sie für ihn nur ein aktuelles Spielzeug, und er sie in die Dark Alley einlud, um für ihren Trost zu bezahlen und sie bat, sich bis zu seiner Ankunft nicht mit einer anderen Person einzulassen.

Seine Aufmerksamkeit konnte sich leicht von ihr auf eine andere Frau verlagern, aber Belladonna entschied, dass sie mitmachen würde, solange ihr Engagement sie zufriedenstellte.

»Wie hoch ist meine Mitgliedsstufe?« Das war eine Frage, die sie sich normalerweise nicht getraut hätte, auszusprechen.

Der Blick von Big Guy streifte schnell über seinen Bildschirm und er antwortete ohne Veränderung seines Gesichtsausdrucks: »Silber, Miss.«

Alice nickte und fühlte sich ein wenig so, als würde sie sich selbst um etwas bitten, aber am Ende drehte sich alles an diesem Ort schließlich um Sex. Sie würde sich nicht zu Dankbarkeit verpflichtet fühlen, nur weil ihr Gönner ihr diesen Status ermöglicht hatte.

»Sehr gut«, kommentierte sie. »Ich werde warten, aber nicht länger als Mitternacht«, entschied sie. »Wenn es eine Möglichkeit gibt, ihm jetzt Bescheid zu geben, tun Sie es bitte.«

»Ja, Miss.«

Die Finger von Big Guy flogen über seinen Touchscreen, und Alice war sich ziemlich sicher, dass er nicht nur Notizen machte, sondern auch eine Botschaft an den King of Diamonds sandte.

Alice konnte sich nicht helfen, sie hatte das Gesicht von Mr. Scotch vor Augen.

»Es gibt eine private Nische, die auf Sie wartet«, sprach er plötzlich wieder und riss sie von ihren Erinnerungen an ihre erste Begegnung weg. »Sagen Sie der Kellnerin einfach Ihren Namen, und sie wird Sie dorthin bringen.«

»Danke, Alfred«, sagte Alice leise und mit einem Lächeln; das kindliche Grinsen von vorhin war nirgends zu finden.

Sie wandte sich von ihm ab.

„Genießen Sie Ihren Abend, Miss Belladonna."

„Sie auch, Alfred."

Obwohl die Beleuchtung genauso schwach war wie zuvor, wurde es immer einfacher, sich durch die Gasse zwischen den beiden Backsteinhäusern zu bewegen.

Alice wusste, dass sie nur in einer geraden Linie gehen musste, denn diese würde sie direkt zur Tür des Klubhauses führen, so wie es in den Dokumenten beschrieben war.

Sie spürte wie sie sich mit jedem einzelnen Schritt, den sie weiter in die Gasse ging, zu verändern schien.

Ihr Job als Assistentin des CFO in ihrem Unternehmen und die Verantwortung, die sie gewöhnlich beschäftigten, wurden langsam zu nichts weiter als Hintergrundgeräuschen. Der einzige stressfreie Teil ihrer Tätigkeit bestand darin, dass Bianca in der gleichen Abteilung arbeitete.

Ihre Freundin arbeitete als Analytikerin und saß mit ihrer Kollegin in ihrem eigenen kleinen Büro, während Alice im Hauptgebiet unterwegs war.

Es war ein Gebiet wie das, das sie gerade durchschritt, in Richtung des Herzens der Dark Alley. Doch anstatt rechts und links an zwei Gassen vorbei zu führen, führte der Weg in ihrem Alltag an den Büros der Untergebenen ihres Chefs vorbei und endete direkt vor ihrem Schreibtisch und nicht vor der Tür eines Ortes, den sie neugierig erkunden wollte. Alice war es gewohnt, mit Menschen am Telefon und von Angesicht zu Angesicht zu sprechen. Sie war nicht nur die Assistentin des CFO, sondern auch für die Bereitstellung und Koordination aller Analysten, IT-Supporter und Controller zuständig, die ihrem Chef zur Verfügung standen.

Alice war gut in ihrem Job, weil sie immer vorbereitet war. Sie nahm ihr Kassabuch immer mit, zu jeder Tages- und Nachtzeit. Obwohl ihr Chef sie normalerweise nicht mehr belästigte, wenn sie nach Hause ging, hasste Alice es, in den seltenen Fällen, in denen er es tat, überrumpelt zu werden.

Vielleicht war das der Grund, warum sie sich so fühlte, als würde ein anderes Ich die Kontrolle übernehmen, je tiefer sie in den Bauch dieser faszinierenden Bestie eindrang. Es machte ihr nichts aus, diese Person Belladonna zu nennen.

Sie mochte die Vorstellung, ein Alter Ego zu haben, das sich nicht auf Dinge konzentrierte, die passieren könnten, sondern den Moment lebte. Eine Person, die sich an den Verheißungen von etwas bald Kommendem erfreuen konnte, etwas zu ihrem eigenen, egoistischen Vergnügen.

Vielleicht war das der Grund, warum sie sich nicht sicher war, ob sie dem King of Diamonds zur Verfügung stehen wollte.

Belladonna fand sich am Rand einer Ziegeltreppe wieder, die nach unten führte. Unter der Lippe jeder Stufe leuchtete ein weiches Licht auf, sodass sie sehen konnte, wo ihre Füße landeten.

Es waren nur vier Schritte zu gehen, bis sie die Tür erreichte, die zum Klubhaus führte, von dem die Hälfte im Dunkeln lag. Es war eine Metalltür, wahrscheinlich, um die Sicherheit dieses Ortes tagsüber zu gewährleisten.

Alice hob die Hand zum Klopfen, aber sie zögerte, ihre geschlossene Faust nur wenige Zentimeter von der Oberfläche entfernt. Wer zu diesem Zeitpunkt durch diese Tür gehen wollte, war definitiv willkommen. Sie senkte ihre Hand, konnte aber keinen Griff finden.

Ein kleines Lächeln erschien auf ihren Lippen, und sie legte ihre Handfläche gegen das Metall, drückte es auf und trat ohne zu zögern hinein.

Belladonna hatte keine Erwartungen an diesen Ort. Nachdem sie einen kurzen Blick auf die Umgebung geworfen hatte, beschloss sie, dass es nur eine Möglichkeit gab, sie zu beschreiben: gemütlich. Es gab keine roten Lichter, nichts, was den Club als ›Sexclub‹ identifiziert hätte. Es war wie eine alte, stilvolle Bar, wie die ideale Version eines Gentleman-Clubs – abgesehen von der Tatsache, dass dort Frauen erlaubt waren, ja sogar erwünscht.

An der gegenüberliegenden Wand befand sich eine große, schwere Theke, die aus demselben dunklen Holz gebaut war wie die Hocker, Stühle und Tische, die den großen Raum füllten. Alles, was nicht aus dunkler Eiche bestand, war dunkelrot oder ein fast brauner Samt.

Links und rechts von ihr entlang der Wände befanden sich Kabinen, die völlig voneinander getrennt waren. Einige von ihnen schlossen die Außenwelt mit Samtvorhängen aus. Die Tische im Inneren der Kabinen waren rund, und die Bänke waren mit dem gleichen Material gepolstert, das auch für die Vorhänge verwendet wurde. Einige Kabinen waren kleiner und intimer und boten nur Platz für zwei Personen. Andere schienen in der Lage zu sein, noch viele, viele weitere Personen aufzunehmen.

Zwischen Belladonna und der Bar standen einige quadratische und rechteckige Tische, an denen Stühle für zwei bis sechs Personen Platz fanden. Der linke Mundwinkel hob sich zu einem fast schelmischen Grinsen.

Es machte Sinn, dass es Platz für Gruppen gab, wenn es nötig war.

Leider wurde ihr Gedanke, die Möglichkeiten zu erkunden, abrupt gestoppt, als eine maskierte Frau auf sie zukam. Auch ihre Maske verdeckte nur das obere Drittel ihres Gesichts, aber eine Seite war völlig schwarz, während die andere Seite silbern war. Belladonna fragte sich, ob diese Art von Färbung die Angestellten des Clubs identifizierte.

Sie schaute schnell zum Barkeeper hinüber, dessen Maske schien jedoch zur einen Hälfte Weiß anstatt silbern zu sein.

»Miss Belladonna«, sprach die Frau und lenkte ihre Aufmerksamkeit wieder auf das, was direkt vor ihr lag.

Sie war nicht wirklich überrascht, dass die Frau sie mit ihrem gewählten Namen ansprach. Offensichtlich waren alle Mitarbeiter darüber informiert, welche Maske zu welcher Person gehörte. Das gab der ganzen Idee, anonym zu sein, einen unrealistischen Touch.

»Ihre Nische wartet auf Sie«, zeigte die Frau, die nur wenig kleiner als Belladonna war, auf einen Stand direkt neben der Bar, links außen.

»Kann ich Ihnen etwas zu trinken bringen?«

»Ja«, nickte Belladonna und setzte sich in Bewegung, wobei sie sicher war, dass die Kellnerin ihr folgen und sie möglicherweise zu ihrem reservierten Tisch führen würde. »Martini, trocken, bitte.«

Die Frau machte keine Notizen per Tablett oder Stift und Papier.

Die weibliche Bedienung war vollständig in Schwarz gekleidet. Ihr kurzärmeliges Hemd zeigte kein Dekolleté und schloss am Hals mit einem winzigen, hochgestellten Kragen ab. Ihre schwarze Anzughose war unauffällig, ebenso wie ihre flachen Schuhe. Ihr braunes Haar trug sie in einem ordentlich gebundenen, hohen Pferdeschwanz. Das Ensemble ließ die Gäste offensichtlich wissen, dass sie nicht auf der Speisekarte stand, sondern diese nur servierte.

»Möchten Sie auch etwas essen?«, fragte sie, als sie die Nische erreichten. »Ich kann Ihnen die Karte bringen.«

»Ich bin mir nicht sicher«, antwortete Alice, während sie sich hinsetzte und sich vergewisserte, dass ihr Rock an seinem Platz war.

Sie erinnerte sich daran, dass sie als Silbermitglied bestellen konnte, was immer sie wollte; sie war jedoch neugierig, was auf der Premium-Speisekarte stand. »Aber ich würde gerne mal einen Blick darauf werfen.«

Die Kellnerin nickte, drehte sich auf der Ferse um und steuerte direkt auf den Barkeeper zu, der im selben Moment zwei Getränke auf die Theke stellte.

Belladonna konnte nicht anders, sie musste den beiden Angestellten beim Wortwechsel zusehen und herausfinden, ob die andere Farbe auf der Maske des Mannes wirklich weiß oder Silber war. Vielleicht steckte eine tiefere Logik dahinter.

Könnte es bedeuten, dass ihm der Zugang zu den oberen Ebenen verwehrt wurde?

Als sich der Kopf des Barkeepers in ihre Richtung bewegte und sich ihre Augen trafen, war Alice fast enttäuscht zu sehen, wie sich das vermeintliche Weiß im Licht spiegelte.

Schwarz und Silber waren die Farben von allem, was zu Dark Alley gehörte: die Visitenkarte, die Broschüre und nun die Masken der Angestellten. Irgendwie hätte sie gerne mehr Geheimnisse gefunden, aber zum Glück gab es noch die anderen Ebenen der Gebäude zu erkunden, mit all den verschiedenen Räumen.

Belladonna musste nicht lange auf ihren Drink warten. Sie hatte nur Zeit, sich einmal ringsum im Inneren umzusehen, bevor die Kellnerin zurückkam. Die Frau stellte ihren Martini auf eine schwarze Serviette und reichte ihr die Menükarte.

»Danke«, sagte Alice und stellte fest, dass sie keine Ahnung hatte, wie die Kellnerin hieß und dass sie kein Namensschild trug.

Bevor sie fragen konnte, hatte sich die Frau bereits umgedreht und war auf dem Weg zurück zur Bar.

Es war hier wahrscheinlich normal, dass die Angestellten keinen Namen hatten, was sie noch mehr von den Gästen trennte.

Belladonna nahm ihr Getränk und nahm einen Schluck des köstlichen Cocktails in den Mund, wobei sie den Geschmack einen Moment lang mit der Zunge genoss, bis sie ihn heruntergeschluckt hatte. Die ganze Zeit über beobachtete sie ihre Umgebung, soweit ihre Sicht nicht durch Samtvorhänge versperrt war.

Automatisch schaute sie zur Seite ihrer Nische auf und fand denselben Vorhang, der mit einem Seil aus Samt zur Seite gebunden war. Ihr Bereich des Raumes war der ruhigste, da es keine Tür zwischen ihrer Nische und der Bar gab.

Auf der anderen Seite erschien eine weitere Kellnerin, die gerade Getränke nach oben brachte, als ein oder zwei Gäste verschwanden und einige Minuten später wiederkamen. Zu diesem Zeitpunkt hatte sie die Hälfte ihres Getränks geleert und wurde ungeduldig.

›Belladonna‹ hatte weder eine Uhr noch ihr Telefon, um die Zeit zu überprüfen, und sie konnte nirgendwo in diesem Raum eine Uhr finden. Wie viel Zeit vergangen war, war eigentlich absolut unwichtig. Sie schimpfte sich innerlich, dass sie sich sogar bereit erklärt hatte, zu warten. Wenn etwas Alice bereits unglücklich machte, dann war es mit Sicherheit etwas, das Belladonna verachtete – es sei denn, es gehörte zum Spiel.

Der Gedanke, dass King of Diamonds ihre Geduld auf die Probe stellte, beruhigte ihren glühenden Ärger für einen Moment, und sie sah sich noch einmal um. Vielleicht war er schon hier und beobachtete sie?

Belladonna gefiel diese Idee, aber es war nicht realistisch, dass er ein Spiel spielen würde, ohne ihr die Regeln zu sagen. Selbst wenn dies eine Möglichkeit wäre, wollte sie nicht spielen, ohne dass er sie ihr offiziell vorgestellt hätte. Sie hätte vielleicht eingewilligt, bis Mitternacht auf ihn zu warten, aber das bedeutete nicht, dass sie sich nicht unterhalten konnte, während sie hier war.

Mit einer schnellen Bewegung rutschte Belladonna in ihrer Nische herum, sodass sie dem Eingang zugewandt war und von jedem, der von der Bar aus schaute, gesehen werden konnte. Sie schlug langsam die Beine übereinander und brachte das kegelförmige Glas wieder an ihre Lippen, sodass ihre Augen den Raum durchstreifen und nach etwas Ausschau halten konnten, das ihr Interesse wecken würde.

Wie aufs Stichwort öffnete sich die Tür und ein großer, dunkelblonder Mann mit einer hellblauen Maske betrat den Raum. Er trug ein Hemd in der gleichen Farbe und eine dunkelblaue Anzughose.

Etwas an seinem Körperbau war vertraut; er war schlank, athletisch und groß. Sie fragte sich, ob er nach dem Meer riechen würde. Er versuchte anscheinend, es mit seiner Kleidung zu verkörpern.

Könnte er der Typ sein, den sie vor der Dark Alley getroffen hat? Der, den sie Poseidon nannte?

Belladonna starrte ihn weiterhin aufmerksam an, und schließlich fanden seine Augen sie. Obwohl sie sich nicht sicher war, ob er ihr Lächeln sehen würde, tat sie es und wartete noch eine Sekunde, bevor sie ihr Glas zum Mund führte und den Drink austrank.

Alice wäre niemals so offensichtlich gewesen. Belladonna war es jedoch egal. Außerdem war ihre Strategie unbestreitbar erfolgreicher. Im dem Moment, in dem sie ihr Glas abstellte, begann er sich auf sie zuzubewegen, seine Augen waren noch immer mit ihren verschmolzen. Ihr Grinsen verwandelte sich in ein sanftes Lächeln. Als er an ihrem Tisch ankam, öffnete er seinen Mund, wahrscheinlich, um sie zu fragen, ob er sich zu ihr setzen dürfe, aber Belladonna griff über den Tisch und klopfte mit den Fingern auf die Holzplatte, dazu aufzufordern. Während er dies tat, rollte eine Welle salziger Frische auf sie zu. Sie konnte nicht anders, als breiter zu lächeln.

»Danke, dass Sie mir Gesellschaft leisten«, sagte Belladonna und hob die Hand, um der Kellnerin zu signalisieren, dass sie herüberkommen sollte, wobei ihr klar wurde, dass sie keinen Blick auf die Speisekarte geworfen hatte.

Von sich selbst überrascht, dass ihr Ärger darüber, warten zu müssen, sie so sehr abgelenkt hatte, blätterte sie schließlich auf und blickte über die erste Seite, während ihre Augen über den oberen Rand des Menüs auf den Mann blickten, den sie glaubte, schon einmal getroffen zu haben. Obwohl er ihre Stimme gehört hatte, schien er sie nicht zu erkennen.

Als die Kellnerin plötzlich an ihrer Seite erschien, wurde Belladonna bewusst, dass sie ihren Gast angestarrt hatte. Es waren seine leuchtend blauen Augen, die sie in ihren Bann gezogen hatten. Es musste Poseidon sein.

»Miss?« Die Stimme der Kellnerin erregte ihre Aufmerksamkeit, und Alice war sich nicht sicher, ob die Frau sie bereits angesprochen hatte, und sie bemerkte es nicht.

»Ich hätte gerne noch einen Martini und ein Bruschetta, bitte«, zog sie den Blick von dem Mann vor ihr ab und lächelte der Frau zu, die daraufhin nickte.

»Wodka Martini, gerührt«, gab der blau maskierte Mann seine Bestellung auf, »und ich nehme dasselbe, bitte.«

Die Kellnerin nickte erneut und drehte sich auf dem Absatz um, sodass sich die beiden wieder gegenseitig anstarren konnten.

»Wie ist Ihr Name?«, Belladonna konnte nicht anders, als zu fragen.

»Aquarius«, antwortete er mit einer Stimme, die ihr vertraut war, aber nicht das, was sie erwartete. »Sie sind enttäuscht«, fügte er hinzu und fing ihre Reaktion auf. »Haben Sie jemand anderen erwartet?«

»Ich habe niemanden erwartet«, antwortete Belladonna leise, lockerte ihre Haltung und lehnte sich zurück, ohne den Blickkontakt zu unterbrechen. Sie versuchte, entspannt zu verbergen, was er bereits bemerkt hatte.

»Ich hätte gewettet, dass Sie ›Poseidon‹ erwartet hätten«, antwortete er mit einem leichten Glucksen.

»Ich wusste es!« Alice setzte sich wieder aufrecht hin, klatschte triumphierend ihre Handfläche auf die Tischplatte und lehnte sich schließlich leicht zu ihm hin. »Ich hätte es wissen müssen. Aquarius ist ähnlich.«

»Enttäuscht, dass ich einen anderen Namen gewählt habe?«

»Nein, eigentlich nicht«, lehnte sich Alice wieder zurück und schüttelte den Kopf. »Ihre Wahl ist eigentlich besser als meine.»

»Wirklich?« Er lächelte breit und neigte sich ihr zu.

»Sie haben nicht erwartet, dass ich das zugeben würde?«, fragte sie missbilligend, als sie den Kopf nach hinten neigte.

»Nein«, schüttelte Aquarius jetzt den Kopf. »Jetzt, wo Sie fragen, hätte ich es vielleicht getan. Ich freue mich nur, dass Ihnen meine Wahl gefällt, denn ich habe sie getroffen, bevor wir uns trafen.«

»Weil Sie ein Wassermann sind?«, neckte Belladonna ihn und merkte, dass sie ihn vielleicht zu schnell verurteilt hatte. Sie wollte wirklich aufhören, so anklagend zu sein.

»Schuldig im Sinne der Anklage«, sagte er schmunzelnd. »Und es ist leichter, auszusprechen.«

»Es ist so ziemlich das Gleiche«, nickte Alice. »Und Sie haben Recht. Wieder mal.«

Die Kellnerin kam mit ihren Getränken und stellte beide auf neue schwarze Servietten. Beide bedankten sich im Gegenzug und riefen ein kleines Lächeln auf den Lippen der Frau hervor.

»Also, wie ist Ihr Name?«, fragte Aquarius und zeigte auf ihre Maske. »Es hat auf jeden Fall etwas mit den Blumen zu tun, oder?«

»Ja«, antwortete Alice mit einem leichten Lächeln. »›Belladonna‹. Wie der tödliche Nachtschatten.«

Er lehnte sich zurück, was entweder gut gespieltes Interesse oder wirkliches Unbehagen war. »Sollte ich besorgt sein?«

»Nein«, lachte Alice, spielte mit ihrem Glas und schaute zum ersten Mal nach unten.

Sie spürte, wie ihre alten Gewohnheiten wieder an die Oberfläche kamen. Vielleicht war es die Tatsache, dass sie tatsächlich wusste, wie Aquarius hinter dieser Maske aussah, oder dass er sich des Gesichts bewusst war, das sie hinter ihrer versteckte.

Es wäre vielleicht keine so gute Idee gewesen, ihn an ihren Stand einzuladen, weil sie nicht ganz in die Figur passte, die sie sich vorgestellt hatte.

»Ich habe dich verloren«, sagte er, sein kratziger Tenor ließ sie wieder zu ihm aufblicken.

»Hm?«, fragte sie automatisch, obwohl sie ihn richtig gehört hatte – er war zum ›du‹ gewechselt.

»Ich sagte: Ich habe dich verloren«, lächelte Aquarius sanft. »Deine Gedanken waren woanders und du sahst nicht aus, als ob du Spaß hättest.«

»Du bist sehr aufmerksam.»

»Nicht wirklich«, zuckte er die Achseln und nahm einen Schluck seines Getränks, seine Augen klebten an der Serviette seines Glases. »Aber alles, was ich sehen kann, sind dein Mund und deine Augen, und beide haben nicht gelächelt. Willst du, dass ich gehe?«

»Nein«, platzte Alice heraus, bevor sie wirklich darüber nachdenken konnte, und setzte sich wieder aufrecht hin. »Es ist einfach seltsam. Wir sitzen hier in einer lebendig gewordenen Fantasie und sind tatsächlich jemand, die aus der echten Welt kommen.«

Diesmal waren es seine Augen, die sich plötzlich für die Tischplatte zu interessieren schienen.

»Ja, du hast Recht«, stimmte er zu und sah sie erneut an. »Und jetzt, da wir wissen, wie unsere Masken aussehen, könnte es etwas unangenehm werden.«

»Ja«, sagte Alice und nahm einen Schluck von ihrem Getränk, das langsam die Nervosität in ihren Adern zu beruhigen begann. »Aber andererseits sind wir wie geheime Verschwörer«, fügte sie hinzu und grinste ihn an. »Und zu wissen, wie wir aussehen, ist nicht wirklich gleichbedeutend damit, einander zu kennen. Wer weiß, es könnte … die Aufregung noch verstärken.«

»Stimmt«, nickte Aquarius und leerte sein Getränk, offensichtlich ein wenig erschrocken oder vielleicht sogar verunsichert über diese Tatsache.

»Nervös oder durstig?«, neckte Alice ihn wieder und musste grinsen.

»Beides, denke ich«, antwortete er. »Ich treffe mich mit jemandem«, gab er zu und fuhr dann nach einer Pause fort. »Wieder.«

»Du auch?«, kicherte Alice. »Siehst du? Wir sind bereits Komplizen.«

»Ja«, lachte er.

Als die Kellnerin ihren Imbiss servierte, bestellte Aquarius einen weiteren Wodka Martini, während Alice beschloss, etwas Wasser hinzuzufügen.

Ihr Gast war der erste, der in das mit Tomate, Basilikum und Balsamico überzogene italienische Brot biss und stöhnte sofort zufrieden.

Alice kicherte und nahm auch einen Bissen. Die Küche dieses Ortes war absolut köstlich.

»Nun …«, hörte Alice Belladonna ihre Stimme benutzen, »wir könnten uns immer gegenseitig beobachten. Wäre das etwas, an dem du interessiert wärst? Oder bist du eher der schüchterne Typ?«

Aquarius wäre fast an seinem Stück Brot erstickt, aber dann fing er an zu lachen und schluckte schließlich hastig seinen Bissen herunter.

»Oh, ich hätte definitiv gerne beides, danke der Nachfrage«, konnte er antworten.

»Gut«, nickte Belladonna zustimmend. »Wer zuerst durch die Tür kommt«, deutete sie auf den Eingang, »wird derjenige sein, der zuerst beobachtet wird.«

Sie fühlte, wie sich ihre Lippen in ein fast verruchtes Grinsen verwandelten und ihr Puls einen Takt höherschlug. Der Gedanke, ihm beim Sex zuzusehen oder ihn dabei zu haben, wie er ihr beim Kommen zuschaute, war irgendwie berauschend. Kein alkoholisches Getränk konnte diese Art von Rausch hervorrufen.

– 8–

Die Kellnerin entfernte die Teller von ihrem Tisch und tauschte die Getränke gegen Wasser aus. Aquarius schien ihrem Beispiel bei ihren Entscheidungen zu folgen. Alice konnte nicht anders, als es zu mögen.

Für einen angespannten Moment hatte Alice das Gefühl, als könne sie voraussehen, wie sich die Tür des Clubs öffnet und ein Mann hindurchtritt, kurz bevor es wirklich passiert. Vielleicht hatte sie eine Bewegung aufgefangen, die sie voraussehen ließ. Vielleicht war es einfach Zufall.

Alice reagierte jedoch sofort, als sie den Mann eintreten sah. Obwohl er eine schwarze Maske mit silbernen Diamantzeichen trug, die ihn so ziemlich als King of Diamonds identifizierte (es sei denn, es gab noch einen anderen Mann, der ebenfalls die Diamanten benutzte), war noch etwas anderes an ihm. Er war groß, sein schwarzes Haar war unordentlich und kurz, und seine Hände versanken augenblicklich in den Hosentaschen. King of Diamonds trug einen schwarzen Anzug, der augenscheinlich maßgeschneidert war.

Alice wusste, dass er es war, der sie gebeten hatte, auf ihn zu warten. Sie war sich dessen sicher, denn er schaute sie direkt an, als er eintrat. Sie konnte sein Gesicht wegen der Maske und der Entfernung nicht sehen, aber sie brauchte seine Miene nicht zu lesen, um zu wissen, dass er unzufrieden war. Es zeigte sich alles in seinem Auftreten – er richtete sich auf und ließ sich noch größer erscheinen, als er ohnehin schon war.

»Bella?« Aquarius' Stimme schien aus der Ferne zu kommen, und es dauerte einen Moment, das zu registrieren. Schließlich war es seine Hand, die die ihre berührte und sie zum Aufwachen brachte.

»Meine Verabredung ist hier«, erklärte sie, wobei die Unsicherheit ihr einen Kälteschock durch die Adern jagte. »Es tut mir leid.«

Er lachte kurz und begann, sich an den Rand der Bank zu bewegen. »Ich werde mir einen anderen Tisch suchen. Aber versprich mir, dass du mich morgen hier triffst, gleiche Zeit.«

Alice war überrascht, vielleicht sogar fassungslos, aber sie war absolut voll dabei, denn obwohl sie sein Gesicht gesehen hatte, wollte sie die Chance nicht verpassen, mehr von ihm zu sehen. Sie nickte.

»Großartig«, lächelte Aquarius, und bevor sie ihn aufhalten konnte, hatte er sich bereits zu ihr hinübergebeugt, um ihr einen Kuss direkt unter ihr Ohr zu geben, und flüsterte ihr zu: »Wir sind noch nicht fertig.«

Alice wusste, was er meinte, und ihre Wangen brannten, als er ging. Ihm gefiel der Gedanke, zuzuschauen, und ihr gefiel es auch. Sie mussten nur noch die Regeln festlegen und Partner finden.

Was für ein wunderbarer Ort Dark Alley war. Auch wenn ihr etwas sagte, dass Aquarius in einer Beziehung nicht der richtige Mann für sie war, bedeutete das nicht, dass sie nicht Freunde sein konnten, und Freunde mit besonderen Vorzügen.

Als Alice zur Tür zurückblickte, hatte King bereits die Hälfte des Raumes durchquert. Er bewegte sich auf eine Art und Weise, die deutlich machte, dass er es gewohnt war, dass Menschen Platz für ihn machten; er sah aus, als gehöre ihm dieser Ort.

Vielleicht war das auch so. Das Wichtigste war, dass der Mann direkt auf sie zuging, die Augen auf sie richtete und sie damit festhielt. Alice fühlte sich, als würde sie unter seinem grellen Licht schrumpfen. Ihr Körper zitterte in Erwartung, sehr zu ihrer eigenen Überraschung. Obwohl sie hin und wieder etwas unsicher war, hielt sich Alice für eine selbstbewusste, unabhängige Frau, die wusste, wozu sie fähig war, und die keinen anderen brauchte, der ihr sagte, was sie tun und was sie von sich halten sollte.

Doch irgendwie, als dieser Mann nach vorne schlich, fixierten sich seine Augen auf sie, als wäre er das Raubtier und sie seine Beute, was sie unbestreitbar erregte. Belladonna war der Teil von ihr, der wusste, dass beides an einem Ort existieren konnte: dass sie eine starke Frau war und dass sie sich danach sehnte, beherrscht zu werden. Sie war es, die den Drang, sich aus ihrer sitzenden Position zu erheben, leicht niederkämpfte, als King of Diamonds an ihrer Nische eintraf. Statt aufzustehen, hob sie die Hand, die Handfläche zur Tischplatte gerichtet, neugierig, ob er nur ihre Hand nehmen oder ihre Fingerknöchel küssen würde. Sie blickte zu ihm auf und erhielt ein Grinsen, bevor er ihre schlanken Finger mit seinen umhüllte und ihre Hand bis zu seinen Lippen hochzog und damit kaum über ihre Haut streichelte.

In dem Moment, als er sich setzte, stellte die Kellnerin ein mit einer goldenen Flüssigkeit gefülltes Becherglas vor ihm ab und begleitete ihre Handlung mit zwei demütigen Worten: »Willkommen, Sir«.

Belladonna neigte überrascht den Kopf und fragte sich, warum er diesen Titel verdient hatte, oder ob alle Männer in diesem Club »Sir« genannt wurden. Sie fragte jedoch nicht, sondern sah stattdessen die Kellnerin an und bestellte. »Ich hätte gerne das Gleiche.«

»Scotch, pur«, antwortete die Frau, nickte kurz und drehte sich auf dem Absatz um.

Alice war absolut sicher, dass er es war, Mr. Scotch, und sie konnte das Grinsen auf ihrem Gesicht nicht verbergen. Er reagierte auf die gleiche Weise und grinste sie an.

»Belladonna«, brach er schließlich das Schweigen zwischen ihnen. »Was für ein schöner Name. Wie leicht kann man die Männer in diejenigen aufteilen, die dich entweder ›Bella‹ oder ›Donna‹ nennen. Hattest du das im Sinn, als du ihn ausgesucht hast, oder bist du in die Gefahr der Tollkirsche vernarrt?«

Dieser Mann war definitiv klug, heiß und reich.

Alice beschloss, nicht zu antworten, sondern zu lächeln.

Sie hatte nicht auf diese Weise über ihren Namen nachgedacht, aber nun, da er die verschiedenen Bedeutungen ihres Namens herausgestellt hatte, liebte sie ihn noch mehr.

Die Belladonna in ihrem Inneren fragte: »Stehst du auf Poker oder magst du einfach nur Diamanten?«, und erhielt daraufhin ein Schmunzeln.

Auch King of Diamonds beschloss, sich ruhig zu verhalten, was sie nur zu der Annahme veranlasste, dass es vielleicht beides war, obwohl er keinen Schmuck trug, der ihren Gedanken hätte zustimmen können.

»Kennst du ihn?« Er lehnte sich zu ihr hin und kippte sein Glas, um die goldene Flüssigkeit darin zum Schwingen zu bringen.

»Aquarius?«, antwortete sie, ohne zurückzuweichen, sondern erlaubte ihm, ihren persönlichen Raum zu betreten und mit ihm zusammen den Duft, den sie sofort erkannte.

King of Diamonds war Mr. Scotch.

Alles passte perfekt: seine Größe, sein Auftreten, seine Stimme, seine Augen, die Haarfarbe und sein Duft. So positiv Belladonna über diesen Mann dachte, so positiv musste er auch über sie denken. Da er ihren Codenamen bereits kannte, war King of Diamonds offensichtlich mehr als nur ein einfaches Mitglied dieses Clubs. Zum Teufel, er hatte sogar ihre Mitgliedschaft aufgewertet.

Bedeutete das, dass sie vorsichtig sein sollte?

Warum hatte sie dann Lust, das absolute Gegenteil zu tun?

»Aquarius«, wiederholte King of Diamonds trocken.

»Ich habe ihn hier getroffen«, zuckte Belladonna mit den Achseln – das war nicht gelogen, aber auch nicht die ganze Wahrheit.

Ihr Gastgeber ging dieser Sache nicht weiter nach.

»Worüber habt ihr gesprochen?« Er brachte sein Glas an die Lippen und nahm einen Schluck seines goldenen Getränks.

Belladonna spiegelte diese Geste wider und ließ ihr britzelndes Wasser über die Zunge prickeln, bevor sie antwortete. »Sich gegenseitig beobachten.«

Obwohl die Maske seine Augenbrauen verdeckte, konnte sie sehen, wie er seine rechte hochzog, und King of Diamonds lächelte nun offensichtlich.

Er brummte zustimmend.

»Willst du, dass er sich uns anschließt?«, verhörte er sie weiter, ohne fasziniert zu klingen, sondern – ganz im Gegenteil – fast so, als ob er über das Wetter sprechen würde.

Dieser Mann war in diesem Club definitiv in seinem eigenen Element, vielleicht war er sogar heimlich der Besitzer.

Belladonna ertappte sich dabei, wie sie den Kopf neigte, während sie den großen Mann betrachtete, der bei ihr saß.

Wäre das nicht ein Zufall?

Oder vielleicht war es eine Art verdorbenes Hobby von ihm, Frauen in seinen Club zu locken, um sich mit ihnen zu vergnügen.

Vielleicht gehörte ihm auch der Nachtclub, in dem er sie gefunden hatte? Nach allem, was sie wusste, könnte er ein Milliardär sein.

Alice stoppte ihren Gedankengang auf der Stelle und ließ ihn nicht weitertreiben. Sie war nicht hier, um ihre Begegnungen zu romantisieren. Sie war hier, um sich zu amüsieren.

»Ja«, hörte sie sich die Frage selbst beantworten. »Das würde mir sehr gefallen.«

Aus irgendeinem Grund hielt es Belladonna nicht für notwendig, darauf hinzuweisen, dass Aquarius auf jemand anderen wartete. Sie hätte es dem King of Diamonds sagen und ihn aufhalten können, bevor er aufstand und zu ihm ging, aber sie war zu fasziniert, dass dieser Mann selbst die Initiative ergriff, anstatt der Kellnerin zuzuwinken und ihr zu sagen, sie solle Aquarius dazu bringen, sich wieder zu ihnen zu gesellen.

Nun lief es eben so.

Obwohl sie nicht hören konnte, worüber die beiden Männer sprachen, war es nicht wirklich wichtig, denn das Ergebnis ihres kurzen Gesprächs sagte alles. Aquarius erhob sich von seinem Stuhl und King of Diamonds drehte sich um. Beide starrten sie direkt an. Sie fühlte, wie sich ihr Herzschlag beschleunigte und schwer in ihrem Nacken schlug.

Wie leicht wurde ihre Vorstellung hier Wirklichkeit. Es war fast beängstigend, aber ebenso aufregend.

Alice erwartete vom King of Diamonds, dass er ihr die Hand reichen und sie von ihrem Sitz ziehen würde, um sie aus dem Clubhaus heraus und entweder nach draußen oder die Treppe nach oben zu führen, aber er tat weder das eine noch das andere.

Als er sich vor seinen halb getrunkenen Scotch setzte, erkannte sie, dass er trotz seines offensichtlichen Reichtums nicht die Art von Mann war, der gerne Dinge verschwendete. Eine weitere Sache, die sie an ihm absolut anziehend fand, oder vielleicht wollte er sie einfach nur mehr für das ganze Arrangement begeistern. Sie konnte ihren Blick nicht davon abhalten, zwischen den beiden Männer hin und her zu springen, die ihr jetzt Gesellschaft leisteten.

Sie setzten sich beide, und während King of Diamonds seinen Scotch hegte, hielt Aquarius ihren Blick fest. Sie konnte seinen Gesichtsausdruck nicht lesen, was sie auf die Maske schob, die er trug, aber sie konnte darauf wetten, dass er genauso aufgeregt war wie sie.

Die Kellnerin brach den Bann, der auf ihnen beiden lag, und fragte, ob sie noch ein Getränk bestellen wollten.

»Wodka Martini«, erklärte Belladonna und nickte der Frau kurz zu, da sie sie nicht zu einer Dienerin degradieren wollte, die ihrer Anerkennung nicht würdig war.

»Nur einen Wodka und eine Cola«, befahl Aquarius zu ihrer Überraschung.

Sie hatte von ihm erwartet, dass er einfach das Gleiche bestellt, wie sie es wieder tat.

Vielleicht hatte sie sich in ihm getäuscht. Vielleicht war er ein Mann mit eigenem Willen und brauchte keinen anderen, um für ihn zu entscheiden.

Es war so einfach, jemanden an diesem Ort zu beurteilen.

Vielleicht war sie wieder einmal zu pessimistisch, genau wie damals, als sie von der Schwangerschaft ihrer besten Freundin erfuhr. Eine Handlung oder eine Aussage reichten nicht wirklich aus, um eine Person und ihre Motive zu beurteilen.

Belladonna schüttelte schmunzelnd den Kopf.

Sie war nicht hier, um zu romantisieren. Sie war nicht hier, um ihren Partner, ihren Seelenverwandten oder was auch immer zu finden. Sie war hier, um sich zu amüsieren, und nicht mehr und vor allem: nicht weniger!

»Also legen wir die Regeln fest«, sagte King of Diamonds, wobei er nicht seinen Blick hob, um ihrem zu begegnen, sondern auf die wirbelnde goldene Flüssigkeit in seinem Glas blickte. »Ich habe das Sagen, Punkt«, sagte er, und Belladonna schauderte leicht. »Du wirst dort stehen, wo ich es dir sage«, deutete er auf Aquarius, bevor er dessen Blick begegnete und sein Gesichtsausdruck – so viel, wie man davon sehen konnte – verlieh seinen Worten noch mehr Gewicht, als es seine Stimme bereits tat.

Belladonna liebte es, den beiden Männern zuzusehen, wie sie sich gegenseitig anstarrten.

»Verstanden«, antwortete Aquarius mit einem Nicken nach einer Pause, die ein bisschen zu lang gedauert hatte.

Es war derselbe Moment, in dem die Kellnerin mit ihren Getränken zurückkam, und er klaute einfach seinen Wodka von ihrem Tablett und exte ihn, um ihn sofort wieder dorthin zu stellen, wo er herkam.

Belladonna konnte sich das Grinsen nicht verkneifen.

Der arme Kerl. Er war nervös.

Warum war sie es nicht?

»Und du …« King of Diamonds drehte sich zu ihr um, und ein Blitz jagte durch ihre Knochen, als sein Mund den Buchstaben A zu bilden schien, bevor er zögerte. »Du wirst keine Anweisungen benötigen.«

Alices Herz hämmerte wild bis in den Hals.

Kannte er ihren richtigen Namen, oder hatte sie einfach nur falsch interpretiert, was King of Diamonds sagen wollte?

Hatte er überhaupt etwas andeuten wollen?

Schnell nahm sie einen großen Schluck von dem frischen Getränk, das ihr gerade vor die Nase gestellt worden war, während sie versuchte, sich zu verstecken und die Nachbeben zu ertränken.

Sicherlich hatte sie sich geirrt. Nicht wahr?

Und wenn nicht?

Belladonna in ihr flüsterte, dass dies nur bedeutete, dass der Mann vor ihr sie unbedingt haben wollte.

War das nicht aufregender?

War es das nicht?

Alice wollte ihr Abenteuer nicht durch ihre Paranoia ruinieren. Sie konnte später in lächerliche Verdächtigungen verfallen, denn wenn die drei erst einmal ausgetrunken hatten, würde sie genau das bekommen, wovon sie nachts geträumt hatte. Einen Bekannten zu haben, der ihr beim perversen Sex zusah.

Als sie Belladonna die Zügel zurückgab, erinnerte sie sich an das, was King of Diamonds gesagt hatte, statt an das, was er nicht gesagt hatte.

Sie würde keine Anweisungen brauchen. Ein kleines Grinsen erschien auf ihrem Gesicht. Das könnte bedeuten, dass sie vielleicht nicht einmal in der Lage wäre, etwas zu tun.

»Wirst du mich an die Wand ketten, mein King?«, schnurrte Belladonna. stellte ihr Glas hin, und lenkte die Aufmerksamkeit beider Männer sofort auf sie.

Aquarius' Mund klappte nur den Bruchteil eines Augenblicks auf. Doch King of Diamonds nahm ihren Kiefer zwischen Daumen und Zeigefinger, damit sie ihn direkt ansehen musste.

Belladonna brauchte keine Worte für eine Antwort, und er sprach auch keine aus. Sie hielt seinem Blick stand, bis er sie losließ, um sich seinem Getränk zu widmen. Dann ließ sie ihren Blick wieder zu Aquarius wandern, neugierig, wie er reagieren würde. Es schien ein leichtes Unbehagen in seinen Zügen zu bleiben, aber er traf ihren Blick, und die Spannung, die von seinen Schultern Besitz ergriffen hatte, verschwand. Obwohl er damit einverstanden war, wollte Aquarius offenbar nicht in den Hintergrund treten; er wollte, dass sich ihre Aufmerksamkeit auf ihn konzentrierte. Er verstand jetzt besser, dass er nichts anderes als ein Beobachter sein würde, wenn es um den King ging.

»Was ist mit deiner Verabredung?«, fragte er und schaute Aquarius an, aber erst, als er zu Ende gesprochen hatte. »Sind Sie zu früh oder ist Ihre Verabredung zu spät?«

Es war ein seltsamer Unterton in seiner Stimme, fast so, als würde er Aquarius beschuldigen, unehrlich zu sein. Belladonna wölbte vor Belustigung und Neugierde eine Augenbraue. Einem Teil von ihr gefiel die Vorstellung, dass ihre Begegnung der zweiten Chance mit dem blonden, gut aussehenden Fremden keineswegs zufällig gewesen war. Es war schmeichelhaft, dass Aquarius gehofft hatte, sie wieder zu treffen, und das würde so bleiben, solange er es sich nicht zur unheimlichen Gewohnheit machte.

Aquarius antwortete nicht für eine scheinbar lange Zeit, und sein Schweigen schuf Raum für Zweifel.

»Sie wird erst in ein oder zwei Stunden hier sein«, sagte er schließlich, und Belladonna erkannte, dass sie recht hatte – er war extra früh in die Dark Alley gekommen, in der Hoffnung, sie zu treffen.

Vielleicht sollte sie sich nicht so sehr darum kümmern, wie sie es jetzt gerade tat. Fürsorglichkeit war einer von Alices Mängeln, sie sollte nicht auch einer von Belladonna sein. Alice kümmerte sich um alle und ihre Gedanken über sie, und das war etwas, das sie nicht wiederholen wollte, während sie Belladonna war. Warum war es also so wichtig, was Aquarius fühlte?

Es war King of Diamonds, der ihre Gedanken ablenkte.

»Ich denke, du solltest jetzt auf Wasser umsteigen«, sagte er, als seine Hand ihr fast leeres Glas von ihr wegzog.

Ein Teil von ihr war von seinem Verhalten abgestoßen, aber ein anderer fühlte sich davon angezogen. Irgendwie wurde es immer schwieriger, zwischen diesen gegensätzlichen Seiten von ihr zu unterscheiden.

Trotzig zog sie ihr Glas zu sich zurück, hob es an und leerte es.

»Ich kenne meine eigenen Grenzen, Sir«, betonte sie die Anrede, ihr Blick passte zu seinem, der linke Mundwinkel hob sich an.

Er mochte rebellische Frauen.

Das war offensichtlich, und sie würde verdammt noch mal gegen ihn kämpfen. Sie wusste, dass dies ein Spiel war, und sie würde es gerne spielen, obwohl Aquarius sich dessen scheinbar nicht bewusst war. Aber das war nicht ihre Schuld.

Jeder, der die Dark Alley betrat, war für sich selbst und niemanden sonst verantwortlich.

Darum ging es doch bei all dem, oder etwa nicht?

Als sie das Glas absetzte, packte King of Diamonds ihr Handgelenk und zog es zu sich und sie mitsamt dem Glas. Beide hielten ihre Blicke aufeinander gerichtet, und Belladonna konnte sich das Grinsen nicht verkneifen, als sie triumphierend das Grinsen auf seinem Mund bemerkte.

»Kannst du nicht warten, bis wir in der Gasse sind, Sir?« Diesmal wartete sie etwas länger, bis sie diesen Titel aussprach, und saugte seine Reaktion auf.

Seine Pupillen erweiterten sich für einen kurzen Moment, und Belladonna wusste, dass sie mit diesem Mann absolut recht hatte. Er war es gewohnt, das zu bekommen, was er wollte, ohne darum bitten zu müssen. Tatsächlich schien er die Art von Mann zu sein, die es gewohnt war, ohne Worte zu fordern.

Offensichtlich war er reich und mächtig, und Letzteres war das Merkmal, das ihr mehr zusagte, auch wenn es gewöhnlich die Folge des Ersten war. King of Diamonds strahlte Macht und Dominanz aus, was Aquarius nicht tat.

Belladonna erkannte in diesem Moment eine sehr wichtige Sache über sich selbst: Dass ihre Anziehungskraft zur Macht genau das war, was ihr Leben kompliziert und damit einsam machte. Ihr Ex war auch nicht diese Art von Mann, und sie wandelte nicht wirklich in den Kreisen dieser Männer. Bis jetzt.

Die einzige Komplikation genau hier war, dass es beim Club nicht um Verkuppelung ging, sondern um die Erfüllung sexueller Wünsche. Mehr würde sie nicht bekommen, aber vielleicht, nur vielleicht, war das alles, was sie im Moment brauchte.

Vielleicht würde das Spiel mit dem King of Diamonds diese Anziehungskraft aus ihrem System vertreiben und sie in die Lage versetzen, sich mit netten, sanften Männern mit durchschnittlichen Ambitionen wie ihren Ex-Freunden Gary oder Jeff zufriedenzugeben.

»Oh, ich kann warten, und du wirst warten, wenn dein Kopf woanders ist als hier bei mir, Bella«, antwortete King of Diamonds.

Alice fühlte, wie sie errötete, während ihr Herz einen Schlag ausließ. Sie erinnerte sich an seine Vermutung über ihren Namen und wie leicht sie sich von ihren Partnern entweder ›Bella‹, was liebenswerter war, oder ›Donna‹, was herrischer war, nennen lassen konnte. Belladonna war von seiner Wahl nicht überrascht. Hätte er sie Donna genannt, hätte sie sich unbehaglich gefühlt, aber ihre Erkenntnis darüber, was sie mit ihrem Namen anstellen konnte, hatte einen Samen in ihrem Geist gesät.

Belladonna ließ sich mit der Antwort Zeit, wartete, bis sie in Kings Gesichtsausdruck sah, dass er ungeduldig wurde, bevor sie gehorsam sagte: »Es tut mir leid, Sir.«

Sie erinnerte sich daran, dass sie nicht allein an ihrem Tisch saßen, und blickte kurz zum Aquarius und zwinkerte ihm zu.

»Es tut dir nicht wirklich leid, oder?«, erwiderte King of Diamonds, indem er seinen Griff um ihr Handgelenk leicht anzog, sodass sie ihn aufmerksam ansah und mit einem Grinsen kämpfte.

Belladonna sah, dass er seine Reaktion bemerkte, und las sie. Ihm gefiel ihr Verhalten, und es erregte sie, zumal sie beschloss, nicht mit Worten, sondern mit einem Gesichtsausdruck zu antworten.

Sie lächelte.

»Nun, dann sollte ich dir eine Lektion erteilen, und dein Freund wird zusehen«, sagte King of Diamonds trocken, erhob sich dann von seinem Sitz und zog sie auf die Beine neben sich her.

Aquarius folgte schweigend, und Belladonna war nicht in der Lage, seinen Gesichtsausdruck zu lesen, weil King ihr keine Chance gab, als er auf den Eingang zuging. Was sie sehen konnte, war, dass die Kellnerin in Kings Blickfeld war, sie beobachtete, wie sie das Haus verließ, und auf ihrem iPad Streichbewegungen machte. Wahrscheinlich hatte sie King darauf aufmerksam gemacht, welche Gasse für ihn zur Verfügung stand, und gab ›Big Guy‹ Alfred die Information, dass diese nun eingenommen wurde.

– 9 –

King of Diamonds blickte nicht zurück und er wurde nicht langsamer, selbst als Belladonna hinter ihm her stolperte. Sie sagte nichts, auffälliger jedoch war für sie, dass Aquarius nicht für sie protestierte oder Anstalten machte, ihr zu helfen.

Andererseits bestand seine Rolle darin, der schweigende Voyeur zu sein, und vielleicht hatte sie einfach noch nicht gesehen, wie er nach ihr griff, um ihr zu helfen. In dem Moment wurde ihr klar, dass Belladonna eine Person verteidigte, die sie kaum kannte.

Das ließ sie verärgert mit den Zähnen knirschen. Alice mochte der Typ sein, der sich zu sehr um andere kümmerte, aber Belladonna war es nicht – sie kümmerte sich nur um sich selbst. Deshalb war sie hier, deshalb war jeder überhaupt hier, um sich um sich selbst zu kümmern, ohne sich um andere und die Konsequenzen zu sorgen.

Als King in ihrer Gasse stehen blieb, wusste Belladonna nicht, welche es war, und es war ihr auch egal, welche es war. Sie begann wieder zu lächeln.

Die einzige Aufgabe von Aquarius bestand darin, ihnen zuzusehen, sie zu beobachten und sonst nichts. Er würde sich das Privileg verdienen müssen, mehr von ihr zu bekommen als das. Alles, was King of Diamonds brauchte, war ein starker, aber sanfter Zug, um ihre volle Aufmerksamkeit zu gewinnen und sie ihm zuzuwenden, bevor er sie mit dem Rücken gegen die raue Oberfläche der Ziegelmauer drückte. Ihre Bluse, die an den Steinen scheuerte, würde wahrscheinlich am Ende dieser Begegnung ruiniert sein, aber irgendwie konnte sie sich nicht dazu durchringen, sich darum zu kümmern. King of Diamonds mochte ihre beiden Handgelenke fest in der Hand gehalten haben, aber es waren ihre Augen, die er wirklich gefangen hielt. Er drückte sich dicht an sie heran, nur ihre Hände trennten sie.

Belladonna spürte, wie die Wärme seines Körpers auf sie herab strahlte. Er lehnte sich näher an sie heran und überragte sie immer noch mit seinen Augen, nichts weiter als zwei schwarze Tümpel in der Dunkelheit der Gasse. Die weiche Wolke seines Aftershaves drang langsam in ihren persönlichen Raum ein und wehte um sie herum wie ein unsichtbarer, federleichter Schleier. Sie spürte das Bedürfnis, den kurzen Abstand zwischen ihren Mündern zu schließen, als ihre Augen zwischen seinen und diesen plötzlich so köstlich aussehenden Lippen hin und her huschten, die von dem dunklen, grau angedeuteten Kratzer umrahmt waren.

Irgendwo im Hinterkopf erinnerte sie sich an diese unverständliche Regel, die besagte, dass Küssen auf den Mund nicht erlaubt war, es sei denn, es wurde ausdrücklich darum gebeten. Als Belladonna erkannte, dass er sie tatsächlich nur neckte, grinste sie breit und wich zurück. Er würde darum betteln müssen, und dann könnte sie es sich überlegen. Sie zog sich zurück, ihr Bauch füllte sich mit Schmetterlingen, als er ihre Handgelenke langsam über ihren Kopf bewegte und näher herantrat. Aber es war nicht diese Bewegung, nicht einmal seine Brust, die gegen ihre Brüste drückte, oder sein bemerkenswerter Ständer, der ihren Unterleib neckte, nicht einmal sein scharfes Afterschafe, das in ihre Sinne drang. Es war dieses kleine Grinsen, das an seinen Mundwinkeln herumtanzte, und das Flackern in seinen Augen, das ihren Bauch sich vor Vorfreude zusammenziehen ließ.

Oha!

Die Klickgeräusche der zuschnappenden Schlösser einer Manschette hallten in ihren Ohren wider, bevor sie bemerkte, dass ihre Hände nun unbeweglich an der Wand über ihrem Kopf befestigt waren. Er hatte ihr zugehört. Doch King of Diamonds wich nicht zurück, gab ihr keinen Raum, sich zu sammeln. Er war immer noch die ach so ungezogene Lösung für das Problem, das er geschaffen hatte.

Seine Hände glitten langsam ihre Arme von den Handgelenken bis zu den Schultern hinunter.

Seine Finger ruhten eine Sekunde zu lange um ihren Hals, bevor sie sich zu ihren Brüsten hinunter schlängelten.

Instinktiv wölbte sich ihr Körper begierig darauf, um seiner Berührung zu begegnen, als er sie durch den weichen Stoff ihrer Bluse neckte. Ihre empfindlichen Knospen hatten wegen der kälteren Luft in der Gasse bereits ihren Höhepunkt erreicht, und seine Finger fanden sie leicht, indem er sie grausam neckte. Seine Nähe erlaubte ihr nichts anderes, als ihn anzuschauen, was es ihr unmöglich machte, zu sehen, wo seine Hände als nächstes landen würden oder wie der Gesichtsausdruck von Aquarius aussah, der die Anweisung hatte, sie zu beobachten.

»Ich wette, du wärst nicht erfreut, mir zuzusehen, wenn dieses schöne Geschöpf hier deine Freundin wäre, oder?«, fragte King und hielt Belladonna mit seinem Körper, seinen Händen und seinem intensiven Starren gefangen.

Doch hatte er den Mann angesprochen, zu dem er sich nicht umzudrehen gedachte.

Belladonna biss sich auf die Lippe und schloss die Augen nicht, um die Berührung des maskierten Mannes zu genießen, der die Situation unbestreitbar beherrschte.

Es war mehr als offensichtlich, dass King of Diamonds Aquarius nicht als Rivalen oder ebenbürtigen Gegner betrachtete.

Dies zu erkennen ließ nur die Hitze in ihrem Inneren aufsteigen, obwohl sie das Gefühl hatte, nach außen hin zu schmelzen.

»Ich würde es tun, wenn sie es so wollte und keine Gefühle im Spiel wären«, hallte Aquarius' Stimme von den Wänden auf sie zu, streifte ihre entblößte Haut herunter und hinterließ eine Spur von Gänsehaut.

Belladonnas Herz beschleunigte, aber ihre Augen blieben auf Kings Gesicht gerichtet, dessen Ausdruck sich kaum veränderte.

Es gab nur ein kurzes Flackern der Überraschung, und sie war sich nicht sicher, ob es an der Antwort von Aquarius lag oder an ihrer offensichtlichen Reaktion. Wahrscheinlich beides. Sie selbst war davon überrascht.

Mit dieser Antwort hatte sie nicht gerechnet.

»Du würdest sie also teilen, wenn sie dir gehören würde?« Bella beobachtete, wie seine Lippen die Frage formulierten, aber sie fühlte sich, als würde sie sie aus der Ferne hören.

Warum hatte er diese Frage gestellt?

Was war sein Ziel?

Sie wollte nicht wirklich darüber nachdenken, gerade jetzt in einer Beziehung zu sein, nicht, wenn es in Dark Alley um Freiheit ging. Das waren einfach zwei Dinge, von denen sie nicht wollte, dass ihre Wege kreuzten und aufeinandertrafen.

»Ich gehöre niemandem«, antwortete sie, die Worte glitten ihr von der Zunge, bevor sie sie zu Ende gedacht hatte. »Vielleicht macht es dir Spaß, ihn mit diesen Fragen zu quälen, aber wir waren uns einig, dass es hier um mich und nicht um ihn geht. Also halt den Mund und nimm mich, bevor ich entscheide, dass diese Begegnung unsere letzte sein wird.«

Belladonna sah nicht, wie die Augenbraue des King of Diamonds nach oben rutschte, aber sie sah definitiv das enge und amüsierte Kräuseln in seinen Mundwinkeln.

»Du hast recht«, antwortete er und packte ihre Brüste, bevor er ihre Brustwarzen zwickte, wodurch sie gezwungen war, scharf einzuatmen. »Hier geht es um dich, und darum, dass du mir gehörst. Zumindest für diese Begegnung. Meinst du nicht auch?«

Belladonna nickte einfach nur schnell und ihre scharfe Zunge verstummte. Das Bedürfnis ihres Körpers nahm ihren Verstand in Beschlag, als hätte sie keinen eigenen Willen, was angesichts dessen, was sie gerade gesagt hatte, absolute Ironie war.

Kings Hände streiften ihren Körper, wischten die letzten verbliebenen Gedanken aus ihrem Kopf und er hielt ihren Blick immer noch gefangen. Normalerweise wäre es eine Ablenkung gewesen, wenn sie die Augen nicht geschlossen hätte, aber diesmal nicht. Belladonna konnte sich in den beiden stahlblauen Becken verlieren, die aus der Nähe so viel mehr Tiefe hatten.

Seine Iriden hatten ein Muster, das sie an Edelsteine erinnerte, und doch gab es um seine Pupillen noch einen weiteren Ring aus dunklerem Blau, der jetzt, im Dämmerlicht der Gasse, seine Augen viel dunkler erscheinen ließ.

Die Konzentration auf seine Augen schärfte die Empfindlichkeit ihrer Haut. Es intensivierte jede Berührung und jedes Streicheln von Kings Händen auf ihrem Körper und ließ sie Aquarius vergessen.

Seine besitzergreifenden Hände packten nun ihre Hüften, zogen ihr Becken leicht an seins und ließen Belladonna instinktiv ihren Rücken wölben, um seinem Befehl zu gehorchen.

Sein Gesicht war wieder näher, so nah, dass sie für einen Moment sicher war, dass er sie küssen würde. Aber die Regel war immer noch in Kraft, und sie hatte ihm nicht die Erlaubnis dazu gegeben. Vielleicht war es gut, dass sie es nicht getan hatte.

Belladonna würde definitiv nicht darum bitten, und vielleicht war das der Grund dafür, dass sie ihre Augen nicht davon abhalten konnte, wieder nach unten zu springen, obwohl sie sie zwang, den strengen Blick vor sich zu treffen.

Jetzt konnte sie nicht aufhören, darüber nachzudenken, wie seine Lippen mit ihrem eigenen verschmelzen würden, ob sein Mund genauso schmecken würde wie er roch, oder ganz anders, oder ob sie überhaupt einen Geschmack hätten.

Nie im Leben würde sie ihn bitten, sie jetzt zu küssen. Und wenn sie seine Geisel wäre, seine Gefangene, wie er kurz zuvor angedeutet hatte, würde er sie sowieso nicht küssen, oder? Nicht, wenn sie ihn jetzt bitten würde.

Er würde ihren Antrag ablehnen, nur weil er es könnte. Kings Fuß drückte ihre Knöchel weiter auseinander und ließ die Kühle der Gasse an ihren Oberschenkeln hochrutschen, wodurch sie die Nässe zwischen ihren Beinen noch stärker spürte. Nun konnte Belladonna nur noch daran denken, wie es sich anfühlen würde, ihn in ihr zu spüren, mit seinen Fingern, seiner Zunge und seinem Schwanz.

Die Erinnerungen an ihre letzte Begegnung flimmerten ihr durch den Kopf und vermischten das Gefühl, was geschehen war, mit dem, was King of Diamonds gerade tat. Er schob den Stoff ihres Rocks bis zu ihren Hüften. Dann machte er einen Schritt zurück und blickte nach unten. Belladonna konnte nicht anders, als zu grinsen. Wahrscheinlich studierte er gerade ihre langen Strümpfe und den geschnürten Seiden-Slip, den sie trug.

Instinktiv wanderten ihre Augen auf die Wand gegenüber der Wand, an die sie angekettet war, und trafen auf Aquarius' Blick. Er lehnte mit dem Rücken gegen die Ziegelmauer, die Arme vor der Brust verschränkt, die Lippen in einer dünnen Linie zusammengekniffen.

Er sah nicht so aus, als ob ihm das gefiel, obwohl er das Gegenteil angedeutet hatte.

Vielleicht hat Kings Frage auch seinen Kopf durcheinandergebracht?

Der einzige Unterschied war, dass er nichts hatte, um sich davon abzulenken. Ihnen zuzuschauen half definitiv auch nicht.

Plötzlich griff Kings Hand nach ihrem Kinn und bewegte ihren Kopf, um ihre Aufmerksamkeit wieder auf ihn zu lenken. Ihr Blick verweilte noch einen Augenblick länger auf Aquarius, aber er war lang genug, um zu sehen, wie er seine Haltung änderte und bereit war, ihr zu Hilfe zu kommen.

Der Gedanke, dass er eingreifen könnte, wenn ihm danach war, oder wenn sie darum bat, war etwas, das sie seltsam erregend fand. Vielleicht hatte sie sich schon einmal geirrt, als sie dachte, dass er nicht die Hand nach ihr ausgestreckt hatte, um sie aufzufangen, da sie gestolpert war.

»Augen auf mich, Bella«, befahl King of Diamonds, sein Ton vibrierte auf ihrer Haut.

Belladonna wartete einen Moment, bevor sie seinem Befehl folgte, und begegnete dem wachsamen Blick von Aquarius mit einem winzigen Lächeln. Sie brauchte ihren Entführer nicht anzuschauen, um zu wissen, dass er über ihren schweigenden Widerstand verärgert war, umso mehr, als sie sich nicht entschuldigte.

Dennoch war es nur ein Teil des Spiels, und es war offensichtlich, denn sie konnte ein kaum unterdrücktes Grinsen auf seinen gottverdammten neckenden Lippen sehen, das darum kämpfte, herauszukommen.

»Tust du jetzt so, als wärst du eine Göre?«, fragte er sie und lenkte ihre Aufmerksamkeit wieder auf sich.

Belladonna glaubte zu wissen, wovon er sprach. Seitdem ihr Interesse am dominant-unterwürfigen Spiel entfacht war, hatte sie begonnen, etwas zu recherchieren. Einfach ausgedrückt (und sie war sich nicht einmal sicher, ob sie es war), war eine Göre eine Sub, eine unterwürfige, weibliche Person, die ihren Dom herausfordert, indem sie ihm nicht gehorchte, seine Befehle ignorierte, seine Geduld und sein Gemüt auf die Probe stellte, was letztendlich in ihrer Bestrafung enden würde. Belladonna konnte nicht umhin, diese Idee äußerst faszinierend zu finden, und offensichtlich hatte sie bereits einen Schritt in die richtige Richtung gemacht. Dennoch wagte sie es nicht, seine Frage zu ignorieren.

»Vielleicht bin ich das«, antwortete sie und ließ den Titel absichtlich weg, fügte aber schnell hinzu: »Ich habe keine Erfahrungen damit …«

King of Diamonds löste seinen Griff an ihrem Kinn und bewegte seinen Daumen, um ihn über ihre Lippen zu streichen, scheinbar gedankenlos, und doch schickte er einen Stromstoß durch ihren Körper, direkt an ihre empfindlichen Stellen.

Hatte er auch daran gedacht, sie zu küssen?

War das wirklich wichtig?

Gerade jetzt war die zarte Berührung seines Fingers, der sanft über die weiche Haut ihres Mundes streifte, weit erotischer als ein Kuss. Als sich sein Daumen in die andere Richtung bewegte, drückte er sanft auf ihre Unterlippe, sodass sie ihren Mund nur ein wenig öffnete. Auf dem Rückweg berührte er ihre Zähne, gerade so, aber doch genug, dass ihre Zunge sich instinktiv herausschleichen konnte.

In dem Moment, als sie seine Haut schmecken konnte, wurden ihre Sinne wild, und er schob ihr den Daumen in den Mund, hakte die Zähne ihres Unterkiefers ein und streichelte leicht über ihre Zunge.

Belladonna hielt den Atem an. Obwohl sie leicht auf seinen Finger beißen konnte, fühlte sie sich dennoch völlig gedämpft. Ihre Haut brannte, aber ihr Inneres fühlte sich wie Wasser an, das zwischen ihren Beinen zusammenfloss.

Sie wollte, dass er sie besinnungslos bumste und diesen Wahnsinn stoppte. Sie brauchte ihn, um sie auf der Stelle schamlos zu vögeln. Ihre Lippen begannen zu zittern. Aber sie wusste, dass er dank ihres verzweifelten Ausdrucks noch ein wenig länger warten würde.

Belladonna konnte sich nicht davon abhalten, auf der Suche nach Aquarius an King of Diamonds vorbeizuschauen.

Sie hatte keine Ahnung, warum sie es tat, denn es würde ihr nicht helfen, oder? Verdammt, sie lag falsch.

Der gequälte Blick, dem sie begegnete, war etwas anderes. Er gab ihr einen Teil der Macht zurück, die sie dem Mann gegeben hatte, der sie sinnlich quälte. Sie konnte sich nur vorstellen, wie Aquarius sich fühlen musste, als er ihr zusah, wie sie so köstlich gequält wurde, während er nichts tun konnte.

Belladonna brauchte sich allerdings nicht viel davon vorzustellen, denn sie konnte sehen, wie er sich unbehaglich bewegte und auf seinen Schritt drückte, um den Druck ein wenig zu mindern.

Sie musste auf ihre Unterlippe beißen. Nicht nur, um ein Stöhnen zu unterdrücken und gegen die Erregung anzukämpfen, die fast zu unerträglich geworden war, aber nicht genug, um sie über die Kante zu treiben – dafür sorgte der King –, sondern zuzusehen, wie Aquarius von ihrer Situation zerrissen wurde, war aufregender, als sie erwartet hatte.

Würde er sich weiter quälen oder würde er sich selbst befreien?

Sie hatte keine Ahnung, welche dieser Fragen sie beantwortet haben wollte. Beide schienen gleich spannend zu sein.

»Ich mag es nicht, wenn du abgelenkt bist«, war Kings tiefe Stimme näher, als sie sich erinnerte, aber am Ende war es nicht das, was sie dazu brachte, ihn anzuschauen.

Was sie dazu brachte, scharf einzuatmen, waren ihre empfindlichen Stellen, die sich auf einmal entzündeten. Kings Finger waren grausam zwischen ihre feuchten Falten geglitten und drückten auf die außergewöhnlich zarte Knospe.

»Braves Mädchen«, kommentierte er lächelnd, seinen Atem auf sie herabrollend, warm an ihrer abgekühlten Haut, malzig und scharf, genau wie der Scotch, den er getrunken hatte.

King of Diamonds war ihr so nahe, dass sie sich sicher war, dass er sie küssen würde, aber sie wusste es besser, sie kannte bereits das Glitzern in seinen Augen, das grausame Grinsen, das sich in seinen Mundwinkeln verbarg.

Sie hatte ihn noch nicht darum angebettelt. Er würde auch nicht darum bitten. Sie würde die Regeln nicht brechen, obwohl dieser Ort so viele brach, die sie kannte.

Ihr Entführer bewegte seine Hand, und ihr Körper reagierte sofort, indem er sich anspannte und entspannte, wobei er unsichtbare Funken der Freude über ihre Haut und durch ihre Adern sandte, die sie wieder einatmen ließen. Sie zog an ihren Fesseln, was ihn zum Lächeln brachte. Grausamer Bastard.

Sie liebte es.

Das Rasseln der Handschellen war nichts als Hintergrundgeräusche, genau wie ihre beschleunigte Atmung und Aquarius' Anwesenheit.

King of Diamonds bekam, was er wollte, und sie konnte nicht umhin, ihn anzulächeln, ihn zu necken, indem sie sich so weit zu ihm beugte, wie es ihre gefesselten Arme zuließen, und sich zurückzog, kurz bevor ihre Lippen die seinen berührt hätten. Instinktiv folgte er ihr und Belladonna lächelte weiter. Bis er sich wieder bewegte.

»Fuck«, entfleuchte es ihr.

Er hörte es trotzdem und blieb in seiner Bewegung stehen. Belladonna konnte nicht atmen, konnte sich nicht bewegen, konnte gar nichts, weil seine Finger genau an der richtigen Stelle waren, genau der richtige Druck, genau die richtige Position und das schlechteste Timing.

Sie brauchte ihn nicht anzuschauen, um zu wissen, dass er triumphierte. Es würde wehtun, bevor es sich wirklich, wirklich gut anfühlte, und er wusste es.

»So ein schmutziges Mundwerk«, schmunzelte er schelmisch.

Er ließ seine Finger tiefer in sie gleiten, was den Druck milderte, aber eine Folge von scharfen Empfindungen verursachte, die ihre Beine zittern ließen, ohne dass sie sie aufhalten konnte. Sie brauchte Erlösung, aber er verweigerte sie ihr, und sie wusste es besser, als jetzt zu fluchen.

Belladonna drückte ihre Zähne fest zusammen und versuchte, ihn nicht anzustarren, wollte ihm aber auch nicht die Genugtuung geben, ihre Augen zu schließen.

Wollte er, dass sie es sich verdiente?

Er sollte besser wissen, was er tat.

King drängte sich noch einmal vor, gerade als er seine drei längsten Finger in sie drückte, bis sein Daumen sie erreichte. Er berührte sie kaum, aber genug, um sie wieder in Brand zu setzen. Belladonna hielt den Atem an und versuchte, das Klopfen ihres Herzens zu verlangsamen, bevor sie vorsichtig und gleichmäßig ausatmete.

»Ich war mir sicher, dass du keine Anweisungen brauchen würdest«, sagte er und klang enttäuscht. »Aber es scheint, als hätte ich es falsch verstanden, denn dein Spielzeug ist gehorsam, während du …«

Belladonna zuckte zusammen, als sie hörte, wie er Aquarius ansprach. Nicht wegen seiner Vermutung, nicht wegen seiner Rüge, sondern wegen des abweisenden Tons.

Das überraschte sie; beschützte sie ihn?

Sie kam nicht dazu, ihre eigene Frage zu beantworten.

King drückte erneut gegen ihre Klitoris, diesmal ohne jede Zärtlichkeit. Er setzte sein ganzes Körpergewicht ein, um gegen sie zu pressen und sie mit dem Rücken in die Backsteinmauer zu drücken. Ein Wimmern entging den Lippen von Belladonna.

»So ist es schon besser, Bella«, flüsterte er und begann, seine Finger in ihr zu bewegen und seinen Daumen auf ihr.

Es war allerdings sein harter Schwanz an ihrem Oberschenkel, der ihre Augen vor Vergnügen zurückrollen ließ und ihre Kehle mit kleinen Geräuschen der Zustimmung zum Stöhnen brachte.

»Lass mich dich hören«, murmelte er gegen ihren Hals, seine Lippen berührten sie kaum, dennoch war es mehr als genug, kombiniert mit allem anderen, was er ihr antat.

Bella stieß ein tiefes Stöhnen aus, voller Lust und Frustration. Sie zog an ihren Fesseln, während der Rest ihres Körpers der Bewegung ihres Entführers folgte. Sie fühlte sich wie eine große Katze in einem viel zu kleinen Käfig, gefangen an einer Kette um ihren Hals, hungrig nach etwas, das ihr verweigert wurde, vor ihr her baumelte, sodass sie gequält werden würde.

Kings andere Hand glitt von der Hüfte nach oben und zog an der Vorderseite ihrer Bluse, bevor sie schnell darunter glitt.

Die Berührung seiner Hand auf ihrem Bauch ließ sie wimmern und zucken, aber ihre schnelle Bewegung steigerte sich nur noch mehr, was auch immer dieser Teufel von einem Mann mit ihr machte.

Wieder stöhnte sie, ihre Hände umklammerten die Kette, die an den Schellen um ihre Handgelenke befestigt war, zog sich hoch und drückt sich gegen ihn.

In ihrem Kopf schrie sie und flehte ihn an, alles aufzugeben, was er als Nächstes vorhatte oder zu tun gedachte, und sie nun endlich zu vögeln.

Stattdessen biss sie die Zähne zusammen und hielt sich selbst davon ab, auch nur ein Wort zu sagen. Alles, was ihr Herr von ihr wollte, war ihr Stöhnen, Wimmern und Seufzen, während er an ihr arbeitete.

Mit seinem Kopf neben ihrem konnte Belladonna Aquarius sehen, der sie beobachtete, und im Gegensatz zu ihr war er von den endlosen Neckereien besiegt worden.

Es war zu dunkel, um zu sehen, ob sein Gesicht noch mehr errötete, als er erkannte, dass sie ihn sah, wie er seinen Schwanz mit sicheren Stößen pumpte.

Erstaunlich.

Als sie diesmal schauderte, lag es nur zum Teil an ihren Gefühlen.

Der andere Teil war, ihm zuzusehen, wie er wegen ihr mental ausstieg. Die ganze Situation war eine verrückte Mischung aus Hilflosigkeit und Macht.

Belladonna hatte keine Ahnung, was sie fühlen, denken und tun sollte. Also ließ sie sich einfach gehen, obwohl sie ihre Augen nicht schließen konnte, sie rollten zurück, als sie der Bewegung, dem Druck und dem Gefühl von drei Fingern, die in ihr hin und her streichelten, nachgab. Sie konnte fast hören, wie sich ihr Orgasmus näherte und wie eine riesige Flutwelle, die kurz vor der Landung stand, brauste. Es war erschreckend.

Kings Folter bestand darin, sie fast kommen zu lassen, nur um es ihr dann wieder zu verwehren.

Infolgedessen war ihr ganzer Körper steif und straff gespannt, jede Faser ihres Körpers presste sich so intensiv zusammen, dass es sich anfühlte, als könne sie nicht loslassen. Es war eine Freude, die an Schmerz grenzte. Sie verlagerte ihre Haltung und festigte erneut seinen Halt, suchte nach etwas Flüchtigem, das sie über die Kante stürzen würde.

Plötzlich drückten seine Finger wieder tief hinein, sein Daumen presste stärker als zuvor, und Belladonnas Orgasmus stürzte auf sie herab. Er löschte alles aus und hinterließ bei ihr ein Gefühl der Schwerelosigkeit.

Belladonna hatte keine Ahnung, wie viel Zeit vergangen war, bis sie sich endlich zentrieren konnte. Sie wusste nur, dass es der Körper des Kings war, der sie aufrecht hielt, als sie die Augen öffnete. Automatisch atmete sie tief ein, umgeben von seinem Duft, eingehüllt in die Wärme seines Körpers und fühlte, wie ihre Haut kribbelte, wo seine Lippen kaum ihren Hals berührten. Als sich ihre Augen neu fokussierten, richteten sie sich sofort auf Aquarius, der wieder an der Wand lehnte, fast so, als sei nie etwas passiert. Was ihn verriet, war sein Hemd. Oben hatte er ein paar Knöpfe geöffnet, wahrscheinlich um sich abzukühlen. Die Augen von Aquarius richteten sich auf die ihren, und sehr zu ihrem Unglauben spürte sie, wie dieser tiefe Wunsch in ihr wiedererwachte, obwohl sie sich zufrieden und erschöpft fühlte.

»Wir sind noch nicht fertig, Bella«, hörte sie den King of Diamonds in ihr Ohr flüstern.

Oh, das waren sie definitiv nicht.

Nun, da dieser Mann eindeutig den Titel ›Bester-Sex-im-Leben‹ anstrebte, hatte er seine volle Aufmerksamkeit auf sie gerichtet. Belladonna würde diese Gasse nicht verlassen, bis sie den Gefallen erwidert hatte. Doch ihr waren auch buchstäblich die Hände gebunden.

King trat zurück und zentrierte sich in ihrem unmittelbaren Blickfeld. Sie versuchte nicht, so zu tun, als hätte sie nicht zur anderen Wand der Gasse geschaut, noch störte es sie, sich wieder auf den Mann zu konzentrieren, der sie so gut behandelt hatte.

»In dem Moment, als ich dich den Scotch trinken sah, dachte ich daran, genau das mit dir zu tun«, fuhr er fort und zog sich zurück.

Belladonna brauchte keine Bestätigung, dass King of Diamonds tatsächlich ihr Mr. Scotch war. Zu wissen, welches Gesicht sich hinter der Maske befand, war eine Sache, aber zu wissen, was er bei ihrem ersten Treffen über sie gedacht hatte, war etwas ganz anderes.

Dieser Satz war alles, was er brauchte, um sie wieder zu entflammen.

Belladonna zog an ihren Ketten und versuchte, ihm zu folgen, und nun war sie froh, dass sie das nicht konnte.

Fast hätte sie sich selbst vergessen und ihn geküsst.

»Ich werde dich jetzt an diese Wand vögeln, Bella«, erklärte Mr. Scotch und machte seinen Gürtel auf. »Fühl dich frei zu tun, was du willst.« Er öffnete die Hose. »Das Einzige, was du nicht tun darfst …«, seine rechte Hand verschwand in seiner Hosentasche und zog ein Kondom heraus, »… ist, die Maske abzunehmen oder mich zu küssen.«

Belladonnas Augen wanderten zurück zu seinen. Sie fühlte eine Welle der Enttäuschung durch ihren Körper rütteln – etwas, das sie ärgerte und sie über sich selbst wütend machte. Küssen hin oder her. Es ging darum, sein Gesicht nicht mehr sehen zu dürfen. Aber warum? Darüber würde sie später nachdenken müssen.

»Und du, Aquarius«, drehte King sich nicht einmal um, als er den Namen aussprach, als ob er eindeutig jemand wäre, der ihm nicht das Wasser reichen könnte. »Du bleibst da und tust diesmal nichts. Wenn du dich nicht beherrschen kannst, verschwinde.«

Ein weiterer Schauer ging durch Belladonnas Körper. Obwohl der Grund dafür offensichtlich war, war sie sich nicht ganz sicher, was sie mehr anmachte: der Klang der Autorität in Kings Stimme oder die Tatsache, dass er Aquarius befahl, die Finger von sich zu lassen, da er wusste, was er getan hatte.

Das schnappende Geräusch der geöffneten Fesseln hallte durch die Gasse, und der Zug an ihren Armen ließ nach. Sie fielen zur Seite, und erst dann spürte sie den Schmerz in ihren Schultern.

Er gab ihr die Freiheit, sich zu bewegen, jetzt, da er eindeutig die Regeln für alle festgelegt hatte.

Belladonnas Herz hämmerte immer noch so stark, dass sie es im Nacken spürte. Sie war überempfindlich, obwohl sie wieder geil war.

Im Hinterkopf hörte sie eine kleine Stimme, die ihr unartige Dinge zuflüsterte. Eine Stimme, die sie erst kürzlich entdeckt hatte, und sie deutete etwas an, was sie sich kaum erlaubt hatte, zu fantasieren, als sie allein im Bett lag und zu unruhig und erregt war, um einzuschlafen.

Wie würde es ihr gefallen, beide auf einmal zu haben?

Sie hatte keine Gelegenheit, über Einzelheiten nachzudenken, weil King ihr wieder einmal auf den Fersen war. Ihre Augen neigten sich nach unten, neugierig darauf zu sehen, was sie schon einmal in sich trug. Sein Schwanz war genau so, wie sie sich daran erinnerte, und der Anblick dieses Schwanzes brachte sie nur dazu, ihn wieder fühlen zu wollen.

Plötzlich war eine Hand an ihrer Kehle, die sie mit dem Rücken gegen die Ziegelmauer drückte, aber keinen Druck auf sie ausübte.

»Du bist ein ungezogenes kleines Ding.« King grinste offen.

In seinem Ausdruck lag mehr als nur ein Triumph, etwas, das ihm nahekam.

Etwa Bewunderung?

Belladonnas Herz stotterte und übersprang fast einen Schlag, als seine Hände ihren Körper bis zu den Hüften und weiter nach unten streiften, um ihr Gesäß mit einem festen Griff zu umschließen. Sie konnte ein Keuchen nicht unterdrücken, denn er hob sie leicht an, drückte sie gegen die Wand und breitete sie dabei weit für ihn aus. Instinktiv krallten sich ihre Hände in seine Schultern, um sich zu stabilisieren. Hitze verbrannte ihr Gesicht bis hinunter zur Mitte zwischen ihren Beinen.

King tauchte mit einem kräftigen Sprung tief in sie ein und tötete sofort wieder ihre Nerven, als ob ihre Freilassung nur wenige Augenblicke zuvor nie geschehen wäre. Nach dem, was er ihr angetan hatte, war sie für ihn so glatt und feucht, dass es nicht einmal ein bisschen körperlichen Schmerz gab, abgesehen von dem ihrer überempfindlichen Nerven.

Belladonna konnte es nicht wirklich sagen, aber es fühlte sich an, als ob er diesmal tiefer in ihr war, als ob ihr Körper ihn wiedererkannte und willkommen hieß. Das tiefe, wilde Stöhnen, das von seiner Brust ausging und auf ihrer Haut vibrierte, klang wie eine Bestätigung. Sie wollte, dass er sich bewegte, dass er sie wieder über die Klippe schickte, aber er tat es nicht.

Belladonna wollte, dass er so blieb, genau dort, sie ganz ausfüllte, sie auf eine Weise befriedigte, wie es nur jemand mit einer solchen Ausstattung wie er konnte.

In dieser Position zu bleiben, befriedigte sie seltsamerweise und trieb sie ebenso in den Wahnsinn.

Ihre Hände fuhren ihm in den Nacken und in die Haare und sagten ihm wortlos, er solle aufhören, sie zu quälen, und er hörte es.

Seine Bewegungen waren kraftvoll, aber kontrolliert, als ob er die gleiche Qual empfand, den Augenblick auszukosten und nach Erlösung zu suchen. Sie konnte nicht anders, als die Augen zu schließen und den Kopf zurück an die Wand hinter ihr zu lehnen, in die Ziegelmauer gestoßen zu werden und zu wissen, dass sie danach die Abdrücke und Schürfwunden der Wand fühlen und sehen würde.

Aber egal, wie langsam oder wie tief King strich, im Hinterkopf hatte Belladonna immer noch Aquarius vor Augen, der an der gegenüberliegenden Wand der Gasse stand. Ihre Augen flogen auf und sie sah ihn dort stehen, mit angespanntem Kiefer und vor der Brust verschränkten Armen, um sie in Schach zu halten, so wie es ihm befohlen worden war.

Seine blauen Augen bohrten sich in ihre, als sie sich trafen, und sie konnte etwas anderes in seinem Ausdruck sehen, etwas anderes, etwas Dunkles; wie frustrierte Wut und besitzergreifende Eifersucht. Es war dieser finstere Blick, den er ihr zuwarf, der sie dazu brachte, sich aufzulösen und King mit sich zu ziehen.

– 10 –

Der Abstieg von diesem Hoch war fast verheerend. Belladonna brauchte ein paar tiefe Atemzüge, um ihr Herz wenigstens ein wenig zum Schlagen zu bringen.

Sie lehnte sich dabei fast an die Ziegelmauer hinter ihr, die sicherlich ihre Bluse ruinierte, und ihr Blick wich dabei nie vom Aquarius ab, was seltsam war. Sie konnte ihre Augen einfach nicht von ihm wegziehen, als er sie direkt wieder anstarrte. Dennoch verpasste sie es nicht, dass King of Diamonds sich sauber machte, da er sie offensichtlich ansah. Belladonna, die immer noch völlig geistesgestört war, erkannte, dass sie sich zusammenreißen und zum Aufbruch bereit machen musste. Sie konnten doch nicht die ganze Nacht die Gasse besetzen, oder?

King erschreckte sie, indem er ihr sanft über die Wange bürstete, als sie den Stoff ihrer Kleidung hinunterstrich, um sie präsentabler zu machen. Dass er auf einmal so zärtlich war, war eine Überraschung, die sie nirgendwo wirklich unterbringen konnte. Es ließ ihr Herz schmerzen und lenkte ihre Aufmerksamkeit vom Aquarius zurück auf dieses Rätsel eines Mannes.

»Du solltest etwas trinken, bevor du nach Hause gehst«, schlug King of Diamonds vor, obwohl der Ton seiner Stimme eher nach einem sanften Befehl klang.

Belladonna war sich nicht sicher, ob ihr das gefallen würde, zumindest jetzt nicht. Obwohl es unglaublich verlockend war, einem Mann ausgeliefert zu sein, war es doch etwas merkwürdig, wenn man ihr befahl, etwas zu tun, wenn sie das Gefühl hatte, nur sich selbst Rechenschaft ablegen zu müssen.

Plötzlich wurde die Zurückhaltung des Aquarius' etwas anziehend, und Belladonna war verwirrt über ihre eigene Wahrnehmung. Trotz all der Verwirrung folgte sie dem King of Diamonds zurück zum Clubhaus und spürte, dass Aquarius in ihrem Gefolge folgte. Es war ein befriedigendes Gefühl, zwei Männer zu haben, die sie begleiteten.

Als sie den Raum betrat, den sie vor etwa einer Stunde verlassen hatte, empfand Belladonna ein seltsames Gefühl des Stolzes, das ganz im Gegensatz zum Üblichen stand. Sie hätte sofort rote Wangen bekommen und das etwas ekelhafte Gefühl der Kasteiung, wenn die Leute ihre Vermutungen über das, was sie sahen, äußerten.

Dieses Mal konnte sie sich das Grinsen nicht verkneifen. Es machte keinen Unterschied, was die Leute von ihr dachten, wenn sie mit zwei Männern den Barraum betrat. Sie konnten denken, was sie wollten, sie fühlte sich trotzdem triumphierend.

Außerdem war da diese köstliche Hitze in ihrem Nacken, die offensichtlich vom grellen Glanz des Aquarius' herrührte.

Wenn er sich zuvor zu ihr hingezogen fühlte, war er nun nahe an der Besessenheit. Nichts war ein besseres Kompliment als ein Mann, der Ihnen die Kleider vom Leib reißen und Sie zu multiplen Orgasmen hinreißen wollte. Belladonna begrüßte diesen Gedanken sicherlich, und sie war sicher, ihn damit zu quälen.

Am Arm des King of Diamonds begleitete er sie direkt zu ihrem noch verfügbaren Tisch zurück. Vielleicht – so dachte sie –, hatten sie ihn für sie freigehalten. Belladonna erinnerte sich daran, dass ihre Mitgliedschaft Silberstatus hatte, etwas, wofür sie hätte zahlen müssen, wenn nicht derjenige, der sie für sie gesponsert hatte, dafür gesorgt hätte. Soweit sie sich aus der Broschüre erinnerte, musste eine Silbermitgliedschaft für jeden bezahlt werden; trotz der tatsächlichen Mitgliedschaft desjenigen, der der Wohltäter gewesen war. Sie konnte sich vorstellen, dass die Wahl ihrer Mitgliedschaft gut kalkuliert war, denn nur Goldmitglieder hatten Zugang zu privaten Räumen. King of Diamonds wollte ihr eine Sonderbehandlung zukommen lassen, ohne ihr zu viele Freiheiten einzuräumen.

»Ich möchte Ihnen für den Silberstatus danken.«, sprach sie leise, indem sich zu ihm hinüberbeugte, damit der Aquarius sie nicht hören konnte.

Mr. Scotch zuckte nicht oder hatte sich auf andere Weise verraten. Stattdessen blieb er erst stehen, als sie ihren Tisch erreicht hatten.

»Du brauchst mir nicht zu danken, Bella», antwortete er. »Die Freude ist ganz meinerseits.«

Verdammt sicher war es das.

Belladonna setzte sich hin und beobachtete den King of Diamonds, während er weiter stand und der Kellnerin zuwinkte, die sie zuvor bedient hatte. Bella sah Aquarius kurz an, als er sich neben ihr in die Kabine setzte, seine Augen klebten an ihr.

»Ich muss mich entschuldigen«, erklärte King plötzlich, nahm ihre Hand und küsste sie auf die Rückseite, »aber ich kann nicht bleiben. Ich werde es wiedergutmachen.«

Alice fühlte sich wie von einem Eiszapfen aufgespießt. Als die Kellnerin näherkam, hatte sie ein Smartphone auf ihrem Tablett liegen und übergab es dem Mann, der sie gerade sinnlos gevögelt hatte.

»Nun, vielen Dank.«, hörte sie sich sagen.

Ihr Tonfall war von Emotionen durchdrungen.

»Ja«, antwortete King sofort und ohne Reue in der Stimme, aber er lehnte sich zu ihr hin, nahe genug, dass ihr Herz einen Sprung machte, weil sie sich sicher war, dass er sie küssen würde. »Ich konnte keinen weiteren Tag auf dich warten, und es tut mir leid, dass ich dich so schnell verlassen muss. Das wirkliche Leben wartet auf niemanden, schon gar nicht auf mich.«

Er hat sie nicht geküsst.

»Ich werde es wieder gutmachen«, flüsterte er und klang fast heiser, als er die Worte sprach und sich noch weiter vorbeugte, um sie dann sanft auf die Wange zu küssen. »Sei mir nicht böse, Bella, du würdest es nur bereuen.«

Die Schärfe seiner Aussage und seine Nähe ließen ihren Puls rasen und ihr den Magen umdrehen. Es war falsch von ihr, es zuzulassen, dass ein Mann sie so manipulieren konnte. Dennoch war sein Versprechen mehr als verlockend.

»Tu das nicht noch einmal«, sagte sie. »nicht,Nicht ohne mich vorher zu warnen, Mr. Scotch.«

Ihn bei seinem Spitznamen zu nennen, war eine gut durchdachte Entscheidung, und sie konnte seine Reaktion sogar durch seine Maske sehen: teils amüsiert, teils sich ihrer Warnung wohl bewusst.

»Versprochen«, nickte er, nahm wieder ihre Hand und legte einen unheimlich sinnlichen Kuss zwischen die Wurzeln ihres Zeige- und Mittelfingers.

Es fühlte sich an, als ob er zwischen ihre Beine gelegt worden wäre, und sie fühlte es dort todsicher.

Dann nahm King of Diamonds sein Handy und sobald er seinen Daumen auf das Schloss gelegt hatte, schenkte er dem, was seine Augen wahrnahmen, seine volle Aufmerksamkeit. Als er sich abwandte und schnell auf die Tür zuging, wobei er alles um ihn herum ignorierte, fühlte Belladonna sich absolut unsichtbar.

Er schien nicht zu den süchtigen Telefonbenutzern zu gehören, sondern eher zu denen, die rund um die Uhr erreichbar sein mussten, um sicherzustellen, dass ein Unternehmen nicht in den Ruin anheimfiel.

Dennoch fühlte sich Belladonna benutzt, und dieses Gefühl würde sich auch dann nicht ändern, wenn dieser Typ wichtiger wäre als Mark Zuckerberg oder Bill Gates.

»Ich hoffe, es hat sich gelohnt«, murmelte Aquarius, aber er klang nicht hämisch.

Belladonna drehte sich um und schaute ihn an.

»Ich bin nicht wirklich glücklich darüber, aber das war es«, antwortete sie ehrlich. »Trotzdem mag ich es nicht, mich wie ein Bootycall zu fühlen.»

»Ja, das kann ich nachempfinden«, antwortete Aquarius und schaute auf seine Uhr und dann zur Bar, wo die Kellnerin mit dem Barkeeper sprach, der ihr seltsamerweise bekannt vorkam. »Offensichtlich nicht«, seufzte der Mann, der sie in die Nische begleitete, laut auf.

»Entschuldigung«, sagte Belladonna ehrlich. »Aber wenn es ein Trost ist, ich würde dich nicht versetzen.«

»Danke.«

Belladonna leckte sich die Lippen und versuchte, ihre Augen zu fokussieren, um einen besseren Blick auf den Barkeeper zu werfen. Sein blondes Haar war ordentlich, er war schlank und groß und auf jeden Fall viel jünger als sie.

»Ich glaube nicht, dass es uns erlaubt ist, mit den Angestellten dieses Ortes Kontakt aufzunehmen«, sagte Aquarius und klang fast eifersüchtig, »ich weiß nicht mehr, wo es geschrieben stand, aber ich bin mir trotzdem sicher.«

»Ich bin nicht an ihm interessiert.« Belladonna schüttelte den Kopf. »Er ist ein bisschen zu jung für mich, nicht, dass ich mich nicht für jüngere Männer interessiere», warf sie ihm einen Blick aus den Augenwinkeln zu und neckte ihn damit. »Er kommt mir einfach bekannt vor.»

»Glaubst du?« Aquarius ignorierte ihre Andeutung.

»Ja«, antwortete Belladonna, ohne klarzustellen, auf welche mögliche Antwort sie antwortete.

Ihr Verstand machte eine Pause, bevor sie das Puzzle zusammensetzen konnte: »Aus dem Club!«, flüsterte sie ausrufend. »Da kenne ich ihn her.«

Es war derselbe gut aussehende, junge Barkeeper aus dem Club, in den sie eingeladen worden war, und soweit sie sich erinnern konnte, hatte er sie vor dem Beitritt gewarnt. Sie hatte seine Warnung völlig vergessen und ignoriert, und jetzt saß sie hier als Belladonna und hatte das Gefühl, dass die Warnung des Jungen wahr geworden war, was lächerlich war.

»Sicher?«

Nun Aquarius klang mehr, als nur an ihrer Erinnerung zu zweifeln, er wollte eher, dass sie an sich selbst zweifelt.

Langsam drehte sie sich zu ihm um und zog die Augenbrauen zusammen, auch wenn er wahrscheinlich den Gesichtsausdruck nicht sehen konnte, konnte er ihr Verhalten durchaus lesen.

»Nein, ich bin absolut sicher«, platzte Belladonna heraus, bevor sie sich selbst stoppen konnte, und sie konnte sehen, wie sich der Kiefer des Aquarius' als Reaktion verspannte. »Kennst du ihn?», fügte sie hinzu.

»Du bist sehr aufmerksam«, war seine ausweichende Antwort.

»Muss ich sein«, stimmte sie zu, hielt sich aber zurück, bevor sie zu viele Informationen über ihre wahre Persönlichkeit preisgab, und konzentrierte sich auf den Mann neben ihr.

»Das hab ich mir schon gedacht«, antwortete er und schaute sie direkt an. »Ich muss zugeben, dass ich mehr über dich wissen möchte.«

Belladonna fühlte eine seltsame Hitze im Magen, ignorierte sie aber. Bei diesem Ort ging es um Anonymität, und sie würde ihre Mitgliedschaft nicht riskieren, nur um jemanden kennenzulernen, der sie am Ende sowieso enttäuschen würde. Dennoch konnte sie sich nicht davon abhalten, dem Aquarius direkt in die Augen zu schauen, nur um in ihnen eine seltsame Mischung aus Neugier und Verletzlichkeit zu sehen.

»Lass dich nicht an mich hängen, Meermann«, hörte sie sich selbst sagen. »Am Ende wirst du dir nur selbst wehtun.«

»Das sind starke Worte, Belladonna«, konterte er.

Irgendwie klang ihr Name seltsam, wenn er ihn aussprach.

Sie war neugierig, wie ihr richtiger Name klingen würde, wenn er ihn aussprach.

Sie konnte sich die seltsame Anziehung, die sie plötzlich verspürte, wenn es um ihn ging, nicht erklären. Vielleicht lag es daran, dass sie wusste, dass er ihr Gesicht gesehen hatte, und das war so intim, wie es an diesem Ort nur sein konnte.

Alice schüttelte den Kopf mit geschlossenen Augen. Er hatte sie von dem abgelenkt, was sie im Begriff gewesen war zu tun.

»Sorry«, sagte sie, erhob sich von ihrem Platz und bewegte sich, bevor er sie aufhalten konnte.

Belladonna schaute nicht zurück, sondern ging direkt auf die Bar zu.

»Was kann ich Ihnen bringen?«, fragte der junge Mann, als sie an der Bar ankam.

Es könnte ein Produkt ihrer Fantasie sein oder sie könnte recht haben mit der Tatsache, dass sie den Barkeeper kannte. Obwohl er eine Maske trug, war es das gleiche rötlich-blonde Haar, die gleiche Statur, die gleiche Stimme wie in dem Club, in dem sie ihre erste Einladung erhalten hatte.

Das war der junge Mann, der sie davor gewarnt hatte, sich mit dem Club einzulassen, und da waren sie nun.

»Mein Fehler, Deine Warnung zu ignorieren«, konterte Belladonna, und der Mann vor ihr erstarrte eine Sekunde lang und überlegte dann offensichtlich, ob er so tun sollte oder nicht.

Bevor er die Chance hatte zu reagieren, fuhr sie fort.

»Woher kennst du Aquarius? Hast du die Einladung für ihn besorgt? Denn ich weiß, dass er neu hier ist. Und warum solltest du mich davor warnen, diesem Club beizutreten? Spuck es aus, bevor ich dich melde.«

Belladonna hat geblufft. Sie hatte keine Ahnung, ob sie mit ihrer Annahme richtig lag. Es könnte alles nur ein Hirngespinst ihrer Fantasie sein, und doch war all dies viel zu perfekt, um ein Zufall zu sein.

Außerdem fühlte sie sich in ihrer neuen Haut ziemlich sicher.

»Okay, okay«, hob der Barkeeper verteidigend die Hände, bevor er sich zu ihr lehnte und unter seinem Atem sprach. »Sagen Sie mir einfach, welches Getränk Sie wollen, damit es niemand etwas bemerkt, und ich sage Ihnen, was Sie wissen wollen.«

Belladonna war überrascht, wie leicht sie ihn geknackt hatte, was sie nur noch vorsichtiger machte.

»Wodka Martini«, antwortete sie und versucht.

Der Barkeeper nickte, und sie bemerkte, wie sein Blick von ihr abglitt und durchsuchte der Nische, aus der sie gekommen war. Sie drehte sich nicht um, weil sie keinen Verdacht schöpfen wollte, weder gegenüber Aquarius noch gegenüber jemand anderem.

Der junge Mann kehrte mit dem Getränk zu ihr zurück und stellte das Glas direkt vor sie.

»Einfach. ... Melden Sie weder mich noch meinen Bruder. Ich habe Monate gebraucht, um diesen Job zu bekommen, und ich brauche ihn wirklich«, flüsterte er.

„Dein ... Bruder?», wiederholte Belladonna und konnte ihre Neugierde nicht besiegen.

Sie war fasziniert. Brüder. Ihr schmutziger Verstand hatte eine eigene Fantasie, und sie schüttelte schnell den Kopf, um eine seltsam erregende Fantasie loszuwerden. Das hatte sie nicht vermutet, aber sie versuchte, sich cool zu verhalten und vorzutäuschen, dass es genau das war, was sie vermutet hatte.

»Ich werde dich nicht anzeigen«, erklärte sie ganz sachlich. »Sagen mir einfach, was dein Bruder macht, und ich werde so tun, als hätte ich dich nie getroffen.«

»Er ist nicht der Typ, der er zu sein scheint. Das ist alles, was ich sagen werde«, sagte der Barkeeper.

Belladonna nahm langsam ihren Drink und einen Schluck, wobei sie den Mann vor sich nie aus den Augen ließ. Er zerbrach in dem Moment, als sie ihr Glas auf den Tresen stellte.

»Okay, er ist ein Reporter«, fuhr er fort. »Ich hätte ihm nie von diesem Ort erzählen sollen, aber ich bin nicht gut darin, Geheimnisse zu haben, wenn es um ihn geht. Bitte, melden Sie uns einfach nicht.»

»Ein Reporter«, wiederholte Belladonna, mehr für sich selbst als, um den Barkeeper einzuschüchtern.

»Ich konnte Ort nicht den Mund halten, denn, seien wir ehrlich, er ist ziemlich erstaunlich, und wenn ich mir diesen Ort leisten könnte, wäre ich Mitglied und nicht Angestellter.« Er versprühte Worte wie eine Fontäne. »Also brach ich meinen Schwur, und mein Bruder erfuhr alles über Dark Alley. Aber ich habe ihm keine Mitgliedschaft verschafft, das schwöre ich.«

»Beruhig dich«, lächelte Belladonna ihn an. »Dein Geheimnis ist bei mir sicher. Wundere dich nur nicht, wenn ich dir keines von meinen anvertraue.«

»Vielen Dank, Madam.« – »Gern geschehen.«

Damit drehte sie sich um und ging zurück zu ihrer Nische, wo Aquarius immer noch wartete, zuschaute und sich wahrscheinlich geistige Notizen machte.

»Also.« Damit setzte sich Belladonna langsam hin und nahm noch einen schmachtenden Schluck ihres Getränks, bevor sie fortfuhr. »Du hast versucht, mich abzulenken, weil der süße Typ hinter der Bar dein Bruder ist.«

Der Aquarius erstarrte, und es war klar, dass er leise fluchte, bevor er versuchte zu antworten.

»Nein«, gestikulierte Belladonna mit der Hand und schnitt ihn ab. «Ich brauche keine deiner falschen Entschuldigungen. Sage mir nur: Ist dein Interesse an mir echt, oder bin ich für dich nur eine Geschichte?«

Der Mann vor ihr blinzelte ein paar Mal, bevor sich seine Schultern entspannten, und er rückte näher an sie heran.

»Ich wollte dich nicht treffen oder mich so sehr auf dich einlassen wie heute, so viel musst du mir glauben«, sagte Aquarius bescheiden und ließ sie schaudern, als ihr bewusst wurde, dass sie nun Teil von etwas war, das einer Verschwörung nahe stand, und sie mochte dieses Gefühl nicht. »Als ich von Brian von diesem Club erfuhr, überredete ich ihn, alles zu verraten, was er über diesen Ort wusste. Ich hatte nie die Absicht, dich da hineinzuziehen oder mich so einzumischen, wie ich es bei dir getan habe. Das verspreche ich dir«.

Alice brauchte einen Moment Bedenkzeit.

»Du hast meine Frage nicht beantwortet«, sagte sie.

»Ich möchte dich echt kennenlernen. Außerhalb dieses Ortes, und ich verspreche dir, dass ich dich aus all dem heraushalten werde«, antwortete er schnell.

»Aber du willst mich genauso benutzen.« Sie wollte nicht, dass es so schwerwiegend klang, aber am Ende machte es doch keinen wirklichen Unterschied, oder?

»Nein!« Aquarius rückte noch näher, und wenn sie ihn nicht so sehr mögen würde, wäre sie wohl jetzt schon weggerückt – warum kümmerte sie das?

Sie könnte ihn jetzt herausfordern, ihn aus diesem Haus werfen lassen, nur weil er ihr Vertrauen gebrochen hat, aber sie hatte sie nicht.

»Ich hatte nicht erwartet, jemanden wie dich direkt vor der Alley zu treffen«, erklärte er, »und dich zu beobachten und dabei... Das lag weit über meinen Erwartungen. Ich wollte es...«.

»Nicht«, schnitt Belladonna ihm den Weg ab. »Ich weiß genau, worauf ich mich einlasse, und ich genieße es. Darum geht es hier. Er gibt einem die Chance, sich zu amüsieren und Fantasien zu erforschen, für die man sich bisher zu sehr geschämt hat. Wag es nicht, eine Geschichte daraus zu machen. Wag es nicht, jemandem diese Freiheit wegzunehmen. Dies ist ein wahres Heiligtum. Wag es nicht, es zu zerstören.»

Er blieb stumm und sah sie mit leerem Blick an.

»Was?«, spuckte sie aus, wütend, dass sie von diesem Mann fasziniert gewesen war, der sich es darauf abgesehen hatte, ihr neu gefundenes Paradies zu ruinieren.

»Ich werde kein einziges Wort über diesen Ort schreiben«, erklärte Aquarius plötzlich.

»Wenn du mir versprichst, mich nächste Woche zu treffen und meine gehorsame Sklavin zu sein.«

Seine Worte trafen sie wie ein Blitz, durchzuckten ihre Nerven, kitzelten ihre Haut und alle ihre empfindlichen Stellen. Eine solche Forderung war das Mindeste, was sie von ihm erwartet hatte, und sie schockierte sie ebenso, wie sie sie erregte.

»Antworte mir jetzt nicht«, hob er seine Hand und hielt sie von ihrer anfänglichen Antwort ab. »Denk zuerst darüber nach. Ich werde in genau einer Woche hier auf dich warten. Wenn du auftauchst, bist du mir völlig ausgeliefert. Wenn nicht, werde ich am nächsten Tag einen Artikel über diesen Ort veröffentlichen.“

Belladonna starrte ihn einfach an, fassungslos über die Tatsache, dass er vorhatte, dies durchzuziehen.

Sie hatte nicht erwartet, dass er so sein würde, dass er so unerbittlich und fast schon grausam sein würde. Aber mehr noch, es war seltsam erregend, dass das Schicksal dieses Ortes in ihren Händen lag. Sie würde entscheiden, ob dieser Ort ein Geheimnis bleiben würde oder nicht. Der Aquarius versetzte sie in eine seltsam erregende Position der Macht und der Qual.

»Wir sehen uns in einer Woche«, stand er auf, sein Blick klebte an ihrem. »Oder auch nicht.«

Und mit diesen Worten ist ging er.

DARK ALLEY

SIR

Dark Alley Episode 3

– 11 –

Alice saß an ihrem Lieblingsplatz, in ihrem liebsten Restaurant, und drehte ihre Mokkatasse langsam in den Händen, während sie nach draußen starrte. Sie hörte nicht, wie Bianca ihren Namen rief, und wachte erst aus ihren Gedanken auf, als ihre Freundin ihre Schulter berührte, was sie überrascht zusammenzucken ließ.

»Du warst weit weg, Alice«, lächelte Bianca breit und zog Alice in die Arme, sobald sie sich von ihrem Stuhl erhoben hatte.

»Ja«, war Alices kurze Antwort.

Sie setzte sich wieder hin und bemerkte kaum, dass ihre beste Freundin dem Barista zuwinkte, der ihre beiden Lieblingsgetränke auswendig kannte.

Wie konnte sie Bianca erklären, was passiert war? Sicher, sie konnte ihr kleines Abenteuer mit King of Diamonds und Aquarius buchstabengetreu erzählen und ihre beste Freundin so rot wie eine Ampel werden lassen, und beide würden es genießen. Aber das Ultimatum? Die Erpressung? Das würde Bianca nicht verstehen, oder?

Sie sollte überhaupt nichts davon wissen.

Alice war früh und erfrischt aufgewacht, obwohl sie sich wegen des bevorstehenden Ultimatums von Aquarius den Kopf zermartert hatte. Es ging nicht um die Vorstellung, sich ihm vollständig zu unterwerfen. Diese Fantasie gehörte zu denen, die sie wirklich ausprobieren wollte, aber es war King of Diamonds, den sie zu fragen gedachte, weil er in allem, was er tat, sehr vertraut und erfahren schien. Es war das Ultimatum, das sie völlig verachtete. Sie wollte nicht zur Unterwerfung erpresst werden, weil sie wusste, dass es ihr so nicht gefallen würde.

Schlimmer noch, sie hatte keine Möglichkeit, die Dinge mit Aquarius zu besprechen. Sie hatten keine Nummern ausgetauscht, es war ohnehin verboten. Abgesehen davon hatte er gesagt: »Wir sehen uns in einer Woche … Oder auch nicht.« Also würde er heute Abend wahrscheinlich nicht da sein. Sie war sich nicht einmal sicher, ob sie ihn überhaupt sehen wollte.

Obwohl die Vorstellung, sein Gesicht zu sehen, ein Geheimnis im Geheimnis der Dark Alley zu haben, absolut heiß war. Wahrscheinlich hätte sie dem Reiz des Ganzen nachgegeben. Das Einzige, was nicht stimmte, war, dass sie es in ihrer eigenen Zeit hätte tun wollen; sie hatte gewollt, dass es ihre eigene Entscheidung war, wenn sie bereit war.

»Was ist los?«, fragte Bianca und streckte die Hand aus, um ihre Hand zu nehmen, wie sie es immer tat, wenn etwas nicht stimmte.

»Es gibt eine Schlange im Paradies«, sagte Alice und hob die freie Hand, um in ihren Nasenrücken zu kneifen. »Du weißt, dass ich dir nichts erzählen darf«, fügte sie hinzu und seufzte, um schließlich zu erklären: »Aber ich brauche jemanden, mit dem ich reden kann.«

Die größte Angst, die Alice hatte, war, ihre beste Freundin zu verlieren, und mit ihr die einzige Person, mit der sie wirklich reden konnte. Je länger sie über ihr anfängliches Verhalten nachdachte, desto dümmer hatte sie sich dabei gefühlt und desto dankbarer war sie dafür, dass Bianca nicht sauer auf sie war. Das hatte Alice nur noch deutlicher gemacht, welches Glück sie damit hatte, Bianca als beste Freundin zu haben.

»Ich hab dir von den Jungs erzählt, die ich getroffen habe«, fuhr sie schließlich fort, nachdem Bianca mit Geduld und Sorge gewartet hatte. »Es stellte sich heraus, dass der Süße ein Reporter ist.«

Die Miene ihrer besten Freundin erstarrte vor Schock. Sie schüttelte den Kopf, bevor sie die Fähigkeit zu sprechen wiedererlangte. »Auf keinen Fall!«, rief sie und schlug mit der eigenen Hand auf den Mund.

»So viel zum Thema Niedlichkeit«, schüttelte Alice kurz den Kopf und merkte, wie tief enttäuscht sie wirklich von ihm war. »Aquarius ist der Bruder eines der Barkeeper, die an dem Abend, als ich die Einladung erhielt, im Club arbeiteten. Er droht damit, einen Artikel über den Club zu veröffentlichen, es sei denn … nun, du kannst dir denken, was.«

»Das ist unterste Schublade«, sagte Bianca, was ihre beste Freundin dachte. »Und erbärmlich.»

»Ja«, seufzte Alice. »Hätte er mich auf dem üblichen Weg angefordert, hätte ich mich mit ihm getroffen, aber so …« Sie schaute Bianca direkt in die Augen, während ihr ihre eigenen Gefühle dämmerten. »Ich fühle mich erniedrigt, belästigt, sogar missbraucht. Das ruiniert einfach die ganze Philosophie und Idee der Dark Alley.«

»Es tut mir so leid. Er ist ein Arsch.« Bianca nahm ihre Hand. »Du kannst ihn einfach anzeigen. Er musste sicher den Vertrag unterschreiben, so wie du es getan hast. Sie könnten ihn bis auf sein letztes Hemd verklagen.«

»Du hast recht. Es ergibt einfach keinen Sinn.« Alice runzelte die Stirn und nickte langsam. »Er kann mit niemandem über The Alley sprechen. Wenn er etwas darüber veröffentlichen würde, so wie er gedroht hat, würde er in Klagen begraben werden und sie alle verlieren. Also, warum hat er es getan?«

»Glaubst du, dass er blufft?«, fragte Bianca, leicht verwirrt über Alices Gedankengang.

»Der einzige Weg, wie er über die Alley schreiben könnte, wäre, nicht ins Detail zu gehen. Selbst wenn er über mich schreiben würde, verhindert der Vertrag …« Alice schnitt sich selbst das Wort ab.

»Also, was willst du damit sagen?«, fragte Bianca nach.

»Er glaubt, dass ich diesen Vertrag nie gesehen habe«, lächelte Alice, aber ihr Gesichtsausdruck änderte sich sofort in das Gegenteil. »Das heißt, er denkt, dass ich entweder eine Nutte oder eine von der Alley bezahlte Begleitperson bin.«

»Oh, wow«, kommentierte Bianca, sah sich schnell um, prüfte, ob jemand zuhörte, und drückte Alices Hand. »Das nächste Mal, wenn wir darüber reden, machen wir es in deiner Wohnung, okay?«

Der Gesichtsausdruck von Alice war immer noch finster. Sie war wütend. Wie zum Teufel war Aquarius zu diesem Schluss gekommen? Sie würde ihm den Kopf abreißen. Nein, sie würde Schlimmeres tun.

Als ihre beste Freundin ihren Namen nannte, nickte sie schließlich und antwortete: »Ja, du hast recht. Ich musste nur mit dir darüber reden.« Alice holte tief Luft und pustete die tosenden Wolken ihrer Gedanken davon. »Du hast gefragt, ob wir reden können, nicht ich.« Sie legte ihre Hand auf Biancas. »Also, schieß los. Ich bin ganz Ohr.«

»Ich möchte, dass du meine Trauzeugin wirst«, überbrachte Bianca die Nachricht. »Du musst nicht die Einzige sein, die alles organisiert, aber ich möchte, dass du am Altar neben mir stehst. Du bist schließlich meine beste Freundin.«

Alice schluckte hart, griff dann nach beiden Händen ihrer besten Freundin und nickte wild, während sich Tränen in ihren Augen sammelten.

»Natürlich werde ich da sein!« Sie lächelte ehrlich.

Bianca sah aus, als sei ihr ein schwerer Stein von der Seele gefallen.

»Ich bin erleichtert«, gab sie zu. »Nach der Bombe, die du hast platzen lassen, war ich mir nicht sicher, ob du …«

»Stopp«, schnitt Alice ihr das Wort ab. »Ich weiß, dass ich mich deswegen wie eine Zicke benommen habe. Ich hatte das Gefühl, dass meine biologische Uhr tickt, aber das tut sie nicht. Das tut mir leid. Es ist nur …« Wieder schluckte sie trocken. »Ihr habt alle die Jungs gefunden, mit denen ihr alt werden wollt, und ich hatte das Gefühl, als würde ich als alte Jungfer enden. Ich habe gerade erst erkannt, dass ich damit einverstanden bin. Ich werde mich nicht unter Wert verkaufen, nur um der Heirat willen.«

»Und das ist völlig in Ordnung«, lachte Bianca. »Ich sehe, wie ich dich um deine Freiheit beneide!«

»Und ich werde alles organisieren. Du wirst einen Junggesellinnenabschied bekommen, und das wird dir zutiefst peinlich sein!« Alice lachte laut auf, sie hatte bereits eine erstaunliche Idee.

Alice wollte die Gefühle von Dark Alley in den Junggesellinnenabschied kanalisieren: das Mysterium, das Gefühl, nicht an die Regeln der normalen Gesellschaft gebunden zu sein. Sie wollte ihrer besten Freundin das Gefühl geben, das sie sich vorgestellt hatte, als sie Mitglied von Dark Alley wurde.

Auf Anhieb wusste sie, wie sie mit Aquarius umgehen würde. Sie würde ihre eigene Fantasie, ihre ganz eigene Freiheit schützen. Kein Mann würde ihr das wegnehmen.

♦ ♦ ♦

Als Alice an diesem Abend die Dark Alley betrat, bestellte sie ein Treffen mit Aquarius, da King of Diamonds sie nicht angefordert hatte. Sie plante, auf ihren Erpresser zu warten, bis ihre Geduld erschöpft war. Bis dahin würde sie im Club einige Freigetränke zu sich nehmen und die Leute beim Ein- und Ausgehen beobachten. Alice wusste, dass er seine Drohungen nicht umsetzen würde, und dass sie ihre Zeit damit verbringen konnte, die perfekte Party für ihre beste Freundin zu planen. Sie genoss es, Menschen beim Betreten und Verlassen des Ortes zu beobachten, während sie einen Longdrink nach dem anderen zu sich nahm. Aus welchem Grund auch immer, sie fühlte sich durch das, was Aquarius ihr gesagt hatte, nicht bedroht. Seltsamerweise fühlte sie sich nach dem Gespräch mit Bianca mächtiger als zuvor.

Als er schließlich durch die Tür trat und auf sie zuging, war sie weder nervös noch ängstlich, sondern lächelte, und sie wusste, dass der Ausdruck auf ihrem Gesicht ihn abschreckte, vielleicht sogar warnte, aber es war ihr egal.

Er war nicht derjenige, der sie in Ketten legen oder ihre Unterwerfung hinnehmen würde.

Er hatte nicht erwartet, sie vor Ablauf seines Ultimatums zu sehen, das er ihr gestellt hatte, aber als sie auf ihn wartete, war er da, um ihre Antwort zu erhalten. Belladonna konnte das Grinsen nicht verbergen, das ihr Gesicht eroberte, als sie sah, wie Aquarius sich ihr näherte.

Sie sagte kein Wort, als er an ihren Tisch kam, vielleicht weil er nicht erwartete, dass sie etwas wusste oder vermutete. Alles, was sie in diesem Moment für ihn empfand, war Verachtung.

Belladonna wartete darauf, dass er sich setzte, bis sie sprach. Belladonna, die Person zu der Alice wurde, sobald sie ihr Gesicht hinter der Maske mit den Nachtschattenblumen versteckte. Alice erkannte, dass diese Person nicht nur in ihrer Fantasie existierte. Belladonna war der Teil von ihr, den sie gelernt hatte zurückzuhalten, weil die Gesellschaft es ihr beigebracht hatte. Und gerade jetzt dämmerte es ihr endlich, dass die Gesellschaft im Unrecht war.

»Setz dich«, sagte sie Aquarius, als er seinen Mund öffnete, um etwas zu sagen, und er schloss ihn sofort wieder, um ihr gegenüber Platz zu nehmen.

Belladonna blickte ihn durch ihre Maske an, während er nicht in der Lage war, die Augen von ihr abzuziehen, auch nicht, als die Kellnerin kam und die Bestellungen aufnehmen wollte.

Belladonna wusste nicht, was aus ihrem Mund kam, und es war ihr eigentlich egal, denn sie genoss die Wirkung, die ihr Blick auf den Mann an ihrem Tisch hatte, zu sehr.

Als die Kellnerin ging, begann Aquarius einen weiteren Versuch, ein Gespräch anzufangen, aber Belladonna hob ihre Hand und zwang ihn, sofort innezuhalten.

»Meine Antwort ist ›Nein‹«, sagte sie ihm und setzte sich aus ihrer zurückgelehnten Position aufrecht hin. »Und, fick dich ins Knie.«

Aquarius war deutlich schockiert und verwirrt.

»Weißt du, ich mochte dich«, fuhr Belladonna fort. »Bis du dachtest, ich sei eine Hure.« Sie schüttelte den Kopf und nahm ihre Rede wieder auf, als er gerade antworten wollte. »Ich unterschrieb den gleichen Vertrag wie du. Denselben Vertrag, aufgrund dessen du verklagt werden wirst, wenn du etwas über diesen Ort schreibst. Ich bin Mitglied, genau wie du.« Nun grinste sie ihn an. »Wahrscheinlich mit einem höheren Status als du.«

Wieder versuchte Aquarius zu sprechen, aber sie schüttelte nur den Kopf.

»Nein, du darfst nicht reden oder dich erklären«, sagte sie grimmig. »Ich bin fertig mit dir. Und wenn du bleibst und diesen Ort genießen willst, ohne ihn mit deinen erbärmlichen Plänen zu beschmutzen, wirst du deinen Mund halten und nicht mehr mit mir reden.

Niemals mehr. Ich bin barmherzig zu dir, weil ich dich und deine Idee, über diesen Ort zu schreiben, melden könnte. Und ich bin mir ziemlich sicher, dass man dich sofort verklagen und verbannen würde.«

Diesmal öffnete Aquarius seinen Mund nicht, sondern sah sie nur mit einem Ausdruck des Bedauerns, aber nicht der Schuld an, was interessant hätte sein können, wenn sie nicht so wütend auf ihn gewesen wäre.

»Ich weiß nicht, was ich mehr bin: wütend oder enttäuscht«, hörte Alice sich selbst sagen. »Denn ich hatte wirklich das Gefühl, dass da etwas zwischen uns war. Aber ich habe mich geirrt. Du ekelst mich an, und es ist mir egal, ob es ein Experiment oder was auch immer war.«

Er blieb ruhig und schaute sie weiterhin nur an, als die Kellnerin mit ihrer Bestellung zurückkam. Sie wartete kurz und ruhig, ob einer von ihnen eine weitere Bestellung aufgeben wollte, und ging dann weg.

Belladonna war angenehm überrascht, als Aquarius tat, was sie ihm gesagt hatte. Er sprach nicht mit ihr.

»Vielleicht ändere ich eines Tages meine Meinung über dich und gebe dir die Chance, dich zu erklären und es wiedergutzumachen. Aber das ist nicht heute«, erklärte Belladonna langsam. »Gott, ich hätte dich gerne gevögelt, aber das wird nicht passieren. Ich lasse mich nicht zum Sex erpressen. Nicht an einem Ort wie diesem. Also, fick dich.«

Gab es einen Hauch von Emotion in ihrer Stimme? Sie entschied sich, sie zu ignorieren und den Mann vor sich nur anzustarren. Als sich Stille zwischen ihnen ausbreitete, nickte Aquarius langsam, nahm sein Getränk und schluckte es mit ein paar schnellen Schlucken hinunter. Wieder öffnete er den Mund, offensichtlich wollte er etwas sagen, aber er hielt sich selbst an und presste die Lippen auseinander, biss sogar die Zähnen zusammen und schüttelte dann wieder den Kopf. Auch ohne Worte konnte Belladonna sein Bedauern sehen, aber sie würde kein Mitleid empfinden oder sich erlauben, sich um ihn zu kümmern. Er hatte sie verurteilt, ohne ihr einen Vertrauensvorschuss zu geben oder mit ihr zu sprechen, und sie würde es niemandem erlauben, sie so zu behandeln. Nicht hier drinnen. Nicht in der dunklen Gasse. Also sah sie schweigend zu, wie er aufstand und ging.

Belladonna hatte nicht das Gefühl, einen Fehler gemacht zu haben oder zu hart mit ihm umzugehen, und doch stach es ihr ins Auge, als sie sah, wie er von ihrem Tisch wegging und sich an die Bar setzte, an der sein Bruder arbeitete. Sie erlaubte sich, seine schweren Schritte zu beobachten, und sich hinzusetzen, um einen Drink zu bestellen. Es schmerzte noch mehr, dass er sich nicht ein einziges Mal umdrehte. Sie war sich nicht sicher, ob er ihre Befehle gehorsam befolgte oder sie hinter sich ließ. Ersteres war für sie akzeptabel, Letzteres tat ihr buchstäblich weh.

Aber warum? Dafür hatte sie keine rationale Erklärung. Vielleicht war sie mehr an diesem Typen interessiert, als sie sich selbst eingestehen konnte.

Aber nochmals: warum?

Weil sie sein Gesicht kannte?

Weil er genauso neu dabei war wie sie?

Denn immer, wenn er lächelte, passierte etwas mit ihr. Weil sie aus einem Traum aufgewacht war, in dem er sie an eine Wand gestellt und ihr schmutzige Dinge ins Ohr geflüstert hatte?

In diesem Traumland der Dark Alley war Aquarius das einzig Reale, das sie mit Sicherheit kannte. Vielleicht war es genau das, was sie an seinem Verrat wirklich verletzte.

So saß sie immer wieder dort und bat jedes Mal, wenn die Kellnerin an ihr vorbeikam, um Nachschub für ihren Wodka Martini.

Mit jedem Drink fühlte sie sich mehr und mehr einsam und starrte weiterhin Löcher in den Rücken von Aquarius, während er an der Bar saß und sich selbst Nachfüllungen besorgte.

Es musste der vierte oder fünfte Drink sein, als Alice merkte, dass King of Diamonds sich weder zeigen noch darum bitten würde, was ihr nur bewusst machte, dass ihre eigenen Handlungen und Entscheidungen zwischen ihr und ihrem Vergnügen standen. Es war nicht schlecht, Prinzipien zu haben, und sie bereute nicht, was sie Aquarius erzählt hatte.

Sie würde sich daran halten, doch während sie weiterhin auf seinen Rücken starrte, wusste Belladonna, dass dies nichts daran ändern würde, dass sie ihn wollte. Auf ihn wütend zu sein, änderte auch nichts. Sein Gesicht zu kennen, machte alles nur noch schlimmer. Das Letzte, was sie wollte, war, sich nach ihm oder dem Abenteuer mit ihm zu sehnen, das sie hinter sich gelassen hatte.

»Verdammt«, sagte sie zu sich selbst und zog versehentlich die Aufmerksamkeit ihrer Kellnerin auf sich, die sofort auf sie zukam.

»Kann ich Ihnen etwas bringen?«, fragte sie höflich.

Belladonnas Instinkte waren schneller als ihre Rationalität: »Ein Zimmer«, sagte sie und blinzelte verwirrt vor sich hin, während die Finger der Frau vor ihr auf ihren Tablet-Computer tippten.

Belladonna erinnerte sich, dass Big Guy, Alfred, ihr erzählte, dass sie eine Silbermitgliedschaft im Club habe, und in der Broschüre, die sie zu Hause hatte, stand, dass Silbermitglieder Zugang zu den Räumen in den oberen Stockwerken hätten, obwohl sie keine Ahnung hatte, wie sie dorthin gelangen oder wie sie aussehen würden, aber soweit sie gelesen hatte, gab es Räume, die noch spezieller waren.

»Zimmer zwei wurde gerade frei«, riss die Kellnerin sie aus ihren Gedanken heraus und drehte die Tafel zu sich hin. »Bitte geben Sie den gewünschten Zugangscode ein.«

Belladonna nickte und tippte die ersten vier Ziffern ein, die ihr einfielen, und stand auf.

»Durch die Tür«, gestikulierte die Frau dorthin, wo Belladonna bereits vermutet hatte, dass es sein würde. »Dann eine Ebene höher, die erste auf der rechten Seite. Sie können Aufzug oder Treppe benutzen.«

»Danke«, antwortete Belladonna und nickte kurz.

»Nehmen Sie den Aufzug auf der rechten Seite«, blieb die Kellnerin stehen und drehte sich um. »Der linke dient nur zu Unterhaltungszwecken.«

Belladonna antwortete mit einem Lächeln. Es gab nur einen Zweck, der ihr einfiel, und sie beschloss, dass sie es versuchen musste. Ihre Beine hatten sie bereits in Richtung der Bar in Bewegung gesetzt, wo Aquarius immer noch saß und sich mit seinem Bruder unterhielt, der ihre Annäherung bemerkte und aufblickte. Er sagte definitiv etwas zu seinem Bruder, denn er drehte sich um, um sie anzuschauen. Sie konnte sich nur vorstellen, was in diesem Moment durch seinen Kopf ging, denn ihre Schritte waren ziemlich entschlossen. Als sie ihn erreichte, stand er instinktiv von seinem Stuhl auf, was zeigte, dass er zumindest einige Manieren hatte. Belladonna ergriff seine Hand, änderte die Richtung und zog ihn mit sich.

»Halt den Mund, du hast immer noch nicht die Erlaubnis, mit mir zu sprechen«, sagte sie ihm, ohne zu prüfen, ob er tatsächlich versuchte, etwas zu sagen, was der Fall war.

Als sie um die Bar herum und durch die Tür ging, wählte sie die Treppe, weil sie sich nicht sicher war, ob sie ihre Meinung ändern würde, wenn sie aufhörte zu gehen oder anfing, ihn anzuschauen. Sie wusste, dass sie ziemlich genau das Gegenteil von dem tat, was sie ihm gesagt hatte, und er war nicht dumm genug, es nicht zu erkennen. Vielleicht war das der wahre Grund, warum er geschwiegen hatte, obwohl der Gedanke, dass er schwieg, weil sie ihm das gesagt hatte, ihr weitaus sympathischer erschien.

Als sie die nächste Etage des Gebäudes erreichte, war die Tür mit der Nummer zwei darauf die erste auf der rechten Seite. Sofort bemerkte sie die glatte Digitalanzeige daneben. Da sie ihn immer noch nicht ansah, fühlte sie das Bedürfnis nach einer Erklärung.

»Ich weiß, was ich gesagt habe, und das ändert nichts. Es ist nur so, dass ich, seit ich dich getroffen habe, davon fantasiert habe, dich zu vögeln.« Sie war überrascht, wie leicht die Worte aus ihrem Mund kamen, während sie den Code eintippte. »Noch mehr, seit King dich gezwungen hat, zuzusehen. Das ist also nichts anderes, als dich aus meinem Kopf zu bekommen. Verstanden?«

Sie drehte sich um, und die Tür entriegelte sich.

Die blauen Augen von Aquarius versengten sie durch seine Maske, und er blieb stumm. Für den Bruchteil einer Sekunde war Belladonna sicher, dass er sich umdrehen und wieder gehen würde.

Bis er seine andere Hand ausstreckte und die Tür öffnete. Ihr Herz begann wild in ihrer Brust zu hämmern, als sie rückwärts in den Raum ging, während er sich schweigend an sie heranpirschte. Doch sobald er die Tür zuschlug, manövrierte er sie gegen die Wand direkt dahinter und legte schließlich seine Hände auf ihre Hüften, wobei die Wärme seines Körpers durch den Stoff ihrer Kleidung brannte.

Er sah sie nur an, ohne ein Wort zu sagen, und sie war überzeugt, dass er nicht zu sprechen beginnen würde, bis sie es ihm erlaubte.

Das war perfekt. Denn alles, was er sagen könnte, würde wahrscheinlich den Moment ruinieren. Tatsache war, dass er nicht mit ihr sprechen musste. Die Art und Weise, wie er sie ansah und sich ihr näherte, sagte mehr als genug, genauso wie die Art und Weise, wie sich seine Hände in dem schwarzen Schlauchkleid bewegten, das sie trug.

Er war ihr so nahe, dass sie ihn küssen konnte, aber sie tat es nicht. Aber jetzt, nachdem sie darüber nachgedacht hatte, war der Kuss alles, woran sie denken konnte. Ihr Atem wurde flach, und sie konnte nicht verhindern, dass ihre Augen auf seine Lippen sprangen.

Seine Geduld brachte sie um.

»Ich gebe dir die Erlaubnis, mich zu küssen«, flüsterte sie, obwohl sie geplant hatte, entschlossen zu klingen.

Bevor sie Zeit hatte, über seine Gedanken nachzudenken, hatte er bereits ihr Gesicht mit seinen Händen erfasst und seine Lippen auf ihre geschlagen. Als sich ihre Münder verbanden, wurde Belladonnas Körper lebendig.

Das Summen, das ihr Blut in Wallung gebracht hatte, wurde durch einen Stromstoß ersetzt. Die Wärme, die sie fühlte, wie sie von seinem Körper auf ihren strahlte, übernahm ihre eigene. Was mit einem schmachtenden Kuss begann, verwandelte sich in ein Dutzend, und erst als ihre Arme anfingen, sich um seinen Körper zu schlängeln und ihn an seinen Kleidern näher an sich zu ziehen, forderte seine Zunge die ihre heraus.

Belladonna hatte nicht erwartet, so geküsst zu werden. Sie war sicher gewesen, dass Aquarius keine Geduld haben würde, dass er zu sprechen beginnen würde, sobald sie ihn mit sich zog. Wieder hatte sie sich geirrt. Er sagte immer noch kein Wort. Schlimmer noch, von seinen Küssen wurde ihr schwindelig und sie sehnte sich nach mehr. Dennoch fühlte sie jeden Zentimeter, an dem seine Finger von ihrer Maske in ihren Nacken glitten und eine Spur von schmerzender Haut hinterließen.

Diese Masken fingen an, sie zu ärgern, weil sie ihn dahingehend einschränkten, wo er seinen Mund hinsetzen konnte. Sie kannten das Gesicht des jeweils anderen, das war lächerlich!

Die Regeln besagen nur, dass der Club mit einer Maske zu betreten ist, nicht, dass sie die ganze Zeit aufbleiben muss.

Die Entscheidung war gefallen.

Belladonna griff nach hinten, um das Band zu öffnen, das ihre Maske auf dem Gesicht hielt, und zog es ab.

Aquarius, der zurückgedrängt wurde, beobachtete sie und tat schnell dasselbe. Er streckte die Hand aus, um ihre Maske zu nehmen, und legte sie zusammen mit seiner Maske auf die Anrichte an der gegenüberliegenden Wand, während er sie nicht aus den Augen ließ.

Sie war einfach zu ungeduldig, zog bereits ihr Kleid hoch und machte ihm klar, dass sie keine Strumpfhosen trug, wahrscheinlich nicht einmal Höschen.

Worte waren noch nie so unnötig gewesen.

Im Handumdrehen war er wieder bei ihr, drückte sie mit Leichtigkeit an die Wand und erlaubte ihr, ihre Beine um seine Taille zu schlingen, während seine brennenden Lippen weiterhin den Weg des Verlangens auf ihrer Haut entlang zogen. Ihre Hände fanden ihren Platz in seinem Haar, obwohl sie ihm das Hemd ausziehen und den Körper sehen wollte, den er darunter versteckte. Etwas anderes war jedoch wichtiger.

»Lass mich nicht warten«, atmete sie keuchend aus.

Wiederum sagte Aquarius kein Wort, sah sie nur tief an und lenkte sie mit seinem Blick ab. Sie bemerkte nicht, was er tat, bis es zu spät war, denn er neckte sie mit seinem Mund, der sich ihrem näherte, während sie ungeduldig darauf wartete, dass er sie küsste.

Er biss kurz auf seine Unterlippe, bevor er sich ihr näherte, und brachte seinen offenen Mund auf ihren. Er machte eine Bewegung, die sie gegen die Wand hinter ihr drückte und sie sofort und vollständig ausfüllte. Es raubte ihr den Atem, während sie in diese tiefblauen Augen starrte und versuchte, etwas Luft einzuatmen. Er war größer, als sie erwartet hatte, aber so groß, wie sie es sich beim letzten Mal, als sie von ihm geträumt hatte, vorgestellt hatte. Der einzige Unterschied zu ihrem Traum war, dass sie nicht allein gewesen waren. Wieder wartete er darauf, dass sie ungeduldig wurde. Belladonna hatte keine Möglichkeit, sein Handeln zu beeinflussen, da sie von ihm an die Wand genagelt wurde. Sie begann sich zu winden und versuchte, ihre Muskeln einzusetzen, um Reibung zu erzeugen, aber es war nicht dasselbe.

»Fick mich«, flüsterte sie und alles, was er daraufhin tat, war grinsen und schmunzeln. »Zeig mir lieber, was du drauf hast, wenn du nicht willst, dass das hier nur eine einmalige Sache ist«, zischte Belladonna.

Aquarius rückte von ihr weg, nur um sich mit einem kräftigen Stoß zurückzudrängen, wobei er mit der gleichen Bewegung seine Lippen auf ihre brachte.

Diesmal gab es keine Pause, aber er fuhr fort, das zu tun, worum sie ihn gebeten hatte. Belladonna klammerte sich an ihn und grub ihm ihre Fingernägel in den Rücken, als er ein Tempo aufnahm, von dem sie nicht wusste, dass es möglich war. Er stürzte sich so heftig auf sie, dass sie befürchtete, er könnte zu groß sein. Sie fühlte sich in jeder Faser ihres Wesens berauscht und hörte sich selber schmutzige Dinge flüstern, wenn er es wagte, sie nicht mehr zu küssen, was ihn nur dazu zu bringen schien, sie noch rauer zu behandeln. Und sie liebte es.

Sie fühlte, wie seine Zähne ihre Haut am Hals durchbohrten, wie seine Zunge an ihren Sehnen kratzte, während er immer wieder in sie eintauchte, als ob er ihr etwas beweisen wollte. Es war die Reibung, die er an ihrer Klitoris und in ihrem Inneren erzeugte, die sie immer höher und höher trieb, bis sie nicht mehr in der Lage war zu atmen. Ihre Augen klebten an der Decke, als sie Sterne zu sehen begann und schließlich den Himmel erreichte. Sie sah zu, wie die Sterne mit ihr explodierten, als sie endlich kam, und fühlte, wie er sich trotz des Schutzes in ihr freisetzte.

Belladonna grub immer noch ihre Nägel in seinen Rücken, als sie beide aus dem Hochgefühl, das sie erreicht hatten, zurückkehrten. Schließlich setzte Aquarius sie wieder auf ihre Füße, die so wackelig waren wie ihre Knie. Er wandte sich ab, um sein

Kondom loszuwerden, und kehrte mit ihrer Maske zurück.

Sie lächelte zufrieden und beobachtete ihn weiter, während sie wieder ihre Maske aufsetzte. Als er das Gleiche getan hatte, sah er sie nur an und sagte immer noch kein Wort.

»Du kannst gehen«, sagte sie ihm, da sie sich im Badezimmer abkühlen wollte. Dieser Ort sah genau wie ein Hotelzimmer aus, mit einer weiteren Tür direkt neben ihr und einer Tür, die in ein Schlafzimmer führte.

Wieder schaute Aquarius sie nur schweigend an. Als sie nichts hinzufügte, nickte er, und sie war sich sicher, dass in seinen Augen Enttäuschung lag.

Belladonna beobachtete ihn, wie er die Tür öffnete und ging, während sie die Genugtuung hatte, ihn zu benutzen und ihm das gleiche Gefühl zu geben, das er ihr in der Vergangenheit gegeben hatte. Wer war nun die Hure?

– 12 –

Da es Samstag war, hatte Alice ihren Wecker ausgeschaltet und sich entschieden, auszuschlafen – nicht nur, weil es der beste Weg war, um zu ignorieren, was sie in der Nacht zuvor getan hatte, sondern auch, weil sie es noch einmal erleben konnte, da sie sich in dieser Welt zwischen schlafend und wach befand. Die Macht, die sie gespürt hatte, als sie Aquarius herumkommandierte, und mehr noch, als er ihren Forderungen vollkommen gehorchte, war außergewöhnlich gewesen. Die Ergebnisse waren so befriedigend gewesen. Doch als sie in ihrem bequemen Bett lag und in Gedanken in die Dark Alley zurückkehrte, fragte sie sich immer wieder, ob King of Diamonds ihr Verhalten gutheißen würde. Er war nicht dort gewesen, aber vielleicht hatte er sie im Auge behalten. Alice wusste nicht, welche Idee ihr am besten gefiel: dass er gleichgültig war, oder dass er absolut wütend über ihr Verhalten war. Sie war sich sicher, dass er sie überhaupt erst in die Dark Alley eingeladen hatte, sodass sie sich vorstellen konnte, dass er ihr gegenüber eine gewisse Besessenheit empfinden könnte.

Das würde sie wahrscheinlich tun, wenn sie an seiner Stelle wäre. Alice beschloss, dass sie wollte, dass King of Diamonds wütend ist.

Nachdem sie aus dem Bett aufgestanden war, rief sie Bianca während eines späten Frühstücks an, erzählte ihr die ganze Geschichte am Telefon und schob die Paranoia, dass The Alley ihre Anrufe ausspionieren könnte, beiseite.

Warum sollten sie das tun?

Sie waren keine Sekte, oder?

Als Bianca über diese Idee lachte, schüttelte auch Alice den Kopf. Dark Alley war ein Sexclub, natürlich verlangte er außergewöhnliche Gebühren.

Für den Rest des Nachmittags lenkte Alice sich mit Hausarbeiten und schließlich mit dem, was sie anziehen würde, ab. Das Schlauchkleid vom Vorabend war ein Kleidungsstück gewesen, das sie aus einer Laune heraus gekauft und nie getragen hatte, aber es war perfekt für Dark Alley gewesen. Also durchwühlte sie ihren Schrank auf der Suche nach Kleidern, die sie sich nie zu tragen getraut hatte, weil sie sich zu unsicher gefühlt hatte. Sie verzichtete heute schnell darauf, das Kleid wieder zu tragen, weil es für sie seltsam war, etwas zweimal zu tragen.

Schließlich zog sie ein fliederfarbenes Chiffonkleid mit A-Schnitt und tiefem Ausschnitt heraus. Dieses Kleid hatte sie nur einmal als eine der Brautjungfern bei der ersten Hochzeit ihrer Clique getragen.

Alice erinnerte sich daran, wie gestresst sie war, die richtige Krawatte für ihren jetzigen Ex, Gary, zu finden. Wäre es heute gewesen, hätte sie sich nicht so sehr darum gekümmert.

Seltsamerweise passte die Farbe perfekt zu den Nachtschattenblüten auf ihrer Maske, so dass es eine beschlossene Sache war.

♦ ♦ ♦

Es gab einen gewissen Schwung in ihrem Schritt, als Alice an diesem Abend in der Dark Alley ankam. Sie hatte beschlossen, öffentliche Verkehrsmittel zu nehmen und danach zu Fuß zu gehen, wobei sie sich mit einem schwarzen Trenchcoat bedeckte, der bis zu den Knien reichte, was mehr war als ihr Kleid. Alice hatte ihre Maske in ihrer Handtasche aufbewahrt und setzte sie auf, als sie vor den Eingang der Dark Alley trat. Sie freute sich darauf, King heute Abend zu treffen, und war neugierig, wie er sich verhalten würde, ob er wüsste, was sie getan hatte, und ob es ihm etwas ausmachen würde. Als sie ihre Tasche und ihren Mantel Big Guy Alfred übergab, erinnerte sich Alice daran, dass alles, was an diesem Ort geschah, rational getroffene Vereinbarungen waren. Es ging um eine sexuelle Erfüllung und nicht um eine emotionale. Sie sollte sich nicht so sehr darum kümmern, was King fühlte, aber sie konnte nicht anders.

Als sie darauf wartete, dass Alfred sie fragte, ob sie eine Bestellung aufgeben wolle, war sie überrascht, was er stattdessen sagte.

»King of Diamonds hat Ihre Anwesenheit in Zimmer sieben erbeten«, erklärte der große und kahle Türsteher. »Er wird bald eintreffen und möchte, dass Sie sich vorbereiten und auf ihn warten, Miss.«

Ein Rausch der Erregung beanspruchte ihren Körper, und Alice wusste, dass ihr Gesicht rot wie eine Ampel war, aber sie lächelte breit und nickte so ruhig wie möglich.

»Danke, Alfred«, schaffte sie zu sagen, obwohl ihre Stimme klang, als wäre sie atemlos aufgeregt.

»Genießen Sie Ihren Aufenthalt«, antwortete er.

Sie konnte nicht anders, als ihm zuzuzwinkern.

Jedes Mal, wenn ihr Geist erkannte, dass dieser Ort kein Hirngespinst, sondern Realität war, gab er ihr mehr Selbstachtung und machte sie einfach glücklich.

Als der erste Schritt an Alfred vorbei ging, wurde Alice wieder zu ihrem Alter Ego, Belladonna. Die stärkere, selbstbewusste und sexuell erwachte Version von sich selbst.

Obwohl sie nicht so oft dort gewesen war, fühlte sich Belladonna bereits wohl, wenn sie den Hauptweg entlang ging und an den Eingängen zu den Gassenpunkten vorbeikam, wo man die Fantasie genießen konnte, in einer Dark Alley Sex zu haben oder sogar von jemandem beobachtet zu werden.

Belladonna fühlte sich wie ein unartiges Mädchen, als ob sie etwas Verbotenes täte, und das war der Reiz dieses Clubs. Sie brauchte kein zusätzliches Licht, um den Weg zur Tür des Clubhauses zu finden, aber sie ging einfach durch den Eingang, als gehöre ihr der Platz.

Als sie die Tür hinter sich schloss, sah sie sich langsam um, nahm alles, was sie sah, in sich auf und wartete darauf, dass die Kellnerin sich ihr näherte.

»Miss?«, wurde sie gefragt.

Belladonna schenkte ihr ein sanftes Lächeln.

»Ich bin in Zimmer sieben gerufen worden«, sagte sie und wartete darauf, dass die Frau erklärte, wie es weiterging.

»Bitte folgen Sie mir«, sagte die Kellnerin, und Belladonna tat, worum sie gebeten wurde, folgte der Frau durch die Tür und wartete gemeinsam mit ihr auf den Aufzug.

Raum sieben befand sich im zweiten Stock, den Flur hinunter, der letzte auf der linken Seite. Die Kellnerin schloss die Tür mit ihrem eigenen Code auf und erlaubte Belladonna den Zutritt.

»Sie wurden gebeten, sich auf Ihren Gastgeber vorzubereiten. Im ihrem Zimmer finden Sie weitere Anweisungen«, erklärte die Frau geduldig. »Ich wünsche Ihnen einen aufregenden Aufenthalt«, fügte sie trocken hinzu, als ob ihre Worte nicht schon anzüglich genug gewesen wären, und schloss die Tür.

Als Belladonna sich umdrehte, war der Raum, der sich ihr öffnete, nicht wie der, in dem sie gestern gewesen war.

Tatsächlich fehlte ein Bett oder irgendetwas, das einem Schlafzimmer ähnelte. Stattdessen sah es, als sie weiter in den Raum trat, wie ein luxuriöses Wohnzimmer mit einer Bar aus. Dann entdeckte sie eine offene Treppe, die zur nächsten Ebene hinaufführte. Dieser Ort war eleganter und stilvoller und auf jeden Fall teurer als ihr kleines Appartement, dennoch fühlte er sich kälter an als ihre gemütliche Wohnung. Alles war schwarz, weiß und violett, mit glänzenden und glatten Oberflächen und nirgendwo runde Ecken. Es war ein wunderschönes Zimmer zum Verweilen, aber nicht zum Wohnen, entschied Belladonna.

Nachdem sie sich langsam um ihre eigene Achse gedreht hatte, sah sie nichts, was ihr bei der Vorbereitung ihres Treffens helfen würde. Also beschloss Belladonna, einen Blick nach oben zu werfen. Dort mussten das Schlafzimmer und das Badezimmer sein.

Als sie die erste Treppe betrat, stützte sie sich zunächst darauf, sodass sie ins Wanken geriet, da die freistehende Metalltreppe so instabil erschien, aber sie irrte sich. Sie bewegte sich schnell, weil sie die Vorfreude auf das, was sie auf der nächsten Stufe erwarten würde, nicht ertragen konnte.

Die Inneneinrichtung passte perfekt zu dem, was sie unten gesehen hatte. Als sie sich jedoch umdrehte, streifte ihr Blick das Badezimmer, wo die Wände aus Glas waren und eine große Dusche war. Dann landete ihr Blick schließlich auf einem riesigen, schwarzen Himmelbett mit violetten Bezügen. Auf diesen Decken wartete etwas auf sie.

Langsam, aber neugierig ging Belladonna auf das Bett zu, um sich anzusehen, was ihr aufgetragen worden war, und was sie vorfand, erzeugte in ihr eine Mischung widersprüchlicher Emotionen: Schock und Aufregung, Unsicherheit und Erregung.

Es gab einen schwarzen Leder-BH, einen Slip und einen Strumpfgürtel, dazu schwarze Nylonstrümpfe und ein süßes, schwarzes, durchsichtiges Negligé. All das war es aber nicht, was sie etwas unruhig und aufgeregt machte. Es waren das Lederhalsband und vier Lederfesseln für Hände und Handgelenke, an denen jeweils ein Ring aus Edelstahl befestigt war. King of Diamonds wusste definitiv, was sie getan hatte.

Nach einem Moment der Überlegung zog sich Belladonna aus und legte ihre Kleider auf eine Anrichte in der Nähe und begann, die mitgelieferte Kleidung anzuziehen. Das Leder war überraschend weich und flexibel und fühlte sich auf ihrer Haut überhaupt nicht unangenehm an. Als sie den Kragen und die Fesseln betrachtete, stellte sie sich vor, dass auch sie sich gleich angenehm zu tragen fühlen würden.

Doch bevor sie nach ihnen griff, prüfte Belladonna, ob es irgendeine Notiz gab, irgendetwas, das deutlich machte, was King of Diamonds von ihr erwartete oder ob sie sich gegen die Fesseln entscheiden konnte. Aber da war nichts außer einer schwarzen, seidenen Augenbinde, die sie zuvor übersehen hatte. Sie schluckte.

Natürlich war dies immer noch Dark Alley, was bedeutete, dass die Regeln weiterhin galten. Sie konnte sich dafür entscheiden, nicht mitzuspielen, nicht alles anzuziehen oder sogar zu gehen. Aber sie konnte nicht einfach kneifen, oder?

Der Schmerz King zu enttäuschen war stärker als die Hoffnung, er würde ihr Treffen mit Aquarius einfach ignorieren und sie nicht bestrafen.

Dennoch fragte sich Belladonna, wie stark ihre Motivation, die Missbilligung des Kings zu erlangen, im Vergleich zu dem einfachen Wunsch nach Aquarius war. Aber sie hatte jetzt keine Zeit, darüber nachzudenken, weil sie davon ausging, dass er sie nicht lange warten lassen würde.

Also setzte sie sich in ihrer neuen Unterwäsche und ihrem Negligé und legte den Kragen um ihren Hals. Irgendwie fühlte sich das falsch an, und sie beschloss, dass sie ihn lieber von ihm anziehen lassen wollte. Belladonna legte es neben sich und band die Lederfesseln um ihre Hand- und Fußgelenke und zog die Verschlüsse fest, bevor sie den Verschluss schloss.

Jetzt war nur noch die seidene Augenbinde übrig. Sie nahm ihre Maske ab, fühlte sich seltsam nackt, legte die Seide über die Augen und band sie am Hinterkopf zusammen, bevor sie die Maske wieder aufsetzte.

Nun musste sie warten, aber sie konnte nicht stillsitzen und fragte sich, wie sie auf dem Bett sitzen und auf ihn warten sollte. Hätte sie überhaupt sitzen sollen? Würde er zustimmen? Würde er erwarten, dass sie den Kragen anlegt oder nicht?

Hatte sie etwas auf dem Bett übersehen?

Schnell kam sie auf die Beine und rutschte aus den Absätzen, die sie noch trug. Das gehörte nicht zum Kostüm, also tastete sie sich vom Bett zur Anrichte, wo sie ihre Kleider abgelegt hatte, und legte sie daneben.

Dann gelang es ihr, zum Bett zurückzukehren, ohne etwas zu treffen, aber als sie dort ankam, war sie sich immer noch nicht sicher, ob sie sich auf das Bett setzen sollte oder nicht. Wenigstens hatten ihre Hände den Kragen wiedergefunden.

Belladonna war sich sicher, dass sie dem King of Diamonds nicht im Stehen begegnen wollte, was sollte sie also tun? Schließlich kam sie zu dem Schluss, dass sie keine Anweisungen von ihm erhielt, weil er neugierig war, welche Wahl sie treffen würde.

»Oh, du«, murmelte sie, immer noch hin- und hergerissen zwischen weichem Teppich und seidigem Bett, aber es war entweder Unterwerfung oder Herausforderung.

Welche Art von »Sklave« wollte sie sein?

Die Sache war, als sie darüber nachdachte, dass sie sich bereits gestern entschieden hatte, und es war ihre Entscheidung, die sie mit Leder und Fesseln in diesen Raum gebracht hatte. Launisch lächelnd kroch sie auf das Bett, drehte sich um und setzte sich, wobei sie sich auf eine Hand lehnte und mit der anderen das Halsband hielt.

Belladonna saß in der Dunkelheit und wusste nicht, wie spät es war, und war sich nicht sicher, wie lange sie warten musste.

Spielte er mit ihr?

Oder hatte er sie sogar schon bestraft?

Alles, was sie wusste, war, dass ihre Geduld schnell nachließ, aber es gab nichts, was sie wirklich dagegen tun konnte.

Also begann sie langsam zu zählen und zu sehen, wie viele Sekunden sie auf ihn warten musste.

Eins … Zwei … Drei . . .

. . . hundert . . .

Sie schüttelte den Kopf und war im Begriff, ihre Maske abzuziehen, als sie mitten in der Bewegung stehen blieb. Hatte er sie beobachtet? Sie hatte ihn nicht hereinkommen gehört, aber was, wenn es Monitore gab? Es wäre logisch, dass sie dort wären, weil der Club für die Sicherheit aller sorgen musste, aber was wäre, wenn er sie in diesem Moment dazu benutzte, sie anzustarren?

Belladonna ließ einen langen und kontrollierten Atemzug aus, dann versuchte sie, sich zu beruhigen. Sie hatte nur bis hundert gezählt, was war das für eine Selbstdisziplin? Also fing sie wieder an: eins … zwei … drei … Was wäre, wenn er sie so lange warten ließ, bis sie ihre Meinung änderte und sich mit den Füßen unter dem Gesäß und den Händen im Schoss auf dem Teppich niederkniete?

Gab es eine gewisse Zeit, die er geplant hatte, um sie warten zu lassen, und egal, was sie tat, es würde seine Meinung nicht ändern? Was, wenn er noch nicht einmal angekommen wäre? Genau wie beim letzten Mal? Einhundert …

Dieses Mal würde sie es bis eintausend schaffen, versprach sie sich selbst.

Einatmen … Hundertfünfzig … Ausatmen …

Einatmen … Hunderteinundfünfzig … Ausatmen… Sie bemerkte kaum, dass sie ihre Haltung in etwas Bequemeres änderte, nämlich genau die, von der sie dachte, dass er sie am Boden gerne hätte.

Einatmen …

Dreihundertneunundfünfzig …

Ausatmen.

Plötzlich hörte sie, wie sich eine Tür öffnete. Sie hatte nicht bemerkt, dass das Einzige, was sie gehört hatte, ihr eigener Atem war und wie entspannt und ruhig sie geworden war. Das Geräusch machte sie jedoch augenblicklich angespannt und ihr Herz raste.

Er war hier.

»Miss?« Es war die Kellnerin, nicht er.

Belladonna begann, sich über die ganze Situation zu ärgern. Spielte er wirklich mit ihr?

Sie war versucht, die verdammte Augenbinde abzuziehen, aber was, wenn er sie immer noch beobachtete?

Sie räusperte sich und fragte: »Ja?«

»Ich entschuldige mich, es gab eine Verzögerung, ich wurde geschickt, um Sie zu informieren«, sagte die Frau, die offensichtlich im Flur stand und keinen Schritt weiter hinein ging.

Besser nicht.

»Ich danke Ihnen!«, sagte Belladonna laut und deutlich in einem abweisenden Ton.

Die Antwort darauf war das Geräusch einer sich schließenden Tür und des zuschnappenden Schlosses.

Wieder holte sie tief Luft und beruhigte sich. Natürlich war er nicht hier, aber er wurde bei der Arbeit oder was auch immer – vielleicht seine Frau und seine Kinder – aufgehalten. Belladonna versäumte es, diesen Gedanken aufzufangen und wegzusperren, bevor er ihren Verstand infiziert hatte.

Was, wenn er ein Betrüger war?

Was, wenn er vorhatte, sie zur ›anderen Frau‹ zu machen? Nun, wenn das der Fall wäre, hätte er es tatsächlich irgendwie getan.

Wollte sie wirklich hierher gehen?

War sie dafür verantwortlich, dass er sich verirrte?

Wollte sie es wirklich wissen?

Würde er es ihr sagen, wenn sie fragen würde?

Würde es einen Unterschied machen?

Sobald diese Fragen in ihrem Kopf waren, war es nahezu unmöglich, sie zu ignorieren. Andererseits hatte sie sich weder beim ersten Mal in der Dark Alley noch beim zweiten Mal darum gekümmert, und es war nicht so, als ob sie vorhatte, mit dem Typen auszugehen. Es war einfach nur Spaß, heißer Sex, und nichts weiter.

Mehr wollte sie nicht, oder? Das war die ganze Sache mit diesem Ort. Das zu bekommen, was man brauchte, ohne irgendwelche Fesseln, an die man sich binden oder mit denen man sich erwürgen konnte.

Das Privatleben spielte keine Rolle.

Und was ist mit Aquarius? War er ein Betrüger?

Sie konnte das nicht glauben, obwohl er versucht hatte, sie eher halbherzig zu erpressen.

Vielleicht hatte er nur ihre Intelligenz getestet.

All diese Gedanken waren nicht das, was sie wollte, als sie hierherkam. Sie wollte sich entspannen und Spaß haben, erregt sein, gevögelt werden und zufrieden sein.

Belladonna streckte sich genüsslich aus und begann wieder zu atmen und zu zählen. Auch wenn es eine Stunde dauerte, konnte sie die Zeit nutzen, um sich zu entspannen. Sie würde sich auf keinen Fall betrinken, wenn sie auf ihn wartete, nicht wie bei Aquarius.

Warum waren ihre Gedanken wieder zu ihm zurückgekehrt? Er war ein Trottel.

Einatmen … Eins … Ausatmen … Zwei …

– 13 –

Irgendwie schaffte es Belladonna, ruhig zu bleiben und ihre Gedanken nicht wieder in die Irre gehen zu lassen. Das war ihr Platz, um egoistisch zu sein und an niemanden anderen zu denken. Was in der Alley geschah, blieb dort. Dies war eine Zone der Freiheit.

Wiederum hatte die Stille des Raumes schließlich ganz ihren Verstand übernommen, als sie etwas fühlte, anstatt es zu hören. Es musste ein Hirngespinst von ihr sein, denn es klang nicht wie eine Tür, die aufgeschlossen und geöffnet wurde. Dennoch ließen ihre Instinkte ihr Herz schneller schlagen und zwangen sie, zuzuhören, wenn das Geräusch wiederauftauchte. Leider donnerte ihr Puls in ihrem Kopf.

»Ich wusste, dass Schwarz die richtige Wahl sein würde«, erfüllte Kings Stimme plötzlich den Raum.

Sie ließ Alice zusammenzucken und ihr Herz wild hämmern. Verdammter Mistkerl … so wie er klang, musste er lächeln. Belladonna konnte sich vorstellen, wie er sich an eine Wand oder einen Türrahmen lehnte. Wie zum Teufel hatte er sich in diesen Raum und die Treppe hinaufgeschlichen?

Hatte er sich irgendwo versteckt?

Die Dusche wurde aus Mattglas gebaut. Selbstverständlich! Ihre Hände umklammerten den Kragen fest, als sie versuchte, sich zu beruhigen und nicht etwas Grobes zu zischen. Irgendwie war sie wütender auf sich selbst als auf ihn.

»Hast du mich die ganze Zeit beobachtet?«, fragte Belladonna vorsichtig und tat ihr Bestes, um ihre Emotionen nicht in ihrer Stimme zum Vorschein kommen zu lassen.

»Diese Antwort kennst du bereits«, sagte er, seine sanfte Baritonstimme fühlte sich wie Seide auf ihrer Haut an.

Belladonna verschluckte sich, sprachlos.

Jetzt konnte sie die Schritte hören, die sich ihr näherten, aber sie hielt still und klammerte sich an das Halsband, das sie in ihren Händen hielt.

»Als ich dich eingeladen habe, habe ich nicht erwartet, dass ich einen Rivalen habe«, sagte King, der ihr näher stand als zuvor.

Sie war sich nicht sicher, ob es in seiner Stimme Missbilligung gab. Er klang auf jeden Fall so, als wäre er in seinen eigenen Träumereien versunken.

»Du hast keinen Rivalen«, antwortete Belladonna mit geschlossenen Augen und saugte das weiche Gefühl ein, das seine Stimme auf ihrer Haut hinterließ.

»Bist du dir dessen sicher?«, flüsterte er, kam näher und atmete ihr schließlich ins Ohr. »Bella?«

»Ja«, erwiderte sie, ohne darüber nachzudenken, und ihr Herz begann wieder wild zu klopfen.

War sie diesbezüglich ehrlich?

Wenn es nach ihrem rationalen Verstand ging, war es wahr. Sie wollte den King of Diamonds, nicht Aquarius, aber ein Teil von ihr war unsicher, und es war dieser Teil, den sie beiseitegeschoben hatte.

Belladonna hatte erwartet, dass er sich zu ihrer Bestätigung äußern würde, aber er tat es nicht, zumindest nicht verbal. Stattdessen nahm er ihr den Kragen aus den Händen, was ihr Herz in einen Galopp springen ließ. Instinktiv setzte sie sich aufrecht hin und hielt still, während er es ihr langsam um den Hals legte und geduldig den Riegel schloss.

»Du warst ein böses Mädchen, Bella«, sprach King of Diamonds ihr schließlich ins Ohr. »Und deswegen werde ich dich bestrafen müssen.«

Belladonna gefror in zitternder Erwartung. Sie tat ihr Bestes, um den schwachen Geräuschen um sie herum zu lauschen und versuchte vorauszusehen, was King als Nächstes tun würde. Er erwischte sie unvorbereitet, als er entschlossen, aber sanft ihren Kragen zu ihm zog und sie auf dem Bett vorwärts rutschen ließ, um sich schließlich mit den Füßen auf den Boden zu tasten.

»Bleib«, befahl King, und Belladonna gehorchte.

Sie wagte nicht einmal zu nicken, um ihm zu sagen, dass sie es verstanden hatte.

Wieder versuchte sie ihr Bestes, um die Geräusche, die sie hörte, zu identifizieren, aber alles, was ihr einfiel, war ein klapperndes Geräusch von Metall auf Metall. Dennoch konnte sie sich nicht recht vorstellen, was dieses Geräusch bedeutete, zumindest bis King ihr rechtes Handgelenk packte und es nach oben zog.

Bald darauf hörte sie ein schnappendes Geräusch und konnte ihre Hand nicht mehr nach unten ziehen. Bevor sie es bemerkte, steckten ihre beiden Hände über dem Kopf fest, wurden aber von ihrem Oberkörper weggezogen, sodass sie mit ihren Armen das schuf, was sie für ein V hielt.

»Das ist besser«, kommentierte King, und der summende Unterton seiner Stimme ließ ihren Körper sofort Fieber bekommen, was ihr Blut zum Kochen brachte und das Lederhöschen vor Aufregung glitschig machte. »Das ist viel besser.«

Einen Augenblick später fühlte sie seine Hände auf ihren Hüften, sie glitten in Richtung ihres unteren Rückens und beanspruchten schließlich langsam jede ihrer Pobacken. Der zarte Stoff seines Button-down-Hemdes streifte gegen ihre unbedeckte Brust, und sie war vom berauschenden Duft seines Aftershave umwölkt.

Hätte Belladonna nicht schon ihre Augen geschlossen gehabt, hätte sie es jetzt getan. Es gab für sie keine Chance, dieser Verlockung zu entkommen, die ihre Knie schwächte.

»Deine Haut ist perfekt«, flüsterte King in ihr linkes Ohr, fuhr mit seinen Lippen entlang und kitzelte ihre Haut mit dem Kratzer in seinem Gesicht.

Wiederum reizte das Hemd ihren Körper dort, wo es sie berührte, und Belladonna tat ihr Bestes, um ihren Atem auszugleichen, aber nicht bevor sie Luft in ihre Lungen gesaugt hatte, weil sie vergessen hatte, vollständig zu atmen. Mit einem Wimpernschlag fühlte sie sich kalt an. Seine Hände waren weg, und mit ihnen die Wärme seines Körpers.

»Ich wünschte, ich könnte ein Foto davon machen«, hörte sie ihn aus einiger Entfernung sagen.

Belladonna konnte sich vorstellen, wie er mit dem Zeigefinger auf den Lippen und verschränkten Armen eine nachdenkliche Pose einnahm. Noch erregender war der Gedanke, dass er wirklich so ein Bild von ihr auf seinem Handy hatte und es gelegentlich, vielleicht während einer wichtigen Sitzung, ansah. Belladonna erhob sich wieder und riss sich von ihren unartigen Gedanken daran los, was er sonst noch tun könnte, wenn er ein Telefon haben dürfte.

»Ich würde sagen, du brauchst dein Höschen nicht mehr«, fuhr er fort und klang etwas gedankenverloren, als ob mehr zu sich selbst sprach.

Belladonna konnte Kings wenige Schritte hören, bis er sie erreichte. Schließlich legte er Daumen und Zeigefinger um den Saum ihres Lederhöschens und zog es nach unten, bis es von selbst auf den Boden fiel.

Sie erwartete von ihm, dass er ihr sagte, sie solle es wegtreten, aber er tat es nicht. Stattdessen fühlte sie, wie seine leicht rauen Hände vorsichtig einen Fuß nahmen, ihn anhoben, das nun ruinierte Leder von ihm abzogen und wieder nach unten legten, nur um den gleichen Vorgang mit ihrem anderen Fuß zu wiederholen. Er ging wieder weg, wahrscheinlich legte er das Höschen irgendwo hin, aber sie hörte ihn nicht zurückkehren.

Sie stellte sich vor, dass er sie wahrscheinlich wieder anschaute. Aber als seine Hand wieder an ihrem rechten Knöchel war, bemerkte sie, dass er seine Schuhe ausgezogen hatte und beim Gehen kein Geräusch hinterließ.

Unwillkürlich schluckte sie hart hinunter. Egal was sie dachte oder sich vorstellte, sie sehnte sich danach, von ihm berührt zu werden, und selbst wenn es nur sein Hemd war, schickte es immer noch Hitzewellen durch ihre Adern.

Belladonna versuchte, sich zu beruhigen und sich auf das zu konzentrieren, was King of Diamonds gerade tat, aber sie war überrascht, dass ihre Beine nun in einer Position feststeckten, die sie nur noch durch weiteres Spreizen verändern konnte.

»Ich stelle mir dich so vor, seit ich dich zum ersten Mal an dieser Bar stehen sah«, flüsterte er ihr ins linke Ohr und neckte sie mit seinen Lippen und seinem Atem, der ihr den Hals hinunterrollte.

Die Kombination all dessen, seine Worte, seine fast nichtssagende Berührung, sein Duft, ließ ihre Augen nach hinten rollen und ihren ganzen Körper zittern. Sie schaffte es, sich selbst davon abzuhalten, ihm zu befehlen, sie zu vögeln.

Plötzlich lagen seine Finger um ihren Hals, berührten aber kaum ihre Haut. Seine Daumen streiften ihren Hals hinunter, und der Rest seiner Hände folgte ihnen die Brust hinunter bis zu ihren leder- und seidenbespannten Brüsten, wobei er sie sanft schröpfte und drückte, bevor sie ihre Reise weiter ihren Bauch hinunter fortsetzten, der kaum durch den Stoff des Negligés geschützt war.

Belladonna spannte sich unwillkürlich an und zitterte, als seine Hände ihre Haut wieder direkt berührten, und King schien diesen Effekt zu genießen, ließ seine Hände auf ihren Hüftknochen ruhen und erinnerte sie daran, dass sie dort unten fast völlig entblößt war, abgesehen von ihrem Strumpfhalter, der ihre Strümpfe an Ort und Stelle hielt.

Als seine Hände sich schließlich weiterbewegten, änderten sie ihren Kurs, als sie den oberen Rand ihrer Nylonstrümpfe erreichten und sich zur Innenseite ihrer Oberschenkel bewegten.

Ihre Muschi krallte sich instinktiv zusammen und schickte einen fast schmerzhaften Schauer durch ihre Glieder. Er kicherte und bewegte seine Hände auf die Innenseite ihrer Knie.

Belladonna hatte keine Ahnung, wie empfindlich ihre Haut an diesen speziellen Stellen war, da ihr ein Stöhnen entging, als die bloße Berührung seiner Fingerspitzen Stromstöße durch ihre Nerven sendet.

»Du hast keine Ahnung, wie sehr ich es genieße, dich diese Geräusche machen zu hören«, lehnte er sich ihr wieder flüsternd entgegen.

Irgendwie hatte sich seine rechte Hand herangeschlichen, um direkt unter ihrem Brustkorb in der Nähe ihres Herzens zu ruhen. Alles, woran sie denken oder was sie fühlen konnte, war die Wärme seiner Handfläche, die in ihren Körper eindrang, und wie sich diese Wärme langsam bis ins Innerste ihres Körpers zwischen ihre Beine schlich.

Sie biss sich vor Verlegenheit auf die Unterlippe und schlug die Beine zusammen, als sie spürte, wie die Nässe zunahm.

»Oh«, war alles, was er in erwartetem Erstaunen – oder war es Mitleid – sagte, und seine Hand bewegte sich schließlich so langsam nach Süden, dass es ihr schwerfiel, sich nicht vor Wut zu ärgern.

»Bella«, rügte er sie, als könne er ihre Gedanken hören.

Aber seine Hand verweilte direkt über ihrem Schambein, also tat sie ihr Bestes, um ihre Atmung zu kontrollieren, und versagte kläglich.

»Bitte«, keuchte sie, bevor sie merkte, dass sie etwas gesagt hatte.

Die Hitze ihres Körpers wurde noch schlimmer, und dann erfüllte sich, worum sie in ihrem Geist gebettelt hatte: Seine Hand streifte ihren Körper bis hinunter zu ihrer Muschi, drückte gegen ihre Klitoris und schob nicht nur einen, sondern gleich zwei Finger in ihr Inneres und begann, seinen Zeige- und Mittelfinger in sie zu pumpen. Belladonna verkrampfte sich und stellte sich auf ihren Zehenspitzen auf, während er weiter stieß und die schäbige Seite seines Dreitagebartes gegen ihr Gesicht drückte.

Sie konnte es nicht ertragen. Seine Finger drangen in sie ein und verursachten eine unerträgliche Reibung an ihrer Klitoris, während er sie immer weiter hinein und heraus drückte. Sie fühlte, wie die Spannung ihres Körpers zunahm und flehte ihn schweigend an, aufzuhören und sie zu schänden, aber es gab auch eine Seite in ihr, die wollte, dass er weitermachte und keine Gnade zeigte.

Belladonna wollte gewaltsam und hilflos kommen. Sie wollte außer Kontrolle und ihm ausgeliefert sein. Sie wollte, dass er sie benutzte, sie mitnahm und sie zum Schreien brachte, wie es noch nie ein Mensch geschafft hatte.

»Verdammt«, keuchte sie, als er einen dritten Finger hinzufügte und ihre Fotze spreizte.

»Du ungezogenes kleines Mädchen«, war Kings Antwort, und die Reaktion ihres Körpers stand unmittelbar bevor.

Sie verkrampfte sich um seine Finger.

»Willst du meinen Schwanz in dir haben?«, fragte er und ließ ihr keinen Moment der Genesung von ihrem eigenen Ausbruch; so nickte sie nur.

»Antworte mir«, drohte er.

»Ja«, antwortete Belladonna unterwürfig. »Ich will deinen Schwanz in mir haben.«

»Was?«, fragte er.

»Sir“, keuchte Belladonna. »Ich will Ihren Schwanz in mir spüren, Sir.«

»Braves Mädchen«, atmete er wieder in ihr linkes Ohr und jagte ihr Schauer über den Rücken.

»Fick mich, Meister«, hörte sie sich ausstoßen.

»Oh, ich werde es dir nicht so leicht machen, Bella«, gab er zurück und drückte seine drei Finger so tief wie möglich in sie hinein.

Es war ein Schmerzgefühl, aber was darauf folgte, war ein Gefühlsrausch. Alles, was sie wollte, war, seinen dicken Schwanz in sich zu spüren, sie zu stupsen, zu vögeln und ihr die Fähigkeit zum Denken zu nehmen. Aber sie wusste, wenn sie ihn jetzt darum bitten würde, würde er es ihr nicht geben. Er würde sie foltern, so wie er es bei ihrem letzten Treffen mit Aquarius getan hatte.

All ihre Grübeleien begannen aufzuhören, als er seinen Daumen ins Spiel brachte, grausame Kreise um ihre Klitoris zog, sie um ihre eigene Achse tanzen ließ und sie zum Walzer führte.

Belladonna fühlte die Empfindung dieser Berührung überall in ihrem Körper und das Verlangen, seinen Schwanz in sich zu spüren, verblasste leicht. Wenn er nur weiter so an ihrer Klitoris gearbeitet hätte, aber, oh, der Gedanke, beides gleichzeitig zu haben, seinen großen Schwanz in ihr zu haben, während er irgendwie ihre empfindlichste Knospe weiter so rieb … der Gedanke brachte sie fast über diese besondere Kante.

»Oh Gott«, stieß sie aus, unfähig, sich zurückzuhalten, unfähig, sich nicht darum zu kümmern, ob sie sich selbst erniedrigte.

Alles, was sie wollte, war, diese letzte Grenze zu überschreiten und sie in eine Milliarde Stücke explodieren zu lassen, aber er ließ sie nicht. Er stieß immer wieder seine Finger in sie hinein, rieb seinen Daumen an ihr, aber er ließ sie einfach nicht los.

»Sag es mir«, sagte er leise in ihr Ohr, wobei sein Kratzer ihre Haut perfekt streifte. »Was willst du, Bella?«

»Bitte«, so schaffte sie es zu sagen, irgendwie kontrolliert.

»Was, Bella?«, fragte er und fuhr fort, seine Finger noch energischer in sie zu stecken.

»Bitte, fick mich, Sir«, brachte Belladonna diese Worte zusammen, die keinen Sinn ergaben, wenn sie nicht in dieser ganz bestimmten Reihenfolge und Betonung ausgesprochen wurden.

Einfach so waren seine Hände weg, ließen sie kalt und schmerzend zurück. Das war nicht das, wofür sie sich entschieden hatte. Sie wollte sich amüsieren, eine sehr gute Zeit haben und sich nicht so quälen lassen.

Doch irgendwie wusste sie, dass sie diese Behandlung verdiente, dass sie ihn herausgefordert hatte, dass sie sich mit jemand anderem statt mit ihm und seiner Eifersucht durchgesetzt hatte. Verdammt, sie wollte mehr davon, obwohl er gerade jetzt grausam zu ihr war. Aber sie wusste, dass es sich lohnen würde.

Belladonna wusste nicht, wie lange er von ihr weg war, und es spielte überhaupt keine Rolle, wann diese vertraute Wärme zu ihr zurückkehrte. Schlimmer noch, diese Hitze war intensiver als zuvor, sie war scheinbar näher und ließ alle Vernunft weichen. Sie wusste, dass er sich seines Hemdes entledigt hatte, und vielleicht noch mehr, als er sich ihr näherte. Aber es war sein Gesicht in ihrer Nähe, das sie in den Wahnsinn trieb. Irgendwie wusste sie, dass er seine Maske abgenommen hatte, denn es gab keine andere Erklärung für das Gefühl der vertrauten Schramme auf ihrer Wange.

Er sagte kein Wort, aber sie wusste immer noch, was er von ihr verlangte, diese kleine Sache, die sie Aquarius so einfach erlaubte. Und es war ihr Mittel, eine Art Macht zurückzugewinnen. Die einzige Frage war: Würde sie bereit sein, die Konsequenzen zu ertragen?

»Ich nehme dir jetzt die Maske ab«, erklärte er und verlangsamte das Tempo seiner Hand, und sie nickte und gab ihm die Erlaubnis, seinen Worten nachzugehen.

Belladonna spürte ein leichtes Ziehen am Hinterkopf und wie ihr die Maske über der Augenbinde abgenommen wurde. Aber sie konnte sich nicht darauf konzentrieren, denn obwohl seine Hand sich nicht mehr bewegte, massierte sein Daumen immer noch ihre Klitoris und rieb Kreise an ihrem empfindlichen Fleisch. Sie war außer Atem und fragte sich, wie sie den Atem haben sollte, damit er sie küssen konnte, wenn er dies weiterhin mit ihr tat. Ihre Muskeln spannten sich immer mehr an, aber er drängte sie nicht über den Rand. Die Art, wie er seine Finger bewegte, reichte gerade aus, um sie auf der Kante zu halten. Belladonna begann, ihre Hüften zu bewegen und versuchte, seine Hand in die richtige Richtung zu bringen, was all dies erträglich machte und zu dem ersehnten Orgasmus führte.

Es schien endlich zu funktionieren. Bis sein Gesicht an ihrem lag und seine Stoppeln ihre Wange streiften und ihren Körper vom Überlaufen ablenkten; als wäre sie einen Marathon gelaufen, nur um vor der Ziellinie zu stolpern und zu stürzen.

»Fuck«, zischte sie noch einmal und versuchte, ihren Körper erneut gegen seine Hand zu positionieren, um endlich Erlösung zu finden.

Doch er ließ sie nicht los. Stattdessen hielt er inne und zog seine Finger von ihr weg. Seine Wärme verließ ihren Körper wieder, und alles, was sie tun konnte, war, in der hilflosen Position zu bleiben, in die er sie gebracht hatte, und ein unerträgliches Bedürfnis zu verspüren, wobei ihr Körper in einer Mischung aus Anspannung und Müdigkeit schmerzte.

Genauso schnell, wie er sie verlassen hatte, war King of Diamonds wieder da. Seine Nase berührte kaum ihre Wange neben der ihren, Belladonna konnte sich vorstellen, fast fühlen, dass sein Mund über ihrem schwebte. Er war ihr plötzlich so nahe, dass sie sich von seinem Duft und seiner Hitze wieder berauscht fühlte. Seine Hände kehrten zu ihrem Gesäß zurück und drückten jede Backe, bevor er ein wenig zurücktrat und sie an ihre Brüste heranführte. Obwohl der BH aus Leder war, war er weich und gab der Kraft seiner Finger leicht nach, fand ihre verhärteten Brustwarzen im Nu und zwickte sie. Eine ganz neue Empfindung schoss durch ihre Nerven zum perfekten Ziel ihrer geschwollenen Klitoris.

Belladonna konnte nicht anders, als hart auf ihre Unterlippe zu beißen, als sie leise stöhnte und sich kaum davon abhielt, wieder zu fluchen, was ihm einfach einen weiteren Grund gab, ihre Strafe zu verlängern. Ihre Beine zogen an den Fesseln, in dem Versuch, sich aneinander zu reiben, aber es war vergeblich.

Ein Wimmern der Frustration entging ihrem Mund, bald gefolgt von einem verzweifelten Stöhnen, als er ihr neckisch in die linke Knospe biss und sanft mit den Zähnen an ihrem zarten Fleisch knabberte. Geduldig wiederholte er die gleiche Behandlung an ihrer rechten Brustwarze.

»Bist du bereit zu kommen?«, fragte er und strich mit seinen Lippen von ihrer Brust über ihr rechtes Schlüsselbein bis zu ihrem Hals.

Belladonna nickte hastig.

»Was war das?« King klang strenger und stand nun definitiv direkt vor ihr.

»Ja«, antwortete sie schnell. »Bitte, Sir.«

Seine Hand war wieder auf ihrem Unterbauch, ließ sich Zeit und bewegte sich dorthin, wo sie hingehörte: gegen ihre Klitoris und in ihr. Zwischen ihren Beinen angekommen, benutzte er genau die drei Finger, die zuvor in sie eingedrungen waren, um die geschwollene Knospe zu massieren, wodurch Belladonna zischte und ihren Rücken wölbte und versuchte, den Druck auf ihr überempfindliches Fleisch zu verringern.

Der einzige Kommentar, den King dazu gab, war ein kurzes, aber leises Glucksen, bevor er diese Finger so tief in sie hineinstieß, wie sie sie nur nehmen konnte, und sich krass verkrampfte, als eine Welle von stechendem Gefühl durch sie hindurchrollte. Es fühlte sich fast wie ein Orgasmus an, aber nicht wie ein erleichternder.

Dann, als er seinen Daumen gegen ihre schmerzende Klitoris drückte, spürte sie diesen Anstieg erneut, keuchte hastig und war überrascht, dass sich ihre Muskeln noch weiter zusammenziehen konnten.

King ließ ihr nur einen Moment Zeit, bis er seine Finger schnell ein- und ausstieß, schneller, als er sie jemals vögeln konnte. Belladonna hatte ihm jetzt nichts mehr entgegenzusetzen.

Ihre Muskeln beugten und zitterten, als der Druck und die Empfindung zunahmen. Dennoch kam keine Befreiung. Sie war kaum in der Lage zu atmen. Ihr Körper wollte sich bewegen, schaukeln, war aber versteinert. Sie fühlte sich wie ein Tänzer, dessen Schuhe nicht aufhörten, sich zu bewegen, bis er seine Geschwindigkeit änderte, indem er die Bewegung seiner Finger verlangsamte und stattdessen tiefer drückte.

Ihr Orgasmus war heftig und erschütterte ihren ganzen Körper wie ein Erdbeben, als sich ihre verkrampften Muskeln schließlich lösten.

Es gab keine Chance für sie, zusammenzubrechen, da sie immer noch an ihren Hand- und Fußgelenken fixiert war. Doch dann spürte sie zuerst ein Ziehen an ihrem linken, dann an ihrem rechten Knöchel, gefolgt von zwei starken Armen, die sich um ihren Oberkörper wickelten und sie hochhielten.

Dankbar erlaubte sie sich, gegen ihn zu sacken.

Kurz darauf wurden auch ihre Handgelenke aus den Fesseln gelöst und sanft um Kings Hals gelegt. Er hob sie leicht von ihren Füßen und trug sie ein paar Schritte, bevor er sie auf dem Bett absetzte.

»Entspann dich, Bella«, murmelte er ihr leise ins Ohr. »Ich bin gleich wieder da.«

– 14 –

Alice war sich nicht sicher, ob sie gerade eingenickt war oder aus einem Traum aufgewacht war. Tatsache war, dass es keine Augenbinde gab, die ihre Augen bedeckte, und dass sie auf weichen Laken lag und sich völlig entspannt fühlte.

Langsam erhob sie sich auf ihre Ellbogen, um sich umzuschauen, und erkannte, dass sie nicht nur einen sehr heißen Traum gehabt hatte, sondern dass er real gewesen war. Sie war immer noch Belladonna und lag auf dem Himmelbett in Zimmer Nummer sieben der Dark Alley.

Panik ließ ihre Adern gefrieren, als sie nach ihrer Maske tastete, nur um die seidene Augenbinde zu finden, die sie wohl im Schlaf abgenommen hatte.

Oder hatte King es gewagt, zu spähen?

Machte es einen Unterschied, dass sie sich tatsächlich außerhalb der Gasse gesehen hatten?

Sie trug noch den Leder-BH und das durchsichtige Negligé. Als sie den Kopf drehte, sah sie, dass all ihre Kleider und Schuhe immer noch da waren, wo sie sie gelassen hatte, und obenauf lag ihre Belladonna.

Als sie das Bett untersuchte, gab es keine Spur von ihren Fesseln, und es gab keine Spur vom King of Diamonds.

War er weg?

Der Gedanke war ein Schlag in den Bauch. Belladonnas erster Impuls war, aufzustehen, sich anzuziehen und von hier zu verschwinden, aber dann hörte sie unten etwas.

Ein knallendes Geräusch, das sie an das Öffnen einer Champagnerflasche erinnerte.

War sie nur einen Moment lang bewusstlos gewesen und hatte beim Dösen die Augenbinde abgezogen?

Sie schloss die Augen und schüttelte den Kopf, ohne zu verstehen, warum sie sich so leicht auf solche selbstzerstörerischen Annahmen einließ. Wieder musste sie sich daran erinnern, wo sie sich eigentlich befand.

Dies war die Dark Alley. Ängste und Sorgen waren hier unnötig.

Als Belladonna also Schritte auf der Treppe hörte, stützte sie sich auf und ließ die Maske dort, wo sie war. Wenn King gewollt hätte, dass sie sie wieder aufsetzt, hätte er sie ihr bringen sollen, genau wie die Champagnerflöten, die er trug.

Ihr Herz begann in der Brust zu pochen, als sie sein Gesicht wiedersah, und diese Andeutungen grauer Haare an seinen Schläfen lenkten sofort ihre Aufmerksamkeit auf sie.

Seine blauen Augen waren immer noch diese glühenden Kugeln, an die sie sich erinnerte und die nicht nur wegen seiner schwarzen Haare hervorstachen, sondern auch, weil er einen Vollbart und eine schön gebräunte Haut hatte. Belladonna erinnerte sich nicht daran, dass er so prächtig war, wie er ihr jetzt erschien.

»Kein Scotch?«, zog sie die Augenbraue hoch.

King of Diamonds hatte den Köder nicht geschluckt, zumindest nicht so, wie sie es erwartet hatte. Stattdessen lächelte er, als er sich auf die Bettkante setzte und ihr eine Flöte mit Champagner anbot, die sie annahm. Sie erinnerte sich an die Zähne, die spielerisch auf ihre Brustwarzen bissen, und dieser Gedanke verschlug ihr den Atem.

Schnell beschloss sie, die in ihrem Körper wieder aufsteigende Hitze durch einen Schluck Champagner zu verdecken. Sie hatte diese teure Version des Sektes noch nie wirklich gekostet, aber die Blasen waren definitiv weicher, als sie in ihre Kehle hinuntergingen.

»Das habe ich genossen«, sagte King plötzlich, und sie erstickte fast an ihrem Drink.

»Du hast nicht mal …«, reagierte Belladonna und schnitt sich selbst das Wort ab.

»Oh, das habe ich«, kicherte King of Diamonds. »Nur nicht auf die übliche Art und Weise. Ich brauche meinen Schwanz nicht in dir zu haben, um mich zu amüsieren.«

Sie war sicherlich fasziniert von der Art und Weise, wie er sprach: treffend, direkt und ohne Scham, als ob seine Wortwahl völlig normal wäre. Vielleicht waren sie das für ihn auch.

»Und das bedeutet nicht, dass du meinen Schwanz nicht in dir gespürt hast, wenn diese Nacht vorbei ist«, fügte er hinzu und ließ sie vor Erwartung erröten.

»Deshalb hast du mich also eingeladen?«, fragte sie herausfordernd. »Weil du mich vögeln wolltest?«

»Nein.« King schüttelte seinen Kopf. »Weil ich sehen wollte, was für einen Ausdruck du machst, wenn ich dich kommen lasse, wie ich es gerade getan habe.«

Belladonna schluckte trocken.

»Und mir gefällt, was ich gesehen habe, Bella«, fuhr er fort. »Ich würde es gerne noch einmal sehen. Ich bin nicht die Art von Mann, der eine Frau wie ein Spielzeug benutzt, nur um sie wegzuwerfen, wenn ihm langweilig wird. Ich bin keine männliche Schlampe. Ich bin ein Kenner der Frauen.«

»So?«, fragte sie, nachdem sie einen weiteren Schluck flüssigen Selbstvertrauens zu sich genommen hatte. »Du sammelst Frauen?«

»Nur wenn du Teil meiner Sammlung sein willst«, antwortete er ehrlich. »Du kannst dir vorstellen, Bella, dass ich mich als Mitglied dieses Clubs nicht mit einer Frau einlasse, und ich weiß, dass du nicht so naiv bist zu glauben, dass ich andere Gefühle als Bewunderung oder Respekt für dich habe.«

Er streckte die Hand aus und zupfte damit an einer Strähne ihres Haares, wobei er sanft die Beschaffenheit des Haares fühlte, bevor er es hinter ihr Ohr legte.

»Du sind eine intelligente Frau. Du weißt, dass diese Märchen, die man im TV, in Büchern und Filmen verkauft, falsch sind. Sonst wärst du nicht hier, oder?«

Belladonna wusste, dass das, was er sagte, wahr war, doch es tat weh.

Sie war nicht bereit, diese Fantasie aufzugeben. Vielleicht war das der Grund dafür, dass sie so wütend auf Aquarius war.

»Sei nicht enttäuscht, Bella«, sagte King und schob ihren Kopf sanft mit dem Zeigefinger unter ihrem Kinn nach oben.

Alice hatte nicht einmal bemerkt, dass sie nach unten gesehen hatte.

»Du bist anders, nicht wahr?«, fragte er und zwang sie, ihm in die Augen zu schauen. »Du wärst nicht hier, wenn du es nicht wärst. Das Einzige, was dich davon abhält, das zu bekommen, was du willst, bist du selbst, und es wäre mir eine Ehre, dir zu helfen, diese Macht zu entdecken.«

»Also das ist es, was du tust?«, fragte Belladonna, als seine Hand von ihrem Gesicht fiel. »Du pflückst Mauerblümchen und verwandelst sie in Rosen mit Dornen?«

King lachte und warf ihr einen Blick zu, der Schmetterlinge in ihrem Bauch zum Leben erweckte.

»Nicht jede Frau entpuppt sich als eine Rose, Bella«, antwortete er. »Manche sind Gänseblümchen, andere sind Tulpen, und dann gibt es Orchideen.«

»Und was bin ich?«, fragte sie.

»Ich weiß es ehrlich gesagt noch nicht«, zuckte er mit den Schultern. »Du könntest doch eine Tollkirsche sein«, senkte er seinen Champagner und zwinkerte ihr zu. »Du bist dran, Bella.«

Sie sah ihn nur sprachlos und ahnungslos an, was er meinte. Auch wenn sie herausfinden konnte, dass es um Sex ging, hatten seine Worte mehr als nur die offensichtliche Bedeutung.

»Ich habe es genossen, dich ›Sir‹ zu nennen«, gab sie schüchtern zu, und er lächelte, streckte die Hand aus und streichelte ihre linke Wange. »Ich hab es genossen, dass du mich gequält und bestraft hast.«

»Du wolltest es so«, antwortete er, stand auf und bot ihr seine Hand an. »Das habe ich gern getan.«

Belladonna nahm sie und stand vom Bett auf. Irgendwie wollte sie seine Hand packen und halten, während sie auf die Treppe zuliefen, aber sie wusste, dass er deshalb nicht bei ihr war; also ließ sie ihn los.

»Ja, ich wollte es«, bestätigte sie; sie hatte ihn damit herausgefordert, sich von Aquarius vögeln zu lassen. »Woher wusstest du, was ich gestern getan habe?« Belladonna hörte auf zu laufen.

»Ich weiß alles, was bei mir zu Hause passiert«, antwortete er, nachdem er sich zu ihr umgedreht hatte.

Er hatte sie also nicht nur deshalb hierher eingeladen, weil er sie von einem Mauerblümchen in etwas anderes verwandeln wollte. Dark Alley war sein Club?

Belladonnas Gedanken begannen zu rasen und dann zu stürzen. Sie fühlte sich schwindelig und aufgeregt oder schwindelig vor Aufregung. Sie wusste es nicht. Dieser Mann hatte den faszinierendsten Ort auf Erden geschaffen und sie eingeladen, ihr sogar einen höheren Status verliehen und sie verführt, hierher zu kommen und zurückzukehren.

Das Beste daran war, dass er, auch wenn er vielleicht nicht in sie verliebt war, ehrliches Interesse an ihr und ihrer Zufriedenheit hatte. Der bloße Gedanke daran war absolut ermächtigend. Er musste ein Milliardär sein, die Frauen müssen ihm zu Füßen gelegen haben. Er konnte jede Frau oder jeden Mann haben, die er wollte, und er hatte sich die Zeit genommen, sie hierher zu locken und ihre Gesellschaft zu genießen. Noch nie zuvor hatte sich Belladonna so mächtig gefühlt.

»Ich will, dass du mich vögelst, als wäre ich das Einzige, was du je auf diesem Planeten wolltest«, platzte Belladonna nach einem Moment der Überlegung heraus.

Es hatte sie verwirrt, vielleicht sogar verletzt, zu wissen, dass King of Diamonds sich nicht auf eine Frau festlegte, aber sie wusste, dass sie sich selbst etwas vormachte, wenn sie auf so etwas hoffte.

Dennoch fühlte sie sich immer noch besonders, weil sie von ihm ausgewählt worden war, um seiner Frauensammlung beizutreten. Sobald diese Worte ihren Mund verlassen hatten, streckte er eine Hand aus, schröpfte ihre Wange und streichelte mit dem Daumen sanft über ihre Unterlippe. Seine zärtliche Berührung setzte ihren Körper im Nu in Flammen.

»Eines solltest du wissen, Bella«, sagte er bescheiden und näherte sich ihr. »Ich werde dich niemals auf den Mund küssen. Du kannst mich um alles andere bitten. Hast du verstanden?«

Wieder spürte sie einen Schmerz der Enttäuschung, aber es machte Sinn, dass es für ihn etwas Besonderes war, wenn er eine Frau küsste. Dafür respektierte sie ihn. Also nickte sie und verdiente sich ein Lächeln.

»Du bist schon etwas Besonderes, weil du mein Gesicht kennst«, fügte King of Diamonds hinzu, sein Lächeln wurde breiter, als hätte er ihr ein Geheimnis verraten, was er offensichtlich auch tat.

Wenn ihr Geist im richtigen Zustand gewesen wäre, hätte sie versucht, die Punkte zu verbinden, warum sie ihn ohne Maske sehen konnte, aber sie konnte sich nicht konzentrieren. Belladonna kannte vielleicht nicht seinen Namen, aber sie kannte sein Gesicht und wusste, dass er der Besitzer von Dark Alley sein könnte. Langsam brachte er sie dazu, sich rückwärts zum Bett zu bewegen, da sie am oberen Ende der Treppe angehalten hatten.

Er berührte sie nur mit einer Hand, die er ihr an den Hals gelegt hatte. Sie war neugierig, was er jetzt mit ihrer Bitte machen würde, aber King of Diamonds wusste irgendwie genau, was sie wollte, ohne dass sie es erklären musste. Dann wiederum sagte er, er sei ein Frauenkenner.

»Zieh dich aus und setz dir die Augenbinde wieder auf«, befahl er ihr sanft, und sie gehorchte.

King bewegte sich umher, öffnete eine Schublade, und als sie sich am Hinterkopf anlehnte, hörte sie das vertraute Knistern eines auspackenden Kondoms.

Belladonna kroch auf das Bett zurück, bis sie die Kissen in ihrem Rücken spürte, und wartete mit gewaltsam geschlossenen Augen. Diesmal konnte sie hören, wie er sich bewegte. Er näherte sich dem Bett, und sie fühlte, wie die Matratze unter ihr unter seinem Gewicht nachgab.

»Ich weiß, was du willst, Bella«, sagte King of Diamonds ohne jeglichen ominösen Unterton in seiner Stimme. »Und es wird nicht so hart wie möglich gevögelt, dein Körper wird einfach beansprucht und benutzt. Du denkst vielleicht, dass du das jetzt willst, aber ich weiß es besser.«

Hätte ihr Ex, Gary, diese Worte geäußert, während sie nackt mit verbundenen Augen auf dem Bett saß, hätte Belladonna die Augen gerollt und wäre gegangen.

Aber die Art und Weise, wie King diese Worte sagte, war anders.

Er versuchte nicht, sie zu verführen oder besonders eloquent zu klingen. Er sagte die Wahrheit, und er wusste es.

Die Tatsache, dass er ihr ihren eigenen Wunsch erklärte, war absolut sexy.

Statt sich zu ärgern, wurde sie neugierig und fast ungeduldig. Wieder gab die Matratze seinem sich bewegenden Körper nach.

Belladonna ließ überrascht einen Schrei los, als er sie an den Knöcheln packte und weiter ins Bett zog, nur um über sich selbst zu lachen.

»Beweg dich nicht«, sagte King zu ihr, »oder ich muss dich wieder festhalten. Und glaube mir, es ist viel besser, wenn du dich allein zurückhalten musst.«

Seine Worte reichten aus, um ihren Herzschlag in den Schnellgang zu schicken. Sie fürchtete, er müsse sie nur einmal berühren, damit sie sofort kommt. Allein der Gedanke ließ sie erkennen, wie zart und empfindlich ihr Körper noch immer war.

Als Belladonna schließlich seine Hand an der Innenseite ihres linken Oberschenkels fühlte, schien sie zur Quelle ihrer Erregung zu werden, die sich von der Spur, die er hinterließ, als er seine Hand nach oben bewegte, in ihrem Körper ausbreitete.

Er blieb nur einen Bruchteil eines Zentimeters unterhalb ihrer geschwollenen und feuchten Lippen stehen, nur um seine Aktionen mit ihrem rechten inneren Oberschenkel zu wiederholen.

Belladonna legte den Kopf zurück und stöhnte in einer Mischung aus Frustration und Vergnügen, aber King of Diamonds wollte von seinem Plan nicht abrücken. Sie liebte diese Tatsache absolut. Nachdem seine Hände ihre Oberschenkel in Brand gesteckt hatten, fuhr er fort, die Haut an ihren Hüften und von dort bis zu ihrer Taille und höher zu streicheln, wobei er ihre Brüste überhaupt nicht berührte, sondern ihre Arme sanft nach oben drückte, sodass seine Fingerspitzen die weiche Haut an der Innenseite ihrer Oberarme kaum noch kitzelten. Seine Berührung war nicht rau, aber sie spürte sie fest. Der Druck seiner Finger reichte gerade aus, um sie nicht zum Kichern zu bringen, aber immer noch so leicht, dass es sich wie eine Liebkosung anfühlte.

Verdammt, dieser Mann wusste, was er tat.

Zu diesem Zeitpunkt war es Belladonna egal, ob er einen Harem mit tausend Frauen oder ob er verheiratet war und Kinder hatte; zur Hölle, nicht einmal, wenn er ein Massenmörder war.

Jede Minute seiner Aufmerksamkeit fühlte sich wie der Himmel an. Und dann spürte sie seine Lippen an der linken Seite ihres Halses direkt neben ihrem Ohr, wo er ihren jetzt nur noch leicht erhöhten Puls spürte, als ihr Herzschlag sich sofort beschleunigte.

Belladonna war nicht in der Lage, normal zu atmen, sie musste die Luft ansaugen und in der Lunge halten, wenn sie seine Berührung ertragen wollte.

Sie wusste nicht, worauf sie sich konzentrieren sollte, denn seine Hand – es musste die richtige sein – und sein Mund streichelten sie weiterhin.

Sie konzentrierte sich auf das leichte Schwingen der Matratze, das ihr erzählte, dass er sich einen Steifen holte oder hielt, immer noch auf sie wartete und sich Zeit für sie nahm.

Warum musste er so verdammt perfekt sein? Sie hätte sich fast in diesen zärtlichen Berührungen verloren, die ihr das Gefühl gaben, auf einer Wolke zu ruhen. Bis sein Mund ihre rechte Brustwarze erreichte und seine Lippen durch eine Zunge ersetzt wurden. Diese Berührung kam einem Blitzschlag nahe. Ihr Körper knickte und wölbte sich von selbst, obwohl sie ihr Bestes tat, um entspannt zu bleiben. Sie krallte ihre Hände in die Laken unter ihr, als er begann, an ihrem erigierten Fleisch zu saugen, und ließ im Gegenzug ihre Schenkel vor Erregung glatt werden.

»Oh Gott, bitte.«

Belladonna stöhnte laut und hielt ihre Stimme nicht zurück, da sie ihr Bestes tat, um ihren Körper daran zu hindern, einen eigenen Willen auszuführen. »Bitte. Ich kann nicht. … «

Dennoch blieb King ruhig und widmete ihrer linken Brustwarze die gleiche detaillierte Aufmerksamkeit.

Belladonna wollte vor Frustration und Lust schreien. Aber sie tat es nicht, weil sie wusste, dass er sie dafür bezahlen lassen würde, und sie war sich sicher, dass sie es nicht ertragen würde. Als sein Mund also eine Spur von Küssen von ihrem Brustkorb bis zu ihrem Bauchnabel legte, tat Belladonna ihr Bestes, um ihren Körper daran zu hindern, sich zu bewegen.

Sie konzentrierte sich auf die Weichheit seiner Lippen und die leichte Nässe, die sie hinterließen, und sonst nichts.

Als er seinen Weg fortsetzte und an ihrem Bauchnabel vorbeikam, rollten ihre Augen in den Augenhöhlen zurück, und ihre Nerven waren in höchster Alarmbereitschaft. Wenn er anfangen würde, ihre Muschi zu küssen, würde er ihr zum Verhängnis werden. Sie spannte sich an, presste alle ihre Muskeln zusammen und versuchte, seiner Zärtlichkeit mit Härte zu begegnen. Und das hatte er wahrscheinlich auch geplant. Das erste leichte Lecken seiner Zunge riss alles weg. Es gab keinen Bruchteil des Widerstandes in ihr, nicht einmal den Hauch eines Gedankens. Und als er seine Zunge weiter auf sie herabdrückte, war das alles, was sie fühlen konnte. Ihr Körper war nichts als Empfindung und Nerven, die darauf warteten, dass seine Zunge oder sein Mund das nächste Mal mit ihr verbunden wurde. Jedes Mal, wenn es geschah, gab es nichts anderes mehr. Seine Zunge tauchte in ihren Körper ein und erweckte Nerven zum Leben, von denen sie nicht einmal wusste, dass sie da waren. Als sein Mund an ihrer ohnehin schon überempfindlichen Klitoris zu saugen begann, hatte sie nichts, was ihren

Körper davon abhalten konnte, dagegen zu schaukeln. Ihr Körper gehörte ihr nicht mehr.

King of Diamonds brauchte nichts weiter zu tun, als zwei Finger in sie zu stecken. Ihre Muschi umklammerte sie sofort. Er brauchte nur abzuwarten und zuzusehen, wie Belladonna in eine Milliarde Stücke zerbrach und sich weiter verbog, bis alle diese Fragmente zurückkamen, um sie wieder zusammenzufügen. Sie hatte keine Ahnung, wie sein Gesichtsausdruck aussehen könnte, und sie wusste auch nicht, was sie denken oder sich vorstellen sollte. Es war ohnehin keine Zeit dafür. Als er seine Finger herauszog, spürte sie die Bewegung in jeder Faser ihres Körpers.

»Bella«, flüsterte er, und sie versuchte, die Kontrolle über ihren Körper zurückzugewinnen.

Sie fühlte seine Hand an ihrer Augenbinde, und er zog sie ab, während er darauf wartete, dass sie ihm wieder in die Augen sah. Einen Moment lang war sie verwirrt, aber nur so lange, bis sie an ihrem Eingang seinen Schwanz spürte, der kurz darauf leicht in sie hineinrutschte. Ihre Muschi war einfach zu feucht gewesen, aber das bedeutete nicht, dass er sie nicht spreizte – ganz im Gegenteil. Er war groß genug, um einen leichten Schmerz zu verursachen, als er sich den ganzen Weg in sie stürzte. Als sie zum zweiten Mal kam, krallten sich ihre Wände wieder um ihn, und sie starrte ihm dabei direkt in die Augen.

Belladonna hatte keine Ahnung, ob sie noch mehr davon vertragen würde, aber alles, was er bisher getan hatte, war, seinen Schwanz in sie zu stecken. Jetzt begann er sich zu bewegen, langsam. Egal in welche Richtung, es fühlte sich an wie kleine Orgasmen, die sie auf einen wilden Ritt mitnahmen; sie konnte sich nicht davon abhalten, zu stöhnen, zu keuchen oder ihre Hände in seinen Rücken zu krallen. Dennoch erhöhte er seine Geschwindigkeit nicht, er genoss jede noch so kleine Reaktion von ihr auf alles, was er tat, wie die Veränderung des Winkels oder die Bewegung seiner Hüften.

King nahm weiterhin jede ihrer Äußerungen auf und zeigte eine beeindruckende Zurückhaltung, die sie dazu brachte, sich ein wenig in ihn zu verlieben. Als seine Bewegungen kräftiger wurden und sie genauso erfüllten, wie sie es brauchte, konnte sie sich nicht davon abhalten, zu fluchen oder zu flehen.

Doch der aufregendste Moment war, als er die Augen schloss, und sein Gesicht Anzeichen dafür zeigte, dass er den Empfindungen erlag, denen sie von Anfang an nachgegeben hatte. Als sie ihn ansah, wäre sie fast ein drittes Mal gekommen, aber dieses Mal wollte und musste sie mit ihm kommen.

Die Geräusche, die er zu machen begann, waren ein Meisterwerk für ihre Ohren, und jedes Mal, wenn er seine Augen öffnete, schickte er kleine Stöße durch ihren Körper.

Sie liebte es, ihn stöhnen und ächzen zu hören, und konnte ihre Hände nicht davon abhalten, sich in seine Haare zu graben und ihn näher an sich heranzuziehen.

Er gehorchte, und ihr Herz brach.

Sein Gesicht war jetzt so nah, nah genug, dass sie ihn einfach küssen konnte, wenn sie wollte. Und zum Teufel, wollte sie das auch. Aber sie erinnerte sich an seine Worte. Er gehörte ihr nicht, und das brachte sie um.

Gerade als die Verzweiflung über diesen Gedanken eine Träne über ihre Wange laufen zu lassen drohte, wurden seine Bewegungen unberechenbar und sein Liebesspiel wurde zu einem groben animalischen Akt.

Verdammt, sie liebte es.

Jedes Mal, wenn ihre Hüften kollidierten, fühlte sie sich, als würde er sie näher an die Kante schieben, von der sie fallen wollte, und jedes Mal schien es, als wolle er, dass sie ihn mit sich zieht. Belladonna hielt durch und wartete geduldig bis zu genau diesem Moment, als er kam.

Seine Augen waren auf ihre gerichtet, als sie fühlte, dass er trotz des Kondoms, das er trug, in sie eindrang, und es war dieses Gefühl, das sie mit ihm über die Kante schickte.

Doch als er seinen Orgasmus ausrichtete und ihren verlängerte, waren sein Gesicht und sein Mund viel zu nah an ihrem Eigenen. Es war schmerzhaft, dass es ihr nicht erlaubt war, ihn zu küssen.

Besonders nach diesem perfekten Orgasmus. So wie er sie ansah, schien er zu wissen, wie sie sich fühlte. Dennoch schaute er nicht weg. Schlimmer noch, seine Augen sprangen zwischen seinen und ihren Lippen hin und her, als ob er versucht wäre, sie zu küssen.

»Bella«, murmelte er, aber in ihren Augen klang es wie ein Flehen, als ob er sie bitten wollte, ihn gehen zu lassen.

Ihr Herz stürzte, und ihr Atem blieb ihr im Hals stecken. Unwillkürlich leckte sie ihre Lippen, und mit einem Stich ins Herz zog sie ihre Hände von seinem Rücken, um ihn loszulassen.

Doch statt Platz zwischen ihnen zu schaffen, senkte er sein Gesicht zu ihrem Ohr hinab und flüsterte: »Du bist wirklich so verführerisch und tödlich wie die Blume, die du für dich gewählt hast. Tödlicher Nachtschatten.«

Dann zog er sich zurück und ließ sie zitternd auf dem Himmelbett liegen. Belladonna hörte seinen Bewegungen zu und konzentrierte sich auf ihren Atem, denn sie versuchte zu verhindern, dass die Tränen, die sich in ihren Augen gesammelt hatten, über ihre Wangen rollten.

So perfekt wie dieser Abend, diese Begegnung, gewesen war, so schmerzhaft war es auch für sie. King of Diamonds, ihr Mr. Scotch, war in jeder Hinsicht perfekt: in seinem Auftreten, seiner Wortwahl, seiner Dominanz und seiner Sanftmut.

Aber sie wusste, dass sie ihn nicht haben konnte, und doch wusste sie ohne Zweifel auch, dass dieser Mann sie hatte.

DARK ALLEY

VERLANGEN

DARK ALLEY EPISODE 4

– 15 –

Alice schlief nicht nur bis zum nächsten Morgen, sondern blieb bis weit über Mittag im Bett, döste hin und wieder ein und kehrte eifrig in die Arme des Traums zurück, in dem sie all die köstlichen Momente, die sie in Gesellschaft des King of Diamonds verbracht hatte. Sie wollte nicht in die Realität zurückkehren und sich ihrer hässlichen Wahrheit stellen. Genau das, was sie an Dark Alley geschätzt hatte, verfolgte nun ihren erwachten Geist.

Der Reiz dieses Ortes lag in seiner Anonymität und der Tatsache, dass man alles bestellen konnte, was der Körper, aber nicht das Herz begehrte. Sie wusste nichts über King of Diamonds, außer wie er roch, wie er schmeckte und wie seine Stimme klang. Das, und seine Haar- und Augenfarbe. Sie wusste genau so viel wie erlaubt.

Ja, sie hatte ihn an diesem schicksalhaften Abend im Club kurz gesehen, aber sie hatte getrunken und nicht damit gerechnet, den Mann jemals wieder zu treffen. Sie hatte einfach nicht damit gerechnet, dass sie am Ende so viel Aufmerksamkeit erhalten würde.

Als sie nun im Bett lag und an die Decke starrte, weil ihr Körper sich weigerte, wieder einzuschlafen, versuchte sie, sein Gesicht heraufzubeschwören. Es gab nur Fragmente, an die sie sich erinnern konnte.

Warum konnte sie sich nicht an Mr. Scotch erinnern wie an Aquarius?

Ihr erstes Treffen war genauso kurz gewesen.

Wäre sie dennoch in der Lage, seine Gesichtszüge zu beschreiben?

Sie stieß ein langes, verzweifeltes Stöhnen aus.

Wenn jemand wüsste, dass sie das Gesicht von Aquarius gesehen hatte und sich der Tatsache bewusst war, dass er ein Reporter war, würde man sie direkt aus diesem Paradies werfen.

Im Moment jedoch fragte sich Alice, ob das vielleicht die beste Option sei.

Alice hatte keine Ahnung, ob sie aus ähnlichen und doch so unterschiedlichen Gründen einem der beiden Männer noch einmal begegnen könnte. Sie genoss es viel zu sehr, mit beiden zusammen zu sein, und sie war klug genug, zuzugeben, dass sie eine Art von Bindung oder mehr entwickelt hatte.

Alice setzte sich auf, faltete ihre Decken zurück und schwang ihre Beine aus dem Bett. Sie konnte sich nicht ewig dort verstecken, also hoffte sie, dass ihre tägliche Routine zumindest den unvermeidlichen Moment der Entscheidungsfindung für eine Weile hinauszögern würde.

Es war zwanzig Minuten später, als sie an ihrem Küchentisch saß, an ihrem Kaffee nippte und ausdruckslos ins Leere starrte. Sie war hungrig, hatte aber absolut keinen Appetit, während sie auf dem vorliegenden Problem herumkaute: Was tun mit den beiden Männern, die sie in der Dark Alley getroffen hatte?

Alice wusste genau, dass sie ihn benutzen würde, wenn sie sich noch einmal mit Aquarius treffen würde, und das war das Letzte, was sie im Moment wollte, auch wenn es ihm beim letzten Mal nicht wirklich etwas auszumachen schien.

Doch selbst ohne seinen richtigen Namen zu kennen, wusste sie zu viel über ihn; sie konnte ihn nicht mit all den anderen anonymen Männern von der Alley in einen Topf werfen. Und King of Diamonds … sie wusste, dass sie seine Stimme nur in diesem gebieterischen Ton irgendwo hören musste und dass ihre Knie unter ihr nachgeben würden.

Sie musste Bianca anrufen, damit sie ihren Gedanken einen Sinn geben konnte. Die Sichtweise ihrer besten Freundin auf die Dinge war immer hilfreich dafür, wie sie von dort aus weitermachen sollte.

Aber sollte sie wirklich in Erwägung ziehen, ihre Mitgliedschaft zu kündigen?

War das nicht so ähnlich, als würde sie kneifen und auf Nummer sicher gehen?

Alice wollte nicht zu ihrem normalen Selbst zurückkehren. Sie musste nur akzeptieren, dass sie ihre Gefühle und Hoffnungen mit all ihren anderen persönlichen Dingen am Eingang zurücklassen musste.

Aber vielleicht, vielleicht würde eine gewisse Abstinenz ihr helfen, einen klaren Kopf zu bekommen.

Das schien eine gute Idee zu sein. Zumal King of Diamonds sie mit einem überraschenden Kuss auf die Stirn verlassen hatte, den sie immer noch auf der Haut spüren konnte, ohne ihr jedoch zu sagen, wann und ob sie sich wiedersehen würden.

Diese scheinbar gedankenlose Handlung erinnerte sie daran, dass King of Diamonds wahrscheinlich ein langjähriges Mitglied war, und dass sie nur eine von vielen war. Und das war eine schmerzlich ernüchternde Tatsache, die sich anfühlte wie ein Eimer mit Eiswasser, der sich nach einem Sonnenbad auf einen ergoss.

Alice ließ einen langen, gequälten Seufzer los, gefolgt von einem noch länger anhaltenden Magenknurren. Von ihrem Körper zum Essen gezwungen, ließ sie den Rest des Kaffees aus und stand auf, um sich ein spätes Frühstück vorzubereiten. Während der ganzen Zeit überlegte Alice mit sich selbst, ob sie mit Bianca sprechen sollte oder nicht. Sie hatte bereits gegen die Regeln von Dark Alley verstoßen, indem sie ihr von dem Club erzählte, aber das bedeutete nicht, dass sie es noch einmal tun musste.

Alice hätte beide an jedem beliebigen Ort der Welt treffen können. Es war kein Problem, sich eine Art Code auszudenken. Sie hörte das Freizeichen, bevor sie sich hinsetzte und einen Bissen von ihrem Toast nahm.

»Hey, lange Nacht?«, kicherte Bianca, und Alice wusste sofort, dass es nicht wegen des Kommentars war, sondern wegen ihres Verlobten Matt, der ihr wahrscheinlich am Hals kuschelte, was seine bevorzugte Art war, ihr seine Zuneigung zu zeigen, und das war schrecklich süß. Alice schluckte ihre Eifersucht herunter; ihre beste Freundin verdiente alles Glück der Welt. Sie war die Letzte, die deswegen wütend auf Bianca sein durfte. Es erwischte sie umso kälter, als sie erkannte, welcher Wochentag es war: Sonntag.

»Nicht so spät«, antwortete sie, als die Schuld ihre Sinne eroberte. »Ich habe nur … Ich muss einfach reden. Gott, es tut mir leid, ich weiß, es ist Sonntag, und das ist euer Tag, aber … verdammt, Bianca, ich stecke in Schwierigkeiten. Männerprobleme.«

Als sie ihren Worten zuhörte, wollte sie sich nur noch ins Gesicht schlagen. Was für ein absolutes Miststück sie doch war. Erstens hatte sie sich wie ein totaler Idiot benommen, als sie von Biancas Schwangerschaft erfuhr, weshalb sie bereits beschlossen hatte, ihre beste Freundin zu fragen, ob sie bei klarem Verstand sei, sollte sie ausgerechnet Alice bitten, Patin ihres erstgeborenen Kindes zu werden. Und nun die Invasion des Bianca-und-Matt-Sonntags.

»Gott, Bianca, es tut mir leid«, begann sie, bevor ihre beste Freundin ihren Verlobten wegschickte, damit sie miteinander reden oder gar vorschlagen konnte, dass sie vorbeikam. »Sag nichts. Ich bin ein Idiot; ich weiß, dass Matt unter der Woche Überstunden macht. Auch samstags, nicht wahr?«

»Ja«, antwortete Bianca leise. »Aber wirklich, wenn du reden muss, kann ich ihn darum bitten …«

»Nein, verdammt nein. Ich will dem Chef seines Chefs nicht den Titel ›Totales Arschloch des Jahrhunderts‹ stehlen«, schnitt Alice ihr das Wort ab. »Verdammt, war ich schon immer so ein egoistisches Miststück? War es falsch, Greg abzuservieren?«

Die erste Antwort war ein weiteres Kichern ihrer besten Freundin, diesmal jedoch war Alice der Grund dafür.

»Nun, die Erkenntnis, dass du vielleicht eine untypische Sicht der Dinge hast, ist der erste Schritt«, antwortete Bianca defensiv.

»Du hast diese unglaubliche Gabe, grausame Tatsachen in solch diplomatischen Worte zu fassen«, seufzte Alice tief. »Sag Matt, dass es mir leidtut. Ich werde die gestohlenen Minuten wiedergutmachen. Können wir uns morgen zum Mittagessen treffen? Ich meine, ich weiß, dass wir das normalerweise tun, aber, ich meine ein richtiges Mittagessen, eine einstündige Pause. Ich komme zu dir und hole dich ab. Ich lade dich ein.«

»Wow, das … das Yoga-Training in deinem neuen Fitnesscenter hat wirklich eine Wirkung«, meinte Bianca in Codesprache – als ob sie Alices Gedanken gelesen hätte, und Alice spuckte fast ihren Schluck Kaffee aus und brach in Gelächter aus.

»Ja, das tut es«, kicherte sie. »Das tut es wirklich.«

♦ ♦ ♦

Alice schaffte es, den Sonntag mit Junkfood, Chips, einer Menge Rotwein und einem Marathon von »North & South« zu überleben. Der gedämpfte Ton der vier Filme half ihr, die Tatsache zu ignorieren, dass ihr schmerzender Körper sich nach etwas anderem sehnte.

Als sie jedoch am Montagmorgen aufwachte, konnte Alice auf keinen Fall ignorieren, dass ihr Körper nach etwas Bestimmten verlangte. Also musste sie sich selbst darum kümmern, unter der Dusche. Selbstredend war das nichts im Vergleich zu der Behandlung, die sie durch King of Diamonds erfahren hatte.

Irgendwie war Alice in der Lage, sich mit der Arbeit abzulenken und hatte einen der effizientesten Vormittage im Büro, seit sie sich erinnern konnte. Sie hätte das Mittagessen verpasst, wenn sie nicht durch ihren Kalender daran erinnert worden wäre, und die Tatsache, dass sie nicht nur in der gleichen Firma, sondern auch in der gleichen Abteilung arbeiteten.

Alice klopfte an und öffnete die Tür des winzigen Büros, als Bianca gerade ihre beste Freundin holen wollte.

Die beiden Frauen hatten sich angefreundet, als sie beide bei Hale Inc. zu arbeiten begannen, und waren nach einiger Zeit beste Freundinnen geworden. Aber während Bianca Finanzen studiert hatte und Analystin war, war Alice die Assistentin des Abteilungsleiters, sodass sie nicht viel Zeit miteinander verbrachten. Bald würde Bianca hier nicht mehr arbeiten, obwohl ihr Chef nur wusste, dass sie heiraten würde und nicht, dass sie bereits schwanger war.

Jedes Mal, wenn eine von ihnen etwas loswerden musste, gingen sie zu ihrem Lieblings-Italiener gleich um die Ecke. Gewöhnlich versuchten sie, sich dort jeden zweiten Tag zu treffen und einfach etwas zu essen zu holen oder brachten es mit, um in der Küche der Abteilung zu essen, wie alle anderen auch. Oft genug kollidierten ihre Zeitpläne, oder sie gingen mit ihren Teamkollegen zum Mittagessen.

Heute jedoch trafen sie sich dank Alices Anruf vor dem Büro im Restaurant. Das einzige Problem war, dass sie, obwohl keine möglichen Kollegen sie belauscht hatten, nun an einem öffentlichen Ort saßen, was immer noch bedeutete, dass die Leute hören konnten, worüber sie sprachen. Alice wollte sich oder ihre beste Freundin wirklich nicht in Schwierigkeiten bringen.

»Also, was gibt's?«, fragte Bianca sofort, sobald die beiden ihre Menükarten erhalten hatten.

Alice brauchte mehr als nur einen Moment, um die richtigen Worte zu finden. Es war ihr peinlich, was sie nicht mochte. Es gab nichts, wofür sie sich schämen musste, und doch konnte sie nicht verhindern, dass ihre Wangen erröteten.

Es war so überfällig, einen Code zu finden.

»Ich stecke fest zwischen Mr. Erpressung und …«, sie seufzte, »Mr. Fantastic.«

»Ach, so nennst du ihn jetzt?«, fragte Bianca und wackelte bedeutungsschwanger mit den Augenbrauen.

Alice brach in Gelächter aus. Sie sah diese Miene auf dem Gesicht ihrer besten Freundin zum ersten Mal.

»Oh, komm schon.« Biancas Schultern sackten ein. »Ich kann da nicht hingehen, lass mich dieses Abenteuer durch dich erleben.«

»Okay«, nickte Alice. »Und ja, so nenne ich ihn jetzt. Du kannst es dir nicht vorstellen. Aber, ich werde dir keine Details über Samstag erzählen, okay? Sie werden uns rauswerfen, weil wir am Ende eine moderne Nachstellung dieser Szene aus ›Harry und Sally‹ machen werden.«

Bianca schnaubte vor Lachen, schaffte es aber, sich zu beruhigen, als sie bemerkte, dass die Leute sich umdrehten und sie ansahen, einschließlich der Kellnerin, die zurückkam, um ihre Bestellung aufzunehmen und ihnen etwas Wasser einzuschenken.

Alice wartete darauf, dass das Mädchen ging, bevor sie das Gespräch wieder aufgriff:

»Ich weiß, es sind erst ein paar Wochen vergangen, aber«, seufzte sie lautstark, »ich glaube, ich bin süchtig. Aber das Schlimmste ist, dass es nicht nur darum geht. … weißt du«, lehnte sie sich zum Flüstern hinüber, kaum in der Lage, die Flut ihrer Worte zurückzuhalten, »der Sex. Es geht eigentlich um beide. Sie sind so unterschiedlich, und doch liebe ich es, wie ich mich fühle, wenn ich aus ganz unterschiedlichen Gründen bei ihnen bin. Der eine gibt mir das Gefühl, mächtig und dominant zu sein und bewundert zu werden, und der andere gibt mir das Gefühl, vollständig umsorgt und beschützt zu werden und mich völlig loslassen zu können. Ich will beides! Schade, dass es keine Kombination der beiden gibt, aber dann weiß ich nicht, ob ich diesen Typen wirklich treffen möchte. Ich weiß nur, wenn ich so weitermache, werde ich meine Gefühle nicht kontrollieren können. Also dachte ich daran, mit der ganzen Sache aufzuhören, bevor sich meine ganze Welt darum dreht«.

»Ist das dein Ernst?« Bianca sah Alice an, als hätte sie gerade beschlossen, Nonne zu werden.

»Die Alternative wäre, sich von den beiden fernzuhalten«, zuckte Alice mit den Achseln, und ihre beste Freundin nickte langsam.

»Das verstehe ich, wirklich«, sagte Bianca schließlich. »Ich meine, wenn du dir Sorgen machst, dich an beide zu binden, obwohl du das wegen der ganzen ›ohne Bedingungen‹-Philosophie nicht tun solltest. Aber Alice«, ihre beste Freundin schaute sie mit Ernst und Nachdruck an, »seit du Mitglied in diesem … ›Fitnessstudio‹ bist, bist du wirklich anders als früher. Du wirkst entspannter, sogar glücklicher, und auch – ehrlich gesagt – umgänglicher. Willst du das wirklich aufgeben, weil dir diese Männer ans Herz gewachsen sind? Geht es nicht darum, dass du dir eben keine Sorgen um die Gefühle anderer machen musst? Dass du, obwohl du dich unwohl fühlst, trotzdem weitermachen kannst?«

»Das dachte ich auch«, stimmte Alice zu. »Ich könnte einfach … die ›Kurse‹ wechseln.«

»Also, wofür brauchst du mich dann?« Bianca neigte nachdenklich den Kopf und schenkte ihr ein kleines Grinsen.

»Vielleicht nur zur Bestätigung?« Alice zuckte die Achseln. »Und weil der Typ, der mir all diese erstaunlich tollen Dinge gezeigt hat, auch der Typ ist, der mich eingeladen hat und anscheinend für eine Silbermitgliedschaft für mich bezahlt hat.«

»Wofür?«

»Es ist eine Mitgliedschaft, die alle Mahlzeiten und Getränke sowie den Zugang zu bestimmten Räumen umfasst«, erklärte Alice. »Er will mich anscheinend wirklich dort haben, aber ich weiß einfach nicht, ob ich mit ihm fertig werde … gefühlsmäßig.«

»Aber du weißt nicht, wie der Typ aussieht, oder seinen Namen, seinen Beruf oder sonst etwas, oder doch?« Bianca versuchte offensichtlich, ihr die Sorgen zu nehmen. »Aber kennst du ihn nicht als ›Mr. Scotch‹?«

»Ja«, errötete Alice. »Nur kurz. Aber ich kann mich immer noch nicht an sein Gesicht erinnern, weil ich mich an alles andere von unseren Treffen erinnere. Gott, Bianca, ich weiß kaum etwas über ihn, und ich würde ihn trotzdem sofort heiraten, wenn er mich fragen würde. Das ist verrückt.«

Ihre beste Freundin verschluckte sich beinahe.

»Nun, vielleicht solltest du dich nicht einfach an diesen einen ›Kurs‹ halten, nur weil er gut ist«, erklärte sie, während sie die Kellnerin beobachtete, wie sie mit ihren Salaten auf sie zu kam. »Du solltest andere ›Kurse‹ ausprobieren, nur um sicherzugehen, dass du nichts verpasst, für den Fall, dass du dich einfach nur zu sehr auf den … ›Trainer‹ freust.«

»Ich schätze, das musste ich von jemand anderem hören«, sagte Alice und lächelte ihre beste Freundin an. »Besonders von dir; für einen Moment fühlte ich mich wie eine … wie eine kaltherzige Schlampe.«

»Ehrlich«, seufzte Bianca. »Wenn Matt nicht wäre, würde ich dich auf Knien um eine Einladung bitten. Und wenn die anderen wüssten, dass du den Jackpot geknackt hast … verdammt Mädchen, gäbe es bei dir Übernachtungspartys, um zu hören, was du erlebt hast.

Ich bin wirklich glücklich mit Matt, obwohl er es eher … ›zahm‹ mag, wenn du weißt, was ich meine. Du hast die Chance, alles zu erleben, was deinem Verstand je eingefallen ist. Wirf das nicht weg, weil du dich zu sehr an diese beiden Jungs gewöhnt hast. Wir Frauen sind so; es liegt in unseren Genen, sich an echte Versorger zu hängen. Hast du mir das nicht gesagt?«

»Das ist die Erklärung, die ich dafür benutzte, warum ich mit Gary Schluss gemacht habe«, sagte Alice, verblüfft, dass Bianca sich daran erinnerte.

»Ja, und du hast Recht«, stimmte sie zu. »Ich liebe Matt. Er ist mein Mann, und vielleicht habe ich eines Tages den Mut, ihm … Yoga vorzuschlagen.«

Alice kicherte und versuchte sich nicht vorzustellen, wie die süße Bianca einen Vorschlag machen würde, wie sich an ein Himmelbett fesseln und aufhängen zu lassen. Sie schüttelte den Kopf und grinste breit. Dieses Bild sollte sich nicht in ihr Hirn einbrennen.

»Hey«, protestierte Bianca, denn sie kannte den Gesichtsausdruck, den Alice jedes Mal machte, wenn ihre Fantasie verrücktspielte. »Dazu musst du mir Tipps geben.«

»Okay, okay«, lachte sie. »Ich werde einfach den Kurs wechseln und sehen, was ich bekommen kann. Wenn du bereit bist, leg einfach das Datum fest und komm vorbei. Ich werde dir einige Einblicke geben. Aber ich werde noch weitere Nachforschungen anstellen müssen.«

Danach war ihr Gespräch weiterhin unbeschwert, aber sie waren nicht in der Lage, Referenzen in ihrer neuen Geheimsprache vorzubringen, und Alice versuchte schließlich, Bianca von ihrem letzten Besuch der Dark Alley zu erzählen, der ebenso aufregend und urkomisch war.

♦ ♦ ♦

Obwohl Alice zugestimmt hatte, ›Yoga‹ in der Dark Alley nicht aufzugeben, konnte sie sich nicht dazu durchringen, unter der Woche dorthin zu gehen.

Das lag nicht nur daran, dass der Club erst um 22 Uhr öffnete – was für sie einfach zu spät war –, sondern auch daran, dass sie sich immer noch nicht entschieden hatte, was sie tun sollte.

Besonders wenn sie einen der Männer traf, oder – noch schlimmer – wenn sie nach ihr fragten.

Konnte sie deren Bitte wirklich ablehnen?

Technisch gesehen natürlich, aber sie war sich nicht sicher, ob sie mit dem Konflikt leben konnte. Also sagte Alice sich einfach, dass sie in Notfällen noch ein paar Überstunden mehr sammeln müsse.

Alles in allem versuchte sie, jeden Tag neue Ausreden zu finden, um die Woche zu überstehen und am Ende jedes Tages so müde zu sein, dass sie einfach nur tot in ihr Bett fallen wollte. Das war die Kehrseite ihrer Entscheidung.

Sowohl King als auch Aquarius fernzubleiben, hatte sie nervös gemacht, weil sie befürchtete, dass derjenige, mit dem sie dort gekoppelt wurde, nicht den Standards entsprechen würde, an die Alice sich dank der beiden Männer bereits gewöhnt hatte.

Als der Freitag endlich gekommen war, war sie begierig darauf, die Arbeit vorzeitig zu verlassen und ignorierte dabei völlig die Tatsache, dass sie die Überstunden opferte, für die sie so hart gearbeitet hatte.

Alice war gerade dabei, ihre Jacke zu holen und zu gehen, als ihr Chef aus seinem Büro trat und sie direkt ansah.

»Alice, auf ein Wort, bitte«, forderte Maxwell Johnson, als er sich umdrehte, um sich wieder hinter seinen Schreibtisch zu setzen.

Ihr Chef war Ende vierzig, hatte dunkelbraunes Haar, das langsam grau wurde, und Falten um seine kaffeebraunen Augen, was zeigte, dass er oft die Stirn runzelte. Er war nicht athletisch, aber nicht übergewichtig, weil er oft das Mittagessen ausließ, was dazu führte, dass sie auch oft das Mittagessen ausließ.

Alice unterdrückte einen Seufzer und ließ ihre Handtasche auf ihren Stuhl fallen, schnappte sich ihr Notizbuch und folgte ihrem Chef schnell wieder in sein Büro, wobei sie die Tür sanft hinter sich schloss. Er setzte sich hin und gestikulierte, dass sie das Gleiche tun solle.

»Bitte, nimm Platz, Alice«, sprach Maxwell leise, was, auch wenn man sie Platz nehmen ließ, nie ein gutes Zeichen war. »Sie brauchen sich auch keine Notizen zu machen.«

Alices Herz rutschte ihr in die Hose.

Ihr Chef sah seit Wochen müde und überlastet aus, aber heute war es noch schlimmer. Sie hatte ihn in den letzten Tagen kaum gesehen, da er an mehreren Sitzungen teilgenommen hatte. Allerdings war das am Ende eines Geschäftsjahres nicht sehr ungewöhnlich.

Doch jetzt, da sie Zeit hatte, ihn von Angesicht zu Angesicht zu betrachten, konnte sie sehen, dass die grauen Haare an seinen Schläfen zugenommen hatten und die Falten in seinem Gesicht tiefer zu sein schienen als zuvor.

»Erstens: keine Sorge, ich kündige Ihnen nicht«, sagte ihr Chef und schenkte ihr den Hauch eines Lächelns, bevor er sich den Nasenrücken massierte und dabei die Stirn runzelte. »Das wäre eine schlechte Entscheidung, also machen Sie sich keine Sorgen.«

Alice erlaubte sich, die Luft, die sie angehalten hatte, auszuatmen, und ihr Herz beruhigte sich langsam.

»Das Management hat dies unter Verschluss gehalten, aber nächste Woche wird es eine offizielle Ankündigung geben, dass unser Unternehmen von Grantham Global aufgekauft wurde«, erklärte Maxwell und beobachtete sie, während er seine Fingerspitzen aneinanderlegte und damit eine Art Dreieck bildete.

»Abgesehen davon haben sowohl ein Team auf unserer Seite als auch Grantham Global zusammengearbeitet, um einen Fusionsplan auszuarbeiten, der für euch Mitarbeiter so schmerzlos wie möglich sein wird.«

Biancas Verlobter Matt arbeitete bei Grantham Global, und für Alice schien es nun offensichtlich, dass dies die Aufgabe war, an der sein Chef ihn die ganze Zeit arbeiten ließ.

»Aber«, Maxwells Stimme riss sie aus ihren Gedanken, »aufgrund meines Dienstalters in unserem Unternehmen wurde mir eine neue Position im Beratungsteam des Vorstands bei Grantham Global angeboten. Ich habe in den letzten Wochen an beiden Standorten gearbeitet, aber meine Versetzung wird nächste Woche offiziell sein.«

Alice war es gewohnt, dass ihr Chef Informationen fallen ließ und sie dabei beobachtete, wie sie darauf reagierte und darauf wartete, dass sie etwas sagte, was er die meiste Zeit ablehnte.

»Herzlichen Glückwunsch.« Alice lächelte ihn zaghaft an.

»Danke, Alice«, nickte er. »Mein Nachfolger wird jedoch seinen persönlichen Assistenten von Grantham Global mitbringen«, erklärte er.

Alice erstarrte in Verwirrung. Sie hatte doch richtig gehört, wie er ihr sagte, dass sie nicht entlassen werden würde, nicht wahr?

Was hatte das zu bedeuten?

»Wie es der Zufall so will, braucht unser Beratungsteam eine neue Assistentin, und ich habe Sie wärmstens empfohlen«, lächelte Maxwell sie stolz an.

»Vielen Dank, Sir, ich bin ein wenig verlegen«, versuchte Alice, nicht zu schnell zu antworten, und er nickte wissentlich.

»Es wird jedoch weiterhin Bewerbungsgespräche geben«, sagte er, und Alice nickte ruhig, trotz ihrer Verwirrung über seine Wortwahl. »Da der Vorstand ebenfalls einen zusätzlichen Assistenten benötigt, wird es zwei Vorstellungsgespräche geben«, erläuterte Maxwell. »Das erste Interview wird etwa zwei Wochen nach meinem Wechsel auf die neue Position stattfinden, das zweite in vier Wochen. Bis dahin bleiben Sie in Ihrer derzeitigen Position und helfen dem neuen Assistenten bei der Eingewöhnung.«

»Natürlich, Sir«, kontrollierte Alice ihren Gesichtsausdruck und tat so, als sei sie dankbar und aufgeregt über ihre Quasi-Beförderung.

Sie liebte ihre derzeitige Arbeitsstelle und hatte nie daran gedacht, sich für eine andere Position zu bewerben, schon gar nicht bei einem anderen Unternehmen, aber diese Entscheidung war ihr aus den Händen genommen worden. Alice war sich nicht sicher, ob ihr das gefiel, aber sie hatte in dieser Angelegenheit offensichtlich keine Wahl. Ihre alte Stelle war weg, und jetzt hatte sie die Chance auf zwei neue Stellen.

Langsam dämmerte es ihr, dass beide Jobs nicht nur mehr Verantwortung und neue Aufgaben bedeuteten, sondern wahrscheinlich auch ein besseres Gehalt.

»Vielen Dank für diese Chance, Herr Johnson«, fügte sie schnell hinzu, als ihr klar wurde, dass er geschwiegen hatte.

»Ich hoffe nur, dass der Vorstand Sie nicht wegschnappt, Alice.« Ihre Chef stand auf, was sie auch sofort tat. »Ich habe mich an Sie gewöhnt und möchte Sie nicht mehr gehen lassen«, gab er zu, und sie war von seinem ungewöhnlich offenen Kompliment überrascht.

»Danke, Sir«, verabschiedete sie sich und verließ sein Büro.

Als Alice ihre Tasche packte, kehrten ihre Gedanken nicht zu den Möglichkeiten des späten Abends zurück, sondern zu denen, die sich ihr gerade erst eröffnet hatten. Sie wusste, wie viel mehr die Assistenten der Vorstandsmitglieder bei diesem Unternehmen verdienten, und wer wusste, wie viel mehr das bei Grantham Global war? Alice könnte sich vorstellen, dass sie als Assistentin eines Beratungsteams für die Vorstandsmitglieder einer so großen Holdinggesellschaft wie Grantham Global zumindest so viel verdienen könnte wie Bianca derzeit, vielleicht sogar mehr. Als Assistentin war nur eine einzige Sache wichtiger als Exzellenz im Jonglieren mit Kalendern, Kontakten und Computern: Vertrauenswürdigkeit.

Als Alice in den Aufzug stieg, der sie ins Erdgeschoss bringen sollte, wurde ihr klar, wie sehr ihr Chef an sie denken musste. Er empfahl sie nicht nur seinem neuen Team, sondern gab ihr auch die Möglichkeit, am Rennen um die Stelle als Vorstandsassistentin teilzunehmen.

Mit einem stolzen Lächeln auf den Lippen erkannte Alice, dass sie nun genau wusste, was sie tun musste, um sich von zu vielen Gedanken über ihren bevorstehenden ›Yoga–Kurs‹ abzulenken. Sie würde mehr über Grantham Global und den Vorstand herausfinden.

– 16 –

Als sie sich für die Nacht fertig machte, hatte Alice das Gefühl, auf Wolken zu laufen. Bevor ihr der Dark Alley Club vorgestellt wurde, hätte sie sich wahrscheinlich davor gefürchtet, einen neuen Job anzunehmen, aber jetzt fühlte sie sich gesegnet und freute sich auf die Vorstellungsgespräche.

Alice wusste, wozu sie fähig war, sie wusste, dass sie die Zügel selbst in die Hand nehmen und die neue Verantwortung übernehmen konnte.

Ihre Erfahrungen im Club hatten ihr all dies gezeigt. Sie war nicht ängstlich, nervös vielleicht, aber nicht ängstlich.

Alice hatte die meiste Zeit am Computer verbracht, nachdem sie die Hausarbeiten erledigt hatte, die sie während der Woche vernachlässigt hatte, und versucht, mehr Informationen über die verschiedenen Vorstandsmitglieder zu erhalten. Das einzige Gruppenfoto, das sie gefunden hatte, war zu klein gewesen, um wirklich Gesichter darauf zu erkennen, und es gab auch keine Möglichkeit, sie zu vergrößern. Sie ließ sich jedoch nicht entmutigen.

Es gelang ihr, zumindest eine Liste mit Namen zu bekommen, an der sie bereits begonnen hatte zu arbeiten, Eintrag für Eintrag. Sie konzentrierte sich ganz auf ihre Aufgabe, sodass sie fast vergaß, sich vorzubereiten. Alice wusste, dass sie kurz nach der Öffnung von Dark Alley ankommen würde, aber es machte ihr nichts aus.

Mit dem gleichen Gefühl der Schwerelosigkeit betrat Alice am Freitagabend das Etablissement mit Schwung in ihrem Schritt und Begierde nach einer Sonderbehandlung in ihrer Muschi. Sie konnte nicht leugnen, dass sie geil war, denn ihr Bedürfnis war es gewesen, ihr Höschen mit Feuchtigkeit zu versorgen, weshalb sie keines trug, als sie mit einem verspielten Lächeln auf den Lippen auf Big Guy zuging. Sie war so bereit für etwas Action.

Der Versuch, nicht an diesen Ort zu denken, hatte sich als Folter herausgestellt, aber am Ende war es eine gute Sache, denn Belladonna war es egal, welchen Mann sie treffen würde, solange er seine Pflicht ihr gegenüber erfüllte.

»Miss Belladonna«, begrüßte Alfred sie mit einem aufrichtigen Lächeln, das ihr Herz erwärmte.

»Alfred«, begrüßte sie ihn mit einem breiten Lächeln, worauf er genauso reagierte.

»Was kann ich heute Abend für Sie tun, Madame?«, fragte er leise, und Alice verspürte unerklärlicherweise den Drang, ihn zu umarmen.

Jedes Mal, wenn sie Big Guy sah, erinnerte er sie an einen riesigen Teddybären, obwohl er gar nicht so aussah. Alice wusste nur durch seine Selbstbehauptung, dass er ein freundlicher Mann war. Sie kam nicht umhin, sich zu fragen, ob er eine Frau hatte, die sich um ihn kümmerte, was die Frage aufwarf, ob er die Dark Alley jemals für sich selbst genutzt hatte. Die Vorstellung, Alfred in der Alley zu treffen, fühlte sich dennoch falsch an, fast so, als ob man es mit einem seiner Geschwister treiben würde. Er war ein Beschützer für sie, ein großer Bruder. Obwohl sie absolut nichts über ihn wusste, fühlte sie sich in seiner Gegenwart sicher, und daran würde sich nichts ändern.

»Ich möchte eine neue Bestellung aufgeben«, sagte sie, wobei ihre Stimme mit jedem Wort stärker wurde.

Big Guy zeigte keinen Ausdruck auf seinem Gesicht, was Alice irgendwie ein Gefühl der Erleichterung verschaffte. Obwohl sie den Kopf schütteln musste, wenn sie daran dachte, wie leicht sie ihre Bitte wenige Augenblicke später, als sie durch die Hauptgasse zum Klubhaus ging, äußerte.

»Ich würde gerne einen neuen Mann kennenlernen, der sich mir gerne bedingungslos unterwerfen würde, informieren Sie mich einfach, wenn so jemand auftaucht«, sagte sie zu Big Guy, vor allem weil sie nicht erwartete, dass viele Männer dieses Clubs sich unterwerfen würden, aber vielleicht lag sie mit dieser Annahme völlig falsch.

Und das war, abgesehen von ihrer frühen Ankunft, ein weiterer Grund, warum Alice nicht allzu überrascht war, als Big Guy sie bat, im Clubhaus zu warten, bis ein passender Partner auftauchte. Sein Tonfall und sein Gesichtsausdruck deuteten nicht darauf hin, dass ihre Bitte ungewöhnlich war, und so dachte sie sich, es sei gut, sie ins Clubhaus zu schicken, ohne um eine nachträgliche Bestellung zu bitten.

Da ihr Gesicht sicher hinter einer Maske verborgen war, konnte Alice fast spüren, wie sie sich mit jedem Schritt mehr veränderte, als sie zur Belladonna wurde. Vielleicht war es nur ihre Einbildung, aber es schien, dass in ihrem Schritt mehr Mumm steckte. Sie ging gerader und locker aus den Hüften heraus.

Wie konnte sie dieses Gefühl jemals aufgeben? Und warum konnte sie nicht ein wenig von dieser Souveränität mit nach Hause nehmen? Als sie durch die Gasse direkt zum Clubhaus ging, lauschte sie den Geräuschen von links und rechts und lächelte.

Da wurde Alice klar, dass sie tatsächlich einen Teil von Belladonnas Macht mit in die Realität nehmen konnte. Schließlich war diese Frau sie selbst, und bald würde sie einen neuen Job haben.

Irgendwie war sie sich sicher, dass sie die Interviews nicht vermasseln würde. Und obwohl Maxwell hoffte, dass sie bei ihm bleiben würde, war die neue Stelle als Assistentin des Vorstands von Grantham Global eine große Sache für sie.

Vor der Dark Alley hätte sie es nie gewagt, ein so hohes Ziel anzustreben, und obwohl es ursprünglich nicht ihre Idee gewesen war, wusste Alice nun, dass sie diese Stelle bekommen musste. Nicht wegen des Geldes, nicht wegen des Status, sondern für sich selbst. Denn wenn dieser Job ihr gehörte, würde sich ihre Verwandlung in Belladonna von ganz allein ergeben. Sie war sich dessen sicher.

Da wurde ihr klar, warum ihr Chef bei ihrem zweiten Gespräch so ruhig gewesen war. Die Alice, die er kannte, hatte keine hohen Ziele und war nicht ehrgeizig, weil sie es nie gewesen war. Bianca hatte ihre gesamten Fähigkeiten eingesetzt, um den Job zu bekommen, den sie jetzt hatte, und Alice musste im Grunde gezwungen werden, die Assistentin eines Abteilungsleiters zu werden.

Ein selbstbewusstes Lächeln erschien auf ihrem Gesicht, als sie durch die Tür des Clubhauses ging. Die Veränderung war bereits im Gange.

Belladonna hatte kein Interesse an ihrer Umgebung, abgesehen davon, dass sie die Kellnerin fand, die nach einem Stand fragte, damit sie dort nicht im Freien saß wie eine kostenlose Mahlzeit auf einem Silbertablett. Bei diesem Gedanken begann ihr Magen zu rumpeln. Sie aß zu Abend, hatte aber kaum etwas geschmeckt, weil ihr Geist damit beschäftigt war, die neuen Informationen zu verdauen, die Maxwell ihr gegeben hatte.

Nun, da dies geklärt war, verlangte Alices Körper Aufmerksamkeit, aber nicht nur essenstechnisch.

Die Kellnerin näherte sich ihr in der Mitte des Ganges, fragte, wo sie Platz nehmen möchte, und führte sie zu einem Platz in der Nähe der Bar, aber weg von dem Gang, der zur Treppe führt. Erst als Belladonna saß, wurde sie daran erinnert, dass sie zu früh dran war, und es wurden noch keine Plätze an diesem Platz besetzt.

Die Kellnerin kam bereits mit ihrem gepflegten Scotch und der Speisekarte zurück.

Belladonna kam nicht umhin, sich vorzustellen, wie sie von all den Männern angesprochen wird, mit denen sie eines Tages Abenteuer erleben würde. Die Vorstellung, eine der meistbegehrten Frauen in der Dark Alley zu sein, hatte einen verlockenden Reiz.

Heute war sie jedoch damit zufrieden, in Ruhe gelassen zu werden.

Vielleicht war das ein weiterer Grund, warum die Mitglieder eine neutrale Maske benutzen konnten, fragte sich Belladonna, damit sie nicht angesprochen und in Ruhe gelassen würden, da sie von Partnern, mit denen sie bereits zusammen waren, nicht erkannt werden konnten.

Es machte absolut Sinn.

Belladonnas köstliche Mahlzeit wurde nur fünfzehn Minuten nach der Bestellung serviert, was ein weiterer Vorteil der frühen Ankunft in der Gasse war.

Wenn dieser Ort früher am Abend öffnen würde, könnte sie sich vorstellen, dass viele Leute hier nur zum Essen hingehen würden, und vielleicht war das der Grund, warum er nicht früher öffnete. Denn an diesem Ort ging es nur um ein besonderes körperliches Vergnügen.

Je mehr sie über die Fakten nachdachte, die sie über diesen Ort wusste, desto mehr Sinn ergaben sie für sie, und desto mehr wurde ihr klar, wie gut durchdacht dieser Club wirklich war. Sie verstand die Faszination von Aquarius für Dark Alley.

Sie fühlte sich leicht beunruhigt bezüglich dessen, was weiter unten unter der Oberfläche dieses Clubs lag. Wenn es so gut geplant war, wer wusste da schon, was sich hinter den verschlossenen Türen dieses exklusiven Clubs noch alles abspielen könnte?

Eines wusste Belladonna mit Sicherheit: Im Moment wollte sie es nicht wissen. Nicht nur, dass es sie nichts anging, sie hatte auch nicht die Intelligenz, es zu klären.

Als Belladonna gerade ihr zweites Glas Rotwein austrinken wollte, kam die Kellnerin von sich aus mit einem Lächeln im Gesicht auf sie zu.

»Miss, wir haben eine mögliche Übereinstimmung mit Ihrer Bestellung», sagte sie und übergab ihren Tablet-PC, der ihr zeigte, was der Wunsch des neu angekommenen Mitglieds war. »Bitte lassen Sie es mich wissen, wenn Sie es bestätigen wollen.«

Belladonnas Blick streifte über die Zeilen, die Größe und Körperbau beschrieben und blieb auf dem stehen, was der Mann, der den Namen »Core« trug, verlangte: eine fordernde dominante Frau, Körpertyp unwichtig, die an einem wiederholten Treffen interessiert sein könnte, damit er hart trainiert würde, um ihren Erwartungen gerecht zu werden. Seine Belohnung wäre, dass er sie vögeln dürfte.

Belladonna konnte nicht umhin, die Stirn zu runzeln, als sie einige Worte las, die mit einem Häkchen markiert waren. Dieser Typ wollte abgewiesen und herumkommandiert werden, er wollte sogar geohrfeigt, ausgepeitscht und gefesselt werden. Sie fühlte, wie ihr Gesicht errötete. Würde sie in der Lage sein, das zu sein, was dieser Typ wollte? Eine Domina?

»Ich möchte die Bestellung bestätigen«, sprach Belladonna, den Kloß im Hals unhörbar, und gab den Tablet-PC zurück. »Ist eine Gasse verfügbar?«

Es zu versuchen würde nicht schaden, und wenn es ihr gefiele, bräuchte sie wahrscheinlich einen bestimmten neuen Satz Kleidung. Ihr Herz raste, und ihr Bauch fühlte sich an wie von feiernden Ameisen überfüllt, als sie an das geheime Versteck von Büchern über Dominas dachte, das sie angesammelt hatte.

Es waren nicht so viele, wie sie erwartet hatte. Sie fand den Gedanken, selbst eine Domina zu sein, äußerst fesselnd, obwohl sie ihre Zeit als Unterwürfige bei King genossen hatte.

»Ja, Miss«, antwortete die Kellnerin, bevor sie ihr Gerät überhaupt angesehen hatte, und Belladonna konnte nicht umhin, sich zu fragen, ob sie wusste, dass nicht viele Gäste da waren, weil es so früh war, oder ob sie nachgesehen hatte, bevor sie kam, um ihr von dem Kandidaten zu erzählen.

Belladonna entschied, dass es nicht wichtig sei.

»Ich hätte gerne noch ein Glas Wein«, lächelte sie die Kellnerin leicht an, »und ein kleines Wasser mit Kohlensäure. Lassen Sie ihn zuerst gehen und sagen Sie ihm, er soll warten.«

»Natürlich, Miss«, imitierte die Kellnerin ihren Gesichtsausdruck und ließ ihre Finger über die glatte Oberfläche des Tablet-PCs tanzen. »Es ist Gasse Nummer drei.«

»Danke«, antwortete Belladonna.

Dieses Mal schien das Lächeln, das an sie gerichtet wurde, echt zu sein. Sie fragte sich, ob die Kellner an diesem Ort ein Gehalt bekämen, da die meisten Getränke und Mahlzeiten Teil der Mitgliedschaft sein mussten. Als Brian, der Bruder von Aquarius, ihr sagte, dass er diesen Job brauche, machte es noch mehr Sinn, wenn sie ein richtiges Gehalt bekämen.

Die Kellnerin kehrte sofort mit ihrem Wein und Wasser zu ihr zurück, obwohl sich das Clubhaus langsam füllte und Belladonna sich mit einem weiteren Lächeln bedankte, bevor sie sich zurücklehnte und den neuen Gästen beim Eintreten und Platz nehmen zusah.

Ein paar neugierige Blicke landeten auf ihr, da sie einer der wenigen Gäste war, die bereits warteten. Sie musste sich daran erinnern, geduldiger zu sein und sich zwingen, nach Mitternacht in die Gasse zu gehen und nicht eine Sekunde früher.

Sie ließ ihren Finger auf dem Rand ihres Weinglases kreisen und fragte sich, was Core davon hielt, auf sie warten zu müssen. Sie wurde sofort an ihre Qualen des Wartens erinnert. Als sie jetzt so darüber nachdachte, machte es völlig Sinn, dass dies der erste Test für ihn war. Nicht nur für die Entschlossenheit des Sub – des sich Unterwerfenden – sondern auch für seine oder ihre Bereitschaft, sich ihr zu unterwerfen.

Belladonna erinnerte sich an die Fakten über Core, die sie wissen durfte. Er war 185 cm groß, sein Körperbau zwischen durchschnittlich und athletisch, in seinen Dreißigern, Sub. Sie kam nicht umhin, sich zu fragen, ob er wirklich das war, was er vorgab zu sein, und ob dies nicht nur eine Art verstecktes Machtspiel war. Aber warum sollte er darüber lügen? Er hatte keinen Grund dazu an einem Ort wie diesem. Niemand musste in der Dark Alley lügen oder sich Dinge ausdenken. Auch wenn das Gesicht maskiert war, die Seele wurde bloßgelegt.

Plötzlich verspürte Belladonna den Drang, den Wein und das Wasser leer zu trinken und so schnell wie möglich in die dritte Gasse zu gelangen. Sie konnte es kaum erwarten, ihren eigenen Geschmack zu testen, denn sie musste wissen, ob sie eine Domina in sich trug. Doch sie erinnerte sich daran, dass es als Dominante nicht nötig war, sich zu beeilen, also nahm sie noch einen Schluck des köstlichen Weins und ließ ihren Blick quer durch den Raum schweifen.

Irgendwie wurde ihr Selbstbewusstsein stärker, je länger sie wartete und je mehr Zeit sie damit verbrachte, sich zu entspannen, weil sie wusste, dass jemand sehnsüchtig auf sie wartete.

Es war sogar noch mehr als das.

Es gab ihr ein Gefühl von Macht und Kontrolle.

Der Gedanke, dass dieser Mann, der sie nicht einmal kannte, geduldig und vertrauensvoll darauf wartete, dass sie auftauchte, ließ ein seltsames Kribbeln durch ihren Körper gehen.

Die Hitze der Aufregung wurde plötzlich durch ein Überfluten mit Eiswasser ersetzt, als ein Mann mit einer vertrauten blauen Maske das Clubhaus betrat. Aquarius.

Belladonna hatte keine Zeit für ihn.

Es war ihr egal, ob er noch etwas von ihr wollte, was sicherlich immer noch schmeichelhaft war, aber sie war nicht für ihn da. Was sie wollte, was sie brauchte, war, heute nicht den Weg des emotionalen Aufruhrs einzuschlagen. Sie wollte die Kontrolle haben, und Core war der schnellste Weg, um dorthin zu gelangen. Hoffentlich würde er ihren Erwartungen gerecht werden.

Instinktiv drehte Belladonna ihr Gesicht und dann den Rücken zum Eingang, hob ihr Glas auf, aber wieder nippte sie nur daran. Sie war sich nicht ganz sicher, ob sie hoffte, dass er sie nicht sehen würde, oder ob sie wollte, dass er sie bemerkte und rüberkam, damit sie ihn abblitzen lassen konnte.

Warum mussten die Dinge immer komplizierter werden? Andererseits, war er wirklich hier, um nach ihr zu suchen? Wenn das der Fall wäre, würde er sie sowieso finden.

Belladonna kehrte an ihren alten Platz zurück und stellte das Weinglas ab, um das Wasser in einem Zug zu trinken. Sie hatte beschlossen, den Wein nicht auszutrinken und sich ein wenig zu erfrischen. Sie war sich sicher, dass es am Ende des Flurs Toiletten gab, aber sie signalisierte der Kellnerin trotzdem, dass sie zu ihr kommen und ihr den Weg zeigen sollte.

Nachdem Alice aufgestanden war, um zur Toilette zu gehen, stieß sie in dem Moment, als sie sich umdrehte, beinahe mit Aquarius zusammen. Waren seine blauen Augen schon immer so intensiv? Obwohl die Hälfte seines Gesichts bedeckt war, konnte Belladonna an der Art, wie er sie ansah ablesen, dass ihn etwas bedrückte. Sie vermutete, dass es die gleiche Sache war, die sie beunruhigte, mit dem Unterschied, dass sie zwei Männer hatte, die ihr den Kopf verdrehten, und nicht nur einen.

»Können wir reden?«, fragte Aquarius.

»Ich habe jemanden, der auf mich wartet«, wich sie einer direkten Antwort aus und erwartete dennoch, dass er ihr aus dem Weg geht.

Er tat es nicht

»Ist es dieser King of Diamonds-Typ?« Aquarius klang verärgert.

Großartig, einfach großartig.

War er etwa eifersüchtig?

»Der Grund, warum dieser Ort existiert, ist, dass seine Mitglieder sich über widersprüchliche Emotionen keine Sorgen machen müssen. Wie die, die du jetzt gerade zum Ausdruck bringst, Aquarius«, gab Belladonna zurück und versuchte nicht einmal, ihren Ärger zu verbergen.

»Ja, du hast Recht«, antwortete er und klang fast so, als würde er sich entschuldigen wollen, aber er ging trotzdem nicht aus dem Weg. »Hör zu«, fügte er nach einer Schweigeminute zwischen ihnen hinzu. »Was ich getan habe, als ich versucht habe, dich zu erpressen … das war einfach falsch. Ich weiß nicht, was in mich gefahren ist. Ich denke …« Er seufzte tief. »Ich glaube, ich hatte einfach große Ehrfurcht vor dir, und das habe ich immer noch. Ich bin fasziniert von dir. Du zeigst deine tiefsten, dunkelsten Sehnsüchte, den tiefsten Kern deines Wesens, und ich kann nicht anders, als in diese Person verliebt zu sein.«

Belladonna schluckte trocken, als sie diese letzten Worte hörte.

»Ich weiß, dass das nicht passieren sollte«, fuhr er fort. »Und ich denke mir das nicht aus. Ich möchte dich kennenlernen. Ich möchte deinen echten Namen wissen, wo du arbeitest und wo du wohnst, was deine Hobbys und wer deine Freunde sind. Aber ich werde mich dir nicht aufdrängen. Du sollst nur wissen, dass ich ein echtes Interesse an dir habe, und zwar nicht wegen dieses Ortes, sondern wegen dir.«

Zu viele Gedanken schossen ihr durch den Kopf. Sie hatte keine Ahnung, welchen sie folgen sollte.

»Wirst du mich gehen lassen?«, fragte Belladonna, und es tat ihr leid, dass dies ihre Antwort war.

Aquarius schüttete ihr sein Herz aus und sie wollte gehen. Perfekt, einfach perfekt. Er nickte und trat zur Seite, sein Blick war nun wohl mit gebrochenem Herzen gen Boden gerichtet. Es war schmerzend grausam und herzzerreißend.

»Sag mir deinen Namen», flüsterte sie, als sie sich ihm näherte, da sie wusste, dass das, was sie im Begriff war zu tun, gegen die Regeln verstieß.

»Was?« Aquarius blinzelte ihr verwirrt zu.

»Dein Name«, wiederholte sie leise ihre Frage.

»Tristan«, antwortete er diesmal sofort.

»Alice«, flüsterte sie zurück, als sie sich vorbeugte, um ihm einen kurzen Kuss auf die Wange zu geben.

Dann ging sie so schnell wie möglich, ohne allzu viel Aufmerksamkeit zu erregen.

Was zum Teufel hatte sie gerade getan?

♦ ♦ ♦

Tristan.

Sein Name hallte bei jedem Schritt, den sie tat, in ihrem Kopf wider. Sein Gesicht verfolgte sie, entblößte sich ihr ohne die Maske. Warum in aller Welt war dieser Name so passend? Warum zum Teufel wollte er mehr von ihr als nur die zufällige Verbindung in der Dark Alley? Das Schlimmste war, dass er versucht hatte, sie zu erpressen und sie mit dem Gefühl zurückließ, dass er nicht vertrauenswürdig sei. Dies war nicht der richtige Ort, um einen Freund zu finden. Dies war ein Ort, an dem man seine Sorgen und Nöte am Vordereingang hinterlassen konnte. Dann war da noch die Tatsache, dass Aquarius nicht der Einzige war. Es gab noch den King of Diamonds, den Mann, von dem sie wusste, dass sie ihn nicht haben konnte. Belladonna fühlte sich dieser Tatsache so absolut sicher, obwohl King nie ein Wort in dieser Richtung geäußert hatte. Und doch gab es etwas an seinem Verhalten, das ihr sagte, dass er sich genauso sicher fühlte, wie sie sich fühlen sollte.

Alice starrte in den Spiegel, sah das Gesicht, das nicht an diesen Ort passte, drückte ein Papiertuch gegen ihren Hals, um sich abzukühlen und zu beruhigen, und fühlte, wie sie unsicher wurde, was das Letzte war, was sie fühlen wollte.

Nein, genau hier, genau jetzt, in der dunklen Gasse, war dies das letzte Gefühl, das sie haben wollte.

Als sie sich die Maske mit den Blumen des Nachtschattens aufsetzen sah, konnte sie buchstäblich spüren, dass sich eine Art Transformation vollzog. Die Unsicherheit, der Zweifel, die buchstäbliche Schwäche schien sich zurückzuziehen, als sie zu der Frau wurde, die man Belladonna nannte. Alice wollte so sehr diese Person, diese Frau sein, die wusste, was sie wollte, und hinausging, um es sich zu holen. Warum war es so schwierig, diese Person ohne die Maske zu sein?

Belladonna erinnerte sich daran, warum sie hier war. Sie hatte eine Verabredung. Ein armer Kerl wartete in einer Gasse mit der Nummer drei auf sie. Sie dachte daran, wie sie sich beim Warten auf den King of Diamonds gefühlt hatte, und war neugierig, wie Core auf die gleiche Behandlung reagieren würde. Sie versuchte, sich genau auf diesen Gedanken zu konzentrieren und nichts weiter.

Sie würde Zeit haben, über Tristans Gefühle nachzudenken, wenn sie zu Hause in ihrem Bett lag und sich absolut gesättigt und zufrieden fühlte.

Mit diesem Gedanken im Kopf verließ sie das private schwarz-goldfarbene Badezimmer und ging den Weg zur Gasse drei hinunter, wobei sie alles andere aus ihrem Kopf verbannte. An diesem Abend ging es um sie und ihre Bedürfnisse, die befriedigt werden mussten.

Belladonna ignorierte alle, einschließlich Aquarius, als sie durch das Clubhaus ging, obwohl sie sah, wie er sie beobachtete, als sie durch den fast offenen Raum marschierte. Sie gehörte nicht ihm, er gehörte nicht ihr, und es gab nicht den geringsten Grund, warum sie den Kopf drehen sollte, auch wenn er es ihr gerade gesagt hatte. In Dark Alley ging es um Freiheit, nicht um Gefangenschaft.

Aquarius hinter sich zu lassen und durch diese Türen zu gehen, durch die Dark Alley zu ihrem Ziel zu marschieren, fühlte sich wie Freiheit an, besonders nachdem sie das Clubhaus hinter sich gelassen hatte und in die Dunkelheit trat, die in der wirklichen Dark Alley herrschte.

Natürlich war sie aufgeregt, aber dennoch hatte sie das Gefühl, dass sie einen Vorteil gegenüber der Situation hatte.

– 17 –

Die Gasse war dunkel, kaum erleuchtet von den schummrigen Glühbirnen rund um den Ort. Wenn sie wollte, müsste Belladonna nicht einmal ihre Augen schließen, um diese Situation wie einen Traum erscheinen zu lassen, aber was sie jetzt mehr denn je brauchte, war, die Kontrolle zu haben. Es war ein Teil ihrer Aufgabe, ein Teil ihrer Persönlichkeit, zu versuchen, Situationen in einen kontrollierbaren Raum zu bringen, aber jetzt, jetzt ging es bei der Kontrolle mehr als nur darum, sich sicher zu fühlen, es ging darum, sich mächtig zu fühlen und in der Lage zu sein, Überraschungen abzuwenden. Als sie langsam in die Gasse trat, konnte sie den Mann sehen, der sich »Core« nannte. Er stand dort, an eine der Wände gelehnt, scheinbar entspannt, aber sobald er ihre Schritte hörte, richtete er sich wie ein Fahnenmast auf und drehte sich sofort um, um sich ihr zuzuwenden.

»Madame«, stieß Core aus, und Belladonna hörte auf, sich zu bewegen, da sie nicht verhindern konnte, dass sie mit ihrem rechten Zeigefinger auf den Boden zeigte.

Es war nur ein Impuls.

Sie hatte nicht wirklich darüber nachgedacht, was sie tun würde, sobald sie den Mann getroffen hatte, der nach einer dominanten Frau verlangt hatte. Während des Spaziergangs zur dritten Gasse hatte sie überhaupt nicht denken können, weil sie so nervös war.

Jetzt war ihre Nervosität mit einem Mal verschwunden. Belladonna konnte Cores Reaktion auf ihre einfache Geste nicht ganz glauben, als er auf die Knie fiel und sich verbeugte, Hände und Gesicht in den Dreck gedrückt, sobald sie auf den Boden gezeigt hatte. Eine Hitzewelle raste durch ihren Körper und hinterließ nichts als Erregung.

Sie war neugierig.

Sie wusste, was die bloße Vorstellung von einer Fantasie, die sich bald erfüllen würde, mit ihr gemacht hatte; sie konnte nicht anders, als sich zu fragen, ob seine Aufregung ihn überwältigt hatte. Berührte er sich selbst, während er wartete?

»Warst du geduldig, Core?«, sprach sie langsam, als ob sie jeden Buchstaben abschmeckte, bevor sie ihn aussprach. »Sprich.«

»Ja, meine Herrin«, antwortete er, gedämpft durch den Boden, auf den er blickte.

Zu beobachten, wie er sich vor ihr verbeugte und seine Stirn in den Dreck der Gasse drückte und auf ihre Anweisung wartete, war so erheiternd, dass es das Bedürfnis zwischen ihren eigenen Beinen verstärkte.

»Warum bist du angezogen, Sklave?«, murmelte sie und ballte ihre eigenen Hände zu Fäusten, während sie kämpfte, um ihre eigene Stimme zu kontrollieren – sie wollte nicht nervös klingen. »Du darfst keine Kleidung tragen, wenn du dich mit mir triffst, habe ich mich klar ausgedrückt?«

»Ja, Herrin«, antwortete Core sofort, nahm die Hände hoch, um sich ausziehen und begann, sich das Hemd aufzuknöpfen.

Zu hören, wie er sie mit diesem Titel nannte, tat Belladonna etwas an, aber sie konnte es nicht wirklich in einen klaren Gedanken fassen. Es beruhigte sie und ließ sie sich entspannen. Vielleicht hatte sie sich Sorgen gemacht, dass er sich nicht sofort unterwerfen wollte, aber sein Verhalten zeigte ihr, dass er ihrem Beispiel unbedingt folgen wollte. Belladonna sah ihm dabei zu, wie er sein Hemd aufknöpfte und es hastig loswerden wollte, aber auch, dass er sich die Zeit nahm, es akribisch zu falten und beiseite zu legen. Danach arbeitete er kniend an seiner Hose, zog sie zusammen mit seiner Unterhose herunter.

Jedes Kleidungsstück war schnell ausgezogen, gefaltet und ordentlich aufeinandergelegt. Während der ganzen Zeit hielt er den Kopf nach unten gebeugt und schaute sie nicht an. Nach einigen Minuten kniete er vor ihr, völlig nackt, die Hände vor sich in den Schmutz gepresst und den Kopf auf den Handrücken gestützt, auf ihre nächste Anweisung wartend.

Belladonna genoss und bewunderte den nackten Körper vor ihr. Die Fakten auf dem Tablet-PC waren wahr gewesen. Obwohl er kein Bodybuilder war, war sein Körper fit, und sie konnte sehen, wie sich seine Rückenmuskeln anspannten, während er sich vor ihr verbeugte. Es war so heiß.

»Willst du mir gefallen, Core?«, fragte sie und wartete auf seine Antwort, als würde sie darauf warten, dass ein dreierlei Schokoladenkuchen serviert wird.

»Ja, Herrin«, atmete er aus.

Belladonna trat auf ihn zu und beobachtete ihn genau. Er bewegte sich nicht, wagte nicht aufzuschauen. Sie ging an ihm vorbei, sodass die kalte Ziegelmauer der Gasse hinter ihr war und spreizte ihre Beine leicht. Sie trug kein Höschen und die kühle Nachtluft strich über die feuchte, rasierte Haut zwischen ihren Beinen.

»Sorg dafür, dass ich komme«, forderte sie und tat ihr Bestes, um entschlossen zu klingen.

»Ja, meine Herrin«, gehorchte Core, bewegte sich nach rechts und beugte sich zwischen ihren Beinen nach unten.

Seine Maske war dunkelblau mit mehreren hellblauen Kreisen darauf, die – wie sie kombinierte – das Bild eines Kerns darstellten, an welchen Kern er auch dachte. Für sie war es eigentlich nicht so wichtig. Er bewegte sich zwischen ihren Beinen vorwärts und griff nach ihrem linken Bein, aber er zögerte.

»Du darfst mich berühren, Sklave«, sagte sie, als sie erkannte, dass er sich nicht sicher war, was er trotz ihres Befehls tun durfte. »Wenn ich dir sage, du sollst mich kommen lassen, darfst du alles tun, um meine Forderung zu erfüllen. Nur nicht deinen Schwanz.«

»Ja, Herrin«, verbeugte sich Core noch tiefer.

Er brauchte einige Augenblicke, um sich von seinem Versagen zu erholen, legte aber seine rechte Hand sanft auf ihren linken Knöchel und küsste die Innenseite davon. Belladonna lehnte den Kopf zurück, schloss die Augen und nahm das Gefühl dieser einfachen, sanften Berührung auf. Es war ein Schwarm von Elektrizität, der sich von der Stelle ausbreitete, an der seine Lippen ihre nackte Haut berührten. Sie nahm sogar mit jedem Kuss zu, die er von ihrem Knöchel bis zu ihrem Knie setzte, ganz langsam, ganz sanft, ganz gehorsam. Sie wollte ihn verfluchen, ihm sagen, er solle schneller machen, aber dann wiederum hatte sie das Bedürfnis, seine Behandlung auszukosten. Die Art und Weise, wie er sich mit ihr Zeit nahm, war nicht nur gehorsam und unterwürfig, sondern auch ehrfürchtig. Core küsste die Innenseite ihres Beins, als ob es der geheimste Ort auf dem Planeten wäre. Er benutzte seine Zunge nicht, obwohl ihr Geist darüber fantasierte. Das trieb sie in den Wahnsinn. Sie wollte die Nässe fühlen, die schließlich zwischen ihren Beinen und an ihrer Klitoris ihr Ziel finden würde, indem er an diesem winzigen Stück Fleisch saugte.

Aber dann musste er es sich verdienen. Und zum Teufel, er hatte es geschafft! Sie konnte nicht anders, als zu zischen, während er langsam und geduldig jeden Zentimeter ihres nackten Fleisches küsste, bis er nahe genug an ihrem Zentrum ankam und schließlich einen Kuss auf ihre Klitoris platzierte.

»Lecken!«, forderte Belladonna heiser.

Er gehorchte, indem er seine Zunge nur ein einziges Mal gegen ihre Klitoris schob.

»Stell meine Geduld nicht auf die Probe!«, fauchte sie. »Ich habe dir gesagt, du sollst mich kommen lassen, also lass mich kommen! Benutze deinen Mund!«

Sofort gehorchte Core ihrem Befehl, drückte seinen Mund gegen ihre weichen und feuchten Lippen, bewegte ihn seitwärts, während er seine Zähne gegen ihre Klitoris drückte, hart. Seine Zunge huschte heraus und schnippte mehrmals mit dem empfindlichen Stück ihres Fleisches, bevor er es in seinen Mund saugte.

Belladonna drückte instinktiv ihre Schultern gegen die Wand hinter ihr und ihr Becken nach vorne gegen sein Gesicht, atmete scharf ein und verkrampfte sich, schloss ihre Hände zu Fäusten, während die Zunge des Unbekannten ihre Klitoris leckte und dann vorsichtig in ihre Muschi eindrang.

In diesem Moment war sie hin- und hergerissen zwischen dem Bedürfnis, einen harten Schwanz in sich zu haben oder die sinnliche Behandlung von Core weiter zu genießen.

Am Ende machte die Verweigerung seiner Penetration ihre Empfindungen noch erheiternder.

»Saug an mir, da!«, rief sie aus, und Core gehorchte, leckte ihre Klitoris in die richtige Position und saugte sie dann zwischen den Zähnen, wobei er auf das kleine Stückchen empfindlicher Haut schnippte, das er auf eine Art und Weise gefangen hielt, die sie in den Wahnsinn trieb.

Er drückte seine Zähne gegen ihre Klitoris und bewegte seinen Kopf von rechts nach links, wodurch sich der Druck erhöhte, der sie fast über den Rand trieb. Aber seine Hände füllten sie nicht genug aus, um das zu ermöglichen.

Sie stöhnte vor Lust und Frustration.

Vielleicht sollte sie beim nächsten Mal, so dachte sie, Aquarius oder King mitbringen, um sie zu vögeln, während ihr neuer Sklave Core an ihr saugte. Dieser Gedanke ließ sie zittern.

Belladonna war angenehm überrascht, wie fachkundig Core an ihr arbeitete. Er musste viel Übung gehabt haben, wer würde ein solches Talent verschwenden?

Sie war kurz davor, zu kommen, aber sie brauchte etwas mehr als nur seinen Mund.

»Fick mich mit deiner Hand!«, zischte Belladonna und wölbte sich noch einmal mit den Schultern an der Ziegelmauer, öffnete sich nun noch mehr dem Kern, und er gehorchte – Gott sei Dank.

Zuerst schob er nur einen Finger zwischen ihre Lippen, was sie nur ein wenig stöhnen ließ, da die Bewegung das kleinste bisschen Reibung verursachte, die sie in ihrer Klitoris spürte. Schnell brachte er einen zweiten Finger mit, der weniger sanft in sie stieß, während er eifrig an ihrem empfindlichen Fleisch saugte. Sie löste ein Stöhnen aus ihrer Kehle, als er sie tiefer drückte.

»Weiter!«, verlangte Belladonna, und Core gehorchte.

Core drückte einen dritten Finger in sie hinein und weitete sie. Das Gefühl erinnerte sie an einen echten Schwanz. Aber er war sanft und langsam und versuchte, seine drei Finger so tief wie möglich hineinzudrücken. Es war nicht dieselbe Bewegung, die es bei einem echten Schwanz gewesen wäre, aber das Gefühl war in diesem Moment für sie erregender. Diese Finger waren da, um ihr zu gefallen, und ein Schwanz würde schließlich seinem eigenen Bedürfnis folgen. Die Finger nicht so sehr. Zum Teufel, nein. Sie taten, was sie wollte, wenn sie wollte, dass sie es taten.

Sie befahl ihm »Lutsch fester«, und wieder gehorchte er sofort und saugte die Nervenknospe zwischen seinen Zähnen ein.

»Fuck!«, fluchte Belladonna atemlos, bevor es ihr gelang sich zu beherrschen.

Er hatte sie sanft gebissen, und sie war dabei, ihn zu verlieren.

Aber am Ende war es Core, der seine Hand ganz nach innen drückte, als wüsste er, dass der kleine Schmerz, den er verursachte, sie näher an ihre Befreiung bringen würde. Er stieß weiter seine Finger in sie hinein, während er an dieser zarten kleinen Nervenknospe saugte und biss. Plötzlich hatte er das Timing, das sie über die Kante schickte, hart gefunden. Core hörte nicht auf. Er stieß seine Hand immer wieder hinein und heraus, arbeitete an ihr, während sie einen Orgasmus nach dem anderen bekam, bis sie ihre Verzückung nicht mehr genießen konnte.

»Stopp!«, rief sie, und Core gehorchte sofort.

Er ließ ihren zuckenden Körper los, während ihre Nerven weiterhin die Stöße eines beruhigenden Orgasmus durch ihren Körper schickten. Er blieb dicht bei ihr, für den Fall, dass ihre Knie unter ihr nachgaben, ohne ihren Körper zu berühren.

Sie musste zugeben, dass diese Erfahrung eine weitere war, die mehr als erstaunlich war. Ja, sie hatte herumkommandiert und auch Aquarius benutzt, aber sie hatten Sex, und dieser Mann war bereit, sie an die erste Stelle zu setzen, ohne auch nur zu versuchen, mehr zu bekommen.

Er war so begierig darauf, ihr zu gefallen, was vielleicht das Beste daran war. Core brachte sogar ihre Kleidung wieder in Ordnung, aber erst, nachdem er die Feuchtigkeit von ihren Oberschenkeln und Schamlippen mit seinem T-Shirt abgewischt hatte.

Dann verbeugte er sich wieder, um seinen vollen Gehorsam zu zeigen.

»Hast du eine Herrin?«, fragte Belladonna, als sie zu Atem gekommen war.

»Nein, meine Gebieterin«, antwortete er, wobei seine Stirn wieder auf den Schmutz traf, und mit einem Zittern in der Stimme.

Belladonna schaute auf den nackten Mann, der vor ihr kniete, betrachtete seine Gestalt und sah, dass sein Haar dunkelblond war, was ihr vorher nicht aufgefallen war.

Die Beschreibung seines Körpers hatte angegeben, dass er nicht athletisch war, aber da sie ihn als solchen betrachtete, musste sie ihm widersprechen. Vielleicht hatte er trainiert, da sie seine Angaben mit seinem Profil abgeglichen hatten? Er war immer noch kein Athlet, aber er war trotzdem gutaussehend.

»Dann werde ich deine Herrin sein, Core«, sagte sie ihm, und es gelang ihm, sich noch tiefer zu verbeugen. »Ich habe sowas noch nie zuvor getan, also musst du ehrlich sein.«

»Ja, Herrin«, antwortete er sofort.

Belladonna hatte keine Ahnung, worauf sie sich da einließ, aber der Gedanke, einen Mann zur Verfügung zu haben, den sie in ihrer Freizeit einsetzen konnte, war mehr als erstaunlich, es war berauschend.

Seine Reaktion auf ihre Worte war eine weitere Verbeugung.

»Du darfst dich mit anderen Frauen treffen, aber du darfst deinen Schwanz niemand anderem als mir geben, bis ich es sage«, erklärte Belladonna. »Solange du dieser Frau gefällst, darfst du dich mit ihnen treffen, aber dein Schwanz gehört mir.«

»Ja, Herrin«, antwortete Core unterwürfig.

Belladonna konnte einen gewissen Unterton in seiner Stimme hören, der andeutete, wie geil er gerade war. Sie konnte erahnen, dass er ihr das Hirn rausvögeln wollte, aber er blieb trotzdem, wo er war, fragte nicht, bewegte sich nicht, schaute nicht einmal zu ihr auf. Cores Körper zitterte leicht, die Muskeln auf seinem nackten Rücken zuckten und spannten sich an.

»Du warst ein guter Sklave«, sagte sie schließlich.

Belladonna sah ihm zu, wie er, sich auf seine Arme stützend, eine weitere Verbeugung machte. Sie brauchte einen Moment, um alles zu verarbeiten, bevor ihr Geist wieder zu funktionieren begann. Offensichtlich wusste Core, was er tat, aber sie hatte keine Ahnung. Tatsache war, dass er ihr gehorcht und sie noch besser befriedigt hatte, als sie es sich erhofft hatte. Sie war gesättigt, aber sie wusste, dass es nicht von Dauer sein würde.

»Da du mir sehr gefallen hast«, sprach Belladonna, und ein gemeines Grinsen kroch auf ihre Lippen, als sich eine Idee in ihrem Kopf formte, »ist dir erlaubt, selbst Hand anzulegen.« Sie hielt kurz inne, unsicher, ob sie den Satz beenden sollte. »Zu meinen Füßen.«

Sich selbst zu hören, wie sie diese Worte sagte, war wie ein Rausch und fast so gut wie das Vorspiel zu dem, was ein großer Orgasmus sein würde. Die Kehrseite war, dass diese Worte ihr eigenes Bedürfnis wiederbelebten, selbst mit der fantastischen Befreiung, die Core ihr gegeben hatte. Es war lächerlich. Sie würde die Nachwirkungen seiner Behandlung für den Rest der Nacht spüren, vielleicht sogar noch länger. Warum wollte sie also mehr? Hatte dieser Club sie zu einer Nymphomanin gemacht? Oder lag es daran, dass der Mann zu ihren Füßen einfach nicht King of Diamonds war? Oder Aquarius?

Belladonna beobachtete Core, wie er auf seinen Fersen saß, den Kopf immer noch nach unten gebeugt, die gleichen Finger, die in sie eingedrungen waren, um seinen Schwanz legte und begann, mit langsamen Strichen an sich zu arbeiten. Er war offensichtlich steinhart, was sie sich fragen ließ, wie lange es wohl dauern würde, bis er kam.

Dann überspülte sie eine Welle der Erleichterung, als sie die Größe seines Stückes erkannte. Es war nicht außergewöhnlich groß, aber, was noch wichtiger war, dieser wesentliche Teil seines Körpers war auch nicht winzig. Er würde ausreichen.

Ihm bei der Arbeit an seinem harten Schwanz zuzusehen, befriedigte eine lang gehegte Neugierde von ihr. Sie hatte sich nie getraut, einen ihrer Freunde zu fragen oder ihm zuzusehen.

Wahrscheinlich hätte sie es auch in keiner anderen Situation getan, nicht einmal mit einem One-Night-Stand, was sie ohnehin nie getan hätte, da sie jetzt Mitglied bei Dark Alley war. Was eine größere Wirkung auf sie hatte, als Core nur zuzusehen, wie er sich vor ihr einen runterholte, war, ihm dabei zuzuhören. Diese kleinen und unterdrückten Geräusche, die ihm entgingen, seine unregelmäßige Atmung, das Zucken und Anspannen seiner Muskeln. All das war intensiv erregend. Sie konnte nun King of Diamonds Gefallen daran, dominant zu sein, noch besser verstehen.

»Komm für mich«, murmelte sie, und Core reagierte schnell, als ein lautes Stöhnen aus seinen Lippen drang.

Beim Pumpen kam er zitternd und breitete sein Sperma vor ihren Füßen auf dem Boden aus. Es war merkwürdig, wie anders sie sich bei etwas fühlte, wenn sie es gefordert hatte, im Vergleich dazu, wie es ihr einfach passierte. Sie wusste, dass ihr Befehl am Ende Core erniedrigte, da er ihm sagte, dass sein Sperma es nicht einmal wert sei, sie zu berühren. Aber es war, worum er gebeten hatte.

Er würde sich jedes noch so kleine Stückchen von ihr verdienen müssen.

Core kippte um, fing sich mit der freien Hand auf, um sie nicht zu berühren, und er keuchte heftig.

»Willst du dich nicht bei mir bedanken?«, fragte Belladonna scharf, nachdem sie ihm ein paar Momente zur Erholung gegeben hatte.

»Danke, Herrin«, sprach er schnell und heiser. »Verzeiht mir, Herrin.«

Sie fühlte sich grinsen. »Dieses eine Mal, Sklave.«

Nach einem Moment der Überlegung, ob sie einfach gehen und ihm keine Informationen über ein zukünftiges Treffen geben sollte oder nicht, erkannte Belladonna, dass King of Diamonds genau das getan hatte: sie im Regen stehen zu lassen.

»Sei morgen um Mitternacht hier«, sagte sie ihm dazu und drehte sich ab, um die Gasse zu verlassen.

Es war nicht reizvoll, ihm beim Anziehen zuzuschauen. Sie wollte nur nach Hause gehen und vor dem Schlafengehen einen Film sehen. Ja, es wuchs ein weiterer bedürftiger Schmerz in ihr heran, aber sie wollte nicht mit Aquarius sprechen, und sie wollte auch nicht den King of Diamonds treffen.

Aber etwas sagte ihr, dass sie nicht so leicht davonkommen würde, und sie hatte Recht. Obwohl Belladonna direkt auf den Ausgang zusteuerte, musste sie dennoch ihre Jacke und ihre Handtasche abholen, die sie mit Alfred zurückgelassen hatte.

»Gehen Sie schon, Miss?«, fragte er, und da war etwas in seiner Stimme, was ihre Sinne kribbeln ließ.

»Ja«, antwortete sie und lächelte ihn müde an. »Ich war sehr zufrieden mit meiner Bestellung.«

»Ich freue mich, das zu hören, Miss Belladonna«, antwortete Alfred und machte eine Notiz auf seinem Tablet-PC.

»Ich würde auch gerne ein Zimmer anfordern», sagte sie und dachte dabei an das, was sie Core vor wenigen Augenblicken gesagt hatte.

»Natürlich, Miss«, nickte Big Guy und wartete darauf, dass sie ihm genauere Angaben machte.

»Morgen um Mitternacht«, fuhr sie fort und fühlte sich ein wenig entspannt. »Ich möchte, dass Core in diesem Raum auf mich wartet. Gibt es eine Möglichkeit, ein paar Wünsche zu äußern … in Bezug auf Gegenstände?«, fügte sie spontan hinzu.

»Ja«, nickte Alfred und tippte auf sein Tablett, bevor er es ihr übergab.

Sie schenkte ihm ein Lächeln, als sie es aufnahm und die sehr lange Liste ansah. Einige der Gegenstände waren in einer dunkleren Schriftart ausgestellt, was wahrscheinlich bedeutete, dass diese ihr nicht zur Verfügung standen, aber keiner von ihnen war interessant. Belladonna legte ihren Zeigefinger auf ein paar Spielzeuge, von denen sie dachte, dass sie sie am nächsten Abend vielleicht gerne benutzen würde, und gab das Tablet seinem Besitzer zurück.

»Während Sie weg waren, wurde Ihre Anwesenheit verlangt«, sagte er schließlich, was sie erwartet hatte.

Belladonna nickte.

Was sollte sie tun? Schließlich war es King of Diamonds, der ihren silbernen Mitgliedschaftsstatus sponserte, aber andererseits hatte sie nicht darum gebeten.

Oder war es Aquarius gewesen, bevor er sie gesehen hatte, und er hatte seine Bitte vergessen.

»Von wem, Alfred?«, fragte sie widerwillig.

»King of Diamonds, Miss«, antwortete Alfred und klang dabei losgelöst und neutral, wie er es oft tat.

Einerseits war Belladonna aufgeregt darüber, dass dieser Mann immer noch ein Interesse an ihr hatte und dass eine ihrer Sorgen nicht mehr existierte. Jedoch wollte sie ihn aber nicht glauben lassen, dass sie ihm jederzeit zur Verfügung stand. Sie war sich nicht sicher, ob King of Diamonds andeuten würde, dass sie ihm etwas für seine Einladung oder seinen Silberstatus schuldete, indem er sie wissen ließ, dass er es war, der dafür gesorgt hatte, dass sie diese Visitenkarte erhielt.

»Bitte sagen Sie ihm, dass ich nicht verfügbar bin und nach Hause fahre«, entschied sie schließlich.

Alfred nickte und glitt mit den Fingern über die Oberfläche des Tablets. Dann half er ihr in ihre Jacke.

»Die Passage ist sicher«, sagte Alfred zu ihr, und sie schenkte ihm ein sanftes Lächeln. »Danke, Alfred. Schönen Abend noch und bis morgen.«

»Danke, Miss Belladonna«, antwortete er, indem er sie mit em gleichen Ausdruck bedachte. »Und ebenfalls einen schönen Abend.«

Belladonna hatte es genossen, Kings Sub zu sein, aber er hatte beschlossen, dieses Spiel zu spielen, ohne sie zu fragen, und er hatte sie nach ihrer intensiven Erfahrung hängen lassen.

Es war an der Zeit, ihm jetzt ihre Regeln zu zeigen. Sie wollte gefragt werden, sie wollte aus dem Schneider sein. Sie brauchte auch eine Art von Kontrolle. Wenn er ein Stück von ihr wollte, würde King es nur erhalten, indem er ihr bewies, dass sie nicht nur eine von vielen war.

Als sie das Eisentor erreichte, nahm Alice ihre Maske ab und verstaute sie sanft in ihrer Handtasche, bevor sie auf den Bürgersteig trat. Sie fühlte sich, als sei ein schweres Gewicht von ihren Schultern gehoben worden, und sie erkannte zwei schwarze Limousinen auf der anderen Straßenseite.

Schnell ging sie hinüber und näherte sich dem Fenster des Fahrers. Sie zog schnell die Mitgliedskarte, die sie erhalten hatte und die genauso aussah wie die Visitenkarte, die King of Diamonds ihr geschickt hatte, und zeigte sie dem Fahrer. Das Fenster fuhr zwei Zentimeter herunter, und Alice sagte dem Mann ihre Adresse. Als Antwort sprang der Motor an, und sie öffnete schnell die Tür zum Rücksitz und stieg ein.

– 18 –

Als Alice am nächsten Morgen aufwachte, war das Aufstehen aus dem Bett die einfachste Aufgabe des Tages. Trotz ihrer ursprünglichen Pläne, es sich auf der Couch bequem zu machen und einen Film zu sehen, war sie direkt ins Bett gegangen, um entspannter aufzuwachen als an allen Vormittagen der vergangenen Woche zusammen. Sie konnte es kaum erwarten, wieder in die Dark Alley zurückzukehren, da sie wusste, was sie heute Abend erwarten würde. Aber es war 10 Uhr morgens, also musste sie zwölf Stunden totschlagen.

Während des Frühstücks überlegte Alice, ob sie Bianca anrufen und ihr von ihrem neuesten Abenteuer erzählen sollte, aber sie hatte das Gefühl, dass sie die persönliche Zeit ihrer Freundin zu lange als selbstverständlich angesehen hatte. Sie beschloss, dass, wenn Bianca etwas Zeit hätte und neugierig auf Dark Alley war, sie sie anrufen könnte und nicht umgekehrt.

Nach dem Frühstück beendete Alice also ihre Hausarbeiten, machte eine Ladung Wäsche fertig und beschäftigte sich bis zum Mittagessen.

Zum ersten Mal seit langer Zeit beschloss Alice, sich eine anständige Mahlzeit zu kochen, was bedeutete, dass sie erst einmal ein paar Lebensmittel einkaufen musste. Normalerweise war das eine von vielen Aufgaben, die sie ärgerten, aber dieses Mal machte es ihr Spaß. In letzter Zeit schien sie sich über viele weitere Dinge in ihrem Leben zu freuen.

Nach dem Mittagessen und dem Putzen der Küche blieb ihr noch viel zu viel Zeit, aber sie wusste bereits, was sie damit anfangen sollte. Sie würde die Liste der Vorstandsmitglieder von Grantham Global weiter abarbeiten.

Am Tag zuvor war sie vom Ende der Liste gestartet. Es war einfach eine Marotte von ihr. Sie suchte online so viel wie möglich über diesen Namen heraus; sie überprüfte ihn mit einer freien Online-Enzyklopädie und Forbes. Ein Teil von Alices Aufgabe war die Recherche, und sie wusste, dass sie gut darin war. Sie machte nur für die üblichen Pausen, einschließlich des Abendessens, eine Pause, und der einzige Name, den sie ausließ und für den letzten Platz aufsparen wollte, war J.J. Grantham, der Vorsitzende des Vorstands – aus offensichtlichen Gründen.

Als es an der Zeit war, sich für die Alley vorzubereiten, hatte Alice das gesammelte Material für alle Vorstandsmitglieder bis auf eines ausgedruckt. Aber sie hatte den ganzen Sonntag Zeit, um über ihn zu recherchieren und alles zuerst durchzulesen.

Vielleicht würde sie an diesem Tag auch Dark Alley besuchen, aber da war sie sich nicht ganz sicher.

Aus irgendeinem Grund war Alice besorgt, dass sie nach diesem Ort süchtig werden könnte.

♦ ♦ ♦

Da Alice dem Fahrer vom Vorabend gesagt hatte, er solle sie um Mitternacht abholen, wartete er bereits auf sie, als sie mit einem Lächeln auf den Lippen aus ihrem Wohnhaus trat.

Ja, sie hatte Core gesagt, er solle sie um Mitternacht treffen, aber das bedeutete nicht, dass sie pünktlich sein würde. Sie wusste, dass Alfred Core zu dem Raum führen würde, den sie angefordert hatte, und dass er dort auf sie warten würde.

Alice war neugierig, wie es sich anfühlte, auf der anderen Seite dieser Quälerei zu stehen.

Es war eine Qual für sie gewesen, auf den King of Diamonds zu warten, und sie fragte sich, ob sie dadurch für seine Behandlung sensibler geworden oder ob sie dadurch noch stärker in seinen Bann gezogen worden war.

Da sie von ihren früheren Fahrten mit dem Fahrdienst von Dark Alley wusste, dass sie etwa zwanzig Minuten brauchen würden, um dorthin zu gelangen, überlegte sie, ob sie ihn noch viel länger warten lassen sollte oder nicht.

Sie überlegte immer noch mit sich selbst, als sie mit ihrer Maske aus dem Auto stieg, da der Fahrer sie darüber informierte, dass sich noch andere Mitglieder in der Gasse befanden.

Es war das erste Mal, abgesehen von der Zeit mit Aquarius, dass der Weg zur Gasse nicht leer war. Da fragte sie sich, ob es vielleicht noch einen anderen, gesicherten Zugang für Mitglieder wie den King of Diamonds gab. Sie schob den Gedanken an ihn beiseite und wartete geduldig darauf, dass das Paar mit Alfred sprechen würde, und versuchte ihr Bestes, sie nicht zu belauschen.

Der Mann hatte seinen Arm um die Frau gelegt, seine Hand auf ihre Hüfte gestützt und sie ab und zu besitzergreifend näher zu sich hergezogen. Belladonna konnte ihre Fantasie nicht davon abhalten, wild zu werden.

Dieses Paar. Waren sie verheiratet? Lebten sie in einer offenen Beziehung? Benutzten sie nur die Zimmer des Ortes? Waren sie zu dritt? Hat einer dem anderen beim Sex mit einem Fremden zugesehen? Ging jeder von ihnen getrennt in ihr Abenteuer?

Als das Paar ging, wurde Belladonna angesichts der Möglichkeiten fast schwindelig. Warum sollte ein Paar diesen Ort nicht genießen? War das nicht auch etwas, worum es in der Gasse ging?

»Willkommen, Miss Belladonna«, begrüßte Alfred sie und riss sie aus ihren Gedanken.

»Hallo, Alfred«, lächelte sie ihn an und drehte sich um, damit er ihr mit ihrem Mantel helfen konnte. »Ist mein Gast schon eingetroffen?«, fragte sie, als sie ihm ihre Handtasche übergab.

»Ja, Miss«, nickte Alfred und gab ihr eine Karte mit dem vierstelligen Code für die Zimmertür. »Er traf zehn Minuten vor Mitternacht ein und wartet mit den von Ihnen angeforderten Gegenständen in Zimmer vier auf Sie.«

»Vielen Dank, Alfred.«

»Genießen Sie Ihren Aufenthalt, Miss Belladonna.«

Ihr Schritt änderte sich noch einmal, als sie den Weg zum Clubhaus hinunterging, und sie tat ihr Bestes, um ein Grinsen zu unterdrücken. Belladonna hatte bereits beschlossen, Core nicht warten zu lassen, weil er zu früh gekommen war. Dieses Verhalten musste belohnt werden. Belladonna schaute weder nach links noch nach rechts, als sie das Clubhaus betrat, und ging direkt auf den Flur zu, der zu den oberen Räumen führte. Obwohl sie neugierig war, ob sie entweder Aquarius oder King sehen würde, zwang sie sich, nicht von ihrem Weg abzuweichen, und schob die Sorgen um beide Männer mit Gewalt beiseite, nur um festzustellen, dass sie Tristans Gefühle für sie völlig ignoriert hatte. Aber jetzt war nicht die Zeit, darüber nachzudenken. Sie war hier, um Spaß zu haben und um ein Bedürfnis zu erfüllen, das sie viel zu lange nicht befriedigt hatte, bevor die Gasse sie fand.

Als sie die Treppe nahm, verlangsamte sie ihr Tempo, weil sie ihren Raum nicht atemlos betreten wollte. Ein Kribbeln in ihrem Nacken gab ihr das Gefühl, beobachtet oder vielleicht sogar verfolgt zu werden, aber sie drehte sich nicht um.

Belladonna fragte nicht, wo Zimmer vier war, aber sie fand es trotzdem sofort und tippte den Code ein, um die Tür aufzuschließen. Der Raum, den sie betrat, befand sich nicht auf zwei Ebenen, war aber immer noch größer als ihr Wohnzimmer und ihre Küche zusammen. Vielleicht hatte sie nur eine winzige Wohnung.

Aus dem linken Augenwinkel sah sie eine Bewegung, und sie drehte sich instinktiv um, um zu sehen, wie Core auf dem Boden kniete und sich verbeugte. Sein Daumen und Zeigefinger bildeten ein Dreieck, während seine Stirn auf dem Handrücken ruhte. Er war nackt, genau wie sie es ihm am Tag zuvor gesagt hatte, aber sie konnte an den Laken sehen, dass er auf dem Bett gesessen hatte, während er wartete. Sie beschloss, die Sache auf sich beruhen zu lassen. Der Schock, sie nicht früh genug zu hören und beinahe beim Sitzen erwischt zu werden, wäre bereits eine Lektion.

»Ich sehe, du hast geduldig gewartet«, sprach Belladonna ruhig.

Hatte sie es sich eingebildet, oder klang ihre Stimme anders? Eher befehlend, aber nicht ganz so herrisch?

»Hilf mir beim Ausziehen«, befahl sie.

»Ja, Herrin«, antwortete Core und bewegte sich sofort.

Er senkte seinen Blick nach unten und schaute ihr nicht in die Augen. Belladonna gefiel das. Die Begegnung ihrer Blicke würde implizieren, dass sie gleichberechtigt waren, was sie nicht waren, zumindest nicht in dieser Situation und in der Dunklen Gasse.

Ihre Gedanken kehrten zu dem Paar zurück, das vor ihr in den Club eingetreten war, und sie fragte sich, ob sie in einer ähnlichen Beziehung zueinander standen wie die, die sie und Core jetzt inszenierten. Vielleicht war dieser Club genau der richtige Ort, an dem sie wissen mussten, dass andere Regeln galten. Es würde für sie absolut Sinn ergeben. Core war gekommen, um hinter ihr zu stehen und darauf zu warten, dass sie ihre Bluse aufknöpft und über ihre Schultern streichen ließ, und er faltete sie akribisch zusammen und legte sie auf die Anrichte neben der Tür. Geduldig wiederholte er dies mit jedem Kleidungsstück, das sie ihm gab, bis sie völlig nackt war.

Belladonna ging dann zur Anrichte neben dem Bett, auf der vier Teller ausgelegt waren, alle mit runden Servierhauben abgedeckt, fast so, als ob ein exklusives Mahl auf sie wartete, aber sie wusste es besser. Sie hob den ersten Deckel an, um den gewünschten Gegenstand zu finden. Es war ein breiter Kragen mit einem kleinen Ring gegenüber dem Riegel.

Sie nahm sie und ging zurück zu Core.

»Ich möchte, dass du das immer trägst, wenn wir uns treffen«, sagte sie ihm, und er antwortete in demselben gehorsamen Ton, den er immer zeigte, während sie es ihm um den Hals legte und fesselte. »Ja, Herrin«, zögerte er einen Moment und fügte hinzu: »Danke, Herrin.«

Belladonna lächelte und klopfte ihm auf die Schulter, um ihm zu zeigen, dass er es gut gemacht hatte. Als sie den zweiten Teller freilegte, fand sie die Leine, die zum Kragen passte. Sie beschloss, sie jetzt nicht zu benutzen.

»Das wirst du auch mitnehmen«, sprach Belladonna nebenbei, und Core antwortete: »Ja, Herrin.«

Sie blieb vor dem dritten und vierten Teller stehen und deckte sie gleichzeitig auf. Bei dem einen handelte es sich um einen durchsichtigen Dildo, der größer zu sein schien, als sie erwartet hatte, und bei dem anderen handelte es sich um einen kleineren, chromfarbenen Vibrator.

»Den wirst du heute Abend bei mir benutzen«, sagte Belladonna zu ihm, ohne ihn anzuschauen.

»Ja, Herrin«, bestätigte er.

Belladonna legte sich auf das Bett und bewegte sich ein wenig, um einen bequemen Platz zu finden. Einen Moment lang überlegte sie, ob sie sich umdrehen und ihm sagen sollte, er solle anfangen, aber sie empfand das als zu erniedrigend.

»Du kannst anfangen«, sagte sie schließlich, und er antwortete wie üblich, bevor er sich in Bewegung setzte.

Belladonna beobachtete ihn, wie er sich der Anrichte näherte und den Vibrator holte.

Allein der Gedanke daran, was geschehen würde, schickte einen Schauer der Erregung durch ihren Körper. Das Bedürfnis, das sie seit ihrem Aufwachen heute Morgen verspürt hatte, steigerte sich zu einer Hitze, die sie die kühle Raumluft noch intensiver spüren ließ.

Das Bett bewegte sich leicht, als Core darauf kniete, und sie spreizte ihre Beine und legte ihm ihre Vulva frei, wobei sie erkannte, wie nass sie bereits war.

»Es ist kalt, Herrin«, hörte sie Core sprechen und dachte, dass er den Gegenstand meinte, den er in der Hand hielt.

»So wie es sein sollte, wärm es nicht auf«, befahl sie.

»Ja, Herrin.«

Immer noch rücksichtsvoll legte er die Spitze des Vibrators an ihre Oberschenkelinnenseite und bewegte sie langsam nach oben gegen ihre Haut.

Der Vibrator war ausgeschaltet, aber sie sagte nichts. Sie war neugierig, was er tun würde, und konzentrierte sich auf die Kälte an ihrer Haut. Schließlich kam das Spielzeug an ihrem Schambein an, bevor er es nach unten bewegte und zwischen ihre Schamlippen brachte.

Belladonna atmete scharf ein, und Core blieb stehen und wartete darauf, dass sie ihm befiehlt, was er als Nächstes zu tun hat. Selbstverständlich. Wenn sie wollte, dass jemand sie quälte, war er die falsche Wahl.

»Mach weiter«, befahl sie. »Nur das Spielzeug.«

»Ja, Herrin.«

Langsam drückte er den Vibrator gegen ihre Klitoris, und sie stieß ein Stöhnen aus, und die Kälte stach in ihre Nervenknospe, wodurch ein Ruck durch ihren ganzen Körper geschickt wurde. Wenn sie nicht schon geil gewesen wäre, wäre sie es jetzt.

Dankenswerterweise las Core ihre Gedanken und schob den kalten Gegenstand langsam zwischen ihre Lippen und direkt in sie hinein, wodurch sich die Empfindung in ihrem Körper verbreitete. Sie umklammerte es und brauchte mehr. Belladonna schloss ihre Augen und krallte sich in die Laken unter ihr, wobei sie sich leicht wölbte. Er zog sie heraus und schob sie langsam hinein, und sie stöhnte anerkennend.

Ein klickendes Geräusch erreichte ihr Ohr, und der glatte Zylinder in ihrem Inneren begann zu vibrieren.

»Oh«, ließ sie in einer leichten Überraschung los, hielt aber weiterhin ihre Augen geschlossen, sodass Core den Gegenstand in ihr weiterbewegte und ihn jedes Mal ein wenig mehr herauszog.

Dann, als er den Vibrator gegen ihre Klitoris drückte, fühlte sie sich, als ob ein Blitz der Lust sie getroffen hätte.

Ihr Körper versagte ihr, beugte sich, und das Gefühl war verschwunden, kaum dass sie es gespürt hatte. Als sie sich beruhigte, fühlte sie plötzlich einen kühleren Gegenstand an ihrem Eingang.

Core hatte den Dildo geholt und kreiste nun um ihren Kitzler.

Wieder stöhnte sie ermutigend, und er drückte vorsichtig die Spitze in sie hinein, zögerte aber. Belladonna wollte ihm die ganze Tortur nicht ausreden, also griff sie nach unten und ignorierte, dass ihre Finger über seine strichen und den Dildo ganz in sie hineinschoben.

Das Spielzeug spreizte sie weit und tat ein wenig weh, aber das war ihr egal.

»Weitermachen, verdammt!«, verfluchte sie ihn, und er gehorchte sofort, indem er den Dildo packte und ihn verdrehte.

Kurz darauf drückte er den Vibrator sanft gegen ihre Klitoris. Die Empfindung ließ sie sofort zucken und die Zähne zusammenbeißen, aber jetzt war dieses riesige Hindernis in ihr. Sie spürte, wie sich schnell ein Orgasmus in ihr aufbaute, und ihr Körper spähte über den Rand.

»Mach, dass ich komme!«, keuchte sie.

Er antwortete, indem er die Seite des Dildos gegen ihre Klitoris drückte, und seine Bewegung ließ sie über den Rand tanzen, in die Arme ihres schnellsten Orgasmus überhaupt.

»Ja!«, rief Belladonna hemmungslos. »Verdammt, ja!«

Zum ersten Mal war es ihr egal, was der Mann neben ihr über sie dachte. Sie fluchte laut und ließ ihren Körper nachgeben und ruckeln und genoss ihren Ritt hemmungslos. Belladonna setzte sich auf halber Strecke auf und griff nach unten, um Cores Hand wegzudrücken, als das Vergnügen in Schmerz umschlug, und dann fiel sie wieder auf ihren Rücken.

»Du kannst ihn herausziehen«, stieß sie aus, und er gehorchte wortlos.

Sie hörte, wie er den Vibrator ausschaltete und vom Bett aufstand, um die Gegenstände zurückzubringen, während sie sich von ihrem Orgasmus erholte. Belladonna war sich nicht sicher, ob sie mehr wollte und hatte keine Ahnung, was sie mit Core machen sollte. Das hatte nicht ganz so geklappt, wie sie es geplant hatte, aber sie wusste, dass es ihre Schuld war und nicht seine. Sie hatte erwartet, dass er genau wusste, was sie wollte, ohne es ihm zu sagen – und es war von Anfang an nicht der richtige Part für ihn gewesen. Als Unterwürfiger quält man den Dominanten nicht.

Belladonna stieß einen Seufzer der Resignation aus und erkannte dabei, dass Core wahrscheinlich dachte, sie sei wütend auf ihn.

»Komm her«, sagte sie leise, und er kehrte ins Bett zurück.

Ihre Muschi schmerzte immer noch ein wenig von ihrem Orgasmus, aber das Bedürfnis, das sie empfand, war noch immer nicht ganz verschwunden. Dieser Ort hatte sie tatsächlich in eine Nymphomanin verwandelt, dachte sie, aber sie unterdrückte ein Kichern, da sie wusste, dass Core es wahrscheinlich falsch auffassen würde.

»Mach mich sauber, Sklave«, sagte sie ihm leise.

»Ja, Herrin«, antwortete er und ließ sich zwischen ihre Beine sinken.

»Sei nicht vorsichtig«, fügte Belladonna hinzu. »Je lauter du mich zum Stöhnen bringst, desto besser. «

»Ja, Herrin.«

Core drückte seine flache Zunge gegen ihre Klitoris und ihre Öffnung und begann zu lecken, wobei er denraueren Teil seiner Zunge an ihrer bereits überempfindlichen Haut entlang rieb.

»Fuck, ja!«, rief Belladonna aus.

Er fühlte sich ermutigt und fuhr fort, die Säfte zwischen ihren Beinen zu schlürfen. Es dauerte nicht lange, bis sie wieder kam, und während sie das tat, saugte Core an ihrer Haut, um das Gefühl zu verlängern. Wenn er etwas wusste, dann wie man eine Frau in den Wahnsinn leckt. Belladonna hatte nicht mehr mitgezählt, als sie ihm sagte, er solle aufhören. Atemlos klopfte sie auf ihren Unterbauch, und er legte sich zwischen ihre Beine, wobei er seinen Kopf genau auf die Stelle legte, die sie berührt hatte. Seine Maske fühlte sich unangenehm auf ihrer Haut an und drückte sich in ihren Körper, aber das war ihr egal.

Während Belladonna sich erholte, streichelte sie Cores dunkelblondes Haar, das mehrere Zentimeter lang war, und wollte ihm zeigen, dass es ihm gut ging. Er schien genauso zufrieden zu sein wie sie.

Nach einigen Minuten bewegte sie sich leicht, was er als Befehl zum Aufstehen auffasste, und er erhob sich vom Bett. Als sie sich auf den Ellbogen aufrichtete, befand sie sich auf gleicher Höhe wie sein erigierter Schwanz. Er war vollständig rasiert.

Was für eine Disziplin muss ein Mann haben, um die ganze Zeit steinhart zu sein und nicht seinen Impulsen nachzugeben? Alle Ex-Freunde von Alice hätten sie in einer solchen Situation so lange genervt und gezetert, bis sie nachgab und Sex mit ihnen hatte. Nicht einer kam auf die Idee, sich die Zeit für das Vorspiel zu nehmen. Dann war da noch Core.

»Bleib, wo du bist«, befahl Belladonna und stand aus dem Bett auf.

Sie bemerkte, dass er nicht antwortete, aber sie dachte, dass der Grund dafür ziemlich offensichtlich war. Sie schaute über seinen Körper, ging auf ihn zu und blieb direkt hinter ihm stehen.

»Beweg dich nicht«, sagte sie ihm leise.

Wieder blieb er ruhig. Belladonna legte ihre Hand auf seine rechte Hüfte unter seinen Arm. Er zuckte bei der Berührung leicht.

Dann schlängelte sie ihre Hand zu seinem unteren Bauch, und sie fühlte, wie sich seine Muskeln unter ihrer Berührung anspannten.

Langsam bewegte sie ihre Hand nach unten. Sie legte ihre Finger um seinen glatten und harten Schwanz, wobei sie ihren Daumen und Mittelfinger nicht berühren konnte. Core schnappte nach Luft und unterdrückte jedes Geräusch.

»Ich will dich hören«, flüsterte Belladonna gegen seine Schulter.

Nur ihr rechter Arm und ihre rechte Hand berührten ihn. Sofort stöhnte und zitterte er. Sie begann, ihre Hand zu bewegen, drückte leicht zu, und er stöhnte laut auf.

»Herrin«, flehte er. »Ich werde es tun.«

Belladonna zog ihre Hand von ihm und befahl: »Komm!«

Er hob seine Hand, sobald sie das Wort beendet hatte, und wichste seinen Schwanz vielleicht zweimal, bevor er kam, wobei seine Knie fast unter ihm wegknickten.

Es war eine erstaunliche Sache, das zu beobachten.

Sie gab ihm Zeit, sich zu erholen und sich zu reinigen, bevor sie ihm sagte, er solle ihr helfen, sich wieder anzuziehen.

Die Dominante zu sein, war nicht immer so einfach, wie es schien, aber Belladonna war noch nicht ganz fertig damit, diese Seite von ihr zu erkunden.

Sie verabschiedete sich von Core, indem sie mit der Rückseite ihres Zeigefingers über seine Wange streichelte.

Er kniete sofort zu ihren Füßen nieder und verbeugte sich.

»Ich gebe dir Bescheid, wenn ich dich brauche, Core«, sagte sie.

»Danke, Herrin.«

D.S. Wrights

DARK ALLEY

DAS SPIEL

Dark Alley Episode 5

– 19 –

Alice war bereits spät dran, und das war etwas, was sie verachtete, besonders an Montagen. Sie hatte aus mehreren Gründen nicht gut geschlafen: die Männer in der Dark Alley und ihr Vorstellungsgespräch, für das sie noch keinen konkreten Termin bekommen hatte.

Alles, was sie wusste, war, dass das erste in dieser Woche und das Vorstellungsgespräch für die Stelle des Vorstandsassistenten in zwei Wochen stattfinden würde. Und obwohl sie bereits entschieden hatte, dass das zweite Vorstellungsgespräch das wichtigste sei, wollte sie auch das erste nicht vermasseln.

Es war eine Ironie, wie viel komplizierter ihr Leben in dem Moment geworden war, als sie die Schwelle der Dark Alley überschritten hatte. Alice hatte erwartet, dass dies ihr Leben einfacher und entspannter machen würde. Es war zum Teil ihre Schuld, dass sie sich mit drei Männern eingelassen hatte, um lange vernachlässigte Bedürfnisse zu befriedigen. Es wäre einfacher gewesen, wenn ihr Ex, Gary, aufgeschlossener und weniger zahm gewesen wäre, im Bett und im Leben.

Alice kam nicht umhin, sich zu fragen, ob die Dinge zwischen ihnen anders gelaufen wären, wenn sie einfach etwas gesagt hätte. Aber sie wäre nicht die Person gewesen, die sie jetzt war. Sie wusste nicht einmal, welche Fantasien in ihr geschlummert hatten.

Dann gab es die unbestreitbare Tatsache, dass sie sich einfach nicht vorstellen konnte, dass Gary ihr den Hintern versohlt oder sie an irgendetwas gefesselt hätte, ohne in Gelächter auszubrechen.

Der Versuch, sich ihren Ex in der Position vorzustellen, in der sie den King of Diamonds zum letzten Mal gesehen hatte, brachte sie zum Lachen, als sie aus dem Aufzug in den Flur zu ihrem Büro trat.

Alice wusste, dass sie Glück haben könnte, denn ihr Chef schloss sich oft selbst ein, sobald er Montagmorgens sein Büro betrat, und schaute nicht nach ihr, bis er seine Termine für den Tag geklärt hatte. Das Letzte, was sie erwartete, war, drei Personen in dunklen Overalls an ihrem Schreibtisch stehen zu sehen. Die ganze Hitze verschwand aus ihrem Körper, und ihr Geist begann in Panik zu rasen. Hatte sie einen Termin vergessen?

Hatte sie etwas vermasselt?

Nichts in ihrem Gedächtnis bestätigte dies, abgesehen davon, dass ihr Chef gesagt hatte, er würde diese Woche bereits an seinem neuen Arbeitsplatz arbeiten. Sie hatte nur nicht gemerkt, dass er vielleicht schon heute begonnen hatte.

Alle drei Männer drehten sich zu ihr um, als sie ihre Ankunft bemerkten, wobei einer von ihnen ein iPad und einen Stift in der Hand hielt.

»Wir sind hier, um Ihre Sachen abzuholen, Miss«, sagte der Verantwortliche zu ihr, lächelte freundlich, erlaubte ihr aber nicht einmal, ihre Handtasche abzulegen. »Ich brauche eine Unterschrift, damit wir loslegen können.«

»Ähm«, durchsuchte Alice ihren Verstand nach Worten und versuchte, ihre Verwirrung abzuwehren. »Aber ich ziehe nicht um.«

Sie gab sich mit dem Offensichtlichen nicht zufrieden.

»Nun, unsere Bestellung sagt, Sie ziehen um«, drehte der ältere Mann sein iPad in Richtung Alice und zeigte seine Bestellung, auf der ihr Name und ihre Zimmernummer deutlich zu lesen waren.

»Ich wurde darüber nicht informiert«, schüttelte Alice ungläubig den Kopf. »Es muss eine Verwechslung sein. Mein Chef …«

»Es tut mir leid, Miss«, schnitt der ältere Mann ihr das Wort ab und tat sein Bestes, nicht unhöflich zu erscheinen. »Aber Ihr Chef gab mir den Auftrag.«

Er wies auf den Namen hin, der alles veränderte.

»J.J. Grantham?!« Alice verlor beim Vorlesen fast ihre Stimme – das war der Name des Unternehmens, das ihre Firma aufgekauft hatte und dieser J.J. Grantham war der Vorstandsvorsitzende.

»Wir sollen Sie ins Büro des Vorstandsassistenten im Hauptquartier verlegen«, erklärte der zuständige Mann. »Sie wurden nicht benachrichtigt?«

»Nein.« Hätte es noch Farbe in ihrem Gesicht gegeben, wäre nun der Moment gekommen, in dem auch diese verschwunden wäre – nur war sie schon blass.

»Das erklärt den Anhang«, fügte der Mann hinzu, tippte auf den Bildschirm seines iPads und drehte es noch einmal in Richtung Alice, die sich nun zur Unterstützung an der Rückenlehne ihres Stuhls festhielt und etwas zu spät bemerkte, dass ein Video abgespielt wurde.

»… mein Name ist Grace Matthews, und ich bin die erste Assistentin des Vorstands von Grantham Global. Es tut mir leid, dass ich Sie aus heiterem Himmel überfalle, aber ich bin derzeit wegen eines Notfalls in meiner Familie nicht in der Stadt. Ich weiß, Sie sollten nächste Woche ein Vorstellungsgespräch für die zweite Assistentenstelle haben, aber Mr. Grantham selbst hat Ihre sofortige Einstellung genehmigt. Ich stehe Ihnen auf telefonisch jederzeit zur Verfügung, sollten Sie eine Klärung oder Hilfe benötigen. Ich habe mich auf die bevorstehenden Treffen in diesem Monat vorbereitet, und wenn es irgendwelche Änderungen gibt, bin ich sicher, dass Sie damit zurechtkommen werden, Ihr Chef hat in den höchsten Tönen von Ihnen gesprochen und Sie wärmstens empfohlen. Viel Glück!«

Das Video verschwand, als es endete, sodass Alice auf das Formular starren musste, das ihre Verlegung in den Hauptsitz von Grantham Global weiter in die Innenstadt anordnete. Sie fühlte sich immer noch ein wenig verwirrt, als sie den Stift, der ihr angeboten wurde, nahm und das digitale Dokument unterschrieb.

»Bitte teilen Sie uns mit, welche Ordner nicht mitgenommen werden sollen, und legen Sie bitte Ihre persönlichen Sachen in diesen Karton«, sagte der ältere Mann, und Alice nickte geistesabwesend, schüttelte ab und zu den Kopf oder zeigte auf die Dinge, die nicht bewegt werden sollten, da sie zu ihrem früheren Job gehörten, während sie selbst ein paar Sachen packte.

Ihr Schreibtisch war innerhalb von Minuten leer und verlassen. Erst als der ältere Mann zurückkam, bemerkte Alice, was vor sich ging, der Rest der Etage hatte die Neuigkeiten gehört. Alice sah, wie ihre beste Freundin Bianca den Flur zu ihrem Büro betrat, als der verantwortliche Mann zurückkam.

»Ich wurde gebeten, Ihnen mitzuteilen, dass unten ein Auto auf Sie wartet«, sagte er ihr, und Alice konnte nicht viel mehr tun, als einfach zu nicken. »Vielen Dank, Miss.« Und damit ging er weg, um durch eine verwirrt aussehende Bianca ersetzt zu werden.

»Was geht hier vor?«, fragte sie verblüfft.

»Ich werde gerade zur zweiten Assistentin des Vorstands von Grantham Global befördert«, antwortete Alice und starrte ins Leere.

»Aber wir haben gerade erst von der Fusion erfahren!«, erklärte Bianca verwirrt.

»Ich habe letzte Woche davon erfahren und mir wurde gesagt, ich solle nicht darüber sprechen, vor allem, weil mein jetzt Ex-Chef in das Beraterteam versetzt wurde«, antwortete Alice.

»Wow, er muss dich in den Himmel gelobt haben«, freute sich Bianca.

»Ja, aber er wollte mich behalten, und ich sollte ein Vorstellungsgespräch als Assistent seines Beraterteams führen, aber das kommt jetzt offensichtlich nicht mehr in Frage.«

»Herzlichen Glückwunsch, Süße!«, jubelte Bianca.

»Danke«, antwortete Alice nachdenklich. »Aber ich bin mir nicht sicher, ob es mir gefällt. Ich wollte mir diese Stelle verdienen und sie nicht nur bekommen, weil jemand beschlossen hat, Verfahren zu überspringen, weil sie ohne einen Assistenten nicht existieren können.«

»Das verstehe ich, aber glaubst du wirklich, dass sie dir den Job geben würden, wenn du dafür nicht qualifiziert wärst?«, argumentierte ihre beste Freundin.

»Aber was, wenn ich es vermassle? Ich habe niemanden, der mir zeigt, wo es langgeht. Sie werden mich einfach feuern, weil sie merken, dass sie einen Fehler gemacht haben«, erwiderte sie ängstlich.

Alice fühlte sich, als ob sie sich in einer Spirale nach unten bewegen würde.

»Sei nicht albern. Die Antwort darauf habe ich dir gerade gesagt«, verschränkte Bianca die Arme vor der Brust und schüttelte den Kopf.

»Ja, du hast Recht«, seufzte Alice. »Es fühlt sich einfach … falsch an, verstehst du? Einen Job nur wegen der Empfehlung meines Chefs zu bekommen und weil sie jemanden brauchen.«

»Schon wieder dein Stolz, Alice«, rollte Bianca mit den Augen. »Kritisierst du jedes Geschenk, das du bekommst?«

Das hatte nicht wirklich mit der Dark Alley zu tun, so viel wusste Alice, aber es war leichter, skeptisch statt dankbar zu sein. Für sie war es immer so gewesen.

»Wenn du das Gefühl hast, dass es falsch ist«, schlug ihre Freundin vor, »beweise ihnen einfach, dass sie die richtige Entscheidung getroffen haben.«

»Ihm«, korrigierte Alice.

»Hm?«, meinte Bianca verwirrt.

»Meine Versetzung wurde von J.J. Grantham selbst bewillig, dem geschäftsführenden Direktor und Vorstandsvorsitzenden von Grantham Global«, erklärte Alice.

»Nun, in diesem Fall sagst du gerade, dass ein milliardenschwerer Geschäftsmann nicht weiß, was er tut, indem er dir einfach einen Job gibt, für den du sich sowieso beworben hättest«, zuckte Bianca mit den Achseln und Alice fühlte sich, als würde sie noch blasser werden.

»Du weißt, dass ich Recht habe, Dummerchen«, begann sie sich umzudrehen, um zu gehen. »Ruf mich an, wenn du dich eingelebt hast, okay?«, verlangte ihre beste Freundin leise.

»Ja, natürlich!«, antwortete Alice und setzte sich in Bewegung.

♦ ♦ ♦

Als Alice unten ankam und die luxuriöse, schwarze Limousine und den Fahrer sah, die auf sie wartete und ihr die Tür öffnete, fühlte sie sich nicht wie eine Assistentin. Sie errötete augenblicklich und schaffte es irgendwie, mindestens eine Silbe auszusprechen, als sie versuchte, dem Mann zu danken.

Das alles erinnerte sie zu sehr an Dark Alley, aber die Angst gab bald der Aufregung nach.

Das Letzte, was sie erwartet hatte, war, so schnell eine neue Arbeit zu beginnen, ganz zu schweigen von der, die sie sich vorgenommen hatte. Alice wusste nur allzu gut, dass sie sich noch vor wenigen Wochen krank gefühlt und früher oder später eine Panikattacke bekommen hätte, wahrscheinlich in der Limousine.

Doch nun, da sie Belladonna in ihr Leben integriert hatte, war alles anders. Sie konnte es kaum erwarten, ihr neues Büro zu sehen, sich umzuschauen und schließlich die Leute zu treffen, für die sie von nun an arbeiten würde.

Die Vorstellung, wie viele Geschäftsgeheimnisse sie nun hören würde und behalten musste, war nicht erschreckend, sondern auch aufregend.

Wie sehr sich Alice wirklich verändert hatte, wurde ihr klar, als sie aus dem Auto ausstieg und auf das Gebäude in der Innenstadt zuging, das nichts weiter als Stahl und Glas war. Die gesamte unterste Etage war mit Glaswänden versehen, wodurch das Innere für jeden vollständig sichtbar war. Sie hatte geglaubt, dass ihr ehemaliger Arbeitgeber eine große Nummer in dem Spiel namens Business war, aber Grantham Global hatte diesen Titel verdient.

Als sie das Gebäude betrat, wurde sie von einem Sicherheitsmann begrüßt, der ihr eine Zugangskarte überreichte, auf der ihr Foto abgebildet war und ihr mitteilte, auf welches Stockwerk sie drücken musste, sobald sie den Aufzug betreten hatte. Alice hatte sich noch nie so gefühlt, abgesehen vielleicht vom ersten Mal, als sie die Dark Alley betrat, und das war wahrscheinlich der Grund, warum sie sich bei dieser ganzen Tortur so unwohl fühlte. Als sie im Aufzug nach oben fuhr, fühlte Alice, wie die erste Welle des Unbehagens über sie hereinbrach.

Was zum Teufel machte sie da?

Wusste sie, worauf sie sich einließ?

War sie bereit für dieses Maß an Verantwortung?

Alice hörte Biancas Stimme in ihrem Kopf, die ihr sagte, sie mache sich grundlos verrückt. Sie stimmte zu.

Etwas unbeschwerter verließ sie den Aufzug im obersten Stockwerk des Gebäudes und betrat einen offenen Raum, der das Büro der Assistentin zu sein schien. Es gab eine Doppeltür, die zu dem Raum führte, der der Sitzungssaal des Vorstands sein musste.

Alice wusste sofort, welche Seite des Büros die ihre war, obwohl sie keine Ahnung hatte, wie zum Teufel die Innenarchitektin oder ihr Chef ihre Schwäche für lilafarbene Möbel kannte. Sogar die Bezüge ihres Stuhls waren fliederfarben.

Alle Kisten, die die drei Personen, die sie in ihrem alten Büro getroffen hatte, auf ihrem neuen Schreibtisch versammelt hatten, begrüßten sie auf ihrem neuen Schreibtisch, was – sehr zu ihrer Erleichterung – bedeutete, dass sie ihre Zeit mit Auspacken verbringen würde. Zu wissen, was sie zu tun hatte, half ihr immer, ruhig zu bleiben und sich auf all die Dinge zu konzentrieren, die vor ihr lagen.

Alles, was ihren Arbeitsplatz betraf, passte zu ihrer Farbe, und Alice merkte bald, dass ihre Kollegin, die auf einer privaten Geschäftsreise war, rosa hatte. Was jedoch noch faszinierender war, war, dass ihr neues iPhone und ihr Laptop, die auf ihrem Schreibtisch auf sie warteten, ebenfalls lila waren und die Firmenlogos durch den Namen ihres neuen Arbeitgebers ersetzt wurden: zwei verschlungene große Gs vor einem stilisierten Globus. Der dem Gerät beigefügte Zettel sagte ihr, dass es sich um ihr Geschäftstelefon handelte, das rund um die Uhr beantwortet werden sollte. Da ging ihre Freiheit mit einem Schnaps dahin, zumindest bis Grace zurück war. Alles, was sie brauchte, um sich bis zum Ende des Tages zu beschäftigen, war da. Grace hatte eine große Papiermappe zusammengestellt, die ihr alle Informationen gab, die sie brauchte, um sich mit den Verfahren und Personen vertraut zu machen, für die sie arbeitete. Sie durfte diese einzelne Mappe mit nach Hause nehmen und musste ihren Laptop in ihrem persönlichen Safe einschließen. Ein verdammter Safe.

Nach dem Mittagessen tauchte ein IT-Mitarbeiter auf und nahm digitale Fingerabdrücke von ihren Händen und Augen und gab ihr einen Crash-Kurs in Datensicherheit, in dem er ihr erklärte, wie sie ihren Laptop und ihren persönlichen Safe mit ihren Fingerabdrücken entsperren und den Abdruck jedes Mal, wenn sie ging, wegwischen konnte. Alice war erleichtert, das alles in dem Ordner zu finden, den Grace für sie vorbereitet hatte.

Am Abend, nachdem sie fast zwölf Stunden im Büro verbracht und ihre Mappe durchgelesen hatte, war sich Alice nicht sicher, ob sie die Mappe mitnehmen sollte oder nicht. Es hatte keine Notiz gegeben, und sie enthielt keine sensiblen Informationen, abgesehen davon, wo man sie finden konnte. Um auf sie zugreifen zu können, musste sie jedoch ihren Laptop bei sich haben, den sie gerade in ihrem Safe weggeschlossen hatte.

Sicher, sie konnte ihr neues Telefon benutzen, um auf die Informationen zuzugreifen, aber die meisten benötigten einen Fingerabdruck-Scan, der nur mit ihrem Laptop ausgestattet war. Zugegebenermaßen war das alles etwas überwältigend, und obwohl sie das Gefühl hatte, dass sie weiter alle Informationen durchgehen sollte, beschloss Alice, den Ordner in ihrem Schreibtisch wegzusperren. Es blieben ihr noch zwei Tage für die Vorbereitungen. Alice konnte morgen fertig werden, denn die nächste Vorstandssitzung würde am Freitag stattfinden, und Alice wusste ganz genau, wie man einen großen Sitzungssaal vorbereitet, und der Vorstand würde sich gleich hinter den beiden Doppeltüren auf der anderen Seite ihres Büros versammeln.

Die Aussicht aus diesem Raum war spektakulär, was schade war, denn Alice konnte sich vorstellen, dass sie während stundenlanger Diskussionen nicht gewürdigt wurde. Deshalb konnte sie nicht umhin, den Raum noch einmal zu betreten, um die nun erleuchtete Stadt zu betrachten, während sie das Licht nicht eingeschaltet hatte, um die Aussicht in vollen Zügen zu genießen.

Dies war ihr neuer dynamischer Arbeitsort. Alice wusste, dass es einige Zeit dauern würde, bis sie diese Tatsache verinnerlicht hatte; sie würde sich am nächsten Morgen daran erinnern müssen, nicht an ihren alten Arbeitsplatz zu gehen.

Das Klingeln des Festnetzanschlusses ihres Büros ließ sie aufschrecken.

Wer rief zu so später Stunde noch an?

Alice beeilte sich, als sie durch den großen Sitzungssaal lief und versuchte, den Hörer zu erreichen und Anruf anzunehmen, bevor es ein fünftes Mal klingelte.

»Grantham Global, Büro des Vorstands?«

»Hallo, du bist doch Alice, oder?«, hörte sie eine jung klingende Männerstimme.

»Ähm, ja?« Alice war sich nicht sicher, was sie sagen sollte.

»Jimmy hier«, erklärte der Anrufer. »Entschuldigen Sie, dass ich anrufe, aber ich war mir nicht sicher, ob Ihnen jemand gesagt hat, dass ein Fahrer auf Sie wartet, um Sie sicher nach Hause zu bringen.

»Oh wirklich?« Alice war geflasht – sie hatte ihren eigenen Fahrer?

»Ja, und das bin ich«, antwortete er sofort. »Ich fahre für Sie beide; Grace und Sie. Ich bin sicher, Grace hat das irgendwo für Sie aufgeschrieben.«

»Ich bin sicher, das hat sie«, antwortete Alice. »Ich bin gerade fertig, und dann bin ich in – sagen wir – zehn Minuten unten? Dann können Sie mich nach Hause fahren und Feierabend machen. Entschuldigen Sie, dass Sie so lange warten mussten. «

»Keine Sorge, daran bin ich gewöhnt. Ich werde vorne warten. Ich bin der Gleiche von heute Morgen.«

»Okay, danke«, war Alice ehrlich gesagt peinlich berührt und fassungslos.

Verwirrt, weil sie den Fahrer nicht nach seinem Namen gefragt oder gar mit ihm gesprochen hatte, und fassungslos, dass eine einfache Assistentin ihren eigenen Fahrer hatte.

Dann dämmerte es Alice, wie wichtig ihr neuer Job wirklich war und wie viel weniger Freizeit sie wahrscheinlich von nun an noch hätte.

Aber sich in diese neue Aufgabe zu vertiefen, hatte auch seine Vorteile: es lenkte sie von der Dark Alley ab, die sie im Laufe der Woche immer mehr zu Besuchen verleitete.

♦ ♦ ♦

Fast genau zehn Minuten später verließ Alice den Haupteingang und sah die gleiche schwarze Limousine vor dem Gebäude parken, wo niemand sonst anhalten konnte.
Es war aufregend, so wichtig zu sein, aber im Moment war Alice eher dankbar, dass sie nicht die öffentlichen Verkehrsmittel benutzen musste, um heimzukommen, auch wenn sie dadurch schneller nach Hause kommen würde. In dem Moment, als ihr Fuß den Bürgersteig berührte, hatte Jimmy ihr bereits die Hintertür geöffnet. Sie schenkte ihm ein scheues Lächeln, auf das er mit einem breiten Grinsen antwortete.

Alice erwartete von ihm, dass er ein Gespräch darüber beginnen würde, so oft, wie er sie durch den Rückspiegel ansah, aber das tat er nicht.

Aus welchen Gründen auch immer, sie hatte ihn für gesprächig gehalten, wie die meisten anderen Taxifahrer, aber vielleicht war es die Firmenpolitik, die ihn zum Schweigen brachte.

»Danke, dass Sie auf mich gewartet haben«, brach sie schließlich das Schweigen und erkannte, dass Jimmy sie nach Hause fuhr, ohne dass sie ihm ihre Adresse sagen musste.

»Kein Problem«, antwortete er fröhlich. »Ich habe in dem Moment Feierabend, in dem Sie sicher und gesund zu Hause sind.«

»Sie haben keine festen Arbeitszeiten?« Alice war fassungslos, als sie diese Nachricht hörte.

»Nein«, antwortete Jimmy. »Normalerweise lässt mich Grace wissen, wenn sie mich tagsüber nicht braucht, damit ich mir ein paar Stunden frei nehmen, private Besorgungen machen und Schlaf nachholen kann. Aber ich bin jetzt für Sie beide auf Abruf da.«

»Es tut mir so leid«, sagte Alice und presste ihre Hand auf den Mund.

»Es ist in Ordnung, Sie wussten es nicht«, zwinkerte Jimmy ihr durch den Rückspiegel zu.

Er war süß, braunhaarig und braunäugig, aber nicht übermäßig gutaussehend und mit Sicherheit jünger als Alice.

»Meine Nummer sollte Ihre Kurzwahlnummer Neun sein«, erklärte er und blieb dabei genauso fröhlich wie zuvor. »Drücken Sie einfach zweimal die Neun und Sie erreichen mich. Sie können mich anrufen, wann immer und wo immer Sie wollen, und ich werde Sie erreichen, auch wenn Sie nicht auf Dienstreise sind. Meine Aufgabe ist es, dafür zu sorgen, dass es Ihnen gut geht und Sie in Sicherheit sind. Ihre Aufgabe ist es, für den Vorstand da zu sein, und meine Aufgabe ist es, für Sie da zu sein. Chemische Reinigung, Essensbestellungen, Abholung von allem, das ist es, was ich für Sie tue, damit Sie im Büro sein können, wann immer Sie gebraucht werden.«

»Mir dämmert, dass ich vielleicht eine Wohnung näher am Büro brauche«, versuchte Alice, die Nachricht zu verdauen.

»Doppel G hat ein paar Apartmenthäuser in der Innenstadt, Sie können eines anfordern, und wenn es verfügbar ist, wird man es Ihnen geben«, erklärte Jimmy. »Ich wohne auch in der Innenstadt, natürlich mit einem Tiefgaragenstellplatz.«

»Wow«, war alles, was Alice sagen konnte.

»Ja«, kicherte ihr Fahrer, »stellen Sie sich meine Überraschung vor, als ich die Schlüssel zu diesem schönen Audi sowie einen Mietvertrag für eine Wohnung in der Innenstadt erhielt, von der aus ich tatsächlich das Ufer sehen kann. Ich dachte, sie hätten etwas verwechselt.« Jimmy erzählte locker weiter:

»Aber alle Fahrer im Doppel-G haben eine Wohnung in der Nähe des Büros, was absolut Sinn macht. Viele der Manager wohnen im selben Gebäude oder haben dort zumindest eine Wohnung, um schnell zur Arbeit zu kommen. Ich bin überrascht, dass sie Ihrem Vertrag keinen Mietvertrag beigefügt haben.«

»Ich habe noch nicht einmal einen Vertrag, sie haben mich einfach versetzt«, erkannte Alice fassungslos.

»Nun, seien Sie nicht überrascht», lächelte Jimmy ein wenig amüsiert. «Es ging alles so schnell mit Graces Schwester, sie sind wahrscheinlich noch dabei, die Dinge zu klären.«

Alice traute sich nicht zu fragen, aber sie konnte sich vorstellen, dass die Schwester ihrer Kollegin schwer krank war, weshalb alles so schnell ging. Sie hoffte nur, dass die Frau bald wieder gesund werden würde, damit Grace ihr zeigen konnte, wo es langgeht.

»Oder vielleicht haben sie Ihnen bereits Zugang gewährt und haben es nur vermasselt, Ihnen das zu sagen«, fuhr Jimmy einfach fort zu plaudern.

»Mit meiner Schlüsselkarte?« Alice nahm die Plastikkarte in die Hand und schaute sie an: sie sah so simpel aus.

»Nein, das geht mit Fingerabdruck«, gab ihr Fahrer zurück.

»Sie haben meine Fingerabdrücke erst heute erhalten«, erklärte Alice.

»Oh«, rief Jimmy aus. »Ja, natürlich, Sie sind versetzt worden.«

»Das ist peinlich«, dachte Alice laut.

»Warum?«, fragte er unschuldig.

»Wenn ich das beantworte, werden Sie mich für ein leichtes Mädchen halten«, schüttelte Alice den Kopf.

»Weil ein kleiner Fahrer mehr über eine Firma weiß, für die er seit seinem Rauswurf aus dem College arbeitet, weil er das Auto des Dekans zu einer Vergnügungsfahrt entführt hat?«, kicherte Jimmy.

»Was?!«

Ihr Fahrer lachte laut.

»Genau aus diesem Grund gab mir Mr. Grantham diesen Job und eine Wohnung auf einer Etage, auf der Fahrer normalerweise nicht landen.«

Jimmys Verhalten änderte sich kein bisschen. Er schien nicht verletzt zu sein, nachdem er richtig geraten hatte, was Alice gedacht hatte.

»Also, wann immer wir jemanden loswerden müssen, der mir folgt, sind Sie der Richtige, hm?«, schmunzelte sie.

»Ja, Ma'am«. Jimmy zwinkerte noch einmal über den Rückspiegel. »Wollen Sie eine Kostprobe?«

»Nur wenn ich mich nicht übergeben muss.«

»Keine Sorge, ich will das nicht saubermachen.«

♦ ♦ ♦

Alice war fünf Minuten früher zu Hause, als sie es gewesen wäre, wenn sie öffentliche Verkehrsmittel genommen hätte, und ohne sich auch nur ein bisschen schwindelig oder krank zu fühlen.

Nach dieser rasanten Fahrt war sie jedoch hellwach.

Als sie ihr Stockwerk erreichte, sah sie ein rechteckiges Paket vor ihrer Tür auf sie warten. Das erste, was ihr in den Sinn kam, war, dass es vielleicht der Mietvertrag war, von dem Jimmy gesprochen hatte, aber das Paket war definitiv zu groß für einen Papiervertrag. Als sie sich ihm näherte, konnte sie bereits erahnen, dass etwas wie Blumen oder Kleidung darin sein würde. Neugierig hob Alice das Paket auf und nahm den Umschlag, um hineinzuschauen. Es waren zwei Dutzend weiße und lila Lilien mit Blütenblättern, die ungewöhnlich geformt waren. Dadurch ähnelten die Blumen auf seltsame Weise einem Nachtschatten. Alice war leicht schockiert. Die Farbe hätte sie an ihren neuen Arbeitgeber denken lassen, da ihr Büro und ihre Geräte dieselbe Farbe hatten, aber wenn sie jetzt die Blumen betrachtete, war sie sich nicht sicher, ob sie wirklich von Grantham Global stammten. Was wäre, wenn jemand von Dark Alley sie geschickt hätte? Immerhin war sie Belladonna und hatte einen Nachtschatten auf ihrer Maske.

Schnell drehte sie sich um, um zu sehen, ob jemand sie beobachtete, aber ihr Stockwerk war leer und sie hörte keine Schritte im Treppenhaus.

Alice ließ sich eilig in ihre Wohnung ein und ließ die Blumen auf ihren Kaffeetisch fallen.

Alice starrte die Lilien unzählige Momente lang an und versuchte, das Chaos in ihrem Kopf zu ordnen, um herauszufinden, wer ihr die Blumen geschickt hatte. Schließlich zog sie ihren Mantel aus und machte sich einen Tee, während sie weiterhin auf die Lilien starrte, als könnten sie jede Sekunde verschwinden und Alice zeigen, dass sie nur halluzinierte.

Es war zu verrückt zu glauben, dass jemand von Grantham Global sie geschickt hatte. Wenn es ein Begrüßungsgeschenk gewesen wäre, hätten sie sie doch in ihr Büro geschickt, oder?

War es jemand aus dem Vorstand? Hatten sie ihre Akten gesehen und wussten, dass sie Belladonna war? Aber es gab nur zwei Personen aus Dark Alley, die ihr Gesicht kannten. Okay, drei, wenn sie Brian, den Barkeeper, hinzufügte. Keiner von ihnen arbeitete bei Grantham Global.

Alice erstarrte. Was war mit Mr. Scotch?

Alice wandte sich ihrer Handtasche zu und bemerkte, dass sie ihre Mappe im Büro vergessen hatte. Aber sie war die Online-Seiten des Vorstands durchgegangen und hatte niemanden erkannt. Es musste also jemand anders sein.

Tristan. Es musste Tristan sein. Aber er kannte ihre Adresse nicht, oder? Aber andererseits war er ein Reporter.

Er hätte einfach ermitteln oder seinen Bruder fragen oder vielleicht einen der Fahrer bestechen können. Tristan kannte sicherlich Wege, an Informationen zu kommen, die er brauchte. Oder vielleicht folgte er ihr einfach nach Hause.

War es Mr. Scotch? Hatte er in Dark Alley jemanden bestochen? Schließlich hatte er sie eingeladen und für ihre Mitgliedschaft bezahlt. Versuchte er, sie zurückzubekommen?

Wollte Tristan ihr zeigen, dass er wirklich meint, was er sagt?

Der Beginn dieser neuen Aufgabe hätte kein besseres Timing sein können. So viel war sicher. Aber jetzt war Alice noch unruhiger, wie konnte sie da einschlafen?

Für eine Sekunde dachte sie daran, die Dark Alley zu besuchen, warf diesen Gedanken aber schnell beiseite. Sie würde niemals unter der Woche dorthin gehen, was sie sich das selbst versprochen hatte. Aber das bedeutete nicht, dass sie nicht darüber fantasieren konnte.

♦ ♦ ♦

Alice könnte sich daran gewöhnen, jeden Tag von einem Fahrer abgeholt zu werden, da sie wusste, dass Jimmy auf Abruf zur Verfügung stand, doch sie war nervös, da dies nur vorübergehend war.

Sie durfte das nicht vermasseln, es war zu wichtig. Aus diesem Grund war Alice dankbar, dass Grace absolut alles vorbereitet hatte, sie musste nur noch ausführen und Notizen machen, damit sie den Job später wiederholen konnte.

Als zweite Assistentin war Alice mehr oder weniger die Assistentin von Grace, was für sie absolut in Ordnung war, da es diese Arbeit erleichterte. Alles, was sie in dieser Woche tun musste, war ausführen und lernen, Anrufe entgegennehmen, Notizen machen. Alice war von allem so gefangen, dass sie kurz davor war, das Mittagessen zu verpassen, als sie einen persönlichen Anruf erhielt, in dem Grace angekündigt wurde.

»Hallo, Alice«, begrüßte sie das gleiche freundliche, ältere Gesicht, das sie auf dem Video gesehen hatte. Alice konnte nicht anders, als ihre neue Kollegin zu mögen. »Ich hoffe, ich störe Sie nicht beim Mittagessen«, fügte sie hinzu.

»Hallo, Grace«, antwortete Alice schüchtern. »Nein, ich bin nicht beim Mittagessen. Das macht nichts.«

»Lassen Sie sich nicht von Mr. Grantham erwischen, dass Sie Ihr Mittagessen auslassen, er möchte lieber, dass Jimmy etwas für Sie holt«, belehrte Grace sie mit einem Lächeln. »Mr. Grantham legt großen Wert auf regelmäßiges und gesundes Essen.«

»Äh«, erwiderte Alice. »Nun, okay, dann. Das werde ich.«

Dieser Mr. Grantham war wohl ein seltsamer Chef.

»Man kann nicht arbeiten, wenn man zittrig ist«, fügte Grace hinzu und begann zu kichern. »Er ist ein sehr netter Mensch. Nun, wenn er Sie mag. Das tut er, wenn Sie Ihre Arbeit gut machen. Das sind die meisten anderen auch. Ich habe die Profile mit einigen Notizen am Ende Ihrer Mappe hinzugefügt, um sicherzugehen. Keine Sorge, ich habe Ihre Empfehlung, Ihren Lebenslauf und Ihren Lebenslauf gelesen, und es wird Ihnen gut gehen. Schließlich habe ich Sie genehmigt.«

»Wirklich?« Alice war etwas verwirrt und fügte schnell hinzu: »Danke!«

»Ja, natürlich, schließlich muss ich ja wissen, wer in der Lage ist, meine Arbeit zu tun. Mr. Grantham fragte mich nach meiner Meinung und zeigte mir Ihre Akten«, erklärte Grace. »Ohne meine Zustimmung hätte er Sie nicht eingestellt.«

»Das ist gut zu wissen«, lächelte Alice ein wenig erleichtert.

»Sie waren besorgt, dass er Sie eingestellt hat, weil Sie schön sind?«, hakte Grace nach.

»Ich habe mich über die Absichten vielleicht ein wenig gewundert«, gab Alice zu. »Weil es alles so schnell ging.«

»Machen Sie sich keine Sorgen, Alice«, antwortete Grace freundlich. »Sie haben die Stelle bekommen, weil ich glaube, dass Sie die beste Wahl sind. Sie müssen mir nur beweisen, dass ich Recht habe. Wenn es etwas gibt, bei dem Sie sich unsicher sind, schicken Sie mir bitte eine Videobotschaft, ich werde es mir so bald wie möglich ansehen und mich bei Ihnen melden.«

»Ich danke Ihnen vielmals, Grace.«

»Natürlich. Bestellen Sie jetzt Ihr Mittagessen und lassen Sie uns die Checkliste für heute durchgehen.«

Alice rief Jimmy schnell an, um ihre Bestellung aufzugeben, und arbeitete den Kalender für heute und die Woche durch. Zu ihrem Glück war die nächste Vorstandssitzung von Freitag auf Montag in der nächsten Woche verlegt worden, sodass Alice mehr Zeit hatte, sich vorzubereiten und sich mit all ihren neuen Chefs vertraut zu machen. Noch wichtiger war, dass sie in der Lage sein würde, sich zu beruhigen, indem sie am Samstag und Sonntag Dark Alley besuchen würde.

Alice würde den Freitagabend mit Bianca verbringen und alles durchgehen, was sie als ihre Trauzeugin zu tun hatte. Wenn sie daran dachte, war sie froh, dass Bianca anbot, ihre Aufgaben mit einigen ihrer anderen Freunde zu teilen, zumindest am Anfang, denn dieser neue Job würde viel Zeit in Anspruch nehmen.

– 20 –

Alice ging durch das Tor und den schummrigen Weg hinunter, wo Big Guy warten würde, und hatte keine Ahnung, was sie mit sich anfangen sollte. Sie hatte sich auf diesen Tag gefreut, hatte Überstunden gemacht, und am Dienstag schien ihr Telefon überhaupt nicht still zu stehen. Die Assistenten jedes einzelnen Vorstandsmitglieds stellten sich ihr vor und teilten ihr die Gewohnheiten im Umgang mit den Kalendern mit, boten ihr an, sich zum Mittagessen zu treffen, oder anderes. Ihre Notizen hatte sie mit denen verglichen, die Grace niedergeschrieben hatte, insofern waren die meisten dieser Anrufe unnötig, aber Alice war stolz auf sich selbst, weil sie geduldig und freundlich war.

Das Letzte, was sie wollte, war, sich bei den Menschen, die ihre stärksten Verbündeten sein könnten, Feinde zu machen. Leider dauerte das alles die ganze Woche über an. Menschen riefen an oder kamen vorbei, um sich vorzustellen und boten ihre Hilfe an, und all das hatte sie so erschöpft, dass sie nicht wirklich die Energie hatte, nachzudenken, woher die lilafarbenen Lilien auf ihrem Couchtisch stammten.

Schließlich hatten der Nachmittag und Abend mit Bianca und ihren Freundinnen Spaß gemacht, um die Hochzeit ihrer besten Freundin vorzubereiten, und Alice war dankbar für die Hilfe und teilte sich die Arbeit.

Aber jetzt war es Zeit für Dark Alley. Sie hatte sich auf den Samstag gefreut, aber sie wusste nicht, was sie heute Abend erleben wollte, denn sie hatte den ganzen Tag mit Bianca verbracht und nicht an diesen Abend gedacht. Als ihr der Magen knurrte, beschloss sie, einen späten Snack zu sich zu nehmen, vielleicht hätte sie mit einem gefüllten Bauch eine Ahnung, was sie heute Abend brauchte. Aber ihre Gedanken wanderten zurück zu dem fliederfarbenen Lilienstrauß und fragte sich, woher sie kamen.

»Miss Belladonna«, Alfred ›Big Guy‹ D'Arcy begrüßte sie mit einem Lächeln, das sie glauben ließ, er habe sie vermisst, »wie geht es Ihnen heute Abend?«

»Alfred«, gab Alice zurück und stellte sich auf die leicht eingeschränkte Sicht ein, die sie mit ihrer Maske hatte. »Es ist schön, Sie zu sehen. Ich bin müde und hungrig. Also werde ich meine Bestellung im Clubhaus aufgeben.«

»Sehr gut«, nickte Big Guy und legte seinen Tablet-PC beiseite.

»Darf ich Sie etwas fragen?«, erkundigte sich Alice verunsichert.

»Natürlich«, gab Alfred zurück, genau wie erwartet.

»Ist es für Mitglieder möglich, Blumen an die Privatadresse anderer Mitglieder zu schicken?«, fragte sie, und der Gesichtsausdruck von Alfred war schon Antwort genug. Er runzelte finster die Stirn.

»Nein, Miss Belladonna«, antwortete er. »Es ist streng verboten, die Welt draußen mit der Welt hier drinnen zu verbinden.«

»Das dachte ich mir«, seufzte Alice, schüttelte den Kopf und presste die Lippen zu einer dünner Linie zusammen, als sie auf den Boden schaute.

»Ist alles in Ordnung?«, fragte Big Guy leise.

»Ich bin sicher, es ist nur ein Zufall, Alfred«, sah Alice ihn an und versuchte zu lächeln. »Ich bekam gerade einen Strauß lilafarbener Lilien, die wie Nachtschatten aussehen, und das verwirrte mich ein wenig. Aber ich bin sicher, es ist nichts.«

»Sind Sie sicher?« Alfred sah nicht so aus, als sei er bereit, es genauso wie sie abzutun. »Ich kann die Fahrer warnen, auf jeden zu achten, der den Autos folgt. Das ist normalerweise obligatorisch, aber ich kann ihnen befehlen, doppelt so vorsichtig zu sein und nicht den direkten Weg zu nehmen.«

»Ja, ich bin sicher. Danke, Alfred«, nickte Alice, schloss die Augen und schenkte ihm ein aufrichtiges Lächeln. »Ich werde es Sie wissen lassen, wenn ich meine Meinung darüber ändere.«

»Vorsicht ist besser als Nachsicht, Miss Belladonna«, sagte Big Guy, immer noch voller Ernst.

»Sobald Sie spüren, dass etwas nicht stimmt oder dass Sie verfolgt werden, lassen Sie es mich wissen«

»Danke«, wuchs das Lächeln von Alice und zeigte die Zuneigung, die sie für diesen Bär von Mann empfand. »Das werde ich, ich verspreche es.«

Alfred nickte und wünschte ihr einen angenehmen Abend, aber die Sorge stand ihm noch immer ins Gesicht geschrieben, und das brachte Alice dazu, sich umzudrehen und ihn umarmen zu wollen, aber sie traute sich nicht.

Es war ihr peinlich, wegen eines Blumenstraußes auszuflippen. Die Farben passten zu ihrem neuen Arbeitsplatz, und die Form der Blütenblätter hätte zufällig sein können. Wahrscheinlich war es nichts anderes als ein willkommenes Geschenk für ihren neuen Arbeitsplatz, schließlich schienen Grace und Alice mit Geschenken überhäuft zu werden, um ihre Arbeit perfekt zu erledigen.

Eines war jedoch sicher: Sie brauchte fantastischen Sex, um ihren Geist zu entleeren. Aber es konnte keinen Sex geben, ohne vorher etwas gegessen zu haben, um ihren Körper zu ernähren. Da sie wusste, dass all dies in ihrer Mitgliedschaft enthalten war, war sie dankbar, aber auch ein wenig melancholisch. Schließlich war ihre Mitgliedschaft ein Geschenk von King, und er war derjenige, nach dem sie sich sehnte, der sie in ihren Träumen verfolgte, egal ob sie wach war oder schlief.

Doch Alice würde sich selbst belügen, wenn sie jene Träume verleugnen würde, in denen Tristan die männliche Hauptrolle spielte oder gar mitwirkte. Der Reporter hatte etwas an sich, das sie ansprach, obwohl er nicht so dominant und fordernd war wie King. War es ein Fehler von ihr, ihn wegzustoßen, gerade als sie King gemieden hatte?

Als sie nun den Weg zum Clubhaus in der Dark Alley hinunterging, konnte Alice diese Gedanken und Sorgen nicht ignorieren, auch nicht, als sie die Persönlichkeit ihres Alter Ego, Belladonna, annahm, denn das änderte nichts an der Tatsache, dass sie beide Männer wollte, vielleicht sogar zur gleichen Zeit.

Belladonna war wie üblich früh dran, aber zu ihrer Überraschung war der Raum voll, und fast alle Tische im Clubhaus waren besetzt, vor allem die, zu denen sie normalerweise ging.

Nur zwei Tische in der Nähe des Eingangs waren frei, aber auch diese waren für sie nicht attraktiv. Sie hatte also keine andere Wahl, als direkt zur Bar zu gehen und sofort Tristans Bruder Brian zu erkennen, der bei ihrem Anblick leicht erstarrte. Sie konnte nicht anders, als zu denken, dass er niedlich war. Vor allem, weil er ihr, noch bevor sie an der Bar ankam, bereits einen Scotch eingeschenkt hatte und die Flasche absetzte, als sie angekommen war.

Belladonna gestikulierte mit dem Zeigefinger, dass er zurückkehren und sich zu ihr rüberbeugen sollte.

»Mitglieder dürfen keinen Sex mit Angestellten haben, richtig?«, flüsterte sie ihm zu.

»Ähm, richtig«, gab er offensichtlich verwirrt zurück.

»Nun, das ist schade«, sagte Belladonna und hob ihr Glas auf, um einen Schluck zu trinken, ohne ihre Augen von ihm zu nehmen, während er von ihrem Blick erfasst zu werden schien. »Ich hätte gerne die Speisekarte, bitte«, fügte sie schließlich hinzu und entließ ihn, indem sie sich umdrehte und nach einer Kabine oder einem Tisch suchte, der vielleicht gerade frei geworden war, aber es hatte sich nichts geändert.

»Bitte sehr«, kehrte Brian zurück und überreichte ihr die Menükarte, um die sie gebeten hatte.

Mit einem Lächeln dankte sie ihm, nahm, was ihr angeboten wurde, und drehte sich mit dem Gesicht zur Bar um. Belladonna hatte keine Ahnung, warum sie ihren Lieblingsstand prüfte, denn als sie eintrat, hatte sie bereits gesehen, dass er besetzt war. Vielleicht war es nur Instinkt, vielleicht war es Neugier, aber als ihr Blick die Kabine direkt neben ihr streifte, erkannte sie die Maske sofort.

Es war King, und er war nicht allein. Belladonnas Herz verfiel in einen Galopp. Hastig griff sie nach ihrem Glas und nahm einen Schluck davon, versuchte, sich zu beruhigen und sich zu erinnern, was sie von der anderen Person in der Kabine gesehen hatte. Aber das, an was sie sich erinnerte, ergab für sie keinen Sinn.

Also hob sie die Speisekarte an ihren Kopf und bewegte sich langsam, als ob sie sich an die Bar lehnen wollte, während sie sich entschied, was sie bestellen wollte.

Es war albern, Belladonna wusste, dass ihre Maske nicht ganz von der Speisekarte verdeckt werden würde, aber sie konnte nicht dagegen ankämpfen, dass sie wissen musste, mit wem King of Diamonds – ihrem Mr. Scotch – zusammen war.

Es war nicht zu leugnen, dass es ihr wehtat, wie er einfach zu einer anderen Person übergehen konnte. Oder vielleicht waren sie nie exklusiv gewesen?

Was auch immer ihr Gedanke war, nichts bereitete sie auf das vor, was sie sah, nachdem sie sich in eine Position gebracht hatte, in der sie einen Blick auf die andere Person in der Kabine werfen konnte. Es war eine Frau mit hellblondem Haar, schlanker als Belladonna und wahrscheinlich auch größer. Aber das war es nicht, was ihr das Gefühl gab, in den Bauch getreten zu werden. Es war die Maske, die sie trug. Sie war dunkelrot mit silberweißen Diamanten, ein Streichholz und ähnlich dem, was King of Diamonds trug.

Belladonna war gelähmt. Sie wusste, dass sie starrte, aber sie war nicht in der Lage, sich davon abzuhalten oder sich umzudrehen. Ihr Geist raste so schnell, dass sie keinen einzigen Gedanken mehr fassen konnte.

»Miss?«

Sie wusste nicht, ob Brian sie zum ersten oder zum tausendsten Mal ansprach, aber sie flog so schnell wie möglich herum, um sich vor Entsetzen zu schütteln.

»Ja«, stieß sie aus und war erleichtert, dass ihre Stimme nicht zitterte.

»Der Stand auf der anderen Seite ist gerade geräumt worden«, erklärte Brian ihr.

»Danke«, brachte Belladonna heraus.

Sie nahm ihr Glas und die Speisekarte und ging unbeholfen auf ihren Stand zu, während sie immer noch versuchte, einen Gedanken aufzufangen, der erklären könnte, was sie gesehen hatte. Es könnte einfach ein Zufall sein. Es gab sicher keine Regeln, die jemandem verbieten würden, bestimmte Namen oder Masken anzunehmen. Vielleicht hatte er deshalb mit ihr gesprochen, um herauszufinden, warum sie auch die Diamanten ausgewählt hatte.

Aber was, wenn es nicht so war?

Was, wenn diese Frau die Queen of Diamonds war? Was, wenn sie seine Freundin, oder noch schlimmer, seine Frau war?

Belladonna fiel fast in ihren Sitz, als sie darüber nachdachte. Was wäre, wenn sie es hätte sein können und ihr Ausweichen ihn dazu gebracht hätte, sich für jemand anderen zu entscheiden?

Wackelig schüttete Belladonna ihr Glas Scotch hinunter, nun völlig unbeeindruckt von ihrem aufgewühlten Magen.

Das war verrückt, sie war kindisch.

Sie konnte sich genau daran erinnern, dass, als sie ihn, ihren Mr. Scotch, zum ersten Mal sah, sein Aussehen nicht beeindruckend war. Aber sie hatte ihre Meinung darüber geändert. Es war seine Persönlichkeit, sein Charisma gewesen, das sie im Sturm erobert hatte, und diese eine Nacht oben, als er sie mit Lust und Begierde gequält hatte, hatte den Rest erledigt.

War sie verliebt?

Das konnte Belladonna nicht sagen. Was sie wusste, war, dass sie ihn wollte. Sie wollte ihn ganz für sich. Sie wollte, dass er sie nimmt, sie beansprucht, sie besinnungslos bumst und küsst. Allein bei dem Gedanken daran, dass seine Lippen auf ihren lagen, wurde ihr schwindelig, oder vielleicht lag es daran, dass sie auf leeren Magen ein Glas Scotch getrunken hatte.

Belladonna musste etwas essen, und die Wahl der Mahlzeit war die Ablenkung, die sie brauchte. Zumindest würde es sie von ihrem Blick auf seinen Hinterkopf und die Maske der Frau, die ihn begleitete, ablenken.

Zum Teufel, sie war eifersüchtig, aber sie wusste, dass sie dazu kein Recht hatte, denn darum ging es in Dark Alley.

Keine Bedingungen, nur Zufriedenheit.

Keine Liebe, nur Lust. Vielleicht wollte sie ihn so sehr, weil sie wusste, dass sie ihn nicht haben konnte.

Vielleicht sollte sie nicht zulassen, dass sich ihr Leben um diesen Ort dreht.

»Guten Abend, Miss, kann ich Ihre Bestellung aufnehmen?«

Die Kellnerin zog sie vom Sog ihrer Gedanken weg und ließ sie ein wenig zusammenzucken.

»Ja, natürlich«, murmelte Belladonna.

Sie hatte keine Ahnung, auf welches Gericht ihr Finger zeigte, und es war ihr eigentlich egal. Ihr Appetit war verschwunden, und ihr Glas war leer. Hatte sie noch ein Getränk bestellt? Sie konnte sich nicht erinnern. Belladonna fühlte sich übel, aber es musste ihr leerer Magen und der Alkohol sein, sonst ging ihr der Verstand damit über Bord. Sie hatte den Vertrag und die Broschüre gelesen. Sie hatte gewusst, worauf sie sich einließ. Sie hatte kein Recht, sich aufzuregen oder verletzt zu sein. Vielleicht, so dämmerte es ihr, sollte sie sich mit Aquarius, mit Tristan, verabreden.

»Geht es dir gut?«

Einen Moment lang war sich Belladonna nicht sicher, ob sie halluzinierte, ob sie zu Magie fähig war oder ob das Schicksal dies gewollt hatte. Sie blickte auf, um Aquarius direkt vor sich stehen zu sehen, und obwohl er eine Maske trug, die seine obere Gesichtshälfte verdeckte, sagte ihr sein Gesichtsausdruck, dass er besorgt, vielleicht sogar beunruhigt war. Was zum Teufel hatte er hier zu suchen? Sie war wütend und gleichzeitig erleichtert.

»Ja«, schaffte sie nach ewigen Sekunden zu sagen. »Bitte, setz dich.«

Hatte sie ihn wirklich nur eingeladen, sich zu ihr zu setzen und sie zu begleiten? Sollte sie nicht immer noch wütend auf ihn sein wegen seiner Erpressung, obwohl er einen Rückzieher gemacht hatte?

Ganz gleich, was sie vorhatte, er tat, was sie ihm sagte, und setzte sich auf den Stuhl gegenüber von ihr.

Obwohl er nichts sagte, wusste Belladonna, dass Aquarius ihre Aussage, dass es ihr gut gehe, nicht ganz glaubte. Irgendwie fühlte sie sich dadurch wohl, und sie lächelte ihn fast an.

»Was machst du hier?«, fragte sie und klang härter, als sie es vorhatte, aber ihr Ton passte zu dem, was sie in dieser Situation empfand.

»Ich sah dich gerade hier sitzen und du«, Aquarius suchte nach dem richtigen Wort, »wirktest erschüttert.«

»Das bin ich«, gab sie zu und versuchte, nicht durch den Raum und auf den King und seine offensichtliche Queen zu schauen.

»Er ist mit jemandem zusammen«, erklärte Aquarius das Offensichtliche.

»Ach nee«, war alles, was Belladonna dazu sagte.

»Du weißt gar nichts über ihn, oder?« Diese Frage lenkte sicherlich ihre Aufmerksamkeit wieder auf Aquarius. »Aber du weißt, wer ich bin.«

»Ich kenne nur deinen Beruf, deinen Vornamen und deinen kleinen Bruder«, gab Belladonna scharf zurück.

»Das ist mehr, als du über diesen Mann weißt«, nickte Aquarius in Richtung des Mannes, der hinter seinem Rücken saß. »Und ich bin bereit, dir alles zu erzählen, was du wissen willst. Es hat sich nichts geändert, zumindest für mich nicht.«

»Also, hast du Lust auf ein Date mit mir?«, fragte Belladonna skeptisch nach. »Wie ein echtes Date?«

»Ja«, antwortete Aquarius sofort und aufrichtig.

»Lass mich darüber nachdenken«, gab sie zurück und war von ihren eigenen Worten ein wenig überrascht.

Das war nicht erlaubt. Es war gegen die Regeln, und es war das Letzte, worauf sie gehofft hatte, als sie sich entschied, die Dark Alley zu besuchen.

Sie musste jedoch ehrlich zu sich selbst sein, dass sie, wenn sie Tristan irgendwo anders getroffen hätte, sofort Ja gesagt hätte, wenn er sie um ein Date gebeten hätte.

Sollte sie sich wirklich von Dark Alley beeinflussen lassen? Sie glaubte es nicht, aber Belladonna war nicht bereit, völlig zu ignorieren, dass er versucht hatte, sie zu erpressen.

»Okay«, sagte Tristan nach einem Moment, sicher musste er ihre Antwort erst einmal auf sich wirken lassen; er sah nicht so aus, als hätte er diese Art von Antwort erwartet, und vielleicht machte er sich jetzt gerade Hoffnungen. »Wie tauschen wir Nummern aus? Ich meine, du musst dich noch entscheiden …«

»Das ist eine gute Frage«, dachte Belladonna laut.

Sie ließ ihren Blick durch den Raum schweifen, übersprang aber den Tisch, der am nächsten an der Bar stand.

»Ich werde meine Nummer deinem Bruder geben, und er kann sie dir geben«, entschied sie, und beobachtete, wie Aquarius sich nicht mehr umdrehte.

»Das ist eine großartige Idee«, stimmte er zu und zögerte, bevor er fortfuhr. »Willst du, dass ich gehe?«

Belladonna wusste zunächst nicht, woher seine Frage kam, aber sie brauchte nur einen Moment, um ihn einzuholen. Obwohl sie noch nicht »Ja« gesagt hatte, schien er die Dinge auf die übliche Weise beginnen zu wollen, indem er sich verabredete, ohne sich in der Gasse zu treffen. Und sie war damit einverstanden.

»Das ist vielleicht die beste Idee«, antwortete Belladonna leise und verdiente sich im Gegenzug ein Lächeln, als Aquarius aufstand und ging.

Tristan schien zuversichtlich zu sein, dass Alice es versuchen würde, aber sie war sich nicht so sicher. Als sie ihn gerade weggehen sah, erinnerte sie sich an Greg aus dem Nachtclub, und wie sie ihn im Grunde unfreiwillig abgewiesen hatte. Vielleicht sollte sie ihm morgen eine Nachricht schreiben. Schließlich war er nett und ruhig und hatte keine Ahnung, wo und wie sie die letzten Wochenenden verbracht hatte, an denen sie nicht verfügbar gewesen war.

Ob es nun ein Impuls, ein Instinkt oder einfach nur ein Zufall war, sobald sie Aquarius aus den Augen ließ, bewegte sich ihr Blick auf die Nische zu, die sie gemieden hatte. Und es ließ sie in ihrer Bewegung erstarren.

Sie sahen sie an, alle beide. King of Diamonds und die Blondine. Sehr zu ihrer Erleichterung kam die Kellnerin und servierte ihr einen Caesarsalat mit Huhn und Brot.

»Möchten Sie noch einen Drink, Miss?«, fragte die Kellnerin und Belladonna musste nicht lange überlegen, bevor sie einen leichten Weißwein bestellte, da sie hoffte, nicht zu nüchtern zu werden.

Belladonna tat ihr Bestes, um King zu ignorieren, und widmete ihre ganze Aufmerksamkeit ihrem Essen, das wieder einmal mehr als köstlich war. Sie musste sich zurückhalten, es nicht zu verschlingen, als ihr Hunger wieder aufkam und sie laut murmelte, was wahrscheinlich der einzige Grund war, warum sie es schaffte, ihre Gedanken nicht abschweifen zu lassen.

Nachdem sie gegessen und den Wein ausgetrunken hatte, musste sie nicht lange auf die Kellnerin warten, die den leeren Teller und das leere Glas abräumte, und Belladonna bereitete sich auf die Frage vor, ob sie noch etwas trinken wolle.

»King of Diamonds möchte Sie einladen, Ihr Dessert an seinem Tisch zu essen«, erklärte die Frau freundlich.

Nun hatte Belladonna keine andere Wahl, als quer durch den Raum in Richtung King zu blicken, der sie neben der Frau sitzend ansah, deren Maske so beunruhigend war.

Was nun?

Das Letzte, was Belladonna wollte, war, ängstlich oder kindisch zu wirken. Sie hatte keinen Anspruch auf ihn, und er hatte ihr nie gesagt, dass er vielleicht mit jemandem zusammen ist oder verheiratet ist. Allein dieser Gedanke ließ sie schaudern.

Wie naiv war sie gewesen?

Natürlich war dies der perfekte Ort für Ehebruch. Wie konnte sie so naiv sein?

»Sehr gut«, stand Belladonna langsam auf und streifte ihren A-Linien-Rock herunter, dessen Reißverschluss sich auf der linken Seite befand, weil sie etwas betrunken war und Zeit schinden wollte. »Bitte bringen Sie mir die Speisekarte zu seinem Tisch.«

»Natürlich, Miss«, sprach die Kellnerin, nickte und ging weg.

Ihr Blick tanzte zwischen dem King und seinem weiblichen Gast hin und her, während Belladonna langsam durch den Raum ging. Sie ignorierte dabei alles andere, während sie vorwärts schlich. Ihre Gedanken überschlugen sich und versuchten, Erklärungen dafür zu finden, warum diese Frau Diamanten tragen und nicht eng mit dem King of Diamonds verbunden sein konnte, aber es gab keine, die realistisch waren.

Belladonna würde sich jeder Wahrheit stellen müssen, die sie in wenigen Augenblicken erfahren würde; sie wusste einfach nicht, ob sie bereit war, aber sie würde wahrscheinlich nie bereit sein.

Am Tisch angekommen, stellte sich King of Diamonds auf seine Füße und machte einen Schritt zur Seite, indem er ihr einen Platz auf der Bank anbot, auf der er saß, wodurch Belladonna zwischen ihn und die Dame mit der Diamantenmaske gerückt wurde. Um nicht unhöflich zu sein, schenkte sie ihm ein zaghaftes Lächeln und setzte sich dorthin, wo er kurz zuvor gesessen hatte, und spürte die Wärme, die er aufgegeben hatte.

»Das ist Belladonna«, sprach der King of Diamonds, bevor er sich auf einen Stuhl setzte und die andere Frau ansprach. »Belladonna, das ist die Queen of Diamonds, meine Frau.«

Von allem, was sie erwartet hatte, war dies die letzte und gefürchtetste Möglichkeit gewesen.

Seine Frau.

Seine …

Verdammt.

Seine Ehefrau.

Belladonna hatte keine Ahnung, wie sie reagieren oder was sie sagen sollte. Alles, was sie tat, war, ihren Kopf und ihre Augen zu bewegen und sie anzuschauen, diejenige, die alles ruinierte. So dachte sie jedenfalls.

»Die Lady und ich haben eine Vereinbarung«, fuhr King fort, als hätte er nicht gerade eine Bombe größeren Ausmaßes abgeworfen. »Wir können tun, was wir wollen, solange es innerhalb des Heiligtums der Dark Alley bleibt.«

Als die Blicke von Belladonna und King sich trafen, hatte sie das Gefühl, dass er mehr hinzufügen, mehr erklären wollte: Dass die beiden nicht nur in einer offenen Beziehung standen, sondern dass mehr an der Vereinbarung dran war, als er andeutete.

»Ich würde Sie gerne beobachten.« Die Queen of Diamonds unterbrach das Schweigen, das sich zwischen ihnen ausbreitete.

»Bitte was?«, fragte Belladonna nach.

War das alles nur ein großes Spiel für sie?

»Ich würde gerne sehen, wie du, Belladonna, von meinem Mann gevögelt wirst«, erklärte die Queen of Diamonds ohne Zögern und ohne Scham.

Belladonna wusste, dass sie über diese Aussage entsetzt oder zumindest bestürzt sein sollte, aber es tat etwas ganz anderes mit ihr, etwas ganz und gar anderes. Sie erinnerte sich recht lebhaft daran, wie Aquarius gezwungen war, zuzusehen, wie sie vom King of Diamonds gevögelt wurde, und nun wollte seine Frau freiwillig dasselbe tun?

Der Gedanke daran machte den Herzschmerz, den sie in Bezug auf King empfand, etwas weniger schmerzhaft, zumindest für den Augenblick.

»Okay«, hörte sich Belladonna selbst zu, wie sie der Queen of Diamonds antwortete. »Aber zuerst …« Sie konnte nicht anders als grinsen. »Was gibt's zum Nachtisch?«

Sehr zu ihrer Überraschung war es die Queen, die lachte.

Belladonna war nicht einmal hungrig, und aus welchem Grund auch immer konnte sie es nicht erwarten, anzufangen, aber sie wollte nicht den Anschein erwecken, als ob sie voll und ganz in ihren Vorschlag verliebt wäre.

War das albern?

Denn schließlich war dies ein Sexclub.

Belladonna wurde von ihren Gedanken abgelenkt, als die Kellnerin eintraf, um die Dessertkarte zu überreichen, aber die Queen of Diamonds lehnte die Karte ab, indem sie einfach ihre Bestellung nannte. Belladonna sprang auf den Zug auf und bestellte dasselbe, obwohl sie nicht zugehört hatte. Auch King of Diamonds tat das Gleiche.

Belladonna wurde nervös, obwohl sie wusste, worauf sie sich da einließ.

Vielleicht lag es daran, dass sie zwischen den beiden saß, und ihre Gedanken begannen wieder abzuschweifen, weil sie sich vorstellte, wie ihre Hände sie unter dem Tisch berühren würden. Sie war sich nicht sicher, ob sie erleichtert oder enttäuscht war, dass nichts passierte.

Andererseits wollte sie keinen Sex in einem öffentlichen Raum mit so vielen Zuschauern haben.

– 21 –

Belladonna konnte sich nicht an die Nummer erinnern, die die Kellnerin ihnen genannt hatte, aber als sie den Raum betrat, der ihnen gegeben worden war, wurde sie an das letzte Mal erinnert, als sie und King of Diamonds sich getroffen hatten. Es war die gleiche Inneneinrichtung und der gleiche erste Stock, an den sie sich von diesem besonderen Abend erinnerte, der für sie alles veränderte.

Die Freitreppe befand sich genau an der Stelle, an die sie sich erinnerte, ebenso wie die Bar. Alles war schwarz, weiß und violett, mit glänzenden und glatten Oberflächen und nirgendwo abgerundete Ecken.

Belladonna spürte, dass ihre Nerven die Oberhand über sie gewannen, also ging sie von der Treppe weg direkt auf die Bar zu.

Sie brauchte einen Drink.

»Ich glaube nicht, dass das eine gute Idee ist, Bella«, hörte sie King mit einer Stimme sagen, die mit jedem Wort, das er sprach, immer verführerischer zu werden schien. »Ich will nicht, dass dir schwindelig wird, oder schlimmeres.«

Ihr Körper blieb stehen, gehorchte seiner stillen Forderung, und sie stieß einen Seufzer aus. Natürlich hatte er Recht. Sie würde nicht in der Lage sein, das zu genießen, was er mit ihr tat, wenn sie betrunken war. Als sie sich umdrehte, streckte ihr King of Diamonds die Hand entgegen, und Bella, nachdem sie seine Frau kurz angesehen hatte, kehrte zurück, um sie zu nehmen. King of Diamonds führte sie die Treppe hinauf, und als sie diesmal ihren Fuß auf die erste Stufe setzte, machte sie sich nicht auf eine zitternde Treppe gefasst; sie wusste, dass diese Stufen fest wie Stein waren. Aber Belladonna war nicht in der Lage, sich auf etwas anderes zu konzentrieren als auf die Wärme und Sanftheit seiner Hand um ihre. Sie kannte ihn nicht, abgesehen von dem kurzen Treffen im Club, als sie zum ersten Mal beschloss, dass er nicht so gut aussah, wie sie sich jetzt sicher war. Ihr Mr. Scotch hatte Dinge mit ihr gemacht, die kein Mann zuvor mit ihr gemacht hatte. Sie wusste, dass es falsch war, einen Mann nach seinen sexuellen Fähigkeiten zu beurteilen, aber sie konnte nicht anders, als ihn zu wollen. Sie wollte ihn kennenlernen, sie wollte mehr über ihn erfahren … aber er war verheiratet. Es war offensichtlich eine offene Ehe, aber Belladonna konnte sich nicht als die andere Frau sehen. Es kam nicht in Frage. Und es dämmerte ihr, dass dies ihre letzte Nacht mit dem King of Diamonds und vielleicht ihre letzte Nacht in der Dark Alley sein könnte.

Am oberen Ende der Treppe angekommen, blickte Belladonna zunächst auf das Badezimmer mit den Glaswänden, von wo aus sie einen perfekten Blick auf die große Dusche hatte, die genügend Platz für drei oder sogar vier Personen bot. Sie wollte das große Himmelbett nicht wirklich anschauen, aber die Neugierde übermannte sie, als sie sich daran erinnerte, was sie erwartet hatte, als sie das letzte Mal in diesem Zimmer war. Als sie sich umdrehte, um auf die Laken zu schauen, sah sie etwas, das sie zittern ließ.

Da war nichts.

Keine Lederunterwäsche, keine durchsichtigen Dessous, kein Halsband, keine Fesseln. Nichts. Nicht einmal eine seidene Augenbinde. Da dämmerte es Belladonna, dass sie sich nicht vor der Tatsache verstecken konnte, dass seine Frau sie beobachten würde. Sie würde gezwungen sein, die ganze Zeit zu sehen.

Belladonna wollte nicht diejenige sein, die kneift, aber sie war sich nicht sicher, ob sie es wirklich genießen konnte, nicht wenn sie nicht in der Lage war, sich zu verstecken, ihre Augen zu schließen und ihrer Fantasie den Rest zu überlassen.

»Zieh deine Kleidung aus.«

Dieses Mal war es die Queen, die sprach, aber sobald ihre Worte in Belladonnas Ohren ankamen, konnte sie sich nicht mehr erinnern, ob ihr Tonfall fordernd oder andeutend gewesen war.

Sie konnte sich nicht davon abhalten, sich zu ihr umzudrehen, beide Hände hoben sich bereits, um langsam ihre violette Lieblingsbluse aufzuknöpfen. Die Augen der Queen of Diamonds schlossen sich mit ihren, und Belladonna war unfähig, sich loszureißen. Stattdessen ließ sie ihre Bluse langsam an ihren Schultern herunterrutschen, während sie die Frau vor sich beobachtete.

Belladonna konnte sich nicht daran erinnern, ob es beim letzten Mal einen Sessel gegeben hatte, aber er passte zu den Farben des Raumes, und die Queen of Diamonds saß darin, als ob es das Gewöhnlichste auf der Welt wäre.

Da war etwas in ihrem Blick, ein seltsames Funkeln in ihren Augen, das Belladonna nicht ganz zuordnen konnte. War diese Frau eine Lesbe? War dies der Grund, warum sie und ihr Mann eine Abmachung hatten? Sie kämpfte gegen die glühende Hoffnung, die ein Feuer zu entfachen drohte, das sie verbrennen würde. Nein. Vielleicht war diese Frau bisexuell? Oder vielleicht genoss sie es einfach, die Zügel in der Hand zu halten.

Ihre Sexualität spielte keine Rolle

Wenn es etwas Sicheres über diese Situation zu sagen gäbe, dann dass Belladonna bezweifelte, dass sie einen dieser beiden Menschen vor ihr jemals verstehen würde. Was offensichtlich war, war, dass diese beiden sich ohne Sorgen amüsierten.

Für sie musste dies nichts weiter als ein Spiel sein, und Belladonna war nichts weiter als ein Spielzeug. Sie wusste, dass sie aufhören sollte zu denken, dieser Club sei etwas anderes als die Versorgung von Sexualpartnern, und aufhören sollte, fantastischen Sex mit Verlieben oder Fürsorge zu verwechseln.

Belladonna verachtete, dass sie sich jetzt verletzt fühlte, und schimpfte sich schweigend dafür aus, dass sie sich Hoffnungen gemacht hatte. Warum musste es der King sein, den sie wollte, wenn es drei Männer, und vielleicht noch mehr, gab, die sie wollten?

Die Antwort war einfach: Er war derjenige, über den sie am wenigsten wusste.

Ja, sie hatte sein Gesicht gesehen, aber das war alles. Der Rest war geheimnisvoll und das, was ihre Fantasie ausfüllte, was natürlich nur das Beste für sie war. Sie wollte Core nicht, denn er wollte ihr Sklave sein. Sie wollte Greg nicht, weil er nett aussah und nicht wirklich ihr Typ war. Sie wollte Aquarius nicht, weil er sie bereits enttäuscht hatte. Und King of Diamonds war nichts davon. Es bestand die Chance, dass er alles war, was sie sich jemals von einem Mann gewünscht hatte. Ein Anführer, kein Soldat, kein Sklave, kein Verräter. Die Art, wie er sie behandelte, sagte ihr das bereits. Er schien genau zu wissen, was sie brauchte und wollte, noch bevor sie sich dessen bewusst war. Ihrer Meinung nach war er der perfekte Mann für sie, aber sie wusste nichts über ihn.

In dem Moment, als sie auf das Himmelbett kletterte, wie es ihr die Queen of Diamonds befohlen hatte, begriff sie endlich die Regeln des Spiels, das alle in der Dunklen Allee spielten. Sie spielten ihren eigenen Akt in ihrer eigenen Fantasie. Und es war nicht mehr als das. Nur eine Fantasie.

Heute Abend wäre King of Diamonds genau das für sie. Er spielte die Rolle ihres Verführers, und seine Frau würde zusehen, wie er eine andere bumst. Mehr wäre nicht drin, und wenn Belladonna wegging, wäre es nur ein weiterer viel zu realistischer Traum.

Belladonnas Augen schlossen sich wieder mit denen der Queen zusammen, aber diesmal fühlte sie sich völlig entspannt, fast so, als ob sie das Sagen hätte und nicht umgekehrt. King of Diamonds würde heute Abend ihr gehören, und sie würde ihr Bestes tun, um seine Frau eifersüchtig zu machen. Der Gedanke daran brachte sie dazu, sich auf die Unterlippe zu beißen, während ein Grinsen in ihren Mundwinkeln wuchs, und zu ihrer Überraschung lächelte die Queen of Diamonds zurück.

»Ich möchte, dass du genau das tust, Bella«, sprach seine Frau sie zum ersten Mal mit ihrem Namen an, und der Klang ließ einen glühend heißen Ruck durch ihr Nervensystem schießen und verstärkte die bereits wachsende Erregung in ihr.

»Ja, Herrin«, stieß Belladonna nach einem kurzen Moment der Beratung aus.

»Braves Mädchen«, nickte sie zustimmend.

Belladonna hatte sich nicht darum gekümmert, was King of Diamonds getan hatte, und jetzt war es zu spät, sich umzudrehen und zu überprüfen, was es war, denn ein Befehl war ein Befehl. Aus den Augenwinkeln heraus glaubte sie, dass jetzt so etwas wie Fesseln aus Handschellen links und rechts von ihr an den Säulen des Himmelbettes hingen, aber das könnte alles in ihrem Kopf sein. Als sie plötzlich warme Hände auf ihren Pobacken spürte, zuckte sie zusammen und stellte fest, dass King of Diamonds hinter ihr kniete, während sie auf allen vieren war. Er hatte einen perfekten Blick auf ihren Hintern und ihre Öffnungen.

Als ob er ihre Gedanken gelesen hätte, drückte er ihre Pobacken auseinander und ließ sie erkennen, wie feucht sie bereits war, als die kühle Luft des Raumes ihre Muschi erreichte.

»Hintern hoch!«, befahl die Queen, und Belladonna gehorchte sofort, indem sie ihre Ellbogen beugte und ihre Hände in die Laken krallte, als sie sich unwillkürlich in Richtung Bettkante bewegte.

Sie hielt ihre Augen auf die Frau gerichtet, die vor ihr saß. Belladonna konnte sich nicht daran erinnern, dass in diesem Zimmer ein Samtsessel gestanden hatte, oder dass er vor dem Bett gestanden hatte, als King of Diamonds sie nach oben manövriert hatte. Aber das spielte jetzt keine Rolle mehr, denn von nun an würde sie sich von nichts anderem mehr ablenken lassen.

»Du weißt, was ich sehen will.« Die Queen of Diamonds sprach nicht mehr mit ihr, obwohl sie ihren Blick auf Belladonnas Gesicht hielt, die keine Zeit hatte, sich zu fragen, was passieren würde.

In der Sekunde spürte sie seine Spitze an ihrem Eingang, die er bereits mit einem harten Stoß nach innen gedrückt hatte, der sie keuchen und die Augen schließen ließ, als sie ein lautes Stöhnen, Schmerz und Vergnügen über ihren Körper rollen ließ, das sie fast schlaff werden ließ. Sie wollte aus Protest winseln, als King sich zurückzog, aber ein hart schmerzhafter Schlag auf ihre rechte Pobacke ließ sie vor Schreck zusammenzucken und ihre Augen mit Tränen öffnen.

»Was habe ich dir gesagt, Bella?«, fragte die Queen, neigte sich leicht zu ihr hin, und für einen Moment musste sie nachdenken, was ihr völlig peinlich war.

»Sie anzusehen, Herrin«, sprach sie leise, ihr Gesicht brannte vor Scham, doch ihre Augen richteten sich auf die Queen of Diamonds.

»Genau«, antwortete die Frau vor ihr.

Ihre Augen entfernten sich von Belladonna zum King of Diamonds, der hinter ihr stand, und nickte erneut. Noch einmal fühlte Belladonna, wie er in sie eindrang, diesmal etwas langsamer, und sie tat ihr Bestes, um die Augen offen und auf die Queen of Diamonds gerichtet zu halten.

Die Frau war genau wie ihr Namensvetter, scharf und unerbittlich.

Belladonna wurde schon allein durch ihren Blick erregt, denn sie sah die Zustimmung der Queen, die es diesmal schaffte, ihre Augen nicht zu schließen.

Die Empfindung war anders, unartiger, intensiver. Belladonna spürte ihren Mr. Scotch in sich, aber es ging nicht um ihn, sondern um seine Frau.

»Braves Mädchen«, stimmte sie zu, und als Antwort darauf begann sich King of Diamonds vertrauensvoll zu bewegen, während die Frau den Gesichtsausdruck von Belladonna beobachtete, während sie darum kämpfte, die Augen offen zu halten.

Belladonna fühlte, wie seine Hände nach ihren Hüften griffen, sein Becken gegen ihr Becken drückte und in sie eintauchte. Während er tun durfte, was er wollte, musste sie die Frau weiter ansehen, deren Lächeln immer leichter wurde.

Es war ablenkend, frustrierend und ach so heiß. Belladonna wollte in die Empfindungen ihres Körpers eintauchen, die Augen schließen und sich mitreißen lassen, seinen harten Schwanz in sich spüren und alles andere vergessen. Aber die Queen of Diamonds war nicht bereit, sie gehen zu lassen.

Die Frau vor ihr rührte sich nicht, bewegte sich keinen Zentimeter, brachte ihre Hand nicht zu ihrer Klitoris, um sich ihnen anzuschließen. Sie schaute nur zu, ihre Aufmerksamkeit auf Belladonnas Gesicht, als gäbe es nichts Interessanteres auf der ganzen weiten Welt, während ihr Mann eine andere Frau fickte.

Was fehlte Belladonna? Sie konnte die Antwort auf diese Frage nicht finden, sie konnte sich nicht konzentrieren. Alles, was existierte, war King of Diamonds, der sich in sie hinein und aus ihr heraus bewegte, ihre Pobacken auseinanderzog und sie zusammenpresste, seine Bewegungen aufeinander abstimmte, und diese Frau, die es offensichtlich genoss, ihnen zuzusehen.

»Warum bist du so nachsichtig mit ihr?«, fragte die Queen of Diamonds plötzlich und rückte die ganze Situation in ein anderes Licht.

Hatte sie nicht doch das Sagen?

Belladonna hatte keine Gelegenheit, über diese Frage nachzudenken, denn plötzlich spürte sie Kings Hand am Hinterkopf, die sie fast mit Gewalt in die Laken drückte und den Widerstand der Matratze gegen ihr Gesicht spürte.

Sie tat ihr Bestes, um Blickkontakt mit Queen zu halten, aber ihre Maske hatte sich verschoben, drückte sich in ihr Gesicht und machte es fast unmöglich, etwas zu sehen. Kings nächster Stoß stürzte sie beinahe vom Bett, und nur seine Hände hielten ihre Hüften, um sie an Ort und Stelle zu halten.

Sie fühlte, wie er in ihr zuckte.

Es war nur eine Sekunde, und doch fühlte es sich so viel länger an, da er tief in ihr blieb.

»Hoch!«

Hatte sie das wirklich gesagt?

Auch hier hatte Belladonna nicht die Kontrolle. Plötzlich schlang sich die Hand, die sie in die Laken gedrückt hatte, um ihren Hals, griff ihr an die Kehle und zog sie in eine aufrechte Position, während er noch in ihr war. Es war der Positionswechsel, der sie stöhnen ließ, während er sich in ihrem Körper bewegte, da er sie zwang, ihren Rücken zu wölben, um sich der Haltung anzupassen.

Die Queen of Diamonds war plötzlich nahe an ihrem Gesicht. Belladonna versuchte immer noch, eine Position zu finden, die diese Haltung irgendwie bequem machte, da sie fühlte, wie sich etwas eng um ihr linkes und dann rechtes Handgelenk wickelte. Es war nichts weiter als Instinkt, dass sie nach dem griff, was auch immer ihre Hände fesselte, und es packte. Sie war nun an den Säulen des Himmelbettes aufgehängt und wölbte ihren Rücken so weit wie möglich, sodass dieser köstliche Schwanz in ihr genau dort blieb, wo er war. King of Diamonds bewegte sich kaum noch in ihr und trieb sie in den Wahnsinn. Sie wusste nicht, ob er sie neckte oder sich selbst in eine andere Position brachte.

»Du liebst es, ihn in dir zu haben, nicht wahr?«

Belladonna war erstarrt, nicht wegen dieser Worte, sondern wegen der beiden schlanken Hände, die sanft ihre nackten, entblößten Brüste umfassten und ihr das bisschen Konzentration raubten, das ihr noch geblieben war.

»Du kannst immer ›rot‹ sagen, Bella«, sagte die Queen of Diamonds zu ihr und schloss wieder die Augen. »Hast du das verstanden?«

Belladonna konnte nur nicken.

»Du bist so schön, wenn du dich schämst, Bella, hat dir das schon mal jemand gesagt?«

Belladonna schüttelte den Kopf, fühlte, wie sie errötete, und ihre Klitoris zuckte, als sie sich um Kings Schwanz schlang, der sie mit einem Stöhnen belohnte.

»Hast du es schon mal anal probiert?«.

Ihre Frage fühlte sich an wie ein eisiger Schauer, der sie noch mehr verkrampfen ließ und sie fühlte, wie King in ihr hart wurde.

Belladonna war sprachlos und konnte nicht antworten.

Hatte sie darüber nachgedacht? Sicher, und sie hatte sich geschämt. Obwohl sie mit ihrem Spielzeug herumexperimentiert hatte, um herauszufinden, wie es sich anfühlen würde, hatte sie schnell wieder damit aufgehört. Wenn sie ehrlich zu sich selbst war, war sie jedes Mal betrunken gewesen, aber selbst in diesem Zustand hatte sie es mit keinem ihrer Ex-Freunde ausprobieren wollen, vielleicht weil sie es so sehr wollten.

Die Queen, die ihr in beide Brustwarzen zwickte, brachte sie zurück ins Hier und Jetzt, wodurch sie Kings Schwanz in sich fühlte, als ob er gerade in sie eingedrungen wäre, und vielleicht war er das auch.

»Es ist in Ordnung«, sprach die Frau vor ihr leise. »Vielleicht ein anderes Mal. Lehn dich in deine Fesseln.«

Belladonna gehorchte und King zog sich aus ihr heraus, und das Geräusch sagte ihr, wie nass sie wirklich war. Wollte sie es ausprobieren?

Jetzt?

Sie war hin- und hergerissen, neugierig und beschämt. Und doch fühlte sie sich seltsam wohl, als King ihre Hüften zurückzog und sie sich neu positionieren ließ, während Queen ihre Brüste mit einer sanften Massage behandelte.

»Ich würde dich gerne kosten.« Ihre Worte klangen eher wie ein Geständnis als eine Aussage oder Forderung. »Wäre das für dich in Ordnung?«

Belladonna starrte sie nur an und versuchte, die Worte zu verarbeiten, die sie gehört hatte.

»Bella?«, flüsterte die Queen of Diamonds, brachte eine ihrer Hände auf Belladonnas Gesicht und legte ihren Daumen auf ihre Lippen, als wäre es weniger als der Kuss eines Schmetterlings.

Belladonna vermisste King in ihrem Inneren, aber was ihren Geist in den eisernen Griff nahm, war die Idee, ihn in ihr zu haben, während jemand anderes sie an fast genau derselben Stelle leckte. Kümmerte es sie, wer es war?

War es vielleicht noch aufregender, wenn es seine Frau war?

»Ja«, atmete sie aus, etwas überrascht über ihre Antwort. »Ja, das wäre in Ordnung.«

Der Daumen der Queen of Diamonds drückte gegen ihre Unterlippe und drückte sie leicht nach unten, bevor sie zum linken Mundwinkel streichelte.

»Ich danke dir.« Es war kaum mehr als ein Flüstern, aber ihre Augen sprachen so viel mehr.

In den Augen dieser Frau lag eine Sehnsucht, die Belladonna in einer Weise erregte, die sie nicht für möglich gehalten hatte. Sie konnte den Blick nicht von der Queen of Diamonds abwenden, auch nicht, als sie den Kontakt abbrach und gegen die Bettkante kniete.

Als hätte es einen stillen Befehl gegeben, drängte King langsam und sanft in sie hinein und ließ ihre Augen zurückrollen, als sie eine Vollendung verspürte, die tiefer ging, als nur mit einem Schwanz ausgefüllt zu werden. Sie hatte keine Gelegenheit, sie voll auszukosten, weil sie plötzlich einen weichen Mund um ihre linke Brustwarze fühlte, der Lustschläge durch ihren ganzen Körper schickte, noch mehr, als eine feuchte Zunge um ihre empfindliche Knospe wirbelte und kurz darauf Zähne sie zwickten.

»Fuck«, stieß Belladonna aus.

Sie hörte ein Glucksen, das nicht seins war, als er als Reaktion tiefer in sie eindrang.

Die Queen of Diamonds wiederholte ihre Behandlung mit der gleichen Aufmerksamkeit an der anderen Brustwarze von Belladonna.

Und das brachte sie fast über den Rand der Glückseligkeit. Sie konnte es kaum erwarten, diese Zunge an ihrer Klitoris zu spüren, aber die Queen of Diamonds hatte andere Pläne, nämlich ständig an den Knospen von Belladonna zu knabbern, zu lecken und zu beißen, bis sie es nicht mehr aushielt.

Belladonnas Körper buckelte wie ein wildes Pferd, in dem noch King of Diamonds steckte, aber die Queen zwickte ihre Brustwarzen so stark, dass Bella ihn herausrutschen ließ. Mit ihren schmerzenden Brüsten und Knospen wusste Belladonna nicht, ob sie noch mehr ertragen konnte, aber es war ihr egal, als sie die verführerische Stimme der Queen fragte: »Willst du noch mehr?«

Belladonna nickte und keuchte immer noch, aber das war ihr egal. Sie wollte, dass der King in sie hineinkam und die Queen es auf der Zunge schmecken konnte.

»Braves Mädchen«, flüsterte die Queen und streichelte mit ihrer Zunge noch einmal über Belladonnas Unterlippe; fast so, als ob es ein Kuss wäre.

Das war der Grund, warum es so schwer war, der Dark Alley den Rücken zuzukehren. Es brachte sie zum Nachdenken. Schließlich hatte Belladonna ohne wirkliches Bedauern Sex der umwerfenden Art. Scham und Peinlichkeit waren einfach nur Gewürze, die den Sex noch aufregender machten.

»Beug deinen Rücken, Liebling«, befahl die Queen leise und Belladonna gehorchte instinktiv, und was wie eine Auszeichnung für sie erschien: Kings harter Schwanz schob sich in sie hinein und ließ sie sich strecken.

Er stöhnte leise, als die unbequeme Position ihre Muschi wieder enger als gewöhnlich machte. Langsam und leicht bewegte er sich in ihr und ließ sie wimmern, während die Hände der Queen sanft ihre Brüste massierten und sie zum Seufzen brachten. Belladonna wusste nicht, worauf sie sich konzentrieren sollte; das war alles zu ablenkend und ließ jeden Gedanken verschwinden, bevor er eine Chance hatte, sich in ihrem Kopf zu bilden.

Nicht einmal, als die sanften Hände langsam von ihren Brüsten über ihren Bauch hinunter zu ihren Hüften strichen.

Bevor Belladonna herausfinden konnte, was die Queen vorhatte, glitt eine der Hände des Kings aus ihrer Hüfte um ihre Kehle und zwang sie, ihren Rücken noch mehr zu wölben.

Dadurch vergaß sie, dass noch jemand anderes mit ihnen im Raum war.

Diese Geste, diese Haltung war so besitzergreifend, dass sie in entgegengesetzte Richtungen gerissen wurde. Sie wollte, dass er sie noch härter fickt, dass sie kommt, aber sie wollte sich auch umdrehen und in seinen Armen gehalten werden.

Sie lehnte ihre Schultern so weit wie möglich zurück und ignorierte den Schmerz in ihrem Rücken, und seine andere Hand schlang sich um ihre Hüften, drückte sie gegen ihn und hob sie ein wenig an. Sie spürte seinen Atem an ihrem Nacken und ihrer Schulter, während er schneller in sie hineinstieß, vorschtig, um nicht aus ihr herauszurutschen. Belladonna schloss ihre Augen und genoss jedes Gefühl, ob schmerzhaft oder angenehm, aber alles sürzte auf sie hernieder, als sie die Spitze einer heißen Zunge an ihrer Klitoris spürte. Das machte die Sache fast unerträglich.

Belladonna war betrunken vor Erregung, und je mehr die Zunge der Queen sie berührte, leckte, über ihre empfindliche Haut glitt, die durch Kings harten Schwanz gedehnt wurde, desto mehr fühlte sie sich, als würde sie entgleisen. An ihren Fesseln ziehend, versuchte sie, etwas zu finden, etwas, worauf sie sich konzentrieren konnte, um sich zu verankern, aber es war vergeblich, hoffnungslos. Ihr ganzer Körper fühlte sich wie ein einziger angespannter Nerv an. Belladonna konnte nicht mehr zwischen Lust und Schmerz unterscheiden. Ihr Atem war eine Reihe von flachen Stößen, während ihr Herz in ihrer Brust raste. Die Hände des Kings waren wie brennende Glut, und diese ach so teuflische Zunge brachte sie fast um. Sie wollte »Stopp« schreien, aber sie konnte es nicht, da sie die Fähigkeit zu sprechen verloren hatte.

Und dann befreite Queen sie schließlich mit einem einzigen Schnipsen ihrer Zähne.

Belladonna kam hart, und zog King nach rechts zusammen mit ihr, während sie sich so fest um ihn presste, dass sie jeden Spritzer seiner Ficksahne in sich spürte. Es ließ sie nur noch härter und länger kommen, ohne dass ein Ende in Sicht war, da die Zunge der Queen immer noch an ihr hing, und vom Gefühl her leckte sie auch ihren Mann. Dieser Gedanke allein verlängerte alles für Belladonna.

Als sie schließlich von ihrem Hoch herunterkam, war ihr Körper wund und kraftlos, nur ihre Fesseln und die Arme des Kings hielten sie aufrecht. Also war es nicht er, der die Fesseln an ihr löste, sondern die Queen of Diamonds, weshalb Belladonna ihre Augen geschlossen hielt. Sie wollte die Realität noch ein wenig länger ausblenden, bevor sie daran erinnert wurde, dass alles nur ein Spiel, eine Fantasie und nichts weiter war.

Belladonna konnte Schritte hören, die die Treppe hinuntergingen, und erkannte, dass Queen die beiden allein ließ. Der King hielt sie immer noch fest, aber sanft, seine Daumen streichelten ihre Haut und machten es ihr bequem und entspannt. Sie hatte keine Ahnung, wie lange er sie hielt, bis eine Bewegung hinter ihr die Matratze zum Wackeln brachte und ihr Signal war, aufzuwachen und ihre Rolle zu spielen. King ließ sie langsam los und verließ das Bett, um sich selbst anzuziehen.

Zeit zum Aufwachen.

Belladonna wusste nicht, ob sie sprechen oder was sie sagen sollte, und deshalb vermied sie es, sich umzudrehen und King anzuschauen. Sie konzentrierte sich auf jedes einzelne Kleidungsstück, während sie ihren empfindlichen Körper anzog. Sie hörte ihn hinter sich und dann neben sich, aber sie schaute nicht zu ihm auf. Was gab es sonst noch zu sagen?

Obwohl ihr Körper mehr als zufrieden war, schmerzte ihr Herz immer noch. Dies war der Abschied.

Belladonna zog ihre Schuhe an und sah King an ihr vorbeigehen und die Treppe nehmen. Es schien fast, als ob er zögerte, aber es könnte auch alles in ihrem Kopf sein. Würden sie unten auf sie warten?

Oder wären sie weg?

Sie war sich nicht sicher, was sie mehr wollte, aber es war wahrscheinlich das Beste, wenn sie einfach gingen und ihr erlaubten, King und vielleicht sogar Dark Alley loszulassen. Also wartete sie einfach oben, bis sie hörte, wie die Tür in ihr Schloss fiel, bevor sie aufstand.

Als sie unten ankam, war sie überrascht, eine Krawatte auf der Anrichte neben der Tür liegen zu sehen. Sie hatte die gleiche Farbe wie die, die King of Diamonds getragen hatte: rot.

Einen Moment lang zögerte sie und fragte sich, ob sie sie nehmen oder liegen lassen sollte.

Hatte er sie absichtlich dort hingelegt?

Oder hatte er sie einfach vergessen?

Schließlich streckte Belladonna die Hand aus und hob sie auf, während sie die seidige Textur des Stoffes spürte. Ohne darüber nachzudenken, hob sie die Krawatte an ihre Nase und atmete den männlichen Duft ein, der auf ihr verweilte. Sie roch genau nach ihm.

Schnell faltete Alice die Krawatte zusammen, versteckte sie in ihrer Hand und ging.

DARK ALLEY

STALKER

DARK ALLEY EPISODE 6

– 22 –

Obwohl Alice geplant hatte, am Sonntag die Dark Alley zu besuchen, war ihr am nächsten Morgen nicht danach zumute, als sie in ihrem Bett aufwachte und ihre Hand in die rote Krawatte verstrickt war, die King of Diamonds im Zimmer zurückgelassen hatte, wo er und seine Frau Sex mit ihr hatten.

Alice wollte die Krawatte in die Schachtel legen, mit der ihre Maske verschickt worden war, aber nachdem sie sich nach ihrer Rückkehr zu Hause mit Rotwein betrunken hatte, änderte sie ihre Meinung, und nun bereute sie sowohl das Trinken als auch das Nicht-Einräumen dieses Kleidungsstücks.

Warum hatte sie es genommen?

Wenn sie den King of Diamonds wirklich hätte zurücklassen wollen, hätte sie das verdammte Ding nicht anfassen, geschweige denn mitnehmen dürfen. Sie hatte sich wie ein liebestrunkener Teenager benommen, der einen unerreichbaren Schwarm nicht loslassen konnte.

Und das war King of Diamonds – ihr Mr. Scotch: unerreichbar, unantastbar, verheiratet.

Alice war es egal, dass er eine Vereinbarung mit seiner Frau hatte; sie hatte keine Ahnung, wie sie aussah, und wollte es auch nicht wissen. Tatsache war: er wurde entführt, per Gesetz an eine andere Frau gebunden. Alice war für ihn nur ein Spielzeug.

»Fick dich!«, schrie Alice frustriert auf.

Sie tat ihr Bestes, um die Krawatte von sich zu schleudern, aber sie konnte sie nicht loslassen. Wenn sie nicht so verletzt wäre, hätte sie über die Komik ihrer Situation gelacht. Das heißt, über die Tragikkomödie.

Der erste Impuls von Alice war, ihre beste Freundin anzurufen, nur um sich daran zu erinnern, dass es Sonntag war, der heilige Tag von Bianca und Matt, und sie hatte sich geschworen, ihnen den nicht zu nehmen. Schließlich arbeitete Matt Tag und Nacht für die Firma, bei der sie nun ebenfalls angestellt war.

Stattdessen lag sie einfach weiter da, starrte an die Decke und fragte sich, wie sie sich wohl fühlen würde, wenn sie die Einladung nie bekommen hätte, oder besser gesagt, wenn sie sie nicht angenommen hätte. Wahrscheinlich, so träumte sie, hätte sie begonnen, mit Jeff, dem Soldaten mit dem jüngeren Bruder auszugehen, den sie in jener schicksalhaften Nacht zuerst im Nachtklub kennengelernt hatte. Alice versuchte ihr Bestes, sich an den Namen dieses Ortes zu erinnern, und obwohl sie das Gefühl hatte, dass sie sich an diesen Namen erinnern sollte, kam er ihr einfach nicht in den Sinn.

Jeff schien ein netter, nein, anständiger Kerl gewesen zu sein, aber jetzt würde sie nie herausfinden, ob er es wirklich war, weil sie ihn abblitzen ließ, weil sie seine Textnachrichten nicht beantwortet hatte.

Alices Gedanken bewegten sich zu ihrem Ex Gary, der sie ziemlich genau so überwunden hatte. Nicht, dass es ihr wirklich etwas ausmachte, sie war froh, dass er sie nicht störte, doch sie konnte nicht anders, als sich zu fragen, wie ihr Leben verlaufen wäre, wenn sie nicht mit ihm Schluss gemacht hätte. Würde sie jetzt auch verheiratet sein? Oder verlobt? Würde sie ihr erstes Kind erwarten? Nein, sie war sich sicher, dass sie es nicht tun würde.

Alice begann der Magen zu rumoren, als sie an Tristan – Aquarius – dachte. Sie kannte nur seinen Vornamen, nicht seinen Familiennamen, aber er hatte ihre Nummer. Als sie aus dem Bett aufstand, fragte sie sich, wann er sich mit ihr in Verbindung setzen würde. Ob er sie anrufen oder ihr eine Nachricht schicken würde. Sie hatte keine Ahnung, was ihr lieber war.

Als sie die Schublade ihres Nachttisches öffnete, entwirrte sie sich von Kings Krawatte und versteckte sie dort, hielt sie in Reichweite und beschloss, nicht zu versuchen, ihr Verhalten gegenüber diesem Mann zu analysieren. Er selbst war ihr ein Rätsel.

Sie schnappte sich ihr Telefon vom Nachttisch und machte sich auf den Weg ins Badezimmer, um sich um ihrer selbst willen vorzeigbar zu machen.

Sie wollte nicht, dass die enttäuschenden Nachwirkungen des Vorabends ihre Stimmung ruinierten, und Alice wusste, dass dies nur erreicht werden konnte, wenn sie ignorierte, dass ein Teil von ihr sich die Augen ausheulen wollte und sie sich besser auf schönere Dinge konzentrieren sollte.

Nachdem sie geduscht und wieder in ihr Schlafzimmer zurückgekehrt war, wagte sie es schließlich, ihr Telefon zu überprüfen, in der Hoffnung, dass Tristan ihr eine Nachricht geschickt hatte, denn das wäre ein Licht am Ende des Tunnels, zu dem ihr Geist sie ständig zurückzuziehen versuchte. Nur um festzustellen, dass es ausgeschaltet war. Alice wollte sich schlagen.

Typisch.

Aber noch schlimmer war, dass der Akku anscheinend während der Nacht leer geworden war, sodass sie das Ding erst aufladen musste, bevor sie irgendwelche Nachrichten abrufen konnte.

Vielleicht war es gut, wenn sie ihn ein wenig warten ließ, denn schließlich hatte er immerhin versucht, sie zu erpressen, aus welchen Gründen auch immer.

Wenigstens hatte sie jetzt die Zeit, in Ruhe einen Kaffee zu kochen und zu trinken. Das dachte sie zumindest.

Auf ihrer Couch sitzend, wurde Alices Aufmerksamkeit auf ihren privaten Laptop gelenkt, der immer noch auf ihrem Couchtisch stand.

Sie hatte sich so sehr in ihre neue Arbeitsstelle eingearbeitet, dass sie keine Zeit hatte, ihre Nachforschungen über die Vorstandsmitglieder von Grantham Global abzuschließen und ihren Laptop wieder an den dafür vorgesehenen Platz in ihrem Schlafzimmer zu stellen.

Als sie ihren Kaffee schlürfte, schob sie ihren Computer auf, drückte eine beliebige Taste und das Gerät erwachte zum Leben.

Alice war ziemlich überrascht, dass der Akku die ganze Woche gehalten hatte. Auf dem Bildschirm erschien die vorletzte Person auf der Liste. Sie hatte den Typen mit dem gleichen Namen wie die Firma als letzten gespeichert und erinnerte sich, dass sie auch nicht zu J.J. Grantham in Graces Ordner – ihrer neuen und derzeit abwesenden älteren Kollegin – gelangt war. Also rieb Alice über ihren Finger und bewegte den Mauszeiger zu diesem Namen und klickte ihn an.

Alice wusste nicht, was sie erwartet hatte, aber es war nicht dieses Bild.

Sie erstickte augenblicklich bei ihrem letzten Schluck Kaffee und konnte einige Minuten lang nicht aufhören zu husten. Sie wischte sich die Tränen aus dem Gesicht, die ihr über die Wangen geflossen waren, und nahm einen weiteren Schluck, um ihren Hals zu beruhigen.

»Du willst mich doch veraschen«, murmelte sie heiser.

Er sah sie mit einem Ausdruck an, den nur Männer von Macht mit einer Selbstverständlichkeit trugen: Mr. Scotch, King of Diamonds, und der Mann, von dem sie beschlossen hatte, sich von ihm fernzuhalten. Und nun kannte sie seinen richtigen Namen: Jason Jeremiah Grantham, Vorstandsvorsitzender von Grantham Global.

Was zum Teufel?

Das könnte natürlich eine Verwechslung sein. Es musste so sein.

Alice schüttelte den Kopf und schlug ihren Laptop zu. Noch vor ein paar Tagen war sie sich nicht einmal mehr sicher, wie er aussah, vielleicht verband ihr Gehirn die falschen Punkte. Das konnte nicht möglich sein, und obendrein hätte ein Typ wie King of Diamonds keinen zweiten Namen wie Jeremiah. Was für ein Name war das?

J.J. Grantham. Wahrscheinlich ein verdammter Milliardär.

Da Alice ihrer Neugierde nicht widerstehen konnte, klappte sie den Laptop wieder auf und begann, die Beschreibung zu lesen. Er wurde in diese Position geboren und übernahm im Alter von nur 24 Jahren das Geschäft von seinem Vater. Sein Vater war zu diesem Zeitpunkt 75 Jahre alt. Das war vor 20 Jahren.

Mr. Scotch war 44, zwölf Jahre älter als sie. Unter Berücksichtigung dieser Informationen sah dieser Mann mindestens fünf Jahre jünger aus.

Alice konnte ihre Finger nicht davon abhalten, den Mann zu googeln, vor allem seine Ehe: J.J. Grantham heiratete Adelaide O'Hare-Buchannan drei Jahre nach der Übernahme des Geschäfts, als sie erst 21 Jahre alt war. Sie war die Tochter des besten Freundes von Grantham Senior, so behauptete das Internet, der ebenfalls ein Geschäftsmann war. Sie waren seit 17 Jahren verheiratet und hatten keine Kinder. Warum war das so? Andererseits hatte Adelaide noch Zeit, sie war jetzt 38 Jahre alt, sechs Jahre älter als Alice.

In diesem Moment wusste Alice, dass sie etwas Stärkeres als einen Kaffee brauchte, aber es war erst elf Uhr morgens.

»Das kann nicht richtig sein«, sagte sie sich, aber die Frau auf dem Bild, um die er den Arm gelegt hatte, mit der Hand auf der Hüfte, hatte die gleiche Haar- und Augenfarbe wie die Queen of Diamonds. »Nein-nein-nein.«

Ihr neuer Chef durfte nicht King of Diamonds sein.

Diese Art von Zufällen gab es nur in Romanen oder Filmen, und doch wusste Alice es einfach. Sie kannte diese Augen, dieses Kinn, das dunkle Haar mit den silbernen Flecken. Egal, wie sehr sie es versuchte, sie konnte ihre Augen nicht von diesem Bild von ihm und seiner Frau wegziehen. Es war ein ziemlich neues Foto, vielleicht ein paar Wochen alt, von irgendeiner zufälligen Gala. Sie lächelten leicht in die Kamera, daran gewöhnt, dieses Gesicht zu machen.

Was sonst in ihrem Leben war so unecht wie dieses Lächeln?

Alles, woran Alice sich erinnern konnte, war, dass er ihr gesagt hatte, dass er eine Art Vereinbarung mit seiner Frau hatte, aber was waren die Einzelheiten dieser Vereinbarung? Hatte es etwas damit zu tun, dass sie keine Kinder hatten?

Alice schüttelte den Kopf und schloss ihren Laptop wieder. Ihr völliges Desinteresse an jeglicher Boulevardpresse biss sie nun in den Hintern. Hätte sie nur ein paar Zeitschriften gelesen, hätte sie ihn erkannt, als er in diesem Nachtclub mit ihr sprach. Vielleicht hatte ihn ihre völlige Unwissenheit darüber, wer er war, fasziniert und ihn dazu gebracht, sie in die Dark Alley einzuladen. Aber das war nun vorbei. Sie wusste, wer er war. Wusste er, wer sie war? Hatte er ihre sofortige Anstellung abgesegnet? Hatte er ihr die Stelle aufgrund persönlicher Absichten verschafft? Alice fühlte sich schrecklich, wenn sie daran dachte, dass sie diesen prestigeträchtigen Job nur bekommen haben könnte, weil sie mit dem Chef Sex gehabt hatte.

»Oh, mein Gott!«, rief sie aus. »Ich habe den Boss gevögelt!«

Genau in dieser Sekunde klingelte es an ihrer Tür, und Alices Kaffeetasse stürzte auf den Boden, ohne zu zerbrechen und ohne etwas zu verschütten, da sie sie gerade geleert hatte. Und noch immer richtete ihr Herz in ihrer Brust Verwüstungen an.

Schnell stand Alice von ihrer Couch auf, ließ den Becher stehen und zog ihren Morgenmantel enger um den Körper, als sie zur Tür ging, um zu prüfen, wer auf der anderen Seite stand, bevor sie ihn öffnete.

Sehr zu ihrer Überraschung war es eine Blumenlieferung. Völlig überrascht unterschrieb sie und nahm die Blumen entgegen, ohne zweimal nachzudenken. Es waren zwei Dutzend weiße und lilafarbene Lilien mit ungewöhnlich geformten Blütenblättern. Dadurch ähnelten die Blumen auf seltsame Weise der Tollkirsche.

Er musste es sein, King of Diamonds, Mr. Scotch, Jason Jeremiah Grantham. Jason Jeremiah Grantham. Jason … Alice konnte nicht anders, sie liebte diesen Namen, und sie hasste sich selbst dafür. Alles, was sie zuvor gewollt hatte, war, diesen Mann hinter sich zu lassen und zu versuchen, sich für etwas Normales zu entscheiden.

Das Vibrieren ihres Telefons, das zum Leben erwachte, war Ablenkung genug, um sie dazu zu bringen, in die Küche zu gehen und die neuen Blumen in etwas Wasser zu stellen.

Danach drückte sie die Knöpfe und Tasten, um ihr Telefon wieder zum Leben zu erwecken. Sehr zu ihrer Erleichterung und Aufregung gab es eine Nachricht von einer unbekannten Nummer, und sie wusste einfach, dass es Tristan – Aquarius – war, und das war die Ablenkung, die sie jetzt gerade brauchte.

Etwas Normales, etwas innerhalb der Grenzen dessen, was die Gesellschaft als normal ansieht. Sie konnte leicht ignorieren, wie sie sich kennengelernt hatten, und sie war sich sicher, dass er dazu in der Lage sein würde, dasselbe zu tun. Wenn ihr nur nicht dieser Dorn im Auge säße, dass er versucht hatte, sie zu erpressen, aber sie wollte, nein musste das jetzt beiseiteschieben. Er dankte ihr für ihre Nummer und fragte sie, wie es ihr ginge. Alice lächelte und las die Nachricht. Das war genau das, was sie jetzt brauchte. Eine SMS, genau wie damals als Teenager, um Dark Alley und Jason zu vergessen.

Warum hallte dieser Name in ihrem Kopf wider, als ob sie ihr Gehirn verloren hätte? Er war es, der ihr das Gefühl gab, ein dummer Teenager zu sein und nicht Tristan. Das war alles eine Schattierung von Falsch.

»Mir geht es gut«, sagte sie laut, während sie ihre Antwort an Tristan tippte. »Hast du mir Blumen geschickt?«, fügte sie nach einem Moment des Zögerns hinzu.

Alice machte es sich auf ihrem Sofa bequem und starrte nur auf ihr Telefon. Genau wie ein Teenager und genau so, wie sie es sich gewünscht hatte. Sie brauchte nicht lange auf eine Antwort zu warten.

»Ich freue mich, von dir zu hören«, schrieb Tristan. »Aber nein, ich habe dir keine Blumen geschickt. Ohne deine Adresse zu kennen, geht das auch schlecht. Muss ich eifersüchtig sein?«

»Immer«, sagte Alice und tippte.

Ihr Telefon klingelte wieder und sie las seine Antwort: »Das werde ich sein, so lange du mich willst.«

Süß … tat er nur so oder war er ehrlich?

Würde diese Ungewissheit sie immer bei ihm jagen?

Nein, Alice war sicher, dass Tristan wirklich an ihr interessiert war. Das wusste sie einfach.

Natürlich konnte er einfach so handeln, um eine neue Geschichte zu bekommen – schließlich war er immer noch Reporter –, aber sie wusste, dass sie nicht diese Geschichte sein würde; ihr Mut sagte ihr das.

»Ich kann dir nicht sagen, wann ich Zeit für ein Treffen in dieser Woche haben werde, aber ich lasse es dich wissen, okay?«, schrieb sie und hoffte, dass Spontaneität seine Art war.

»Okay!« Seine Antwort kam fast augenblicklich zurück.

Nun, zumindest hatte sie jetzt eine Sache, auf die sie sich freuen konnte.

Alice war nach diesem Gespräch genauso schlau wie vorher.

Alles, was sie jetzt wusste, war, dass Tristan ihr die Blumen nicht geschickt hatte, aber wer konnte es denn dann sein?

Soweit sie wusste, war die einzige Person, die das hätte tun können, King. Die Form und die Farbe der Blütenblätter machten deutlich, dass die Person, die sie schickte, ihren Dark Alley-Namen kannte.

Hatte er versucht, sie zu warnen oder vorzubereiten? War dies seine Art, sich zu entschuldigen? Ein so reicher, erfolgreicher und bekannter Mann wie er erwartete wahrscheinlich, dass sie inzwischen von ihm erfahren hatte, und das bedeutete, dass sie ihm nicht wirklich böse sein konnte, oder? Aber warum war es ihre Aufgabe, das herauszufinden?

Warum konnte er es ihr nicht einfach sagen, nachdem er ihre neue Arbeitsstelle unterschrieben hatte?

Eines wusste Alice ganz sicher:

Der nächste Tag würde nicht einfach sein, aber sie würde es schaffen, wie sie es immer tat.

Eigentlich war es für Alice eine gute Sache, einen engen Zeitplan für die Vorbereitung der Vorstandssitzung zu haben, die um 10 Uhr morgens beginnen sollte, denn sie hatte keine Zeit, sich Gedanken über ein Treffen mit King außerhalb der Dark Alley zu machen. Abgesehen von dem Gedanken, dass sie ihn als Mr. Grantham sehen würde, wenn sie bei der Arbeit war, um zu vermeiden, ihn versehentlich beim falschen Namen zu nennen. Dies könnte ihr auch helfen, die ganze Situation überhaupt erst in den Griff zu bekommen.

Nachdem sie die Checkliste von Grace zum dritten Mal durchgegangen war, wusste Alice, dass nichts mehr zu tun war, als auf die Ankunft der Männer und Frauen zu warten.

Alice versuchte, sich zu beruhigen und ihre Gedanken zu sortieren, indem sie sich einredete, dass der große Boss, Mr. Grantham, wahrscheinlich als Letzter auftauchen würde.

Dennoch wollte sie einen guten ersten Eindruck bei den Menschen hinterlassen, die über das Schicksal der unzähligen Männer und Frauen entscheiden, die für oder mit dem Unternehmen arbeiten. Als der Chefaufzug ankündigte, dass er nach oben fuhr, stand Alice von ihrem Stuhl auf, strich den knielangen schwarzen Rock und ihre lavendelfarbene Bluse herunter und beobachtete, wie die Zahl auf dem digitalen Display über den Doppeltüren gezählt wurde.

In dem Moment, als das Pling aus dem Aufzug ihre Ohren erreichte, setzte Alice ihr freundliches Gesicht auf, aber als die Türen aufgingen, wusste sie es einfach, ohne dass ihre Augen es ihr sagten.

Alice musste nicht einmal hinsehen, um zu wissen, dass er es war.

Aber was sie noch mehr überraschte, war die Art und Weise, wie er reagierte, als er aus dem Aufzug trat und sie sah. Spielte ihr Verstand mit ihr? Mr. Scotch – King of Diamonds – schien überrascht und dann verwirrt zu sein, als er sie sah.

»Alice …«, sagte er, was bedeutete, dass er sie nicht nur erkannte, sondern sich sogar an ihren richtigen Namen erinnerte – und er nannte sie auch nicht Bella. »Mir war nicht klar, dass sie dich für diese Position einstellen würden …«

»Mr. Grantham«, war alles, was Alice sagen konnte, sie versuchte zu verstehen, was er gerade gesagt hatte, aber ihr Verstand funktionierte nicht.

Sie wollte selbstbewusst und unbeeindruckt wirken, als sie King in einem eleganten, dunkelblauen, dreiteiligen Anzug sah, sein Haar saß perfekt, er war glatt-rasiert und roch wie immer.

Für eine Sekunde befürchtete Alice, dass er merken würde, dass ihre Knie wackelten.

Sie wollte ihn nach all dem herausfordern, aber auch er war überrascht.

»Sie haben den Auftrag unterschrieben, Sir«, schaffte Alice irgendwie zu sagen, und sie war stolz und erleichtert, dass ihre Stimme gleichmäßig klang.

»Zu meiner Verteidigung«, J.J. Grantham kam weiter auf sie zu, mit einem unleserlichen Gesichtsausdruck, – ganz offensichtlich sein Pokerface, das unnötigerweise eine Gänsehaut über ihren Körper jagte, »ich schaue mir nicht alles an, was Tim mich unterschreiben lässt.«

Er hatte einen männlichen Assistenten?

»Sie haben mich also nicht angeheuert, weil …«, deutete Alice an.

»Nein, habe ich nicht«, schüttelte Mr. Scotch den Kopf und blieb nur einen Meter von ihr entfernt stehen. »Ich habe erwartet, dass eine der anderen Assistentinnen oder Sekretärinnen einspringt, bis Grace zurück ist und Sie ordentlich einarbeiten kann, sollten *Sie* denn diejenige sein, die letztendlich den Job erhält.«

»Sie wussten also, dass ich im Rennen war«, erklärte Alice, »aber Sie haben nichts dagegen unternommen.«

»Ja und nein«, antwortete er und schien aufrichtig zu sein.

Alice wollte wütend auf ihn sein, weil dieses Gefühl ihr geholfen hätte, mit dieser Situation fertig zu werden, aber jetzt, da sie wusste, dass er ihr den Job nicht besorgt hatte, wusste sie nicht, was sie fühlen sollte.

»Ich werde diesen Job nicht aufgeben«, stellte Alice klar und richtete sich automatisch auf.

»Das würde ich auch nicht wollen«, antwortete J.J. Grantham – verbarg sich da ein Lächeln in den Mundwinkeln? »Diese Umgebung hat nichts mit dem zu tun, was wir in unserer Freizeit tun. Und wenn *Sie* das Gefühl haben, dass das, was in Dark Alley passiert, keinen Einfluss auf Ihre Leistung bei der Arbeit haben wird, dann werden wir keine Probleme haben.«

»Das wird es nicht«, gab Alice zurück und hoffte, dass sich diese Worte nicht als Lüge herausstellen würden.

Aber sie wusste, dass sie es tun konnte, denn sie würde nicht seine persönliche Assistentin sein, sie würden sich bei der Arbeit bestenfalls unregelmäßig sehen, besonders wenn Grace zurück war.

Abgesehen davon hatte sie bereits geplant, die Mitgliedschaft zu beenden, nicht wahr?

Als ihr Geist versuchte, in die Dark Alley zu wandern, leitete sie ihn schnell auf die vorliegende Situation um.

Es war ja nicht so, dass sie nicht schon unartig von Mitarbeitern oder Gästen geträumt hatte, die ihren Chef besucht hatten, also kein Schaden, kein Foul, richtig?

»Ich komme immer eine halbe Stunde früher, um mich einzugewöhnen und vorzubereiten«, erklärte Mr. Scotch plötzlich und bezeichnete ihr Schweigen als ihr gelöstes Problem, fürs Erste. »Hat Grace Sie darüber nicht informiert?«

»Nein, hat sie nicht«, schüttelte Alice den Kopf, um sich davon abzuhalten, noch mehr zu sagen; sie wollte nicht, dass Grace in Schwierigkeiten geriet.

Als sie zu ihrer Verteidigung eilen wollte, antwortete J.J. Grantham bereits: »Nun, es ist nicht so wichtig, denn es hat nichts mit Ihrer eigentlichen Arbeit zu tun«, zuckte er mit den Achseln und hatte etwa zur Hälfte Recht, denn es war Teil der Vorbereitungen für den Meetingraum, die Kaffeemaschine mit frischen Kaffeebohnen zu befüllen.

»Stören Sie uns nicht vor der Mittagspause«, fuhr ihr Chef fort und konzentrierte sich jetzt offensichtlich auf die Arbeit, »egal wer anruft. Ich muss einige wichtige Themen ansprechen, und ich möchte nicht gestört werden.«

J.J. Grantham begann sich wieder zu bewegen, ging an ihr vorbei, hielt einen normalen Abstand ein, als ob sie kein möglicherweise ominöses Geheimnis miteinander teilten.

»Sie müssen nicht aufstehen und jemanden willkommen heißen, schauen Sie einfach von Ihrem Stuhl auf. Niemand erwartet mehr von Ihnen, den meisten ist das egal.«

»Okay«, nickte Alice und sah ihm zu, wie er auf den Konferenzraum zuging, den sie vorbereitet hatte.

Erst dann bemerkte sie, dass er in seiner rechten Hand eine dünne Lederaktentasche trug.

Alice war geblendet von der Tatsache, wie kühl er sich ihr gegenüber verhielt, als ob ihre Zeit in der Dark Alley ihm absolut nichts bedeutete, oder war dies Teil des ganzen Akts?

Seine Art die Arbeit von der Dark Alley zu trennen?

Würde sie nicht genau dasselbe tun?

Würde sie nicht tatsächlich dasselbe tun?

Doch dann, als er die Tür öffnete, drehte er seinen Kopf und sah sie direkt an, sein Gesichtsausdruck wieder einmal unleserlich.

War er besorgt?

»Ich hätte es dir gesagt, Alice«, sagte er und duzte sie plötzlich wieder.

Sie wusste sofort, dass er über die Tatsache sprach, dass er die Firma besaß, in die sie versetzt worden war, und den Job, den sie jetzt hatte.

»Ich hätte es dir gesagt, wenn ich es gewusst hätte.«

Alice verzog ihre Lippen zu einer dünnen Linie, hielt sich selbst davon ab, irgendetwas zu sagen, was die Situation noch unangenehmer machen könnte, und nickte.

»Wenn du darüber reden willst«, fügte er hinzu, »wann immer oder wo immer du willst. Du hast jetzt meine Handynummer.«

Alice wusste nicht, was sie darauf antworten sollte, und als sie nichts sagte, verschwand er hinter der sich schließenden Tür.

Scheiße, sie war am Arsch.

Es war eine Sache, schmutzige Fantasien über ihren Chef zu haben, aber es war etwas ganz anderes, wenn er davon wusste, und etwas ganz anderes, wenn die Möglichkeit bestand, dass er die gleichen Fantasien über sie hatte, von denen sie selbst wusste.

Würde das jedes Mal passieren, wenn sie sich sahen?

Dass sie an ihre Zeit in der Dark Alley denken würden?

Alice hatte keine Ahnung, was sie von ihm erwartet hatte, aber nicht das. Sie war nicht ganz professionell und er bot dennoch an, über die Situation zu sprechen.

J.J. Grantham hätte auf sie herabsehen, ihr etwas Peinliches unterstellen und sogar versuchen können, sie zu befummeln, da er ihren Körper bereits buchstabengetreu kannte.

Er hätte sie auf der Stelle entlassen können.

Er hätte die ganze Situation einfach ignorieren können, aber nein, er entschied sich dafür, darüber zu reden.

Während sie ausdruckslos auf die geschlossene Tür starrte, wurde Alice klar, dass sie den Job wirklich bekommen hatte, weil sie gut in dem war, was sie tat, und dass ihr Mr. Scotch, der große Chef, nichts getan hatte, um diesen Prozess zu beeinflussen. Er hätte dafür sorgen können, dass sie aus dem Rennen geworfen wurde, oder dafür sorgen können, dass sie den Job bekommen würde, aber er hatte es nicht getan.

♦ ♦ ♦

Der Rest des Tages verlief recht ereignislos, nachdem sie mit Mr. Grantham gesprochen hatte. Er hatte mit den anderen Vorstandsmitgliedern Recht gehabt: Sie gingen gerade an ihr vorbei, grüßten sie, als ob sie immer an diesem Schreibtisch gesessen hätte. Einer nannte sie sogar »Grace«, und nur zwei andere waren verwirrt, als ihnen klar wurde, dass sie sie noch nie zuvor gesehen hatten. Aber keiner von ihnen stellte sich ihr vor.

Bis zum Mittagessen, als sie die Bestellungen entgegennahm.

Es war der große Chef, J.J. Grantham selbst, der sie allen vorgestellt hatte. Alice vermied es, ihn direkt anzuschauen, und so tat er es auch. Man konnte zwar professionell vorgehen, aber es gab Grenzen, vor allem, wenn dieser Mann in ihrer Nähe stand, so roch und all die bösen Erinnerungen daran weckte, was er ihr in der Dark Alley angetan hatte.

Alice wusste, dass sie damit umgehen konnte. Sie war schon einmal in peinlichen Situationen gewesen, in denen sie mit jemandem zusammenarbeiten musste, den sie nicht mochte und der Schund über sie geredet hatte. Mr. Scotch alle zwei Wochen oder manchmal sogar wöchentlich zu sehen, konnte nicht so schwer sein, es sei denn, er kam ihr nahe.

Alles, was sie brauchte, war, seinen Duft einzuatmen, und die Erinnerungen drangen in ihren Geist ein. Alice war dankbar, dass J.J. Grantham es vermieden hatte, sie zu berühren, denn sie wusste genau, wie ihr Körper darauf reagieren würde. Er würde in Flammen aufgehen.

Sie hatte so viele Bücher über die verbotene Arbeitsromanze gelesen, in denen die weibliche Heldin in den Chef verliebt war und der männliche Hauptdarsteller sie verführte oder erzürnte, bis sie schließlich aneinandergerieten und am Ende bewusstseinsverändernden, schmutzigen Sex hatten.

Es hatte nie ein Buch gegeben, in dem die Geschichte umgekehrt erzählt wurde.

Alice wusste, wie der Sex mit J.J. Grantham war, sie hatten dieses Kästchen bereits angekreuzt, aber er schien nicht der verführerische, überschreitende und verführerische Chef zu sein, der ihr das Arbeitsleben zur Hölle machen würde.

Vielleicht würde er sich auch in der Dark Alley von ihr fernhalten?

Würde sie das wirklich wollen?

Könnten sie es schaffen, dass es funktioniert, wenn sie sich außerhalb des Clubs trafen und so weitermachten, wie sie es in der Zufluchtsstätte Dark Alley getan hatten?

Würde sie das wollen?

Alice wusste es nicht. Was sie wusste, war, dass sie im Moment etwas Stabilität und etwas Normales brauchte. Mit diesem Gedanken im Hinterkopf holte sie ihr Telefon heraus und schickte Tristan eine Nachricht, um ihn zu fragen, ob er zum Abendessen bereit sei.

Nur wenige Minuten später klingelte ihr Telefon: »Soll ich dich heute von der Arbeit abholen? «

Alice schaute auf ihre Uhr. Es war fast Essenszeit, aber die Vorstandsmitglieder trafen sich noch immer.

»Morgen? «, schrieb sie zurück. Ich weiß nicht, wie lange ich heute bei der Arbeit bleiben muss. Die Bosse treffen sich noch.

»Das ist in Ordnung, schickte Tristan ihr zurück, bevor sie ihr Telefon weglegen konnte.

»Sagen wir also morgen, es sei denn, du hast innerhalb der nächsten Stunde Feierabend?

Tristan wollte sich offensichtlich unbedingt mit ihr treffen. Alice lächelte ein wenig, aber bevor sie ihm antworten konnte, öffneten sich die Doppeltüren des Sitzungssaals. Und er trat hinaus und schloss die Tür hinter sich.

»Alice«, sagte er ihren Namen, und das ließ sie auf eine ganz falsche Art und Weise zittern. Es fühlte sich wie glatte Seide auf ihrer Haut an. »Könnten Sie dem Restaurant bitte mitteilen, dass wir in etwa vierzig Minuten da sein werden«, ging Mr. Grantham zu ihrem Schreibtisch, anstatt einfach zu bleiben, wo er war. »Danach steht es Ihnen frei, das Restaurant zu verlassen. Sie müssen nicht warten, bis wir gegangen sind, die Reinigungskräfte sind es gewohnt, den Sitzungsraum aufzuräumen.«

»Ja, Sir, ich werde ihnen sofort Bescheid geben, danke«, antwortete Alice mit einem Nicken und streckte die Hand nach dem Firmentelefon aus, aber ihre Blicke hatten sich verschlossen, und er drehte sich nicht um, um in den Besprechungsraum zurückzugehen. »Gibt es sonst noch etwas?«, fügte sie hinzu und erkannte, dass er einfach die Gegensprechanlage auf dem Besprechungstisch oder seinen Computer hätte benutzen können.

Eine Sekunde lang war Alice sicher, dass er etwas sagen wollte, aber er schien seine Meinung geändert zu haben. »Nein, das ist alles, Alice«, schüttelte er den Kopf. »Einen schönen Abend noch.«

»Danke«, lächelte sie ihn an und fügte hinzu: »Ihnen auch«, bevor sie sich selbst aufhalten konnte.

J.J. Grantham lächelte sie nur an und ging zurück in den Konferenzraum.

Nun, das war seltsam.

Alice tat, was er ihr gesagt hatte, und schickte Tristan dann eine Nachricht, dass er sie abholen könne, nachdem sie Jimmy gesagt hatte, dass er auch nach Hause gehen könne.

– 23 –

Tristan hatte um zwanzig Minuten gebeten, was Alice sagte, dass er entweder ebenfalls noch bei der Arbeit sei oder in der Innenstadt wohnte. Das erinnerte sie daran, was Jimmy ihr darüber erzählte, dass Grantham Global Wohnungen in der Nähe der Arbeit für Angestellte zur Verfügung stellt, die das obere Management unterstützen. Alice hatte keine Akten, Briefe oder E-Mails gefunden, die ihr das Gleiche anboten, aber vielleicht war im Moment einfach kein Platz frei. Abgesehen davon war sie nicht einmal sicher, ob sie wirklich umziehen wollte. Als sie fünf Minuten zu früh unten ankam, wartete Tristan an derselben Stelle auf sie, an der Jimmy normalerweise parkte. Alice hatte keine Ahnung, welche Automarke er fuhr, aber es war dunkelblau, was sie nicht überraschte.

Tristan stieg aus dem Auto, als er sie sah, und öffnete die Beifahrertür, was Alice zum Lächeln brachte.

Gute Manieren waren für sie attraktiv.

Ein Mann konnte wunderschön sein, aber wenn er keine Ahnung hatte, wie er sich verhalten sollte, berührte Alice ihn nicht einmal mit ihrem kleinen Finger. Sie hatte Freundinnen, die den unflätigen Punk-Typen liebten, aber das war nicht ihr Ding.

»Hey«, begrüßte Tristan sie mit einem breiten Lächeln.

Er war auf jeden Fall froh, sie zu sehen, denn es war so kurz nach seinem Vorschlag in der Dark Alley, aber Alice war es egal. Sie machte ihm klar, dass es nicht so viel bedeutete, wie er vielleicht dachte.

»Hallo«, antwortete sie leise, trat von der letzten Treppe und gab ihm ein Küsschen auf die Wange, und er antwortete auf dieselbe Weise, wobei er genügend Abstand zwischen ihnen hielt, als wüsste er, dass dies seine letzte Chance sein könnte.

Nachdem sie in sein Auto eingestiegen war, schloss er die Tür und ging auf die andere Seite. Zu diesem Zeitpunkt hatte Alice ein seltsames Gefühl, beobachtet zu werden. Vielleicht hatte es damit zu tun, dass sie im Moment so ziemlich jeder sehen konnte. Vielleicht sogar Jason Jeremiah Grantham. Würde er eifersüchtig sein? Alice schüttelte den Kopf, um diesen Gedanken loszuwerden.

»Geht es dir gut?«, fragte Tristan sie und startete den Wagen.

Sie lächelte nur müde.

»Es geht mir gut. Ich bin nur ein bisschen k. o.«

»Ich kann dich einfach nach Hause fahren«, bot er sofort an.

»Nein, ich bin am Verhungern«, lachte Alice. »Ich hatte nur einen Salat zum Mittagessen«, erklärte sie. »Ich hoffe, du kennst ein gutes Restaurant.«

»Das tue ich tatsächlich«, grinste er und seine Augen wurden heller.

Er war umwerfend, wenn er so knabenhaft grinste.

Sie fingen an, über ihren neuen Job zu plaudern, während Tristan durch den Berufsverkehr fuhr, und Alice tat ihr Bestes, um nicht auf Einzelheiten über ihren neuen großen Chef einzugehen.

Natürlich konnte Tristan keine Ahnung haben, wie sollte er auch?

Als Tristan anfing, über seine Arbeit zu sprechen, war Alice schweigend erleichtert, nicht mehr wie auf Eiern um das Thema herumzutanzen, aber sie konnte nicht anders und fragte sich, ob sie in seiner Nähe immer vorsichtig sein müsse. Sie mochte Tristan wirklich, aber so hatte sie sich eine gesunde Beziehung nicht vorgestellt. Alice hielt ihre Pferde genau dann und dort. Sie kannte ihn kaum.

Eine Verabredung, selbst eine spontane, erschien seltsam. Alice war einfach nicht mehr daran gewöhnt, und es war erst ein paar Wochen her, dass sie in die Dark Alley gegangen war. Davor hatte sie sich von Männern ferngehalten und ihre Zeit allein genossen. Es war das erste Mal seit langer Zeit, dass sie allein war, und mit Dark Alley hatte sie nicht den Drang verspürt, sich niederzulassen.

Alice musste ehrlich zu sich selbst sein; sie wusste nicht, ob sie wirklich eine normale Beziehung oder überhaupt eine Beziehung wollte. Was sie jetzt brauchte, war nur eine kleine Abwechslung von ihrem normalen Leben und etwas Zeit weg von ihrer täglichen Routine.

Es war wirklich seltsam. Vor ein paar Wochen hätte sie intern einen kleinen Freudentanz neben einem Typen wie Tristan aufgeführt. Sie hätte sich Sorgen gemacht, dass sie nicht interessant genug war, schlimmer noch, dass sie langweilig war, denn so war ihr Leben gewesen. Aber jetzt war sie dem Chaos nahe.

Tristan wusste, was sie vorhatte. Er hatte ihr beim Sex mit einem anderen zugesehen und sich dazu einen runtergeholt. Sie kannten sich von einem Ort, über den sie nicht sprechen durften, und das war aufregend. Er hatte keine Ahnung, dass er nicht der Einzige war, den sie jetzt mit Namen kannte. Das war auch aufregend. Sie hatten Sex und küssten sich.

»Das ist einfach verrückt, nicht wahr?«, platzte es aus Alice plötzlich hervor. »Ich meine, auf ein Date zu gehen, bei dem wir schon alle Phasen übersprungen haben.«

»Ich denke schon«, blickte Tristan sie an, bevor er seine Aufmerksamkeit wieder auf die Straße lenkte.

»Wäre es seltsam für dich, wenn wir einfach … ich weiß nicht, essen gehen und es dabei belassen?«, fragte Alice.

»Ich dachte, dass wir genau das vorhatten«, antwortete er. »Ein normales Date, als gäbe es keinen Ort, der nicht genannt werden soll.«

Alice lachte.

»Ich verstehe, dass mein Geschlecht oft als notgeil rüberkommt«, fuhr er fort. »Aber neue Studien zeigen, dass Frauen tatsächlich mehr über Sex nachdenken als Männer«, so Tristan weiter.

»Ist das so?«, fragte Alice und runzelte die Stirn.

»Ja«, nickte Tristan. »Wir Männer sprechen einfach offener darüber. Daher ist es eigentlich faszinierend, eine Dame zu kennen, die das Gleiche tut.«

»Danke«, sprach Alice leise, leicht lächelnd.

»Wofür?« Nun runzelte Tristan die Stirn.

»Dafür, dass du mich eine Dame genannt hast«, lachte sie wieder.

»Dafür brauchst du mir nicht zu danken«, schmunzelte er und fuhr den Wagen auf einen Parkplatz. »Wir werden ein Stück zu Fuß gehen müssen, ich kann dir meine Jacke geben. Es ist ein bisschen kühl draußen, und du hast keine dabei.«

»Danke, das ist lieb von dir«, sagte Alice und blieb auf ihrem Platz, bis Tristan zum Kofferraum seines Autos gegangen war, um seine Jacke herauszuholen.

Dann kam er zu ihrer Seite des Wagens, öffnete die Tür und half ihr in das Kleidungsstück, das definitiv zu groß für sie war, aber seinen Zweck erfüllte. Wie ein echter Gentleman.

Da sie bereits über Jobs gesprochen hatten und Alice nicht ins Detail gehen wollte, gingen sie schweigend auf das Restaurant zu, das von außen wie ein Lokal für italienische Familien aussah und nicht enttäuschte, sobald Alice hineinkam. Es war nicht sehr überfüllt, sodass sie sich einen Tisch weit weg vom Eingang aussuchen konnten, damit es Alice nicht zu kalt wurde. Als sie die Speisekarte erhielten, stellte sich heraus, dass sie im Grunde genommen alles bestellen konnte, was ihr die Entscheidung erschwerte. Sie gehörte nicht zu denen, die es bereuen würde, zu dieser Tageszeit ungesund gegessen zu haben.

Sie und Tristan hatten einen netten Abend und sprachen über so ziemlich alles, außer über Dark Alley, was erfrischend war und genau das, was sich Alice erhofft hatte. Sie sprachen über ihre Zeit in der Schule und auf dem College, aber es war interessanter, Tristan zuzuhören und zu erfahren, was er bereits im Leben erlebt hatte, als er ein paar Jahre lang um die Welt reiste, bevor er nach Hause zurückkehrte und investigativer Reporter wurde. Es war einfach, ihm zuzuhören und mit ihm zu reden, was wahrscheinlich daran lag, dass er sich mit Worten auskannte, aber auch daran, dass er in ihrem Alter war.

Alice konnte nicht umhin, sich vorzustellen, wie sich diese Beziehung entwickeln könnte, als die Nacht nach drei Stunden Abendessen und Gesprächen damit endete, dass Tristan sie nach Hause fuhr.

»Ich weiß, dass wir uns den ganzen Abend von dem Thema ferngehalten haben, aber ich möchte dich nur wissen lassen, dass ich darüber nachdenke, meine Mitgliedschaft zu kündigen«, erklärte sie.

»Wieso das?« Tristans Interesse schien aufrichtig zu sein.

»Ich weiß es nicht«, seufzte Alice und gab dann zu. »Ich kann es dir nicht sagen. Es ist nur … Ich wollte, dass du es weißt. Aber ich würde diesen Abend gerne irgendwann wiederholen.«

»Hoffentlich bald«, lächelte Tristan sie an.

Offensichtlich war das alles, was er zu diesem Thema sagen wollte, und er schien nicht weiter nachforschen zu wollen, was Alice zu schätzen wusste.

»Ja«, nickte sie und lächelte mehr vor sich hin. »Das würde mir gefallen.«

»Ich werde vor deinem Haus warten, bis du drinnen bist, okay?«, fragte er nach einigen Momenten der Stille.

»Das ist lieb von dir, danke«, lächelte Alice ihn an.

Dasselbe Lächeln blieb auf ihren Lippen, nachdem sie die Eingangstür geöffnet und Tristan zum Abschied gewunken hatte. Er blieb auch dann noch da, als sie die Treppe zu ihrer Wohnung hinaufging, aber ihr Lächeln verschwand, als sie eine weitere Kiste sah, die an ihrer Tür auf sie wartete. Aus dieser Entfernung konnte sie sehen, dass es diesmal nicht ein Blumenbouquet war. Da wurde ihr klar, dass sie King nicht gefragt hatte, ob er die Blumen geschickt hatte.

Aber es ergab nicht wirklich Sinn, dass er es war, denn er hatte ihr erst heute gesagt, dass er nicht wusste, dass sie eingestellt worden war. Es würde nicht wirklich dazu passen, wie er sich ihr gegenüber heute präsentiert hatte.

Also hatte einer von ihnen gelogen, oder gab es noch jemanden, den sie vergessen hatte?

Jeff vielleicht?

Aber sie hatten nur ein wenig getextet.

War er ihr gefolgt?

Alice fühlte sich krank, als sie vor ihrer Tür anhielt. Sie starrte die teuer wirkende Schachtel an und wusste nicht, was sie damit tun sollte, aber es schien nicht die richtige Option zu sein, sie draußen stehen zu lassen. Sie hatte also einen heimlichen Bewunderer.

Es konnte gar nicht so schwer sein, herauszufinden, wer das war.

Vielleicht, dachte sie, als sie die Schachtel aufhob und sich selbst in ihr Haus ließ, war es vielleicht Kings Frau, die eine heimliche Lesbe war? Sie lachte über diese Idee, die sogar wahr sein könnte. Wäre das nicht was?

Alice stellte die Schachtel auf ihren Couchtisch und runzelte die Stirn. Irgendetwas stimmte nicht. Sie war sich sicher, dass sie ihren Laptop wieder in ihr Schlafzimmer gestellt hatte, aber er stand genau dort.

»Was zum …«, sprach sie zu sich selbst, setzte sich auf die Couch und sah sich die Kissen an.

Bildete sie sich das nur ein, oder waren sie umgesetzt worden? Sie waren so ordentlich positioniert, während sie sie normalerweise nur in die Ecken des Sofas warf. Vielleicht bildete sie sich das nur ein, aber Alice stand auf und lief umher, um zu sehen, ob noch etwas anderes fehl am Platz war.

Es gab nichts Ungewöhnliches. Alles schien genau dort zu sein, wo es sein sollte, abgesehen von ihrem Laptop.

Schnell kehrte Alice zu ihrem Laptop zurück, klappte ihn auf und drückte eine beliebige Taste; er erwachte sofort zum Leben und zeigte ihre letzte Suche, das Profil von J.J. Grantham. Es waren keine anderen Programme aktiv, und doch erschien das Pop-up, welches sie warnte, dass ihr Akku schwach war, zusammen mit dem lästigen Geräusch.

Alice stand auf, nahm den Laptop mit, brachte ihn an den ihm zugewiesenen Platz in ihrem Schlafzimmer zurück und schloss ihn an das Ladekabel an. Das war merkwürdig. Nicht nur war ihr Laptop nicht dort, wo er sein sollte, sondern plötzlich war der Akku leer.

Sie konnte das Gefühl nicht loswerden, dass jemand in ihrer Wohnung gewesen war, während sie mit Tristan unterwegs war, aber sie wollte nicht glauben, dass Tristan etwas damit zu tun hatte. Es könnte passiert sein, während sie bei der Arbeit war. Aber abgesehen von ihrer Mutter, die weiter weg wohnte, hatte nur Bianca einen Schlüssel.

Alice konnte sie nicht anrufen, weil es zu spät war. Es würde das Erste sein, was sie tat, wenn sie am nächsten Tag aufwachte.

In aller Eile überprüfte Alice die Tür auf Anzeichen für ein gewaltsames Eindringen, aber das Schloss und die Tür waren in Ordnung.

»Du spinnst«, sagte sich Alice und lehnte sich mit dem Rücken an die Tür, die sie mehrmals prüfte, um sicherzugehen, dass sie sie auch wirklich abgeschlossen hatte. »Du hattest nur vergessen, das verdammte Ding wieder in dein Schlafzimmer zu stellen und an das Ladegerät anzuschließen, das ist alles.«

Obwohl sie im Hinterkopf wusste, dass es nicht wahr war. Sie war sich absolut sicher, dass sie den Laptop gestern zurückgestellt hatte.

Als sie ihr Telefon überprüfte, während sie sich in ihrem Bett herumwarf, sah sie, dass es bereits nach Mitternacht war. Wie sollte sie schlafen mit diesem seltsamen Gefühl, beobachtet oder verletzt zu werden? Morgen ging es darum, die Bänder des Treffens durchzugehen und die wichtigen Informationen aus den Aufzeichnungen dieses Treffens auf Papier zu bringen und einen Termin für das übernächste Treffen zu finden. Für das erste Treffen hatte sie bis Donnerstag Zeit, für das zweite bis nächste Woche.

Alice hatte nur eine Idee, wie sie sich davon ablenken konnte, sich so unruhig zu fühlen und sich so erschöpft zu fühlen, dass sie leicht einschlafen würde.

Aber sollte sie wirklich in die Dark Alley gehen? Sie hatte versprochen, unter der Woche aus einem sehr guten Grund nicht dorthin zu gehen – sie wollte nicht jeden Tag dort landen.

Aber was, wenn dies das letzte Mal war, dass sie dorthin ging? Das würde nicht zählen, oder?

Alice wusste, dass sie schlafen musste. Wenn sie dorthin ging, wer wusste, wann sie wieder zu Hause sein würde. Ihr Grübeln machte sie noch unruhiger. Sie wusste, dass sie wach bleiben, sich weiterhin den Kopf zerbrechen würde oder einfach gehen konnte.

Warum musste sie bei Tristan so zaghaft sein? Sie hätte ihn hereinbitten können, aber sie wollte es nicht.

Als sie aus ihrem Schlafzimmer trat und immer noch nicht sicher war, ob sie wirklich den Fahrer aus der Dark Alley anrufen sollte, fiel ihr Blick auf die Kiste, die immer noch auf ihrem Couchtisch stand. Alice starrte sie an, als fürchtete sie, sie würde jede Sekunde zum Leben erwachen. Vielleicht würde sie das auch. Vielleicht war da eine Schlange drin? Vielleicht kam sie doch von Kings Frau – Mrs. Grantham – und sie wollte sie töten?

»Sei nicht albern«, ermahnte sich Alice und ging zu der Kiste, packte den Deckel und zog ihn ab.

Von der Größe und dem Material der Kiste hatte sie bereits angenommen, dass Kleidung darin sein würde, aber was genau es sein würde, war etwas, an das sie nicht denken wollte.

Es war ein Etuikleid, wieder in der Farbe der Tollkirsche, aber es war schön und am Stoff konnte sie erkennen, dass es teuer sein musste. Oben auf dem Kleid lag eine kleine weiße Karte und »Dein Bewunderer« stand dort in schönen Buchstaben geschrieben.

Vielleicht war es doch King?

Mr. Scotch. Der einzig wahre J.J. Grantham?

Wer sonst würde ihr ein so teures Geschenk machen?

Die kleine Karte in ihrer Hand traf die Entscheidung für sie.

Alice würde heute hingehen, sich bedanken und ihm sagen, dass er aufhören müsse. So würde er sie nicht für sich gewinnen. Trotzdem fühlte es sich ein wenig daneben an, denn so wie er sich heute verhielt, schien es nicht wirklich zu seiner Person zu passen.

♦ ♦ ♦

Als Alice den Weg in die Dark Alley hinunterging, nachdem der Fahrer ihr gesagt hatte, dass es sicher sei, trug sie einen warmen Mantel über ihrem neuen Kleid und nur eine Clutch für ihr Telefon und ihre Schlüssel. Sie war sich immer noch nicht sicher, ob sie die Maske, um die sich Big Guy Alfred kümmerte, zurücklassen oder mitnehmen würde.

»Guten Abend, Alfred«, lächelte Alice ihn an.

»Guten Abend, Miss«, antwortete er, freundlich wie immer, und wandte sich ab, um nach dem Schließfach für ihre Habseligkeiten zu schicken, das anscheinend eine Art Aufbewahrungsbox zu sein schien. »Es ist schön zu sehen, dass Sie so schnell wiederkommen.«

Alice schenkte ihm weiterhin ein Lächeln, weil sie nicht wusste, was sie darauf antworten sollte, besonders als sie daran dachte, dass dies das letzte Mal war, dass sie in der Dark Alley sein sollte. Vielleicht brauchte sie einfach eine Pause. In den letzten Wochen bestand ihr Leben aus Arbeit und diesem Club. Alice musste einfach nur ihre Prioritäten richtig setzen.

»Möchten Sie eine Bestellung aufgeben?«, fuhr Alfred wie üblich fort, während sie auf die Ankunft ihrer Maske warteten, und Alice war etwas überrumpelt, weil sie nicht darüber nachgedacht hatte, was sie tun wollte.

»Besteht die Möglichkeit, dass King of Diamonds heute Abend hier ist?«, fragte sie, bevor sie sich selbst aufhalten konnte.

Alfred, der seinen Tablet-PC bereits in der Hand hielt, begann, mit den Fingern auf dem Bildschirm zu tippen, und aus irgendeinem Grund fragte sich Alice, ob er jemals einen freien Tag hatte.

»Ja, King of Diamonds ist anwesend, aber es scheint, dass er noch keine Bestellung aufgegeben hat«, antwortete Alfred nach einem Moment. »Möchten Sie ihm eine Anfrage schicken?«

»Nein«, antwortete Alice und Big Guy drehte sich um, um ihr Schließfach zu holen und es für sie zu öffnen. »Ich werde einen Blick in das Clubhaus werfen. Ich werde auch keine Bestellung aufgeben.«

»In Ordnung, Miss Belladonna«, nickte Alfred, als sie ihre Maske aufsetzte. »Genießen Sie Ihren Aufenthalt.«

Wie jedes Mal fühlte Alice, wie sie eine Veränderung durchmachte, als die Maske ihr Gesicht bedeckte und sie zu Belladonna wurde. Vielleicht war das ein weiterer Grund dafür, dass an diesem Ort Masken benötigt wurden und dass sie individualisiert wurden.

»Danke, Alfred«, lächelte Belladonna ihn an und machte sich auf den kaum beleuchteten Weg zum Clubhaus.

Sie hörte Lust- und Schmerzgeräusche aus den Gassen, an denen sie vorbeikam, und erlaubte sich, sich vorzustellen, was vor sich ging, als sie an das erinnert wurde, was sie dort getan hatte. Der bloße Gedanke war erregend. Konnte sie wirklich aufhören, an diesen Ort zu kommen? Wollte sie das wirklich?

Belladonna brachte sie auf den Grund zurück, weshalb sie hierhergekommen war, um sich abzulenken und zu ermüden, damit sie schlafen konnte. Warum war sie dann so scharf darauf, King zu treffen?

Um den Ausdruck auf seinem Gesicht zu sehen, wenn sie das Kleid trug, das er ihr geschickt hatte?

Würde ihn das nicht in die Irre führen?

Er hatte ihr angeboten, sie solle ihn anrufen, wenn sie reden wollte; warum also nicht hier, an diesem sicheren Ort, reden?

Als Belladonna das Clubhaus betrat, gab es kaum noch Tische, die nicht besetzt waren. Instinktiv blickte sie auf die Nische ganz links, in dem sie den King of Diamonds gesehen oder getroffen hatte, und er saß dort. Was sie jedoch überraschte, war, dass er dort allein saß, mit einem Glas von dem, was Scotch sein musste, vor sich. Er beobachtete den Raum und die Menschen darin.

Belladonna begann auf ihn zuzugehen und war auf halbem Weg, als er sie bemerkte und er von seinem Platz auf der Bank aufstand, als hätte er sie erwartet. Aber sie wusste, dass er sie nicht erwartet hatte, weil er sie nicht angefordert hatte.

»Bella«, begrüßte er sie, sagte diesen Namen genau wie ihren richtigen Namen vorhin und bot ihr den Platz neben ihm an.

»King«, antwortete sie und setzte sich hin.

»Das ist ein schönes Kleid«, sagte er, um einen leichten Einstieg für ein Gespräch zu finden. »Die Farbe steht dir gut.«

»Danke«, antwortete Belladonna und beschloss, ihn damit zu necken, da sie wusste, dass es von ihm war. »Das ist wahrscheinlich der Grund, warum du es für mich ausgewählt hast, nicht wahr?«

Sie erwartete nicht, dass er schweigen würde und konnte seinen Gesichtsausdruck nicht lesen, da die Maske seine obere Gesichtshälfte verdeckte.

»Ich habe dir das Kleid nicht gekauft, Belladonna«, antwortete King schließlich, und sie fühlte sich, als hätte ihr jemand mit einem Eiszapfen direkt in ihr Herz gestochen.

»Hast du nicht?«, erwiderte sie heiser.

Sofort dachte sie wieder an ihren Laptop, den sie an der falschen Stelle gefunden hatte, dass zu Hause alles zu ordentlich und sauber zu sein schien. Und die Blumen, an das Gefühl, beobachtet zu werden.

»Geht es dir gut?« King legte seine Hand auf ihre, die auf ihrem Oberschenkel lag, was sie zusammenzucken.

»Wenn du es mir nicht geschickt hast, wer dann?«, fragte Belladonna mehr sich selbst als ihn. »Wenn du mir die Lilien, die wie Tollkirschen aussehen, nicht geschickt hast und Tristan auch nicht, wer dann?«

»Tristan?« Kings Stimme klang etwas schärfer, was Belladonna nicht entging.

Sie errötete sofort, wurde dann aber wieder blass.

»Ich traf ihn vor der Dark Alley, wir beide haben nicht …«, versuchte sie zu erklären und kam nicht umhin, sich zu fragen, ob er sie angelogen hatte, dass er nicht derjenige war, der die Blumen schickte.

»Aquarius«, verband King die Fakten und Alice war verblüfft, dass er es so leicht wusste.

»Ich habe Geschenke bekommen und dieses Kleid ist das neueste«, erklärte Belladonna. »Ich dachte, du wärst es, weil ich nicht weiß, wer sonst noch meine Privatadresse kennen könnte. Niemand hier drin kennt mich persönlich. Abgesehen von Tristan und dir. Also, wenn du es nicht bist, dann muss er es sein.«

»Willst du, dass ich seinen Hintergrund überprüfen lasse?«, bot King of Diamonds an, als ob dies nur ein Anruf für ihn wäre, und vielleicht war es auch so.

»Nein«, schüttelte Belladonna den Kopf. »Aber ich weiß das Angebot zu schätzen. Ich werde mit ihm reden und ihn bitten, ehrlich zu sein.«

»Also, er war nicht ehrlich zu dir?«, erkundigte sich der King, und Belladonna wurde wieder überrumpelt.

»Zuerst nicht, nein«, gab sie zu und schüttelte erneut den Kopf, »aber er hatte seine Gründe. Und das geht dich nichts an.«

»Schon verstanden«, nahm King seine Hand von ihrer und wechselte das Thema. »Also, warum bist du an einem Wochentag hier?«

»Nachdem ich erfahren hatte, wer mein Chef ist und danach …«, begann sie zu erklären, wollte ihm aber nichts von dem Laptop erzählen. »Mein Verstand scheint sich einfach nicht beruhigen zu wollen. Ich habe mich im Bett ständig hin und her geworfen und gedreht.« Sie seufzte. »Und dann dachte ich mir, deshalb öffnet Dark Alley um 22 Uhr. Und was machst du hier?«

»Dasselbe wie du, um ehrlich zu sein«, antwortete King.

In diesem Moment erkannte Belladonna, dass dies das erste normale Gespräch war, das sie mit diesem Mann führte. Schlimmer noch, sie redete mit ihm, als wäre er ein Freund, was er nicht war. Er war der Typ, mit dem sie Sex hatte, mit dem sie neues sexuelles Terrain ausprobierte, und obendrein war er der Big Boss der Firma, für die sie arbeitete, und er war verheiratet.

»Ich wollte derjenige sein, der dich einlädt«, fuhr King fort. »Als ich dich zum ersten Mal im Rabbit Hole gesehen habe, hatte ich keine Ahnung, wer du bist. Das Letzte, was ich erwartet habe, war, dein Bild in einer Angestelltenakte als Kandidat für die Assistentenstelle zu sehen. Es war eine angenehme Überraschung für mich, aber ich konnte mir vorstellen, dass es für dich eine andere Erfahrung sein musste. Deshalb war es für mich so wichtig gewesen, dir zu sagen, was von dir erwartet wird, als du die Stelle bekamst. Aber ich steckte so in der Arbeit fest, dass ich die Tatsache verpasst habe, dass ich deinen Vertrag unterschrieben habe, denn das ist etwas, was die Personalabteilung macht, es sei denn, es handelt sich um eine Position, die von hoher Bedeutung ist.«

»Ich verstehe«, nickte Alice. Trotz der Maske fühlte sie sich wie die Unsichere, leicht frustriert – wieder Single.

»Ich hatte gehofft, dass ich Gelegenheit bekäme, dir das zu erklären«, erklärte King, nachdem er sein Glas geleert und bei der Kellnerin unterschrieben hatte. »Ich kann verstehen, wenn du keine Lust hast, dein Privat– und Berufsleben getrennt zu halten.

»Wirklich?« Belladonna runzelte die Stirn, was der King nicht sehen konnte.

»Ja«, nickte er. »Die meisten Leute können das nicht. Deshalb sind die Masken Teil der Abmachung. Solange man das Gesicht dahinter nicht kennt, gibt es keine Peinlichkeiten, kein Unbehagen oder Schaden. Dies ist ein sicherer Ort.«

»Du hast Recht«, antwortete sie.

»Worüber?«

»Ich bin mir nicht sicher, ob ich es getrennt halten kann«, war es Alice, die dieses Eingeständnis machte. »Deshalb habe ich beschlossen, eine Pause einzulegen und herauszufinden, ob ich Mitglied bleiben will oder nicht.« Belladonna grinste. »Ich kann mich nicht von der Arbeit ablenken lassen, wenn du an mir vorbeigehst und mich an all die Dinge denken lässt, die du hier mit mir gemacht hast.«

»Ist das so?« King lächelte und wollte gerade antworten, als die Kellnerin eintraf, um ihre Bestellung aufzunehmen.

»Ich nehme das, was er trinkt«, sagte Belladonna.

»Machen Sie zwei daraus«, nickte King, und die Frau ging wieder weg.

»Was wolltest du sagen?« Belladonna richtete ihre Position neu aus, sodass sie nicht ständig den Kopf drehen musste.

»Ich habe das gleiche Problem«, sagte er, und es klang alles andere als ein Eingeständnis; nicht stolz, sondern eher amüsiert. »Ich lade nicht regelmäßig Frauen in die Dark Alley ein. Du hast einfach diese Wirkung auf mich, die nicht aufzuhören scheint. Es wird sogar noch schlimmer. Gut, dass ich heute Morgen eine Aktentasche bei mir hatte.«

Belladonna war überrascht. Sie hatte noch nie zuvor einen Mann getroffen, der ihr so leichtfertig sagte, dass er einen Ständer bekommt, wenn er sie sieht, ohne wie ein sabbernder Idiot zu klingen. Keiner ihrer Ex-Freunde hatte schon mal etwas Ähnliches gesagt, vielmehr drehten sie es um und sagten ihr, dass sie so sexy aussehe, dass sie geil wurden.

»Ich schätze, das ist ein Kompliment?«, antwortete Belladonna etwas skeptisch.

»Das kannst du so verstehen«, grinste King schief. »Es war als eine Aussage gedacht.«

»Ich habe noch nie einen Mann wie dich getroffen«, sprach sie ihre Gedanken laut aus, bevor sie sich selbst stoppen konnte.

»Ohne arrogant erscheinen zu wollen«, antwortete er, »es gibt nicht viele Männer wie mich da draußen.«

»Schon wieder eine Erklärung?«, neckte Belladonna ihn; sie kannte die Antwort bereits.

Kings Antwort war ein Schmunzeln, bevor er sagte: »Es gibt auch nicht viele Frauen wie dich da draußen.«

»Ist das so?« Belladonna lehnte sich zurück, aber King antwortete nicht sofort, da die Kellnerin mit ihren Getränken zurückkam.

»Vielleicht ist dir diese Tatsache nicht bekannt«, erklärte er. »Aber viele Männer sind eigentlich nur Jungen im Körper eines Erwachsenen; aber das gilt auch für Frauen. Viele von ihnen sind noch kleine Mädchen, die entweder den Spielplatz beherrschen oder mit dem Herrscher des Spielplatzes verheiratet sein wollen, der ihnen all ihre Mädchen-Träume erfüllt.«

»Das ist eine interessante Darstellung«, kicherte Belladonna, war aber fasziniert.

»Du bist kein Mädchen«, lehnte King sich so weit zu ihr hinüber, dass sie es bemerkte, aber nicht so nah, dass sie gezwungen war, sich entweder ebenfalls zu ihm zu beugen oder sich wegzulehnen. »Du bist eine Frau. Auch wenn du dir dessen noch nicht ganz bewusst bist.«

Einen Moment lang blickte sie nur auf King of Diamonds und ließ seine Worte einsinken, dann griff sie nach ihrem Scotch und blickte auf die dunkelgoldene Flüssigkeit.

»Da hast du Recht«, sagte sie schließlich und schaute ihm direkt in die Augen.

Das hatte er wirklich.

Alice hatte gewusst, dass sie die Einladung in die Dark Alley annehmen würde, während alle ihre Freundinnen in ihrer Position gekniffen hätten. Sie war sich dessen sicher. Darüber hinaus hatte sie die Chance ergriffen und experimentiert, ihre eigenen Grenzen ausgelotet und sich dafür nicht geschämt. Die Zugehörigkeit zu Dark Alley hatte ihr Selbstwertgefühl positiv beeinflusst. Sie fühlte sich in ihrer eigenen Haut wohl, vielleicht zum ersten Mal in ihrem Leben.

Der einzige Nachteil – und der Grund, warum sie mit King übereinstimmte – war, dass sie Angst davor hatte, sich das zu nehmen, was sie wirklich wollte, und das war er.

»Wenn du keine Frau wärst, hättest du das auch nicht zugegeben«, betonte King.

»Ich glaube immer noch, dass du zu viel von mir hältst«, sagte sie leise. »Weil ich immer noch eine normale Beziehung mit einem Freund, eine gemeinsame Wohnung, ein gemeinsames Leben, heiraten und Kinder haben möchte. Ich will immer noch Teil dessen sein, was die Gesellschaft mir vorschreibt.«

»Ich weiß«, griff King of Diamonds nach seinem Scotch und nahm einen Schluck, ohne sie anzusehen. »Und das ist auch keine Schande. Wenn du also die Dark Alley verlassen und versuchen willst, mit Tristan ›normal‹ zu sein, dann soll es so sein. Ich werde dich nicht aufhalten.«

Als sie das hörte, schmerzte es, und auch, wennl sie seine Worte schätzte, sie erklärten, er habe keinen Anspruch oder Mitspracherecht.

Ein Teil von ihr wollte immer noch, dass er wütend war und ihr sagte, sie gehöre ihm. Tatsache war jedoch, dass sie es nicht war.

»Das war nicht die Antwort, die du wirklich wolltest, oder?«, überrumpelte King sie plötzlich.

»Nein.« Belladonnas Zunge war wieder schneller. »Ich meine, ich weiß es nicht wirklich.« Sie betrachtete seinen wissenden Gesichtsausdruck. »Und ich schätze, deswegen lässt du mich gehen.«

»Du hast mich auch nicht gebeten, dich zu bitten, zu bleiben«, gab er zurück und hatte wieder einmal Recht. »Und das hast du auch nicht, weil ich verheiratet bin.«

Belladonna fühlte sich, als ob ihr Magen mit Steinen gefüllt wäre.

»Und das ist es auch«, stimmte sie zu und nahm einen Schluck Scotch.

»Mein Angebot steht noch immer«, sagte King. »Wir können über alles reden, was dich stört.«

»Danke, aber nicht jetzt«, lehnte sie ab. »Ich bin hergekommen, um auf andere Gedanken zu kommen, nicht um sie noch mehr zu ins Chaos zu stürzen.«

»Das ist derselbe Grund, warum ich hierherkomme.« King nickte mit einem leichten Lächeln auf den Lippen.

Er sah sie nicht an, als würde er über sie urteilen, oder dass er auch nicht daran dachte, mit ihr Sex zu haben, was er wahrscheinlich auch tat, aber es war ihr nicht so unangenehm, wie wenn andere es taten. Und das war das Problem.

Sie fühlte sich bei ihm sicher, in jeder möglichen Bedeutung dieses Wortes. Zu wissen, dass sie ihn nicht haben konnte, war Folter. Obwohl sie ihn nicht wirklich kannte. Es war auch keine kindische Schwärmerei. Es war etwas anderes, etwas Tieferes.

Vielleicht war es das, was er gefühlt hatte, als er in diesem Club, The Rabbit Hole, anfing, mit ihr zu reden. Was für ein passender Name.

Belladonna überlegte, was sie jetzt tun sollte, obwohl sie bereits wusste, was sie wollte. Einen anständigen Abschiedssex. Sie wollte das Pflaster abreißen und weiterziehen.

»Wenn ich dir sage, dass ich noch einmal Sex mit dir haben will, wärst du dann dabei?«, fragte sie ihn.

Sie ignorierte dabei den Stachel der Schuldgefühle, der entstand, wenn sie an seine Frau dachte. Obwohl das lächerlich war, denn sie hatte sich beim letzten Mal zu ihnen gesellt.

»Das würde ich«, nickte King, und etwas in seinen Zügen änderte sich, wurde weicher; es gab ihr ein warmes Gefühl.

»Ohne die Masken?«, fuhr sie fort und zeichnete das Bild, das sie im Kopf hatte, neu.

Sie erwartete von ihm, dass er zögern würde, da es, soweit sie sich erinnerte, gegen die Regeln verstieß, er sagte kein Wort, lächelte nur breit über den Rand seines Glases, das er gerade an seinen Mund gebracht hatte; seinen verdammten Mund.

»Nur wenn du mir eine Sache erlaubst«, sagte er ihr nach einer Ewigkeit des Schweigens, die nur einen Wimpernschlag dauerte.

»Alles«, antwortete Belladonna kühn.

»Alles?«, wiederholte King, und obwohl sie es nicht sehen konnte, wusste sie, dass er seine Stirn runzelte.

Sie fühlte sich neckisch und weigerte sich, jetzt einen Rückzieher zu machen, weil sie wusste, dass er aufhören würde, wenn sie nicht genoss, was immer er vorhatte, wenn sie es ihm befahl.

»Okay«, nickte er. »Ich würde sagen, ein Zimmer wäre besser, um deinen Wunsch zu erfüllen.«

– 24 –

Belladonna fragte sich nur einmal, worauf sie sich da eingelassen hatte, weil sie die Antwort schon wusste. Sie war einmal mit Tristan verabredet gewesen, was bedeutete, dass sie nicht zusammen oder exklusiv waren. Sie brach nicht absichtlich irgendwelche ihrer Regeln, das war das, was wirklich wichtig war.

Während sie mit dem Aufzug auf eine höhere Ebene fuhr, die sie noch nie betreten hatte, lehnte sie sich mit dem Rücken an die Spiegelwand gegenüber den Türen und beobachtete ihn, den Mann mit den tausend Namen, Mr. Scotch, King of Diamonds, J.J. Grantham, Jason … Sie hatte seinen Namen nicht laut ausgesprochen, und irgendwie kam es ihr vor, als würde dieser Name allein diese verrückte Fahrt eines bösen Traums Wirklichkeit werden lassen.

Im Moment tat es nicht weh, dass er verheiratet war, diese Tatsache war weit weg, genauso wie die Tatsache, dass er der große Chef war, dass sie ihn jede zweite Woche sehen würde und so tun musste, als würde sie ihn nicht kennen und was für köstliche Dinge er in seiner Freizeit tat.

Es kam ihr gerade in den Sinn, dass sie ihn sicherlich ruinieren könnte, wenn sie wollte. Sie könnte diese Geschichte an die Boulevardpresse verkaufen und sich so zu einer reichen Frau machen.

Ohne den Vertrag zu brechen, der sie rechtlich zur Verschwiegenheit bezüglich Dark Alley verpflichtete. Und doch verhielt sich J.J. Grantham, Multimilliardär, Chef eines der größten Unternehmen der ganzen Welt, nicht so, als ob ihn das interessierte.

Vielleicht, weil er wusste, dass sie ihm das niemals antun würde. Alles, was er tat, während er den Aufzug hinauffuhr, war, sie anzulächeln, sich neben die Aufzugtüren zu lehnen, Abstand zu halten, als ob er diesen Moment auskosten wollte, sie einfach nur zu beobachten.

In diesen wenigen Sekunden gab es auf diesem blauen Planeten nichts anderes als sie beide.

Alice konnte nicht anders, als ihn anzulächeln, wirklich anzulächeln, ohne Vorbehalte, ohne Vorsicht, ohne Sorgen und Ängste. Sie hatte keine Ahnung, wie er das gemacht hatte; wie er es schaffte, dass sie sich so sicher, so wohl in ihrer eigenen Haut fühlte. Aber vielleicht war das nur ein Teil dieses zerbrechlichen, unberührten Traums.

Was er tat, als sich die Türen der Aufzüge öffneten, ließ ihr Herz gegen ihre Brust springen. Er streckte seine Hand aus, nahm sie bei der Hand und zog sie mit sich, als er den Flur hinunter zu ihrem Zimmer ging.

Er hätte sie in den Abstellraum schleifen können, es hätte sie nicht geschert. Sie fühlte sich wie ein naiver Teenager, der sich aus der Klasse weggeschlichen hatte, um mit ihrem Freund rumzumachen. Alice konnte ihr Kichern nicht zurückhalten.

King zog sie immer wieder mit sich, auch nachdem er den Code eingegeben hatte, um sie in ihr Zimmer zu lassen.

Nachdem er die Tür wieder geschlossen hatte, drückte er sie zurück gegen die Tür, legte seine Maske ab und sah sie nur noch wartend an. Alice ließ sich Zeit, ihre Hände an ihre Maske zu heben und sie ebenfalls abzunehmen.

»Du hast ›Alles‹ gesagt«, warnte er sie, und sie nickte nur, gelähmt, mit wackeligen Knien, und die Tür im Rücken war die einzige Stütze, die sie hatte.

Jason küsste sie, sanft, zärtlich und dann besitzergreifend.

Das Einzige, was sie aufrecht stehen ließ, war sein Körper, der gegen ihren drückte, während seine Hände die Seiten ihrer Oberschenkel bis zu ihren Hüften und schließlich bis zu ihrer Brust hinaufschlängelten, aber alles, was sie interessierte, war sein Mund auf ihrem, seine Zunge, die sie neckte. Er schmeckte wie der Scotch, den sie tranken, und so viel mehr. Sein Geschmack und seine Zunge gingen so viel tiefer als nur ihr Mund, dass sie ihn direkt zwischen ihren Beinen spürte.

Alice konnte nicht verhindern, dass ihre Hände sich gegen seine Brust, seinen Nacken und schließlich in sein Haar drückten. Sie konnte sich daran erinnern, wie ordentlich seine Frisur heute Morgen gewesen war, und die Verwüstung seiner Haare war seltsam erregend.

Ehe sie sich versah, waren seine Hände wieder unten an ihren Oberschenkeln, aber nur, um ihr körperbetontes Kleid hochzuschieben. Sie stellte sich vor, dass das Geräusch, das er machte, der Zustimmung entsprach, dass sie keine Strumpfhose trug, obwohl das Vergnügen wirklich auf ihrer Seite war, als sie fühlte, wie sich seine Finger gegen ihr weiches Fleisch pressten.

Und die ganze Zeit über setzte er den Kuss fort, wechselte von verschlingend zu ehrfürchtig, und Alice konnte sich nicht davon abhalten, sich zu fühlen, als sei sie im Himmel. Sie bemerkte kaum seine Bewegungen, zumindest die, die ihren Körper nicht mit einbezog, sondern nur seine Nähe auskostete, in seinem Duft getrübt war und seine Wärme spürte, die auf ihren Körper strahlte.

Plötzlich schaffte er es, seinen Mund von ihrem wegzureißen, nur um alles noch schlimmer zu machen, und doch so viel besser, als sein Mund ihren Hals erforschte und an den richtigen Stellen saugte.

Alice verlor den Atem, als ihre Nerven in Brand gerieten. Alles, was sie wollte, war, ihn jetzt in sich zu spüren.

»Es tut mir leid, aber ich bin heute nicht geduldig«, flüsterte er ihr plötzlich ins Ohr und schickte ihr einen köstlichen Schauer über den Rücken, der eine Gänsehaut hinterließ.

Ihr Geist versuchte immer noch zu verstehen, was er zu ihr gesagt hatte, während seine Hände ihren Körper verließen, aber sein Mund kehrte zu ihrem zurück. Sie hatte immer noch ihre Hände in seinem Haar, das weich war und ach so verdammt gut roch.

Dann wurde ihr Körper plötzlich nach oben gerissen, und nur ihre Zehen konnten über den Boden streifen.

Was geschehen würde, kam ihr erst in den Sinn, als es bereits geschah. Wenige Augenblicke später fühlte sie, wie er gegen ihr Höschen drückte, und danach spürte sie einen Zug auf dem Stoff. Es ging zu schnell, als dass sie ahnen konnte, was folgen würde. Bald darauf trat er ein, indem er sie einfach auf seinen Schwanz senkte.

Instinktiv und bereitwillig wickelte sie ihre Beine um seine Hüfte und drückte ihn tiefer, was ihr das Gefühl gab, in einem Augenblick vollständig ausgefüllt zu sein. Er passte so perfekt in sie hinein, es war lächerlich, und das Kondom, das ihn bedeckte, schien wie ein Sakrileg, aber es war immer noch wie im Himmel. Obwohl es nicht das erste Mal war, fühlte sich dieses Mal anders an, vielleicht, weil es keine Masken gab und nur die beiden, und ganz sicher, weil er sie küsste.

Alice hat alles vergessen, jede Zurückhaltung, jede Sorge.

Alles, was da war, war er, dieser erstaunliche Mann, der sie fickte, sie trug und in seinem eigenen, individuellen Rhythmus bewegte.

Sein Mund quälte ihren Hals und Mund, nahm ihr die Fähigkeit zu denken, ließ ihr nichts anderes übrig, als zu fühlen, was er ihr antat. Es war verdammt erstaunlich, zu fühlen, wie er in sie eindrang, sie weitete, sie füllte, sie zum Stöhnen brachte.

Alice fühlte sich, als würde sie ihre Fantasien von vor Jahren wiederaufleben lassen: College, High-School, als sie vom heißesten, süßesten Typen träumte, der sie einfach nur fickte, weil er sie so verzweifelt wollte, dass er jede Zurückhaltung verlor.

King of Diamonds – Jason – tat genau das, hielt sie, bewegte sich in ihr, fickte sie, und sie konnte nichts anderes tun, als es zu genießen, klammerte sich an seine Schultern, legte die eine freie Hand, die sie auf seiner Wange hatte, um seinen Mund wieder auf ihren zu führen.

Dies fühlte sich überhaupt nicht wie ein Abenteuer der Dark Alley an.

Für sie hätte es einfach gegen die Tür geschehen können, die ihr Büro vom Besprechungsraum bei Grantham Global trennte. Es hätte auch gegen ihre Wohnungstür geschehen können, was die Sache noch aufregender machte.

Abgesehen davon fand Alice es extrem geil, dass er sie so leicht festhalten konnte, sie gegen die Tür schob und sie trotzdem so vögeln konnte. Gerade als sie irgendwie mit diesem Gedanken fertig war, legte er sie auf den Boden und schleuderte sie herum, drückte ihren Kopf gegen die Tür und stürzte sofort wieder in sie hinein, was sie zwang, ihren Rücken zu wölben. Es war verdammt lecker.

Mit dem Höschen auf dem Boden und dem hochgeschobenen Kleid fühlte sich Alice unartig, sogar schmutzig, vor allem: beansprucht. Genau dieser Gedanke ließ sie beinahe kommen, während er sie weiter fickte, fast so, als wäre er wütend, was sie um ihn herum noch angespannter machte. Er hörte immer noch nicht auf, ließ sie nicht kommen und baute einen Rausch auf, der sie zucken und zittern ließ. Sein Körper klatschte gegen ihren, sein Atem strich ihr in scharfen Böen den Hals hinunter, seine eine Hand grub sich in ihr Haar, die andere in ihre Hüfte.

»Fuck, Alice.«

Als sie ihren Namen hörte, stieß sie so dicht an den Rand, dass es sich anfühlte, als käme sie schon, aber sie wurde durch seine untere Hand abgelenkt, die sich zu ihrem Bauch hinunter bewegte, aber sie blieb dort und neckte sie.

»Gott, bitte«, wimmerte sie außer Atem.

»Sag meinen Namen«, forderte er.

»Jason …« Alice gehorchte.

Seine Hand musste nur gegen ihre Klitoris streichen, damit sie kommt, hart, aber er wollte es nicht dabei belassen. Stattdessen drückte er seine Finger gegen die empfindliche Knospe, rieb sie und verstärkte damit das Gefühl, das sie bereits ertränkte. Sie wollte, dass er aufhörte, aber sie konnte nicht sprechen. Ein weiterer kräftiger Stoß ließ Alice in eine Milliarde Stücke zerplatzen und verlor jeden Sinn, abgesehen davon, dass er in ihr kam.

Nachdem er sich zurückgezogen hatte, hielt er sie fest an sich, damit sie nicht zu Boden stürzte. Sobald sie spürte, wie die Kraft in ihren Körper zurückkehrte, drehte Alice sich um und legte ihr Gesicht an seinen Hals, und er ließ sie los.

Alice tat ihr Bestes, um alle Gedanken im Hinterkopf zu behalten, da sie nicht bereit war, ihnen zuzuhören. Alles, was sie wollte, war, diesen Moment zu genießen, ihn auszukosten und ihn in ihre Erinnerungen einzuprägen. Als es sich so anfühlte, als wäre es ihr unangenehm geworden, ließ sie ihn los und warf ihren Blick auf den Boden. Als ein Papiertaschentuch in ihr Blickfeld kam, nahm sie es, wischte sich so sauber wie möglich und brachte ihre Kleidung wieder in Ordnung. Danach traute sie sich immer noch nicht, ihn anzusehen, weil sie befürchtete, ihre Gefühle nicht in Schach halten zu können. Sie wollte nicht, dass es endete, sie wollte diesen Raum nicht verlassen und in die Normalität zurückkehren.

»Alice«, sagte Jason noch einmal zärtlich ihren Namen, und sie schaute instinktiv zu ihm auf und folgte dem Beispiel seines Zeigefingers.

Er lächelte sie sanft an, und sie versuchte, den Ausdruck zu spiegeln, ohne die Traurigkeit, die ihr Herz zu erdrücken begann. Sie schaute ihn weiter an, während er ihr fast ehrfürchtig ihre Maske aufs Gesicht setzte und als er seine eigene Maske aufsetzte.

»Mein Angebot steht noch immer«, sagte er ihr und nahm ihre Hand, um ihre Fingerknöchel zu küssen. »Wenn es irgendetwas gibt, was du brauchst, ruft mich an.«

Alles, was sie tun konnte, war nicken.

»Bringen wir dich nach Hause«, sprach ihr Mr. Scotch und ließ ihre Hand los, und es fühlte sich an, als würde er die ganze Wärme ihres Körpers mitnehmen.

♦ ♦ ♦

Er hatte sie gefragt, ob er sie auf der Fahrt nach Hause begleiten solle, und für einen Moment hatte Alice sogar überlegt, ›Ja‹ zu sagen und ihn zu fragen, ob er sie zu ihrer Wohnungstür begleiten könne, nur um dieses traumhafte Ereignis zu verlängern.

Aber Alice wusste, dass King of Diamonds das wegen der Konsequenzen nicht tun konnte, sollte ihn jemand sehen. Und das war der Grund, warum sie ablehnte.

Alice saß auf dem Rücksitz der schwarzen Limousine und beobachtete die vorbeifahrenden Lichter, ohne etwas zu sehen. Wenigstens schien ihr Geist jetzt leer zu sein. Sie war erschöpft und müde. Als sie aus dem Auto ausstieg und zum Eingang ihres Wohnhauses ging, bemerkte sie nicht, dass der Fahrer mit ihr ging. Sie sah ihn an.

»King of Diamonds bat mich, Sie zu Ihrer Wohnungstür zu begleiten«, sprach er, und Alice nickte, ohne ein weiteres Wort sagen zu können.

Als Alice die Treppe nahm, wollte sie einfach wieder ins Bett gehen und viel zu lange schlafen. Ihre Uhr zeigte, dass es fast zwei Uhr morgens war, und sie war erleichtert, dass niemand bei der Arbeit bemerken oder ein Problem damit haben würde, dass sie um 10 Uhr statt um 8 Uhr morgens ankam. Das war einer der Vorteile ihrer neuen Position. Nur einer der beiden Assistenten musste um 10 Uhr morgens an seinem Schreibtisch sein, nicht später.

Wenn Grace zurück war, durfte Alice sogar zur Arbeit gehen, wann immer sie Lust dazu hatte; solange Grace da war und ihre Hilfe nicht brauchte. Die Kehrseite der Medaille war, dass es ein offenes Ende dafür gab, wie lange eine von ihnen bleiben musste. Es konnte leicht 22 Uhr sein, wenn es ein Treffen oder etwas Ähnliches gab.

»Danke«, sagte Alice dem Fahrer, als sie an ihrer Tür ankamen, und blinzelte verwirrt, als er nicht ging.

»Bis Sie in Ihrer Wohnung sind, Miss«, lächelte der ältere Mann sie freundlich an.

»Was für ein Service«, lächelte sie, aber ihr Lächeln löste sich in Luft auf, als sie das Licht einschaltete und unzählige Bilder auf dem Boden ihrer Wohnung verstreut sah.

Alice, konnte nicht einmal einen Laut von sich geben. Sofort wurde ihr Atem flach, und sie versuchte, sich zu beruhigen, indem sie ihre Handfläche gegen ihre Brust drückte.

Sie hatte Recht gehabt. Jemand war in ihrer Wohnung gewesen, als sie von ihrer Verabredung mit Tristan zurückkam, und jetzt, nachdem sie in die Dark Alley gegangen war, war diese Person zurückgekehrt. Diesmal ohne Geschenk, aber noch schlimmer. Alice kniete sich hin und hob ein paar der Fotos auf, die überall verteilt waren. Ein unscharfes Bild zeigte sie in Tristans Mantel, während er mit ihr zum Restaurant ging. Es war heute aufgenommen worden. Auf einem anderen stieg sie an ihrem Arbeitsplatz in Tristans Auto ein, ein weiteres zeigte Jimmy, wie er ihr die Tür aufhielt. Das nächste, das sie ansah, zeigte sie beim Verlassen des Weges, der zur Dark Alley führte.

»Miss?« Der Fahrer war immer noch da, aber Alice hörte ihn kaum.

Vor ihr lagen Hunderte von Bildern, die den Boden vor ihr bedeckten, viele von ihnen waren mehrmals ausgedruckt, aber es zeigte immer sie.

Alle konnten nicht älter als ein paar Wochen sein. Sie waren abends aufgenommen worden, vor ihrem Haus, ihrem Arbeitsplatz und in der Dark Alley.

»Ich rufe den Sicherheitsdienst«, sagte der Fahrer, aber seine Worte drangen nicht zu ihr durch, als sie auf allen vieren kroch.

Etwas erregte ihre Aufmerksamkeit am Ende der Bilderflut, die bis zu ihrer Couch reichte.

Es gab weiße Schnipsel, die ein größeres Bild überdeckten, aber bevor sie dort ankam, sah sie, dass jetzt auf allen Bildern, die sie mit Tristan zeigten, dieser mit zwei dicken dunklen Linien durchgestrichen worden war.

Alice schnappte nach Luft.

»Miss?« Sie war sich sicher, dass der Fahrer sie nun mehrmals angesprochen hatte. »Miss? Wollen Sie, dass ich die Polizei rufe?«

Alice griff nach dem größeren Bild und zog es aus den kleinen zerrissenen Papierstücken, die auf den Boden fielen.

Auf dem Bild war sie wieder zu sehen, wie sie in dem Kleid, das ihr Verehrer ihr geschenkt hatte, auf die Dark Alley zuging, während sie sich umdrehte, um zu prüfen, ob jemand zusah. Sie war mit einem weißen Marker eingekreist, und neben ihr stand es geschrieben: »Du solltest es für mich tragen!«

»Ich rufe die Polizei«, sagte der Fahrer schließlich.

Alice blinzelte und blickte auf die Schnipsel vor ihr.

Sie waren nicht von einem Bild. Das Papier war zu dick und sie hatten ein Muster auf der Rückseite.

»Nein!«, rief Alice, drehte sich schnell um und winkte den Fahrer ab. »Keine Polizei!«

Die Zettel in ihrer Hand stammten von einem Kartenspiel. Zusammengesetzt zeigten sie immer wieder eine Karte: King of Diamonds.

»Sie müssen dem Sicherheitsdienst sagen, dass jemand den Eingang der Dark Alley überwacht«, zwang Alice ihren Verstand zur Arbeit. »Und dass es ein Mitglied sein muss.«

Wer auch immer ihr die Blumen und das Kleid geschickt hatte und dies nun in ihrer Wohnung zurückließ, wusste, dass sie mit dem King of Diamonds zu tun hatte.

Es ergab sonst keinen Sinn.

»Hier«, zeigte sie dem Fahrer die Schnipsel, die sie zusammengestellt hatte. »Karo König.«

Die Augen des Fahrers weiteten sich. King of Diamonds. Sofort wählte er eine Nummer auf seinem Telefon und begann zu sprechen.

Alice fühlte sich plötzlich krank und ekelte sich.

Sie musste dieses Kleid sofort ausziehen!

Sie ließ fallen, was sie in der Hand hielt, rannte in ihr Badezimmer und riss sich das Kleid vom Körper. Sie schaffte es gerade noch rechtzeitig zur Toilette, als sie sich übergab und das ausspuckte, was noch in ihrem Magen war.

»Miss?«, klopfte der Fahrer vorsichtig gegen ihre Badezimmertür. »Miss? Ist bei Ihnen alles in Ordnung? Geht es Ihnen gut? Der Sicherheitsdienst ist auf dem Weg. Soll ich jemanden anrufen?«

Alice hustete, bevor sie sprechen konnte. Sie war eiskalt, ihr Körper zitterte plötzlich.

Wen konnte sie anrufen? Es gab keine Möglichkeit, dass sie in ihrer Wohnung bleiben würde, wenn ein Fremder sie ohne Probleme betreten konnte. Sie wollte sich nicht vorstellen, was ihr passieren könnte, wenn er sich selbst einließ, während sie schlief. Es war offensichtlich, dass sie ihn verärgert hatte.

»Ich bin … Mir geht's gut«, schaffte sie es, laut genug zu sprechen. »Könnten Sie mein Telefon holen?«

Alice nutzte alle Kraft, die sie aufbringen konnte, um sich auf die Beine zu heben, indem sie das Waschbecken als Stütze benutzte. Mit zittrigen Füßen ging sie die zwei Schritte in Richtung der Tür, an der ihr Bademantel hing. Schnell schlüpfte sie in das Kleidungsstück und öffnete vorsichtig die Tür.

Der Fahrer war immer noch da, stand inmitten der Flut von Fotos und hielt ihre Clutch in der Hand. Sobald er merkte, dass sie die Tür geöffnet hatte, reichte er sie ihr. Aber sie schüttelte den Kopf.

»Es tut mir leid, ich habe ein zweites Telefon.« Sie verließ das Badezimmer und ging schnell zum Tresen ihrer Küche, betete und bettelte, dass ihr Stalker ihr Arbeitshandy nicht gefunden und mitgenommen hatte.

Es war noch da. Die Erleichterung, es vorzufinden, beruhigte ihren rebellierenden Magen und sie atmete tief durch.

»Ich warte draußen«, bot der Fahrer an, doch Alice schüttelte den Kopf.

»Nein, bleiben Sie hier, für den Fall, dass er noch hier ist«, sagte sie ihm. »Würden Sie in meinem Schlafzimmer nachsehen?«

Er nickte und ging hinein, nahm sich einige Augenblicke Zeit, um sich umzusehen, bevor er hinaustrat.

»Es ist niemand da«, sagte er ihr, und sie rannte hastig hinein und schloss die Tür.

Es gab nur eine Person, von der sie wusste, dass sie sie anrufen konnte. Es gab nur eine Person, die ihr helfen und sie beschützen konnte.

»Alice, geht es dir gut?« Jason war sofort am Hörer, und seine Stimme war schwer vor Sorge.

»Nein, tut es nicht«, antwortete sie heiser. »Der Typ, der mir das Kleid schickte, ist in meine Wohnung eingebrochen.« Alice wollte weitersprechen und die Situation erklären, aber Jason schnitt ihr das Wort ab.

»Ich bin auf dem Weg«, sagte er entschlossen und sie konnte hören, wie er sich in Bewegung setze.

»Nein, das kannst du nicht«, ignorierte Alice seinen Tonfall, der keinen Raum für Diskussionen ließ. »Es gibt überall Fotos, die mich am Eingang der Dark Alley zeigen und es gibt Schnipsel von Karo-König-Karten.

Wenn du hierherkommst und er Fotos von dir macht, kann er eins und eins zusammenzählen.«

»Verdammter Mist«, knurrte Jason.

»Der Sicherheitsdienst aus der Dark Alley ist informiert«, fügte Alice schnell hinzu und hoffte, dass ihn das beruhigen würde, da sie ihm seine Aufregung anhören konnte. »Ich wusste einfach nicht, wen ich sonst anrufen sollte.«

»Es war richtig, dass du mich angerufen hast«, war nun Jason an der Reihe, sie zu beruhigen. »Meine Leute werden diesen Bastard finden, bis dahin werde ich dafür sorgen, dass du in Sicherheit bist. Pack deine Sachen. Ich schicke die meinen Fahrer. Er wird dich ins Hilton bringen, und ich werde bis zum Ende des Tages einen neuen Platz in einem unserer Wohnhäuser für dich haben.«

»Jason …« Alice versagte die Stimme, das, was er vorhatte, ging über das Notwendige hinaus.

Als er sie seinen Namen sagen hörte, machte er eine Pause.

»Nein, Alice«, schien er ihre Gedanken zu lesen. »Fakt ist: Ich habe dich in diesen Schlamassel gebracht, ich werde dich da wieder rausholen. Das verspreche ich dir.«

In gewisser Weise hatte er Recht. Er lud sie in die Dark Alley ein, und es schien offensichtlich, dass derjenige, der sie verfolgte, auch ein Mitglied dieses Clubs war.

»Okay«, nickte Alice nach einem Moment der Überlegung.

»Du wirst morgen im Hotel wohnen, du gehst nicht zur Arbeit, alles geht auf mich. Gönn dir einen schönen Tag. Nutze das Spa. Lass dich verwöhnen. Ich will dich nirgendwo sehen, bis dieser Bastard gefunden ist«, sprach Jason sanft, und doch wusste Alice, dass er eine negative Antwort nicht tolerieren würde. »Und das meine ich ernst. Wenn die Rechnung nur dreistellig ist, werde ich sehr enttäuscht sein.«

Alice wollte ihm sagen, dass er überreagierte, aber sie konnte es ihm nicht verübeln. Wäre sie an seiner Stelle, würde sie sich ganz genauso verhalten.

Also entschied sie sich für ein »Danke«.

»Du brauchst mir nicht zu danken, Bella«, antwortete er, und es ging nicht an ihr vorbei, dass er sie mit seiner Version ihres Namens aus der Dark Alley ansprach. »Ich weiß nicht, ob ich dich morgen anrufen kann, aber ich halte dich auf dem Laufenden und rufe dich auf diesem Telefon an, wenn es Neuigkeiten gibt, okay?»

»Okay«, nickte Alice wieder, obwohl sie wusste, dass er es nicht sehen konnte.

»Versuch, dich auszuruhen. Du wirst in Sicherheit sein, das verspreche ich«, sprach Jason mit absoluter Gewissheit in seiner Stimme.

»Okay.«

Was konnte sie ihm noch sagen?

»Wir sprechen uns bald.« Damit beendete Jason Jeremiah Grantham, Alices Mr. Scotch, das Telefonat.

♦ ♦ ♦

Sie war immer noch mit Packen beschäftigt, als das Klopfen an ihre Wohnungstür kam, aber der Fahrer, der immer noch bei ihr war, sah nach und ließ drei Männer, die Anzüge trugen, herein. Einer von ihnen trug einen Metallkoffer mit sich, den er auf ihren Couchtisch stellte und öffnete. Alice dachte sich, dass der Mann versuchen würde, Beweise dafür zu finden, wer ihr Stalker war. Vielleicht Fingerabdrücke oder irgendeine Art von DNA. Es war jedoch der dritte Mann, der sich ihr näherte.

»Hi, Alice«, begrüßte er sie freundlich und sprach mit einem Akzent. »Ich bin Henning, Jasons Fahrer.« Der Vorname klang skandinavisch oder vielleicht deutsch, und der Mann sah irgendwie auch so aus.

Er war groß, hatte breite Schultern, war aber nicht stämmig, und er hatte dunkelblondes Haar, das einen Hauch von Grau zeigte. Er musste so alt sein wie Jason, also um die 40 Jahre alt, vielleicht Mitte vierzig.

»Ich werde Sie ins Hilton bringen«, fuhr er fort.

»Hallo«, wagte Alice nicht, seinen Namen auszusprechen, obwohl er so einfach klang, als der Fahrer ihn aussprach. »Ich bin fast fertig.«

»Lassen Sie sich Zeit«, lächelte Jasons Fahrer sie an.

»Haben Sie Ersatzschlüssel?«, sagte einer der beiden anderen Männer, und sie bemerkte, dass der Fahrer, der sie nach Hause gebracht hatte, verschwunden war.

»Ähm, ja, in der Keksdose oben auf dem Gefrierschrank«, zeigte Alice darauf und beobachtete den Mann, wie er die Dose herausholte, ohne wie sie einen Stuhl benutzen zu müssen.

Er schaute hinein und stellte sie dann auf den Kopf. Sie war leer. Alice Herz hüpfte schmerzhaft in ihrer Brust.

»Wer hat noch einen Ersatzschlüssel?«, fragte der Mann und übergab das Glas seinem Kollegen, und sie bemerkte gerade, dass sie Handschuhe trugen.

»Meine Mutter und meine beste Freundin«, antwortete Alice sofort. »Sie würden den Schlüssel niemandem geben.«

»Ich bin sicher, das haben sie nicht«, sagte der andere Mann tröstend, »ich versuche nur, die Lücken auszufüllen, Miss.«

Alice nickte und schloss ihr Handgepäck. Sie hatte genug Kleidung für ein paar Tage und einige Toilettenartikel eingepackt.

»Ich bin bereit zu gehen«, sagte sie zu Henning, der versuchte, sein Lächeln zu verbergen.

»Sie sollten sich etwas anziehen«, schlug er vor, und Alice bemerkte, dass sie immer noch ihren Bademantel trug.

Sie errötete und bedeckte ihr Gesicht.

»Lassen Sie mich das nehmen«, nahm Jasons Fahrer ihre Tasche, und sie schloss die Schlafzimmertür und zog bequeme Kleidung mit Turnschuhen an.

Als sie ihre Schlafzimmertür wieder öffnete, hielt der deutsche Fahrer bereits ihren Mantel und bot ihr an, ihr beim Einsteigen zu helfen.

»Brauchen sie meine Schlüssel?«, fragte Alice, aber Henning schüttelte den Kopf.

»Sie werden das Schloss austauschen, sodass niemand hineinkommt«, sagte er ihr.

Eine Sekunde lang zögerte Alice, denn mit einem ausgetauschten Schloss konnte ihr Stalker nicht in ihre Wohnung eindringen und sie bedrohen, aber dann wiederum fühlte sie sich an diesem Ort nicht mehr sicher.

– 25 –

Als Alice am nächsten Morgen in einem ihr unbekannten Zimmer aufwachte, setzte sie sich sofort auf und betrachtete ihre Umgebung, bevor ihr klar wurde, dass sie sich in einer Hotelsuite befand.

Nur einen Augenblick später kamen die Ereignisse der letzten Nacht wieder zu ihr zurück, und sie stieß einen langen Atemzug aus, von dem sie nicht bemerkt hatte, dass sie ihn angehalten hatte.

Wer auch immer ihr Stalker war, er wusste wahrscheinlich nicht, wo sie gerade war. Selbst wenn er gestern Abend in ihrem Apartmenthaus gewartet hätte und ihr zu diesem Hotel gefolgt wäre, wüsste er nicht, welches Zimmer ihr gehörte. Er hätte keine Chance gehabt, es herauszufinden. Sobald jemand an der Rezeption auftauchte, wäre der Stalker in Schwierigkeiten.

Alice hoffte, dass er so dumm sei, aber nichts war je so einfach.

Sie erinnerte sich an das, was Jason ihr gesagt hatte, bestellte Frühstück und blieb zu Hause, während sie die Broschüre aus dem Hotel durchblätterte.

Ihr Zimmer war größer als ihre Wohnung, oder zumindest wirkte es so, und sie fühlte sich bereits verwöhnt, aber sie wollte ihn nicht enttäuschen und nicht tun, was er verlangte, und die drei Ziffern auf der Hotelrechnung knacken. Also bestellte sie auch eine Massage und eine Schönheitsbehandlung, auch wenn sie sich dabei dumm vorkam.

Sie fühlte sich auch schlecht, weil sie den Tag frei hatte, vor allem, wenn Arbeit auf ihrem Schreibtisch wartete.

Es war schön, wie eine reiche Person zu leben, sich einfach einen Tag frei zu nehmen und sich verwöhnen zu lassen; aber sie konnte sich nicht wirklich entspannen. Nicht, wenn sie nicht wusste, wer in ihre Wohnung eingebrochen war, ihr die Blumen, das Kleid und die Fotos von ihr geschickt hatte.

Dann war da noch die Tatsache, dass sie sich schuldig fühlte. Sie bereute nicht, gestern Abend ins Dark Alley gegangen zu sein, und sie hatte sich oft genug gesagt, dass Tristan und sie nur ihr erstes Rendezvous hatten, dass sie nicht wirklich zusammen waren oder ein Exklusiv-Date hatten. Aber das war nicht das eigentliche Problem. Sie hatte ihn nicht um Hilfe gebeten, sondern Jason angerufen.

Tristan war ein Enthüllungsreporter, er konnte auch herausfinden, wer sie verfolgte. Auch er war ein Mitglied von Dark Alley, und er war im Gegensatz zu Jason auf den Bildern zu sehen.

Doch als sie den Mann wählen musste, der sie beschützen sollte, war es nicht Tristan gewesen, sondern der Mann, von dem sie sich fernhalten wollte: ihr Chef.

Hätte sie Tristan angerufen, wäre sie sicher gewesen, dass er sie sofort abgeholt und zu ihrem Schutz mit nach Hause genommen hätte. Er hätte sich auch um sie gekümmert. Sie kannte ihn nicht weniger als Jason, sie kannte ihn sogar noch ein bisschen besser, vor allem nach ihrer Verabredung. Und sie hatte ihn immer noch nicht angerufen.

Dennoch war Jason für sie unantastbar. Zumindest, wenn es um ihre Moral ging, oder vielmehr um die, die man ihr beigebracht hatte. Wenn sie ihre Familie oder Freunde, sogar Bianca, fragte, wusste sie, dass jeder Einzelne von ihnen ihr raten würde, sich von dem verheirateten Mann fernzuhalten und den Alleinstehenden zu nehmen.

Ganz gleich, wie sehr sie versuchte, sich von ihren Gedanken abzulenken, sie kamen immer wieder wie Geier auf eine verrottende Leiche zurück.

Alice aß zu Mittag am Tisch in ihrem Zimmer, von dem aus sie einen perfekten Blick über die Stadt hatte. Sie versuchte, nicht zu viel über alles nachzudenken, und sinnierte darüber, in wie vielen solchen Zimmern Jason bereits übernachtet hatte, als ihr Arbeitshandy klingelte. Schnell stand sie auf, ging hinüber und beantwortete es: »Ja, hier ist Alice …«

»Alice, hier spricht Henning.« Jasons Fahrer war am anderen Ende, und ihr wurde klar, dass der deutsche Mann viel mehr als nur Jasons Fahrer zu sein schien.

»Hallo«, grüßte sie ihn zurück, ihr Herz begann in Erwartung zu rasen.

»Wir haben ihn gefunden«, erklärte Henning und ließ sie nicht warten. »Es ist Ihr Ex-Freund.«

»Gary?« Alice musste sich hinsetzen.

Wie?

»Ja«, bestätigte Jasons Vertrauter. »Er ist seit einigen Monaten ein Mitglied von Dark Alley, länger als Sie es sind. Er ist immer noch mit dem Verlobten Ihrer besten Freundin befreundet, und er gab zu, dass er bei einem Besuch bei ihr Ihre Schlüssel in die Finger bekam. Er hat sich selbst in Ihre Wohnung gelassen und Ihre Ersatzschlüssel mitgenommen.

»Er hat das zugegeben?«, wollte Alice wissen und verstand nicht, was genau das bedeutete.

»Wir haben uns die Freiheit genommen, ihn in seiner Mittagspause abzuholen«, sagte Henning, als ob das keine große Sache wäre.

Alice war sich nicht sicher, ob sie die Einzelheiten wissen wollte.

»Keine Sorge, wir haben ihn nur ein wenig erschreckt, um die Dinge zu beschleunigen«, interpretierte Jasons Fahrer ihr Schweigen richtig. »Er erzählte uns, dass Sie ein Treffen in der Dark Alley hatten.«

»Core«, sprach Alice ihren Gedanken laut aus. »Oh, mein Gott.«

»Er hat versucht, Sie zu umwerben, um wieder mit Ihnen zusammenzukommen.«

Alice war zuerst schockiert, aber diese Emotion wurde schnell durch etwas ganz anderes ersetzt: Wut. Sie war verdammt wütend.

»Wo ist er jetzt?«, fragte sie.

»Wir ließen ihn gehen, sagten ihm aber, er solle heute Abend um 22 Uhr in der Dark Alley sein, wie Jason es verlangte«, antwortete Henning.

»Toll, vielen Dank«, antwortete Alice.

»Es war mir ein Vergnügen.« Damit endete der Anruf.

Alice hatte ihren Appetit verloren. Sie saß einfach nur da und starrte, während ihr Geist endlich leer war. Zumindest für einige Augenblicke.

Gary. Sie konnte es nicht ganz glauben. Ihr Sex war bestenfalls mittelmäßig gewesen, und jetzt, da sie wusste, dass er Core aus Dark Alley war, erkannte sie, dass er ein unterwürfiger Mensch war und dass das wahrscheinlich ihr Problem im Bett gewesen war.

Alice wusste, dass sie für Leute, die sie nicht kannten oder einfach keine Ahnung hatten, wie eine selbstbewusste Frau wirkte, was viele als dominant fehlinterpretierten. Aber das war sie nicht. Sie war einfach jemand, die ihre Meinung sagte, und das war alles.

Der Gedanke daran, was sie mit ihrem Ex in der Dark Alley gemacht hatte, ließ sie vor Abscheu schaudern, aber das war nur etwas, das an diesem Ort offensichtlich passieren konnte. Es war so ironisch, dass sie fast darüber lachen konnte, aber sie hatte sich immer noch nicht von dieser Enthüllung erholt. Außerdem war sie viel zu wütend auf ihn. Was zum Teufel hatte sich Gary dabei gedacht?

Jetzt brauchte sie nur noch die Zeit bis 22 Uhr totzuschlagen. Sie dachte darüber nach, Tristan eine SMS zu schreiben und ihn um einen weiteren Termin zu bitten, aber es fühlte sich falsch an, als ob sie ihn nur zu ihrer eigenen Ablenkung benutzte.

Eine Stunde später erhielt Alice einen weiteren Anruf, und auf dem Display stand ein ihr bekannter Name: Jimmy.

»Hallo Alice, du wohnst im Hilton? Geht es dir gut? Was ist passiert?« Jimmy war so fröhlich wie eh und je.

»Mir geht es gut, wirklich«. Sie konnte nicht anders als lachen. »Jemand ist in meine Wohnung eingebrochen und ich … äh … rief in Panik den Big Boss an.«

Alice versuchte, der Wahrheit so nahe wie möglich zu kommen. Jimmy brach in Gelächter aus.

»Nun, Sie sollten ihn als Big Boss speichern und nicht als J.J.«, sagte er zu ihr, in der Annahme, dass sie ihn eigentlich hatte anrufen wollen.

So ein süßer Fratz.

»Nun, Mr. Grantham hat alles übernommen, bevor ich ihn aufhalten konnte«, gab Alice zu, was die Wahrheit war.

»Das ist eigentlich der Grund, warum ich Sie angerufen habe«, kicherte Jimmy immer noch. »Ich soll Ihnen beim Umzug helfen. Ich habe an Ihrer Tür geklingelt, aber niemand hat geantwortet, und als ich in Ihrem Büro anrief, ging Tim ran.«

»Mr. Granthams Assistent?« Alice war verblüfft.

»Anscheinend ist er für Ihr Telefon zuständig, während Sie sich im Hilton verwöhnen lassen«, neckte Jimmy sie. »Nun, er sagte mir, ich solle Sie auf Ihrem Diensttelefon anrufen. Anscheinend hat der Big Boss selbst Ihnen eine neue Wohnung in meinem Gebäude besorgt.«

»Oh, wow«, stieß Alice aus.

»Immer mit der Ruhe, Sie wissen noch nicht, auf welchem Stockwerk Sie sich befinden«, lachte Jimmy wieder.

»Ich glaube nicht, dass ich das will«, gab Alice zu.

»Nun, kann ich Sie abholen? Die Umzugsfirma wird in etwa 30 Minuten in Ihrer alten Wohnung sein, Sie müssen dort sein und die Leute einweisen«, sagte Jimmy ihr.

Wieder einmal ging alles so schnell, dass Alice sich schwindelig fühlte. Erst ihre Beförderung zu einem unerklärlich wichtigen Job, diese hohe Sicherheitsstufe und nun eine neue Wohnung.

Es war nicht so, dass sie nichts davon willkommen hieß, das Letzte, was sie wollte, war, in ihrer alten Wohnung zu bleiben, in der ihre Heiligkeit verletzt worden war. Sie hatte sich eine neue Wohnung suchen wollen, zumal sie nicht wusste, ob sie sich die Wohnung, in die sie jetzt einziehen würde, überhaupt leisten konnte.

»Alice?«, fragte Jimmy und lenkte ihre Aufmerksamkeit wieder auf die Gegenwart. »Kann ich Sie abholen?«

»Ja, ich bin bereit«, bestätigte Alice.

»Gut, dass ich schon draußen warte«, kicherte Jimmy wieder.

Und so fragte sich Alice, ob sie es überhaupt pünktlich in die Dark Alley schaffen würde. Sie hatte noch nicht einmal Jason oder seinem Fahrer gesagt, dass sie dort sein wollte. Also schickte sie einfach eine SMS an die Nummer, von der Henning sie angerufen hatte. Der Rest des Tages bestand darin, ihre Habseligkeiten in Kisten zu packen und zuzusehen, wie sie zusammen mit all ihren Möbeln abtransportiert wurden. Es dauerte nur wenige Stunden, bis Alice sich in ihrer alten, leeren Wohnung wiederfand, von der sie sich verabschiedete, die ihr erstes eigenes Zuhause war, nachdem sie bei ihrer Mutter gelebt hatte, dann bei Bianca und schließlich vor Gary bei ihrem Ex eingezogen war. Sie fühlte einen kleinen Schmerz, als sie die Tür zuzog und abschloss.

»Bringen wir Sie in Ihr neues Zuhause«, sagte Jimmy fröhlich.

Trotz allem fühlte sich Alice unwohl, in eine Wohnung zu ziehen, die sie noch nie zuvor gesehen hatte. Sie war sich nicht einmal sicher, ob ihre alten Möbel passen würden oder ob sie ausreichen würden. Alice war mehr als nervös, und doch fühlte sie sich wie ein kleines Kind, das aus dem Beifahrerfenster schaute, die Wolkenkratzer anstarrte und sich fragte, welcher ihrer war.

Sie befanden sich in der Innenstadt, in der Nähe des Geschäftsviertels, als Jimmy in eine Tiefgarage fuhr.

»Dieser Ort hat Schlüsselkarten, keine Schlüssel«, erklärte er ihr. »Es war einmal ein Geschäftsgebäude.«

Alles, was Alice im Moment bei sich trug, waren ihr Laptop und ihre Handtasche, an die sie sich klammerte, als sie in den Aufzug stieg, den Jimmy gerufen hatte.

»Ich muss zugeben, dass ich eifersüchtig bin«, grinste er sie breit an, als er den Knopf für den 21. Stock drückte und sie versuchte, ihre Augäpfel in den Augenhöhlen zu behalten, denn es gab nur noch drei weitere Stockwerke in diesem Gebäude, die noch höher lagen.

»Wie soll ich das bezahlen?«, fragte sie laut und schüttelte den Kopf.

»Oh, keine Sorge«, lächelte Jimmy. Jeder zahlt nur etwas mehr als ein Drittel seines Gehalts für alles.«

»Ein Drittel«, wiederholte Alice.

»Ja, man sollte in der Lage sein, für den Ruhestand zu sparen und so weiter«, erklärte Jimmy. »Also Alice, du kommst schon klar.«

Als Jimmy erkannte, dass er sie geduzt hatte, wurde er kurz blass.

»Schon okay«, lächelte Alice und winkte ab. »Bleiben wir beim ›du‹.«

Als sich die Türen im 21. Stock öffneten, wurden Alices Knie wackelig, aber sie folgte trotzdem Jimmy, der plötzlich ungewöhnlich ruhig war.

»Was ist los?«, fragte sie, besorgt, dass er etwas durcheinandergebracht haben könnte.

»Es gibt nur sechs Wohnungen auf dieser Etage«, antwortete Jimmy und blieb vor der ersten Tür auf der rechten Seite stehen. »Und du hast diese hier. Apartment 21f.« Und damit übergab er ihr die Schlüsselkarte. »Bitte sehr. Sesam öffne dich.«

Die Hand von Alice zitterte, als sie die Karte gegen den Scanner stieß. Nichts passierte. Ihr Herz blieb stehen.

»Du willst mich wohl verarschen!«, rief Jimmy aus. »Nimm deinen Daumen.«

Alice tat, was er ihr sagte, und legte ihren Daumen gegen den Scanner, und sofort konnten beide hören, wie die Tür entriegelt wurde.

»Verdammt«, war alles, was Jimmy dazu zu sagen hatte, und sie wischte ihren Daumenabdruck vom Display, wie sie es bereits von der Arbeit gewohnt war.

Zögernd öffnete sie die Tür zu ihrer neuen Wohnung, und sofort ging die Deckenbeleuchtung an und durchflutete den Raum mit weichem, aber hellem Licht. Es war ein offenes Apartment, mit dem Badezimmer auf der linken Seite und der offenen Küche auf der rechten Seite. Alice glotze gaffend umher, als sie die Wohnung betrat. Sie war sich sicher, dass ein Innenarchitekt sich um die Positionierung ihrer alten Möbel gekümmert und ihnen einige neue Gegenstände hinzugefügt hatte.

»Ich glaube, meine Wohnung passt hier dreimal hinein«, kommentierte Jimmy, aber er klang nicht eifersüchtig. »Ich würde mich hier verlaufen«, scherzte er.

Ihr Bett befand sich neben dem Badezimmer und war durch eine breite Steinanrichte mit einem integrierten Bett darauf vom Rest des offenen Raums abgetrennt. Und es sah aus, als könne sie einen Schalter umlegen, damit es auf das Bett regnet.

»Das ist Dope«, nickte Jimmy und Alice stimmte stumm zu.

Obwohl Möbel hinzugefügt wurden, sah die Wohnung nicht ganz gefüllt aus, aber irgendwie gefiel ihr das. Ihre neue Küche hatte eine Bar und daneben stand ihre alte Couch mit Couchtisch, zu der zwei bequeme Sitze hinzugefügt worden waren. Die Außenwand war vollständig aus Glas, und sie hatte eine Eckwohnung.

»Wenn ich meine Möbel nicht sehen würde, würde ich nicht glauben, dass es meine Wohnung ist«, gab Alice zu.

»Gewöhn dich daran, sieh dir dein Badezimmer an«, sagte Jimmy. »Ich werde jetzt essen gehen.«

»Okay, und danke«, winkte Alice ihm zum Abschied zu und tat, was er vorschlug.

Ihr Badezimmer hatte keine Fenster, da es innen lag, aber als sie das Licht einschaltete, sah sie, dass die den Fenstern zugewandten Wände aus durchsichtigem Glas waren. Aus Neugierde drückte sie auf die beiden Schalter, die sich unter dem Licht befanden, und plötzlich waren die Wände weiß.

Von dem, was sie gesehen hatte, als sie den Ort betrat, hatte sie erwartet, dass das Badezimmer zwei Türen hat, aber sie hatte auch eine Gästetoilette.

Völlig fassungslos ließ sich Alice auf ihre alte Couch fallen und starrte nach draußen, aber die Lichter spiegelten sich in den Fenstern. Sie streckte die Hand aus und nahm die Fernbedienung ihres Fernsehers, als sie eine zweite bemerkte. Sie konnte nur den Kopf schütteln, als ihr klar wurde, dass es die Fernbedienung für Licht und Ton war. Sie drückte einen Knopf und die Lichter gingen aus, was ihr eine perfekte Sicht auf die Stadt bei Nacht ermöglichte. Niemand würde glauben, dass sie sich diese Wohnung leisten konnte. Sie war sich sicher, dass Wohnungen wie diese für das Management bestimmt waren.

Wie sollte sie das erklären?

Würden sie ihr die Wahrheit glauben, oder würden sie annehmen, dass sie lügt und die Geliebte eines reichen Mannes war? Ein Teil von ihr würde damit leben können, weil sie wusste, dass einige ihrer »Freunde« eifersüchtig sein und hinter ihrem Rücken darüber reden würden.

Ihr Magen knurrte, und sie hatte keine Zeit gehabt, einkaufen zu gehen. Alice wusste, dass sie Tristan nicht anrufen konnte, nicht, wenn sie sich nicht sicher war, dass alles mit ihrem Ex, ihrem Chef und Dark Alley geklärt war. Mit einem Seufzer stand sie auf, ging hinüber in ihre riesige Küche und öffnete ihren neuen Gefrierschrank. Er war gefüllt.

»Ich kann es verdammt noch mal nicht glauben«, murmelte sie vor sich hin und stand nun vor dem Problem, nicht wählen zu können.

♦ ♦ ♦

Alice war von Jasons Fahrer abgeholt worden, nachdem sie das Abendessen beendet und sich fertig gemacht hatte, da er dies als Antwort auf ihre Nachricht angeboten hatte.

Sie hatte Tristan eine kurze SMS geschrieben, dass sie einen anstrengenden Tag hatte und sich auf einen Umzug vorbereitete.

Alice konnte sich nicht dazu durchringen, ihm die Wahrheit zu sagen, weil sie keine Ahnung hatte, wie sie ihm sagen sollte, wer ihr geholfen hatte. Sie hatte das Gefühl, dass er es nicht sehr gut aufnehmen würde. Also wich sie dem Thema aus.

Henning parkte sein Auto vor der Elm Street 8 und begleitete Alice auf ihrem Weg in die Dark Alley, jedoch nicht weiter als bis zum Eingang. Danach fühlte sie sich nicht unbehaglich, vor allem nicht, als sie die Person erkannte, die neben Alfred Big Guy D'Arcy stand: Jason.

Nur einen Moment später war sie verwirrt über die Tatsache, dass dies erlaubt war. Bevor sie etwas sagen konnte, begrüßte sie Alfred auf die übliche Weise und reichte ihm ihre Maske.

»Ist das nicht gegen die Regeln?«, sprach sie zu King of Diamonds und verstummte.

»Nicht, wenn ich die Regeln mache«, sagte er einfach, nahm ihre Hand, legte sie um seinen Arm, führte sie durch die Gasse und ignorierte dabei völlig das Kleid, das sie trug.

Es war, als sie die erste der Seitengassen passierten, als die Informationen vollständig in Alices Kopf eingesunken waren.

»Gehört dir der Laden?«, fragte sie ihn ungläubig und fassungslos.

»Ich dachte, das hättest du inzwischen erraten«, antwortete er leicht amüsiert.

»Nun, du sagtest, deine Leute würden herausfinden, wer mich verfolgt, aber ich dachte nicht wirklich, dass … vergiss es«, schüttelte Alice ihren Kopf.

King of Diamonds öffnete ihr die Tür und sie betrat als erste das Clubhaus. Da es ein Wochentag war, waren nicht allzu viele Tische besetzt. Genau wie gestern, erinnerte sie sich.

»Er wartet in Zimmer vier«, ging die Kellnerin auf sie zu, gab die Information und etwas Kleines an King weiter, der nickte und sie durch die Tische und zur Tür, die zur Treppe und zum Aufzug führt, manövrierte.

»Ich ließ ihn sich mit Handschellen an einen Stuhl fesseln«, sagte King zu Belladonna und zeigte, was ihm die Kellnerin gegeben hatte: einen Schlüsselsatz, der denen ähnelte, mit denen man Handschellen aufschloss.

Da Raum vier auf der nächsten Ebene war, nahmen sie die Treppe, und mit jedem Schritt stieg die Vorfreude bei Belladonna. King of Diamonds tippte den Code ein und öffnete die Tür, sodass sie zuerst den Raum betreten konnte. Der Stuhl, an den Core sich mit Handschellen gefesselt hatte, war von der Tür abgewandt. Er hörte nur, dass jemand hereinkam, aber er konnte seinen Kopf nicht genug drehen, um zu sehen, wer es war. Belladonna fühlte sich leicht enttäuscht, als sie sah, dass er immer noch Kleider trug, aber vielleicht ekelte sie sich auch vor ihm, wenn sie daran dachte, was er getan hatte.

So gestikulierte sie King zu und wartete an der Tür, während sie herumging, um Core – ihren Ex Gary – von Angesicht zu Angesicht zu treffen.

Belladonna trug das Kleid, das er ihr geschenkt hatte. Sie hatte lange darüber nachgedacht, das zu tun, aber mit dem, was sie im Sinn hatte, war es die perfekte Idee.

»Hallo, Gary«, begrüßte sie ihn, und er zuckte zusammen, als er seinen Namen hörte.

Auf dem Weg hierher hatte Alice darüber nachgedacht, was genau sie ihm sagen und fragen würde. Dass er zustimmte, hierher zurückzukommen, weil er glaubte, sie würde sich mit ihm treffen und mit ihm reden, war lächerlich.

Sie hatte keine Ahnung, was Henning ihm tatsächlich gesagt hatte, aber am Ende spielte es keine Rolle.

Alice trat auf Gary zu und schlug ihn hart ins Gesicht.

»Das ist das letzte Mal, dass ich dich berühre«, zischte sie ihn an. »Du Mistkerl.«

»Alice, es tut mir leid«, brachte er hervor, als er seinen Kopf bewegte, um ihrem Blick wieder zu begegnen. »Ich wollte nur …«

»Halt dein dreckiges Maul«, zischte sie ihn an, wobei ihr die Tränen in den Augen brannten, und sie begann, ihr Kleid hochzuziehen. »Du hast mich zu Tode erschreckt. Du darfst dich nicht entschuldigen.«

Sowohl Gary als auch Jason sahen ihr überrascht zu, wie sie ihr Höschen auszog, auf ihren Ex zuging und ihm das Kleidungsstück in den Mund schob.

»Und es ist das letzte Mal, dass ich dieses Kleid trage«, sagte sie ihm und beruhigte sich ein wenig. »Wenn ich hier fertig bin, werde ich es in Stücke schneiden und damit meine Toilette reinigen. Denn das ist so viel, wie du mir jetzt bedeutest.«

Gary hatte versucht, ihr Höschen aus seinem Mund zu schieben, hörte aber ganz auf, sich zu bewegen, als ihm klar wurde, wie wütend Alice auf ihn war.

»Was? Ist es nicht das, was du wolltest?«, verspottete sie ihn. »Mein Fußabtreter sein? Oh, nein, warte«, tippte sie mit dem Zeigefinger gegen ihr Kinn. »Es war dir doch egal. Du wolltest nichts sein, bis ich versuchte, etwas Spaß zu haben, ohne zu wissen, wer du bist. Ich hätte nicht getan, was ich getan habe, wenn ich gewusst hätte, dass du es warst, auch ohne dass du mich verfolgt und versucht hast, mich ›zurückzuholen‹«. Sie benutzte Anführungszeichen für die letzten drei Worte. »Du hättest mir sagen sollen, wer du bist, und wir hätten miteinander reden können, aber dann hätte ich dir auch gesagt, dass wir nie wieder zusammenkommen werden. Mit dir hat es keinen Spaß gemacht. Nicht damals, und nicht hier in der Dark Alley.«

Ihr Ex sah sie nur an und wollte offensichtlich etwas sagen, aber ihr Höschen hinderte ihn daran, dies zu tun.

Sie fragte ihn: »Weißt du, mit wem es Spaß macht?«, und Gary schüttelte den Kopf, sodass sie verschmitzt grinste und hob ihre, um auf Jason zu zeigen. »Mit ihm hat es Spaß gemacht.«

Gary konnte sich immer noch nicht umdrehen, aber das musste er auch nicht, denn Jason begann zu laufen, um auf ihre Seite zu treten.

»Du weißt, dass ich dich nicht anzeigen kann, weil das die Dark Alley aufdecken würde«, erklärte sie ihm.

»Aber Ihre Mitgliedschaft wurde widerrufen«, sagte Jason ruhig. »Und die Eigentümer haben jeden anderen Club und jede andere Institution über Ihr Vorgehen informiert. Es wird keinen Ort geben, der Sie aufnimmt.«

Alice empfand eine seltsame Genugtuung, das zu hören, da sie wusste, dass es Jason selbst gewesen war, der diesen Befehl gegeben hatte.

Sie legte ihre Hand auf seine Schulter, nur weil sie ihn berühren wollte – nein – musste. Er legte seine Hand um ihre Hüfte.

Dadurch bekam sie am ganzen Körper eine Gänsehaut, die ihr eine Idee vermittelte, die sie stimulierte und erregte.

»King?«, fragte sie mir heiserer Stimme.

»Ja, Bella?«, antwortete er auf die gleiche Weise.

»Würdest du mich bitte vögeln?«, fuhr sie fort.

»Du weißt sehr gut, wie man mich richtig anspricht«, sagte er ihr und ließ sie erschaudern.

Alice drehte sich zu ihm um und ignorierte ihren Ex, dessen Knöchel und Handgelenke an den Stuhl gefesselt waren, völlig.

»Würdest du mich bitte vögeln, Sir?«

»Fick mich erst mit deinem süßen kleinen Mund«, sagte er ihr, und Alice war schon auf den Knien, bevor er den Satz beendet hatte.

Sie brannte vor Lust und konnte es kaum erwarten, ihn wieder in sich zu haben, aber sie kannte die Regeln. Also schnallte sie schnell seinen Gürtel ab, öffnete den Hosenschlitz und befreite seinen harten Schwanz aus seinen Boxershorts und Hosen, indem sie ihn mit ihrer Zunge von der Basis bis zur Spitze leckte.

Aus den Augenwinkeln konnte sie sehen, wie sich ihr Ex in seinem Stuhl wand, aber es gab keine Möglichkeit, dass er sich befreien konnte. Er war hilflos, genau wie sie sich gefühlt hatte, als sie all diese Bilder auf dem Boden ihrer Wohnung sah.

Alice versuchte ihr Bestes, Jasons Schwanz ganz nach innen zu nehmen, und genoss es, wie er seinen Kopf zurücklehnte, während er eine Hand an ihr Haar führte und seine Finger hineinstreckte. Sie brauchte den Kopf nur ein paar Mal zu wippen, bevor er sie zu den Füßen hochzog und sie umdrehte. Jason holte schnell ein Kondom aus der Schublade der Anrichte, gegen die er sie drückte, und bedeckte seinen Schwanz, bevor er sich mit einem harten Stoß in sie stürzte und sie zum Weinen brachte.

Sie würde von der Anrichte wohl blaue Flecken an den Hüften bekommen.

»Fuck«, rief sie aus und verdiente sich dadurch einen Klaps auf ihren Po und korrigierte sich sofort. »Fuck, Sir!«

»Das ist mein Mädchen«, summte Jason, zog sich langsam heraus und rammte sich dann wieder in sie hinein.

»Ja, Sir!«, rief Alice aus und ihre Erregung nahm zu, denn sie wusste, dass Gary ihr zusah, wie sie in dem Kleid, das er ihr gekauft hatte, hart durchgenommen wurde.

»Gefällt dir das?«, fragte Jason sie.

»Ja!« Alice antwortete gierig und erhielt eine weitere Ohrfeige. »Ja, Sir.«

Er antwortete, indem er sie weiter hart fickte und sie in ein paar Sekunden fast kommen ließ, aber sich zurückzog, als sie sagte, sie würde gleich kommen. Jason schleuderte sie herum, packte ihr Kleid an ihrem Dekolleté und riss es auf, befreite ihre Brüste aus ihrem BH, verletzte die empfindliche Haut mit Knabbern und Beißen und tat dasselbe mit ihren Brustwarzen. Alice hatte keine Ahnung, was sie mit sich selbst anfangen sollte, als Jason ihr das Gefühl gab, dass er nach ihr hungerte. Bevor sie die Hand ausstrecken und ihn berühren konnte, hatte er bereits seinen Mund auf ihrer Klitoris, sodass seine Zunge ihre Nervenknospe quälte und sie über die Kante schoss.

Noch während sie diesen Orgasmus ausritt, hob er sie auf die Anrichte und vergrub sich ein weiteres Mal in ihr und verlängerte die Welle, die sie geistlos machte. Alice schnappte verzweifelt nach Luft, als sie fühlte, wie er in ihr kam, und ein winziger, egoistischer Teil von ihr wünschte sich nur, das Kondom würde reißen. Sie schlug frustriert mit dem Hinterkopf gegen die Wand hinter ihr. Niemals, niemals, würde sie diese Art von Frau sein. Als sie von ihrem Hochgefühl herunterkam, erinnerte sich Alice daran, dass noch immer ein Publikum anwesend war, und sie sah ihren Ex an, dessen Ausdruck sauer war.

»Alice«, hörte sie Jason zu ihrer Überraschung flüstern, und sie sah ihn an.

Plötzlich drückte er seinen Mund auf ihren und ihre Lippen verschmolzen zu einer Einheit und berührten sie an einer Stelle, an die nichts herankam. Er zog sich aus ihr heraus, bevor er seinen Kuss abbrach, und drehte sich sofort um, um seine Kleidung wieder in Ordnung zu bringen. Sie tat dasselbe, so viel sie konnte, indem sie ihr Dekolleté in ihren zerrissenen BH steckte, sodass es fast so aussah, als ob es so hätte sein sollen.

»Auf Wiedersehen«, sagte Alice und versuchte, ruhig und langsam auf die Tür zuzugehen.

Sie wusste, dass sie sofort von Jason Grantham weggehen musste, sonst würde sie ihn niemals zurücklassen können.

Als sie die Tür öffnete, sah sie, wie er die Schlüssel zu Garys Handschellen aus seinen Taschen zog und sie in die Handflächen hinter den Händen ihres Ex-Freundes steckte. Sie konnte ihren Blick nicht wegreißen, nicht sofort, sie musste noch einmal den Blick auf ihn, den King of Diamonds, ihren Mr. Scotch, richten, als sie sich nach unten streckte und aus ihren Schuhen glitt.

In dem Moment, in dem Jason sich aufrichtete und sie ansah, schloss sie die Tür vor seiner Nase und begann zu laufen, nur um an der Tür zum Hauptraum stehenzubleiben. Mit einem falschen Lächeln auf den Lippen lief sie so gesammelt wie möglich durch die Tische, ignorierte zum ersten Mal die Blicke der Leute und ging direkt auf die Tür zu.

Auch wenn sie es nicht sehen konnte, konnte Alice spüren, dass Jason den Hauptraum betrat, sobald sie durch die Türen schlüpfte. Sie zog ihr Kleid hoch und begann wieder zu laufen, wissend, dass Alfred besorgt sein, aber keine Fragen stellen würde, wenn sie außer Atem ankam.

Und das tat er auch nicht, stattdessen nahm er ihre Maske, gab Alice ihren Mantel und wünschte ihr einen schönen Abend.

Alice schlüpfte in ihren Mantel, als sie zwischen Elm Street 8 und 9 aus dem Weg lief. Sie sah Henning in seinem Auto sitzen, der sich bewegte, als er sie auf die Straße gehen sah.

Direkt hinter ihm stand eine der Limousinen von Dark Alley, und sie ging direkt auf diese zu und gab ihm ihre Schlüsselkarte, auf der er die Adresse ihres neuen Zuhauses lesen konnte.

Als der Fahrer den Wagen auf die Straße lenkte, konnte sie sehen, wie Jason auf den Bürgersteig trat und anhielt, den Wagen anstarrte und sie hinter den getönten Scheiben nicht sehen konnte.

Alice drückte ihre Stirn gegen die kühle Oberfläche und flüsterte »Auf Wiedersehen«.

D.S. WRIGHTS

DARK ALLEY

LUST

DARK ALLEY EPISODE 7

– 26 –

Als Alice am Dienstagmorgen in ihrem eigenen Bett aufwachte, war alles in Ordnung. Die Gerüche und das Gefühl der Laken waren ihre eigenen, und ihr Wecker stand dort, wo er stehen sollte.
Als die Erinnerungen an Sonntag und Montag zu ihr zurückkehrten, glaubte sie für einen Moment, dass es nur ein böser Traum war.

Das war, bis sie die Augen öffnete und feststellte, dass die Decke nicht mit der in ihrem Schlafzimmer nicht mit ihrer eigenen übereinstimmte. Als sie nach ihrem Smartphone griff, berührte ihre Hand das letzte, was sie vor dem Schlafengehen in der Hand hielt, ihre Fernbedienung.

Durch das blinde Drücken einiger Knöpfe erwachten mehrere Dinge in ihrer neuen Wohnung gleichzeitig zum Leben. Die Jalousien wurden hochgezogen, der Fernseher eingeschaltet und ihr neuer Kaffeevollautomat begann lautstark Bohnen zu mahlen. Auf dem Bett liegend blinzelte Alice ein paar Mal und tat ihr Bestes, um nicht auszuflippen, während sie die Erkenntnis einsinken ließ.

Ihr Ex-Freund Gary hatte sie in einem kranken, oder besser gesagt dummen Versuch verfolgt und sie zu umworben, um wieder zusammenzukommen. Und das alles nur, weil sie herausfinden wollte, ob sie eine Dominante war und ihn, oder vielmehr sein Dark-Alley-Alter-Ego, als ihr Versuchskaninchen gewählt hatte, ohne zu wissen, dass er es war. Sie hatte ihre erste Verabredung mit Tristan, der Aquarius in der Dunklen Allee war, mit dem sie einige perversen Abenteuer geteilt hatte, der auch ein Enthüllungsreporter war und ursprünglich einen Artikel über die Dark Alley schreiben wollte. Ihr Chef, J.J. Grantham, der auch der einzige Mann war, mit dem sie sich immer in der Dunklen Allee treffen wollte, war verheiratet. Außerdem war er derjenige gewesen, der sie überhaupt erst in die Dark Alley eingeladen hatte. Ferner war er es, den sie um Hilfe gerufen hatte, als Gary in ihre Wohnung eingebrochen war.

So viele Dinge waren in nur zwei Tagen geschehen. Aber das Schlimmste davon war auch das Beste. Er hatte sie geküsst. Ihr Chef, der verheiratet war und ein Milliardär, dem der verdammte Club gehörte, hatte sie geküsst, und nur einen Augenblick später war sie ihm davongelaufen.

Alice klatschte sich die Hände ins Gesicht, vergrub sich in ihnen und ertrank in Scham und Verlegenheit.

»Oh, mein Gott«, quietschte sie und schüttelte den Kopf. »Wie soll ich heute bei der Arbeit auftauchen?«

Sie dachte nur für einen Atemzug daran, sich krank zu melden, aber das war einfach nur dumm und noch erbärmlicher. Sie war erwachsen und professionell, es gab keine Möglichkeit, dass sie sich zum zweiten Mal innerhalb von vierundzwanzig Stunden wie ein verängstigtes kleines Kätzchen verhalten würde.

Vom köstlichen Duft von frisch gemahlenem und gebrühtem Kaffee aus dem Bett gelockt, gelang es Alice, in ihre offene Küche zu gehen. Die Maschine war nicht ihre alte; diese mahlte nicht einmal Bohnen, geschweige denn hatte verschiedene Kaffeesorten zur Auswahl. Sie wusste, dass sie die Bedienungsanleitung der Maschine lesen musste.

Alice entschied sich dafür, sich nicht umzudrehen und ihre neue Wohnung noch einmal zu mustern. Sie tat einfach das Übliche in ihren Kaffee und machte sich ein Frühstück, um nicht irgendwie unter einen Felsen kriechen und sterben zu wollen. Aber es war ihr müder Körper, der sie daran erinnerte, wie schwierig es für sie gewesen war, einzuschlafen, wenn sie jedes Mal, wenn sie dachte, dass jemand an ihrer Tür sei, aufgeschreckt war. Dieser Jemand war King of Diamonds. Sie hatte Schwierigkeiten, ihn Mr. Grantham zu nennen.

»Mr. Grantham, Mr. Grantham, Mr. Grantham«, sang Alice dreimal und versuchte, diesen Namen in ihrem Gedächtnis zu verankern; das Letzte, was sie wollte, war, ihn bei ihrem nächsten Treffen – das im Büro sein würde – »King« zu nennen.

Sie nippte an ihrem Kaffee und wusste, dass niemand, insbesondere ihr Chef, an ihrer Tür gewesen war, was bedeutete, dass Mr. Grantham wahrscheinlich auch nicht in ihrem Büro auftauchen würde. Das Signal, das sie ihm gegeben hatte, indem sie wie ein dummer Teenager weglief, war offensichtlich mehr als genug gewesen.

Wieder schüttelte Alice den Kopf über das, was sie getan hatte, aber sie konnte es nicht zurücknehmen. Was sie tun konnte, war, professionell zu sein, auf das zu vertrauen, was ihr Chef ihr über die Trennung der Dinge gesagt hatte.

Kurzerhand schaute sie auf ihr Telefon, öffnete ihren Messenger und tippte eine Nachricht an Tristan, in der sie ihn fragte, ob er zu einem weiteren Abendessen oder Mittagessen bereit sei, und machte sich dann auf den Weg in ihr neues Badezimmer. Sie musste sich noch an die Technik gewöhnen, mit der sie die Transparenz der Glaswände kontrollieren konnte.

»Du solltest dich schämen«, murmelte Alice.

King, Jason … Mr. Grantham, hatte diese Wohnung für sie besorgt. Es gab keine Möglichkeit, dass sie diese Tatsache einfach akzeptieren oder ignorieren konnte. Sie müsste sich bei ihm bedanken, und sie müsste so schnell wie möglich eine neue Wohnung finden oder vielleicht mit Jimmy tauschen? Obwohl er darüber gescherzt hatte, sich hier zu verlaufen, schien ihm die Wohnung zu gefallen.

Alice zwang sich, ihr Telefon auf neue Nachrichten zu überprüfen, erst als sie bereit war, zur Arbeit zu gehen, rief sie Jimmy an. Gerade als sie nach ihrem Smartphone griff, klopfte es an ihrer Tür, und sie erstarrte sofort. Gary konnte es nicht sein, er wusste nicht, wo sie jetzt wohnte. Mr. Scotch konnte es auch nicht sein, weil es wie ein Tritt in den Allerwertesten aussah, jetzt aufzutauchen, nachdem sie eine Nacht gut geschlafen hatte.

»Ich bin's, Jimmy, ich komme dich abholen!«

Ihre neuer Nachbarn rief durch die Tür.

Fast schon zu sehr an die Fernbedienung gewöhnt, schnappte Alice sie sich und schloss die Tür auf, ließ Jimmy herein, der erwartete, dass sie hinter der Tür und nicht wenige Meter entfernt in ihrer Küche mit einem Kaffee in der Hand stand.

»Möchtest du einen?«, fragte Alice, legte die Fernbedienung wieder hin und schnappte sich ihr Telefon. »Bedien dich«, lächelte sie ihn an.

»Oh, danke.« Jimmy war fröhlich wie immer, schloss die Tür hinter sich und begann, in seiner Kuriertasche zu stöbern, wobei er eine Thermoskanne herausholte. »Ich wollte einen in der Kantine holen, aber der hier wird auf jeden Fall besser sein.«

»Es gibt Zucker neben dem Kühlschrank und …«, bot Alice an, aber Jimmy winkte ab.

»Schwarz, wie mein Humor«, grinste Jimmy.

Niedlich.

Alice kicherte und schaute auf ihr Telefon, während ihr Fahrer und baldiger bester Kumpel sich Kaffee machte.

Irgendwie gefiel ihr der Gedanke, dass er sie abholte und im Gegenzug einen anständigen Kaffee bekam. Das machten Freunde so. Das war etwas, das sie vermisste, seit sie nicht mit ihrer besten Freundin Bianca zusammenlebte.

Es gab keine Antwort auf ihre Nachricht, und soweit sie sehen konnte, hatte Tristan sie noch nicht einmal gelesen.

»Bereit?« Jimmy riss sie aus ihren Gedanken, sie nickte nur und griff nach ihrer Handtasche, in die sie bereits ihr Arbeitstelefon gesteckt hatte, das auch keine Nachrichten angezeigt hatte.

Dies sollte ein sehr ruhiger Tag werden, dachte Alice. Und damit hätte sie Recht.

Fast niemand rief sie im Büro an, nur einer der Assistenten des Vorstandsmitglieds sagte für die nächste Sitzung ab. Und Tristan hatte immer noch nicht geantwortet, als es für sie Zeit zum Mittagessen war. Also fragte sie Jimmy einfach, ob er sich ihr anschließen würde.

Tristan rief sie an, als sie auf dem Rückweg nach Hause war, im Auto, und entschuldigte sich, dass er sich nicht früher bei ihr gemeldet hatte und dass er sie gerne morgen zum Mittag- oder Abendessen ausführen würde.

»Lass uns Abendessen gehen«, schlug Alice vor. »Hol mich von der Arbeit ab, wie beim letzten Mal.«

»Großartig! Kann es kaum erwarten«, hörte sie ihn durch das Telefon breit lächeln.

»Ich auch«, lächelte sie zurück und legte dann auf.

»Also, das ist dein Freund?«, fragte Jimmy neugierig.

»Nun, noch nicht, oder ja, das ist schwer zu sagen«, gab Alice zu.

»Warum?« Jimmy sah sie kurz durch den Rückspiegel an, was Alice zu der Entscheidung veranlasste, dass sie beim nächsten Mal einfach vorne mitfahren würde.

Das war zu merkwürdig.

»Nun, es ist unser zweites Date, aber wir kennen uns … besser«, versuchte sie zu erklären, in der Hoffnung, dass Jimmy es verstehen würde.

»Ah, ich hab's«, grinste er. »ONS, der am nächsten Morgen interessant wurde. Kenn ich. Viel Glück.«

»ONS?«, fragte Alice stirnrunzelnd.

»One-Night-Stand«, schmunzelte Jimmy.

»Oh«, erwiderte sie, errötend und starrte schnell auf ihre Hände, die nervös an ihrer Tasche fummelten, und dann wurde ihr plötzlich klar, was Jimmy gesagt hatte. »Du kennst das?«

»Ja«, nickte er, streifte sie wieder nur mit seinem Blick und lenkte dann seine Aufmerksamkeit wieder auf die Straße wie jeder verantwortungsbewusste Fahrer. »Wir haben uns auf einer Party gut verstanden.

Wir waren betrunken und landeten bei mir zu Hause. Als wir aufwachten, dachte ich: Jackpot. Sie war wunderschön, klug und geistreich. Wir fingen erst an, uns zu verabreden, nachdem wir ein paar Mal Gelegenheitssex hatten«, fuhr Jimmy fort, als ob es keine große Sache wäre. »Aber es war schwer für uns, uns wirklich kennenzulernen, und als wir es schließlich taten, wurde uns klar, dass wir im Grunde nur eine Sache gemeinsam hatten.«

»Oh.« Alice wusste nicht, was sie sagen sollte.

»Wir rufen uns immer noch an, wenn wir Single und einsam sind. Es war also nicht alles umsonst«, sagte Jimmy und zwinkerte ihr durch den Rückspiegel zu. »Und ich sag nicht, dass es für dich dasselbe sein wird. Ich weiß nur, wie unangenehm es sein kann.«

»Schon verstanden«, lächelte Alice und nickte, wobei sie daran dachte, dass sie Schwierigkeiten hatte, nicht an Sex zu denken, wenn sie mit Tristan ausging.

Ein Teil von ihr wollte mit Jimmy darüber sprechen, da er so offen über dieses Thema sprach, doch sie war noch nicht bereit, mit einem Kollegen zu reden, den sie gerade erst etwas besser über ein so intimes Thema kennengelernt hatte. Vielleicht ein anderes Mal.

Als Alice in ihrem Wohnhaus ankam, wurde ihr klar, was für ein Vorteil es war, im selben Gebäude wie Jimmy zu wohnen. Solange er sie nach Hause fuhr, hatte sie immer einen Mann, der sie zu ihrer Wohnung begleitete.

Inzwischen war sie sich sicher, dass alle Vorteile, die sie bekam, von ihrem Chef gut durchdacht waren, und das riss ihr das Herz auf. Vor allem wegen der Tatsache, dass sie ihn im Stich gelassen hatte.

♦ ♦ ♦

Am nächsten Tag vergrub sich Alice in Arbeit. Sie ging jede Akte durch, ob digital oder in Papierform, die sie finden konnte, um ein Gefühl für Graces Arbeitsweise zu bekommen. Die Arbeit half ihr sehr, sich davon abzulenken, alles zu überdenken. Sie hatte sich so tief in ihre Aufgabe vertieft, dass das summende Geräusch, das ihr Telefon auf der Tischplatte erzeugte, sie erschreckte.

Nachdem sie aufgestanden war, wurde ihr klar, dass Bianca ihr eine Nachricht geschickt hatte, in der sie sie um ein gemeinsames Mittagessen bat. Überrascht blickte sie auf ihrem Telefon auf die Uhrzeit.

»Elf Uhr dreißig?«, fragte sie überrascht

Schnell antwortete sie und sagte ihrer besten Freundin, dass sie sie draußen an ihrem alten Arbeitsplatz treffen würde.

Dreißig Minuten später stieg Alice aus dem Firmenwagen und winkte Jimmy zum Abschied. Als sie sich umdrehte, sah Bianca sie an, als sei ihr ein zweiter Kopf gewachsen.

»Du hast einen Chauffeur«, sagte sie verblüfft.

»Hab ich es dir nicht gesagt?«, zweifelte Alice stirnrunzelnd und schüttelte den Kopf.

Sie konnte sich nicht erinnern.

»Du siehst aus, als wärst du selbst ein Manager«, strahlte ihre beste Freundin sie an und freute sich sichtlich für sie.

»Na ja, irgendwie schon, ich manage den Vorstand von Grantham Global«, zuckte Alice mit den Achseln und schüttelte dann den Kopf über sich selbst.

Innerhalb weniger Tage fühlte sich Alice bereits so, als sei ihre Arbeit das Normalste, was man tun kann, aber das lag daran, dass sie ihre Arbeit lebte und atmete. Zumal sie sich fühlte, als ob sie es nicht wirklich verdiente, obwohl sie gut darin war.

Als sie mit Bianca zu ihrem üblichen Restaurant für das gemeinsame Mittagessen ging, waren Alices Gedanken immer noch durcheinander wegen allem, was ihr passiert war, und wegen all der Akten und Notizen, die Grace abgelegt hatte.

»Ich erkenne dich nicht wieder, Alice«, riss Bianca sie aus ihren Gedanken heraus. »Es ist nicht so, dass du eine sehr gesprächige Person bist, aber ich habe seit Tagen nichts von dir gehört, und auch jetzt bist du mit deinen Gedanken ganz weit weg. Was ist los?«

»Für das, was ich dir jetzt gleich erzähle, musst du definitiv sitzen«, erklärte Alice und schaute ihre beste Freundin ernst an, und sie schloss sofort den Mund und nickte.

Nachdem sie beide sich hingesetzt und das Übliche bestellt hatten, rückte Alice ihren Stuhl näher an den Tisch und bemerkte, dass ihre beste Freundin nicht versuchte, dasselbe zu tun; schließlich war sie schwanger.

»Einer der Jungs, mit denen ich gespielt habe«, benutzte Alice Anführungszeichen bei den letzten beiden Worten, »stellte sich ausgerechnet als Gary heraus.«

Bianca legte beide Hände auf ihren Mund und starrte Alice mit großen Augen voller Angst an.

»Es wird noch besser«, war sich Alice nicht sicher, ob sie darüber lachen sollte oder konnte. »Anscheinend hat er deinen Ersatzschlüssel zu meiner Wohnung gestohlen und kopiert. Er schickte mir Blumen, die von der Farbe und Form wie die Blüten der Tollkirschen – also Belladonna – aussahen, und schließlich ein Kleid in der gleichen Farbe.«

Bianca schüttelte den Kopf und ließ nur eine Hand fallen.

»Als ich es für jemand anderen trug, flippte er aus, ging in meine Wohnung und verstreute überall in meiner Wohnung Bilder, die er von mir vor der Arbeit, in der Alley, und mit Tristan gemacht hatte.«

»Der Reporter«, sagte Bianca, und Alice bestätigte mit einem Nicken.

»Mit dem ich heute Abend meine zweite Verabredung habe«, sagte sie.

»Ohhhh!«, jubelte ihre beste Freundin. »Wenigstens weißt du jetzt schon, dass er gut im Bett ist.«

Alice rollte mit den Augen, konnte aber nicht anders als grinsen.

»Was ist mit Gary passiert? Wie hat Tristan herausgefunden, dass er es war?«, zählte Bianca auf eigene Faust eins und eins zusammen.

»Ich habe es ihm nicht gesagt, er weiß es nicht«, gab Alice zu.

»Was?« rief ihre beste Freundin verwirrt aus. »Also, wie? Und warum? Und wer?« Ihre Stimme wurde mit jedem Wort ein bisschen lauter.

»Mein Boss«, antwortete Alice und rang mit Worten.

»Es gibt etwas, das du mir nicht sagst«, sagte Bianca todernst.

»Es stellt sich heraus«, atmete sie tief ein und wieder langsam aus. »Mr. Scotch ist niemand Geringeres als Mr. Grantham.«

Bianca starrte Alice nur an, und für einen Wimpernschlag dachte sie, sie hätte den Verstand ihrer besten Freundin zum Absturz gebracht.

»Du meinst …« Bianca lehnte sich zu ihr hin. »King?«

Alice nickte nur, die Augen groß und ihr Gesichtsausdruck zeigte, wie sehr sie den Schock und die Verwirrung ihrer besten Freundin nachempfinden konnte.

»Er ist dein Chef?« Bianca konnte es immer noch nicht glauben. »Der Big Boss? Der J.J. Grantham? Wie konntest du das nicht wissen?«

Na, vielen Dank.

»Ich hasse die Boulevardpresse, das weißt du«, rollte Alice mit den Augen. »Ich lese lieber Bücher, Worte von Qualität.«

»Oh mein Gott, Alice!« Wieder klatschte Bianca beide Hände über den Mund und schüttelte den Kopf.

»Stell dir meine Überraschung vor!« Alice zog die Augenbrauen hoch.

»Es tut mir so leid«. Bianca konnte nicht aufhören, den Kopf zu schütteln. »Süße … Er ist verheiratet. Er ist … es tut mir so leid.»

»Ja, ich weiß«, nickte Alice. »Ich habe sie getroffen.«

Diesmal hatte sie Angst, dass Biancas Augen aus den Augenhöhlen springen würden, da sie sehen konnte, wie ihre Gedanken in ihrem Kopf übereinander stolperten.

»Jetzt verstehe ich, warum ich nichts von dir gehört habe«, sagte ihre beste Freundin und streckte ihre Hand aus, um ihre Hand auf die ihre zu legen.

»Nun, ich habe meinen Boss angerufen«, fuhr Alice fort. »Und er hat sich um alles gekümmert …«

Alice verbrachte den Rest des Mittagessens damit, alles zu erzählen, was in den letzten Tagen passiert war, und Bianca war nichts weniger als fassungslos. Sie ließ nur die expliziten Details aus.

Danach sah Bianca sie nur noch an und versuchte, irgendwelche Worte zu finden, um über das Dilemma ihrer besten Freundin zu sprechen.

»Er hat dir den Mr. D'Arcy gegeben«, sagte sie schließlich und zitierte ihren Lieblingsfilm und Alices Lieblingsbuch.

»Mit dem einzigen Unterschied, dass er verheiratet ist«, seufzte Alice und starrte auf ihre Hände, die ihre Tischserviette verstümmelten.

»Deshalb verabredest du dich also mit Tristan«, folgerte Bianca. »Weil er Single ist. Hat er nicht versucht, dich zu erpressen?«

Alice holte noch einmal tief Luft und nickte.

»Okay, er hat sich dafür entschuldigt und es zurückgenommen, aber es ändert nichts daran, dass er es versucht hat«, schüttelte Bianca noch einmal den Kopf. »Aber … verdammt, das ist einfach alles falsch. Es tut mir so leid.«

»Ich habe mich wie ein dummes, undankbares Gör benommen. Ich werde mich bedanken und bei meinem Boss entschuldigen müssen, aber ich weiß nicht wie, denn das bedeutet, die … es bedeutet, Arbeit und Freizeit zu vermischen«, sprach Alice zum ersten Mal ihre Sorgen über das ganze Dilemma aus.

»Nun, er hat nicht versucht, dich zu kontaktieren, was bedeutet, dass er es dir überlässt«, sagte Bianca und zuckte mit den Schultern. »Wenn du mit ihm sprechen willst, musst du wissen, wo du das tust«, sprach Bianca.

»Aber was wirst du Tristan sagen? Ich meine, wenn du bereit bist, zu ignorieren, was er zu tun versuchte, musst du ihm sagen, was passiert ist, oder …?«

»Ich weiß nicht, ob ich das will«, schaute Alice an die Decke und suchte dort nach einer Antwort. »Ich bin mir nicht sicher, ob er damit umgehen kann, wer mein Chef ist, und obendrein ist es gegen die Regeln.«

»Also, wirst du es ihm nicht sagen«, fasste Bianca zusammen und ihre beste Freundin nickte. »Oje.«

»Was soll ich ihm sagen, Bianca?« Alice versuchte, leiser zu sprechen. »Was würde es helfen, wenn er wüsste, dass ich meinen Boss gevögelt habe?« Sie lehnte sich rüber und flüsterte die letzten vier Worte. »Und dass ihm der Laden verdammt noch mal gehört!«

»Warte… was?«, fragte Bianca und war wie erstarrt.

»Ja, genau, deshalb dauerte es nur Stunden, um herauszufinden, dass Gary mir nachgestellt hat«, knirschte Alice mit den Zähnen.

»Ja, du hast Recht«, nickte Bianca. »Sag's ihm nicht.«

»Das habe ich gesagt«, seufzte Alice und hatte das Gefühl, mit diesem Gespräch nicht weitergekommen zu sein.

Als sie gingen, um wieder zu arbeiten, versuchte Alice, wenigstens ein bisschen fröhlich zu sein. Sie wollte nicht, dass Bianca den Eindruck hatte, ihr Mittagessen habe ihr Dilemma nicht verändert oder – was noch schlimmer war – sie habe sich deswegen noch schlechter gefühlt.

Alice wusste, dass sie mit King darüber sprechen musste, dass sie ihm sagen musste, dass sie für seine Hilfe dankbar war und dass ihr Weglaufen nichts anderes war, als dass sie wegen der Situation ausflippte.

Er musste das verstehen.

Aber wie hätte sie ihm das alles sagen sollen? Sie konnte ihn nicht einfach anrufen und ihn bitten, sich mit ihr zu treffen, denn das Letzte, was sie tun würde, wäre, ihm all das am Telefon zu erzählen.

Die einzige Möglichkeit, ihn zu treffen, war in der Dark Alley, dem Ort, zu dem sie nicht mehr gehen wollte.

Wenn sie darüber nachdachte, war sich Alice nicht sicher, ob sie diesen Ort jemals verlassen konnte. Vielleicht war das einer der Gründe, warum sie ein Treffen mit Tristan für eine gute Idee hielt. Bianca hatte Recht, dass sein Versuch, sie zu erpressen, nicht etwas war, das sie einfach ignorieren sollte. Und doch war sie bereit, es zu tun.

♦ ♦ ♦

Diese Gedanken verfolgten sie den Rest des Arbeitstages, was sie frustrierte, weil sie sich nicht mehr auf ihre Aufgaben konzentrieren konnte. Als sie bereit war, sich von Tristan zum Abendessen abholen zu lassen, war Alice also endlich zu einer Entscheidung gekommen.

»Da wir ja nun zusammen sind ...«, begann Alice und versuchte, ihr Gespräch in die richtige Richtung zu lenken.

»Sind wir das?«, schnitt Tristan ihr das Wort ab, angenehm überrascht.

Alice lächelte gezwungenermaßen, und ihm wurde sofort klar, dass sie etwas zu sagen hatte, was ihr wichtig war.

»Wir haben mit der dritten Base begonnen«, zuckte Alice mit den Achseln.

Sie fuhr nicht mit dem fort, was sie versucht hatte zu sagen, und Tristan hörte auf zu essen, schaute sie aufmerksam an.

»Weißt du, ich würde mich gerne mit dir verabreden, und ich freue mich, wenn du dich entschieden hast, dass wir das tun«, sagte er ihr, legte sein Besteck ab, zögerte aber, ihr die Hand zu reichen.

»Was ich fragen wollte, ist«, fuhr Alice vorsichtig fort, »was du von dem Ort hältst, an dem wir uns getroffen haben.«

»Was ist damit?« Tristan runzelte leicht die Stirn. »Wir können immer noch jedem erzählen, dass wir uns in einem Club getroffen haben. Es wäre keine Lüge.« Er lächelte sie an, um sie zu beruhigen.

»Das habe ich nicht gemeint«, antwortete Alice und legte auch ihr Besteck beiseite. »Was ich meinte, ist, dass mir der Gedanke gefällt, dass wir beide immer noch dorthin gehen, während wir zusammen sind.«

Als sie gesagt hatte, was sie bedrückte – zumindest die Hälfte davon – fühlte sich Alice, als ob ein schweres Gewicht von ihr herunterfiel. Zumindest bis sie Tristans Gesichtsausdruck sah.

»Wie ausschließlich miteinander«, fügte sie schnell hinzu, und er schien sich zu entspannen. »Ich will nur … ich weiß nicht. Ich will nicht, dass unsere Beziehung langweilig wird, nur weil wir denken, dass wir soziale Standards einhalten müssen. Ich mag die Möglichkeiten des Ortes.«

»Glaubst du nicht, dass wir außerhalb dieses Ortes Spaß haben können?« Tristan spannte seine Stirn, und Alice war unsicher, ob er sie nur neckte oder ob er es ernst meinte.

»Nein, nein, das tue ich«, schüttelte sie den Kopf. »Ich will uns nur nicht einschränken, verstehst du?«

»Ich verstehe, was du meinst, und die Idee gefällt mir«, lächelte er sie an, nahm sein Besteck wieder in die Hand und zwinkerte ihr zu. »Unser kleines Geheimnis im Inneren des Geheimnisses.«

Damals beschloss Alice, nicht zu erwähnen, dass Dark Alley Paare akzeptierte, oder die Tatsache, dass es für den King of Diamonds kein Geheimnis sein würde, da ihm der Ort gehörte.

Sie riss sich selbst von ihren nachhängenden Gedanken los und kehrte auch zu ihrem Essen zurück, aber sie konnte kein weiteres Gespräch beginnen oder ihre Gedanken vom Zurückwandern abhalten.

Jason …

Jason würde es wissen.

Wenn er es wollte, wenn er sie in der Alley im Auge behielt, wüsste er, dass sie sich nur mit einem Mann im Club traf, und er wüsste, wer das war.

Sie konnte sich nicht vorstellen, dass er nach diesem Wissen handelte, denn wenn sie daran dachte, was er bereits für sie getan hatte, würde es nicht zu seinem Charakter passen.

»Alice?«, hörte sie Tristan und wusste, dass sie ihn mit ihren abschweifenden Gedanken ausgeschlossen hatte.

»Es tut mir leid«, schüttelte sie den Kopf und entschuldigte sich. »Es ist so viel passiert. Der neue Job, meine neue Wohnung …«

»Du hast eine neue Wohnung?«

Oh, Mist.

»Ja, es ist so eine Firmensache. Aufgrund meiner Arbeit habe ich eine Wohnung in einem Wohnhaus der Firma in der Innenstadt bekommen, sodass ich im Notfall schneller im Büro sein kann, was anscheinend recht häufig vorkommen wird«, erklärte Alice zögerlich

Sie überlegte, einen Weg zu finden, ihrem jetzigen Freund die Größe und den Luxus ihrer neuen Wohnung zu beschreiben.

»Brauchst du Hilfe beim Umzug?«, fragte Tristan.

Alice fühlte sich sofort schlecht und verlegen; sie fühlte, wie die Hitze ihre Wangen hinaufkroch.

»Nein, das ist schon passiert«, lächelte sie etwas unbehaglich. »Die Firma hat sich darum gekümmert. Es sollte nicht so schnell passieren« – das war keine Lüge, konnte sie so weitermachen? – »aber anscheinend hat mein neuer Chef das Gesetz gemacht, und ich bekam die nächste Wohnung, die frei war.« Das war nur eine Vermutung, aber es klang glaubwürdig. »Und so landete ich in einer ziemlich geräumigen Wohnung.«

»Ziemlich geräumig?«, wiederholte Tristan skeptisch.

»Mein Fahrer Jimmy sagte, dass diese Apartments normalerweise für Manager reserviert sind«, ließ Alice weitere Informationen fallen.

»Dein Fahrer?«

»Ja, ich habe einen Fahrer, damit ich während des Transits oder wenn ich Besorgungen machen muss, keine Zeit verliere«, antwortete Alice. »Ich weiß, das klingt nach viel, aber all das ist Teil meines neuen Jobs. Er ist sehr anspruchsvoll. Ich bin jetzt die zweite Vorstandsassistentin von Grantham Global.«

Für Alice fühlte es sich an, als ob die Erkenntnis genau dann einsetzte, als sie die Worte sprach. Sie hatte bereits an ihrem neuen Arbeitsplatz gearbeitet, aber so viele Dinge hatten sie auf Trab gehalten, dass sie das Gefühl hatte, die Realität holte sie gerade jetzt ein.

»Wow, du musst eine verdammt gute Assistentin sein«, grinste Tristan sie an.

»Offensichtlich«, hörte Alice sich selbst und zwinkerte.

Diese Art von Selbstwertgefühl fühlte sich für sie wie eine brandneue Panzerung an, aber trotzdem gefiel es ihr.

– 27 –

Als sie das Restaurant verließen, versuchte Alice immer noch, sich nicht von allem, was geschehen war, ablenken zu lassen. Aber es war Tristan, der seinen Arm um sie schlang und sie auf seine Seite zog, was wirklich half. Sein Aftershave vermischte sich mit dem unverkennbar von ihm stammenden Duft, der ihre Sinne verzauberte und sie fest in eine ablenkende Wolke hüllte, die ihren Fantasien freien Lauf ließ.

Alice war ihm nicht mehr so nahe gewesen, seit sie das letzte Mal in der Dark Alley waren, und sofort überfluteten all ihre geheimen Abenteuer ihre Gedanken. Jetzt verstand sie vollständig, was Jimmy ihr gesagt hatte. Es war eine Sache, darüber zu fantasieren, wie Sex mit ihrem brandneuen Freund sein könnte, es war eine andere, wirklich zu wissen, wie Sex ist.

Obwohl es nicht ihre bewusste Absicht war, lehnte sie sich an ihn und atmete seinen Duft ein, wobei sie ihr Gesicht zu ihm brachte und unwillkürlich ihre Lippen über seinen Hals strich. Tristan zitterte schwach, zog seinen Griff an ihrer Hüfte fest und zog sie noch enger an sich.

Seine Bewegung veranlasste Alice, sich auf den Zehenspitzen umzudrehen und ihren Körper in Tristans Brust zu drücken, der seinen Mund auf ihrem zerdrückte und seine freie Hand in Alices Haar vergrub.

Ein Kuss in der Öffentlichkeit war für Alice und vielleicht auch für Tristan noch nie so aufregend gewesen wie heute, dachte sie. Sie sollten ein Geheimnis sein, früher wurden sie vom Club Dark Alley abgeschirmt, und jetzt brauchten sie das nicht mehr. Obwohl für jeden, der sie ansah, normal, hatte dieser Kuss für beide etwas Verbotenes. Es war dieses Geheimnis, das es Alice unmöglich machte, sich zurückzuziehen und den Kuss zu unterbrechen, der so unschuldig begann, aber schnell zu etwas mehr wurde, zu etwas Erhitztem, das sie beide ineinander verschmelzen ließ, verzweifelt darauf bedacht, dass diese dünne Schicht der Kleidung verschwindet.

Aber andererseits war dies nicht Dark Alley. Hier, auf dem Bürgersteig nur wenige Meter von dem Restaurant entfernt, das sie gerade verlassen hatten, konnten sie sich nicht einfach die Kleider vom Leib reißen und dem Drang nachgeben, die Haut des anderen zu schmecken oder ihre Hände am Körper des anderen entlangschweifen zu lassen, oder mehr.

Es war Tristan, der den Bann brach und sich gerade so weit zurückzog, dass sie sich nicht mehr küssen konnten, nur um seine Lippen eng an ihren zu halten.

Sein Duft und seine Wärme umhüllten sie wie eine dicke, berauschende Wolke, und Alice wusste, wenn sie ihn in den nächsten Atemzügen nicht in sich hätte, würde sie körperliche Schmerzen verspüren.

»Wie weit ist deine Wohnung entfernt?«, flüsterte Tristan ihr ins Ohr.

Für Alice hatten diese Worte die gleiche Wirkung wie ein Eimer voller Eiswasser. Als sie erstarrte, verstand sie ihre Reaktion nicht, und sobald sie versuchte, einen Sinn darin zu erkennen, fühlte sie bereits Bedauern, weil sie es vorgezogen hätte, nicht zu wissen, warum.

Sie wollte keinen Sex mit ihm in ihrer Wohnung haben. Nicht mit ihm oder sonst jemandem, denn … Es fühlte sich wie ein Sakrileg an.

Zuerst musste sie die Dinge mit Jason klären … Mr. Grantham.

»Warum gehen wir nicht«, antwortete Alice langsam und lief mit der Spitze ihres Zeigefingers am Kragen von Tristans Hemd entlang. »du-weißt-schon-wohin?«, fragte sie schüchtern und schaute unter ihren Wimpern zu ihm auf.

»Oh, ich will auf jeden Fall n einer dunklen und schummrigen Gasse mit dir Sex haben, Alice«, sprach Tristan, sein Atem rollte über ihren Mund und ließ sie vor Erwartung zittern.

Sie unterdrückte einen Hauch der Erleichterung und grinste stattdessen.

»Dann lasst uns keine Zeit verlieren«, summte sie und ließ seine Krawatte durch ihre Finger laufen, bevor sie sie fester packte und ihn mit sich zog, als sie sich umdrehte, gerade als er sie wieder küssen wollte.

»Du verführerisches Kätzchen, du«, kicherte Tristan und streckte die Hand aus, packte ihre Hüften, gerade als sie dabei war, sich aus seiner Reichweite zu bewegen, und zog sie gegen sich.

Ihr Gesäß kollidierte mit seinen Hüften und mit dem Steifen, den sie auf ihrer empfindlichen Haut spürte. Alice stellte sich vor, wie Tristan sie über die Parkbank beugte, die direkt vor ihr war, wie er ihr die Hose runterzog und mit einem kräftigen Schlag in sie eindrang, ohne sich um Schutz zu kümmern. Alice tat ihr Bestes, sich Tristans Gesicht vorzustellen, aber es verwandelte sich immer wieder in das eines anderen. Sie drückte die Augen fest zu und schüttelte den Kopf.

»Alles okay?«, fragte Tristan, als er sie einholte.

»Ja, alles gut«, lächelte sie ihn leise lügnerisch an.

Tristan begleitete sie zu seinem Auto und öffnete Alice wie ein wahrer Gentleman die Tür. Sie wollte ihn nicht mit jemand anderem vergleichen, vor allem nicht mit Jason. Zum Teufel, sie kannte Jason auch nicht, oder? Alice klammerte sich an den erstaunlichen Kuss, den sie miteinander geteilt hatten, lehnte ihren Kopf gegen die Kopfstütze des Sitzes und beobachtete Tristan, wie er zu dem Ort fuhr, von dem sie das Gefühl hatte, sich nie von ihm losreißen zu können.

Jedes Mal, wenn er sie ansah, lächelte er. Es war so niedlich, und sie konnte nicht anders, als auch zu lächeln. Alice wusste, dass sie mit dieser Beziehung leben konnte, sie konnte es möglich machen, wenn sie nur Jason aus ihrem Kopf entfernen konnte. Sicherlich würde Tristan in der Lage sein, wie Jason zu sein.

Er würde dominant sein können, nicht wahr?

Alice hoffte darauf. Denn was war die Alternative?

Die Geliebte des Chefs zu werden?

Wenn sie an ihre Wohnung dachte, hatte sie fast Lust dazu. Ein Chauffeur, eine teure Wohnung, ein Aufenthalt im Hilton, um sich etwas verwöhnen zu lassen. Ja, genau so stellte sie sich vor, die Geliebte eines Milliardärs zu sein.

Das Einzige, was nicht passte, war, dazu auch noch einen Freund zu haben. Nein, sie konnte sich nicht vorstellen, dass Jason bereit war, sie mit ihr zu teilen … Aber was, wenn er es tat? Was, wenn er dachte, dass es für seine Geliebte in Ordnung wäre, jemanden an ihrer Seite zu haben, da er verheiratet war? Schließlich konnten sie und Jason ja nicht in der Öffentlichkleit als Paar gesehen werden, oder?

Alice tat ihr Bestes, um ihren Verstand davon abzuhalten, dorthin zu gehen und die Möglichkeiten auszuloten.

Halt verdammt noch mal die Klappe, Alice. Du bist jetzt mit Jason zusammen. Scheiße, nein! Du bist mit Tristan zusammen. Tristan!

»Alles in Ordnung?«, fragte der hübsche, blonde Reporter abermals.

Alice schaute ihn an und ließ sein schönes Aussehen auf sie wirken. Tristan war alles, was sie sich jemals gewünscht hatte. Er war groß, gut aussehend, klug und ein bisschen schmutzig, und er wollte sie ganz klar. Das war eine Untertreibung. Warum konnte sie also nicht aufhören, ihn mit Jason zu vergleichen? King of Diamonds war nicht so groß, er war dunkelhaarig, ein baldiger Silberfuchs, älter, nicht so athletisch, auf jeden Fall dominant.

Halt die Klappe, Alice!

»Wir sind da«, sagte Tristan, und Alice fühlte sich verächtlich schlecht, weil sie während der ganzen Fahrt in die Dark Alley kaum gesprochen hatte, weil sie in Gedanken bei jemand anderem war.

Alice stieg aus dem Auto aus, ohne etwas zu sagen, und tat ihr Bestes, um in die Erinnerung an ihren Kuss wenige Minuten zuvor und wie leidenschaftlich er gewesen war, einzutauchen. Das war es, was sie wollte: offene, öffentliche Zuneigung. Alice wollte auf jeder beliebigen Straße mit dem Arm ihres Freundes um sich herum gehen und der ganzen Welt zeigen, dass sie ihm gehörte und er der ihre war. Tristan konnte ihr das geben. Er war beinahe perfekt – wenn da nicht das kurze Kapitel »Erpressung« in seinem Leben wäre. Alice fragte sich immer noch, ob sie das jemals vergessen könnte.

Eine kleine Stimme in ihrem Hinterkopf flüsterte »Nein«, aber sie war kein Kind mehr. Sie war erwachsen, und als solche wusste sie, dass jeder Mensch mindestens einen Makel hatte. Sie würden Fehler machen, und um eine gesunde Beziehung zu haben und zu wachsen, müsse man einige dieser Fehler akzeptieren. Das war einfach so.

Jason hatte auch seine Schwächen, und Alice bezog sich nicht auf die Tatsache, dass er verheiratet war. Abgesehen davon konnte sie einfach keine nennen, und das frustrierte sie.

»Sollen wir zusammen gehen, oder soll ich warten?«, riss Tristan sie mit seinen Worten wieder aus ihren Gedanken heraus und sie zuckte zusammen.

Alice tat ihr Bestes, um so zu tun, als sei es nicht passiert, und klopfte mit dem Zeigefinger auf ihren Mund, während sie aufschaute und dabei spielerisch nachdachte.

»Ich denke, du solltest zuerst gehen und ich werde uns eine Gasse bestellen«, schlug sie vor und zwinkerte beim letzten Wort. »Besorg einen Tisch und ich treffe dich dort.«

»Sicher, warum nicht«, zuckte er mit den Achseln – fiel ihm auf, dass sie mit ihren Gedanken weit weg gewesen war? »Hier sind die Schlüssel zu meinem Auto, ich möchte nicht, dass du im Freien stehst«, ging er zu ihr und reichte ihr den Schlüsselsatz.

»Wie sehr aufmerksam«, lächelte sie ihn an.

Sie standen nicht direkt vor der Alley, sondern ein paar Meter weiter die Straße hinunter, sodass es nicht schlimm war, als Alice ihn an seinem Jackenkragen packte, ihn zu sich zog und ihn dazu verführte, ihr einen weiteren seiner atemberaubenden Küsse zu geben. Die ganze Zeit tat sie ihr Bestes, um ihn nicht mit Jason zu vergleichen. Mr. Grantham, sie korrigierte ihre Gedanken.

Tristan brachte eine Hand wieder in ihr Haar und die andere in ihren unteren Rücken und drückte sie gegen ihn. Sie musste sich nicht vorstellen, was er für sie bereithielt – zumindest körperlich – als Alice seine Länge an ihrem Bauch spürte.

Als sie den Kuss abbrach, grinste sie ihn an.

»Vielleicht solltest du versuchen, das loszuwerden«, blickte sie kurz nach unten und achtete darauf, ihm nicht zu zeigen, was sie damit meinte, dass sie nach unten griff und seine verhärtete Erektion packte, »sonst könnte Alfred misstrauisch werden.«

»Alfred?«, wiederholte Tristan stirnrunzelnd.

»Oh, der große Kerl am Eingang«, erklärte Alice und konnte nicht anders, als zu lachen. »Ich habe ihm diesen Namen gegeben. Es ist wie ein kleiner Running Gag zwischen uns.«

»Ihr seid also … befreundet?«, fragte er, und sie kämpfte darum, ihre Fröhlichkeit, trotz dieses seltsamen Beigeschmacks, den sein Reporterinstinkt verursachte, aufrechtzuerhalten.

Würde es immer so sein?

»Nein«, schüttelte Alice den Kopf und ihre Miene fror ein. »Wir verstehen uns einfach gut. Ich mag ihn. Bei ihm fühle ich mich sicher und alles andere als wie ein böses Mädchen.«

Tristan grinste.

»Ich schätze, es ist einfach seine Aufgabe, mich damals und heute einzuschüchtern. Ich werde noch vorsichtiger sein«, sagte er. »Ich kann mir vorstellen, dass er dir gegenüber beschützend ist. Das wäre ich auch.«

»Ja«, versuchte Alice, dem Gespräch zu folgen. »Also sei nett.«

Tristan beugte sich vor, um ihr einen weiteren, jedoch keuschen Kuss zu geben, und legte ihr seine Autoschlüssel in die Hand.

»Lass mich nicht zu lange warten«, flüsterte er ihr ins rechte Ohr und schickte ihr eine Welle von Gänsehaut über den Körper.

Ihn weggehen zu sehen, in dem Wissen, dass sie bald in einer Dark Alley in der Sicherheit des gleichnamigen Clubs Sex haben würden, brachte sie in Wallung.

Und das war der Moment, in dem Alice erkannte, dass es eine Fantasie gab, die sie in der Realität wahrscheinlich nie erleben würde. Sie hätte am liebsten einen Dreier mit ihren beiden Männern gehabt: Jason und Tristan.

Nun, da sie mit dem letzteren zusammen war, gab es keine Möglichkeit, dass er dem zustimmen würde. Irgendwie hatte sie das Gefühl, dass er nicht diese Art von Mann war. Dann war da noch die Tatsache, dass Jason ihr Chef und sie vor ihm weggelaufen war, als sie sich das letzte Mal gesehen hatten.

Schade.

Verdammt.

Alice lehnte den Kopf so weit zurück, wie sie konnte, atmete scharf aus und versuchte, die Frustration loszuwerden. Warum konnte sie sich nicht einfach auf den heißen Sex konzentrieren, den sie mit ihrem Freund haben würde? Ein Freund, der endlich die Art von Kerl zu sein schien, der sie so sah, wie sie war, obwohl sie Dark Alley gebraucht hatte, um ihn zu finden und ihn dazu zu bringen, ihr wahres Ich zu sehen. Aber das »Wie« spielte für Alice keine Rolle.

Als Alice auf der Fahrerseite wieder ins Auto stieg, war sie froh, dass sie den Eingang vom Rückspiegel aus sehen konnte. Während sie dort saß und wartete, fragte sie sich, wie viele Nächte Gary wohl in seinem Auto vor Dark Alley gesessen haben musste, um Bilder von ihr zu schießen. War er gerade hier, oder hatten Jasons Männer ihn endgültig abgeschreckt?

Schnell drehte sie sich um und suchte in jedem Auto auf der Straße nach jemandem, während ihr Herz wild hämmerte. Sie schloss Tristans Auto ab, nur um sicherzugehen.

Alice lehnte ihren Kopf gegen die Rückenlehne und schloss für einen Moment die Augen, um sich zu beruhigen.

Gary hatte kein Rückgrat, erinnerte sie sich, und das war der Grund, warum sie es beendete. Er würde es nicht mehr wagen, wieder zurückzukommen. Es sei denn, er wäre verrückter, als sie dachte.

Gerade als Alice nach der Türklinke griff und aus dem Auto aussteigen und Tristan in die Dark Alley folgen wollte, hielt ein Auto an und kam vor dem Eingang zum Stehen. Es handelte sich nicht um eine der Limousinen des Clubs, aber sie kannte das Auto.

»Oh, nein«, sagte sie atemlos, als sie sah, wie Jason Jeremiah Grantham aus dem Auto stieg.

Er wollte gerade in Richtung der Alley gehen, als sein deutscher Fahrer Henning ebenfalls aus dem Auto stieg. Sie konnte sehen, wie beide Männer miteinander sprachen. Offensichtlich war ihr Gespräch nicht hitzig, sondern ruhig und gelassen.

Das war ihre Chance, mit Jason zu sprechen, ohne dass jemand Verdacht schöpfte, aber konnte sie wirklich mit ihm sprechen? Und dann war da noch die Tatsache, dass Tristan auf sie wartete.

Warum hatte sie nicht auf die Uhr geschaut, um zu wissen, wie lange ihr Freund bereits im Club war?

Könnte sie diese Gelegenheit verstreichen lassen?

Warum war Jason überhaupt hier?

Warum war sie eifersüchtig?

Bevor sie wusste, was sie tat, öffnete sie die Tür, stieg aus dem Auto aus und drückte den Knopf der Fernbedienung, um sie zu verriegeln. Sie tat nicht so, als hätte sie ihn nicht gesehen, sondern beobachtete ihn genau, um festzustellen, ob Jason sie bemerkt hatte.

Jetzt gab es kein Zurück mehr.

Als sie auf dem Bürgersteig zu der Stelle ging, an der Henning das Auto geparkt hatte, wusste sie, dass ihre Stöckelschuhe dieses verräterische Geräusch auf dem Bürgersteig machen würden, in der Hoffnung, es würde reichen, um die Aufmerksamkeit beider Männer, insbesondere von Jason, auf sich zu ziehen.

Ihr Herz schlug ihr bis in die Kehle, die Hitze kochte ihren Kopf, und während sie sich ihnen weiter näherte, schrie sie in Gedanken und fragte sich ungläubig, was zum Teufel sie da dachte.

Aber, es war zu spät.

Jason und Henning wandten sich ihr bereits zu.

Aus dem Ausdruck auf ihren beiden Gesichtern wusste Alice, dass sie sie erkannten. Sehr zu ihrer Überraschung öffnete der deutsche Fahrer die Tür seines Wagens und schlich sich hinein, verschwand und gab den beiden etwas Privatsphäre. Jason stand einfach nur da und sah zu, wie sie sich ihm näherte, sein Gesichtsausdruck war unleserlich. Das ließ Alices Herz noch wilder schlagen. Sie fühlte sich wie ein Teenager, der zum ersten Mal versucht, mit seinem Schwarm zu sprechen.

Ihre Fingerspitzen kribbelten, ihr Atem blieb ihr im Hals stecken, und sie fühlte sich schwindelig.

»Alice«, sprach Jason mit jenem warmen, vollen Ton, der ihr so vertraut war, und dennoch runzelte er die Stirn. »Was machst du denn hier?«

Natürlich war sie unter der Woche nie in der Dark Alley, was er als Eigentümer wissen musste. Ihre Wangen erröteten noch mehr und brannten.

»Hallo«, war alles, was sie aussprechen konnte.

Warum war sie auf einmal so nervös? Sie hatte mehrmals mit ihm gesprochen, zum Teufel, sie hatte einmal zu oft Sex mit ihm, wenn man bedachte, dass er verheiratet war.

»Ich hatte nicht erwartet, dich heute hier zu sehen«, fand sie ihre Stimme, fügte schnell das letzte Wort hinzu und begann, mit den Händen zu zappeln und zwang sich, seinem Blick zu begegnen.

Aus welchem Grund auch immer war sie in der Lage, seine Gedanken von seinem Gesicht abzulesen. Sie war nicht für ihn da, was ziemlich enttäuschend, aber verständlich war, wenn man bedachte, wie sie die Dinge hinterlassen hatten.

»Hast du einen Moment Zeit?«, fügte Alice hinzu, als wolle sie ihn gerade zum Abschlussball einladen.

»Natürlich«, nickte er und ging zurück zu seinem Auto, öffnete die Tür, zögerte und sah sie an. »Es sei denn, du möchtest mich im Clubhaus sprechen?«, fragte er.

Alice schüttelte den Kopf, noch bevor sie an Tristan dachte, der wahrscheinlich gerade dort saß und darauf wartete, dass sie auftauchte. Sie fühlte sich schlecht, weil sie ihn warten ließ, aber es war besser für ihn, nicht zu wissen, was sie gerade tat.

Als sie versuchte, Jason anzulächeln, stieg sie ins Auto und bemerkte, dass die Trennwand zwischen Fahrer und Rücksitz geschlossen war. Jason gesellte sich erst zu ihr, nachdem sie sich in einer Ecke des Wagens niedergelassen hatte.

»Ich möchte mich entschuldigen«, sprach sie in der Sekunde, in der er die Tür geschlossen hatte. »Dafür, dass ich weggelaufen bin. Ich wollte nur …«

Als sie nun in diesem engen Raum saß, wurde ihr klar, dass dies eine schlechte Idee war. Sie konnte sein Aftershave bereits riechen, und er saß ihr viel zu nahe, als dass sie hätte verhindern können, ihn anzusehen.

»Das ist nicht nötig«, schüttelte Jason den Kopf und legte seine Hände auf ihre Schulter.

Die Empfindung seiner Berührung schoss wie ein Blitz durch ihr Nervensystem. Alice fühlte sich erregt, aber trotzdem nahm ihre Nervosität ab.

»Ich verstehe«, fügte Jason hinzu und lächelte sie weich an, doch es steckte noch mehr in seinem Ausdruck.

Alice konnte es nicht ganz übersetzen.

War es Bedauern?

War es Melancholie?

Doch das Einzige, was sie wirklich wahrnehmen konnte, war seine Hand auf ihrer Schulter, die ihre Haut auf so köstliche Weise verbrannte und sie irgendwie dazu verführte, sich unwillkürlich an ihn zu lehnen.

Dann erinnerte sich Alice plötzlich an seinen Kuss.

»Ich wollte mich bei dir bedanken«, sagte Alice und fühlte sich plötzlich, als sei sie in eine verlockende Wolke gehüllt, die er war; sie musste diesen Zauber unterbrechen. »Für das, was du für mich getan hast …«

»Das ist nicht nötig, Alice«, sagte Jason, wieder einmal war sein Lächeln weich und sanft.

Als er seine Hand von ihrer Schulter nahm, schon viel zu spät, fühlte Alice einen körperlichen Verlust. Sie wusste, dass sie jetzt aus dem Auto steigen musste.

»Ich hätte es dir früher sagen sollen«, sagte er und sah sie nicht an. »Dass ich verheiratet bin.«

»Nein«, schüttelte Alice den Kopf. »In der Alley sind die Dinge anders, und außerhalb der Alley sind wir nicht mehr als … Du bist mein Chef, ich bin die Assistentin des Vorstands, nicht mehr und nicht weniger. Abgesehen davon bist du verheiratet und ich bin mit jemandem zusammen.«

Es klang sogar in ihren Ohren seltsam, aber Alice bekam die Reaktion, die sie sich erhofft hatte. Jason starrte sie verblüfft und sprachlos an … und noch etwas anderes. Sie erhaschte nur einen kurzen Blick darauf, zu kurz, um wirklich zu wissen, was es war.

Doch so sehr sie es auch leugnen wollte, wusste sie, dass es etwas Schlimmeres als Enttäuschung war.

»Wenn du willst, dass ich die Alley nicht mehr besuche, verstehe ich das«, sagte Alice und wich seinem Blick aus.

»Oh«, sagte Jason, und obwohl es nur ein einfaches Geräusch war, traf es sie tief.

Er wusste es.

Natürlich wusste er es.

Sie war so dumm.

Warum sollte sie immer noch in die Dark Alley gehen, wenn nicht mit ihrem Freund?

»Nein«, schüttelte er den Kopf. »Es steht dir frei zu tun, was du willst, Alice. Ich kommandiere dich nicht herum«, sagte Jason. »Und ich bin schließlich nicht dein Freund.«

Plötzlich erschien die Luft im Auto stickig, aber das war es nicht, woran Alice erstickte.

»Genieße deine Nacht«, sagte er ihr plötzlich, und es fühlte sich an, als hätte er ein unsichtbares Band durchtrennt und sie befreit.

In dem Moment erkannte Alice, dass ein Teil von ihr immer noch seine Gefangene sein wollte.

»Du auch«, schaffte sie zu sagen, öffnete die Tür und stieg aus dem Auto aus.

Sie schloss sie instinktiv und zwang sich, nicht umzudrehen, als sie die Straße überquerte, nur um vor der Dark Alley anzuhalten.

Ein Teil von ihr erwartete, einen Motor aufheulen zu hören und dass das Auto hinter ihr wegfahren würde. Aber als sie den Eingang der Dark Alley erreichte und das Schild überprüfte, um zu sehen, ob es sicher war, hineinzugehen, hatte Alice immer noch keinen Motor gehört. Also drehte sie sich um und sah, dass Jasons Auto immer noch dort stand.

Warum war er nicht weggefahren?

Nur ein Bruchteil eines Gedankens später schüttelte sie den Kopf. Er war nicht hergekommen, um sie zu sehen. Dies war nichts weiter als ein Zufall gewesen. Mit diesem Gedanken im Hinterkopf betrat sie den Weg zum Club und freute sich darauf, dass Big Guy sie willkommen hieß. Aber sie konnte bereits sehen, dass er nicht da war, als sie ein paar Schritte weitergegangen war. Es war jemand anderes, ähnlich aussehend – aber das lag wohl an der Größe und der Glatze – und doch nicht ihr Big Guy.

Natürlich hatte er auch mal einen freien Tag und es schien genau heute zu sein. Aber der Einfluss, den diese Veränderung auf ihre Routine hatte, machte es für Alice noch deutlicher, wie sich alles für sie verändert hatte.

Sie konnte die Enttäuschung nicht abschütteln.

Wie sollte sie in der Stimmung für Sex sein, nachdem sie mit Jason, dem King of Diamonds, ihrem Mr. Scotch, gesprochen und im Grunde genommen das beendet hatte, was sie hatten.

Er war der Mann, der ihr so viel Freude bereiten konnte, der ihr Dinge angetan hatte, die sie am liebsten weiter erkundet hätte. Aber es konnte nicht geschehen.

»Es reicht«, murmelte sie sich selbst zu und schüttelte den Kopf.

Sex mit einem Mann zu haben, den Alice nicht kannte, war für sie ziemlich seltsam, aber die letzten Wochen waren seltsam gewesen. Wie erwartet teilte ihr der Mann mit, dass ihre Anwesenheit erbeten worden sei und dass er im Clubhaus auf sie warte, bis eine der Gassen frei sei.

Als sie diesmal die Maske aufsetzte, hatte Alice nicht das Gefühl, sich in eine andere Person zu verwandeln. Es gab ihr nicht das Gefühl von Macht und Selbstachtung, welches sie vorher gehabt hatte. Aber vielleicht lag das daran, dass Belladonna und Alice eins geworden waren und die Maske anfing, nur noch ein nettes Accessoire zu sein.

Alice war bereit, an dem Mann vorbeizugehen, der Big Guy ersetzte, als dieser noch einmal sprach: »Miss?«

Natürlich drehte sie sich um, ein wenig erschrocken und schließlich verwirrt, da er nichts weitersagte. Langsam registrierten ihre Augen, dass er etwas in der Hand hielt.

Es war ein kleiner, schwarzer Umschlag mit einem silbernen Karo darauf. Eine Sekunde lang glaubte sie, dass dieser Brief von Jason war, bis sie das zusätzliche Rot bemerkte.

»Von der Queen of Diamonds«, sagte der Mann und bestätigte damit ihre Vermutung.

War das überhaupt erlaubt?

Andererseits war dem Ehepaar, dem der Club gehörte, wahrscheinlich alles erlaubt. Sofort erinnerte sich Alice an das Abenteuer, das sie mit beiden hatte.

»Danke«, sagte sie und nahm den Brief entgegen.

Sie überprüfte kurz den Gesichtsausdruck des Mannes und fragte sich, ob sie den Brief gerade jetzt lesen müsse. Andererseits gab es für sie keine Möglichkeit, ihn mitzunehmen.

»Könnten Sie den Brief bitte in mein Schließfach legen?«, fragte sie und gab den Umschlag zurück. »Ich würde ihn gerne zu Hause lesen, wenn das möglich ist.«

»Natürlich«, antwortete der Mann und tat, wie geheißen. »Ich wünsche Ihnen eine angenehme Zeit.«

Alice drehte sich um und ging auf das Clubhaus zu, aber sie fragte sich, warum Queen of Diamonds den Brief nicht an ihre Adresse geschickt hatte, an die sie leicht herankommen konnte. Aber andererseits wäre Alice darüber ganz sicher ausgeflippt. Hier, in der Dark Alley, war es für sie jedoch auch nicht wirklich beunruhigend.

Ihre Hände zu Fäusten ballend, tat sie alles, um alle Gedanken an Mr. und Mrs. Grantham beiseite zu schieben. Sie beschwor das Gefühl wunderbarer Küsse herauf, und des Ständers, den er gegen ihren Körper gedrückt hatte. Tristan, ihr Freund.

Ja, Alice brauchte ihn sofort, und sie wollte ihn sofort in sich haben.

Die Dark Alley zu betreten, ein sinnliches Geschöpf dieses kleinen abgeschiedenen Fleckchens der Lust und des Vergnügens zu werden, sich von ihren Trieben beherrschen und regieren zu lassen, war es, was ihren Geist wirklich von allem, was ihre Gefühle und alles andere störte, reinwusch.

In dem Moment, als sie das Clubhaus betrat, suchte Alice nach Tristans blauer Maske, aber er sah sie zuerst und stand von seinem Stuhl auf, ein Glas mit durchsichtiger Flüssigkeit in den Händen. Er hatte den ganzen Abend keinen Alkohol getrunken, was zeigte, dass er ein verantwortungsbewusster Mensch war. Schließlich war er der Fahrer.

Als sie auf ihn zuging, drehte er sich um und nickte einer der Kellnerinnen zu, die auf ihn zukam und ihm offensichtlich sagte, welche Gasse die ihre sei. Falls eine frei war.

Bei dem Gedanken an das, was sie vorhatten, verspürte Alice eine neue Art von Aufregung, weil es diesmal anders sein würde.

So wartete sie mit einem breiten Lächeln darauf, dass er sie erreichte und sie an den vorgesehenen Ort brachte. Sein Lächeln war genauso breit wie ihres. Als er sich ihr näherte, fürchtete Alice einen Moment lang, er könnte etwas tun, das sie verraten würde, wie seinen Arm um sie legen oder sie küssen, aber das tat er nicht.

Stattdessen bot er ihr seine Hand an, die sie annahm, und sie verließen das Clubhaus wie kichernde Teenager, die ein Geheimnis ausplaudern, wie zum Beispiel sich hinauszuschleichen, um es im Lagerraum zu tun.

Es war die Geheimniskrämerei, das Wissen, dass sie etwas falsch machten, dass sie die Regeln von Dark Alley brachen, was jeden Schritt zu ihrem Ziel immer aufregender machte. Alice konnte es kaum erwarten, aus ihrer Hose herauszukommen und die weiche und heiße Haut seines harten Schwanzes an ihrem Körper zu spüren, kurz bevor er in sie fuhr.

Als Tristan sich umdrehte, um sie vor ihrer Gasse zu betrachten, biss Alice sich auf die Lippe und versuchte, sich so lange zu benehmen, bis die Schatten sie vollständig verschluckten. Sie sah ihm zu, wie er rückwärtsging, während er sie langsam in die Dunkelheit führte, sodass sich ihre Augen an die andere Beleuchtung gewöhnen konnten.

Aber Belladonna hatte keine Geduld. Sie erhöhte ihr Tempo, drückte sich an Tristans – nein Aquarius‘ – Brust und küsste ihn hungrig. Er antwortete, indem er seine Arme um sie legte und eine seiner Hände wieder in ihr Haar griff. Belladonna hätte nichts dagegen, wenn er ein wenig daran zog, doch das tat er nicht. Stattdessen griff er nach oben, um seine Maske abzunehmen, aber Alice schaffte es, ihn aufzuhalten, indem sie seinen Arm fasste.

»Nein«, flüsterte sie und schüttelte den Kopf. »Nicht hier.«

»Okay«, antwortete Aquarius leicht verwirrt, aber er benutzte einfach seine andere Hand, um ihr Gesicht zu seinem zu ziehen, um einen weiteren atemberaubenden Kuss zu bekommen, was sie schwindelig machte.

Alice vergaß fast, warum sie heute Abend in die Dark Alley gekommen waren, als sie sich an ihn lehnte, die Hände auf seiner Brust, sich in sein Hemd krallte und als sie das willige Opfer seines verschlingenden Mundes wurde.

Beinahe.

Ihre Hände, die zuerst zum Leben erwachten und zitterten, weil sie sie daran hindern musste, sein Hemd aufzureißen, machten ungeduldig seine Knöpfe auf. Tristan verstand, was sie von ihm wollte, und lief mit den Händen hinunter zu ihrem Hals, ihren Schultern, über ihre unruhigen Arme zu ihrem Gürtel, um ihn und den Hosenschlitz darunter schnell zu lösen. Ihre Hose fiel wie ein Vorhang auf den Boden und legte sich um ihre Füße, sodass sie nur noch mit ihrem Spitzenhöschen und ihrer Bluse dastand.

Er quälte sie, indem er den zarten Stoff auf ihrer Haut nachzeichnete, während sie ihm Gürtel und Hose aufmachte. Als sie aus ihrer Hose ausstieg, zog sie ihre Hände von ihm weg, bereit, ihr Höschen auszuziehen.

»Lass es an«, summte Tristan und legte seine Hände auf ihre Hüften, auf ihre Hände.

Sie hatte keine Chance zu protestieren, selbst wenn sie es gewollt hätte, denn er hob sie leicht hoch, drehte sie herum und drückte sie mit dem Rücken gegen die Ziegelmauer hinter ihr und küsste sie schweigend. Schnell legte sie ihre Beine um seine Hüften, um ihre Position zu stabilisieren.

»Gib mir eine Sekunde«, unterbrach Tristan und durchsuchte seine Taschen, bevor er offensichtlich fand, was er suchte, als er sie etwas höher hob, damit seine Jeans auf den Boden fallen konnten.

Alice krallte ihre Hände an seinen Hinterkopf und in sein kurzes blondes Haar, betrunken vor Lust, Zeit und Raum vergessend. Alles, was sie wollte, war, dass er in ihr war.

Er gehorchte, so schnell er konnte, und schob seinen harten Schwanz leicht hinein, weil ihr Körper mehr als bereit war.

Belladonna lehnte den Kopf zurück und schlug leicht gegen die Wand hinter ihr, ignorierte aber den Schmerz und zog ihn tiefer in sich hinein, als sie ihre Beine hinter seinem unteren Rücken kreuzte.

»Fuck«, atmete er aus und ließ sie grinsen, bevor sie ein lautes Stöhnen ausstoßen musste, als seine Zähne die zarte Haut ihres Halses streichelten.

Seine Bewegungen wurden schnell härter und dann sprunghafter, da sie ihm keine Wahl ließ, mit ihr zu schlafen.

Es war nicht das, was sie wollte.

Alice wollte ihre Lust gestillt sehen, eine Lust, die sie plötzlich überwältigt hatte und die nach Stille verlangte, ohne dass ihr Fragen gestellt wurden. Alice belohnte jeden harten Stoß mit einem Stöhnen, das sich aus der Tiefe ihres Körpers löste, indem sie ihre Fingernägel in seine Schultern grub oder sie entlang seines Nackens und in sein Haar streifte.

»Fick mich«, jubelte sie fast, und er gehorchte und legte seine Stirn an ihren Hals, während er immer härter und härter stieß. »Fick mich, als ob du es ernst meinst!«

Als wäre es das letzte Mal.

Der Gedanke schoss wie ein Blitz durch sie hindurch und schickte sie in einer beinahe schmerzhaften Überraschung über den Rand des Wahnsinns.

Nur einen Augenblick später folgte er ihr und tauchte so tief in sie ein, dass sie trotz des Kondoms seine Befreiung spürte.

– 28 –

Als sie ihre Kleider wieder in Ordnung brachten, merkte Alice, dass dies nicht der Sex war, den Tristan gewollt hatte, aber sie fühlte sich deswegen nicht schlecht, auch wenn sie es versuchte.

Es war gewesen, was sie gewollt hatte, was sie gebraucht hatte, und das einzig Beunruhigende daran war, dass sie nicht wusste, warum. Sie wusste, dass sie es mit ein wenig Nachforschen herausfinden würde; sie war sich nur nicht sicher, ob sie die Wahrheit wissen wollte. Nein, sie war sich ziemlich sicher, dass sie es nicht tun würde.

Da Alice die Schlüssel zu seinem Auto hatte, war sie es, die die Gasse als Erste verließ. Sie hatte den Brief bereits vergessen, als sie ihre Habseligkeiten aus dem Schließfach holte. Er fiel auf den Rücken, als sie ihre Handtasche herausgezogen hatte, weil der Mann am Eingang sie seitlich und nicht auf ihren Habseligkeiten verstaut hatte. Schnell griff Alice nach dem schwarzen Umschlag mit der silberroten Raute darauf und verstaute ihn tief in ihrer Handtasche, damit Tristan ihn nicht versehentlich sehen würde.

Alice wartete auf ihn, saß und versuchte zu verbergen, dass sie alles andere als müde war. Die Neugier nagte an ihr wie ein hungriger Hund an einem nackten Knochen.

Was stand in dem Brief geschrieben?

Alice wusste, dass, was auch immer es war, sie wahrscheinlich nicht darauf kommen würde. Sie musste geduldig sein und ruhig bleiben und warten, bis sie allein zu Hause war, bevor sie es öffnen konnte.

»Geht es dir gut?«, fragte Tristan, und noch immer hingen Schweißspuren an seinem Körper, die sie an ihre schnelle Begegnung erinnerten.

»Ja, nur …« Ihr Seufzen war ehrlich und tief. »Es ist eine Menge los, weißt du?«

»Neuer Job, neue Wohnung«, nickte Tristan und grinste dann. »Neuer Freund.« Er zwinkerte ihr zu und brachte sie zum Kichern. »All das in dieser kurzen Zeit. Ich wäre auch müde.«

Obwohl er seine Augen auf der Straße behielt, gelang es ihm, sie regelmäßig anzuschauen, was es schwieriger machte, die Fassade aufrecht zu erhalten.

Alice fühlte sich schlecht, nein, schlimmer noch, weil sie nicht ehrlich war. Sie hatte ihn nicht angelogen, aber auch nicht die Wahrheit gesagt.

Aber wie konnte sie auch? Sie war sich nicht sicher, ob er es verstehen würde, aber sie war bereit, darauf zu wetten, dass er ihr Wissen für seine Arbeit nutzen würde. Und das war seine eigene Schuld.

Wenn er sie in jener Nacht nicht erpresst hätte, hätte alles anders kommen können.

Nachdem sie mehrmals versucht hatte, ein Gespräch anzufangen, beschloss Alice, sich ruhig zu verhalten und ihn glauben zu lassen, dass sie kurz davor war, ohnmächtig zu werden. Und vielleicht tat sie es sogar, denn ehe sie sich versah, standen sie vor ihrem Wohnhaus.

»Ist das der richtige Ort?«, zweifelte Tristan und runzelte leicht die Stirn. »Es sieht aus wie ein Bürogebäude.«

»Das war es«, bestätigte Alice. »Jetzt ist es ein Zuhause für diejenigen, die schnell bei Grantham Global sein müssen.«

»Und in welchem Stockwerk ist deine Wohnung?«, fragte Tristan, aber Alice war nicht in der Stimmung, ausweichend zu sein.

»Im 21. Stock«, antwortete sie ehrlich.

»Das ist sehr weit oben«, kommentierte er.

»Ja«, war alles, was sie dazu sagte.

»Soll ich dich in deine Wohnung bringen?«, fragte er hoffnungsvoll.

»Besser nicht, wir brauchen beide Schlaf.« Sie lächelte ihn an und öffnete sich selbst die Tür.

Alice stieg aus dem Auto und schloss die Tür, bevor er ihr etwas sagen konnte, winkte ihm lächelnd zu und hoffte, dass er ihr Verhalten nicht verdächtig finden würde.

Plötzlich war sie wirklich müde, aber sie musste den Brief lesen. Als sie die Treppe zum Erdgeschoss hinaufging, griff Alice in ihre Handtasche, zog den Brief heraus und riss den Umschlag auf, als sie durch die Tür trat und die Sicherheitskräfte begrüßte, die am Empfang saßen. Sie bemerkte kaum, dass sie ihren Namen bereits kannten. Ein Aufzug öffnete sich sofort, als sie nach einem rief, sodass sie den Brief aus dem Umschlag herausholte, sobald sie sich in der Kabine befand und auf die 21 drückte.

Das Papier war einfach, sauber und weiß, die Worte wurden von Hand geschrieben.

»Liebe Alice«, sie sprach sie mit ihrem Vornamen an. »Ich weiß, dass ich nichts von dir verlangen kann, aber ich bitte dich dennoch, Jason die Chance zu geben, sich und seine Situation zu erklären. Ich kann und werde nicht ins Detail gehen, weil dies Dinge sind, über die ihr persönlich sprechen solltet. Er wird deinen Wunsch respektieren und auf Distanz bleiben, weshalb ich dir dies hier schreibe.

Pass auf dich auf, Adele.«

Sie benutzte einen Spitznamen, um den Brief zu unterschreiben.

Alice starrte ins Leere und versuchte zu verstehen, was sie gerade gelesen hatte, obwohl der Aufzug bereits auf ihrer Ebene angekommen war und die Türen sich öffneten.

Wie seltsam. Wie merkwürdig.

Seine Frau bat sie, ihm noch eine Chance zu geben oder ihn zumindest anzuhören. In was für einer Beziehung standen die beiden wirklich?

Das Pling-Geräusch der sich schließenden Aufzugstüren ließ sie erkennen, wo sie sich befand, und instinktiv streckte Alice die Hand aus, um den Knopf zu drücken, der die Türen wieder öffnen würde. Ihr Finger blieb vor dem Drücken des Knopfes stehen, schwebte für eine Sekunde darüber, bevor sie ihn bewegte, um den Knopf für die Bodenebene zu drücken.

»Was zum Teufel machst du da?«, fragte sie sich, aber sie bemühte sich nicht, aufzuhören.

Alice wusste, dass Jason in der Alley war, oder zumindest war sie sich dessen sehr sicher, denn sie hatte ihn draußen gesehen und mit ihm gesprochen. Die Erinnerung an diese Situation ließ sie zusammenzucken. Sie hatte ihn weder im Clubhaus noch bei ihrer Abreise gesehen, aber das bedeutete nicht, dass er nicht noch da war.

Vielleicht, so dachte sie, sollte sie ihm eine Nachricht schicken, dass sie vorbeikommen würde?

Alice schüttelte den Kopf. Sie würde das Schicksal entscheiden lassen. Wenn er noch da wäre, würden sie reden, wenn nicht, dann sei es so.

Noch einmal las sie den kurzen Brief seiner Frau durch. Was hatte sie dazu bewogen, ihr diese Worte zu schreiben? Und warum war Alice plötzlich so nervös?

Nein, sie war nicht nervös, sie war hoffnungsvoll. Aber warum? Sie hatte keinen Grund, und all die Ideen, all die Möglichkeiten in ihrem Kopf wären ohnehin nicht richtig gewesen.

»Verdammt«, schimpfte Alice, da sie völlig vergessen hatte, den Fahrdienst anzurufen.

Schnell zog sie das Smartphone aus ihrer Handtasche und wählte die Kurzwahl, und zum Glück musste sie nicht allzu lange warten, weil sie jetzt auch in der Innenstadt wohnte.

Als Alice in der Limousine saß und darüber nachdachte, was zum Teufel sie da tat, wurde ihr klar, dass sie weder geduscht noch ihre Kleidung gewechselt hatte.

Großartig.

Sie wollte jedoch nicht zurück, um mit dem Mann Sex zu haben; Alice wollte ihm die Chance geben, die seine Frau von ihr verlangte, und nicht mehr. Er wusste, dass sie sich heute Abend mit Tristan getroffen hatte und dass er ihr Freund war.

Vielleicht, nein, sicherlich wusste seine Frau Adelaide nichts davon. Hätte sie es gewusst, hätte sie ihr diesen Brief wahrscheinlich nicht geschickt. Warum fuhr sie dann immer noch zurück in die Dark Alley, um mit Jason zu sprechen? Und warum konnte sie nicht aufhören, ihn immer nur Mr. Grantham zu nennen?

»Miss?«, riss der Fahrer sie aus ihren Gedanken. »Wir sind da.«

»Danke«, gab Alice zurück, ihre Wangen wurden rot, da sie dafür normalerweise keine Erinnerung brauchte.

Als sie sich heute dem Mann näherte, der Big Guy vertrat, dachte er offensichtlich, dass sie etwas im Schließfach vergessen hatte, denn als sie ihn erreichte, hatte er es bereits in den Händen und öffnete es, aber es war leer. Alice nahm ihre Maske und setzte sie auf.

»Möchten Sie eine Bestellung aufgeben?«, fragte er, wobei sein Gesichtsausdruck neutral blieb.

Wer wusste, wie viele Nymphomanen sich an diesem Ort aufhielten?

»Nein«, schüttelte Alice den Kopf. »Aber Sie könnten mir sagen, ob King of Diamonds noch da ist.«

»Natürlich, Miss Belladonna«, lächelte der Mann freundlich, holte seinen Tablet-PC hervor und ließ seine Finger über den Bildschirm tanzen.

»Ja, er ist noch da, aber nicht verfügbar«, antwortete er schnell, ebenso wie der Schlag, den seine Worte ihr direkt in den Bauch gaben.

Warum war sie so aufgebracht?

Sie hatte ziemlich deutlich gemacht, dass es vorbei war. Es war sein Recht, sich mit jemand anderem zu unterhalten.

Vielleicht hatte er das die ganze Zeit getan, als sie Mitglied in Dark Alley war; schließlich besuchte sie diesen Ort nur am Wochenende.

Also, was nun?

»Danke«, tat Alice ihr Bestes, um ihre Stimme ruhig zu halten. »Bitte tragen Sie mich als nicht anwesend ein.«

»Natürlich, Miss.«

Alice versuchte ihr Bestes, um Ordnung in das Chaos zu bringen, das in ihrem Kopf herrschte, und ging den Weg zum Clubhaus in der Dark Alley hinunter. Sie brauchte einen Drink, und zwar einen starken. Normalerweise trank sie an Wochentagen nicht, wenn sie am nächsten Morgen zur Arbeit musste, aber dies war eine legitime Ausnahme. Sie hatte immer noch nicht die Zeit gehabt, all die Dinge zu verarbeiten, die in den letzten Wochen passiert waren.

Als sie das Clubhaus betrat, war, wie sie erwartet hatte, ein guter Teil der Tische und Kabinen nicht besetzt. Noch immer mit ihren Gedanken kämpfend, navigierte sie sich instinktiv zu ihrem Lieblingsplatz.

»Miss Belladonna?«, sprach sie eine Bedienung an. »Sie können jeden verfügbaren Platz nehmen. Möchten Sie einen Drink?«

Alice fühlte sich selbst nicken und bestellte einen doppelten Scotch pur und ging schließlich weiter, als die Frau ihr Blickfeld verließ. Sie merkte erst, dass ihre Nische besetzt war, als sie direkt davorstand. Noch einmal erröteten ihre Wangen vor Verlegenheit, und sie drehte sich weg.

»Bella?« Eine viel zu vertraute Stimme erreichte ihre Ohren und sie drehte sich wieder um.

»Ja … Sir?«, antwortete sie, trat in die Kabine und sah ihn, den King of Diamonds.

Sie wollte sich ins Gesicht schlagen, weil sie ihn »Sir« genannt hatte, aber es war das Erste, was ihr in den Sinn kam, als sie sich davon abhielt, ihn beim Vornamen zu nennen.

»Geht es dir gut?«, fragte Jason, und sie konnte sehen, wie er die Stirn runzelte, obwohl sein halbes Gesicht von einer Maske verdeckt war.

»Ja«, antwortete sie und nickte.

Warum zum Teufel war ihr Geist, der eben noch so voller Gedanken war, plötzlich leer?

»Möchtest du sich setzen?«, bot Jason an, und diesmal war Alice nicht in der Lage, etwas zu sagen, also nickte sie einfach.

Sobald Alice neben ihm auf der Bank saß, war die Kellnerin zurückgekehrt und hatte ihren Scotch serviert. Jason betrachtete das ungewöhnlich volle Glas und wandte dann seinen Blick wieder zu Alice.

»Was ist los?«, wollte er wissen, wobei sein Ton unmissverständlich nach der Wahrheit verlangte. »Ist dein Ex aufgetaucht?«

»Nein«, schüttelte sie den Kopf und nahm einen viel zu großen Schluck von ihrem Scotch.

Dann holte Alice den gefalteten schwarzen Umschlag aus ihrer Hose, den sie aus ihrer Handtasche genommen hatte, und schob ihn Jason zu, der ihn offensichtlich erkannte.

»Lies ihn«, sagte sie ihm ein wenig fordernd, und er tat, was sie verlangte.

Alice wollte sein Gesicht lesen, während er die Worte seiner Frau las, aber es gab nichts in seinem Ausdruck, oder besser gesagt, was sie davon sehen konnte, das irgendetwas verriet. Und das machte Sinn, schließlich war er ein Geschäftsmann. Was sie aber irritierte, war, dass er kein Wort sagte, nachdem er den Brief beendet, ihn gefaltet, in den Umschlag gesteckt und ihn wieder zu ihr geschoben hatte.

»Deshalb bin ich hier«, konnte Alice schließlich nicht mehr warten. »Es wartete am Eingang auf mich. Was redet sie da? Warum schreibt sie mir überhaupt?«

»Ich wusste nichts von diesem Brief«, wich Jason einer direkten Antwort aus.

»Offensichtlich«, versuchte Alice, sich zusammenzureißen, aber sie konnte die Wut in ihrer Stimme nicht zurückhalten.

»Bella«, sprach er leise, der Klang seiner Stimme streckte sich zu ihr aus, als wolle er sie streicheln.

Alice ließ einen langen und tiefen Atemzug aus.

»Wir sollten hier nicht darüber sprechen«, erklärte er. »Wäre es in Ordnung, wenn wir nach oben gehen? Nur um zu reden.«

Als sie ihren Blick durch den Raum schweifen ließ, machte es Sinn, nicht über private Angelegenheiten in der Öffentlichkeit zu sprechen, obwohl es sicher sein sollte. Vorsicht ist besser als Nachsicht.

»Okay«, nickte sie und suchte nach der Kellnerin, da sie erwartete, dass er ein Zimmer anfordern wollte.

Stattdessen schnappte er sich sein Glas, stand auf und überrumpelte sie, da sie verwirrt sitzen blieb.

»Kommst du?«, fragte er und grinste dann kurz. »Gold-Status. Ich habe mein eigenes Zimmer.«

Natürlich hatte er an diesem Ort sein eigenes Privatzimmer. Warum hatte er sie nicht in sein Zimmer gebracht, als sie sich hier trafen? Vielleicht, weil er sie nicht überwältigen oder erschrecken wollte? War es ein Folterraum?

Als Alice auf die Beine kam, klopfte ihr Herz wild, angespornt durch ihre eigene Fantasie, die nicht nachlassen wollte, als er ihr zum Aufzug folgte, und die Türen öffneten sich sofort. Sie sah zu, wie er den Knopf für die höchste Ebene drückte und dann einen vierstelligen Code eingab, um die Kabine in Gang zu setzen.

Sie sagten kein Wort, sahen sich nicht einmal an, aber sie standen so dicht beieinander, dass Alice seine Körperwärme an ihrer Haut spürte und ihr Herz aus einem ganz anderen Grund hämmern ließ.

Sie hatte gerade vor einer halben Stunde noch Sex gehabt, aber neben Jason zu stehen, so nah, wie sie waren, seinen Duft und sein Aftershave zu riechen, zu wissen, dass sie in einen privaten Raum gingen, um zu reden, erregte sie erneut. Schlimmer noch, es machte sie geil.

Alice wusste, dass es die Zeit des Monats war, die sich wie so oft gnadenlos ankündigte. Aber ihre sexuelle Revolution schien ihre Lust um ein Vielfaches zu steigern.

Als sich die Türen öffneten, erwartete sie, in einen Flur hinauszutreten, aber sie standen in einer Wohnung.

Es erinnerte sie mit seinen glatten Oberflächen an den Raum, in dem sie sich aufgehalten hatten, aber dieser Ort hatte einen dunklen Steinboden, weiße Wände, an denen große schwarz-weiße Aktfotos von schönen Frauen und Männern über glänzend weißen, halbhohen Sideboards hingen.

Dunkelrote Samtvorhänge waren über die Wand verstreut und verbargen das Innere vor neugierigen Blicken von außen. Dazwischen befand sich zu ihrer Rechten eine riesige schwarzweiße Säule, deren Spitze aus demselben Stein wie der Boden bestand. Vor ihr befand sich eine dreiteilige Wohnzimmereinrichtung aus schwarzem Leder, und zu ihrer Linken befand sich eine weitere Tür, die offensichtlich in das Badezimmer führte. Ein weiterer Schritt ins Innere des Zimmers enthüllte seine Geheimnisse und zeigte mehrere Möbelstücke, die offensichtlich dem sexuellen Vergnügen dienten. Eine von der Decke hängende Schaukel, ein großer Baumstamm, an dem man sich anschnallen konnte, und ein großes X aus verchromtem Stahl mit Fesseln stand bereit.

Er hatte sie ganz sicher nie hierhergebracht, weil es sie abgeschreckt oder zumindest eingeschüchtert hätte.

Jason ließ sie den großen Raum betreten und ging zur größten Ledercouch hinüber, setzte sich hin und wartete darauf, dass sie sich zu ihm gesellte, damit er mit der Erklärung beginnen konnte. Alice entschied sich, sich neben ihn zu setzen, weil sich alles andere einfach unangenehm anfühlte.

»Ich habe diesen Ort nicht für mich selbst geschaffen«, sprach Jason, nachdem er einen großen Schluck von seinem Scotch genommen hatte. »Ich habe es für sie getan.«

Verwirrung ließ Alice mehrmals blinzeln, aber da sie nicht versuchte, etwas dazu zu sagen, fuhr er mit seiner Erklärung fort: »Ich weiß nicht, wie viel du inzwischen über uns gelesen hast, da du offensichtlich nicht wusstest, wer ich bin, bevor du es erfahren hast. Das Leben, das wir der Öffentlichkeit zeigen, ist nicht das Leben, das wir leben.«

Alice hatte dies bereits einmal vermutet, als sie sich das letzte Bild des Paares bei einer zufälligen Gala ansah. Sie waren Profis, wenn es darum ging, für die Kamera zu lächeln: freundlich, aber distanziert.

»Wir sind zusammen aufgewachsen«, fuhr Jason fort, nachdem er einen Schluck von seinem Scotch genommen hatte. »Unsere Väter waren beste Freunde, aber sie konnten nicht unterschiedlicher sein.«

Er vermied den Namen seiner Frau zu nennen.

»Beide erbten sie die Unternehmen. Sie waren seit ihrer Kindheit befreundet. Aber ihr Vater war kein Geschäftsmann«, erklärte Jason weiter. »Er war ein Weltverbesserer und hätte seine Firma fast in den Ruin getrieben. Als er sich also umbrachte und seine Frau und Tochter mit nichts zurückließ, nahm mein Vater sie bei sich auf. Ich heiratete sie, um unsere Unternehmen zu fusionieren und Tausende von Arbeitsplätzen zu retten«

So etwas hatte sie sich schon gedacht.

»Aber sie und ich«, nahm Jason noch einen Schluck – Alice tat dasselbe und sah zu, wie er den Kopf schüttelte, „sie ist wie eine kleine Schwester für mich, und ich bin wie ein großer Bruder für sie. Dass wir Sex miteinander haben sollen ... das fühlt sich falsch an. Es ist sogar ekelhaft für uns. Aber wir konnten auch nicht mit jemand anderem herumalbern – das Risiko war einfach zu groß – also habe ich diesen Club geschaffen, in dem wir uns beide amüsieren können, ohne Angst haben zu müssen, bloßgestellt zu werden.«

»Also, deshalb habt ihr keine Kinder?«

Jason nickte.

Die beiden hatten also nie Sex miteinander gehabt?

»Sie will keine Kinder«, sagte er und klang traurig. »Und wir haben in unserem Ehevertrag vereinbart, zwanzig Jahre lang verheiratet zu bleiben.«

»Warum zwanzig Jahre?«, fragte Alice und biss sich auf die Zunge.

»Um uns gegenseitig vor irgendwelchen Skandalen zu schützen, um sicherzustellen, dass ihre Familie und ihr Unternehmen gut versorgt sind«, klang Jason, als könne er die ganze Nacht weiterreden.

»Du sagst mir also, dass du dich in drei Jahren scheiden lassen wirst?«, hakte Alice vorsichtig nach.

»Nicht unbedingt«, antwortete Jason ehrlich und landete einen weiteren metaphorischen Schlag in ihren Magen. »Hätten wir bis dahin niemanden kennengelernt, hätten wir uns darauf geeinigt, dass sie schwanger wird – mit künstlicher Befruchtung – damit ich sozusagen einen Erben habe.«

»Aber du hast gesagt, dass sie keine Kinder will«, war Alice jetzt verwirrt.

»Ja«, nickte Jason. »Aber sie würde es für mich tun, weil ich Kinder will.«

Nun dämmerte es Alice, warum Adele ihr diesen Brief geschickt hatte, aber sie schreckte bei dem Gedanken mit einem Achselzucken zusammen, weil sie zu kindisch hoffnungsvoll war.

»Also, deshalb hat deine … sie mich gebeten, mit dir zu reden, damit du mir das sagen kannst?«, fragte Alice verblüfft.

»In dem Moment, als ich dich in dieser Disco sah, wollte ich dich haben«, sprach Jason direkt. »Die einzige Frau, die Turnschuhe trug, einen Scotch trank und dabei auch noch unglaublich sexy war.«

Sofortige Hitze schoss ihn ihre Wangen.

»Ich habe ihr von dir erzählt, und sie wollte dich kennenlernen, was sie auch tat«, fuhr er fort, und sie nickte. »Sie ist dominant, genau wie ich. Noch ein weiterer Grund, warum wir als beste Freunde und Geschwister perfekt sind, aber als echtes Paar schrecklich wären. Aber sie mag doch nach dem, was ich ihr erzählt habe, was sie gesehen hat und auf jeden Fall nach einem Blick in deine Akte.«

»Meine Akte?«, wiederholte Alice.

»Das veranlasst sie, wenn es eine andere Frau in meinem Leben gibt, die die Richtige für mich sein könnte«, grinste Jason schief. »Sie beschützt mich.«

»Also …«, durchwühlte sie ihren Kopf, suchte nach etwas, um das Gespräch fortzusetzen und die große Enthüllung zu erhalten, auf die sie immer noch wartete.

»Ich kann mich nicht einfach morgen von ihr scheiden lassen«, schien er ihre Gedanken gelesen zu haben. »Nicht nur wegen des Vertrags. Um die Scheidung so harmlos wie möglich zu machen, ist eine ganze PR-Strategie nötig, die sich über mehrere Monate, wenn nicht gar Jahre erstrecken wird. Aber davon spreche ich nicht.«

Jasons Worte ergaben für sie Sinn, sobald ihr Verstand sie verarbeitet hatte. Er war eine Persönlichkeit des öffentlichen Lebens, wenn auch nicht wie ein Schauspieler oder Künstler, aber der Mehrheitseigentümer und Vorstandsvorsitzende von Grantham Global.

Alles, was er tat und aus dem Rahmen fiel, zog automatisch die Aufmerksamkeit der Presse auf sich. Wenn Adelaide und er plötzlich eine Scheidung einreichen würden, könnte dies enorme negative Auswirkungen auf das Unternehmen haben. Was die PR-Strategie betraf, so war eine Meinungsanalyse nötig. Sie müssten schrittweise aufhören, gemeinsam bei Veranstaltungen zu erscheinen und die Öffentlichkeit daran gewöhnen, dass sie kein Paar mehr sind.

Alice stieß einen Seufzer aus.

Warum hatte er ihr das erzählt?

»Aber, wie ich schon sagte«, fuhr Jason fort, »Adele und ich, wir sind mehr wie Geschwister als alles andere. Ich könnte sie nicht berühren, selbst wenn ich mich zu ihr hingezogen fühlen würde.«

»Was willst du mir damit sagen? Warum bin ich hier?« frage Alice und versuchte, nicht verärgert zu klingen.

»Ich weiß, dass du mich hier nicht mehr treffen willst, weil ich verheiratet bin und das verstehe und respektiere ich«, erklärte Jason. »Aber ich sage dir, dass ich nur auf dem Papier verheiratet bin. Adele und ich betrachten es nicht als Fremdgehen, wenn wir mit jemand anderem zusammen sind.«

»Für mich geht es nicht mehr um Sex«, gab Alice zu.

Sie war nicht einmal in der Lage, ihn anzusehen. Stattdessen schluckte sie ihre Angst mit einem großen Schluck Scotch herunter.

Also, ja, sicher. Wenn es nur um Sex mit Jason gegangen wäre, um mehr Abenteuer mit ihm zu erleben, und als sie sich in dieser Suite umsah, gab es sicherlich noch viel mehr zu entdecken, aber obwohl Alice das nicht geplant hatte, wusste sie jetzt, dass sie mehr wollte. Warum war sie sonst so scharf darauf gewesen, mit Tristan auszugehen?

»Alice«, sagte Jason ihren Namen, als ob er so viel mehr sagen würde, aber das zählte nicht, nicht in dieser Situation.

Sie bewegte sich nicht, um ihn anzuschauen, sondern starrte nur auf den Rest der honigbraunen Flüssigkeit, die sie in ihren Händen hielt.

»Für mich ging es nie um Sex«, fügte Jason hinzu.

Alice erstarrte. Hatte sie richtig gehört?

»Sieh mich an«, forderte er sie sanft auf, und sie gehorchte. »Und hört zu.« Sie nickte leicht und sah ihm direkt in die Augen. »Ich bin verheiratet und vertraglich verpflichtet, diese Ehe, die Firma und den Familiennamen zu schützen, und doch habe ich all das in den Wind geschlagen, ohne auch nur eine Sekunde darüber nachzudenken, nur um mit einem Ständer in der Hose an der Bar zu stehen und mit dir zu flirten.« Alice blinzelte und errötete. »Es ging nie nur um Sex. Ich wollte dich kennenlernen, aber es gab keine Möglichkeit, das zu tun, ohne Aufmerksamkeit zu erregen. Also habe ich dich hierher eingeladen. Offensichtlich nicht klar gedacht«, bekannte Jason.

Nachdem er das gesagt hatte, nahm er seine Maske ab, legte sie vor sich auf die Tischplatte, leerte sein Glas und stellte es daneben. Alice konnte an seiner Miene erkennen, dass er mehr sagen wollte, es aber nicht tat. Und was gab es wirklich noch zu sagen?

»Also, was willst du mir sagen?«, hakte sie sanft nach. »Dass mein Argument, dass du verheiratet bist, kein Gewicht hat?«

»Bella«, sagte er nur leise, aber Alice riss sich fast die Maske ab und schüttelte den Kopf.

»Es geht also nicht um Betrug?«, dachte sie laut.

»Ich würde das gesamte übliche Programm mit dir durchziehen«, erklärte Jason. »Mit dir ausgehen, dich richtig kennenlernen, deine Familie und Freunde treffen, so viel du willst und verdienst, aber genau das ich kann nicht.«

»Wegen des Vertrags und welchen Schaden er dem Unternehmen und dem Familiennamen zufügen könnte. Das verstehe ich«, schüttelte Alice den Kopf. »Aber was willst du mir mit alledem sagen?«

»Ich würde das hier gerne fortsetzen«, antwortete Jason geradeheraus und erwischte sie unvorbereitet, aber das war nichts Neues für sie, denn das war typisch Jason. »Ich würde gerne weitermachen und dich besser kennenlernen, um zu sehen, ob wir auch auf anderen Ebenen auf einer Wellenlänge sind.«

Alice musste alles auf sich wirken lassen, obwohl ihr Herz Salti schlug und sie anschrie, »JA!« zu sagen.

»Du willst mit mir zusammen sein, inoffiziell?«, fragte sie leise.

»Ja«, antwortete Jasons, über jeden Zweifel erhaben.

Alice suchte in ihrem Scotch nach der richtigen Antwort. Sie wollte Ja sagen, sie wollte es ausprobieren. Die Idee, dies zu tun, wenn auch im Geheimen, vielleicht gerade deshalb, weil es geheim ist, war aufregend. Aber konnte sie es tun? Ja, es wäre kein Betrug, jedenfalls nicht für die drei, Jasons Frau, ihn und sie, aber für den Rest der Welt wäre es einer. Und dann war da noch Tristan.

»Ich … ich weiß es nicht«, gab Alice zu und schaute zu ihm auf, ohne ihn ganz anzusehen.

»Ich erwarte nicht sofort eine Antwort von dir«, lächelte Jason sie zärtlich an und griff dann nach ihrem Glas und ihrer Maske, nahm sie aus ihren Händen und legte sie auf die Tischplatte.

Bei dem Gedanken an das, was sie kurz zuvor mit Tristan getan hatte, ließ sie einen tiefen Seufzer los. »Einfach nur Sex ist so viel einfacher.« Sie begriff nicht ganz, wie es sich anhörte, bis sie es bereits gesagt hatte.

»Das ist wahr«, kicherte Jason leicht und schob dann seine Hand in ihre.

Völlig verwirrt starrte Alice auf ihre Hände hinunter, und ihr Herz beschleunigte sich um eine weitere Kerbe. Obwohl so leicht, spürte sie seine Berührung überall, am ganzen Körper, sogar an Stellen, wo sie normalerweise nicht hinkam.

Nur bei Jason schien es so, als ob selbst die Kleidung, die er trug, sie in Brand setzte, indem sie nur seine Haut berührte. Kein Mann hatte jemals eine solche Wirkung auf sie gehabt.

Ehe sie sich versah, verkrampfte sich ihr ganzer Körper, als ob er durch einen Stromschlag getroffen worden wäre. Sie wollte an Jasons Hand ziehen, sodass er sich vorbeugen und sie küssen musste, aber als er sich ihr näherte, zitterte sie und schüttelte den Kopf.

»Ich kann nicht, ich kann einfach nicht«, sprang sie wie ein verängstigtes Kätzchen auf ihre Füße und legte ihre freie Hand über ihren Mund, während Jason die andere nicht losgelassen hatte.

Auch er stand auf und streckte die Hand nach ihr aus, aber sie schüttelte den Kopf.

»Ich habe nicht geduscht«, sprach sie heiser; sie konnte Jason nicht einmal küssen, nicht wenn Tristans Geruch noch auf ihr lag. »Ich habe meine Kleider nicht gewechselt. Ich kam sofort rüber, als ich den Brief deiner Frau las … Adele. Ich bin immer noch … mit Tristan zusammen.«

Da war der Beweis. Sie war eine Nymphomanin, getrieben von Lust und sexueller Begierde.

Empfand sie überhaupt etwas für diese beiden Männer?

Oder war es nur Sex?

Alice stand hier und schüttelte den Kopf, ein Klumpen im Hals von der Größe eines Baseballs.

»Ich muss nach Hause«, fand sie schließlich ihre Stimme wieder, von sich selbst angewidert, da sich ihre ganze Kleidung plötzlich klebrig anfühlte.

»Hey, es ist okay«, sagte Jason zu ihr, aber es stand ihm ins Gesicht geschrieben, dass es nicht ganz okay war.

Sie konnte in seinen Augen sehen, dass es ihm nicht gefiel, dass sie mit einem anderen Mann zusammen gewesen war, aber Jason blieb still und machte ihr keine Vorwürfe, da es nicht seine Aufgabe war, etwas zu sagen. Alice konnte nicht umhin, sich zu fragen, ob Tristan auch so reagieren würde.

»Da drin gibt es eine wunderbare Dusche«, zeigte er auf das Badezimmer. »Wirf einfach die Kleidung in den Korb, und ich lasse sie im Handumdrehen reinigen. Keine große Sache.«

»Hier gibt es einen Reinigungsdienst?«, fragte Alice verwirrt blinzelnd, kurz abgelenkt von ihren eigenen persönlichen Qualen.

»Alles, was gebraucht werden könnte«, zuckte Jason mit den Achseln. »Jetzt geh unter die Dusche, mach es dir bequem, und dann bringe ich dich nach Hause, okay?«

»Okay«, nickte Alice, schlüpfte aus ihren Schuhen und begann in Richtung Badezimmer zu laufen, wobei ihm klar wurde, dass er ihre Hand erst losließ, als sie außer Reichweite war.

– 29 –

Alice entschied sich dafür, nicht mehr zu denken und sich einfach auf jeden Schritt des Ausziehens zu konzentrieren. Und plötzlich fühlte sie sich wieder müde. Vielleicht wirkte sich das alles wirklich auf sie aus – sie war sich nicht ganz sicher.

Die Sache mit der vollständigen Kontrolle über sein Leben und seine Handlungen ist die, dass man die vollständige Kontrolle über sein Leben und seine Handlungen haben muss, und dazu gehören auch die Entscheidungsfindung und die Verantwortung.

Nachdem sie alle Kleider in den Korb geworfen hatte, stellte sie ihn einfach nahe an die Tür und ging unter die Dusche, die genau wie die in ihrer neuen Wohnung war. Sie hatte eine normale Dusche und eine Regendusche. Da sie sich die Haare nicht nass machen wollte, entschied sie sich für die normale Dusche. Als sie sie einschaltete, hatte sie die richtige Temperatur, nur etwas heißer als angenehm. Alice brauchte diese Wärme, sie musste alles, was sie bedrückte, wegbrennen, zumindest so lange, wie sie unter dem heißen Strahl stand.

Als sie ein Geräusch hörte, dachte sie wirklich, Jason würde zu ihr unter die Dusche kommen, und genau in diesem Moment war sie von dieser Idee begeistert. Aber in Wirklichkeit war er nur dabei, den Korb zu entfernen.

Bei näherem Nachdenken, als er die Tür schloss, wurde Alice die Tatsache bewusst, dass er, wenn er hineingekommen wäre, die Situation zu seinem eigenen Vorteil ausgenutzt hätte, und er hätte sie benutzt. Nicht zu riskieren einen solchen Eindruck zu machen, selbst wenn er wusste, dass sie ihn willkommen geheißen hätte, war eine Geste des Respekts und der guten Erziehung.

Und trotzdem wollte sie ihn hier bei sich haben. Der Versuch, durch den Lärm der Dusche zu hören, was außerhalb des Badezimmers vor sich ging, war nahezu unmöglich, wenn die Tür der Suite nicht direkt neben diesem Raum gewesen wäre. Alice konnte hören, wie er mit jemandem draußen sprach und wie er dann die Tür schloss.

Als sie mit Gary Schluss gemacht hatte, hatte sie beschlossen, dass sie nicht seine Hälfte eines Paares sein wollte, sondern ein Ganzes. Alice wollte ihre eigene Person sein, die ihre eigenen Entscheidungen traf und sich nicht durch eine Beziehung definierte.

»Jason?«, rief sie, bevor sie ihren Gedanken beendet hatte, ihre Stimme klang schwach durch den Lärm der Dusche und in diesem Raum.

Er konnte sie nicht gehört haben. Doch sie traute sich nicht, noch einmal nach ihm zu rufen, also drehte sie sich mit dem Rücken zur Tür und drückte ihre Stirn gegen die kühlen Fliesen der offenen begehbaren Dusche.

»Was zum Teufel machst du da, Alice?«, rügte sie sich leise. »Du hast Tristan gerade gesagt, dass ihr ein Paar seid. Was machst du da, verdammt?«

»Hast du mich gerufen?« Jasons Stimme klang so weit weg, dass ihr klar wurde, dass er nur seinen Kopf durch die Tür gesteckt hatte.

Was Alice jetzt tat, die Entscheidung, die sie jetzt traf, würde ihre Zukunft in Stein meißeln.

Was willst du, Alice? Wen willst du?

»Komm rein«, hörte sie sich selbst fordern, und in diesem Moment klang ihre Stimme so anders als zuvor.

»Entschuldigung?«

Sie konnte nicht sagen, ob er sie wirklich nicht verstanden hatte oder ob er glaubte, dass er missverstand, was sie gesagt hatte. Also richtete sich Alice auf und drehte sich um und sah ihn an, während sie nackt vor ihm stand.

»Komm hier rein«, wiederholte sie und klang dabei viel ruhiger, als sie wirklich war.

Was dann passierte, war etwas, womit sie nicht gerechnet hatte, denn Jason tat sofort, was sie ihm sagte, aber er trat nur seine Schuhe aus und riss sich die Krawatte vom Hals.

Alice war sprachlos. Sie war sich sicher, dass er einen maßgeschneiderten Anzug trug, aber das war ihm egal. Bevor sie etwas sagen konnte, war er bereits unter den heißen Wasserstrahl getreten und hatte eine Hand an ihren unteren Rücken gelegt, während die andere ihren Kiefer umfasste und an ihrer Unterlippe zog, dass sie den Mund öffnen musste.

Dann zog er sie an sich und küsste sie so zärtlich, aber immer noch so fordernd, dass sie vergaß zu atmen.

Ihr heißer, nackter Körper gegen seinen kühlen, mit Stoff bedeckten Körper, war ein seltsames Gefühl. Wie nasse Seide, die über ihre Haut glitt und an einem klebte. Aber er hörte nicht auf, sich zu bewegen. Sanft drückte er ihren Rücken gegen die kühlen Kacheln und lehnte ihren Kopf mit der Hand an ihrem Kiefer zurück, während er seine Lippen zuerst an ihre Kehle und dann an die Seite ihres Halses legte, Küsse gab und ihre Haut leckte.

Alice war viel zu abgelenkt, um zu überwachen, was seine andere Hand tat, und es war ihr egal, bis sie seine Finger zwischen ihren Beinen fühlte, die gegen diese empfindliche Nervenknospe drückten, die ihre Klitoris war. Instinktiv fing sie an, sich gegen seine Hand zu winden und versuchte, dem Druck auszuweichen, aber er ließ sie nicht los und schob stattdessen zwei Finger in sie hinein, während sein Daumen sie weiter quälte.

»Sieh mich an«, forderte er, und sie tat es.

Jason hatte noch nie so sexy ausgesehen, ganz durchnässt, sein dickes, dunkles Haar nass, seine Kleidung an seinem athletischen Körper klebend, während er auf sie herabblickte, den Druck auf ihre Klitoris verstärkte und Kreise zog.

»Schließ deine Augen nicht, schau mich an«, flüsterte er jetzt, und Alice tat ihr Bestes, indem sie die Augen nicht schloss, während Freuden- und Luststöße durch ihren Körper strömten.

»Fuck«, stieß sie aus und leckte sich heiße Tropfen von den Lippen.

»Was war das?«, fragte Jason, aber Alice konnte ihn nur anlächeln und den Ausdruck in seinem Gesicht widerspiegeln.

»Fick mich«, sagte sie und hob kurz eine Braue.

Jason entfernte sich von ihr, begann sich zu entkleiden, und sie half gern dabei. Während er an seinem Hemd arbeitete, tat sie dasselbe an seiner Hose. Als sich der Stoff an seinem Körper festhielt, konnte sie bereits sehen, was sie erwartete, es ließ sie etwas Wichtiges erkennen.

»Fuck«, presste sie die Augen zu und schüttelte den Kopf, aber Jason schien ihre Gedanken zu lesen.

Er trat aus der Dusche und ließ sie verärgert und verlegen zurück, als sie ihm dabei zusah, wie er eine Schublade öffnete und ein Kondom herauszog. Wäre sie an seiner Stelle gewesen, hätte sie keine Chance gehabt, so diszipliniert zu sein.

Es war sowas von unwiderstehlich.

Sie sah zu, wie er das Kondom überzog, während sich heißes Wasser weiter an ihrem Körper niederschlug und ihr Haar durchnässte. Alice kümmerte sich um nichts anderes als um den Mann vor ihr, den Mann, den sie wollte.

In diesem Moment war er weder verheiratet noch ihr Chef oder ein Milliardär. Er war kein mächtiger Geschäftsmann, er war nicht einmal ihr Herr. Er war der Mann, der, als er aufblickte und sich ihre Blicke trafen, ihren Körper lebendiger machte, als sie sich je gefühlt hatte. Er war der Mann, der sie besser zu kennen schien als sie sich selbst. Alice biss sich auf die Unterlippe, als sie ihm dabei zusah, wie er die letzten Kleidungsstücke loswerden wollte. Ihr Atem blieb ihr im Hals stecken, als er anfing, sich zu langsam und doch zu schnell auf sie zuzubewegen. Er erwischte zuerst ihr Gesicht und küsste sie, als wären es Tage und nicht Sekunden gewesen, und dann packte er sie, hob sie hoch, drückte ihren Rücken gegen die Fliesen hinter ihr und drang ohne Zögern oder Sanftheit in sie ein, drückte sich ganz hinein. Der Schmerz, den sie empfand, war noch nie so erregend gewesen wie heute.

Die blauen Flecken auf ihrem Rücken erinnerten sie daran, dass sie heute bereits an einer Wand stand, aber Alice musste dieses Wissen nicht einmal beiseiteschieben, Jason tat es für sie, indem er sich so langsam in ihr bewegte.

Wie hatte er das überhaupt geschafft?

Als ob er wüsste, dass sie wieder zu viel nachdachte, änderte Jason das Tempo, nahm es auf und ließ Alices Gedankengang entgleisen. Alles, was sie tun konnte, war, ihren Kopf zurückzulehnen und ihre Knöchel hinter seinem Rücken zu kreuzen, was sie noch mehr für ihn öffnete und dem Stampfen nachgeben ließ.

Der auf sie herabregnende Duschstrahl war eine seltsam erregende Ablenkung, die es ihr nicht erlaubte, sich auf Jasons Handlungen zu konzentrieren, besonders als er ihr das Wasser vom Hals leckte. Der Schauer gab ihr das Gefühl, als würde Jason sie am ganzen Körper küssen.

Warum hatte sie das nicht schon früher ausprobiert?

In dem Versuch, alle Ablenkungen zu ignorieren, versuchte Alice, nur an seinen Schwanz in ihr zu denken, der sich jedes Mal, wenn er in sie fuhr, weitete und fast jedes Detail in sich spüren ließ Sie konnte nicht anders, als sich vorzustellen, dass das Kondom reißen würde und er schutzlos in sie eindringen würde. Ihre Fantasie war es, die sie über die Kante stürzte und hart auf sie zukam, während er unerbittlich weiter in sie eindrang.

Es war viel zu schnell, viel zu rasch, und doch war ihr Orgasmus hart, sodass sie sich fühlte, als wäre sie vom Blitz getroffen worden. Jason hielt sie, als sie ihren Orgasmus ausritt, während der Duschstrahl sie immer noch quälte.

Warum war Sex bei ihm immer so erstaunlich?

Jason setzte sie leicht und behutsam ab und drehte sich dann weg, um das Kondom loszuwerden. Alice konnte sich nicht davon abhalten, ihn zu beobachten, während sie, an die Wand hinter ihr gelehnt, Luft holte.

Warum musste er so verführerisch sein?

Warum konnte sie seiner Anziehungskraft nicht widerstehen?

Jason bot ihr ein Handtuch an, bevor er eines um sich wickelte, wodurch ihr Herz noch mehr schmolz. Das war ebenso perfekt wie falsch, und doch schob Alice diese Realität beiseite, als sie ihm nach draußen und zu dem Bett, auf das er sich setzte, folgte und sie einfach nur ansah, wie sie ihm folgte.

Sein Gesichtsausdruck sagte alles, und dass er nicht sagte, was ihm durch den Kopf ging, sprach für ihn.

Alice wusste, dass er dieses Ereignis nicht geplant hatte. Jason hatte nur offen reden wollen.

Sie war es gewesen. Sie ganz allein. Sie hatte ihn hereingebeten, er hatte sie nicht verführt. Es lag an ihr, und so sehr sie sich deswegen auch schlecht fühlen wollte, sie konnte es einfach nicht. Das stand ihr ins Gesicht geschrieben, als sie zum Bett ging, das Handtuch um sich gewickelt. Ich bin eine verdammte Betrügerin.

Sie stand vor dem Bett, auf dem er saß, und starrte ihn nur an. Alice konnte sich vorstellen, sich an dieses Bild zu gewöhnen.

Jason sah sie an, als könne er noch einmal ihre Gedanken lesen. Sie konnte an seinem Gesicht sehen, dass, obwohl das, was sie gerade getan hatten, erstaunlich gewesen war, er sich schlecht fühlte, weil er sie in diese Situation gebracht hatte.

»Adele und ich, wir führen nicht nur eine offene Ehe«, sagte er. »Wir sind uns einig, dass sie nicht mehr als eine Fassade ist, und solange wir ehrlich zueinander sind, gehen wir nicht fremd.«

Alice stand nur da und schaute ihn an, unfähig, noch näher heranzukommen, als sie es bereits getan hatte.

»Adele ist bisexuell, und ich bin es nicht«, fuhr Jason fort, »aber ich denke, das ist der Grund, warum wir so lange so weitermachen könnten, wie wir es getan haben.«

Alice nickte und erinnerte sich an ihre Begegnung mit ihnen.

»Seit ich dich getroffen habe, haben sich die Dinge geändert«, gab Jason zu, und Alice erstarrte.

Wenn sie ehrlich zu sich selbst war, war es genau das, was sie gewollt hatte, was jede Frau für sich selbst wollte. Aber wenn sie Jason ansah, wusste sie, dass er nicht glücklich war.

»Ich weiß, dass ich dich nicht haben kann«, fuhr er fort. »Ich kann nicht erwarten, dass du dich mir gegenüber verpflichtet fühlst, wenn ich verheiratet bin, wenn ich mich nicht öffentlich mit dir zeigen kann, wenn du eine Affäre bist, auch wenn Adele zustimmt.

Ich kann das nicht von dir verlangen. Also werde ich es nicht tun.«

Alice schwieg und versuchte, alle Informationen, die sie gerade hatte, zu verarbeiten. Sie verstand, was er ihr gerade gesagt hatte, sie war sich nur nicht sicher, ob sie es verstand.

»Was versuchst du mir zu sagen?«, fragte sie.

»Ich will dich in meinem Bett, in meinem Leben«, unterstrich er das letzte Wort. »Aber ich weiß, dass ich nicht dasselbe von dir erwarten kann. Also ist es für mich in Ordnung, dass du dich mit jemand anderem triffst. Ich kann nicht erwarten, dass du nur mit mir zusammen bist.«

»Du sagst, dass ich mich mit anderen Männern treffen kann, während ich mit dir zusammen bin?« Alice versuchte, dem, was sie gerade gehört hatte, einen Sinn zu geben. »Ist das dein Ernst?«

»Das ist es«, nickte Jason. »Auch wenn ich vor Eifersucht schäumen werde, weil ich dich für mich haben will, aber ich kann dir nicht die Beziehungs-Erfahrung bieten, die du verdienst.«

Alice konnte nicht ans Bett gehen, also setzte sie sich einfach auf das Sofa, das ihr am nächsten stand. Jason bot ihr eine offene Beziehung an, in der er sich ihr gegenüber verpflichten würde, sie sich aber nicht ihm gegenüber verpflichten müsste.

»Das ist nicht fair, oder?«, dachte Alice laut nach, aber Jason blieb stumm.

»Ich will dich«, gestand er ihr nach einem Moment, der sich wie eine Ewigkeit anfühlte. »Ich wäre gerne mit dir in einer Beziehung.«

»Ich wäre auch gerne mit dir in einer Beziehung«, hörte Alice sich selbst sprechen und wusste, dass es die Wahrheit war.

Sie spürte es in ihren Knochen. Es war nicht nur eine Wunschvorstellung.

»Aber ich kann dich nicht zu einem Date ausführen«, sagte Jason und runzelte die Stirn. »Ich kann nicht zulassen, dass die Presse über uns beide berichtet. Ich bin nicht mein eigener Herr, ich bin das Gesicht meiner Firma.«

»Das verstehe ich«, nickte Alice. »Das verstehe ich wirklich. Ich verstehe, ehrlich gesagt, die Situation, in der du sich befindest, und dass du offiziell verheiratet bist. Wenn es um dein Herz geht, bist du es nicht. Das verstehe ich. Ich muss nur herausfinden, ob ich damit leben kann, ob ich mit dem Wissen leben kann, dass der Mann, mit dem ich mich treffe, offiziell nicht in meiner Reichweite ist.«

»Obwohl es mich umbringen wird, könnte ich damit leben, dass du dich mit jemand anderem triffst, ich muss es ja es tun«, erklärte Jason. »Es wäre wahrscheinlich sogar wünschenswert, weil niemand Verdacht schöpfen würde.«

Alice brauchte ein paar Momente, um das sacken zu lassen. Könnte sie ein Teil dieser Scharade sein?

Könnte sie mit zwei Männern zur gleichen Zeit zusammen sein?

Könnte der eine den anderen akzeptieren und der andere völlig ahnungslos sein?

Sie wusste es nicht, und sie wollte es auch nicht wissen. Die letzte Rolle, in der sie sich selbst sehen konnte, war die einer Betrügerin.

»Ich weiß es ehrlich gesagt nicht«, gab Alice zu und hatte das Gefühl, dass sie plötzlich auf kalten Entzug gehen musste. »Ich muss darüber nachdenken.«

»Ich würde mir Sorgen machen, wenn du das nicht tun würdest.«

Jason nickte einmal und stand vom Bett auf, ging auf sie zu und zögerte kurz, bevor er ihr Gesicht mit seiner Hand umfasste.

»Ich möchte dich kennenlernen, ich möchte mich mit dir verabreden, aber es kann nicht so sein, wie es normale Menschen tun«, meinte Jason halblaut und wirkte schuldbewusst.

»Das verstehe ich«, bestätigte Alice. »Das verstehe ich wirklich. Ich weiß nur im Moment nicht, ob ich so leben kann, ob ich das wirklich will«, gab sie zu.

Schuldgefühle stürzten wie ein Erdrutsch auf sie herab, als sie an Tristan dachte. Sie hatte ihm gesagt, dass sie in einer Beziehung wären, und trotzdem war sie hier, wund und zufriedengestellt, nachdem sie Sex in der Dusche mit Jason hatte und nicht mit dem Mann, von dem sie behauptete, er sei ihr Freund.

»Es tut mir leid«, sagte Jason, aber Alice schüttelte den Kopf und las instinktiv seine Gedanken. »Du hast mich zu nichts gezwungen. Ich habe es ganz allein getan. Ich wollte, dass du zu mir unter die Dusche kommst. Wenn ich nichts gesagt hätte, hättest du draußen auf der Couch gesessen und Däumchen gedreht.«

Schweigen verbreitete sich zwischen ihnen wie eine Krankheit, und Alice fühlte sich schnell krank.

»Ich muss nach Hause, es ist schon spät, und ich muss morgen arbeiten«, erklärte sie, obwohl sie wusste, dass er sich dessen bewusst war.

Jason konnte ihr Engagement nicht ändern, ohne anzudeuten, dass sie eine Sonderbehandlung erhalten würde, also nickte er nur.

Könnte sie so leben? Sich mit Jason – ihrem Boss – zu einem fantastischen Sex treffen und einfach zu ihrem normalen Leben zurückkehren? Sie war sich nicht sicher. Könnte sie mit diesen Unsicherheiten leben? Sie wusste es nicht, und sie wünschte sich, dass sie sich ihnen auch nicht stellen müsste. Sie könnte sich einfach entscheiden, nichts von all dem zu akzeptieren. Sie könnte einfach weiter mit Tristan ausgehen.

Aber ein Teil von ihr sagte ihr, dass es sie nicht glücklich machen würde. Es würde sie nicht befriedigen. Vielleicht würde diese geheime Beziehung sogar ihr Sexualleben aufblühen lassen, wie sie es noch nie zuvor gesehen hatte.

Drei Jahre.

Drei Jahre musste er noch mit Adele – Adelaide – verheiratet sein, bevor er sich scheiden lassen konnte. Das bedeutete drei Jahre einer sorgenfreien Beziehung, aber auch eine gewisse Unsicherheit.

Was, wenn er plötzlich erkannte, dass er seine Frau liebte und Kinder mit ihr haben wollte? Das war höchst unwahrscheinlich, aber im Moment fühlte sich Alice, als würde sie auf einem Rettungsboot auf dem offenen Meer treiben.

All das war neu für sie.

Was aber, wenn sie erfahren würde, dass Jason doch nicht der perfekte Partner für sie war? Sie würde sicher sein, sie könnte sogar mit anderen Männern ausgehen. Das war der perfekte Deal, warum hatte sie also nicht das Gefühl, dass es so war?

Ihr Geist war überfüllt, als sie sich auf das Bett setzte und Jason ansah.

»Deine Kleidung wird bald hier sein«, las er noch einmal ihre Gedanken, oder so dachte er sicherlich.

Alice sah ihn nur an und nahm sein Aussehen ohne Maske und weit weg von ihrem Arbeitsplatz auf. Sie kannte diesen Mann nicht, nicht ganz, nicht bis in die Tiefe seiner Persönlichkeit, seiner Seele, und doch wünschte sie sich, sie könnte einfach nur zu einem Date ausgehen und vielleicht noch mehr, nur um ihn kennenzulernen.

Ihre Gedanken drehten sich wieder im Kreis.

»Wie wird das funktionieren?«, fragte Alice schließlich vorsichtig. »Ich meine, dass wir uns inoffiziell treffen. Wie könnte das funktionieren, ohne Verdacht zu erregen? Hast du einen Plan dafür?«

»Ich habe für alles einen Plan«, schmunzelte Jason leicht selbstbewusst, was so antörnend war, wurde aber schnell wieder ernst, als er weitermachte und sich ihr zuneigte. »Aber nur, damit du keinen falschen Eindruck bekommst: Ich habe dir deine neue Wohnung nicht besorgt, weil ich sicher war, dass du uns zustimmen würdest, ich hatte nicht einmal geplant, das Angebot zu machen, weil ich wusste, dass du nicht … nun ja, die Geliebte sein willst. Ich habe dir die Wohnung besorgt, weil ich wollte, dass du in Sicherheit bist, und zwar schnell. Und alle Wohnungen in den unteren Stockwerken waren bereits vermietet. Es war die schnellste und effizienteste Lösung.«

»Okay«, nickte Alice.

»Ich habe die Penthouse-Wohnung auf dem obersten Stockwerk«, erklärte Jason.

Alice wusste sofort, was sie an dieser Tatsache missverstanden haben könnte: dass er die Chance nutzte, sie näher an sich zu manövrieren, bevor sie überhaupt in Erwägung zog, ihn anzuhören.

»Das Gute ist – und ich bin mir sicher, dass Jimmy es dir nicht gezeigt hat, denn er weiß es nicht – dass es auf den Etagen über dem 20. Stock zwei private Aufzüge gibt«, sagte Jason und beobachtete sie genau.

»Sie sind die hintersten im Erdgeschoss und werden nur durch einen Fingerabdruck geöffnet. Ich kann dir Zugang zum Penthouse geben, und du kannst mir Zugang zu deiner Wohnung geben. Natürlich öffnet sich der Aufzug in der Mitte der Penthouse-Wohnung, sodass niemand wissen kann, wenn du mich besuchst. Außerdem haben die Aufzüge keine Anzeigen an der Außenseite, um die Privatsphäre zu wahren.«

»Also würden wir uns verabreden, ohne ein Date zu haben?«, schloss Alice daraus, und Jason nickte; sie konnte an seinem Gesicht ablesen, dass auch er nicht ganz glücklich darüber war.

»Aber wir könnten uns sehen und kennenlernen«, fuhr Jason fort. »Und ich würde dich natürlich auch besuchen kommen. Wenn du das möchtest.«

Alice holte tief Luft.

War es das, was sie wollte?

Konnte sie drei Jahre als die Geliebte leben? Eine willkommene, von der Ehefrau akzeptierte Geliebte?

Könnte sie dieses große Geheimnis in ihrem Leben haben?

Könnte sie damit leben, über ihre Schulter zu schauen und sich Sorgen zu machen, dass sie erwischt werden könnten?

Das war kein öffentlicher Sex mit der erregenden Drohung, erwischt zu werden. Wenn das jemand herausfinden würde, wäre das katastrophal. Aber wollte sie das?

Ein Klopfen an der Tür ließ sie aus ihrem Gedankengang ausbrechen, und einen Augenblick später konnte sie hören, wie die Tür geöffnet und dann wieder geschlossen wurde.

Jason sagte nichts, er beobachtete sie nur, als sie sich in Bewegung setzte, um ihre Kleider, in der Reinigung gebügelt und ordentlich gefaltet, im Korb zu finden.

»Ich kann verstehen, dass du dich offen verabreden möchtest, also werde ich dir das nicht verwehren«, sprach Jason plötzlich und erschreckte sie. »Ich muss auch mit Adele öffentlich auftreten. Ich hätte einfach ein Problem damit, dass du mit jemand anderem Sex hast … es sei denn, ich bin ein Teil davon.«

Alice fühlte, wie ihr Gesicht zu brennen begann.

»Aber nicht unbedingt sofort«, fügte er hinzu, und Alice konnte nicht umhin zu schmunzeln.

Sie wusste, dass diese Beziehung völlig anders sein würde als alle, die sie zuvor hatte.

Nicht, weil sie die Geliebte sein würde, die die Frau für ihren Mann wollte, sondern weil Jason brutal ehrlich war und nie um den heißen Brei herumredete. So viel wusste sie. Diplomatie schien auch nicht seine Stärke zu sein. Keiner ihrer Ex-Freunde war wie er. Vielleicht war jemand wie er genau das, was sie brauchte.

Aber drei Jahre. Auch wenn Jason und Adele es nicht als Ehebruch ansahen, so sahen es doch alle anderen auf der Welt so.

Könnte sie überhaupt mit Bianca darüber sprechen?

Alice hatte keine Ahnung, was sie tun sollte.

»Ich kann es niemandem sagen …«, erkannte sie, und Alice konnte sehen, dass Jason sofort zustimmen wollte, aber dann zögerte er.

»Wenn du dieser Person bedingungslos vertraust, dann kannst du das natürlich, und ich würde diese Person auch gerne kennenlernen«, sagte er schließlich. »Meine beiden wirklich besten Freunde kennst du bereits.«

Alice runzelte die Stirn.

»Adele und Henning?«, fragte sie und überraschte ihn. »Ihr hättet Jimmy rüberschicken können, habt ihr aber nicht«, erklärte Alice ihre Schlussfolgerung.

Jason lächelte sie an, fast so, als ob er Ehrfurcht vor ihr hätte. Wenigstens schreckte ihn ihre Intelligenz nicht ab. Es schien das Gegenteil zu sein.

»Ich muss darüber nachdenken«, sagte Alice nach einem weiteren Moment der Überlegung. »Ich muss mit Bianca darüber reden – mit meiner besten Freundin. Und ich muss herausfinden, ob ich das wirklich will.«

»Verständlich«, sagte Jason.

Danach gab es nichts mehr zu sagen, und Alice drehte sich um und begann, sich anzuziehen, wobei sie spürte, dass Jasons Augen auf ihr verweilten.

Sie sollte wirklich gehen.

Schließlich war es ein Wochentag.

Doch nachdem sie sich verabschiedet hatte und gegangen war, konnte sie immer noch Jasons brennenden Blick auf ihrer Haut spüren, und Alice wusste, dass er sie heute Nacht in ihren Träumen verfolgen würde.

DARK ALLEY

DIE GELIEBTE

DARK ALLEY EPISODE 8

– 30 –

Beim Aufwachen in ihrem eigenen Bett fühlte sich Alice, als ob es kein Wochentag wäre. Sie fühlte sich so behaglich und sicher, fast so, als gäbe es da draußen nichts, was das bequeme Leben, an das sie sich gewöhnt hatte, zu stören drohte. Aber erst als sie die Augen öffnete und die ungewohnte Decke betrachtete, wurde ihr klar, wie sehr sich ihr Leben wirklich verändert hatte.

Mit einem tiefen Seufzer fragte sich Alice, ob sie sich jemals an ihre neue Wohnung gewöhnen würde, die im Vergleich zu ihrer alten riesig war. Selbst wenn sie ein Gehalt hätte, das eine solche Wohnung möglich machen könnte, wusste Alice, dass sie sich trotzdem für eine kleinere Wohnung entschieden hätte. Sie war nicht arm aufgewachsen, aber ihre Erziehung hatte sie gelehrt, dass kein einziger Penny gedankenlos ausgegeben werden sollte. Mehr als das Übliche auszugeben, gab ihr immer noch das Gefühl, Achterbahn zu fahren, und das gefiel ihr gar nicht.

Alice war dankbar, dass es ein Wochentag war, und sie sich einfach in ihre tägliche Routine stürzen konnte.

Auch wenn sie sich noch an die Veränderungen gewöhnen musste, die der Gang durch die neue Wohnung mit sich brachte. Sie begrüßte jedoch auf jeden Fall die automatische, hochwertige Kaffeemaschine. Das war gut angelegtes Geld.

Fertig angezogen und bereit zum Aufbruch, öffnete Alice ihre Wohnungstür in dem Moment, als Jimmy gerade die Türklingel betätigen wollte, und nahm den leeren Thermosbecher, den er ihr bereits entgegenhielt.

»Wie wäre es, wenn du es mir einfach heute Abend gibst, wenn du mich nach Hause bringen?«, schlug Alice vor.

»Ich habe mich nicht getraut zu fragen«, antwortete Jimmy, und Alice hörte ihn hinter ihrem Rücken in seiner Stimme grinsen, während er ihr nach drinnen folgte und die Wohnungstür schloss.

»Wie lange arbeitest du schon für Doppel G?« Alice benutzte seinen Spitznamen für die Firma und versuchte, es wie eine beiläufige Frage erscheinen zu lassen, um mit ihm ins Gespräch zu kommen.

„Ungefähr fünf Jahre", antwortete Jimmy, nahm einen Apfel aus der Obstschale auf ihrer Bar, prüfte ihn kurz und nahm dann einen Bissen davon.

Alice lächelte und schüttelte den Kopf. Er fühlte sich in ihrer Wohnung mehr zu Hause als sie.

„Hast du Grace und ihre Kollegin schon immer gefahren?", fragte sie weiter, bevor sie die Maschine startete.

Wenn sie das Angebot von Jason wirklich in Betracht ziehen wollte, musste sie mehr über ihn und seine Frau herausfinden, Dinge, die nicht aus der Boulevardpresse kamen.

»Ja«, antwortete Jimmy.

»Hast du jemals den Big Boss oder seine Frau getroffen?« Alice versuchte, immer noch lässig zu klingen, obwohl sie wusste, dass sie nicht gut darin war.

»Ja, ein paar Mal bei Firmengalas. Sein Fahrer versucht mir jedes Mal, wenn wir gemeinsam draußen warten, Deutsch beizubringen, aber ich bin schrecklich darin«, lachte Jimmy.

»Oh?«, war alles, was Alice aufbringen konnte, sie wollte sich selbst treten. Andererseits konnte Jimmy nicht wirklich wissen, dass sie Henning bereits getroffen hatte.

»Ja, er ist Deutscher, aber er ist schon seit zwanzig Jahren oder so hier«, fuhr Jimmy fort, den Apfel zu essen. »Wirklich ein netter Kerl, aber niemand, dem man auf die Füße treten will.«

»Das dachte ich mir«, nickte Alice.

»Wie kommt das?«, fragte Jimmy neugierig, während er die letzten Stücke des Apfels wegwarf.

»Ich meine«, zuckte Alice die Achseln, »schließlich ist er der Fahrer des Big Bosses, sollte er nicht auch eine Art Leibwächter sein?«

»Da hast du absolut Recht«, grinste Jimmy sie vergesslich an. »Bereit zu gehen?«

»Auf jeden Fall«, lächelte Alice und übergab ihm seinen jetzt gefüllten Thermosbecher.

»Was machst du dieses Wochenende?« Jimmy redete fröhlich weiter. »Hast du Pläne?«

»Nein«, antwortete Alice und erkannte, dass sie keine Ahnung hatte, was an irgendeinem bevorstehenden Tag in der Woche passieren würde, abgesehen von der Arbeit; das war im Moment die einzige Konstante in ihrem Leben. »Die Hochzeit meiner besten Freundin steht vor der Tür, also werde ich wahrscheinlich das Wochenende mit ihr verbringen, um zu planen und so weiter«, sagte sie nachdenklich und laut.

»Wen nimmst du mit?«, fragte Jimmy und erlaubte ihr, als Erste in den Aufzug zu steigen, was sie an die privaten, von denen Jason ihr erzählt hatte, erinnerte, aber es war Jimmys Frage, die sie sprachlos und geistig leer machte.

»Nein«, schaffte sie zu antworten, aber ihre Gedanken gerieten ins Trudeln.

Wenn sie bei Tristan bliebe, würde sie in drei Monaten jemanden haben, der sie begleitet. Als Alice diese Tatsache erkannte, erstarrte ihr Verstand. In drei Monaten! Sie hatte völlig vergessen, dass ihre beste Freundin Bianca das Hochzeitsdatum wegen ihrer Schwangerschaft vorverlegt hatte. Ihren Freund zu dieser Hochzeit mitzunehmen, würde ihre Beziehung auf die nächste Stufe bringen.

Aber wenn sie sich für Jason entscheiden würde, wäre sie nicht in der Lage, ihn mitzunehmen. Er konnte nicht ihr Date sein.

Wieder musste sie darüber nachdenken, was Jason ihr vorgeschlagen hatte, dass er damit einverstanden sei, dass sie mit anderen Männern ausgeht, vielleicht sogar mit einem, unter der Bedingung, dass er und sie exklusiv sind. Alice wusste bereits, dass sie das nicht tun konnte. Sie konnte sich nicht mit jemandem verabreden und mit einem anderen Mann Sex haben. Es war immer noch Betrug, und das war sie nicht. Sie musste also eine Entscheidung treffen, und ihr wurde klar, dass es dabei keineswegs darum ging, ohne ein Date zu Biancas Hochzeit zu gehen. Vor ein paar Monaten wäre das wahrscheinlich ein Problem gewesen, aber jetzt hatte sich alles geändert. Ihr wurde klar, dass es ihr egal war, was die Leute über sie denken würden, wenn sie allein zu der Hochzeit gehen sollte. Es war ihr völlig gleichgültig. Es ging darum, was sie für sich selbst wollte.

Wollte sie eine normale konventionelle Beziehung oder wollte sie etwas anderes? Ein Teil von ihr wusste bereits die Antwort darauf, aber ein anderer hielt sie zurück. Das Einzige, was Alice über Jason und Tristan wusste, war, wie der Sex mit ihnen war und wie sie ihr Geld verdienten, aber das war es dann auch schon.

Sie kannte eigentlich keinen von beiden, wie sollte sie sich also entscheiden?

»Du bist weit, weit weg«, sagte Jimmy und riss sie aus ihren Gedanken heraus.

»Ja, tut mir leid«, fühlte Alice, wie sie errötete.

»Hochzeiten, hm?«, grinste er und stupste sie an.

»Stimmt«, gab sie zurück. »Die Hochzeit wurde vorverlegt, weil sie schwanger ist, also ist das so.«

»Nun, wenn du keine Verabredung hast und einen Flügelmann brauchst, lass es mich wissen, wann und wo«, bot Jimmy an, und sie konnte an seiner Miene ablesen, dass er ehrlich war.

»Danke«, grinste Alice ihn an. »Vielleicht.«

»Ich würde es nicht anbieten, wenn ich es nicht wollte«, war seine Antwort, und er zwinkerte ihr zu.

Irgendwie war Jimmys fröhliches Benehmen ansteckend erbaulich. Das war er immer, und Alice war dankbar dafür. Auch wenn sie bald eine Entscheidung treffen musste, hatte sie nicht mehr das Gefühl, als würde eine dunkle Wolke über ihr aufziehen. Abgesehen davon, dass Jimmy immer lächelte und gut gelaunt war, war er auch geradlinig. Für einen Moment war sie versucht, ihn zu fragen, ob er mit Jason verwandt war. Das war unmöglich. Abgesehen davon wusste Jimmy nicht, dass sie Jason auf persönlicher Ebene kannte. Sie sahen sich auch wirklich nicht ähnlich. Jimmy war etwa zwei Meter groß und vielleicht noch einen Zentimeter dazu, sah süß aus, war aber fast ein bisschen schlicht, aber definitiv nicht hässlich, hatte braunes Haar und braune Augen.

Seine Augen waren noch dunkler als sein Haar, aber immer noch weich. Diese Augen sahen nicht so aus, als könnte er jemals einer Fliege etwas zuleide tun. Aus irgendeinem Grund konnte sie sich nicht vorstellen, dass dieser Junge eine heimliche dominante Persönlichkeit hätte. Jason hatte fast rabenschwarzes Haar, das ein wenig Silber an den Schläfen zeigte, und seine Augen waren stahlblau und verbargen einen Grünton, den man nur aus der Nähe sehen konnte. Diese Augen waren in der Lage, eiskalt oder grausam oder einfach herrschsüchtig auszusehen.

Nein, sie konnten doch nicht verwandt sein, oder? Und wenn sie verwandt wären und Jason es wüsste, warum sollte er Jimmy dann einen Job als Fahrer geben und nicht etwas Besseres? Nein, das ergab keinen Sinn.

Den Rest der Fahrt konnte Alice nicht aufhören, nach Ähnlichkeiten in Jimmys und Jasons Aussehen zu suchen, obwohl sie sich bereits sicher war, dass ihre Annahme lächerlich war. Aber es war eine süße Ablenkung von dem wirklichen Problem, vor dem sie stand.

♦ ♦ ♦

Alice war dankbar für den engen Zeitplan in dieser Woche, als sie in der Sekunde, in der sie ihre To-Do-Liste überprüfte, erfuhr, dass ein kurzfristiges Treffen am Freitag früh stattfinden sollte.

Es war ihre Aufgabe, die Informationen zu sammeln, die ihr die anderen Assistenten schickten, und Handzettel zu erstellen, einschließlich Korrekturlesen, Lektorat und Faktenprüfung – nur für den Fall der Fälle.

Sie hatte immer noch keinen der anderen Assistenten getroffen – nicht einmal Tim, der Jasons Assistent war –, sondern hatte nur telefonisch mit ihnen gesprochen. Schließlich hatte sie seit einem Monat noch nicht einmal an ihrem neuen Arbeitsplatz gearbeitet.

»Das könnte leicht zu einem Arbeitswochenende werden«, warnte Tim sie. »Mr. Grantham wird in seiner Residenz in der Innenstadt sein, was er normalerweise tut, wenn er damit rechnet, dass Sitzungen länger dauern. Ich sage es Ihnen nur, damit Sie nicht ausflippen, wenn Sie ihn in der Lobby Ihres Wohnhauses sehen. Er ist kein Stalker.«

Alice schluckte unbeholfen, musste an ihren Ex denken und bettelte schweigend darum, dass ihre Stimme sie nicht verriet.

»Ach, wirklich?«, versuchte sie, ahnungslos zu wirken. »Danke für die Warnung.«

«Ja, daran musste ich mich auch gewöhnen«, fuhr Tim am anderen Ende der Leitung fort. »Das ist die Kehrseite des Lebens in einem Grantham Global-Gebäude. Die Arbeit scheint einem überall hin zu folgen.«

Alice kicherte, aber es klang gezwungen.

»Wie auch immer, Sie sollten meine Akten bis zum Ende des Tages haben, ist das schnell genug?«, überprüfte er.

»Auf jeden Fall werden Sie wahrscheinlich der Erste sein, wie beim letzten Mal«, versuchte Alice, dem Mann, der auf so ziemlich alles vorbereitet zu sein schien, ein Kompliment zu machen.

»Tina und ich fordern uns immer gegenseitig heraus«, verriet Tim ihr sein Geheimnis. »Das ist der einzige Grund, warum wir so schnell sind, aber sie macht normalerweise mehr Fehler, was bedeutet, dass ich öfter gewinne, also seien Sie nicht zu hart zu ihr.«

»Worum geht es bei der Wette?« Alice beschloss, noch etwas länger zu plaudern.

»Wer die Hausarbeit macht«, schmunzelte Tim.

»Oh, ihr seid ein Paar?« Alice wurde überrascht und versuchte sich zu erinnern, wessen Assistentin Tina war.

»Nein, Geschwister«, antwortete Tim. »Eigentlich Zwillinge, aber wir leben zusammen.«

»Ich fühle mich, als würde ich schon seit Ewigkeiten in meinem Job arbeiten, und das wusste ich nicht«, scherzte Alice.

»Sie werden uns früh genug kennenlernen. Ich wette, Grace hat vergessen, Ihnen zu sagen, dass alle Assistenten einmal im Monat ausgehen, und die Firma zahlt, wenn wir einen guten Monat hatten«, sagte er ihr.

»Normalerweise kommt sie nicht zu uns, weil sie behauptet, sie sei zu alt. Wie auch immer, es wird nächste Woche am Freitag sein, ich hoffe, Sie haben keine Pläne.«

Einen Moment lang wollte Alice jubeln: Jackpot.

Sie hatte völlig vergessen, wie niedergeschlagen sie sich darüber gefühlt hatte, dass ihre alte Clique immer öfter Ladiesnight absagte und wie deplatziert sie sich bei ihnen fühlte, und nun landete das in ihrem Schoß.

»Ich werde auf jeden Fall da sein«, versuchte sie, nicht allzu aufgeregt zu klingen.

»Oh, und die Fahrer kommen auch«, erklärte Tim. »Das war schon immer so. Ich glaube, es fing damit an, dass die Fahrer dafür sorgten, dass die Damen sicher waren, aber jetzt ist es anders.«

Jimmy wäre auch dabei. Perfekt!

»Es macht mir überhaupt nichts aus«, schmunzelte Alice. »Jimmy und ich sind bereits beste Kumpel.«

»Ich habe es gehört«, lachte Tim und fügte schnell hinzu, als Alice verstummte: »Die Fahrer reden.«

»Warum bin ich nicht überrascht?«, gab sie zurück.

»Ich überlasse es Ihnen dann, Ihre Post zu prüfen. Grace hat eine Nachricht geschickt.«

»Danke, auf Wiedersehen.« – »Bis dann.«

Alice suchte sofort nach einer Videobotschaft von Grace, als sie sah, dass sie auf dem Bildschirm ihres Arbeitstelefons zu sehen war. Es schien, als hätte sie sie gerade abgeschickt, und offensichtlich auch an Tim.

»Hallo, meine Liebe.« Die ältere Frau schien fröhlich zu sein, tatsächlich konnte sich Alice nicht erinnern, ob sie jemals zuvor einen Kosenamen benutzt hatte. »Gute Nachrichten! Meiner Schwester geht es besser! Ich schicke Ihnen diese Nachricht, um Ihnen mitzuteilen, dass ich am Montag zurück bin. Machen Sie's gut. Grace.«

Alice wusste nicht, warum ihre Fröhlichkeit nachließ, als sie diese Botschaft sah. Es war gut, dass Grace zurückkam, denn die Arbeit stapelte sich. Ein großer Teil ihrer Arbeit bestand darin, den anderen Assistentinnen zu helfen und dafür zu sorgen, dass alles korrekt abgelegt wurde, und sie sprangen ein, wenn eine der anderen Assistentinnen krank oder im Urlaub war. Letzteres war glücklicherweise nicht der Fall gewesen, aber Alice erkannte, dass sie befürchtete, ihre Arbeit würde noch eintöniger werden, da sie nicht mehr das ganze Reden übernehmen würde.

Das war eigentlich seltsam, denn bevor sie diesen Job hatte, war sie erleichtert, als das Telefon nicht mehr klingelte und sie ihre Aufgaben erledigen konnte, ohne dass sie jemand störte.

Dennoch war das Lesen eines Buches mit einer Tasse Kakao ihre Vorstellung von Entspannung, aber es machte ihr irgendwie Spaß, andere Menschen zu koordinieren.

Wenn Alice darüber nachdachte, wurde ihr klar, dass sie sich Sorgen machte, Grace zu treffen.

Das Letzte, was sie wollte, war, dass diese reizende Dame aus den Videobotschaften sie nicht mochte. Es war eine dumme Sache, sich Sorgen zu machen, aber sie konnte nicht anders. Wenn Grace sie nicht mochte, wusste Alice, dass die Arbeit viel weniger Spaß machen würde. Aus irgendeinem Grund ging es bei ihren Sorgen nicht um sie als Person. Sie wollte einfach nicht, dass die Arbeit lästig wurde, weil Grace es auf sie abgesehen hatte. Die Leute mussten Alice nicht mögen, um mit ihr zu arbeiten, es machte die Dinge nur viel einfacher, wenn sie es taten. Obwohl sie nur ein paar Tage in diesem neuen Job war, wusste Alice, dass sie ihn behalten wollte, und zwar nicht, weil sie Jason dadurch irgendwie näher stand, sondern weil sie ihn mochte. Nach nur ein paar Wochen konnte sie diesen Job nicht wirklich beurteilen, aber sie fühlte sich geschätzt und willkommen.

Der Tag verging im Eiltempo, als ob Stunden nur Minuten wären, und bevor Alice es merkte, war es Zeit für sie, nach Hause zu gehen.

Es war bereits dunkel draußen, und der einzige Grund, warum sie überhaupt daran dachte, nach Hause zu gehen, war ihr etwas schlechtes Gewissen bezüglich Jimmy, der auf sie warten würde. Zu der Zeit wusste sie, dass es beinahe lächerlich wäre, ihn anzurufen und ihm zu sagen, er solle nach Hause gehen, und das war der einzige Grund, warum sie ihn anrief, um ihm zu sagen, dass sie nach unten käme.

Alice fürchtete sich vor dem Gedanken, nach Hause zu gehen. Es war Mitte der Woche. Es blieben ihr noch zwei Tage bis zum Wochenende, zwei zusätzliche Tage, an denen sie sich mit Arbeit begraben und die unausweichliche Entscheidung vermeiden konnte, ob sie eine normale Beziehung mit Tristan fortsetzen oder die akzeptierte Geliebte von Jason werden wollte.

Würde Alice ihrem ersten Impuls folgen, wäre die Entscheidung leicht zu treffen, aber ihr erster Impuls berücksichtigte nie die Probleme, die sich unweigerlich daraus ergeben würden. So sehr sie es auch wollte, denn nachdem ihr Bauchgefühl sie dazu gebracht hatte, die Dark Alley zu erkunden, musste Alice dies durchdenken. Sie wusste, dass sie so bald wie möglich mit Bianca darüber sprechen musste, aber ihre beste Freundin steckte in den Vorbereitungen für ihre Hochzeit fest.

Selbst wenn Alice Glück hatte und nicht das ganze Wochenende im Büro festsaß, hatte ihre beste Freundin wahrscheinlich keine Zeit, alles mit ihr durchzusprechen. Natürlich konnte sie Bianca einfach anrufen, aber das war nichts, worüber man am Telefon sprach. Sie mussten sich treffen, aber Alice konnte ihre beste Freundin nicht zum Mittagessen einladen, denn auch dort konnte man sie belauschen.

Alice stieß einen tiefen, verzweifelten Seufzer aus.

»Irgendetwas stört dich wirklich«, sagte Jimmy, »das ist ganz offensichtlich.«

»Ja«, antwortete sie und versagte dabei, ein Gähnen zu unterdrücken.

»Es hält dich sogar vom Schlafen ab?« Nun lag Sorge in der Stimme ihres Fahrers.

»Vielleicht ein bisschen«, gestand Alice schließlich vor sich selbst ein. »Es ist nur … ich muss eine große Entscheidung treffen, privat … und ich habe das Gefühl, dass es keine richtige Wahl gibt. Und obwohl ich weiß, was ich wählen möchte, ist es einfach so, dass … es Konsequenzen gibt, und ich weiß nicht, ob ich damit leben kann.« Sie ließ einen weiteren tiefen Seufzer los. »Ich weiß ehrlich gesagt nicht, warum ich dir das erzähle.«

»Weil ich gefragt habe und weil ich vertrauenswürdig bin«, lächelte Jimmy sie leise an. »Und weil wir Freunde sind.«

Alice konnte nicht anders, als zurückzulächeln. Er hatte Recht.

»Ja«, gab sie zurück.

Manchmal trifft man eine Person und es macht direkt klick. Es ist, als ob man sich schon immer gekannt hat. Es entsteht sofort ein tiefes Vertrauen und Verständnis. Und, was am wichtigsten ist, es ist keine körperliche Anziehung, keine Liebe auf den ersten Blick.

»BFFs auf den ersten Blick, richtig?«, lachte Jimmy.

»Genau meine Gedanken«, schüttelte Alice den Kopf.

»Hör zu, Ace«, begann er, aber sie konnte nicht umhin, seinen Spitznamen für sie zu wiederholen:

»Ace?«, kicherte sie, er gab jedem und allem Spitznamen, erinnerte sich Alice. »Irgendwie mag ich das.«

»Gut zu wissen«, grinste Jimmy. »Wie ich schon sagte, Ace. Ich brauche keine Details, aber vielleicht kann ich helfen.«

»Vielleicht kannst du das«, sinnierte Alice, schließlich war er ein Kerl und hatte eine ganz andere Perspektive.

»Also, dann schieß los.«

»Es ist eine Beziehungssache«, musste sie vorsichtig auftreten, und er warf ihr einen kurzen pseudo-skeptischen Blick zu, bevor er seine Aufmerksamkeit wieder auf die Straße lenkte.

»Okay, wir sind fast zu Hause, das klingt, als bräuchte es meine volle Aufmerksamkeit«, kommentierte Jimmy, und Alice grinste.

Den Rest des Weges zu ihrem Wohnhaus und bis zu ihrer Wohnung überlegte Alice im Stillen mit sich selbst, ob sie mit Jimmy über die Entscheidung, die sie treffen musste, sprechen sollte und was sie ihm schließlich genau sagen sollte. Und da wurde ihr klar, dass es gar nicht so knifflig war, wenn sie ihr Problem auf das Wesentliche reduzierte.

»Was möchtest du trinken?«, fragte sie, nachdem sie ihre Wohnung betreten hatten.

»Etwas Kaltes mit Koffein«, antwortete Jimmy und brachte sie zum Lachen. »Koffein ist mein Treibstoff.«

»Das dachte ich mir", grinste sie ihn an. „Aber ich habe nur Cola Light.«

»Das ist für mich in Ordnung.«

Alice schenkte den beiden ein Glas Cola Light ein, trug sie ins Wohnzimmer und setzte sich neben Jimmy, der auf der Couch saß und die Aussicht bewunderte.

»Ja, ich stimme zu, die Aussicht ist atemberaubend«, sagte Alice und gab Jimmy seinen Drink.

»Ich schaute mich eigentlich selbst an«, gab er zurück, und Alice konnte nicht reagieren, außer ihm zuzuzwinkern. … Wirklich?

»Das war nur ein Scherz«, lachte Jimmy und schüttelte den Kopf.

»Da hast du mich kalt erwischt«, kicherte sie.

»Nun, da du lachen kannst, kann es keine unmögliche Entscheidung sein«, lächelte er sie an, und – sehr zu ihrer Überraschung – er grub nicht tiefer.

Jimmy wartete darauf, dass sie die richtigen Worte fand und das eigentliche Gespräch begann, und sie war sich sicher, dass er, wenn sie ihre Meinung richtig änderte, jetzt mit allem anderen einverstanden sein würde. Alice hatte in den letzten Wochen mehr Glück gehabt, als sie verdient hatte. Dessen war sie sich sicher.

„Lange Rede, kurzer Sinn", begann sie und musste sich räuspern. „Ich muss mich zwischen zwei Männern entscheiden."

Alles, was Jimmy tat, war sich ihr zuzuwenden und ihr seine volle Aufmerksamkeit zu schenken. Es gab absolut kein Urteil in seinem Ausdruck, er wartete einfach darauf, dass sie weitermachte.

»Beide sind heiß«, errötete Alice, als die Worte über ihre Lippen kamen. »Klug, karrieresüchtig und … na ja … experimentierfreudig. Der eine ist in meinem Alter, der andere ist acht Jahre älter. Der eine ist Reporter, der andere ein erfolgreicher Geschäftsmann.«

Jimmy sagte immer noch kein Wort, aber sie konnte seine Gedanken aus seinem Gesicht ablesen.

»Du hast Recht«, seufzte sie. »Ich sollte mich an die Dinge halten, die mir wichtig sind, oder?«

»Ich hab‘ nix gesagt.« tat Jimmy sich unschuldig.

»Einer von ihnen versuchte, mich zu erpressen, machte ‚nen Rückzieher und entschuldigte sich, und der andere tat es nicht«, fuhr sie fort und seufzte. »Einer will sich mit mir verabreden«, fuhr sie fort und beobachtete Jimmys Reaktion genau, »und gibt mir das Gefühl, als wolle er, dass ich in der Beziehung die Zügel in die Hand nehme, und der andere ist definitiv … dominant – aber er ist verheiratet.«

Als Jimmy ihre letzten Worte hörte, reagierte er genau so, wie sie es erwartet hatte: skeptisch.

»Seine Frau duldet es. Ich habe sie getroffen. Sie ist damit einverstanden. Das tun sie nicht … ihre Ehe ist nicht echt. Wir wären exklusiv, müssten es aber geheim halten«, fügte Alice hinzu.

Jimmy schaute sie nur an, als ob er versuchte, sie zu lesen. Sehr zu ihrer Erleichterung erschien er immer noch nicht so, als würde er über sie oder irgendjemanden urteilen. Es passte zu den Gesprächen, die sie über Beziehungen führten, und dass sie manchmal nicht funktionierten, obwohl der Sex großartig war.

Wenn sie daran dachte, wanderten ihre Gedanken nicht zu Jason, sie dachte an Tristan.

»Mein Vater hat mir zwei wichtige Leitsätze beigebracht, die ich immer wiederhole«, sagte Jimmy plötzlich. »Vor allem, wenn ich bei etwas nicht weiterweiß und mich bei nicht entscheiden kann.«

Alice nickte und zog ihre Füße unter ihren Körper und auf die Couch, nachdem sie aus ihren Schuhen geschlüpft war.

»Zuerst«, hob Jimmy einen Finger und wirkte plötzlich alles andere als jungenhaft, als er sprach. »Wie sich andere Menschen fühlen, liegt nicht in deiner Verantwortung. Und zweitens«, hob er einen zweiten Finger, »denke immer daran, was du tun würdest, wenn du keine Angst hättest.«

Nachdem er den Satz beendet hatte, nahm er einige Schlucke seiner Cola Light und beobachtete, wie Alices Verstand arbeitete.

Sie musste seine Worte sacken lassen und fragte sich, ob sie mit diesen beiden Sätzen, die so viel Sinn machten, leben konnte.

Die Sorge um das, was andere dachten, machte sie überhaupt nicht glücklich, und die Angst davor, wie andere Menschen reagieren würden, hielt sie davon ab, Dinge zu tun, nach denen sie sich wirklich sehnte. Plötzlich schien alles so klar zu sein.

Sie hatte in Erwägung gezogen, mit Tristan auszugehen, weil er die sichere Wahl war: er war ledig, in ihrem Alter, in keiner Weise in ihre Arbeit involviert, und niemand würde schlecht über sie denken, wenn er ihr Freund wäre. Aber in Wahrheit wollte sie mit Jason zusammen sein. Alice wusste das von dem Moment an, als er ihr alles erklärte und ehrlich zu ihr war. Sie wusste, dass Jason sie niemals erpressen würde. Schließlich hatte er ihren Wunsch akzeptiert, sich von ihm fernzuhalten. Jason hatte sie in Sicherheit gebracht, als ihr die ganze Welt bedrohlich erschien, und er hatte nichts als Gegenleistung erwartet. Und gerade jetzt schien Tristan fast stillschweigend gefordert zu haben, dass Alice sich mit ihm verabreden sollte, als er seinen Versuch, sie zu erpressen, fallen ließ. Oder vielleicht hatte sie gerade jetzt übertrieben.

»Dein Vater ist ein weiser Mann«, sagte Alice schließlich und Jimmy nickte.

»Ja, das war er.«

– 31 –

Alice und Jimmy sahen schließlich fern und bestellten Pizza, und sie fühlte sich definitiv nicht nur erleichtert, sondern auch wieder zehn Jahre jünger, als sie in einer Dating-Show festsaßen und sich darüber lustig machten. Da Alice wusste, dass die Nacht der Assistenten und des Fahrers vor der Tür stand, war sie sich sicher, dass Jimmy der perfekte Flügelmann für sie sein würde, und sie würde sich überhaupt nicht unbehaglich fühlen. Aber es gab noch etwas Wichtigeres als das: die Entscheidung, die getroffen worden war.

Als sie Jimmy am nächsten Morgen die Tür öffnete, überreichte sie ihm nicht nur seine mit Kaffee gefüllte Thermoskanne, sondern auch ein frisch aufgewärmtes Croissant.

»Wow, du verwöhnst mich«, grinste Jimmy sie an, schnüffelte an seinem Leckerli und nahm einen großen Bissen, wobei er weiterredete, während er noch mampfte. »Was habe ich getan?«

»Du warst ein guter Freund«, grinste Alice ihn an und manövrierte ihn aus ihrer Wohnung.

»Ich werde jetzt jeden Tag ein guter Freund sein«, gab Jimmy zurück und biss von seinem Croissant ab. »Scheiße, ist das lecker!«

»Da stimme ich dir zu«, lachte Alice und neckte ihn: »Jetzt gehen wir zur Arbeit. Nun, für mich wird es Arbeit sein, aber du kannst dir den Vormittag frei nehmen und mir dann das Mittagessen bringen. Es gibt viel zu tun.«

»Oh ja, da hast mir von erzählt«, schob sich Jimmy den Rest seines Croissants in den Mund und redete ungeniert weiter. »Freitag ist ein Last-Minute-Treffen. Ich möchte nicht in deiner Haut stecken, vielleicht muss ich am Samstag zur Arbeit … oh, warte …"

Beide lachten laut. Schließlich würde er, wenn sie arbeitete, auch arbeiten.

Alice war immer noch dankbar für das Arbeitspensum des Tages, weil es sie von dem ablenkte, was sie zu tun hatte. Es ging nicht darum, Jason zu sagen, dass sie bereit war, es zu versuchen, sondern darum, Tristan loszuwerden.

Sie hatte ein schlechtes Gewissen, weil sie ihm gerade gesagt hatte, dass sie sich mit ihm verabreden wolle, und nun machte sie eine Kehrtwende. Alice musste einen Weg finden, ihn sanft abzuservieren, obwohl sie wusste, dass es keinen einfachen Weg gab. Das wäre für sie so, als würde man ihr ein Pflaster abziehen, aber wer wusste, was das für ihn bedeuten würde.

Als Alice über ihrem klebrigen, fettigen Burger mit Pommes Frites und der nutzlosen Diät-Coke saß, konnte sie nicht umhin, alle Möglichkeiten durchzuspielen, wie ihr Treffen mit Tristan ablaufen konnte.

Wie bei jedem Problem, das sie jemals gehabt hatte, konnte sie nicht anders, als jede einzelne Möglichkeit auszuloten, wie diese Aussprache würde enden können.

Es war dumm. Alice wusste das. Aber die Art und Weise zu ändern, wie sie sich immer Sorgen über Dinge machte, die ihr unangenehm waren, würde einige Zeit dauern. Es gab nur eine Sache, die sie davon abhielt, sich noch weiter zu quälen.

Mit einem tiefen Seufzer schloss Alice ihr Telefon auf und begann, eine Nachricht an Tristan zu tippen, aber ihre Finger schwebten weiter über dem Bildschirm, nachdem sie ein »Hi« getippt hatte.

Wie sollte sie ihn bitten, sie zu treffen?

Das Letzte, was sie tun wollte, war, ihm den gefürchteten Satz »wir müssen reden« zu texten, aber es war die Wahrheit, und ihn vor dem zu warnen, was kommen würde, war definitiv besser, als dass er sich auf ihr Treffen freute, nur um dann der hässlichen Wahrheit ins Auge zu sehen.

Alice seufzte noch einmal und gab sich mit Ehrlichkeit zufrieden und tippte die Nachricht weiter, die niemand lesen wollte.

Einen Moment lang blickte sie auf das Display und sah, dass ihr Text zwar empfangen, aber nicht gelesen worden war, und dann legte sie ihr Telefon beiseite und bedauerte, dass sie nicht gewartet hatte, bis sie kurz vor dem Heimweg stand, denn nun würde sie auf den summenden Lärm warten, der eine Antwort verkündete.

Sie hatte es verdient. Alice befand sich bereits in der Grauzone in Bezug auf Treue, als sie Tristan sagte, dass sie mit ihm ausgehen wolle, nur um am Ende Sex mit Jason zu haben. Eines der wenigen Dinge, die sie nie sein wollte, war eine Betrügerin. Sie hatte auch nie die Geliebte sein wollen, aber die Umstände waren einmalig, als es um Jason und Adele ging. Andererseits konnte jeder argumentieren, dass auch ihre Situation einzigartig war. Wenn sie an Mr. und Mrs. Grantham dachte, musste sie sich daran erinnern, dass es kein Betrug war, denn Adele hatte sie tatsächlich gebeten, die Geliebte ihres Mannes zu sein, obwohl niemand diesen Begriff jemals benutzt hatte. Jason wollte, dass sie seine Freundin ist, damit sie exklusiv sind, und Adele stimmte dem zu. Es war also kein Betrug, jedenfalls nicht für sie. Für den Rest der Welt war dies wahrscheinlich ein Skandal. Und wenn Alice absolut ehrlich war, mochte sie skandalös, denn genau das hatte Jason ihr angetan. Alice hatte keine Ahnung, wie lange sie sich auf die Arbeit konzentrieren konnte, bis das summende Geräusch ihr Ohr erreichte.

Zu ihrer großen Überraschung hatte sie die Botschaft, die sie Tristan geschickt hatte, irgendwie vergessen, und die Erinnerung daran fühlte sich jetzt wie eine kalte Dusche an. Zögernd wandte sie sich dem Telefon zu und starrte es nur an, während sie dachte, es sei besser, es hinter sich zu bringen, als sich selbst zu quälen.

Für einen kurzen Moment, als sie ihr Telefon aufschloss und die Vorschau-Nachricht bereits weg war, dachte sie, dass es vielleicht keine Nachricht von Tristan war, nur um seinen Namen oben auf dem Text zu lesen.

»Okay, wann?«, hatte er zurückgeschrieben und: »Muss ich mir Sorgen machen?«

Es war die zweite Hälfte der Botschaft, die eine seltsame Wirkung auf sie hatte, denn wusste nicht jeder, was der von ihr gesendete Text bedeutete?

Ihre Verärgerung wich schnell der Sorge. Offensichtlich hoffte er, dass sie auf diese Art und Weise schrieb.

»Heute Abend?«, textete sie zurück. »Du kannst mich von der Arbeit abholen, und wir können zu Abend essen gehen.«

Wieder legte Alice das Telefon beiseite und versuchte, sich wieder auf die Arbeit zu konzentrieren, indem sie die letzte Präsentation einschließlich der Handzettel Korrektur las. Für den nächsten Morgen musste alles perfekt sein.

Als ihr Telefon wieder klingelte, beschloss sie, Tristan warten zu lassen. Nicht, weil sie ihn ärgern wollte, sondern weil sie sichergehen wollte, dass ihr kein Fehler unterlaufen war. Sie wollte sich oder eines der Vorstandsmitglieder nicht in Verlegenheit bringen. Erst nachdem sie ihre Aufgabe erledigt hatte, griff sie wieder nach ihrem Smartphone.

»Okay, um wie viel Uhr?«, war seine Antwort.

Alice war verärgert, denn wie schwierig war es, einen Zeitpunkt vorzuschlagen und nicht so passiv zu sein? Aber er wusste wahrscheinlich, was passieren würde, und wollte sie nicht verärgern. Das ging nach hinten los. Beim Durchgehen der Akten, die sie durchgesehen hatte, gab es nur eine Präsentation und einen Merkzettel, die sie sich ansehen musste, und sie hoffte, dass es am nächsten Morgen keine Änderungen in letzter Minute geben würde, obwohl es immer welche gab. Glücklicherweise gab es eine Vergleichsfunktion, die ihr weiterhalf, aber für Alice bedeutete das auch, dass sie früh zu Bett gehen musste, damit sie früh zur Arbeit kommen konnte.

»In einer Stunde, draußen vor dem Büro«, schrieb sie zurück, schickte Jimmy eine Nachricht, dass sie ihn heute Abend nicht brauchen würde, und stellte ihr Telefon auf »Nicht stören«.

♦ ♦ ♦

Als sie fünfundfünfzig Minuten später das Gebäude verließ, wusste Alice, dass sie ihr Telefon hätte überprüfen sollen, bevor sie die Arbeit beendete, aber sie wollte sich einfach nicht damit quälen, an etwas zu denken, das sie nicht vorhersehen konnte. Zum ersten Mal seit langer Zeit war sie bereit, sich überraschen zu lassen und sich nicht darum zu kümmern, ob es gut oder schlecht war. Tristan zu sagen, dass sie ihre Meinung geändert hatte, konnte unmöglich angenehm sein. In dem Moment, als sie in ihre Handtasche griff, um ihr Telefon auf Tristans Nachricht zu überprüfen, sah sie ihn aus einem anderen Auto aussteigen als beim letzten Mal. Es war ein kleines, silbernes Coupé. Alice runzelte die Stirn, aber sie zwang sich, nicht zu versuchen, herauszufinden, was das bedeuten könnte. Also beschloss sie stattdessen, ihm ein freundliches Lächeln zu schenken, als sie auf ihn zuging.

Alice erwartete nicht, dass er versuchen würde, sie zu küssen, als er ihr die Autotür öffnete, und es gelang ihr kaum, ihm auszuweichen. Also legte sie ihre Hand an seine Brust, um ihn zum Zurückweichen zu bewegen.

Das wäre unangenehm geworden.

»Oh, okay«, kommentierte Tristan und gab ihr etwas Raum.

Für einen Enthüllungsreporter holte er nur langsam auf, oder vielleicht wollte er die klare Botschaft, die sie ihm geschickt hatte, auch nicht verstehen.

»Vielleicht ist es keine gute Idee, dass wir etwas essen gehen«, zwang sich Alice, ihm direkt in die Augen zu schauen; schließlich war diese Situation ihre Schuld.

Aus den Augenwinkeln konnte sie sehen, wie sich Tristans Hand um den Türrahmen presste, den er immer noch in der Hand hielt.

»Du machst also Schluss mit mir«, betonte er das vierte Wort, und Alice konnte nicht anders, als zu erwarten, dass seine Hand das Metall, das er zu fest griff, verformen würde.

»Ja«, bestätigte sie, noch bevor sie die wohlüberlegte Entscheidung als direkt und ehrlich erscheinen lassen konnte.

Dies war eine neue Seite von ihr. Normalerweise war sie jemand, der so lange um den heißen Brei herumredete, bis ihr Gegenüber nicht mehr anders konnte, als die Wahrheit auszusprechen.

»Es tut mir wirklich leid«, fügte sie hinzu, ihr Blick floh aus seinem Gesicht und versuchte sich zu verstecken, indem sie auf den Bürgersteig zu ihren Füßen sah.

Aber Alice zwang sich, Tristan wieder anzuschauen und wartete darauf, dass er sie nach dem »Warum« fragte, dass er wütend, traurig oder was auch immer wurde. Jedoch starrte er sie einfach nur ausdruckslos an.

»Es ist King, nicht wahr?«, fragte er plötzlich.

Da war er: der ermittelnde Reporter.

Alice hatte keine Ahnung, wie Tristan eins und eins möglicherweise zusammengezählt haben könnte, und ihr Verstand raste. Es gab nur eine Situation, in der die beiden Männer einander begegnet waren, und das war, als sie ihn gezwungen hatte, zuzusehen, wie sie von Jason in der Alley gevögelt wurde.

»Lass dich auf jeden Fall überraschen«, seufzte Tristan. »Aber ich bin nicht dumm, und ich bin aufmerksam.«

Er drückte die Tür zu, lehnte sich an den Rahmen des Coupés und verschränkte die Arme vor der Brust.

»Offensichtlich«, war der Kommentar von Alice.

Vor nicht allzu langer Zeit noch hätten seine Worte sie eingeschüchtert oder so, wie er sich jetzt gerade verhielt, vielleicht sogar anzogen. Aber jetzt nicht mehr.

Er stellte eine Tatsache, eine Wahrheit fest, und es war nichts Beeindruckendes daran. Sie gab ihm keine Gelegenheit, etwas anderes zu sagen.

»Ehrlich gesagt«, fuhr sie fort, »wollte ich die Tatsache ignorieren, dass du versucht hast, mich zu erpressen. Aber ich komme immer wieder darauf zurück, wenn ich daran denke, es ernst mit dir zu meinen. Ich habe es wirklich versucht, ich wollte dir wirklich eine Chance geben, aber mir wurde klar, dass ich es aus den falschen Gründen tat.«

»Ist das der einzige Grund?« Tristan runzelte die Stirn und war skeptisch ihren Worten gegenüber.

»Das ist der einzige Grund, über den du nachdenken solltest«, gab Alice zurück und versuchte, sich abzureagieren, als sie anfing, wütend zu werden.

»Ich habe es nicht durchdacht, als ich das getan habe«, gab er zu und gestikulierte mit einer Hand. »Ich wusste sofort, dass es falsch war, als die Worte aus meinem Mund kamen.«

»Das ändert nichts«, schüttelte Alice den Kopf. »Tatsache ist, du hast es getan. Es ist gut, dass du dir bewusst bist, dass es falsch war, aber es ändert nichts an der Tatsache, dass du es gesagt hast. Dass du bereit warst, mich zu erpressen, um das zu bekommen, was du willst. Alles andere, jeder andere Grund, den ich haben könnte, sollte dich nicht so sehr betroffen machen wie dieser. Du kannst nichts ungeschehen machen. Ich kann es nicht aus meinem Gedächtnis löschen, selbst wenn ich es wollte.«

»Ich hab's verstanden. Ich hab's vermasselt, und es ist alles meine Schuld«, nickte Tristan und ließ die Hände zur Seite fallen, aber in seiner Stimme klang etwas Seltsames mit.

»Nein, es ist nicht alles deine Schuld«, presste Alice ihre Lippen zu einer dünnen Linie zusammen und schüttelte erneut den Kopf. »Ich hätte nicht gegen meinen Instinkt handeln und mich mit dir verabreden sollen. Ich habe dich benutzt, um vor mir selbst und vor dem, was ich wirklich will, zu fliehen, und du warst genau da, um mir dabei zu helfen. Und das tut mir leid.«

Tristan sah sie nur an, sein Gesicht war fast leer, wäre da nicht die Traurigkeit in seinen Augenwinkeln verborgen gewesen.

»Und obendrein«, fügte Alice hinzu. »Wir kennen uns nicht wirklich. Nicht einmal genug, um darüber nachzudenken, danach Freunde zu sein. Ich weiß nur, dass du einen kleinen Bruder hast, der bei der Alley arbeitet, dass du ein Enthüllungsreporter bist und dass du zwei Autos hast.« Sie gestikulierte auf das Coupé.

»Der gehört meinem Bruder«, erklärte Tristan, erzählte ihr aber nicht die Dinge, die er über sie wusste, was eigentlich fast nichts sein sollte, aber irgendwie war sich Alice da nicht so sicher.

Und doch kam sie nicht umhin, sich zu fragen, warum Tristan sich das Auto seines Bruders geliehen hatte. Das sollte sie nicht tun. Selbst wenn es gewesen wäre, um sie zu beeindrucken, war es nicht wichtig, und darum ging es auch nicht. Also schwieg sie.

»Soll ich dich nach Hause fahren?«, bot Tristan plötzlich an, und Alice war sich nicht sicher, was sie antworten sollte. »Wenn du willst, können wir immer noch essen gehen. Ich hätte nichts dagegen. Um ehrlich zu sein, würde mir das gefallen. Vielleicht können wir … ich weiß nicht … doch Freunde sein?«

Alice zögerte eine Sekunde lang und fragte sich, was seine Absicht dahinter sein könnte. Andererseits wollte sie nicht wegen jeder Kleinigkeit um sie herum misstrauisch sein.

»Sicher, warum nicht«, zuckte sie mit den Schultern. »Ich bin am Verhungern.«

Also öffnete Tristan die Autotür wieder und half ihr beim Einsteigen und schloss sie hinter sich. Alice tat die ganze Zeit ihr Bestes, um nicht das Schlimmste von ihm zu erwarten. Vielleicht lud er sie ein, weil er immer noch hoffte, er könne sie für sich gewinnen. Vielleicht war er einfach nur vollkommen ehrlich in dem, was er ihr gesagt hatte. Wahrscheinlich würde sie es nie erfahren, es sei denn, sie könnte auf wundersame Weise plötzlich Gedanken lesen. Und irgendwie fühlte sie sich in dem kleinen Fahrzeug gefangen und fragte sich, ob dies die richtige Entscheidung war. Aber selbst wenn sich dies als die falsche Idee herausstellen sollte, wusste Alice, dass sie immer noch ein Taxi oder sogar Jimmy rufen konnte, um sie nach Hause zu bringen.

Als Alice darüber nachdachte, wurde ihr klar, dass ihr keiner von denen, die sie früher als ihre Freunde ansah, in den Sinn gekommen war. Bianca kam nicht in Frage, weil Alice ihr ungeborenes Kind in keiner Weise gefährden wollte. Aber was war mit den anderen? Alle Frauen, die in der Nacht, in der sie Jason traf und in die Dark Alley eingeladen wurde, mit ihr ausgegangen waren? Alice hatte kaum mit ihnen geredet oder Nachrichten ausgetauscht. Natürlich könnte sie argumentieren, dass sie auch versucht haben könnten, in Kontakt zu bleiben, aber Freundschaft ist keine einseitige Sache.

Alice trug die gleiche Schuld wie ihre alten Freunde. Natürlich mussten sie sich um ihre Familien kümmern, und sie hatte vor Kurzem eine neue Arbeitsstelle bekommen und war umgezogen, aber im Moment gab es auf ihrer Seite keine akzeptable Entschuldigung, sie nicht zu kontaktieren.

»Alice?« Tristans Stimme ließ ihren Gedankengang stolpern.

»Es tut mir leid, was hast du gesagt?«, sagte sie entschuldigend und fügte ein zaghaftes Lächeln hinzu.

»Ich habe gefragt, ob du das Restaurant aussuchen willst«, wiederholte Tristan seine Frage zurückhaltend.

Sie konnte ihm keinen Vorwurf machen.

»Ich wüsste nicht, welches ich wählen sollte«, gab Alice zu.

Das einzige Restaurant, in das sie regelmäßig ging, war dasjenige, in das Bianca und sie gingen, wenn sie sich zum Mittagessen trafen, und sie wollte das Heiligtum dieses Ortes nicht gefährden.

Sie schlug vor: »Lass uns zu dem großen am Strand gehen«, und erinnerte sich an einen Ort, an den ihr Ex sie immer schleppen wollte, weil es dort alle Arten von Bier gab.

»Die Brauerei?«, fragte Tristan, und Alice nickte.

Sie war nicht sicher, ob es derselbe Ort war, aber alles war besser, als ein ewig andauerndes Gespräch darüber zu führen, wohin sie gehen sollten.

Es war ja nur ein Abendessen.

Eine weitere großartige Sache an den Restaurants am sogenannten Strand, der am Ufer des Sees lag und keinen Sand, sondern nur einen breiten Bürgersteig hatte, war, dass er in der Nähe ihres Wohngebäudes lag. Und wenn es wirklich der Ort war, den ihr Ex ihr hatte zeigen wollen, dann war es nicht sehr romantisch, sondern eher ein Lokal, in das man seine Freunde mitnahm.

Genau wie Alice gehofft hatte, war der Ort ganz in der Nähe und auch riesig.

Das gesamte Gebäude war mit Holz gebaut worden, um ihm ein Vintage-Aussehen zu verleihen. Sogar das Innere war aus dem gleichen Material, und die Tische, Bänke und Stühle waren aus riesigen Baumstämmen geschnitzt worden.

In Wirklichkeit sah es sogar noch besser viel aus.

Alice und Tristan brauchten gar nicht auf einen Tisch zu warten, denn eine Kellnerin war bereits am Eingang und führte sie durch den riesigen Raum zu einem Tisch am Fenster, der glücklicherweise gerade frei geworden war. Alice saß nicht gern in der Mitte des Raumes, vor allem jetzt nicht, da sie nicht wusste, welches Thema Tristan für ihr Gespräch wählen würde.

Insgeheim hoffte sie, dass er einfach weitermachen und versuchen würde, sich mit ihr anzufreunden. Das würde ihr nichts ausmachen, aber es wurde ihr immer klarer, dass er auch kein Material für beste Freunde war.

Jetzt, da sie ihre Wahl getroffen hatte, wurde ihr umso klarer, dass sie nicht in der Lage war, über diesen enormen Fehler, den Tristan begangen hatte, hinwegzusehen und zu erkennen, was für einen Charakterfehler diese Handlung enthüllt hatte.

Wenn Alice ihn mit Jimmy verglich, den sie noch weniger lange kannte, würde sie leicht ihren Fahrer dem Mann vorziehen, der versucht hatte, sie zu erpressen, damit sie seine …

Was sein konnte? Seine Sub?

Nein, Tristan schien nicht der Typ dafür zu sein. Und selbst wenn er es wäre, würde sie ihn nicht als ihren Meister haben wollen.

Es war keine Überraschung, aber dennoch ein Schock, als Alice erkannte, dass sie Tristan nicht traute und dass sie ihn als einen würdigen Partner betrachtet hatte.

Alles wegen dem, was man ihr beigebracht hatte, was die Gesellschaft von ihr erwartete.

»Du bist nicht wirklich hier bei mir«, sagte Tristan und schaute sie über seine Speisekarte hinweg an.

»Verzeih«, entschuldigte sie sich. »Ich habe im Moment so viel um die Ohren, dass ich leicht abgelenkt werde.«

»Das würde ich auch«, antwortete Tristan, aber sie hatte nicht das Gefühl, dass er ihre Erklärung akzeptierte. »Neuer Job, neue Wohnung, deine beste Freundin heiratet. Das ist eine Menge.«

Hatte sie ihm all dies bereits erzählt? Sie sollte von nun an vorsichtiger mit dem sein, was sie anderen Menschen erzählte.

»Ja«, Alice erholte sich schnell von ihrer Verwirrung, »das ist es tatsächlich. Ich bin die Trauzeugin, und es ist so viel los bei der Arbeit. Ich arbeite für zwei, während ich noch lerne. Ich habe kaum Zeit für meine Freunde, geschweige denn für meine Familie.«

Ihre Familie war ein Thema gewesen, von dem sie sich ferngehalten hatte, weil sie immer mit Menschen zu tun hatte. Die meisten ihrer Freundinnen und Freunde wussten nicht viel über sie, was das betraf, nur ihre engsten Freunde wussten es, und sie wussten, dass Alice die Verbindung zu fast allen ihrer Verwandten abgebrochen hatte.

Aber das war etwas, das Tristan nicht wissen konnte und auch nicht wissen musste.

»Nur Arbeit, kein Vergnügen, was?«, kommentierte er. »Willst du mir sagen, dass du deine Meinung geändert hast, weil du dich auf deine Karriere konzentrieren willst?«

»Du hast mir vorhin zugehört, oder?« Alice versuchte, ruhig zu bleiben und ihren Ärger zu unterdrücken. »Ich habe dir gesagt, warum ich meine Meinung geändert habe.«

Zum Glück für Tristan und sie kam die Kellnerin, um ihre Getränke zu servieren und ihre Bestellungen entgegenzunehmen.

Obwohl sie jeglichen Appetit verloren hatte, wählte sie dennoch ein Gericht aus und lächelte das junge Mädchen an, das ihre Bedienung war. Es war genug Zeit für Alice, sich zu beruhigen.

»Du hast versucht, mich zu erpressen«, fuhr sie kühl fort, als die Kellnerin gegangen war. »Zu wissen, dass es falsch war, ändert nichts daran, dass du getan hast, was du getan hast.»

»Und du bist nicht bereit, mich das wiedergutmachen zu lassen?«, antwortete er und brachte Alice dazu, sich zu fragen, ob er sie wirklich fragte oder beschuldigte, unfair zu sein.

»Nein, bin ich nicht«, richtete sie auf. »Ich habe dir gesagt, warum.«

Er wollte also wirklich dorthin gehen. Er wollte ihre Entscheidung nicht akzeptieren und würde versuchen, ihre Meinung zu ändern. Ihrem Ex war das viel zu oft gelungen, und Alice hatte genug, genug davon, sich von einem schlechten Gewissen bedrängen zu lassen, das sie gar nicht erst hätte haben dürfen, weil sie auf sich selbst aufpassen wollte.

»Ich kann nicht vergessen, dass du es versucht hast, so einfach ist das«, fuhr Alice nach einem tiefen Atemzug fort. »Wenn ich hier mit dir sitze und mit dir darüber spreche, gebe ich dir die Chance, das wiedergutzumachen. Aber nicht als mein Freund.«

Tristan öffnete seinen Mund und schloss ihn wieder.

Wenigstens schien er diesmal zuzuhören.

Vielleicht brauchte er einfach noch ein paar Jahre Lebenserfahrung, bevor er an den Punkt gelangte, an dem ihm klar wurde, was er falsch gemacht hatte, und dass manche Dinge, einmal zerbrochen, nie mehr so sein würden wie früher.

Alice dachte daran, weiter zu versuchen, ihm zu erklären, dass er es vermasselt hatte, und musste akzeptieren, dass er ihr Vertrauen verloren hatte, bevor er es sich überhaupt verdient hatte, aber sie fühlte sich, als ob sie nur das Messer drehte.

»Also, als Freunde«, antwortete Tristan schließlich.

»Ja«, nickte Alice. »Wir können versuchen, Freunde zu sein.«

Sie wusste, dass sie sich in dieser Sache sehr klar ausdrücken musste, sonst könnte er sich Hoffnungen machen. Alice kannte Tristan nicht sehr gut, aber wenn er nur ein bisschen wie ihr Ex wäre, wäre sie eher sicher als traurig.

Er zwinkerte ihr zu, und für einen Moment dachte Alice, er wolle einfach nur die Spannung zwischen ihnen lösen.

»Ich glaube nicht, dass das eine gute Idee ist«, antwortete sie und ließ ihren Blick auf den Tisch fallen. »Ich glaube, ich höre auf.«

»Das tust du?«, fragte Tristan und runzelte ungläubig die Stirn. »Warum?«

Alice zögerte.

Sie dachte tatsächlich darüber nach, die Alley zu verlassen, zumal Jason darum bat, dass sie exklusiv für ihn da sein sollte, aber sie wusste nicht, ob er sie weiterhin in den Club kommen lassen wollte. Es war also eine Grauzone.

»Das ist alles, was ich an den letzten Wochenenden getan habe«, antwortete sie ehrlich. »Ich brauche ein normales Leben«, antwortete sie ehrlich. »Regelmäßig Sex zu haben ist gut, aber das ist nicht alles.«

»Du meinst es ernst«, folgerte Tristan.

»Ja, das tue ich«, blickte sie auf, um ihm wieder direkt in die Augen zu schauen. »Ich habe wirklich alles durchdacht. Und ich muss die Dinge ändern. Selbst wenn ich Mitglied bleibe, werde ich nicht mehr regelmäßig hingehen, und ich werde nicht …« Sie hielt sich davon ab, mehr zu sagen. Denn dass sie nicht wissen wollte, mit wem sie Sex hatte, war eine eklatante Lüge. »Ich glaube, ich brauche im Moment ein bisschen mehr Normalität«, sagte sie schließlich.

»Und eine Beziehung mit mir ist nicht normal?«, fragte Tristan erneut, und diesmal konnte Alice ihren Ärger nicht zurückhalten.

»Willst du mit mir befreundet sein?«, entgegnete Alice, räusperte sich und fuhr leiser fort. »Denn das ist alles, was du bekommst. Bis ich etwas anderes sage. Wie beim Sprechen von Worten, nicht zwischen den Zeilen. So einfach ist das. Nimm es oder lass es bleiben.«

»Okay, okay«, hob Tristan beide Hände hoch. »Ich hab's verstanden. Es tut mir leid. Ich hab's kapiert.«

»Gut, denn ich bin wirklich hungrig, und ich würde es hassen, meinen Teil der Rechnung nicht bezahlen zu können«, blickte Alice ihn an.

Durch die Art und Weise, wie er zu ihr zurückblickte, hatte Alice schließlich das Gefühl, dass er ihre Entscheidung verstanden und akzeptiert hatte, oder zumindest wusste er, dass sie aufstehen und ihn verlassen würde, wenn er noch einmal an die von ihr gezogene Linie stoßen würde, ohne sich umzudrehen.

♦ ♦ ♦

Der Rest des Abends war weniger frustrierend und peinlich. Sie konnten sogar noch ein bisschen mehr über ihn sprechen. So erfuhr sie, dass Tristan sich das Auto seines kleinen Bruders geliehen hatte, weil sein eigenes eine Panne hatte. Alice beschloss, diese Erklärung einfach zu akzeptieren und die kleine Stimme zu ignorieren, die ihr sagte, dass das nicht die ganze Wahrheit sei.

Alice ahnte, dass Tristan immer einen Hintergedanken haben würde. Schließlich war er ein Enthüllungsreporter. Es musste zu seiner Natur gehören, wenn er gut in seinem Job sein wollte. Für sie bedeutete es nur, dass sie sich ihm nie wirklich anvertrauen konnte.

Er würde ein Freund sein, aber nie mehr als das. Das wusste sie bereits, aber etwas sagte ihr, dass Tristan nicht so leicht aufgeben würde.

Als er sie nach Hause fuhr und das Auto vor dem Gebäude anhielt, war Alice erleichtert, als er nicht fragte, ob er hochkommen könne oder ob sie ihm ihre neue Wohnung zeigen wolle.

»Lass mich wissen, wenn du etwas Zeit hast«, sagte Tristan zu ihr, als sie die Tür des Coupés seines kleinen Bruders öffnete. »Ich würde gerne wieder mit dir ausgehen. Auf freundschaftlicher Basis«, schaute er sie an und versuchte auszudrücken, dass er nichts mehr versuchen würde. »Ich warte darauf, dass du mir eine Nachricht schreibst. Ich will dich nicht bei der Arbeit stören.«

»Okay, das werde ich«, sagte Alice lächelnd.

»Ich werde warten, bis du drinnen bist«, fügte Tristan hinzu. »Nur um sicherzugehen, dass du in Sicherheit bist.«

»Danke«, sagte sie, stieg aus und schloss die Tür.

Alice nahm die Treppe und ging zum Haupteingang, ohne sich umzusehen. Es war keine Absicht, sie war einfach zu sehr damit beschäftigt, sich zu fragen, ob der Versuch, mit Tristan befreundet zu sein, wirklich eine so gute Idee war. Als sie am Eingang ankam, drehte Alice sich um und winkte Tristan zu, wobei sie nicht sehen konnte, ob er zurückgewinkt hatte, aber sie sah ihn wegfahren.

Als sie das Gebäude betrat, hatte sie irgendwie das Gefühl, als sei ihr eine Last von den Schultern genommen worden, fast so, als könne diese Last ihr im Inneren nicht folgen. Alice begrüßte die beiden Sicherheitsleute, als sie an ihrem Schreibtisch vorbei zu den Aufzügen ging.

Da erinnerte sie sich daran, was Jason ihr über die privaten Fahrstühle erzählt hatte, und sie konnte nicht anders, als sich selbst davon zu überzeugen. Also ging sie zum Ende des Aufzugsbereichs und fand tatsächlich zwei kleinere Metalltüren, die einander gegenüber lagen. Mit ihrem Daumen drückte sie den Knopf, um den Privataufzug zu rufen, und beobachtete, wie ihr Finger gescannt wurde. Kurz nachdem das Licht zeigte, dass der Aufzug nach unten fuhr, erwachte er zum Leben.

Alice schaute sich um, um zu sehen, ob jemand sie beobachtete, aber es war niemand da, abgesehen von den Kameras, die das Gebiet überwachten. Mit einem leisen Ping öffneten sich die Türen vor ihr zu einer kleinen Kabine, die groß genug für vielleicht vier Personen war.

Gott sei Dank war sie nicht klaustrophobisch.

Instinktiv drückte sie den Knopf für den 21. Stock, aber ihre Augen bewegten sich augenblicklich auf die höchste Ebene des Gebäudes.

Da stand 26. Stockwerk.

Hatte Jimmy nicht gesagt, dass es 25 sind?

Oder vielleicht gab es auf dieser Etage keinen Knopf für die öffentlichen Aufzüge, was ziemlich clever wäre.

Alice konnte nicht anders, als auf den Knopf zu starren und sich mit der Frage zu quälen, ob sie den Knopf zu Jasons Penthouse drücken sollte oder nicht.

Tom hatte ihr gesagt, dass Jason wahrscheinlich über das Wochenende in seiner Wohnung in der Innenstadt bleiben würde, falls das morgige Treffen länger dauern sollte als erwartet, was wahrscheinlich bedeutete, dass es länger dauern würde. Das bedeutete aber nicht, dass er heute Abend in der Penthouse-Wohnung war. Er würde morgen dort sein.

Und dann bestand die Möglichkeit, dass er ihr noch keinen Zugang zu seiner Wohnung gewährt hatte, weil sie ihm nicht zugesagt hatte.

Alices Herz schlug auf der Zunge und ihre Hände beugten und streckten sich nervös.

Gerade als sie zu dem Schluss kam, dass sie es ihm zuerst sagen sollte, bevor sie einfach bei ihm hineinging, ertönte der Ping in der Kabine, und die Tür öffnete sich zu ihrem Stockwerk.

– 32 –

Alices Hand hatte sich bewegt, bevor sie bewusst daran denken konnte, den Knopf für das Penthouse zu drücken. Wenn ihr Herz bereits schnell geschlagen hatte, raste es jetzt.

Was zum Teufel hat sie sich dabei gedacht?

Was, wenn er nicht da war? Dann würde sie einfach nach Hause gehen und zu Bett gehen.

Was wäre, wenn sich der Aufzug nicht bewegen würde? Als Antwort darauf schlossen sich die Türen, und sie spürte, wie der Aufzug nach oben fuhr.

Was wäre, wenn er sich nicht öffnen würde? Das war unwahrscheinlich, da sich der Aufzug bewegt hatte. Und wenn er nicht allein war? Das wäre sein Problem, nicht wahr?

Alice holte tief und gleichmäßig Luft, um sich zu beruhigen. Wenn Jason nicht da war, aber die Fahrstuhltüren sich öffneten, hätte sie wenigstens einen ungestörten Spaziergang durch das Penthouse gehabt.

Während ihre Aussicht beeindruckend war, musste seine Aussicht atemberaubend sein.

Das Ping riss sie aus ihren Ablenkungsversuchen, und ihr Atem stockte, während sie ihren Herzschlag in ihren Ohren hören konnte. Die Fahrstuhltüren öffneten sich, und sie trat aus der Zelle und sah sich um. Sie stand in der Mitte des Penthouses, das fast keine Wände hatte. Es war wie ihre Wohnung eingerichtet, aber es erinnerte sie an Dark Alley, mit dem einzigen Unterschied, dass die Farben vertauscht waren. Alles, was in Jasons Loft im Club schwarz war, war in einem silbrig aussehenden Grau, und alles, was aus Stahl gewesen war, war aus gräulichem Holz gebaut, und die Vorhänge waren nicht dunkelrot, sondern blau, was Alice an einen stürmischen Ozean erinnerte. Sie waren fast blaugrün gefärbt.

Wer auch immer das Innere dieses Ortes gestaltet hatte, war ein absolutes Genie, denn das Penthouse sah eher wie ein Strandhaus als wie eine Wohnung im obersten Stockwerk eines Wolkenkratzers aus.

Das Geräusch der Fahrstuhltüren, die sich hinter ihr schlossen, ließ sie zusammenzucken, und das riss sie aus ihrer tranceartigen Ehrfurcht vor diesem Ort heraus. Alice wusste nicht, was sie erwartet hatte, aber das hier sicher nicht.

»Alice?«, hörte sie Jason sich laut wundern, anstatt tatsächlich nach ihr zu rufen.

Sie bemerkte, dass zu ihrer Linken eine Art Wand in Form eines langen, rechteckigen Pflanzgefäßes mit Strandhafergras stand. Er konnte sie nicht sehen.

Alice fummelte mit ihren Händen, konnte aber nicht umhin zu lächeln, als Jason am Ende der besagten organischen Wand erschien. Er hielt ein Glas Rotwein in der Hand und sah sie an, als würde er eine Offenbarung haben.

»Hi«, war alles, was Alice aufbringen konnte, und sie fühlte, wie ihr Gesicht vor Verlegenheit errötete.

Jason stellte einfach sein Glas auf den Behälter neben ihm und ging entschlossen auf sie zu.

Alice wusste nicht, was sie tun sollte, also blieb sie genau dort, wo sie war, aber ihr Herz geriet mehr und mehr in Panik, je näher er kam. Es schien eine Ewigkeit zu dauern, aber er erreichte sie, umrahmte ihr Gesicht mit beiden Händen und zog ihren Mund auf seinen, wodurch ihr Herz einen Schlag ausließ.

Jason schmeckte nach einem schweren Rotwein und alles, was ihn ausmachte. Er roch nach seinem Aftershave, Shampoo und etwas, das er anscheinend gerade in seiner Küche zubereitet hatte. Sobald Alice diese Details bemerkte, verschwanden sie, gaben ihm den Weg auf ihre Lippen frei, indem er sie einfach küsste und dennoch beanspruchte. Seine Zunge drang nicht in ihren Mund ein, er bewegte sich kaum, und doch gaben Alices Knie nach. Sie hatte keine Ahnung, wie lange er sie so küsste. Als er sie küsste, um einfach nur ihre Lippen zu schmecken, ohne die Absicht, sie zu verführen, sagte er ihr, dass er wusste, dass sie gekommen war, um zu bleiben.

Schließlich riss Jason widerwillig seine Lippen von ihren weg, hielt aber weiterhin ihr Gesicht in seinen Händen, streichelte mit den Daumen langsam über ihre Haut und sandte eine Welle von Gänsehaut über ihren Körper.

»Ich habe dich nicht so früh erwartet«, sprach er leise, seine Stimme war trunken vor Zufriedenheit.

»Tim sagte mir, dass du wahrscheinlich für das Last-Minute-Treffen morgen hier sein würdest«, antwortete Alice mit der gleichen belegten Stimme.

Jasons Gesicht war nur wenige Zentimeter entfernt. Es war so verlockend, sich einfach herüberzulehnen und ihn noch einmal zu küssen, aber sie konnte nicht anders, als seine Augen zu bewundern, die aus der Nähe so anders aussahen, wie zwei dunkle Ozeane.

»Das Treffen, ja«, kommentierte Jason, als hätte er etwas so Wichtiges für seine Firma völlig vergessen.

War es das, was sie ihm angetan hatte?

Alice hatte nie darüber nachgedacht, welche Wirkung sie auf Jason haben könnte, als er sie nur in Erstaunen versetzte.

Doch ihre Worte schienen ihn in die Realität zurückgeholt zu haben, und er ließ seine Hände fallen und ließ sie erstarren. Sie unterdrückte einen Seufzer.

»Ich war gerade mit dem Abendessen fertig«, erklärte Jason. »Hast du schon gegessen?«

Seine Frage traf sie tiefer, als Alice sich das vorgestellt hätte.

»Ja«, antwortete sie und überlegte kurz, ob sie ihm von ihrem Treffen erzählen sollte. »Ich habe mit Tristan in der Brauerei am Strand zu Abend gegessen. Ich wollte die Dinge auf einer freundschaftlichen Basis beenden. Ich wollte nicht, dass er mir gegenüber negative Gefühle hegt.«

Jason nickte und nahm ihre rechte Hand und begann, sie um die Gras-Wand herum zur Bar in seiner Küche zu führen, wo sein halb gegessener Salat und sein Steak auf ihn warteten. Alice hatte nicht einmal bemerkt, dass er sich unterwegs sein Glas Rotwein geschnappt hatte; sie war zu sehr darauf konzentriert, in seiner nicht vorhandenen Reaktion zu lesen.

»Warum?« Wieder überraschte er sie.

»Warum was?«, fragte Alice, bevor sie über seine Frage nachdachte.

»Warum ist es dir wichtig, dass der Kerl dir gegenüber keine negativen Gefühle hegt?«, erläuterte Jason.

Diesmal nahm Alice sich einen Moment Zeit, bevor sie antwortete.

»Aus zwei Gründen«, antwortete sie – untypisch für sie, aber irgendwie wusste sie, dass dies die Art von Antwort war, die er erwartete. »Ich mag es nicht, wenn man mich nicht mag, und«, hielt sie inne und erkannte, dass Jason über Grund Nummer eins überhaupt nicht überrascht war: »Er ist ein Enthüllungsreporter. Ich will nicht, dass er mich recherchiert.«

»Hm«, lautete Jasons Antwort, und er nickte, als er sich auf den Hocker setzte.

»Ich arbeite am ersten Teil«, konnte Alice sich nicht davon abhalten, sich zu verteidigen, obwohl Jason ihr keinen Grund dazu gegeben hatte. »Ich bin nicht dafür verantwortlich, wie sich andere Menschen fühlen. Ich verstehe das.« Jason runzelte seine Stirn in Anerkennung der Überraschung. »Aber ich habe schon aus nächster Nähe erlebt, wie verrückt Menschen werden können.«

»Damit bist du nicht allein«, antwortete Jason und lächelte sie an, was Alice sprachlos machte. »Kann ich zu Ende essen? Ich habe heute noch nicht zu Mittag gegessen.«

»Natürlich!« Alice klatschte sich die Hand auf den Mund.

»Setz dich hin und sei nicht verlegen«, befahl Jason sanft, und sie gehorchte.

»Also, nur Salat und Steak?«, fragte Alice skeptisch.

»Und ein Glas Wein«, grinste er sie an. »Das ist mehr als genug. Ich kann nicht mehr so rücksichtslos essen wie früher, als ich jünger war.«

»Das klingt, als wärst du siebzig«, neckte Alice ihn.

Jason lachte und machte dort weiter, wo er mit dem Essen aufgehört hatte.

»Fast«, antwortete er, nachdem er ein Stück Fleisch genossen hatte. »Ich bin in den Siebzigern geboren.«

Alice kicherte.

»Du hast Recht«, sagte Alice. »Du bist alt.«

»Wenn das bedeutet, dass du meine persönliche Krankenschwester wirst, bin ich dabei«, gab Jason zurück und grinste sie an, wobei er mit den Augenbrauen wackelte.

Das war so absolut kindisch von ihm, dass Alice in Gelächter ausbrechen musste. In jeder anderen Situation oder Stimmung von ihr wäre dies eine unangenehme Bemerkung gewesen, aber nicht bei ihm, und nicht jetzt. Er schien instinktiv zu wissen, wie sie sich fühlte, oder er war einfach der Grund dafür, dass sie sich entspannte und wohl fühlte. Obwohl er sie nervös machte, weil sie sich nach seiner Zuneigung sehnte und wollte, dass er sich genauso wohl in ihrer Anwesenheit fühlte wie sie sich bei ihm, war Alice nicht unruhig. Und das war ein großer Unterschied im Vergleich zu jedem anderen Mann in ihrem früheren Leben. Sie wusste einfach, dass, wenn sie etwas tat oder sagte, was er missbilligte, er es ihr einfach sagen würde.

Andere Frauen oder sogar Männer mochten diesen Charakterzug von ihm als hart oder als mangelndes Einfühlungsvermögen empfinden, aber sie schätzte es. Mehr noch, sie fand es wahnsinnig attraktiv.

»Woran auch immer du gerade denkst«, sagte Jason zu ihr, nachdem er einen Bissen Salat verzehrt hatte, »bitte mach weiter.«

Alice fühlte, wie sie errötete, und doch konnte sie nicht anders, als zu grinsen. »Warum?«

»Weil du genauso aussiehst wie damals, als ich die richtige Stelle getroffen habe«, antwortete Jason ungefiltert, und ihre Wangen begannen zu brennen.

»Ich habe darüber nachgedacht, wie attraktiv es dich macht, so geradlinig und nonchalant zu sein.«

»Wie ich schon sagte …«, lächelte er.

Alice könnte einfach dasitzen und ihm den Rest des Abends zusehen. Erst jetzt bemerkte sie, dass Jason keinen Anzug trug, sondern ein T-Shirt und eine Trainingshose. Beide waren blau, was die Farbe seiner Augen und seiner Haare betonte. Sein Haar war zerzaust und leicht nass, als wäre er aus der Dusche gekommen, bevor er das Abendessen zubereitet hatte.

»Haben wir einen Fitnessraum in dem Gebäude?«, fragte Alice überrascht, und Jason blinzelte, bevor er sie ansah.

Er antwortete: »Ja, haben wir, hat dir das niemand gesagt?«, und sie schüttelte den Kopf und antwortete ihm, und Alice war erstaunt darüber, wie sehr dieses Unternehmen sich bemühte, den Mitarbeitern das Gefühl zu geben, wichtig zu sein und das war sicherlich auf seinem Mist gewachsen. Dadurch verliebte sie sich nur noch mehr in ihn.

Alice schluckte den Klumpen, der plötzlich in ihrer Kehle auftauchte, hinunter. Das stimmte. Sie kannte den Mann kaum, aber sie war in ihn verliebt. Jedes Detail, das sie über ihn erfuhr, ließ sie sich nur noch mehr in ihn verlieben.

»Ich verstehe wirklich nicht, was du in mir siehst«, meinte sie – ihre Stimme war heiser vor Emotionen.

»Du weißt es zu schätzen, dass ich mich wie ein Elefant im Porzellanladen benehme«, antwortete Jason sofort und legte sein Besteck ab. »Im Grunde forderst du diese Art und bist dazu noch begeistert davon. Du gehst in Turnschuhen in den heißesten Club der Stadt und kommst damit durch. Und wenn ich denke, dass ich mit dir an die Grenzen gehe, verlangst du immer wieder nach mehr mit deinem verführerischen Mund und deinen verführerischen Augen, die mein Gehirn zu Brei werden lassen und mich auf meine Urinstinkte reduzieren.«

Und als ob er seine Worte unterstreichen wollte, griff er nach dem Hocker, auf dem sie sich hingesetzt hatte, und zog sie zu sich heran. Sein Blick sprang zwischen ihren Lippen und Augen hin und her und machten deutlich, dass er nur daran denken konnte, sie zu küssen.

»Schön ist nicht das richtige Wort, um dich zu beschreiben, Alice«, sagte Jason, und er raubte ihr den Atem, als er ihren Namen sagte. »Du bist hypnotisierend.«

Die Worte und sein Tonfall, der von Verlangen und Ehrlichkeit geprägt war, berührten sie auf eine Weise, die ihr das Gefühl gab, sie würde zu flüssigem Gold verschmelzen. Sie konnte nicht glauben, dass er über sie sprach.

»Sieh mich nicht an, als wäre ich ein reinkarnierter Gott«, schmunzelte Jason.

»Das ist so ziemlich die perfekte Beschreibung«, gab Alice zurück, etwas überrascht über ihre Worte.

Ein paar Herzschläge lang starrten sie sich einfach weiter an, bis Alice sich zuerst bewegte, von ihrem Stuhl aufstand, sein Gesicht mit ihren Händen auffing und ihn verzweifelt küsste. Seine Hände glitten um ihre Taille und ihren Rücken hinauf, um ihren Körper gegen seinen zu drücken.

Bevor sie wusste, was geschah, hatte er sie auf die Arbeitsplatte gehoben und ihm die perfekte Position gegeben, um seine Hände unter ihrer Bluse zu schlängeln, was ein frustrierendes Grunzen aus dem Hals beschwor.

Schnell zog er ihre Bluse hoch, und sie seufzte, als seine etwas rauen Finger ihre weiche Haut berührten. Sie hielt den Atem an und schloss die Augen, als das Gefühl seiner Berührung sie überwältigte.

Alice war nur Zeuge, wie ihr Körper auf Jasons Forderungen reagierte, als er seine Hände nach oben und mit ihnen ihre Bluse und ihr Hemd nach oben schob. Ehe sie sich versah, saß sie auf seinem Tresen und trug nichts weiter als ihren BH und ihre Anzughose und Pumps, während er seine persönliche Spur vom Kinn über das Schlüsselbein bis hinunter zwischen ihre Brüste küsste, wo er ihren BH mit einer einzigen flüssigen Bewegung öffnete.

Alices Brustwarzen waren bereits hart, bevor er sich auf sie stürzte, an ihrer linken saugte und angenehme Stöße durch ihren ganzen Körper sandte, bevor er die gleiche Behandlung ihrer rechten Knospe wiederholte. Würde er so weitermachen und anfangen, an ihr zu knabbern, wusste Alice, dass sie von nichts anderem als dadurch kommen würde. Als ob Jason ihre Gedanken lesen könnte, tat er genau das, indem er sanft die zarte Haut ihrer Brüste und schließlich ihrer Brustwarzen biss, während seine Hände sie massierten. Und dann, unvorbereitet, legte Jason einen Arm um sie und zog sie näher an sich heran, während er an ihrer rechten Brustwarze knabberte und die linke mit ihren Fingern zwickte. Ihre Haut fühlte sich wie ein stromführender Draht an, der von einer unbestreitbaren Naturgewalt überladen wurde. Je mehr Schmerzen er ihren empfindlichen Knospen zufügte, desto sensationeller fühlte sich ihr Körper an, bis sie über die Klippe ging und sich in ihrer Lust ergötzte, bist ihr Unterkörper nur noch taub war. Alice schnappte nach Luft, während sich ihre Brüste an einem Ort zwischen Qual und Vergnügen befanden, da sie keine Ahnung hatte, wie ihr Körper reagieren würde, wenn Jason sich entschied, ihre Brustwarzen erneut zu berühren.

»Gott, ich will dich sofort nehmen«, flüsterte Jason ihr direkt ins linke Ohr, und er fuhr fort, als Alice antworten wollte. »Aber ich habe hier keine Kondome.«

Einen Moment lang war sie kurz davor, ihm zu sagen, er solle sie einfach vögeln und sie kommen lassen. Er sollte sie von der Arbeitsplatte ziehen, sie herumwerfen, die Hose runterziehen und sie einfach vögeln, egal mit welchen Konsequenzen.

Aber so war er nicht, und sie wusste es. So war sie normalerweise auch nicht. Keiner von beiden würde riskieren, dass sie schwanger wurde. Nicht wenn sie gerade erst anfingen, einander und ihren Geschmack kennenzulernen.

»Okay«, gab sich Alice zufrieden und rutschte den Tresen hinunter, nachdem er ihr seine Hand angeboten hatte.

Sie konnte es kaum erwarten, in sein Schlafzimmer zu kommen und hätte es sich auch im Wohnzimmer gemütlich gemacht, aber Jason navigierte sie mit solcher Entschlossenheit, dass sie sich nicht traute, einen anderen Vorschlag zu machen. Nachdem er sein Schlafzimmer betreten hatte, drehte er sich zu ihr um und entledigte sich mit einer schnellen Bewegung seines T-Shirts. Alice konnte nur seinen Oberkörper anstarren. Er bestand nicht nur aus Muskeln, aber er war definitiv durchtrainiert. Es betäubte sie jedes Mal, wenn er sich ihr so zeigte. Alice begann, sich ebenfalls auszuziehen, während sie ihm dabei zusah. Da er im Vergleich zu ihr wenig anhatte, hatte Alice den Luxus, ihn nackt zu sehen, und sah zu, wie er zu seinem Nachttisch ging und ein Kondom herauszog.

Jason war hart und stand aufrecht, in der Erwartung, ihre weichen Falten zu treffen. Der Gedanke allein reichte aus, um sie wahnsinnig nass zu machen, aber sein Glied direkt vor ihr zu sehen, war etwas ganz anderes. Alice sehnte sich danach, zu spüren, wie er sich in sie hineinzwang. Obwohl sie wusste, dass ihr Körper es ihm leicht machen würde, war es allein der Gedanke, der sie vor Ungeduld in den Wahnsinn trieb. Ihm dabei zuzusehen, wie er sich ein Kondom überzog, war für Alice nie erotischer gewesen als in diesem Moment. Sie schämte sich nicht, Jasons nackten und athletischen Körper oder sein erigiertes Glied zu betrachten, das sich wegen ihr in diesem Zustand befand. Nur ihretwegen war er in diesem Zustand. Sie hatte ihn nicht berührt, nichts gesagt und ihn nicht einmal angeschaut. Es genügte, dass er ihre Haut schmeckte. Sie erinnerte sich an das, was er ihr kurz zuvor gesagt hatte.

Alice verwandelte sein Gehirn in Brei, reduzierte ihn auf seine Urinstinkte, und seine Augen waren seinen Worten treu, als er sie ansah, nachdem er sich vorbereitet hatte.

»Komm her«, befahl er, und sie gehorchte, zitternd vor Erwartung, trat auf ihn zu, komplett nackt.

Sie hatte noch nicht einmal angehalten, als er seine Hand an ihren Hals führte und sie zu sich zog und sie mit einem Bedürfnis küsste, das ihren Körper entzündete.

Alice öffnete ihren Mund und bat ihn herein, bevor er es verlangte. Seine andere Hand griff ihre Hüfte und zog sie zu ihm hin, wobei er sein hartes Glied gegen ihren Bauch drückte.

Alice wusste nicht, was er vorhatte, obwohl sie seinem Beispiel folgte, als Jason rückwärts zu seinem Bett ging und sie sanft mit sich nahm. Als er sich auf sein Bett setzte, zog er sie herunter und zwang sie, ihre Beine zu spreizen, um seinen Schoß zu satteln. Mit beiden Händen fasste er ihre Hüften und riss sie auf seinen Schwanz hinunter, wobei er leise grunzte, während sie vor Schmerz und Vergnügen wimmerte, während er sie mit seinem Schwanz aufspießte.

»Scheiße!«, rief Alice aus, als sie ihn endlich in sich spürte, wie er sie spreizte, mit ihr verschmolz und ihr dieses ach so köstliche Gefühl gab, auf perfekte Weise erfüllt zu sein.

Alice küsste ihn immer noch und saugte an seinen Lippen, als er ihre Hüften mit beiden Händen packte und ihre Bewegungen lenkte. Sie ritt auf ihm, während Jason sitzen blieb, seine Finger an ihrem Körper auf und ab harkte, ihre Brüste umfasste und massierte, sie drückte, ihre Brustwarzen zwickte und ihren Geist mit dem Gefühl überlastete, das er war. Sie grub die Hände in sein dickes Haar, ließ seinen Mund nicht zu weit von ihrem wandern, während sie ihn ritt und versuchte, ihn tiefer in ihr Inneres zu locken, obwohl ihr Körper sich bereits so anfühlte, als sei sie endlich vollständig.

Sie lehnte ihren Körper nach hinten, während sie ihre Beine noch weiter spreizte, sodass sie ihn noch tiefer in sich hineinschieben konnte, wenn er seinen Mund aus ihrem herauszog, um Küsse, Lecken und Knabbern in ihren Rachen bis zum Schlüsselbein zu pflanzen, wo er an ihrem Fleisch saugte.

»Ja!«, keuchte sie. »Merk dir das.«

Und sie fühlte, wie er ihren Wunsch erfüllte, indem er ihre Haut zwischen seinen Zähnen saugte, während sie gehorsam weiter ihre Hüften schaukelte und versuchte, eine noch bessere Position zu finden, um ihn noch tiefer zu drücken.

Sie bemerkte kaum, wie sich sein Mund weiter nach unten bewegte und sie weiter nach hinten lehnte, bis er wieder ihre Brustwarzen erreichte und auf sie biss. Es reichte schon, um sie über den Rand zu werfen und sie ihren Orgasmus ausreiten zu lassen, aber Jason saugte schnell an ihrer anderen Brustwarze zwischen seinen Zähnen und biss sanft darauf herum, während er mit seiner Zunge über die gequälte, empfindliche Haut streichelte.

Als sie ihn fest umklammerte, fühlte Alice, wie er in ihr kam und das Kondom mit seinem Sperma mit kräftigen Spritzern füllte, bis er sich in ihr entleert hatte.

Alice wusste nicht, wie viel später sie danach zu sich kam, aber sie wachte auf und lag in Jasons Armen, dessen Daumen immer wieder ihre Haut an den Stellen berührten.

»Du kannst nicht mehr Belladonna sein«, sagte er ihr aus heiterem Himmel und erschreckte sie damit. »Wie wär‘s mit Queen of Hearts?«

– EPILOG –

Als Alice am nächsten Morgen durch einen seltsamen Alarm in einem ihr unbekannten Bett geweckt wurde, war ihr erster Impuls, sich zu sagen, dass sie in ihrer neuen Wohnung sei. Da merkte sie, dass dies nicht ihr Bett war, in dem sie lag, und dass sie ihren Pyjama nicht trug. Sie hatte überhaupt nichts an. Und es gab keinen Wecker, der irgendein Geräusch machte. Schnell setzte sie sich auf und drückte die Decke, unter der sie gelegen hatte, gegen ihre Brust, während sie sich umsah.

Sie kannte diese Wohnung, und es war nicht ihre. Dies war das Penthouse; es war Jasons Wohnung. Und das war der Hintern derselben Person, auf den sie jetzt starrte. Alice wartete einen Moment zu lange, um sich zu erkennen zu geben. Jason hatte sie bereits bemerkt und drehte ihr seinen Oberkörper zu.

»Guten Morgen«, lächelte er sie an und sah für jemanden, der gerade aufgestanden war, schrecklich fröhlich aus.

»Wie spät ist es?«, fragte Alice, ihre Worte waren ein krächzendes Flüstern.

»Fünf Uhr dreißig morgens«, sagte er ihr und schlüpfte in seine Boxershorts.

»Du stehst so früh auf?«, erkundigte sie sich überrascht und erkannte, dass es so viele Dinge über ihn gab, die sie nicht wusste.

»Ja, ich gehe in den Fitnessraum und schaue mir die Nachrichten dabei an«, gab Jason zurück und lächelte dabei. »Die Zeiten, in denen mein Körper von alleine fit war, sind jetzt vorbei«, fügte er hinzu und zwinkerte ihr zu.

»Normalerweise schlafe ich bis sechs Uhr morgens oder sechs Uhr dreißig«, gähnte Alice.

»Dann schlaf weiter, ich werde dich wecken«, sagte Jason, und sie drehte sich um und schlief sofort ein.

♦ ♦ ♦

Als der Duft von frisch gebrühtem Kaffee ihre Nase erreichte, war sich Alice sicher, dass sie immer noch träumte. Schließlich war sie in ihrem Traum in Jasons Bett aufgewacht.

Aber die Matratze, auf der sie lag, bewegte sich und gab einem zusätzlichen Gewicht nach, und Alices Lider flogen auf. Schnell setzte sie sich auf, um zu sehen, dass jemand auf der anderen Seite des Bettes saß.

Es war Jason, und er hatte gerade ein Tablett mit zwei Bechern dampfenden Kaffees und einem Teller mit Croissants hingestellt.

»Daran könnte ich mich gewöhnen«, lächelte Alice und nahm den Becher, den er ihr anbot.

Als sie den Inhalt überprüfte, hatte der Kaffee genau die Farbe, die sie bevorzugte, und sie war sich ziemlich sicher, dass er genauso schmecken würde, wie sie ihn mochte. Für eine Sekunde fühlte sie sich unbehaglich, wenn sie daran dachte, dass Adele sie hatte überprüfen lassen, aber es machte Sinn.

»Ja, ich auch«, stimmte Jason zu und zupfte ein Stück von dem Croissant, um es in seinem Mund zu verschlingen.

Er trug bereits nur eine Stoffhose und ein Hemd, sein Haar glänzte vor Nässe und er war frisch rasiert.

»Wie spät ist es?« fragte Alice.

»Halb sieben«, war die Antwort, und sie verkrampfte sich.

»Jimmy holt mich in einer Stunde ab.«

»Nun, zumindest bleibt genug Zeit für ein Frühstück«, zuckte Jason mit den Achseln, streckte die Hand nach einer Fernbedienung aus und ließ das Licht der dämmernden Sonne in die ganze Wohnung eindringen.

Alice kroch im Bett herum und hielt die Decke an ihre Brust, genau wie beim ersten Erwachen bei Jason.

»Wie wäre es, wenn du das anziehst«, fischte er etwas Weißes vom Boden, das sich als eines seiner Hemden herausstellte. »Ich wollte immer mal sehen, wie das an dir aussieht«, grinste er sie an.

»Na gut«, lächelte Alice zurück.

Jason und Alice aßen schweigend ihr Frühstück. Sie brauchten nicht zu reden, da sie sich nur anlächelten, und keiner von beiden wollte die Ruhe und den Frieden ihrer kleinen Blase der Einfachheit ruinieren.

Nur wenige Stunden später würden sie sich wieder treffen, und er würde ihr Chef sein, während sie die Assistentin des Vorstands seiner Firma wäre. Die Dinge könnten äußerst kompliziert werden, und sie hätten keine andere Wahl, als einige Regeln und Protokolle aufzustellen, damit ihre Beziehung niemals aufgedeckt wird.

Obwohl Alice nach außen hin einfach einen neuen Job haben und in einer neuen Wohnung leben würde, hatte sich ihre Realität hinter verschlossenen Türen drastisch verändert. Sie hingen nicht mehr nur zusammen. Wenn das ernst gemeint war, mussten sie sich besser kennenlernen, und das war nur mit der Zeit möglich. Zeit zu stehlen war etwas, das nicht unbemerkt geschah.

Gut, dass sie Jasons Frau, Adelaide, auf ihrer Seite hatten.

Als Alice sich so anzog, dass sie, ohne Verdacht zu erregen, mit dem Aufzug fahren und in ihre Wohnung gelangen konnte, überblickte sie die Stadt, und in der Ferne konnte sie sehen, wo die Dark Alley und ihr neuer Arbeitsplatz lagen.

Plötzlich wurde ihr klar, dass ihr Leben, das einst in Stein gemeißelt wirkte, nun das genaue Gegenteil war. Sie hatte keine Ahnung, wohin ihr jetziger Weg sie führen würde. Plötzlich war es nicht mehr so wichtig, die Einzige zu sein, die nicht verheiratet und nicht schwanger war. Alles, was vor ihr lag, war brandneu und aufregend, riskant und ungewiss, genau wie an diesem Freitagmorgen.

DARK ALLEY

NULL

DARK ALLEY EPISODE 0

– NULL –

Jason stieß einen langen, tiefen Seufzer aus, als er auf den Sitz seiner schwarzen Limousine sank und sein Fahrer die Tür schloss. Er war k. o. und hatte Kopfschmerzen, aber er war erleichtert.

Nach wochenlangen stundenlangen Diskussionen und Beratungen, die alle seine anderen wichtigen Aufgaben auf den Sonntag verlegt hatten, war der Vorstand seines Unternehmens schließlich zu einer einstimmigen Entscheidung über den jüngsten Kauf gekommen. Endlich konnten sie das Notwendige tun, um die neue Firma in ihren Betrieb einzugliedern und damit zu beginnen, die Arbeitsplätze der Menschen zu retten. Offiziell war es nichts anderes als eine normale Fusion gewesen, inoffiziell war es eine Übernahme. Eine feindliche Übernahme, die vor einem Jahr geplant und vor sechs Monaten in Gang gesetzt worden war und im letzten Monat in die Tat umgesetzt wurde. Über einen Zeitraum von fünf Monaten war heimlich die Mehrheit der Aktien erworben worden. Das war der Grund, weshalb die Medien noch keinen Wind davon bekommen hatten.

Sobald die Übernahme bekannt wurde, war es wichtig, die Botschaft zu kontrollieren. Man konnte nicht einfach die Hälfte der Mitarbeiter des gekauften Unternehmens entlassen und dieses auch nicht in Stücke zerlegen. Zumindest noch nicht.

Beide Maßnahmen waren notwendig, um es einzugliedern und zumindest einen Teil der Firma zu retten. Dennoch könnte der Kauf ein negatives Licht auf Grantham Global werfen, nur weil es sich um eine große weltweite Holdinggesellschaft handelte.

Die Großen wurden schnell durch die Presse als die Bösen gebrandmarkt, weil sie gewöhnlich der Stiefel waren, der die ›Kleinen‹ zermalmte. Aber die freie Marktwirtschaft war kein Schulhof mit seinen typischen Tyrannen. Der naheliegendste Vergleich war die Tierwelt: Es war das Überleben des Stärkeren. So einfach war es. Es hatte nichts damit zu tun, die Schwachen oder Unsicheren zu misshandeln.

»Nach Hause?«, fragte sein deutscher Fahrer in seiner Muttersprache durch das heruntergeklappte Fenster, das den Fahrer von seinem Beifahrer auf dem Rücksitz trennen sollte, aber sie benutzten es nie.

In den letzten sechs Wochen hatte er die meiste Zeit mit »Ja« geantwortet, nur einmal alle sieben Tage sagte er seinem Fahrer Henning, er solle ihn zur Elm Street 8.5 bringen. Normalerweise fuhr er öfter dorthin, aber wenn es um ein ganzes Unternehmen ging, konnte er seine Gedanken nicht abschalten.

»Wie hieß der Club noch einmal, von dem ich dir letzten Monat erzählt habe?«, fragte Jason und vermied es, diesen Namen auszusprechen, wie er es immer tat.

»Das Rabbit Hole?«, antwortete Henning mit einem Akzent, der weniger dick war, als man vielleicht erwartet hätte.

»Ja«, erwiderte Jason nickend und auf Deutsch. »Ich denke, es ist an der Zeit, meine neueste Investition zu inspizieren. Ich hoffe, sie haben anständigen Scotch.«

»Alles klar«, antwortete sein Fahrer ebenfalls auf Deutsch, mit einem Nicken und startete den Motor.

Henning war genauso alt wie Jason. Sie hatten sich vor etwa zwanzig Jahren in Bonn getroffen, während Jason an der Universität Wirtschaft studierte. Einfach ausgedrückt: Henning hatte Jason den Allerwertesten gerettet, weil er die falsche Frau angegraben hatte. Am Wochenende danach machten sie einen Ausflug zum Nürburg-Ring, der legendären Rennstrecke, und drehten dort ein paar Runden. Der Rest war Geschichte. Als Jason nach Hause zurückkehrte, nahm er Henning mit, weil er so ziemlich der beste Fahrer war, den er kannte, und das hatte sich in den vergangenen zwanzig Jahren als nützlich erwiesen.

Sie kamen beim Club an, der mehr oder weniger über Nacht zu einem In-Treffpunkt geworden war, gerade nach ein paar Minuten Fahrt, in denen Henning erklärte, er könne heute Abend nicht sein Flügelmann sein, da seine kleine Tochter krank sei.

Wie jedes Mal, wenn sein Freund seine Familie großzog, war Jason ziemlich erstaunt und fragte sich, wie schnell die Jahre vergingen. Schließlich war Hennings kleine Tochter bereits acht Jahre alt, und die große Tochter kam in die Pubertät.

»Kein Problem«, sagte er zu Henning und griff nach der Türklinke, als er merkte, dass sein Deutsch zu rosten begann – eine andere Sprache zu hören und tatsächlich zu sprechen waren zwei verschiedene Paar Schuhe, dennoch unterhielt er sich so oft es ihm möglich war auf Deutsch mit seinem besten Freund: »Ich kann mir ein Taxi rufen.«

Henning drehte sich um und schüttelte den Kopf: »Unsinn! Schick mir ‘ne Nachricht, dann bin ich in zwanzig Minuten da!«

»Okay, danke.« Jason stieg aus, und Henning beschleunigte so, dass die Wagentür von alleine zufiel.

Die Schlange war so lang, dass sie um die Ecke des Blocks ging, aber das wusste Jason bereits. Er knöpfte seine Jacke zu und ging auf die Sicherheitsleute zu, die gerade niemanden hineinließen. Wenn man keine Reservierung hatte, wartete man mit Glück mindestens fünfzehn Minuten. Jason brauchte nicht einmal den Mund zu öffnen. Einer der Männer flüsterte in das Ohr des großen Türstehers, der bereits seinen Blick auf ihn fixiert hatte und bereit war, ihm in den Weg zu treten. Stattdessen öffnete er die Absperrung und ließ ihn vorbeigehen.

»Guten Abend, Mr. Grantham«, begrüßte ihn der Mann, der dem anderen zugeflüstert hatte, und er nickte ihm daraufhin zu.

Der Rest seines Teams – zwei Männer und eine Frau – begrüßte ihn mit »Sir«, und auch er nickte jedem von ihnen zu, als er an ihnen vorbeikam. Verständlicherweise waren alle neugierig, wer er war. Daran hatte er sich schon früh gewöhnt.

Er ließ seine Jacke am Eingang zurück, da er wusste, dass er in seinem blauen, langärmeligen T-Shirt und der dunkleren Jeans besser hineinpassen würde. Der gesamte Vorstand trug bequemere Kleidung, wenn er wusste, dass er stundenlang in seinem Konferenzraum eingeschlossen war und nicht das Gesicht von Grantham Global sein musste.

Jasons erste Station wäre das Büro seiner Geschäftspartnerin, hinter der Stelle, an der der DJ den digitalen Plattenteller drehte. Daran, wie einfach es gewesen war, das Rabbit Hole zu betreten, folgerte er, dass Leslie Jennings ihn bereits auf ihren Überwachungsmonitoren gesehen und ihr gesamtes Personal über die Knöpfe in ihren Ohren informiert hatte. Aus diesem Grund musste er sein Tempo nicht verlangsamen, als er sich auf die Treppe nach oben begab, weil die Security zur Seite trat. Jason ging an der VIP-Lounge vorbei und ignorierte die neugierigen Blicke, sondern schaute stattdessen zu den Tischen unter dem Zwischengeschoss hinunter.

Er blieb auf der Stelle stehen. Von einem überfüllten Tisch mit Cocktail schlürfenden Frauen ging eine Frau in Turnschuhen weg, mit Schwung im Schritt.

Er wusste es einfach. Keine Frau mit hohen Absätzen könnte so gehen. Während die meisten weiblichen Exemplare, die er in solchen Clubs fand, dorthin gingen, um gesehen zu werden, waren Frauen, die sich einfach nur amüsieren wollten, eher selten. Jason konnte nicht anders, als sie zu beobachten. Ihr langes, dunkles Haar war in einem hohen, glatten Pferdeschwanz zurückgebunden, sie trug dunkle, enge Jeans und eine tief ausgeschnittene schwarze Bluse. Darunter blitzte ein dunkles, chromfarbenes Oberteil auf, das die Aufmerksamkeit auf ihre wunderbar vollen Brüste lenkte. Sie war kein mageres Topmodel und daher genau so, wie er seine Frauen mochte. Als Jason sah, wie ihr Scotch serviert wurde, drehte er sich auf die Absätze.

»Sagen Sie Leslie, ich bin gleich da«, ging er zurück am Türsteher vorbei und betrat die Tanzfläche, um den schnellsten Weg zur Bar zu nehmen.

Aber als er in die Mitte der Menge kam, war die Frau verschwunden. Er drehte sich um und ging in Richtung des Tisches, von dem sie gekommen war, nur um zu sehen, dass auch sie nicht da war. Gerade als er beschloss, zu seinem ursprünglichen Vorhaben zurückzukehren, stieß jemand mit ihm zusammen.

Als er seine Hand an die Hüften der Frau brachte, um sie sanft von ihm wegzuschieben, erkannte er, dass es *sie* war.

Sobald er sie berührte, drehte sie sich zu ihm um, und ihre blauen Augen sahen ihn überrascht an. Sie hatten einen Hauch von Grün in sich. Sie schien ihren Eyeliner ein wenig zu ernst genommen zu haben, aber im Vergleich zu anderen Frauen war das harmlos.

Mit einem breiten Lächeln tanzte sie weiter, und die Art, wie sie sich bewegte, schien ihn anzulocken. Er tanzte nicht, vor allem nicht an überfüllten Orten, aber irgendwie war es Jason diesmal egal. Besonders, als diese Frau ihn anlächelte und ihn ermutigte, bei ihr zu bleiben.

Das letzte Mal, dass er in einer Menschenmenge getanzt hatte und diese nicht aus sicherer Entfernung beobachtet hatte, war bei der Hochzeit von Henning und Melissa, und das war vor fünfzehn Jahren. Diese Frau war eine Zauberin, und er musste sie haben.

Schließlich verließ sie die Tanzfläche und ging direkt auf den jungen Barkeeper zu, der ebenfalls die Augen nicht von ihr lassen konnte. Er kannte ihn. Leslie hatte ihn auch für die Crew von Dark Alley angeheuert. Jason wühlte in seinem Gedächtnis nach dem Namen des Barkeepers. Soweit er sich erinnern konnte, hieß er Brian, und er war Anfang zwanzig.

Jason ging ebenfalls an die Bar und beobachtete, wie Brian ein Wasser für das Objekt seiner Begierde holte.

»Nur Wasser?« Die Frage purzelte ihm von den Lippen, bevor er sich selbst aufhalten konnte, und er musste über sich selbst den Kopf schütteln.

Sie drehte sich um und schaute ihn skeptisch an.

»Ja«, gab die Frau zurück und wandte sich ab, offensichtlich unbeeindruckt, was ihn amüsierte.

»Ihr Wasser!«, rief Brian, und sie sah den jungen Kellner eine Sekunde lang an. Dann beschloss sie, sich über die Stange zu lehnen und ihre Füße hochzuheben.

Jason hatte keine Ahnung, ob sie ihm absichtlich ihr volles Gesäß präsentierte oder ob sie unschuldig ihre Verführungskünste vergaß. Sein Schwanz wurde härter, als sie ihre Füße ein wenig senkte, die Wasserflasche schnappte und begann, am Strohhalm zu lutschen. Diese Frau war unglaublich, und sein Ständer zuckte, als ob er ihm zustimmen würde. Er musste seinen Steifen sofort bändigen, sonst würde er nur den Eindruck bestätigen, den diese Frau scheinbar von ihn hatte.

»Scotch, pur«, bestellte er und kümmerte sich nicht um die Marke.

Jason war hinter die Ecke der Bar getreten, sodass er sicher sein konnte, dass, wenn der Blick dieser Frau versehentlich nach unten fiel, sie nicht sehen würde, dass er einen Ständer hatte. Er fühlte sich wie ein verdammter Teenager.

Brian war schnell und professionell und stellte das Getränk schon nach wenigen Sekunden vor ihn.

»Bitte sehr, Sir«, fügte er hinzu und ließ Jason erkennen, dass er sich absolut bewusst war, wer er war.

Verdammt!

So wie sie sich verhielt, sah er, dass sie ihn aus den Augenwinkeln betrachtete, also hatte er Glück gehabt. Entspannt nippte er einfach am Scotch, ohne ihn wirklich zu kosten, und beobachtete nur, wie sie sich weiter an die Bar lehnte und mit ihrem Körper eine schöne S-Form bildete. Und dann brachte die Frau ihre Füße wieder auf den Boden, drehte sich zu ihm um und starrte ihn an. Wollte sie, dass er sich unwohl fühlte, oder hatte sie ihre Zunge verschluckt? Er hatte keine Ahnung, also starrte er einfach zurück und sah ihr zu, wie sie schweigend errötete.

»Ich hätte Ihnen einen Drink angeboten«, brach er das Schweigen.

Ihr Zögern war einfach zu niedlich, um es mit anzusehen.

»Das war eine einmalige Sache, die ich meiner besten Freundin zu verdanken habe«, antwortete sie mit einem traurigen Lächeln, das ihm das Herz brach.

Er erwiderte: »Die junge Frau, die ständig zu Ihnen rüber schaut …«, und sie drehte sich um, um eben jene anzusehen, die Jason gerade bemerkt hatte, winkte ihr schnell zu und lachte, bevor sie ihren schönen Körper wieder umdrehte, um ihm gegenüberzutreten.

»Ja«, nickte sie einmal. »Sie bekommt ein Baby. Ich dachte, das wäre einen Scotch wert.«

Ihm gefiel, wie locker sie war und nicht verkrampft wirkte, so wie so viele schöne, aber hirnlose Frauen für gewöhnlich waren. Vielleicht war es der Alkohol in ihren Adern, aber das war ihm egal. Dann schien sie plötzlich etwas zu begreifen.

»Starren Sie in einem dunklen Club immer so offen hübsche Frauen an?«, platzte es aus ihr heraus und ihre Augen weiteten sich leicht, als ob sie das nicht hatte sagen wollen.

Sie wählte den Angriff vor dem Rückzug, was äußerst niedlich war. Jason konnte nicht anders, als laut zu lachen. Er wollte sie auf dem Bauch zuerst auf seinen Schoß ziehen und ihr den Hintern versohlen. Zurück kam sein Ständer, mit Vollgas.

Verdammt!

»Nein«, antwortete er schnell und nahm einen Schluck von seinem Scotch, wobei er den Verräter in der Hose schweigend beschimpfte und dann die gleiche Strategie wie sie wählte: »Das tue ich normalerweise, wenn Frauen erschöpft unter mir liegen.«

Die Art, wie sie ihn jetzt anstarrte, war sogar noch niedlicher. Jason war sich sicher, dass es sich bei dieser Frau nicht um ein Mädchen handelte, aber es war einfach seine Art, das weibliche Geschlecht zu necken, das normalerweise das Gefühl hatte, sein Leben sei vorbei, wenn die ersten fünfundzwanzig Jahre verstrichen waren.

Aber sie hatte etwas verführerisch Unschuldiges an sich.

Und dann, nach ein paar Sekunden, begann diese schöne Kreatur zu lachen, und ihre Wangen wurden wieder rot. Ihre Augen zeigten ihm, was er sehen wollte. Sie dachte darüber nach, lag unter ihm und starrte ihm in die Augen, während sie gesättigt zu Atem kam.

»Sir, Sie haben einen schmutzigen Verstand«, kicherte sie dann und drehte sich zum Tresen zurück, um den Barkeeper zu suchen.

»Schuldig im Sinne der Anklage«, antwortete er und stellte sein Glas ab.

Jason hatte über ihr Schicksal entschieden, und das bedeutete, dass er sie sofort verlassen und den Schmerz der Ablehnung spüren musste. Mit Glück würde es sie dazu bringen, nach ihm zu suchen. Denn nur so konnte er sicherstellen, dass sie seine Dark Alley in Betracht zog.

ENDE.

Wenn Du willst, geht es mit Alice und Jason weiter in:

SCARLETT HALL

DARK ALLEY STAFFEL 2

CPSIA information can be obtained
at www.ICGtesting.com
Printed in the USA
BVHW091346021220
594477BV00018B/709

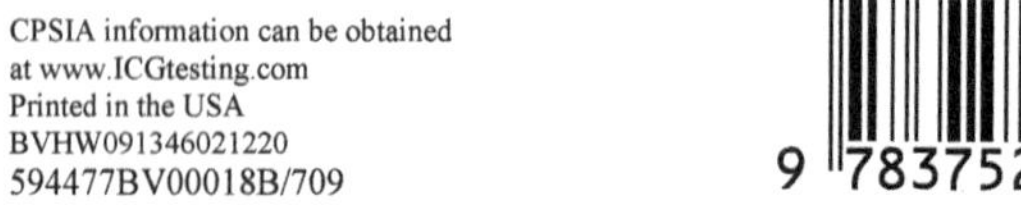